libretto

CHARLES PALLISER

LE QUINCONCE

Épisode II

Les Faubourgs de l'enfer

Traduit de l'anglais
par GÉRARD PILOQUET

libretto

Titre original :
The Quincunx
The Inheritance of John Huffam

Canongate Publishing Limited, Edinburgh.

ISBN : 978-2-36914-165-5

LIVRE DEUXIÈME

LES MOMPESSON

PREMIÈRE PARTIE

ESPOIRS DÉÇUS

I

Cheminant dans la rue bordée de hautes maisons cossues au coin de laquelle nous nous tenons, l'allumeur de réverbères souffle dans ses mains afin de les réchauffer, puis reprend son échelle pour se porter vers le lampadaire suivant. Et tout au long de la rue naissent ainsi de minces pointes de lumière qui s'embrasent fugacement, en un brusque éclair, pour s'apaiser dans l'instant et ne plus répandre qu'une douce lueur. Marchant en file et privée de son chef, sur le pavé passe à présent une humble et loqueteuse famille de tristes créatures que l'exil a chassées d'Érin, notre île sœur infortunée. Pauvres hères au ventre creux, transis de froid ! Si proches des temples de l'oisiveté et de la dissipation ! Mais détournons-nous de leur passage, notre propos étant de retrouver Wealth, Arrogance et Power.

Nous voici de nouveau devant la demeure des Mompesson, que cette fois fait resplendir une débauche de girandoles, car ce soir Lady Mompesson reçoit. On devine aisément comment se passent les choses : Weipert et son orchestre exécutent des quadrilles, les laquais ont revêtu leur livrée d'apparat, les extras engagés par l'entremise d'une agence font de leur mieux pour donner l'impression d'appartenir à la maison et d'y savoir la place de chaque objet, mais ne cessent de se bousculer les uns les autres et de faire irruption dans telle ou telle pièce qui n'est pas la bonne. Les salons de réception sont illuminés d'abondance, et il y flotte cette légère odeur de miel que dégagent des chandelles coulées dans la meilleure cire. En bref, tout ce que peut offrir l'insolence de la richesse lorsque la sempiternelle corruption exhibe tous ses fastes, et que…

Mais suffit, car les belles tournures ne sont point de mise ici. Brisons là, donc. Et venons-en aux faits. Rien qu'aux faits. Sans digression aucune.

Il doit se faire près de dix heures lorsque le sieur Barbellion (alias Power), descendu d'une simple voiture de place sous l'œil condescendant des garçons d'écurie et des valets de pied qui gardent l'escalier, est reconnu par le majordome et prié d'entrer. Il gravit les marches et, dans le grand salon où se pressent des gentilshommes en tenue de cour avec leurs épouses vêtues de soie et parées de joyaux, il s'avance vers Lady Mompesson (alias Arrogance), qui pour sa part le regarde avec une expression aussi proche de la surprise que l'autorise la bonne éducation.

– C'est pour moi un plaisir inattendu que de vous voir ici, monsieur Barbellion, déclare-t-elle d'une voix qui manque de chaleur.

À ce propos le teint de l'homme de loi paraît s'empourprer, et il n'est pas hors de saison d'imaginer qu'il s'en offusque. Mais qu'à cela ne tienne. Ainsi vont les choses.

Toujours est-il que ce qu'il formule revient à dire :

– N'eût été une affaire des plus urgentes, madame, je n'eusse point pris la liberté de pénétrer céans. Mon agent arrive sur l'instant de Melthorpe par la chaise de poste : Mrs Mellamphy, puisque tel est le nom qu'elle se donne, s'est enfuie.

– Enfuie ! Mais pour aller où ?

– Pour venir à Londres. Cela mis à part, je ne sais rien d'autre.

– Vous ne savez rien d'autre, monsieur Barbellion ? reprend-elle d'un ton glacé, en même temps qu'un sourire courtois se dessine sur son visage tandis qu'elle esquisse une révérence en direction d'un gentilhomme en grande tenue d'ambassadeur de Sa Majesté Impériale, lequel passe à l'autre bout de la pièce.

– Mon homme a perdu sa trace, madame, je le crains fort, se risque à déclarer le sieur Barbellion.

– C'est inadmissible. Il était fort bien payé pour sa peine.

– Madame a sans nul doute raison, répond le sieur Barbellion en accompagnant son propos d'une légère inclinaison du buste.

– Et... comment se fait-il qu'il ait fait preuve de si peu de vigilance ?

– Ce matin aux petites heures, la personne qui l'informe lui a fait savoir à son auberge, *La Rose et le Crabe*, que Mrs Mellamphy venait de partir pour Londres. Comme bien vous pensez, il s'est tout aussitôt lancé à la poursuite du coche de nuit, pour constater en rattrapant la voiture que ni cette dame ni son fils ne comptaient parmi les voyageurs. Subodorant qu'ils avaient loué une chaise particulière, mon homme a accompli tout le trajet, jusqu'à Londres, s'arrêtant à chaque relais pour s'enquérir des fugitifs. Mais nulle part il n'a trouvé trace d'eux.

– Je vois, dit Lady Mompesson en tapotant des doigts son éventail. Mais en ce cas, qu'est-ce donc qui vous permet d'affirmer qu'elle est venue ici, à Londres ?

– Je me fonde sur les confidences qu'elle a faites à la personne qui me tient au courant de ses faits et gestes.

– Ne vous est-il pas venu à l'esprit qu'elle a pu mentir ? Je la tiens pour fort habile à parler sous le masque.

– Cela me semble peu vraisemblable, lady Mompesson. Mon agent ayant très tôt été mis au fait du départ de Mrs Mellamphy, il l'aura plus probablement dépassée sur la route.

– Dépassée ! C'est inouï ! Mais alors, si elle est ici, il faut la retrouver. Tant qu'elle possédera ce codicille...

Elle n'achève pas sa phrase et l'homme de loi l'approuve d'un signe de tête.

– Vous avez bien fait de m'en avertir, monsieur Barbellion, poursuit-elle. Sir Perceval ne comprend pas toujours que cette affaire exige d'être menée avec des précautions extrêmes.

– Sir Perceval n'est pas homme de détours, et en cela il honore la bonne vieille tradition de la noblesse anglaise, mais en l'occurrence il convient en effet d'agir de façon plus... circonspecte.

– Tel est précisément mon avis. Mais dites-moi, monsieur Barbellion, selon vous, qu'est-ce donc qui l'aura poussée à fuir ? Aurait-elle constaté que votre agent la surveillait ? Car il semble bien qu'il s'y soit pris de façon fort malhabile.

– Selon moi, si elle s'est enfuie, c'est parce qu'on avait tenté d'enlever son fils le jour même où je suis allé lui faire visite. Elle m'a d'ailleurs accusé d'avoir ourdi la chose. Absurde ! Comment imaginer que je puisse m'entremettre dans une affaire de ce genre et m'exposer si périlleusement !

– J'expliquerais plutôt sa fuite par la crainte que vous lui inspirez, monsieur Barbellion. D'après l'un des propos qu'elle a tenus lorsqu'elle est venue au domaine de Mompesson il y a deux mois, elle s'est mis en tête, j'en suis sûre, que vous agissez pour la partie adverse.

– C'est donc cela ! s'exclame le sieur Barbellion. Voilà qui éclairerait bien des choses d'un jour neuf.

– Quoi qu'il en soit, je suis fort alarmée d'apprendre que

la partie adverse a découvert le lieu de sa retraite et tenté de s'assurer de l'enfant.

– Certes. À vrai dire, je crois bien que si la partie adverse a fait cette découverte, c'est grâce aux indiscrétions de l'homme de loi de Mrs Mellamphy.

– Vous nous aviez pourtant donné l'assurance, à Sir Perceval et à moi-même, que cet homme… quel est son nom, déjà, Sumptious ?

– Sancious, murmure le sieur Barbellion.

– C'est cela même… l'assurance que nous pouvions, sinon nous fier totalement à cet homme, à tout le moins lui accorder un certain crédit.

Le sieur Barbellion n'est guère à son aise. Assurément il aurait dû montrer plus de circonspection… Mais laissons là cet aspect de la question.

– Je crains de m'être mépris, lady Mompesson, fait-il d'une voix éteinte. Ayant eu l'impudence de découvrir je ne sais trop comment le lieu où se cachait Mrs Mellamphy, et comprenant l'importance de ce renseignement, sans nul doute il l'aura monnayé à la partie adverse.

Au même instant, Sir Perceval, étendu sur un sofa près de la porte de la salle attenante, aperçoit l'homme de loi, et lui fait signe de s'approcher.

– Cela m'inquiète grandement, déclare Lady Mompesson. Ah ! Sir Perceval vous a vu. Encore un mot avant que vous n'alliez le rejoindre. C'est à propos des précepteurs et des gouvernantes. En la matière, nous avons décidément joué de malchance.

– C'est ce que je me suis laissé dire par Assinder. Mais Mr David Mompesson est maintenant tout à fait remis, n'est-ce pas ?

Lady Mompesson pince la bouche.

– Oui, certes, mais ce n'est pas de ce regrettable incident

que je voulais parler. Je faisais allusion au précepteur de Tom, qui lui aussi nous a quittés, mais dans des circonstances différentes, puisqu'il n'avait rien commis de répréhensible. Simplement, il a pris en mauvaise part ce que Sir Perceval tient pour une frasque d'adolescent. Mais, les choses étant ce qu'elles sont, il nous faut trouver un autre précepteur. Voulez-vous bien vous charger d'en chercher un… un qui cette fois soit jeune, et doué d'un naturel plus robuste ?

– Je me chargerai de le trouver, lady Mompesson. Ah ! ceci encore, avant de prendre congé de vous : j'ai reçu de Hougham d'assez fâcheuses nouvelles. Les loyers d'automne sont à présent perçus, et Assinder me dit que la rente a encore baissé. Je crains fort que la somme ne soit dérisoire. Toujours la même chose : impossible de trouver des tenanciers qui acceptent de prendre à bail une ferme qui rapporte à peine de quoi payer le loyer !

– Je croyais que Mr Assinder s'occupait de la question des pauvres domiciliés sur le domaine ?

– À cet égard, lady Mompesson, il assure faire diligence autant qu'il est en son pouvoir. Mais en même temps je dois aussi vous avertir de nouveau de…

Il s'interrompt pour la regarder attentivement.

– Je suis disposée à reconnaître que, pour ce qui concerne le sieur Assinder, vous voyez juste, dit-elle. Mais je vous mets en garde : Sir Perceval se refuse obstinément à entendre le moindre mot qui soit en la défaveur de cet homme.

Derechef Sir Perceval appelle le sieur Barbellion, cette fois en accompagnant son geste d'un mouvement de tête impatient. L'homme de loi s'incline devant Lady Mompesson, qui d'un sourire glacé lui signifie qu'il peut disposer, puis il traverse la salle pour aller trouver le baronnet.

II

Durant la nuit nous changeâmes deux fois de chevaux, encore que tout ce dont je me souviens, ce soit d'avoir été tiré à demi assoupi de l'obscurité de la voiture pour être porté dans la lumière crue d'une salle d'auberge. Quand je m'éveillai pour de bon, ce fut pour constater que j'étais appuyé contre l'épaule de ma mère, qui, elle, dormait encore profondément. De l'autre côté se tenait, assoupi lui aussi, un sieur d'un certain âge dont je ne pouvais m'empêcher de regarder fixement la bouche, laquelle ne cessait de s'ouvrir et de se refermer avec une extrême lenteur. Le petit matin était grisâtre, sinistre, car le beau temps de la veille s'était envolé… à moins que nous ne l'eussions laissé derrière nous durant ce voyage vers le sud. Le ciel était bas, sombre, il bruinait par intermittence, et l'on pouvait croire que nous étions soudainement passés de l'éclatante fin de l'été à la morne grisaille de l'automne. Le voyage se poursuivit la journée et la nuit suivante, et si d'abord tout avait été pour moi objet d'émerveillement, l'ennui et le confinement de la voiture cahotante ne tardèrent pas à me plonger dans le désenchantement.

Au point du jour, le coche franchit la vaste porte voûtée d'une cour de relais. Tirée de son sommeil, ma mère regarda par la fenêtre.

– Dans quelle ville sommes-nous ? demanda-t-elle, à moitié éveillée.

– Hertford, fit le vieillard, qui lui aussi venait d'ouvrir les yeux après un ultime ronflement. *Le Dragon Bleu.*

Ma mère sursauta, retrouvant soudain tous ses esprits.

Au même instant le garde nous beugla que l'arrêt serait de cinq minutes, et en toute hâte nous descendîmes du coche pour nous précipiter vers la salle des voyageurs (où, à ma grande surprise, un homme se confia aux soins du barbier dans un coin cependant que nous nous restaurions en buvant du café).

– Nous sommes presque arrivés, fit ma mère.

– Qui connaissez-vous à Londres, maman ? dis-je.

– Personne, si ce n'est Mr Sancious. Je vais aller le voir dès que possible pour prendre son conseil et lui demander comment nous arranger de si peu d'argent.

Alors, et pour la première fois, je parlai d'un sujet qui depuis quelque temps me pesait sans que j'en dise rien :

– Maman, dis-je, l'idée ne vous est-elle jamais venue à l'esprit que Mr Sancious ne s'est peut-être pas bien conduit à notre égard ?

Oui, elle y avait songé, reconnut-elle, et maintenant que nous venions d'aborder cette question, ce fut en toute franchise que nous en débattîmes, nous demandant si c'était de bonne foi qu'il nous avait conseillés de façon si désastreuse. Je rappelai à ma mère, qui de son côté insistait sur le fait qu'il n'avait pas le moindre motif à nous duper, l'histoire que nous avait contée Mrs Digweed, dont le mari avait perdu tous ses fonds dans une spéculation immobilière : j'avais pour seule fin de lui laisser entendre que l'entreprise dans laquelle on nous avait incités à mettre notre avoir n'avait peut-être été, dès l'origine, qu'une escroquerie. Puis je soulignais tout ce qu'avait de suspect l'attitude de Mr Sancious, qui tenait tant à savoir si nous n'avions rien qui pût être négocié, et je lui demandai si, selon elle, il avait pu apprendre par un quelconque moyen que nous possédions le codicille, objet d'un grand prix pour certaines personnes.

Cette question la plongea dans une durable perplexité.

– Tu as peut-être raison, finit-elle par dire. Sans doute est-ce lui qui nous a trahis, encore que je ne voie vraiment pas comment il aurait bien pu trouver le moyen de prendre langue avec notre ennemi. Mais il est vrai qu'il a toujours su mon véritable nom, et que cela a pu l'aider.

J'eus beau faire, je ne pus la décider à me révéler ce qu'était – selon sa propre expression – « notre vrai nom », mais je me doutais que celui-ci commençait par la lettre *C*, et qu'il s'agissait de celui que j'avais découvert bien des années auparavant, à l'époque où je ne savais pas encore lire couramment.

– Et maintenant, maman, quel nom allons-nous porter ?

Elle me regarda avec étonnement.

– Qu'entends-tu par là ?

– Si quelqu'un nous recherche, je crois que nous ferions mieux d'en changer.

– Changer de nom ! Quelle étrangeté qu'il faille précisément qu'ici même... murmura-t-elle avant de s'interrompre.

Je savais qu'elle ne me dirait rien de ce que signifiaient ces mots, dont le sens ne devait m'apparaître que bien des années plus tard, mais elle convint avec moi d'adopter un nouveau nom, et nous songeâmes alors à prendre celui d'Offland, un petit hameau situé près de Melthorpe, que souvent nous nous étions donné pour but de promenade. Les noms... quelle bizarrerie, me disais-je, tout en me répétant pour moi-même « John Offland, John Offland »...

– Nous n'avons donc maintenant plus personne chez qui nous puissions aller, dis-je. Sauf la veuve d'oncle Martin.

– Voyons, Johnnie, tu n'y songes pas ! C'est à peine si je la connais. Elle était toute jeune du temps où je n'étais encore qu'une petite fille.

– Mais elle était votre cousine, non ?

– Oui, je crois. Nous étions apparentées, mais pas de façon directe, puisque mon père ne connaissait pas le sien. Et puis, à l'époque où elle a épousé oncle Martin, mon père et lui se sont fâchés, et par la suite je n'ai guère eu l'occasion de la revoir.

– Pourquoi se sont-ils fâchés ?

– Ne cherche pas à le savoir pour l'instant, Johnnie. C'est une très longue histoire. Un jour tu sauras tout de cette affaire.

J'allais lui demander ce qu'elle avait voulu dire par les quelques allusions qu'elle avait laissé échapper, mais notre conversation fut interrompue par le garde venu nous annoncer que le coche allait repartir. Le sieur d'un certain âge qui durant la nuit avait occupé le siège faisant face au nôtre ne revint pas prendre sa place, mais deux autres passagers, une dame vêtue avec distinction, accompagnée d'un garçon de quelques années plus jeune que moi, montèrent dans la voiture, et de nouveau ce fut le départ.

La dame (elle portait le nom de Popplestone et voyageait avec son fils David, nous avait-elle dit en se présentant, ce qui avait obligé ma mère à lui déclarer, non sans une certaine gêne, qu'elle se nommait Mrs Offland et moi Johnnie Offland) ne tarda guère à entamer la conversation, et très rapidement ma mère et elles s'étaient liées d'amitié.

Longtemps avant d'apercevoir la ville de Londres, mon odorat m'en annonça la proximité, car une âcre fumée de charbon de terre se mit à me picoter de plus en plus les narines et l'arrière-gorge. Puis je vis, posé sur l'horizon et grossissant de plus en plus, le nuage sombre que formait le panache s'élevant de centaines de milliers de cheminées. À présent les villages, étirés le long de la route comme s'ils craignaient de renoncer à sa protection, étaient de moins en moins éloignés les uns des autres. Bientôt ils devinrent si nombreux, et si réduits les intervalles qui les séparaient, que je ne pus m'empêcher d'assurer en m'exclamant que nous étions bel et bien arrivés à Londres, ce qui amusa tant ma mère que l'aimable dame et son fils. Non, me corrigea-t-on, il nous restait encore de la route à parcourir. Plusieurs fois je répétai ma bévue, car je ne pouvais croire que les rues bordées de boutiques et de jolies maisons que je voyais se succéder presque sans interruption étaient simplement celles de villages qui s'étaient agrandis à la périphérie de la capitale.

L'émoi de ma mère, je le voyais bien, était presque égal au mien.

– Quelle ville ! murmura-t-elle, les yeux brillants. Jamais je ne l'aurais crue si grande.

Cependant, nous finîmes par passer l'octroi, qui à cette époque était situé sur la rue Neuve, et mes compagnons de voyage me déclarèrent que cette fois nous étions bel et bien à Londres. À présent je m'émerveillais de constater que nous longions quantité de rues qui se faisaient suite, sans pour autant gagner l'autre extrémité de la ville ni en ressortir. En outre, jamais encore je n'avais vu ou imaginé semblables rues. Leur largeur me stupéfiait, tout comme me stupéfiaient la hauteur des édifices, l'importance de la circulation, la diversité des transports – somptueux carrosses tirés par des chevaux dont je voyais la queue onduler avec panache, dédaigneusement, me semblait-il, lorsqu'ils nous dépassaient, voitures de place en piteux état, haquets à charbon tout noirs, énormes fardiers chargés de grumes – et la foule des piétons se pressant sur les trottoirs, telles deux multitudes s'élançant dans des sens opposés.

Au bout d'une heure ou presque nous nous engageâmes dans une voie plus large encore que les autres. Regent Street, me précisa Mrs Popplestone, mais je ne me souvins pas d'avoir lu ce nom sur le plan de la capitale auquel je tenais tant. (Et pour cause, puisque cette rue n'avait été bâtie qu'après la date où remontait ma carte.) À présent le coche avait ralenti et n'avançait guère plus vite qu'un homme à pied, tant il eût été dangereux de rouler à plus vive allure au milieu de la foule et de l'encombrement qui envahissait la chaussée. On se fût cru sur une place de marché grouillant de monde. Des garçons au teint cireux, vêtus de manteaux noirs et de calottes rondes et plates, les cheveux disposés en deux tresses leur tombant sur les joues – «des juifs», chuchota ma mère – s'affairaient parmi les voitures pour proposer les menus articles qu'ils avaient à vendre : oranges, pains d'épices, noix, canifs, carnets et plumiers. Des hommes de tous âges jetaient des feuilles imprimées, par les fenêtres, à l'intérieur des voitures, et lorsque dans la nôtre j'en ramassai une, je constatai qu'il s'agissait de l'annonce d'une pièce dramatique. (Enfin j'allais voir un vrai théâtre !) D'autres personnes encore se hâtaient en plein milieu de la chaussée au péril de leur vie, munies de pelles et de baquets. J'avais l'impression de vivre quelque chose d'un peu irréel. Le grondement et le ferraillement des véhicules circulant sur les pavés, les cris des vendeurs ambulants, le tintement des clochettes agitées par les marchands de gazettes, tout cela m'emplissait d'un mélange de ravissement et de crainte.

Puis nous fûmes pris dans un embarras et nous dûmes nous arrêter au milieu d'élégants véhicules dont jamais je n'eusse pu soupçonner le nombre et la diversité. Sur notre droite roulait un magnifique landau peint en rouge, splendidement poli, et portant sur son flanc des armoiries qui ornaient aussi la housse frangée de fils d'or recouvrant le siège du cocher. À l'arrière se tenaient, de part et d'autre de la voiture, deux valets de pied portant tricorne et vêtus de pourpoints dont l'éclat était rehaussé par d'énormes épaulettes dorées, chacun tenant à la main, inclinée au-dessus du toit, une canne à pommeau d'or. Tous deux regardaient fixement devant eux, tels des aveugles. De l'autre côté de notre coche se montrait un équipage plus brillant encore, puisqu'il comptait, outre les deux valets de pied, un jeune page en gilet rayé, coiffé d'une petite perruque. Debout sur le marchepied, il saisit mon regard, et la façon qu'il eut alors de sourire me le fit prendre en haine.

Mais mon étonnement fut porté à son comble par l'éclat des lampes à gaz, éclairant les rues et les vitrines des boutiques, et qu'en ce jour sombre et pluvieux de septembre on avait allumées de fort bonne heure. C'était en effet pour moi une grande nouveauté, car à cette époque le système d'éclairage au gaz était bien loin de s'étendre jusqu'à notre village. En regardant ma mère, je vis que ses joues avaient rosi, comme si elle était sous l'empire d'un trouble identique.

– Que de lampadaires ! s'exclama-t-elle. Voyez ces vitres de boutiques tout illuminées ! La dernière fois que je suis venue ici, seules trois ou quatre rues, du côté de St James, étaient éclairées au gaz de ville, et l'on pouvait compter sur une main les boutiques pourvues de vitrines de ce genre.

– Seigneur ! fit Mrs Popplestone tandis que son fils souriait d'un air méprisant, cela doit faire une éternité que vous n'êtes pas venue à Londres.

Ma mère, rougissante, baissa les yeux.

Le coche, qui sur la grand-route avançait à tire-d'aile, donnait l'impression, maintenant qu'il roulait dans les rues de la capitale, de n'être plus qu'un monstre disgracieux et lourdaud. Constamment nous devions nous arrêter, immobilisés par d'autres véhicules, essuyant les quolibets des cochers. Parfois aussi, aux croisements, nous manquions de peu un piéton qui pour traverser se précipitait devant nous. La voiture me faisait songer aux canards qui nageaient avec tant de grâce sur la mare de notre village, et se dandinaient si maladroitement dès qu'ils regagnaient la berge.

À présent que nous avancions avec une lenteur extrême, j'avais tout loisir d'observer les citadins au milieu desquels j'allais désormais vivre. Dans une rue fort large (Haymarket, m'avait chuchoté ma mère), des gens parés de beaux habits en côtoyaient d'autres en haillons. Frôlant des messieurs et des dames que souvent suivait un valet de pied portant une canne à pommeau d'ivoire, je voyais quantité d'êtres qui ressemblaient à des gueux : hommes attifés de miséreux paletots dont les manches tenaient par de la ficelle, femmes en robes déguenillées, petites filles vendant des fleurs et que je pris pour des mendiantes. De toutes parts étaient assaillis la vue, l'ouïe, l'odorat : par les placards et annonces couvrant murs et palissades ; par les crieurs publics agitant leur clochette avant de clamer les nouvelles du jour, un enfant disparu, un navire naufragé, un projet de loi repoussé à la Chambre basse ; par les relents de marrons grillés, de pommes de terre et de coquillages que faisaient cuire des marchands dont les éventaires se dressaient en plein air.

Nous roulions à présent dans un canton où partout l'on s'employait activement à démolir, car on abattait les écuries royales pour ouvrir là un vaste jardin public. Ma mère observait avec étonnement les alentours comme si elle ne reconnaissait que vaguement les lieux. Sur un soudain coup de corne du garde le coche s'arrêta presque, avant de tourner pesamment pour s'engager sous une haute voûte, suivre un étroit passage et entrer dans la cour d'une auberge à l'enseigne de *La Croix d'Or*.

– C'est ici que nous allons loger ? demandai-je à ma mère tandis que nous rassemblions nos affaires, nous apprêtant à descendre.

– Non, murmura-t-elle. C'est trop onéreux.

– En plus, dis-je, n'importe qui pourrait nous y trouver sans peine. Mais alors, où irons-nous ?

– Je n'en sais rien, me répondit-elle.

– Ma chère, fit alors Mrs Popplestone, qui se tenait près de nous avec son fils et devait avoir surpris ce dernier échange, David et moi allons loger dans une pension de famille des mieux tenues. L'établissement a pour nom *Bartlett*, et c'est dans Wimpole Street. Je vous la recommande. Souhaitez-vous nous y accompagner ? Nous pourrions partager une voiture de place, car nous n'avons pour ainsi dire pas de bagages…

Ma mère accepta son offre et l'en remercia. Mais les choses se compliquèrent lorsque le cocher vit combien nous étions, ainsi que la quantité de bagages que ma mère et moi avions emportés.

– Je peux pas prendre tout ça, déclara-t-il à Mrs Popplestone d'un ton chargé de reproche.

– Alors, c'est tout simple, dit-elle à ma mère. Vous et moi allons partir devant avec les bagages, et les deux jeunes gens nous suivront à pied. Mon fils sait très bien où se trouve la pension.

C'était là le bon sens même, et il en fut fait ainsi. On chargea nos bagages dans la remise, non sans que j'eusse obtenu, au prix de beaucoup d'insistance, permission d'ouvrir un coffre pour en retirer les feuilles de mon plan reproduisant les cantons du centre de Londres ; les deux dames prirent place, puis maître Popplestone et moi suivîmes le véhicule, sorti de la cour de l'auberge par un autre passage, et peu après nous débouchions sur le Strand, juste en face de la vieille et morne façade d'une vaste demeure surmontée d'un lion sculpté dans la pierre. (Quand j'appris, beaucoup plus tard, qu'il s'agissait là de Northumberland House, je compris pourquoi ma mère avait ressenti un tel émoi en se retrouvant si soudainement dans ce lieu précis.) Mais bientôt la voiture prit tant d'avance que nous la perdîmes de vue, et mon compagnon m'entraîna dans un dédale de ruelles et de traverses.

À force de bifurquer, je ne tardai guère à perdre tout repère, tant j'étais avide de ne rien manquer du spectacle qui m'était offert : lavandières en sabots portant sur leur tête des ballots de linge ; marchands de tourtes vantant à grands cris, ponctués de coups de cloche, l'excellence de leurs pâtés chauds ; étals couverts d'huîtres, de coques, de pommes et de gâteaux ; hommes de peine munis d'un balai à long manche et s'activant à écarter du passage des piétons, à chaque carrefour, le crottin de cheval et la boue. Autre chose encore m'étonnait : dans les rues étroites, encaissées, privées d'air, il me semblait voir le ciel comme au fond d'un puits, et les grilles de fer protégeant toutes les maisons me faisaient songer à des tombes. Londres devait être un lieu fort dangereux, me disais-je, puisque dans les rues principales toutes les boutiques étaient pourvues de barres de défense. Ah, ces boutiques, quelle merveille ! Dans certaines on exposait des gravures, que je contemplais au travers de leurs vitrines. J'eusse aimé m'attarder devant elles, mais maître Popplestone me pressait de le suivre.

Tout à coup il s'arrêta.

– Attendez-moi ici, me dit-il. J'ai une commission à faire pour ma mère.

Il disparut dans une boutique de modiste et je l'attendis dehors, l'esprit tant accaparé par le spectacle de la rue que je fus brutalement alarmé lorsque je m'avisai qu'un bon laps de temps avait passé depuis que j'étais seul. J'entrai dans la boutique et, n'y voyant point mon compagnon, je m'enquis de lui auprès d'un commis.

– Le jeune monsieur qu'est rentré ici y a un petit moment ? me dit-il. Il est ressorti aussitôt, par la porte de derrière.

Je ne savais que penser de ce contretemps, mais je n'eus pas loisir d'y réfléchir, car je compris tout à coup que j'étais perdu et que je ne savais pas le moins du monde comment m'y prendre pour trouver la pension de famille où était allée ma mère. De plus en plus affolé, je me mis à errer par les rues. À présent il me semblait que c'était à moi que s'adressaient les clameurs des marchands ambulants – « Demandez mes oranges ! Plus juteux, vous ne trouverez pas ! » – alors que je pressais le pas, évitant çà et là un vendeur de romances qui me barrait le passage en criant « Trois yards pour un penny[1] ! ». Je passai à côté d'un étal derrière lequel une grosse femme délurée, le visage grimaçant, brandissait en clamant je ne sais quoi une anguille à demi dépouillée, mais encore vivante et qui se tortillait affreusement, fichée sur une grande broche.

Je tentai de consulter mon plan, mais comme je n'avais pas la moindre idée de l'endroit où je me trouvais, cela ne me fut d'aucune utilité. Je le montrai à un passant choisi au hasard dans la foule, mais cet homme, n'ayant jamais vu de carte de sa vie, ne sut pas le moins du monde quel parti en tirer.

Fort heureusement je me souvenais du nom de l'auberge où nous avait conduits notre coche, et je finis par retrouver mon chemin pour regagner Charing Cross. J'attendis une bonne heure à l'entrée de la cour avant de voir arriver une voiture de place et ma mère en descendre.

Elle était dans tous ses états. Elle se précipita vers moi pour me serrer contre elle, en larmes.

– Elle n'est pas ici ? geignit-elle.

Quand elle fut en état de formuler des propos cohérents, elle me conta son malheur. Sitôt que la voiture s'était arrêtée devant la pension de famille, Mrs Popplestone avait absolument voulu débourser le prix de la course, et elle avait demandé à ma mère d'entrer pendant ce temps dans l'établissement pour annoncer au personnel que Mrs Popplestone était de retour et souhaitait qu'on vînt l'aider à porter ses bagages. Ma mère avait donc tout laissé dans la voiture,

1. Autrefois, les chansons populaires, dont le texte était imprimé sur des rouleaux de papier, étaient vendues « au mètre », dirions-nous de nos jours, par des colporteurs. *(Toutes les notes sont du traducteur.)*

pour bientôt découvrir avec stupeur que nul, dans la pension, n'avait jamais entendu prononcer le nom de sa compagne de voyage. En regardant la rue elle avait constaté, bien entendu, que la voiture n'était plus là... et que tous nos bagages s'étaient envolés.

– J'ai attendu, attendu, mais elle n'est pas revenue, reprit-elle. Et toi qui n'arrivais pas non plus, Johnnie ! Mais il ne peut s'agir que d'un malentendu. Assurément elle va revenir ici lorsqu'elle va constater que je ne suis plus à l'hôtel.

Il me fallut un certain temps pour la convaincre de la vérité : nous avions été littéralement dévalisés. Effondrée, elle se mit à gémir.

– Mais c'est impossible, voyons ! Elle n'a pas pu faire une chose pareille. Je me refuse à y croire ! Elle était si aimable, si comme il faut ! Oh, Johnnie, il ne nous reste plus rien. Que les vêtements que nous avons sur le dos ! Plus rien !

Elle ne cessait de se lamenter, de répéter que la fortune nous était contraire, et ces propos m'irritaient au plus haut point, car en mon for intérieur je pensais que nous avions fait preuve d'une folle légèreté en nous fiant à la première personne venue. Voyant bien que tout le monde nous regardait, je menai ma mère à l'intérieur de l'auberge. Le garçon nous demanda ce qui semblait tant nous chagriner, et lorsque je lui contai notre mésaventure, il me dit qu'aller nous plaindre devant un magistrat reviendrait à perdre notre temps. Puis, m'apercevant qu'il ne se souciait pas davantage de nous, je compris que ce qui m'avait semblé être chez lui compassion n'était en fin de compte que curiosité.

Enfin, lorsque ma mère eut repris un peu contenance, nous louâmes une autre voiture en demandant au cocher s'il pouvait nous recommander quelque petit hôtel paisible. C'est ainsi que, peu de temps après, Mrs et maître Offland mettaient pied à terre devant une maison de Clifford Street dont la modeste enseigne annonçait – ou plutôt révélait avec distinction et sobriété – qu'elle portait le nom de *Nevot's Private Hotel*. Là, après que j'eus expliqué à un employé indifférent pourquoi nous étions dépourvus de bagages, nous nous fîmes attribuer des chambres et apporter une petite collation.

À présent nous mesurions pleinement toutes les conséquences de nos pertes : nous étions dépossédés de l'argenterie, de la porcelaine fine et des beaux habits que nous comptions vendre pour avoir de quoi subsister. Comment allions-nous vivre ? Avec toute la prudence requise, j'évoquai la perspective de négocier le codicille à Sir Perceval, mais cette éventualité plongea ma mère dans un excès d'humeur : elle se mit à tenir sur son père des propos d'une rare incohérence et jura ses grands dieux qu'elle aurait le cœur à tout jamais brisé si elle consentait à pareille trahison, au point que je me jurai de ne plus jamais soulever cette question. Au bout d'un certain temps, je lui demandai si selon elle, et eu égard à notre situation, nous ne ferions pas mieux de nous rendre chez Mrs Fortisquince.

– Oui, je le crois, fit-elle en soupirant.

Et c'est ainsi que dans l'après-midi nous nous rendîmes à Golden Square, où habitait la veuve d'oncle Martin.

III

Plus nous approchions de Regent Street, plus nombreux se faisaient les gueux. Beaucoup ployaient sous la charge des biens qu'ils possédaient, et j'en demandai la raison à ma mère. Mais pour toute réponse elle se contenta de hocher la tête. Bon nombre de petites filles (certaines étaient bien plus jeunes que moi) vendaient des fleurs. Elles s'abstenaient de nous arrêter pour nous en proposer un bouquet, remarquai-je, mais ne s'adressaient qu'aux hommes. C'est que les hommes étaient d'un naturel plus généreux, sans doute.

La demeure de Mrs Fortisquince se dressait sur le côté ouest d'une place ombragée, à deux pas d'une grande artère que l'on venait de percer, mais l'agitation urbaine ne parvenait pas à troubler l'endroit. Nous trouvâmes, gravé sur une plaque de cuivre neuve, le nom de Mrs Fortisquince, et à notre coup de sonnette une aimable soubrette vint ouvrir. Ma mère lui expliqua qu'elle avait certain lien de parenté avec sa maîtresse, qu'elle était venue inopinément à Londres et qu'elle se nommait Mrs Mellamphy. La servante nous pria de la suivre au premier étage, où elle nous laissa dans un salon. La pièce, dont les murs s'ornaient de coûteux papiers tontisses, était élégamment meublée de tables et de fauteuils de noyer, d'une console de marqueterie surmontée d'une psyché, et d'une ottomane couverte de satin. Sur le sol s'étalait un splendide tapis d'Orient, et dans un coin étaient disposés une grande harpe et un piano-forte, sur lequel on avait placé de jolies pièces de broderie et des livres. Bien qu'il fît chaud ce jour-là, un feu se consumait dans l'âtre. Nous attendîmes sans nous asseoir, écoutant des voix qui résonnaient à distance et le bruit de portes ouvertes et refermées quelque part dans la maison.

Enfin des pas se firent entendre sur le palier, la porte s'ouvrit et une dame entra. Élancée, distinguée, elle n'affichait que quelques années de plus que ma mère, mais son attitude était celle d'une femme beaucoup plus âgée. Elle avait le nez rectiligne, les yeux d'un bleu limpide, la mâchoire accusée, la bouche mince, et portait une robe demi-deuil, assortie d'une coiffe ornée de dentelle noire et de rubans de crêpe. Son attitude de gravité était encore accentuée par le port majestueux qu'elle adopta pour entrer dans le salon et refermer la porte derrière elle. Puis ma mère et elle commencèrent par se dévisager longuement, après quoi Mrs Fortisquince finit par adresser à ma mère un sourire, que celle-ci lui rendit timidement.

– Mary, après tant d'années ! J'ai peine à croire que c'est vous !

Elle fit quelques pas en avant et toutes deux s'embrassèrent brièvement.

– Chère madame Fortisquince ! fit ma mère.

– Madame Fortisquince ? répéta la dame. Fi de ces manières compassées, Mary ! Auriez-vous oublié qu'autrefois vous m'appeliez Jemima ?

– Non, bien sûr que non, Jemima.

– Voilà qui est mieux, ma chère Mary. Mais je vous en prie, asseyez-vous.

Ma mère prit place dans un fauteuil et Mrs Fortisquince, quand elle se fut accommodée sur l'ottomane, se tourna vers moi pour m'examiner. Pendant quelque temps elle m'observa bizarrement, avec sur les lèvres une esquisse de sourire.

– Dieu, qu'il est grand ! C'est presque un homme à présent, fit-elle d'une voix douce.

– C'est Johnnie, dit ma mère.

– Oh que oui, c'est Johnnie ! s'exclama Mrs Fortisquince. La ressemblance est si frappante. Vous ne trouvez pas ?

Elle se tourna vers ma mère, qui baissa les yeux.

– Non, vous ne trouvez pas ?

– Je ne… non, je n'en suis pas certaine.

– Vraiment ? Vous me surprenez. C'est pourtant frappant. On croirait voir en lui votre père.

– Mon père ? Oui, certainement, déclara vivement ma mère en relevant la tête.

À mon grand étonnement, c'était ma mère et non moi que Mrs Fortisquince fixait attentivement.

– Mais je ne retrouve en lui rien de son père, ajouta-t-elle.

Ma mère rougit et de nouveau baissa les yeux.

– Non, rien, n'est-ce pas ? absolument rien, reprit notre hôtesse. Pas le moindre trait. Vous êtes bien de mon avis ?

Ma mère la regarda, craintive, et, après m'avoir lancé un bref regard, porta promptement la main devant sa bouche.

– Mais asseyez-vous donc, jeune homme, me dit Mrs Fortisquince en levant le front.

Je pris place sur le bord du seul fauteuil libre, disposé devant le foyer qui dégageait une forte chaleur, car l'âtre était dépourvu de pare-feu.

– Combien de temps a-t-il bien pu s'écouler depuis notre dernière rencontre ? demanda Mrs Fortisquince d'un ton pensif.

– Bon nombre d'années, fit ma mère d'une voix menue.

– Voyons, que j'essaie de me souvenir, c'était en quelle occasion ?

Je vis ma mère se mordre la lèvre.

– Ah, j'y suis ! lança tout à coup Mrs Fortisquince. Comment ai-je bien pu faire pour l'avoir oublié ? C'était ce fameux soir, si je ne m'abuse...

Ma mère hocha la tête sans mot dire.

– Ma chère, je n'aurais pas dû parler de façon aussi irréfléchie, mais tant d'années ont passé depuis... reprit Mrs Fortisquince, l'air songeur. Et tant d'événements se sont produits ! Mais je suis curieuse d'apprendre ce qui vous amène. Quelque chose aurait-il enfin changé dans l'attristante situation de votre pauvre...

– Non, à ma connaissance, rien de tel, la coupa ma mère en me regardant fixement. Johnnie, reprit-elle, ayez la bonté de vous retirer sur le palier et de m'y attendre.

– Je n'en vois pas la nécessité, déclara Mrs Fortisquince. Vous n'êtes nullement tenue de me dire quoi que ce soit.

Je vis de nouveau ma mère rougir.

– Mais j'ai hâte de savoir ce qui vous a conduite ici, poursuivit la dame. Il me semble tellement étrange que vous ne m'ayez point écrit pour m'aviser de votre venue !

– Je n'en ai pas eu le temps et je vais vous en expliquer la raison. Mais, Jemima, je n'ai même pas eu la courtoisie de vous dire combien… combien je compatis à…

Elle n'acheva pas sa phrase et Mrs Fortisquince eut un soupir de tristesse.

– J'en suis profondément affligée, cela va sans dire. Mais cela n'a pas été pour moi une surprise. Quand on a un époux beaucoup plus avancé en âge qu'on ne l'est soi-même, il s'agit là d'une éventualité qu'il convient de toujours prévoir. Mais laissons là mon chagrin et dites-moi ce qui vous a conduite en ville.

– Cela tient en peu de mots. J'ai tout perdu. Johnnie et moi sommes dans le plus complet dénuement.

– Je suis horrifiée de l'apprendre, déclara Mrs Fortisquince d'une voix paisible. Mais je vous en prie, racontez-moi comment pareille chose a pu se produire.

Ma mère lui exposa par le menu notre triste mésaventure et Mrs Fortisquince, qui au début accueillait manifestement les détails du récit avec une grande sérénité, se montra de plus en plus intéressée au fur et à mesure que ma mère lui en révélait davantage. Elle posa de nombreuses questions sur la nature de la spéculation, l'attribution des baux à ferme, la purge des hypothèques et autres subtilités juridiques auxquelles nous eussions été bien en peine de répondre. Semblait tout particulièrement l'intéresser le caractère précis des conseils prodigués à ma mère par le sieur Sancious, ainsi que la nature des obligations financières qu'il lui avait fait contracter et auxquelles à présent, à sa grande hantise, elle devait faire face.

Tant de curiosité de la part de Mrs Fortisquince frappait visiblement ma mère.

– Croyez-vous que Mr Sancious m'aurait dupée ? demanda-t-elle. Johnnie est d'avis que je me garde de lui comme de la peste, car tous ses conseils ont engendré la catastrophe.

– Mais c'est absurde, affirma Mrs Fortisquince, qui me fit un sourire. Que d'imagination chez ce garçon ! Ma chère Mary, je suis sûre pour ma part que Mr Sancious s'est conduit de la façon la plus honorable. Ce genre de spéculations comporte toujours une certaine part de risque, et vous admettez vous-même qu'il ne vous en a rien caché.

– N'est-ce pas ce que je vous ai dit, Johnnie ? fit ma mère en m'adressant un radieux sourire.

– Les spéculations immobilières, expliqua Mrs Fortisquince, se sont révélées extrêmement profitables, mais en même temps elles ont ruiné bon nombre de gens ces dernières années. À mon avis, vous devriez retourner voir Mr Sancious. Il saura certainement vous éclairer de ses conseils et vous aider à tirer le meilleur parti des circonstances actuelles.

– Je vous remercie, Jemima. Je crois que c'est ce que je vais faire. Et comme si nous n'avions pas déjà essuyé tant de déboires, continua ma mère, il a encore fallu qu'on nous dérobe tous nos bagages lorsque nous sommes arrivés ici.

– C'est épouvantable, fit Mrs Fortisquince sans se départir de son calme.

Nul ne dit mot pendant quelque temps, et, voyant que notre interlocutrice n'était pas disposée à renouer le fil de la conversation, ma mère, les yeux baissés, reprit d'une voix mal assurée, tandis que je me consumais de honte :

– En attendant de recevoir l'argent provenant de la vente de nos meubles, nous n'avons pour vivre que quelques livres. Nous sommes littéralement à bout de ressources.

– Il me soulage grandement de savoir que vous attendez de l'argent, dit Mrs Fortisquince. Être talonné par des créanciers, je ne sais que trop ce que c'est. Vous serez sans doute étonnée d'apprendre que ma situation financière n'est pas des plus brillantes, car feu mon époux – en raison de dispositions peu judicieuses prises par lui ces dernières années – m'a laissée considérablement moins pourvue que je ne le croyais. N'eût été cela, je me serais fait un plaisir de vous venir en aide.

Ma mère, alors, me regarda sans plus chercher à déguiser combien ces propos la décevaient et la blessaient. Je sentis dans son attitude l'humiliation qui l'accablait, et aussi la rancœur qu'elle ressentait envers Mrs Fortisquince.

– Qu'allez-vous faire ? lui demanda celle-ci. Je suppose qu'il vous faudra accepter un emploi de gouvernante ?

– Oui, s'il le faut, répondit ma mère.

– Comme vont les choses ! s'exclama Mrs Fortisquince, dont cette fois le visage s'éclairait d'un authentique sourire. N'est-il pas étrange de penser que j'étais moi-même gouvernante à l'époque où vous étiez la fille chérie d'un gentilhomme fortuné ?

Ma mère ne lui rendant pas son sourire, elle fit un bref mouvement, comme si elle s'apprêtait à se lever.

– Mais c'est fort aimable à vous, continua-t-elle, d'avoir songé à venir me voir si peu de temps après votre arrivée. D'autant que vous avez bien d'autres préoccupations.

– Je pense qu'il est temps pour nous de prendre congé, déclara ma mère, à qui n'avait pas échappé que pour Mrs Fortisquince l'entretien était clos.

– Déjà ? Vous croyez ? fit celle-ci en se levant pour faire tinter la clochette. Mais dites-moi, où logez-vous ? demanda-t-elle d'une voix languide alors que nous nous levions.

Je devançai la réponse de ma mère.

– À *La Croix d'Or*, affirmai-je. À Piccadilly.

Ma mère, consternée, me regarda avec stupéfaction. D'un rapide froncement de sourcils je lui fis signe de ne pas me contredire.

Comme au même instant la jeune soubrette entrait dans le salon, Mrs Fortisquince ne s'aperçut de rien. Elle embrassa ma mère et l'accompagna jusqu'au seuil de la pièce pour lui faire ses adieux.

– Songez à revenir me voir, et sans tarder, lui dit-elle.

La brève pause qu'elle avait marquée avant de formuler les trois derniers mots de sa phrase démentaient singulièrement la sincérité de l'invite.

Nous descendîmes les marches et la servante nous accompagna jusqu'à la porte de la rue. Sitôt que celle-ci fut refermée, ma mère ne put se contenir davantage :

– Mais pourquoi es-tu allé raconter pareil mensonge ?

– Elle me déplaisait.

– Mais enfin, peux-tu me dire…

– Pourquoi voulait-elle à tout prix que nous fissions entière confiance à Mr Sancious ?

– Cesse de parler de cela, Johnnie. Tu portes sur Mr Sancious des jugements parfaitement déraisonnables. Et encore une fois, pourquoi ce mensonge ?

– Maman, ne pensez-vous pas qu'elle pourrait être liée à des gens qui nous recherchent, et que c'est pour cela qu'elle veut savoir où nous trouver ?

– Mais non, Johnnie, certainement pas.

Elle sembla tout à coup hésiter :

– Encore que… cela ne me semble pas impossible.

– Quoi qu'il en soit, nous n'avons rien à gagner en continuant à entretenir des relations avec elle, vous ne croyez pas ?

– Je crois que tu as raison.

– Encore une chose, maman : que voulait dire Mrs Fortisquince lorsqu'elle a parlé de « ce fameux soir » ? Et de qui parliez-vous ?

Elle me serra le bras.

– Pas à présent, Johnnie. Un jour tu sauras tout, je te le promets. Mais ne me force pas à tout te raconter maintenant. Je n'aurais pas dû t'amener ici, seulement je pensais qu'elle...

– Vous pensiez qu'elle ferait quoi, maman ?

– Je pensais qu'à toi, elle viendrait en aide, sinon à moi. Par égard pour les autres...

IV

Bien que cela excitât davantage encore ma curiosité, ma mère ne me dit rien de plus, et c'est en silence que nous fîmes le chemin du retour. Je ne cessais de ressasser la conversation que je venais d'entendre, m'efforçant de trouver une explication qui s'accordât avec ce que je savais, un peu comme si j'essayais différentes clés pour ouvrir une serrure. Qu'avait-il bien pu se produire cette fameuse nuit-là, bien des années auparavant, lorsque ma mère et Mrs Fortisquince s'étaient vues pour la dernière fois ? Et qui était le mystérieux personnage dont celle-ci avait évoqué l'« attristante situation » ? Surtout, surtout, en quoi pouvait bien consister ce mystère qui entourait mon père ? Et quels sentiments pouvait bien nourrir Mrs Fortisquince à l'égard de ma mère... comme envers moi-même ?

De retour à l'hôtel, nous fûmes gratifiés d'un fruste souper, puis nous regagnâmes notre chambre. Je fis remarquer à ma mère combien notre linge était sale, et elle m'expliqua que cela tenait à la fumée que dégageait la combustion du charbon dans les innombrables cheminées de Londres. Étendu sur le sofa, j'eus le plus grand mal à fermer l'œil durant cette première nuit passée dans la capitale, car les rumeurs que j'entendais – craquements et grondement des voitures, claquement de sabots ferrés sur le pavé, cris des veilleurs annonçant les heures, suivis au petit matin des appels des colporteurs et du tintamarre des cloches – tranchaient avec les bruits que notre village avait rendus familiers à mon oreille. Éveillé dès avant l'aube, j'écoutais, étendu sur le dos, bruire la vie de l'hôtel, me demandant ce qu'à l'instant même il se passait à Melthorpe. Bissett s'affairait-elle de si bonne heure, comme à son habitude, dans la maison vide ? Le bétail se pressait-il déjà sur le chemin pour gagner ses terrains de pâture ? Mr Passant était-il en train d'ouvrir sa boutique ? J'éprouvais quelque mal à penser qu'au village la vie suivait son cours, comme de tout temps, alors que moi je n'étais plus là.

Après le déjeuner ma mère s'entretint avec le tenancier de l'hôtel et apprit ainsi que, dans la rue voisine, une certaine personne du nom de Mrs Marrables prenait des pensionnaires et avait probablement des chambres à louer. Nous nous rendîmes sans plus tarder au n° 37 de Conduit Street, où la maison nous sembla des mieux tenues, et la propriétaire fort respectable. Mais le seul logement vacant comportait deux chambres et un salon situés au premier étage, sur l'arrière de la maison. Le loyer se montait à quatre livres par mois, somme qui incluait le service de la domestique.

Je tirai ma mère par le bras.

– C'est beaucoup trop, lui chuchotai-je.

– Il faut bien que nous prenions gîte quelque part, me souffla-t-elle.

Aussi, s'en tenant à sa résolution, loua-t-elle les chambres ; mes protestations n'y firent rien : elle régla sur-le-champ le loyer du premier mois.

Comme nous revenions à l'hôtel, je lui fis reproche de cette extravagance.

– Voyons, je ne peux tout de même pas me passer d'une servante, protesta-t-elle. Et puis, Bissett va bientôt nous envoyer de l'argent.

– Oui, mais combien, nous n'en savons rien, maman. Nous devons tout calculer et savoir très exactement ce que nous pouvons dépenser.

– Parfois, à t'entendre, on dirait que tu ne me fais pas confiance, me dit-elle avec amertume.

Ce propos donna lieu à une âpre querelle.

Cependant, lorsque nous fûmes de retour à l'hôtel pour nous acquitter de la somme due et empaqueter nos effets, elle accepta de s'asseoir à la table et de m'aider à dresser l'état de notre fortune. Il nous apparut que pour l'instant nous étions en possession de vingt-quatre livres – desquelles nous devions soustraire les huit shillings que nous coûtait la location de nos chambres. Bissett, espérions-nous, allait nous faire tenir environ quarante livres. À supposer qu'il en fût bien ainsi, estimai-je, nous ne pouvions cependant vivre sur un tel pied.

– Mais tu n'as pas songé à l'argent que va me rapporter la vente de mes ouvrages au petit point. Je sais admirablement broder, vois-tu, et les pièces de qualité se paient fort cher.

– Maman, en avez-vous l'assurance ?

– Ce que tu me dis est désobligeant, Johnnie, fit-elle. Tu refuses de prêter la moindre qualité à ta maman. Mais en lingerie, je m'y connais. Je sais ce qu'il m'en coûtait de me vêtir quand j'étais jeune fille, et je suis certaine que depuis ce temps-là les prix ont monté. Et puis, s'il le fallait, je pourrais toujours accepter un emploi de gouvernante.

– Cela vous ferait horreur. Vous ignorez combien ce travail est pénible.

– Mais enfin, Johnnie, qu'en sais-tu ? me répliqua-t-elle avec un sourire pincé.

– Je le sais, voilà tout. La fois où nous sommes allés au

domaine de Mompesson, j'ai vu comment Lady Mompesson traitait la gouvernante. Et le jour où je me suis échappé du jardin... vous le rappelez-vous ? Je suis allé voir la petite fille que j'avais rencontrée là-bas et...

– Tu as agi très vilainement, Johnnie, dit-elle sans me laisser aller au bout de mes remontrances.

– Nul ne savait que j'étais là-bas, que Henrietta, protestai-je, indigné. Mais ce que je voulais dire, c'est qu'elle m'a raconté tout ce que sa gouvernante, Miss Quilliam, a dû endurer pour finir par se faire brutalement congédier de façon tout à fait injuste.

Ces propos étant loin de la convaincre, j'avançai un autre argument.

– Soit, supposons que vous puissiez le supporter, où irai-je, moi ?

– Tu seras pensionnaire dans une école. Nous en trouverons une à proximité.

– Je répugne à cette idée. Si vous devez travailler, alors je travaillerai moi aussi.

– Ne dis pas de niaiseries. Tu es beaucoup trop jeune pour cela.

– À mon âge, et même avant, bien des garçons et des filles travaillent. C'est ce que font les jeunes frères et sœurs de Sukey.

– À la campagne, ce n'est pas la même chose. Il suffit de garder les vaches et de s'occuper des champs, ce n'est pas un vrai travail. À Londres, ce n'est pas pareil.

– Je sais. Joey travaille.

– Qui est Joey ?

– Joey Digweed, le garçon qui est venu chez nous à Noël avec sa mère, dis-je avec emportement.

– Ah oui, je me souviens, mais les choses sont tout à fait différentes. Et puis, tu gagnerais bien trop peu. Mieux vaut que tu entres dès à présent dans une école, afin de te pourvoir d'une bonne profession et de vivre honorablement. Mais je suis sûre que cela ne sera pas nécessaire.

– Supposons que vous acceptiez d'exercer les fonctions de gouvernante, quel serait selon vous votre salaire ?

– Pour le moins trente livres, sachant que je donnais à Mrs Belflower vingt-cinq livres de gages. Il est vrai qu'elle faisait partie de la famille, et qu'elle était mieux rétribuée que ne l'est d'ordinaire une cuisinière.

– Soit, mais alors quelle somme nécessiterait mon éducation dans une école ?

– Eh bien, comme tu devras rester dans l'établissement pendant les vacances, tes frais et faux frais devraient se monter à quinze livres. Ajoutons à cela les dépenses supplémentaires – des habits pour toi et moi, les honoraires du médecin et les remèdes, quelques vacances et cadeaux – qui ne doivent guère excéder dix livres. Autrement dit, nous pourrions épargner cinq livres par an, si bien qu'à l'époque où tu seras en âge de te pourvoir d'un état, nous aurons, sans compter l'argent des meubles, une somme d'environ soixante livres, ce qui est plus qu'il n'en faut pour rétribuer un maître.

– Vous croyez que les gouvernantes perçoivent des salaires si élevés que cela ? dis-je. Il me vient une idée : pourquoi ne pas vous inscrire dans un bureau de placement ? Ainsi vous sauriez au moins quels salaires sont offerts aux gouvernantes, et de plus vous pourriez vous enquérir en détail des emplois vacants, voire accepter celui qui vous conviendrait le mieux.

Ma mère en tomba d'accord, sans grand engouement. Nous descendîmes au rez-de-chaussée, et tandis qu'elle s'acquittait des frais de notre hébergement, pour passer le temps je me rendis dans la salle de l'auberge, où je me mis à feuilleter une gazette. Mon regard fut attiré par les annonces de la première page qui pour la plupart étaient rédigées de la façon suivante : « Établissements d'éducation pour fils d'excellentes familles. Enseignement de qualité. Inscription annuelle : soixante guinées, plus frais accessoires. » L'inscription la moins onéreuse que je pus trouver dans une école londonienne – ou située à moins d'une centaine de milles de Londres – se montait à vingt-cinq guinées. Cependant, d'autres annonces, qui toutes se rapportaient à des établissements scolaires situés fort loin dans le nord du pays, me laissèrent passablement songeur, puisque leur texte revenait à ceci : « Enfants de santé délicate : douze guinées par an. Trente guinées si l'établissement procède aux formalités requises en cas d'évolution fatale. » Je relevai aussi des annonces faisant appel à des gouvernantes, et je constatai que les gages proposés étaient tous compris entre quinze et vingt livres l'an.

Quand ma mère revint, je me hâtai de reposer la gazette. Elle semblait préoccupée et j'en compris vite la raison.

– J'ai dû débourser quatorze shillings, Johnnie. La vie à Londres me paraît infiniment plus chère que je ne l'avais imaginé. Vois-tu, je crois que nous ferions mieux de nous retirer dans une ville de province.

– Mais si nous sommes venus ici, c'est pour qu'on ne nous retrouve pas, maman ! protestai-je, bien décidé à ne pas renoncer de sitôt à la perspective d'être bientôt citoyen de la capitale.

– Tu as agi en conséquence, Johnnie. Nul ne pourra retrouver notre trace à partir de la *Croix d'Or*. Mais peut-être pourrions-nous nous établir dans une ville agréable. Salisbury, j'en suis certaine, nous ravirait. J'y suis passée une fois, voilà quelques années. J'ai trouvé la ville admirable avec sa cathédrale et le vieux cloître qui l'entoure, et je me suis dit qu'un jour il me plairait d'y vivre.

– Ou alors Hertford, suggérai-je en la regardant attentivement. La ville m'a semblé si jolie.

Elle eut un petit sursaut et se détourna.

– Non, pas là, fit-elle.

Nous quittâmes l'hôtel, et peu de temps après nous nous présentions chez Mrs Marrables. Une fois installés dans nos chambres, nous rangeâmes nos quelques possessions et, en qualité de pensionnaires, descendîmes souper dans la salle du bas.

Après quoi, lorsque nous eûmes regagné notre appartement, ma mère se confectionna un grog brûlant.

– Je me sens passablement revigorée à présent, me dit-elle. Je vais écrire à Bissett pour lui dire que nous avons désormais une adresse.

J'avais des raisons de penser que ce n'était pas là une bonne idée, mais j'étais quelque peu réticent à les formuler.

– À votre place, j'attendrais avant d'envoyer cette lettre. Peut-être nous faudra-t-il déménager de nouveau, ct à bref délai, sait-on jamais ? Et il serait fâcheux qu'elle envoyât ici un effet de banque si nous n'y sommes plus, non ?

– Que tu es ennuyeux, Johnnie ! Nous sommes installés ici pour un bon moment. Mais soit. J'attendrai. Elle n'aura pas encore eu le temps de tout vendre.

Je proposai que nous nous rendions le lendemain à un bureau d'emploi, et que nous cherchions une école où je pourrais m'inscrire.

– Et pendant que nous serons dans le bureau, dis-je, ne pourrions-nous demander s'il n'y a pas un moyen de retrouver l'adresse de Miss Quilliam ?

Ce propos fit rire ma mère.

– Ainsi, il te suffit de rencontrer une seule fois quelqu'un pour te comporter comme s'il s'agissait d'une vieille relation !

– Mais nous ne connaissons personne d'autre à Londres !

Voyant qu'elle ne trouvait rien à dire, je répétai :

– Non, personne d'autre. Absolument personne.

– Alors c'est entendu, nous allons tenter de la trouver.

Elle se tut un instant avant de poursuivre d'un ton plus grave :

– Après quoi il faudra que je me rende dans certain lieu...

– Où cela ? lui demandai-je, étonné. Est-ce loin ? Aurons-nous à prendre un coche ?

– Il faudra que je m'y rende seule. Ne me pose aucune question à ce sujet, et promets-moi de n'en rien faire non plus quand je serai de retour.

Voilà qui me rendait fort perplexe.

– Mais... vous m'aviez dit ne connaître personne à Londres, sinon Mrs Fortisquince et Mr Sancious.

– Je t'ai dit que je n'y avais pas d'amis. Et puis, cesse de me questionner, se récria-t-elle.

Voyant qu'elle était d'humeur malgracieuse, je m'empressai de parler d'autre chose.

– Mais si, à Londres nous avons des amis. Vous oubliez Mrs Digweed et Joey.

– Ah oui...

Elle esquissa un petit rire :

– Mais je doute que nous puissions nous recommander d'eux.

Au terme de cette journée fructueuse et bien remplie, je me glissai dans mon lit et ne tardai guère à sombrer dans le sommeil.

Le lendemain matin nous nous mîmes donc en quête du plus important des bureaux de placement, non loin de Wigmore Street.

Chemin faisant, ma mère fit halte devant une vitrine pour m'y désigner des pièces de broderie.

– Regarde. Je sais faire exactement ce genre d'ouvrage. Entrons pour nous enquérir de leur prix.

Ce que nous fîmes, et, constatant que ces articles étaient fort coûteux, nous quittâmes la boutique grandement réconfortés.

Nous aidant de mon plan, nous traversâmes un très vaste canton où rues et places étaient pour la plupart fermées à une extrémité par des poteaux et des chaînes, alors que de l'autre se tenaient, près d'une barrière, des gardiens en livrée autour d'un poste de guet. Au bout d'un certain temps nous constatâmes que nous avions perdu notre chemin. Témoin de notre visible embarras, un homme d'âge moyen, bien mis, vint à nous pour nous demander ce que nous cherchions.

– Wigmore Street ? répéta-t-il. C'est la première sur la gauche. Vous voulez vous rendre au Bureau central de Londres ?

Lorsque ma mère lui eut dit que tel était bien notre dessein, il la dévisagea avec cordialité.

– Alors, c'est du fond du cœur que je vous plains, fit-il.

– Est-ce donc si abominable ? lui demanda ma mère d'une voix mal assurée.

L'homme la fixa attentivement.

– J'ai connu des gouvernantes que l'on traitait comme les plus misérables des créatures, dont on méprisait l'état et que les employeurs humiliaient. Mais il n'en va pas toujours ainsi. Peut-être serais-je en mesure de vous obliger en vous trouvant une place dans une bonne famille.

Ces propos parurent laisser ma mère interdite.

– Vous êtes fort aimable, monsieur, murmura-t-elle.

– Venez, déclara-t-il, et permettez-moi de vous mettre sur la voie de Wigmore Street. Peut-être réussirai-je à vous convaincre de ne pas commettre de regrettables bévues.

Manifestement surprise, ma mère ne mit point obstacle à ce qu'il nous accompagnât.

– Je suis le sieur Parminter, de Cavendish Square, nous dit-il au bout de quelques pas. Permettez-moi de vous donner ma carte. Et n'hésitez pas à venir me voir si je puis vous être de quelque utilité.

Il porta sa main vers sa poche, mais soudain ma mère l'arrêta.

– Je vous en prie, fit-elle, ne vous donnez pas cette peine.

– Mais ce serait pour moi un véritable plaisir que de vous venir en aide, déclara-t-il d'un ton jovial.

À ces mots, ma mère eut un pas de recul, et ce fut visiblement en affectant une certaine morgue qu'elle répliqua :

– Je vous sais infiniment gré de votre aide, monsieur, mais d'ici nous trouverons aisément notre chemin, et je ne voudrais en rien vous importuner davantage.

Et sans lui laisser le temps de répondre, elle s'inclina brièvement devant lui et s'éloigna. Tout en me hâtant pour la rattraper, je me retournai et vis le personnage nous observer avec une expression où je crus déceler un soupçon d'ironie.

– Voyons, maman, lui dis-je lorsque je fus à sa hauteur, pourquoi ne pas avoir accepté l'aide de ce gentleman qui paraissait si courtois ?

Pour toute réponse, elle se contenta de hocher la tête sans ralentir son pas.

Peu de temps après nous étions dans Wigmore Street, où nous trouvâmes sans peine le bureau de placement, sis au second étage d'un immeuble. Le local comportait deux offices, ainsi que l'indiquait une pancarte : l'un pour les employeurs, l'autre pour les gouvernantes. Dans ce dernier, un long comptoir de bois occupait toute la longueur de la pièce ; debout derrière ce comptoir se tenait un clerc qui conversait avec une dame assise tout en consultant de temps à autre les gros registres empilés derrière lui sur des étagères. Un certain nombre de femmes, elles aussi assises, attendaient leur tour, occupant la demi-pièce où nous venions d'entrer. Nous donnâmes notre nom à un commis posté derrière un bureau, près de la porte. Il en prit note, nous désigna des sièges et remit la feuille de papier à l'homme installé au comptoir. Celui-ci se contenta d'y jeter un bref coup d'œil avant de la mettre de côté.

Nous prîmes place sur nos sièges et il nous fallut attendre pendant longtemps; mais enfin on appela le nom d'« Offland » et le clerc ajouta :

– Pressons, pressons, je n'ai pas que ça à faire !

C'était un personnage menu, de mine plutôt lugubre, dont le visage était creusé de traits durs, et qui cachait sa calvitie sous une petite perruque.

– Où donc que vous avez servi, ma'ame Offland ? demanda-t-il quand nous fûmes devant lui, sans même lever le regard du registre sur lequel il était en train d'écrire.

– Servi ?

– Oui, c'est bien ce que j'ai dit : servi.

– Je n'ai jamais servi personne.

Alors pour la première fois il leva les yeux.

– Mauvais, ça !

À cet instant il remarqua ma présence :

– Et lui, là, c'est le vôtre ?

– Oui, fit ma mère.

– Veuve ?

Ma mère rougit et hocha la tête en signe d'assentiment.

L'homme lui lança un regard inquisiteur.

– Il serait pensionnaire dans une école, dit-elle.

– Ça va sans dire, fit-il. Mais malgré tout les familles aiment pas qu'une gouvernante elle ait un enfant. Une gouvernante, ça doit être célibataire, c'est comme ça. Et d'abord, vous ne pourriez pas le voir, sauf autorisation spéciale.

– J'ignorais cela.

– Bon, maintenant vous le saurez. Ou alors, mais je devrais pas vous dire ça, vous le passez sous silence.

– Mais… qu'entendez-vous par là ?

– Mâtin, mais vous êtes naïve ou quoi ? Bon, j'en ai assez dit comme ça. Maintenant, voyons un peu ce que vous avez à proposer. Vous parlez français ?

– Oui, dit ma mère.

– Parisien ? Le vrai ? Comme une qui serait née là-bas ?

– Non, pas avec autant d'aisance, admit-elle en hochant la tête.

– Et l'italien ? demanda-t-il d'un ton sévère.

– Non, fit-elle, presque en un murmure.

Il ferma la bouche avec une mimique de quasi-résignation.

– Bon. Vous savez chanter, jouer du piano-forte ?

– Cela oui, assez bien.

– Je crois pas que vous trouverez à servir, déclara-t-il d'un ton sinistre. Je me demande si ça vaut la peine de vous inscrire. Et puis, avez-vous du répondant ?

Voyant que nous ne comprenions pas, il reprit avec irritation :

– Quelqu'un qui se porte garant de vous, quoi…

Ma mère me regarda, consternée.

– Pourquoi n'avions-nous pas songé à cela ?

– Mrs Fortisquince, déclarai-je.

Ma mère me contempla avec surprise, ce qui n'échappa pas à l'œil vif du clerc, qui nous lança un regard dubitatif.

– Qui est Mrs Fortisquince, et où demeure-t-elle ?

– Cette dame est la digne veuve d'un homme de loi, dis-je. Elle demeure à Golden Square.

L'homme fit claquer bruyamment ses doigts.

– Pff ! Votre ma'ame Fortisquince et son Golden Square, même si tout ça c'est dans la City, ça vaut rien ! Ce qu'il faut, c'est au minimum un nom titré avec pignon dans le West End !

– Mais… la recommandation de Mrs Fortisquince ne suffirait-elle pas à m'accréditer auprès d'une famille ayant des exigences disons… normales ?

– Vous devez sans doute en savoir plus long que moi sur la question, lui fut-il rétorqué d'un ton brutal. Ces familles-là sont encore plus pointilleuses sur le chapitre des recommandations que les aristocrates.

À notre grand effroi il se mit à déchirer et faire une boulette de la page de registre sur laquelle il avait entrepris de consigner les réponses de ma mère.

– Non, fit-il, on peut pas vous inscrire. Pas question.

– Pas question ? répéta ma mère.

– Vous pourriez essayer comme bonne d'enfants, ajouta-t-il. Pour ça, la dame Fortisquince vous servirait à quelque chose. Mais ça, les bonnes d'enfants, c'est pas de notre ressort. Allez voir un bureau qui s'occupe de ces affaires-là. Pouvez disposer.

Comme elle se détournait du comptoir, je la tirai par la manche.

– Miss Quilliam, lui dis-je.

– Non, impossible, chuchota-t-elle.

– Vous l'aviez promis, repris-je avec insistance.

De mauvaise grâce elle se retourna vers le comptoir.

– Puis-je solliciter un renseignement ? demanda-t-elle. Je souhaiterais retrouver une amie à moi – ou de mon fils pour mieux dire – qui peut-être s'est inscrite chez vous. Elle se nomme Miss Quilliam.

– Ça me dit quelque chose. Mais je sers à quoi, moi, là-dedans ?

– Plaît-il ?

– À quoi que ça me sert de me donner tant de mal ?

– Il veut de l'argent, chuchotai-je.

– Combien ? me demanda-t-elle dans un souffle.

– Deux shillings, lui soufflai-je, estimant que pareille information valait bien une telle somme.

Ma mère retira les pièces de son réticule et les déposa sur le comptoir. Le clerc se saisit de l'argent d'un geste machinal, tout en s'absorbant dans l'ouverture d'un gros registre posé devant lui. Puis il se mit à suivre du doigt la colonne des noms inscrits sur une page.

– Voilà, finit-il par dire. Je me disais bien que ça me rappelait quelque chose. Elle était inscrite ici du temps qu'elle était au service de Sir Perceval Mompesson. Dans Brook Street et au domaine de Mompesson, à Hougham.

Levant la tête, il eut un regard évasif et sur ses traits se peignit une expression quasiment rêveuse.

– Une maison des plus nobles… Nous y avons envoyé plus d'une gouvernante à l'époque où les deux jeunes seigneurs étaient en âge de s'instruire. Et aussi plus récemment, pour la jeune demoiselle. Oui, plus d'une.

– Pourriez-vous me dire qui l'emploie à présent ? demanda ma mère, le tirant de sa rêverie.

– Ça non, je peux pas, fit-il d'un ton brutal, le visage renfrogné.

– Vous ne pourriez pas regarder ? insistai-je.

– Ça servirait à rien, déclara-t-il. Elle n'est plus inscrite chez nous. Elle est revenue ici il y a un mois ou deux pour se refaire inscrire, mais j'ai rien pu faire pour elle.

Ma mère et moi échangeâmes un regard consterné.

– Je ne comprends pas, fit-elle.

Il nous dévisagea d'un air mystérieux, entendu, se livrant à une manière de mimique qui consistait à se frotter le nez de son doigt épais tout en secouant la tête comme pour mieux se faire comprendre.

– Elle a quitté son emploi sans certificat de bonne conduite, fit-il.

Cela confirmait ce que Henrietta m'avait révélé, mais faisait inopinément obstacle à notre volonté de la retrouver.

– En ce cas, auriez-vous pour le moins l'obligeance de me donner son adresse ? demanda ma mère.

– Elle n'en a pas laissé : elle se doutait bien qu'on ne la solliciterait plus.

– Vous ne savez vraiment pas où elle demeure ? dis-je.

De mauvaise grâce, il examina la page graisseuse de son gros registre.

– D'après ce que je vois là, avant d'être engagée par la famille de Sir Perceval, elle logeait au n° 26 de Coleman Street. Une adresse convenable, vu que c'est en plein dans la City. Mais rien ne dit qu'elle est encore là-bas.

Il referma bruyamment le registre.

– Voilà, je peux rien de plus pour vous.

– Vous ne cessez pas de nous dire que vous ne pouvez rien pour nous, protestai-je. En ce cas, il ne fallait pas prendre les deux shillings !

– Allez-vous-en ! proféra-t-il d'un ton menaçant. Y en a plein d'autres qui attendent.

Ma mère me saisit le bras et nous repartîmes, abattus, vers notre logis.

– Pourquoi s'est-il montré si odieux ? demanda ma mère.

– Parce que c'est une brute ! m'écriai-je.

– Johnnie, me dit-elle quelques minutes plus tard, s'il faut que j'en vienne un jour à accepter d'entrer au service de quelqu'un, crois-tu que nous pouvons prendre la liberté de nous recommander de Mrs Fortisquince ?

Je pris le temps de réfléchir avant de répondre.

– Je ne crois pas qu'il serait prudent de lui dévoiler l'endroit où vous logez, maman.

Elle en convint, et nous continuâmes de cheminer. Nous rentrâmes et, après le dîner, ma mère, coiffée de son bonnet à brides, s'en alla se livrer à la mystérieuse affaire dont elle m'avait parlé.

En attendant son retour, je tentai de me distraire par la lecture d'un livre qui comptait parmi ceux que j'affectionnais le plus – il n'avait échappé au vol que parce que je l'avais entre les mains ce jour-là –, mais les gravures qui m'avaient tant ravi du temps que je les contemplais à Melthorpe me semblaient à présent tout affadies. Était-ce parce que j'étais à Londres et que l'aventure, désormais mon lot quotidien, excitait mon imagination ? Sans doute. Pourtant, s'il en était bien ainsi, cette maison et cette rue me décevaient, tant elles me semblaient mornes. Je refermai mon livre et vins m'asseoir près de la fenêtre : je voulais regarder le ciel s'assombrir tandis que le soleil descendait sur l'horizon et observer, de l'autre côté de la rue, le lent manège des capuchons de cheminées couronnant les conduits, ainsi que le sautillement des moineaux dans les gouttières.

Enfin tinta la clochette de l'entrée et j'entendis Jennie ouvrir la porte. Puis ce fut, à l'extérieur de la chambre, un pas léger ; je n'eus pas besoin de contempler longuement ma mère pour deviner qu'un événement s'était produit, qui l'avait profondément bouleversée. Elle ne paraissait pas même me voir tandis qu'elle retirait son bonnet, et j'étais incapable de décider si ce qui lui était arrivé était bon ou fâcheux. Elle était en proie à une sorte de fièvre, comme si l'exaltait un espoir auquel elle ne s'était point attendue, et pourtant l'attristait comme une ombre venue de ce passé qui l'accablait. Quand je m'adressai à elle, elle détourna le regard, et il lui fallut un certain temps pour me répondre. Je dus faire un considérable effort sur moi-même pour tenir ma promesse de ne point la questionner et me contraindre au silence tout le temps que dura notre souper, du pain et du fromage qu'elle avait rapportés.

Ensuite, elle prit place à la table et se mit à remplir son carnet. Quand, deux heures plus tard, je me glissai au lit, elle écrivait toujours ; et lorsque, plusieurs heures après, quelque chose me tira de mon sommeil, je la retrouvai à la table du salon où je pouvais entendre encore sa plume grattant sur le papier.

V

Je me tourmentais à l'idée qu'il serait sans doute malaisé à ma mère de trouver une place de gouvernante comme elle l'avait imaginé, mais elle était moins soucieuse depuis qu'elle avait décidé de se mettre aux travaux d'aiguille pour gagner sa vie. Aussi parcourûmes-nous, le lendemain matin, Regent Street de bout en bout et dans les deux sens, avant de jeter notre dévolu sur une fastueuse boutique où l'on vendait de la lingerie. À notre arrivée, une employée s'avança vers nous, tout sourire, pour nous saluer d'une brève inclinaison du buste.

– Bonjour, madame, fit ma mère d'un ton où perçait la nervosité. Voilà… je souhaiterais exécuter pour vous des pièces de broderie fine.

Tout d'abord l'employée ne sembla pas comprendre, et ma mère dut répéter ce qu'elle venait de dire. Alors le visage de la femme s'assombrit et elle s'approcha vivement de nous.

– Ignorez-vous donc qu'il vous est interdit d'entrer ici par-devant ? fit-elle d'une voix sifflante. On ne vous a donc jamais appris ces choses-là ?

– Mais alors… par où ? demanda ma mère, abasourdie.

– Sortez d'ici et faites le tour par-derrière.

Nous tournâmes les talons pour quitter la boutique le plus dignement possible, puis, prenant par une succession de ruelles, nous eûmes le plus grand mal à trouver la partie postérieure de la bâtisse. Ce fut un jeune voiturier, attelé à une charrette à bras chargée de caisses, qui nous indiqua sur l'arrière une double volée de marches ; quand nous les eûmes gravies, nous débouchâmes dans une vaste pièce nue, ménagée sous les combles, où une vingtaine de femmes – jeunes, pour la plupart – étaient assises autour d'une immense table sur laquelle s'amoncelaient pièces d'étoffes et bobines de fil, et qui tiraient l'aiguille avec tant d'application que c'est à peine si elles levèrent les yeux quand nous entrâmes, à l'exception d'une seule, plus âgée que les autres, et qui, ajustant sa coiffe, se préparait manifestement à sortir.

– Vous venez pour quoi ? demanda une autre femme, qui se leva et s'avança vers nous.

Elle parlait sans même avoir ôté les épingles qu'elle tenait pincées entre ses lèvres.

Ma mère exposa de nouveau sa requête, mais la femme lui tourna brutalement le dos.

– J'ai pas de temps à perdre, grommela-t-elle. Fichez-moi le camp d'ici.

– Vous pourriez au moins être polie quand vous parlez à une dame ! me récriai-je.

Elle se retourna pour lancer d'un ton cinglant :

– Ah, parce que ça, c'est une dame ? J'avais encore jamais vu une dame venir mendier de l'ouvrage.

Ma mère m'entraîna hors de la pièce et nous redescendîmes lentement les marches.

– Pourquoi faut-il qu'elles soient si mal élevées ? fit-elle.

La femme qui s'apprêtait à sortir lorsque nous étions dans l'atelier nous rattrapa près de la porte.

– Voyez-vous, chère madame, déclara-t-elle avec douceur, les ouvrages de broderie fine ne se vendent pas si aisément quand on vient de soi-même les proposer. Aujourd'hui, les dames les font elles-mêmes, et quand elles en achètent, elles font tomber les prix pour ainsi dire à rien.

– Mais il faut que je trouve du travail pour nous faire vivre, mon fils et moi !

– La seule façon, c'est de faire de la couture grossière. Seulement, la saison n'a pas commencé et la demande en couturières se réduit à trois fois rien. Et puis, je ne sais pas si vous pourriez travailler pendant des heures et des heures si vous n'en avez pas l'habitude.

Nous la remerciâmes et elle prit promptement congé de nous.

– Je n'arrive pas à le croire, dit ma mère. Il existe certainement des gens qui ont envie d'ouvrages soignés. Si seulement cette horrible femme ne m'avait pas volé mes affaires, je pourrais leur montrer une pièce de broderie et je suis certaine qu'ils l'achèteraient.

Pourtant, ce que nous avait déclaré cette femme se révéla exact et à tout le moins me fut confirmé – au cours de la semaine suivante ou à peu de chose près – tandis que nous errions d'un confectionneur à l'autre, chez qui souvent nous étions reçus avec une insigne grossièreté, mais parfois aussi avec courtoisie.

Il me soulageait cependant de constater que ma mère, chose étrange, ne se laissait nullement abattre par tant de motifs à découragement. Dans la soirée elle partageait son temps entre la confection d'une pièce de broderie (laquelle, je le supposais, avait échappé au vol) et la rédaction de notes qu'elle consignait dans son carnet.

– Tout ira bien, Johnnie, tu verras. Je sais comment je vais m'y prendre, me dit-elle un soir, alors que je me sentais particulièrement défait d'avoir échoué dans une nouvelle tentative pour la persuader de solliciter l'un des bureaux d'emploi où nous ne nous étions jamais présentés, afin de se procurer une place de gouvernante.

– Qu'entendez-vous par là ?

– Un peu de patience. Tu verras, me répondit-elle, accompagnant son propos d'un mystérieux sourire.

Ce fut à peu près à cette époque que je lui déclarai qu'à mon opinion nous serions bien avisés de nous mettre en quête d'un foyer moins onéreux sans attendre l'expiration du terme mensuel : en déambulant dans des rues miséreuses, nous avions relevé sur diverses fenêtres des écriteaux proposant des chambres à des prix beaucoup plus modérés. Elle accepta sans enthousiasme, et nous portâmes notre choix sur un logis qui nous parut propre et bien tenu, dans Maddox Street, à peu de distance de celui que nous occupions. Mrs Philliber, la propriétaire, nous fit l'impression d'être une femme agréable et honnête, et nous nous entendîmes avec elle sur le prix d'une chambre pour deux personnes : sept shillings la semaine.

Quant à Mrs Marrables, à qui il déplut fort d'apprendre que nous souhaitions si rapidement cesser de lui payer son loyer, elle refusa de nous restituer notre dû si elle ne trouvait pas un locataire pour nous remplacer jusqu'à la fin du mois. Ce n'était indéniablement que justice, et par chance elle trouva quelqu'un qui était tout disposé à occuper dans l'instant nos chambres contre un loyer supérieur à celui dont nous étions convenus. Elle refusa cependant de nous remettre notre reliquat en totalité, nous révélant ainsi un aspect de son caractère que nous n'avions pas décelé jusque-là.

– Écoutez, madame Offland, il faut que vous preniez en considération tout le remue-ménage et tous les ennuis que j'ai eus. Le temps, c'est de l'argent, voyez-vous. Si je n'en tenais pas compte, ce serait faire bon marché de mes intérêts et de ceux de ma famille.

Mais en déployant beaucoup d'obstination je réussis à la convaincre de nous faire une remise équivalente au loyer d'une demi-semaine, et dans l'après-midi nous pûmes rentrer en possession de notre nouvelle chambre. Néanmoins, en examinant les choses de plus près, il nous apparut d'évidence que ce logis, bien qu'il ne fût éloigné que de quelques rues du précédent, était situé dans un canton beaucoup moins respectable, et je vis que ma mère en ressentait une vive contrariété.

– Je sais ! m'écriai-je, on va faire une petite fête pour marquer notre arrivée dans notre nouveau foyer.

– Oui, fit-elle en joignant les mains. Je vais nous faire un négus ! Et ce sera comme autrefois. Tu as raison, Johnnie. À partir de maintenant nous serons ici chez nous, et je vais écrire à Bissett de nous envoyer notre argent.

Nous requîmes les services de la jeune servante, que nous envoyâmes chercher deux côtelettes, un peu de brandy pour le négus et quatre pence de petits pains. Pendant ce temps nous mîmes à chauffer deux assiettes derrière le garde-feu et mîmes la chambre en ordre. Quand la jeune fille eut apporté nos emplettes – ainsi que des œufs durs que nous avions achetés à Mrs Philliber –, ma mère fit griller les côtelettes sur un gril improvisé. Ce fut pour nous un vrai plaisir de les savourer. Elles étaient magnifiquement grillées, même si la flamme les avait quelque peu carbonisées à l'extérieur et si leur partie charnue avait conservé une indéniable crudité.

Ensuite, tandis que j'embrochais les petits pains sur une fourchette pour les présenter devant le foyer, ma mère se mit à confectionner le négus. À la regarder faire, je la trouvai soudain innocente, fragile dans sa joie à la perspective du négus que nous allions boire et aussi, je le subodorais, à l'idée d'écrire à quelqu'un qu'elle avait aimé et en qui elle avait placé sa confiance. Je craignais qu'elle n'ait point encore compris combien les choses allaient nous être rendues pénibles, et j'avais le sentiment d'être plus mûr qu'elle. J'avais vu des inconnus l'observer avec une expression si empreinte de froideur et de calcul qu'il me semblait impossible de rien tenir pour acquis d'avance… et assurément pas l'honnêteté de Bissett.

Quand le négus fut prêt, elle m'en servit le tiers d'une timbale et nous levâmes la main l'un vers l'autre, en formulant les vœux d'usage avant de boire le liquide brûlant et odorant.

– Brr ! Il a encore plus mauvais goût que d'habitude, dis-je avec dépit.

Elle rit, puis s'assit pour écrire sa lettre.

– Lui communiquerez-vous notre adresse ? demandai-je.

– Bien entendu, mon cher enfant. Sinon, où pourrait-elle bien nous envoyer notre argent ? Tu poses de ces questions !

J'hésitai à répondre, mais ne pus me décider à le faire. Elle me regarda, appuyant pensivement la plume d'oie contre sa joue.

– Je lui dis de déduire de ce qu'elle nous envoie toutes les dépenses qu'elle a pu faire, poursuivit-elle – arranger la vente, dépenser pour le courrier et ainsi de suite – et aussi de garder un quart de ses gages pour la dédommager de son congé.

Elle écarta de son visage le bec de la plume, où celui-ci avait laissé un petit trait d'encre.

– Cela te semble-t-il juste ?

– Assurément. C'est même peut-être plus généreux que nos moyens ne nous le permettent.

– Tu crois que je devrais lui demander de prélever une somme moins considérable ?

– Non, je crois que nous devons traiter Bissett honnêtement.

– Oui, Johnnie, me dit-elle, enchantée de ma réponse. C'est exactement ce que je pense moi aussi. En vérité, vois-tu, elle est notre seule amie véritable.

La lettre fut remise le lendemain au bureau de poste. Considérant que Bissett avait eu le temps de vendre le mobilier et de payer les créanciers, nous espérions avoir de ses nouvelles vers la fin de la semaine suivante.

N'ayant toujours point reçu de lettre à cette date, ma mère en déduisit que Bissett, pour régler nos affaires, avait eu besoin de plus de temps que nous ne l'avions prévu. Et puis d'autres soucis plus pressants nous occupaient, d'abord parce que nous avions eu loisir de constater que notre nouveau logement était sale, fort mal tenu et souvent très bruyant jusqu'à une heure avancée de la nuit, que les servantes, aussi affables fussent-elles, négligeaient leur besogne et avaient l'aspect de souillons, ensuite parce que Mrs Philliber s'adonnait volontiers à la boisson et, en ces occasions, inclinait à faire preuve de grossières familiarités.

Outre cela, pour ma mère, toujours convaincue de pouvoir nous faire vivre en exécutant des travaux de broderie fine, rien n'était plus urgent que de nous mettre en quête d'une école où je pourrais poursuivre mon éducation. Je m'y étais opposé, alléguant l'énormité des frais d'inscription que j'avais relevée dans les gazettes. Mais elle ne voulait pas en démordre.

Le premier établissement scolaire où nous nous rendîmes, sis dans George Street, était tenu par un sieur pourvu d'un appendice nasal écarlate ; il se déplaçait d'une démarche mal assurée, et de surcroît semblait avoir quelque peine à user correctement de la grammaire anglaise. Nous allâmes en visiter un second, dans une rue pouilleuse proche de Fitzroy Square où, quand nous eûmes frappé, un long moment s'écoula avant qu'un rideau crasseux ne s'écartât précautionneusement dans l'encadrement d'une fenêtre. Puis la porte nous fut ouverte par un personnage fluet qui se présenta comme le principal et s'empressa d'ajouter, façon d'entamer la conversation, que jamais encore il ne lui était arrivé de venir introduire des visiteurs. Simplement, il se trouvait que le domestique, la cuisinière et l'aide de cuisine étaient en congé ce jour-là, et qu'il venait précisément d'envoyer la femme de chambre faire des emplettes. Nous entrâmes et, devant notre étonnement à voir un vestibule totalement dénué de meubles, le principal nous expliqua que ces derniers avaient tous été envoyés à un artisan pour être revernis. Après quoi, il nous fit entrer dans la salle de classe, et nous vîmes que l'établissement comptait en tout et pour tout deux jeunes garçons apeurés, maculés d'encre, les doigts crevassés d'engelures, et portant des blouses trop grandes pour eux.

Ce soir-là, je fis comprendre à ma mère que nous serions mieux avisés, étant donné qu'il était absolument illusoire de continuer à prétendre exécuter sur commande des travaux d'aiguille de qualité, d'envisager d'autres façons de gagner notre vie, et par là même, de renoncer à tenter de me faire inscrire dans une école.

– Tu te trompes du tout au tout, Johnnie, me répliqua-t-elle en souriant. Je vais te faire une surprise : je t'avais dit que je savais comment j'allais m'y prendre. Et bien, je l'ai fait. Voilà.

Et elle m'exhiba un ouvrage de *broderie anglaise**[1], et je vis qu'il s'agissait d'une opulente pièce de soie enrichie de fils d'argent et d'or, comparables à celles que plus d'une fois je lui avais vu exécuter à Melthorpe.

– Je croyais qu'on nous avait volé tout ce que nous possédions, dis-je. D'où viennent cette étoffe et ces fils ?

– Je les ai achetés, Johnnie, m'avoua-t-elle.

– Et cela vous a coûté ?

1. En français dans le texte, comme toutes les expressions en italiques suivies d'un astérisque (*).

– Trois livres, fit-elle en détournant les yeux.

– Vraiment ?

Je la vis rougir.

– Plus deux livres pour le fil. Mais tu dois bien comprendre que je trouverai assurément de l'ouvrage lorsque je ferai voir cela.

– Engager une dépense pareille sans m'avoir demandé mon avis, vous n'en aviez pas le droit ! me récriai-je, emporté par un accès de fureur devant tant d'inconséquence et de sournoiserie.

– Si je te l'avais dit, je savais que tu m'aurais empêchée de le faire, confessa-t-elle, au bord des larmes.

Ce fut là l'objet d'une vive querelle, et, sans être réconciliés, chacun de nous s'en alla dormir en sanglotant. Le lendemain matin une sorte de pied de paix se rétablit entre nous et, chacun s'efforçant de se donner la contenance la plus désinvolte, nous partîmes pour New Bond Street. Là, nous entrâmes dans une imposante boutique (par la porte de derrière, il va sans dire), pour nous présenter à la contremaîtresse.

Avant même que ma mère eût fini de s'exprimer, la femme se saisit de la pièce de broderie, qu'elle déroula et tendit devant elle en faisant la grimace.

– Pff ! C'était pourtant une belle pièce de soie, et j'aurais pu en tirer quelque chose, seulement vous l'avez bousillée.

Ma mère se figea et ce fut moi qui ripostai :

– Mais enfin, qu'est-ce que vous voulez dire ?

La femme ne daigna pas même me répondre.

– C'est ni fait ni à faire. Voyez-moi la taille des points et les ourlets, là, c'est même pas cousu régulièrement. Une des filles de mon atelier, elle me rendrait un ouvrage comme ça, ouste… la porte ! En plus de ça que le motif fait province. Allez, reprenez-moi ça et filez.

J'ai peine à décrire notre état d'esprit lorsque nous quittâmes les lieux. Mais le fait est que l'attitude de cette femme nous avait fait oublier notre querelle de la veille au soir et réconciliés. Peine aussi à confesser que nous fîmes de nouvelles tentatives dans d'autres boutiques... avec pour seul résultat d'entendre prononcer le même verdict, bien que formulé la plupart du temps avec moins de crudité.

En sorte que, finissant par accepter l'inanité de ce sur quoi elle avait fondé ses espoirs, ma mère se résigna à se rendre à d'autres bureaux d'emploi, démarche qui me fortifia dans la pire de mes craintes, car nous y fûmes accueillis de la même façon que dans le premier : tant de femmes ayant reçu une bonne éducation y faisaient acte de candidature que faibles étaient les chances d'y trouver un engagement si l'on ne pouvait produire d'excellentes recommandations et des états de service solidement établis. Dans chaque bureau nous ne manquions pas de nous enquérir de Miss Quilliam et, chose étrange, les employés avaient beau déclarer tout ignorer d'elle, son nom semblait leur rappeler quelque chose sitôt que nous le mentionnions.

Quand ma mère finit par comprendre que lui était fermée jusqu'à la peu enviable perspective de devenir gouvernante, ce fut pour elle un terrible camouflet. Pourtant nous recommençâmes à faire le tour fastidieux des bureaux de placement, nous résignant cette fois à pousser la porte d'officines sordides ayant pour vocation de recruter des demoiselles de compagnie ou des bonnes d'enfants. Mais même là, faute de pouvoir produire une lettre de références, voire le nom d'une personne honorablement connue – car nous étions convenus de ne pas avancer celui de Mrs Fortisquince –, nous fûmes en butte à d'insurmontables obstacles.

– Avant d'aller habiter Melthorpe, vous ne connaissiez personne ici ? demandai-je à ma mère au terme d'une journée au cours de laquelle nous n'avions fait qu'essuyer de nouvelles déconvenues.

Elle secoua la tête.

– Mon père et moi vivions très retirés. Nous ne connaissions presque personne.

– Alors, qui donc êtes-vous allée voir un jour, peu de temps après notre arrivée ? lui demandai-je sur un ton irrité.

Je la vis frémir.

– Écoute, Johnnie, cela est vraiment sans aucune importance.

Cependant, à supposer même qu'elle eût trouvé un emploi tel que ceux que nous sollicitions désormais, et tenant compte de l'enrichissement du petit capital qu'allait nous envoyer Bissett, je savais très bien que le salaire offert par les confectionneurs, repas de midi déduit, se montait à dix livres l'an, que l'existence qui nous attendait serait des plus pénibles et qu'assurément il serait impossible d'épargner quoi que ce fût pour mon éducation.

Finalement, comprenant que l'unique façon de gagner quelque argent tenait à ses talents de simple couturière, ma mère retourna à la boutique de confection de Regent Street dans laquelle nous nous étions d'abord présentés, et d'où nous avions été éconduits.

Par chance nous rencontrâmes dans une ruelle, sur l'arrière, la femme qui nous avait courtoisement adressé la parole la fois précédente, à qui ma mère expliqua l'objet de notre visite.

– Montrez-moi vos mains, fit la femme, qui les lui prit pour les examiner. Quelle blancheur, quelle finesse ! s'exclama-t-elle. Regardez les miennes.

Elles étaient dures comme de la corne et criblées de petites inflammations dues aux piqûres d'aiguille.

– Personne ne vous engagera, ma pauvre dame. Jamais

vous ne pourrez travailler assez vite. Ni non plus pendant tant d'heures ! Quatorze, au moins, quand c'est pas seize ou dix-sept. Et quelquefois toute la nuit sans qu'on vous prévienne. Et tout ça pour dix shillings la semaine.

Elle me regarda avant d'ajouter en baissant le ton :

– Mais à Londres, une femme peut toujours manger à sa faim quand elle est jeune et qu'elle a un joli visage.

Ma mère rougit, comme si on venait de la complimenter, et cela me parut rassurant. On trouve partout des braves gens et les choses allaient certainement prendre bonne tournure.

À tout le moins, cette femme était dans le vrai en affirmant que ma mère ne trouverait pas à s'employer dans la couture, mais ce ne fut qu'après avoir passé des heures et des heures à parcourir de longues rues grises, sans le moindre succès, que force fut de nous en persuader.

La semaine suivante s'acheva – la troisième depuis l'envoi de notre lettre – sans que nous eussions reçu de réponse de Melthorpe. Ma mère finit par s'en inquiéter, et de nouveau elle écrivit à Bissett. Notre petite épargne fondait à vue d'œil et notre loyer, qui nous avait semblé d'une indéniable modicité lorsque nous avions quitté notre premier logis, nous apparaissait à présent comme une extravagance désormais injustifiable. Pourtant nous hésitions à déménager une fois de plus, eu égard à la perte de temps et au débours que cela nécessiterait, si bien que lorsqu'une petite chambre sous les combles de la maison, et dont le loyer n'était que de cinq shillings la semaine, fut libérée par son locataire, nous obtînmes de Mrs Philliber de quitter la nôtre, plus vaste, pour nous y installer.

Le local, une partie de grenier qu'on avait cloisonnée, était dépourvu de foyer, en sorte que de ce jour nous dûmes manger froid, ou, s'il nous arrivait d'avoir un mets chaud, c'est que nous nous l'étions procuré chez un pâtissier du voisinage. Le temps, encore doux, n'allait guère tarder à fraîchir, et je m'inquiétais à l'idée de passer là l'hiver. C'était une chambrette lugubre, quasiment privée de vue sinon celle des quelques toits environnants, et où ne pénétrait jamais le moindre rayon de soleil. À cela tenait sans doute la morosité de plus en plus prononcée de nos dispositions. Vers la fin de l'après-midi, souvent, ma mère sortait pour se mettre en quête d'un emploi. Alors, un livre entre les mains, je regardais les oiseaux sautiller sur l'avancée des toits, entre les pots des cheminées, tels de minuscules béquillards, avant de déployer leurs ailes pour prendre leur envol et s'effacer de mon champ de vision. Comme je les enviais !

Après avoir passé une partie de la journée à errer dans les rues – car désormais il était hors de question pour elle de louer une voiture de place, même lorsqu'elle se rendait fort loin, et à cette époque les omnibus n'existaient pas encore –, ma mère s'en revenait épuisée, et bien souvent trempée lorsque le temps était pluvieux. Au fur et à mesure que le froid se faisait plus vif, nous grelottions dans nos minces vêtements d'été, les seuls qu'il nous restait, et nous dûmes écorner gravement notre humble capital pour acquérir des manteaux.

Ma mère avait pris l'habitude de se confectionner chaque soir un bol de négus, mais comme nous devenions de plus en plus démunis, bientôt elle se mit à rogner sur les œufs, puis sur le lait, et enfin sur les épices. Tout se passait comme si, du moins à ce qu'il me semblait, elle tentait, par ce rituel, de se persuader que tout allait pour le mieux. Et le fait est qu'ensuite son humeur s'en trouvait embellie, bien que fréquemment elle ne recouvrât point sa pleine vivacité d'esprit le lendemain matin.

Environ un mois après avoir envoyé la première lettre à Bissett, il ne nous restait plus que quatre livres, et, sans en rien dire à ma mère, je calculai qu'il nous fallait dépenser douze shillings par semaine pour nous loger et nous nourrir. Il m'apparut clairement que si nous ne recevions pas l'argent que nous attendions, il nous serait impossible de continuer à vivre ainsi pendant bien longtemps. Et au creux de l'hiver il nous faudrait de l'argent pour nous chauffer, ou bien nous installer dans un autre logis, car je ne voyais pas comment nous pourrions subsister sans feu.

DEUXIÈME PARTIE

ENTENTE ET SUSPICION

I

Une fois de plus, le sieur Sancious se présente à la porte du n° 27 de Golden Square. Lorsqu'on l'introduit auprès de la veuve, il reçoit d'elle un sourire glacé.

– Eh bien, monsieur Sancious, qu'attendez-vous donc de moi ?

– Cette fois encore il s'agit de Mrs Mellamphy. Disons plutôt… de Mrs Clothier. Vous me voyez au désespoir et je viens me jeter à vos genoux. Il faut à tout prix que je la trouve.

– Bonté divine, monsieur Sancious ! Que d'emportement ! Aurait-elle pris la fuite sans vous régler votre dû ?

Elle l'invite du geste à s'asseoir, et tandis qu'il s'accommode dans un fauteuil, le sieur Sancious fait de son mieux pour entrouvrir ses lèvres et découvrir sa denture.

– Vous plaisantez, madame. Ah, ah ! Non, à vrai dire cette affaire me plonge dans le plus grand embarras. Et c'est peu dire. Elle a disparu et je pense qu'elle est probablement venue à Londres. Il me faut la retrouver.

– Le souci que vous prenez de ses intérêts vous honore. Mais dois-je en conclure qu'elle vous a retiré sa confiance, dont voilà quelque temps vous vous prévaliez ?

Le visage de l'avocat s'empourpre.

– La vérité, madame, c'est que je lui avais conseillé de placer de l'argent dans une certaine spéculation et que cet argent, elle l'a perdu.

– Se serait-elle mis en tête que vous n'avez pas agi honnêtement à son égard ?

L'homme de loi ne parvient pas à déguiser son étonnement.

– Vous êtes fort perspicace, madame. C'est exactement ce qui s'est produit. Bien entendu, ses soupçons relèvent de la pure absurdité.

– Bien entendu.

– Avez-vous la moindre idée de l'endroit où elle se trouve ?

– Sur ce point, rassurez-vous. Elle est ici, à Londres.

– Ah, Dieu merci !

– Il n'y a pas trois semaines elle était ici, dans cette pièce, et je me suis entretenue avec elle.

– Alors, je vous en prie, dites-moi où elle est.

– Un instant, monsieur Sancious. Il est un certain point sur lequel il est indispensable de bien nous entendre. Je crois que lors de votre dernière visite vous n'avez pas usé de franchise à mon égard.

– Voyons, madame !

– Je vous ai alors demandé si vous aviez réellement à cœur les intérêts de Mrs Clothier, vous en souvient-il ? Quelle réponse me feriez-vous si à présent je vous posais la même question ?

Tous les deux se dévisagent fixement.

– Je vous répondrais que je les ai tout autant à cœur que vous les avez vous-même.

La jeune veuve sourit.

– Voilà au moins une réponse claire. Mais avant que je ne vous révèle quoi que ce soit, je veux savoir pourquoi vous tenez tant à la retrouver. Et aussi pour le compte de qui vous agissez.

Le voyant hésiter, elle reprend :

– Allons, un peu de franchise, monsieur Sancious. Vous n'en serez pas radié du barreau pour autant, n'est-ce pas ?

Son interlocuteur se taisant toujours, elle ajoute :

– Ce que je soupçonne, moi, c'est que vous œuvrez dans l'intérêt du sieur Silas Clothier.

– C'est vrai, répond-il, étonné. Alors, puisque vous le savez, vous devez comprendre combien il est vital pour les intérêts du sieur en question d'obtenir le document que Mrs Clothier a en sa possession.

– Le document… répète-t-elle, d'un ton indifférent.

– Celui que les Mompesson tentent de s'approprier, dit-il, pour la bonne raison que cette pièce annihile leur droit de propriété sur le domaine de Hougham.

Il s'interrompt, car brusquement Mrs Fortisquince se détourne de lui.

– Vous ne vous sentez pas bien, madame ? Désirez-vous que je sonne pour appeler votre servante ?

– Non, je me sens tout à fait bien, merci.

Au bout de quelques instants elle le regarde de nouveau.

– Je vous aiderai, monsieur Sancious. Mais je dois vous dire en toute franchise que je n'ai pas la moindre idée de l'endroit où se trouve actuellement Mrs Clothier. Tout ce que je sais, c'est qu'elle est à Londres.

– C'est donc en pure perte que je vous ai fait ces révélations ! déclare avec colère l'avocat, qui se lève d'un bond.

– Non, monsieur Sancious. Car je crois pouvoir vous venir en aide. Je suppose que si vous la retrouvez, le sieur Clothier vous en récompensera.

Il hoche la tête en manière de confirmation.

– En ce cas, je suis sûre que nous pourrions en venir à une entente, vous et moi.

Il se rassoit.

– Cependant, poursuit-elle, il est absolument indispensable que Mr Clothier ignore absolument tout de la part que j'aurai prise dans cette affaire.

Il l'observe avec curiosité.

– Cela tient à des événements survenus voilà bien longtemps, et qui pour vous seraient dépourvus d'intérêt. En revanche, il est certaines affaires dans lesquelles vous et moi avons partie liée.

– Chère madame, proclame l'avocat, à compter de cet instant, vos intérêts sont les miens.

II

Déjà novembre tirait sur sa fin, et nous n'avions toujours pas reçu de réponse de Melthorpe ; désormais acculés à une situation des plus fâcheuses, nous n'avions plus de quoi payer le terme de la semaine à venir. Alors qu'approchait cette échéance, j'avais demandé instamment à ma mère de dévoiler le plus vite possible toute la vérité à Mrs Philliber, mais elle s'y était refusée. Ayant renoncé à chercher un emploi, elle passait désormais ses journées avec indolence dans notre chambre, où il faisait de plus en plus froid, en attendant l'heure de se rendre au bureau de poste. Sur le retour, elle se procurait ce qui constituerait notre souper, ainsi que les ingrédients de son négus. C'était dans ces denrées-là que s'était englouti le plus clair de notre argent.

Ma mère avait tenté d'atermoyer en affirmant à Mrs Philliber que nos fonds allaient arriver d'un jour à l'autre, mais un matin, au début du mois de décembre – alors que nous devions à présent une semaine d'arriérés à notre logeuse – celle-ci fit brutalement irruption dans notre chambre.

– Toujours rien, pas vrai ? lança-t-elle.

– Voyons, ne dites pas une chose pareille ! protesta ma mère. Je m'attends à recevoir mon argent demain.

– Non, déclarai-je. Rien ne nous le laisse supposer.

– Johnnie ! se récria ma mère.

– C'est pas que je sois une mauvaise femme, fit Mrs Philliber. Mais j'ai ma famille à m'occuper, et il faut me payer.

Elle jeta un regard circulaire sur la chambre.

– Vous avez bien quelque chose à vendre ?

Apeurée, ma mère suivit le regard de notre logeuse qui examinait la pièce, et je la vis se saisir de la pièce de broderie, pour la cacher à sa vue.

Mrs Philliber nous toisa de son air inquisiteur.

– Ces habits-là, que vous avez sur le dos, ça peut rapporter quelques livres, non ? dit-elle. Et en plus c'est fait pour l'été. Alors que voulez-vous faire de ça maintenant que le froid arrive ? Vous n'avez qu'à les vendre. Comme ça vous pourrez me payer, et même vous acheter des choses toutes faites pour porter pendant l'hiver.

L'idée d'échanger nos vêtements pour de méchantes hardes chez un revendeur répugnait à ma mère, mais au bout de quelque temps nous réussîmes à la lui faire accepter.

– Laissez-moi faire, je m'en vais les vendre à votre place, fit Mrs Philliber. Je vous garantis que moi, j'en tirerai davantage que vous. Et je vous promets de pas vous gruger.

Je me fiais à sa parole : il fut convenu qu'elle prendrait une petite commission sur la vente de nos effets, et que bien entendu elle en déduirait notre loyer. Elle se faisait fort, affirmait-elle, de retirer, quitte et net, cinq ou six livres de la transaction, ce qui nous paraissait plutôt réconfortant, puisque pareille somme pourrait nous faire vivre pendant quelque temps.

Aussi lui donnâmes-nous nos vêtements d'été pour ne conserver que nos manteaux. Alors qu'elle était pour quitter la chambre, nos effets sur le bras, soudainement elle fixa ma mère, lui désignant le mince étui accroché à sa ceinture.

– Et ça, là, c'est en argent ?

– Non, seulement du plaqué.

– J'vous garantis que je pourrais en tirer une livre ou deux. Et aussi quelque chose de votre bague.

Elle porta son regard sur le cou de ma mère.

– Mais alors là, le médaillon, je vous parie tout ce que vous voulez que c'est de l'argent.

Affolée, ma mère serra vivement son bijou dans sa main.

– Non, il n'est pas question que je m'en sépare.

– Allons, maman, soyez raisonnable ! protestai-je.

– Ah, c'est un souvenir sentimental ? fit Mrs Philliber sur le ton de la curiosité empreinte de compassion.

– Je... oui, c'est cela, balbutia ma mère.

Notre logeuse hocha la tête.

– Écoutez, chère m'dame, il pourrait bien se faire qu'un beau jour c'est tout ce qui vous empêchera de crever de faim. Et ce jour-là, vous pourriez tirer de ça quatre ou cinq livres. Pas moins de trois, en tout cas. Rappelez-vous bien ce que je vous en dis là.

Sur ces mots, elle se retira.

– Voyons, maman, dis-je, pourquoi vous obstiner sottement à ne pas vouloir vous défaire de ce médaillon ?

– Johnnie, je vous interdis de me parler sur ce ton !

– Mais vous ne comprenez donc pas ? m'emportai-je. Nous sommes totalement démunis. Et jamais nous ne recevrons l'argent de Melthorpe.

À présent que je venais de m'exprimer avec tant de franchise, j'exprimai une idée à laquelle j'avais souvent songé :

– Et puis, nous devrions nous décider à vendre le codicille à Sir Perceval.

– Non ! Tout, mais pas cela !

Une altercation s'ensuivit, et l'un comme l'autre nous étions d'humeur renfrognée, rancunière, quand Mrs Philliber fut de retour. Nous n'en fûmes pas moins grandement réconfortés par sa visite, car elle avait en tout point tenu parole et, après avoir prélevé son dû et notre arriéré de loyer, elle nous remit une somme grâce à laquelle nous pourrions subsister durant plusieurs mois. En outre, j'étais enchanté par les effets qu'elle avait acquis pour moi : des hauts-de-chausse ornés de ganse, un gilet bleu, une élégante veste assortie, à revers étroits, ainsi qu'un chapeau de castor blanc.

Nous n'en attendions pas moins l'argent de Melthorpe, et il nous arrivait même de nous demander si ma mère, nonobstant la témérité de l'entreprise, ne serait pas bien avisée d'aller aux nouvelles, et de s'y rendre par le coche public s'il fallait réduire les frais du transport. Cependant, le voyage, même effectué sur le toit du véhicule, en « extérieure », ne serait pas revenu à moins de cinq livres, et il nous apparut déraisonnable qu'elle prît un tel risque.

Les semaines qui suivirent ne nous apportèrent pas davantage de nouvelles, et quand approchèrent les temps de Noël ma mère avait perdu tout espoir de trouver à s'employer, faute de pouvoir produire la moindre recommandation. Quelques jours avant la Nativité, elle me déclara qu'à son jugement il serait opportun d'aller présenter nos respects à Mrs Fortisquince. Ainsi pourrions-nous juger de ses dispositions d'esprit à notre endroit quand elle serait mise au fait de notre indigente situation, cela dans l'espoir que peut-être elle se proposerait de nous venir en aide.

Incapable de rien opposer à la sagesse de cette suggestion, j'y mis cependant une condition.

– Excellente idée, dis-je, mais ne lui révélons à aucun prix l'endroit où nous vivons.

Elle m'en donna acte, et me proposa de profiter de notre visite à Mrs Fortisquince pour lui apporter quelque présent.

– Mais comment le pourrions-nous ? lui demandai-je.

Elle se saisit de la pièce de broderie qui lui avait causé tant de rebuffades.

– Elle en sera ravie, j'en suis certaine, me dit-elle d'une voix empreinte de tristesse. Elle a toujours aimé les belles choses.

Ce jour-là nous nous contentâmes d'un repas frugal : un étique poulet que Mrs Philliber avait autorisé ma mère à faire griller sur le feu de sa cuisine avec un peu de hachis acheté chez le pâtissier ; et dans l'après-dînée nous nous mîmes en route, cheminant côte à côte le long des rues désertes.

Ce fut avec un sourire de bienvenue que nous accueillit la jeune soubrette quand nous frappâmes à la porte.

– Oh, madame Mellamphy ! Quel plaisir de vous revoir. Ma maîtresse est absente, mais elle sera désolée de ne pas vous avoir vus, elle qui espérait bien que vous reviendriez. C'est bien souvent qu'elle le répète.

Ma mère me lança un regard rayonnant.

– Peut-être pouvons-nous l'attendre, alors ?

– Hélas, madame, elle est en province et ne reviendra qu'après-demain. Mais laissez-moi votre adresse, je vous prie. Je sais qu'elle avait grand-hâte de vous retrouver.

– Elle s'est absentée pour Noël ? fit ma mère avec étonnement. J'espère qu'il n'est rien arrivé de fâcheux ?

– Pas du tout.

Et d'ajouter, comme si la chose allait de soi :

– Elle est allée à Canterbury, voilà l'affaire.

Ma mère lui remit notre présent, la priant de souhaiter à sa maîtresse un joyeux Noël de notre part.

– Je n'y manquerai pas, madame Mellamphy. Mais dites-moi où vous demeurez, je vous en prie.

Je touchai le bras de ma mère en guise de mise en garde.

– Nous allons incessamment déménager, fit-elle, se remémorant l'excuse dont nous étions convenus d'avance. Sitôt que je connaîtrai notre nouvelle adresse, j'en aviserai Mrs Fortisquince.

– Mais dites-moi où vous restez pour le moment, madame. Ma maîtresse m'a expressément recommandé de vous le demander s'il vous arrivait de venir ici en son absence. Je vais me faire réprimander si vous ne me donnez pas votre adresse.

Ma mère me regarda, désemparée.

– Dans quelques jours nous lui ferons tenir un billet pour la lui communiquer, déclarai-je avec grandiloquence, à croire que nous avions une cohorte de valets à notre service.

Puis je pris le bras de ma mère pour l'entraîner dans la rue.

– Vous nous avez magnifiquement tirés d'affaire, Johnnie, me chuchota-t-elle.

– Ce que je me demande, c'est pourquoi Mrs Fortisquince tient tant à nous retrouver.

– Peut-être souhaite-t-elle nous venir en aide ?

Elle avait prononcé cette phrase sans conviction, et il m'apparut que dans son esprit nous ne pouvions de toute évidence faire confiance à Mrs Fortisquince.

Puis les mois passèrent, et notre argent continuait de fondre. Nous courions au dénuement, nous marchions vers une misère à laquelle je ne voyais pas la moindre échappatoire, si ma mère s'obstinait à ne vouloir vendre ni son étui ni sa bague.

Souvent je songeais au codicille, dont Sir Perceval, puis le sieur Barbellion nous avaient proposé une somme si élevée. Dix-sept cents livres eussent mis fin à tous nos soucis, et de savoir que, grâce à cet ultime recours, nous pourrions vraisemblablement faire fructifier nos avoirs me semblait plutôt rassurant. Mais en même temps, alors que pourtant j'ignorais les raisons qui poussaient ces gens à tenter d'obtenir à tout prix ce document, me venait confusément l'idée que nous en dessaisir serait une erreur. Sans doute ma mère avait-elle de solides raisons de ne pas vouloir le céder. Je me souvenais du jour où elle m'avait montré l'étui et parlé de la décision qu'elle voulait prendre. Aux termes de l'alternative, ou bien nous serions riches si elle se séparait du codicille, ou bien nous serions en grand péril si elle se refusait à le faire. À présent il me semblait comprendre : affolée par le vol avec effraction dont nous avions été les victimes, elle avait songé à détruire le codicille. J'avais donc raison de me dire que sa vente serait pour nous le moyen d'entrer en possession d'une jolie fortune !

À présent ma mère passait des heures dans la cuisine de Mrs Philliber, et c'était souvent fort tard qu'elle regagnait notre chambre, en sorte qu'elle me réveillait et qu'elle ne s'endormait pas avant une heure avancée de la nuit. Le lendemain, elle restait dans son lit toute la matinée, se plaignant de maux de tête.

Vers la fin du mois de février nous avions épuisé l'argent que nous avait rapporté la vente de nos habits, et un matin notre logeuse vint nous voir. Après avoir conversé avec elle pendant quelque temps, ma mère consentit, bien à contrecœur, à vendre son étui, qu'elle remit à Mrs Philliber après avoir soigneusement placé le codicille dans la poche de ses jupons, là où elle serrait son carnet et sa bourse.

Depuis un certain temps je me proposais de me défaire de la bague que m'avait donnée Henrietta, et ce jour-là je la montrai à Mrs Philliber.

– Pff ! fit-elle avec mépris. Rien qu'un bout de verre monté sur de l'étain. Ça vaut même pas un penny.

Ce propos me fit rougir, mais je n'en éprouvai pas moins un certain soulagement à l'idée de ne pas être contraint de me séparer de ce gage d'affection, car si cet innocent univers de l'enfance, où nous nous étions déclaré l'un l'autre notre affection, me semblait à présent bien lointain, je ne cessais de me remémorer avec tendresse la fougueuse petite fille aux yeux noirs.

La vente de l'étui nous rapporta deux livres qui nous firent subsister pendant quelques semaines encore, mais un matin, au milieu du mois de mars, notre sort fut tragiquement bouleversé. J'étais sorti faire l'acquisition de petits pains pour le déjeuner; au retour je remarquai un homme qui se tenait de l'autre côté de la rue. Je crus bien l'avoir aperçu quelques jours auparavant, et la coïncidence me retint un instant. Néanmoins, j'eus toutes les raisons de n'y plus songer dès lors que je regagnai les combles, car j'y fus le témoin d'une scène des plus déplaisantes. Debout sur le seuil de la porte de notre petite chambre, Mrs Philliber réclamait son loyer dans les termes les plus rudes.

– Je n'ai pas d'argent, je vous l'ai dit! protesta ma mère.

– Alors, vendez, vendez ce fichu médaillon! lui cria notre logeuse.

Elle était rouge de colère, et j'avais fini par comprendre combien elle pouvait être redoutable lorsqu'elle se mettait dans cet état.

– Non, ça je ne le peux pas! Je m'y refuse!

– Alors mettez-le au clou, vous rembourserez le prêt quand vous recevrez ce bon dieu d'argent... si vous le recevez un jour!

– Non, j'ai trop peur. Trop peur de le perdre.

– Dans ce cas, ma bonne dame, débrouillez-vous d'une façon ou d'une autre, sinon, la porte! Vous et votre sacré gamin.

C'était manifestement moi qu'elle gratifiait de ce dernier propos, car au même instant j'atteignais le palier. Lorsque j'entrai dans la chambre, je vis que ma mère avait enfoui sa tête entre ses bras.

– Acceptez-vous au moins de vous séparer de votre bague ? demanda Mrs Philliber, toujours plantée sur le seuil.

– De mon anneau nuptial ? demanda ma mère, qui releva la tête avec incrédulité.

– Dame ! C'est-ti que vous attachez à ça une valeur sentimentale ? ajouta-t-elle sur le ton du sarcasme.

– Oui, murmura ma mère. Mais je préférerais encore me séparer de lui plutôt que du médaillon. Combien pourrais-je en obtenir ?

Mrs Philliber s'avança dans la chambre, approcha sa grosse patte rougeaude pour se saisir de la blanche main de ma mère, et examina la bague.

– Dans les deux livres.

– Mais elle a coûté beaucoup plus que cela, j'en suis certaine. Regardez le travail de l'orfèvre !

– C'est au poids de l'or que ça se vend et que ça s'achète, ma bonne dame.

Elle regarda de plus près les initiales gravées sur la bague.

– Les lettres, là, c'est quoi ?

– Un *P* et un *M* entrelacés dans un cercle de roses.

– Et les roses font un grand *C*, c'est bien ça ? Très joli. Mais ça n'a de valeur pour personne d'autre. La première chose que fera l'orfèvre, c'est d'effacer tout ça.

Jamais je n'avais remarqué ces lettres. Que signifiait ce mystérieux *C* ?

– Mais c'est que je veux garder un anneau nuptial !

– Je le vois bien, fit la logeuse. En tout cas c'est une chose pas difficile à trouver.

Elle émit un petit gloussement avant de poursuivre en ricanant :

– Plus facile à trouver que le mari. Et bien moins de tracas pour le garder.

– Bon, je vais le vendre, dit ma mère.

– Tenez, voilà ce que je vous propose. On va tout de suite aller voir un orfèvre que je connais bien, à deux pas d'ici. Il nous en donnera un bon prix. Et pour quelques pence il vous vendra un anneau de cuivre avec les mêmes initiales gravées dessus. Qu'en dites-vous ?

Ma mère hocha la tête en manière de consentement.

– Alors, mettez votre coiffe et allons-y.

– Faut-il que j'y aille moi aussi, maman ? demandai-je.

– Non, Johnnie, reste ici. Je ne serai pas absente pendant très longtemps, et en revenant j'achèterai quelque gâterie pour notre souper.

Je lui donnai un baiser et elle sortit sur les talons de Mrs Philliber. Tandis que par la fenêtre je les regardais s'éloigner, je me souvins de l'inconnu que j'avais aperçu un instant plus tôt et constatai qu'il n'était plus là.

Au bout d'une heure environ j'entendis frapper bruyamment à la porte de la rue. Je supposai que ma mère rentrait seule, devançant Mrs Philliber qui, elle, avait une clé, mais quand la jeune servante eut répondu, des voix masculines me parvinrent. Après quoi ce fut dans l'escalier toute une cavalcade et la porte de notre chambre fut brutalement poussée, livrant passage à une horde de personnages qui se jetèrent dans la pièce.

Celui qui m'impressionna le plus était un homme au visage couperosé, pourvu d'un nez faisant songer à une verrue, qui portait un tricorne et tenait à la main une canne d'argent. Il parcourut la chambre des yeux, désigna d'un geste circulaire du bras nos rares et pauvres biens et, m'interpellant de son puissant organe :

– Ces effets, commença-t-il, appartiennent-ils à Mrs Mellamphy, ci-devant domiciliée dans un cottage attenant au domaine de Mortsey, à Melthorpe, dans le comté de…

La stupeur me rendit sourd à la suite.

– Oui, ils sont à elle. Certain ! fit avec impatience l'un des autres intrus, un grand gaillard au long visage blême qu'il me sembla avoir déjà vu quelque part, mais sans trop savoir où, tant j'étais bouleversé.

– Allons, allons, monsieur Espenshade, pas de précipitation, fit l'homme au tricorne. Il faut procéder dans les règles.

– Foin de vos règles ! répliqua le dénommé Espenshade. Je reconnais ce garçon. Mais la femme n'est pas là. Je vous avais dit que c'était à moi qu'il fallait confier la surveillance de la maison.

Ce disant, il traversa la pièce pour m'empoigner fortement par le bras.

– Lâchez-moi ! protestai-je.

Il me serra encore plus fort, au point de me faire mal. À présent, j'avais eu le temps de reprendre mes esprits : trois hommes seulement à affronter.

– Depuis huit heures ce matin je n'ai pas quitté la maison des yeux, et à aucun moment je ne l'ai vue sortir, affirma celui qui jusqu'ici n'avait rien dit.

C'était un homme solidement bâti, vêtu d'un surtout vert, et dont le visage rouge et plat avait tout d'une brique. Il se tourna vers l'homme au tricorne :

– C'est précisément cela que je suis allé vous dire, monsieur Fewster.

– Et c'est à ce moment-là qu'elle a dû sortir, espèce de jobard ! s'écria le sieur Espenshade.

Le trapu, c'était lui que j'avais aperçu de l'autre côté de la rue !

– Il n'y a pas lieu de tenir pareil langage, monsieur Espenshade, déclara le sieur Fewster, drapé dans sa dignité. Je vous saurais gré de vous garder de tenir des propos de cette nature.

Ledit Espenshade grommela quelque chose que je ne pus saisir.

– Où est-elle ? fit-il en me secouant.

D'un hochement de tête, je refusai de lui répondre.

– Où est allée votre mère ?

Susan, la servante, les avait suivis dans l'escalier et elle se tenait à la porte, pâle de frayeur.

– Va chercher ta maîtresse, lui ordonna le sieur Fewster.

– Elle n'est pas ici, monsieur. Elle est sortie elle aussi.

Il se tourna vers moi :

– Dites-nous où est votre mère.

– Mais qui êtes-vous ? m'écriai-je. De quel droit êtes-vous entrés ici, surtout de cette façon ?

– De plein droit, jeune homme, répondit le sieur Fewster, qui s'approcha de moi, bombant le torse au point que je me demandai s'il n'allait pas faire sauter ses luisants boutons de cuivre. Je suis le bailli de la juridiction de Malborough Street. Quant au sieur que vous voyez là, ajouta-t-il en me désignant l'individu en surtout vert, lequel s'inclina cérémonieusement vers moi, c'est Mr Beaglehole, qui a l'honneur d'être mon adjoint.

– Les représentants de l'autorité, ajouta le sieur Espenshade d'un ton sans réplique.

– Mais que voulez-vous de nous ? demandai-je, affolé.

– Nous venons exécuter un commandement.

Je retenais mon souffle. Le bailli retira de sa poche une feuille de papier qu'il déplia précautionneusement.

– J'ai ici un mandat m'enjoignant d'appréhender au corps la personne de la dame Mellamphy, ci-devant, etc. etc., et de la faire déférer devant le juge de paix du comté de Middlesex. Et aussi de procéder à la saisie de tous les effets de ladite personne. Le mandat a été instrumenté par le magistrat de la juridiction du comté susnommé, endossé par son confrère ici présent, et j'ai reçu commandement d'exécuter le mandat d'amener.

Constatant mon ahurissement, le sieur Espenshade crut bon de commenter :

– Pour parler clair, ça veut dire qu'ils vont embarquer votre mère et saisir tous ses biens.

– Et pour quelle raison ?

– J'exécute un mandat délivré à l'effet de recouvrir une dette, me déclara le bailli.

– Mais je ne comprends pas. Nous ne devons rien à personne.

– Ah, vous croyez ? répliqua-t-il sur le ton de l'ironie. Tel n'est pas l'avis des plaignants dont les noms suivent, et qui ont intenté une action en justice qui me vaut d'être ici.

Il déplia de nouveau la feuille de papier qu'il me lut :

– Henry Yallop, Anne Peege, Elizabeth Passant, Michael Treagold…

– On perd son temps, déclara l'homme qui me tenait toujours par le bras. Il faut qu'on sache où se trouve la femme.

Le sieur Fewster lui lança sans rien dire un regard de reproche, puis il se remit à lire :

– James Passant, Bartholomew Kittermaster et Jane Parchment.

– Mais… ce sont tous des commerçants de Melthorpe ! m'exclamai-je. Et ils ont tous été payés.

– Il semble bien que non, jeune homme, fit le bailli.

– Mais Bissett devait les payer avec l'argent provenant de la vente de nos meubles !

– Bissett ? Ce nom-là me dit quelque chose.

Il retourna la feuille de papier, qu'il parcourut des yeux jusqu'à ce qu'il eût trouvé ce qu'il y cherchait.

– Ah, voilà : ce mandat a été délivré à la suite de renseignements communiqués par la dame Bissett, domiciliée à, etc., à l'effet de nous faire savoir que la personne susnommée reste présentement au n° 31 de Maddox Street, dans la paroisse de Saint-James.

– Bissett n'a pas tenu parole ! déclarai-je avec consternation.

– Revenons à notre affaire ! fit le sieur Espenshade.

À ces mots, et sans doute parce que je pensais à Bissett, je me souvins soudain avec un frisson d'épouvante de l'instant où j'avais déjà vu cet homme : c'était lui qui m'avait suivi le jour où j'avais rencontré Harry, lui qu'un peu plus tard j'avais surpris en pleine conversation avec Bissett devant *La Rose et le Crabe* !

– Ce n'est pas à vous de me le rappeler, dit le sieur Fewster d'un ton indigné.

Puis il se tourna vers moi.

– À présent, vous allez me révéler où se trouve votre mère.

– Je l'ignore.

Le sieur Espenshade me broya encore davantage le bras tout en me secouant. Au même instant j'entendis des pas sur le palier. Les trois hommes aussi, et sans mot dire tout le monde se tourna vers la porte, laquelle ne s'ouvrit pas complètement, mais vint buter contre le bailli et son adjoint.

– Qu'est-ce qui se passe ? lança une voix de femme.

Je sus tout de suite qu'il ne s'agissait que de notre logeuse, mais pas le sieur Espenshade, qui me lâcha aussitôt pour fondre sur la porte et l'ouvrir en grand. Mrs Philliber, qui manifestement cherchait de son côté à pousser le panneau, faillit en perdre l'équilibre. Il lui saisit les deux bras, par-derrière.

– Qu'est-ce qui vous prend ? clama-t-elle en essayant de se dégager.

Sans lui lâcher les bras, il la suivit à l'intérieur de la pièce.

– Montrez-moi un peu votre visage, sacrebleu ! fit-il.

– Au nom du ciel, mais qui êtes-vous ? demanda-t-elle.

– C'est de moi qu'elle est la prisonnière ! déclara le sieur Fewster. Bas les pattes !

Profitant de la situation, je traversai la chambre, ne laissant plus entre la porte et moi que l'adjoint du bailli.

– Saisissez-vous d'elle, Beaglehole ! ordonna Fewster.

– C'est ma maîtresse ! se récria Susan, ajoutant encore au tumulte.

L'adjoint s'avança pour exécuter l'ordre de son supérieur mais le sieur Espenshade, qui, à scruter les traits de Mrs Philliber, s'était aperçu de sa bévue, lâcha sa proie en me cherchant des yeux. Au même moment, j'atteignais la porte.

– Arrêtons le garçon ! proféra-t-il.

– Je n'ai pas de mandat m'habilitant à le faire, entendis-je répondre Fewster.

– Foin de vos mandats ! Il va avertir sa mère.

Le sieur Espenshade se précipita vers moi, mais je pus lui faire faux bond et m'élancer dans l'escalier. Il en dévalait pesamment les degrés que déjà je franchissais d'un saut la porte d'entrée ; une fois dehors, à toutes jambes je tournai le premier coin de rue, puis le suivant. Ma course éperdue me mena à un carrefour où, d'un coup d'œil en arrière, je m'aperçus que j'avais toujours mon poursuivant sur mes talons et que je ne pourrais le tenir à distance pendant bien longtemps ; aussi m'engouffrai-je dans une venelle noyée d'ombre, plaqué à plat dos contre la muraille et le cœur battant à tout rompre. À mon grand soulagement, le sieur Espenshade dans son fol élan n'eut pas le loisir de jeter un regard dans le renfoncement, qu'avec mille précautions je quittai au plus vite, n'ayant qu'une idée en tête, retrouver ma mère et lui barrer sans tarder le chemin du retour.

Toujours prudent, je revins sur mes pas, par un itinéraire tortueux, jusqu'à une traverse qui débouchait face à notre maison. De cet observatoire, aucun mouvement, entrée ou sortie ne m'échapperait, et la distance empêchait définitivement les gens lancés à mes trousses de me voir. Le sieur Espenshade, du haut du perron, scrutait la rue de part et d'autre, sans se mêler à la conversation que le bailli et son adjoint avaient avec le cocher d'un cabriolet arrêté devant la maison.

Mon embuscade me donnait sur le sieur Espenshade la priorité pour le cas où ma mère arriverait par Pollen Street, rue adjacente à ma traverse, mais pas si elle empruntait Maddox Street : nous la verrions alors en même temps. La sachant incapable du même exploit que je venais d'accomplir en me défaisant de mes poursuivants, je ne pouvais me résoudre à attendre passivement que se refermât sur elle le piège qui lui était tendu.

Enfin le sieur Beaglehole monta dans le cabriolet, qui s'ébranla, laissant là le bailli et le sieur Espenshade échanger quelques propos. Mais peu après, et à ma vive satisfaction, ils gravirent les marches et refermèrent la porte. Alors qu'ils remontaient dans notre chambre, je saisis ma chance, sachant fort bien ce qu'il me restait à faire, quoique mon initiative allât à l'encontre de la conduite que me dictait instinctivement la prudence. Tout à coup m'était revenue en mémoire la devise des Huffam : « Cherche la sauveté au milieu des périls. » Il n'existait qu'un seul endroit d'où je pouvais observer aussi bien qu'eux les alentours, tout en restant caché à leur vue. Aussi traversai-je la rue en courant pour gravir la volée du perron et me plaquer de dos contre la porte d'entrée. Ce poste vaudrait bien le leur, quand ils seraient postés derrière les fenêtres du dernier étage.

Voilà quelques minutes que je guettais, d'un côté puis de l'autre, dans l'espoir d'y voir ma mère, lorsqu'un locataire de la maison gravit les marches. Comme il me saluait d'un signe de tête, manifestement surpris de me trouver là dans une posture de sentinelle, je lui fis signe de se taire. Il frappa pour qu'on vînt lui ouvrir. Par bonheur, Susan ne jeta pas même un regard à l'extérieur, sans quoi elle eût vraisemblablement poussé un cri de surprise en me voyant là.

Enfin j'aperçus ma mère, que je reconnus à sa coiffe voguant au-dessus de la tête des passants. Le cœur battant la breloque, je m'efforçai de me porter à sa rencontre du pas le plus naturel. Dans la foule qui encombrait la rue, il ne me restait plus qu'un espoir : pourvu que, tournant le dos à mes poursuivants, haut perchés, qui plus est, je pusse passer incognito ! Fort heureusement – car elle eût pu faire un signe de la main à mon approche –, ma mère ne me vit qu'au dernier moment.

– Retournez sur vos pas. Venez avec moi, lui dis-je lorsque j'arrivai à sa hauteur, sans toutefois m'arrêter.

Le temps de lire sur son visage une expression de surprise, je l'avais déjà dépassée. N'osant m'assurer qu'elle marchait derrière moi, je tendais l'oreille, attentif à tout bruit de poursuite. Je gagnai le carrefour, où je m'engageai dans Regent Street. Là j'attendis, quelques secondes en réalité, mais qui me parurent d'interminables minutes, que ma mère, à mon indicible soulagement, se montrât au coin de la rue.

– À quoi jouez-vous donc, Johnnie ? me demanda-t-elle avec un sourire crispé.

– Il ne s'agit pas d'un jeu, lui dis-je. Le bailli vous recherche. Éloignons-nous.

Une voiture de place passait au même instant, et je m'élançai dans la rue pour attirer par gestes l'attention du cocher. Arrêtant ses chevaux, il descendit abaisser le marchepied, en prenant tout son temps me sembla-t-il, et je pressai ma mère, abasourdie, de grimper en toute hâte dans le véhicule.

– Allez-y, roulez, roulez ! criai-je en tirant les rideaux pendant que le bonhomme repliait les marches avant de remonter sur son banc.

Tandis que nous avancions au pas, je fis à ma mère le récit des événements, mais je me gardai de lui mentionner le nom de Bissett.

– Et pour quelle raison ont-ils un mandat d'amener ? demanda-t-elle.

Je restai sans répondre.

– Il a dû arriver quelque chose à Bissett, fit-elle, c'est pour cela qu'elle ne nous a pas écrit. Mais quoi ?

Ce n'était guère le moment d'aborder cette question. Notre situation était désespérée, car désormais nous ne possédions plus rien. Plus rien que ce que nous avions sur nous.

– De combien d'argent disposez-vous ? demandai-je.

Elle sortit de son réticule le gros carnet qui lui servait aussi de porte-monnaie.

– Nous avons vendu l'anneau nuptial pour deux livres et deux shillings. Et la bague de cuivre a coûté trois pence.

Elle tendit la main pour me la montrer avec un sourire forcé.

– J'ai fait ciseler mes initiales.

Je vis en effet que les lettres *MC* avaient été grossièrement gravées sur la bague. (Que pouvait bien signifier ce *C* ?)

– Ensuite, Mrs Philliber a prélevé ses arriérés et dix shillings d'avance pour les deux semaines à venir, en sorte que cela nous laisse à peu près une guinée.

– Quel dommage que vous lui ayez remis deux semaines d'avance, soupirai-je, fort dépité.

– C'est elle qui l'a exigé, fit-elle timidement.

Outre cette guinée, nous n'avions que les vêtements que nous portions et le médaillon, qui selon Mrs Philliber valait plusieurs livres.

– Se peut-il que Bissett nous ait trahis ? C'est la question que je me pose, déclara ma mère. Ce n'est pas possible autrement, elle était la seule à connaître notre adresse.

Elle se tourna vers moi, gagnée par la panique.

– Alors, c'est qu'elle est de connivence avec Mr Barbellion et notre ennemi !

– Plus tard, maman, lui dis-je. Ce n'est pas le moment de penser à cela.

Pâle de fureur, elle se mit à murmurer pour elle-même, mais je pus saisir quelques mots des propos qu'elle se tenait : « Ennemi… Silas… nous ruiner… »

Elle frissonnait. Quand je relevai l'un des rideaux pour regarder par la vitre, je ne reconnus pas la rue.

– Arrêtons-nous là, proposai-je, sinon le peu que nous avons va s'engloutir dans la course.

Je passai la tête par la fenêtre pour héler le cocher. Nous quittâmes la voiture, après avoir acquitté le montant du trajet, soit un shilling six pence.

– Pouvez-vous nous dire où nous sommes ? demandai-je à l'homme qui relevait le marchepied.

Sans un mot de réponse, il remonta sur son banc. Je revins à la charge, mais son grommellement ne m'apprit rien ; il agita les rênes et prit le large.

C'était une longue rue sinistre bordée de maisons indigentes et chichement éclairée par un seul et unique lampadaire posé à mi-distance de ses deux extrémités. Plantés sur le côté de la chaussée, nous nous regardions, consternés : jamais encore nous ne nous étions trouvés à une heure si tardive dans un quartier qui nous était inconnu.

– Où sommes-nous ? répéta ma mère.

– Je n'en sais rien.

Elle se mit à trembler.

– Oh ! Johnnie, qu'allons-nous devenir ?

– Venez, lui dis-je, nous ne nous en sommes pas si mal sortis. Nous les avons semés. Nul ne sait où nous sommes.

– Pas même nous, fit-elle.

À mon grand émoi, un fou rire la saisit, qui m'alarma davantage encore lorsqu'il se résolut en sanglots. Je lui entourai les épaules de mon bras.

– Tout ira mieux demain matin, affirmai-je. Mais à présent il nous faut trouver un abri pour la nuit.

Bientôt l'obscurité serait totale ; déjà le froid se faisait plus vif. Contrairement à ma mère, qui s'était vêtue chaudement pour sortir, je n'avais naturellement sur moi ni manteau ni chapeau.

– Nous avons assez d'argent pour trouver à nous abriter cette nuit, dis-je. Mais avant toute chose, nous devons nous repérer.

Un ouvrier à l'aspect engageant passait par là, et je l'interpellai.

– Vous êtes à Smiffle, m'apprit-il.

Je reconnus le nom que m'avait dit à sa façon le cocher, et cette fois il éveilla en moi des échos qui me venaient de mon plan.

– Sommes-nous loin de Coleman Street ?

– Non, pas très loin, fit l'homme, qui m'indiqua la direction à suivre.

– Tu as entendu, maman ?

– Non, me répondit-elle d'une voix lasse.

– Nous sommes à Smithfield, c'est-à-dire tout près de la rue où habite Miss Quilliam. Ou tout du moins où elle habitait autrefois. Allons là-bas.

Elle ne répondit rien, et, comprenant que c'était à moi de prendre l'initiative, je lui saisis le bras pour la conduire dans la direction indiquée par le passant.

Il se faisait tard quand nous trouvâmes la bonne adresse

pour frapper à la porte du n° 26, grosse bâtisse d'aspect lugubre située dans une rue dont les maisons semblaient s'observer les unes les autres avec une hautaine réprobation.

La servante qui vint nous ouvrir nous ayant fait savoir qu'elle ne connaissait pas de Miss Quilliam, ma mère poussa un soupir de détresse et chancela. Émue de compassion, la jeune fille nous invita à entrer, le temps d'aller quérir sa maîtresse.

L'antichambre, très haute pièce que parfumaient des bouquets disposés sur d'élégantes consoles, avait beau n'être que faiblement éclairée à la chandelle de cire, je n'en relevai pas moins le raffinement des meubles : vitrines de bois de rose, horloge ancienne à caisse de chêne, chaises à dossier en écu le long des murs. Ma mère se laissa choir sur l'une d'entre elles et je lui frottai les mains.

Au bout de quelques minutes, nous fûmes rejoints par une autre servante, accompagnée d'une femme sur la cinquantaine, aux traits anguleux, et qui nous observait attentivement. D'évidence, elle était d'une tout autre classe que Mrs Philliber, voire que Mrs Marrables, et j'imaginais la fâcheuse impression que nous faisions sur elle, moi qui ne portais ni manteau ni couvre-chef et ma mère dans l'état d'épuisement qui était le sien.

– Je suis Mrs Malatratt, nous dit elle. Ma servante m'apprend que vous êtes à la recherche de Miss Quilliam ?

– Oui, nous sommes de ses amis, me risquai-je à expliquer.

Ma réponse parut surprendre Mrs Malatratt.

– Cette dame, fit-elle en désignant ma mère, semble ne pas se sentir bien.

– Elle est très fatiguée, dis-je. Rien de plus.

Mrs Malatratt m'examina d'un œil vif, puis se tourna vers ma mère, qui leva les yeux, s'efforçant de sourire, mais sans succès, puis se mordit la lèvre et baissa la tête.

– Miss Quilliam n'habite plus ici, fit Mrs Malatratt. Elle a quitté cette maison voilà presque un an, lorsqu'elle a trouvé à s'employer chez Sir Perceval et Lady Mompesson.

C'est avec une manifeste délectation qu'elle avait articulé ces deux noms.

– Je vous remercie, répondis-je. Cela, nous le savions. Mais nous savons aussi que depuis peu elle a quitté son emploi.

– Ah, c'est donc cela, déclara Mrs Malatratt, comme si c'était à contrecœur qu'elle devait renoncer à user de ces noms illustres. Mais à qui ai-je le plaisir de m'adresser, si je puis me permettre cette question ?

– Notre nom est Mellamphy.

– Si vous comptez parmi les amis de Miss Quilliam, j'avoue ne pas comprendre que vous ignoriez où elle se trouve.

– Miss Quilliam ne s'attendait pas à nous voir venir à Londres dans un si bref délai, affirmai-je en faisant de mon mieux pour ne pas outrepasser les bornes de la vérité.

Et d'ajouter, lorsque je vis se peindre une expression de surprise polie sur le visage de Mrs Malatratt :

– Elle nous aura probablement écrit en province pour nous faire part de sa nouvelle adresse.

– Je comprends, dit-elle, adoptant une attitude de hautaine distinction qui me fit conclure qu'elle ne croyait pas un mot de ce que je venais d'expliquer.

Puisque visiblement nous ne lui inspirions pas confiance, je me sentais à présent contraint de m'en tenir à la stricte vérité.

– Nous ne sommes arrivés qu'aujourd'hui de la province, après un long voyage, dis-je en lui mentionnant le nom du comté d'où nous venions. D'un village tout proche de Hougham, où Sir Perceval est…

J'hésitai avant de me contenter de déclarer :

– … l'un de nos voisins.

– Vraiment ?

– Par suite d'une fâcheuse erreur, nos bagages ont été expédiés à une fausse adresse, de l'autre côté de la capitale. Nous avons pris une chaise de place pour nous y rendre, et c'est en passant par cette rue que je me suis rappelé avoir entendu Miss Quilliam nous avoir dit un jour qu'elle avait logé ici. Voyant ma mère harassée, j'ai fait arrêter la voiture dans l'idée que nous pourrions trouver ici asile pour la nuit.

– Vous avez eu raison, fit Mrs Malatratt.

Et à cet instant je compris, avec un sentiment de victoire mêlé de culpabilité en constatant combien il m'était aisé de mentir, que loin de croire que je la dupais, elle était satisfaite du genre d'explications que je lui avais fournies.

– Mais je suis au regret de ne pouvoir vous aider à retrouver Miss Quilliam. Ainsi que vous venez de le dire, elle a quitté le domaine de Mompesson l'été dernier... vers la fin de juillet, autant que je m'en souvienne... et elle est venue passer ici une ou deux nuits. En partant, elle s'est proposé de me laisser sa nouvelle adresse, et puis elle a omis de le faire.

– Vous ne savez donc plus rien d'elle ?

– Rien, sinon qu'elle est revenue voilà une quinzaine de jours pour me demander de lui garder pendant quelque temps les deux coffres qu'elle avait laissés ici. Je me suis fait un plaisir de lui rendre ce service. Elle ne m'a laissé aucune adresse, mais j'ai cru saisir, d'après ce qu'elle m'a laissé à entendre, qu'elle avait trouvé un logis à l'autre bout de la ville.

Dans le West End ! Décontenancé, j'observai ma mère. Elle ne me regarda pas, mais je vis la servante me contempler avec une expression ambiguë. Elle fixa ensuite sa maîtresse d'un œil où il me sembla lire tout à la fois de la timidité et de l'aversion.

Mrs Malatratt nous observait maintenant avec aménité.

– Si vous désirez dormir ici, je puis mettre à votre

disposition une chambre pour la nuit. Mais pour la nuit seulement. La location est de trois shillings.

Je savais que nous pourrions nous faire héberger ailleurs pour un shilling ou pour dix-huit pence, mais à cette heure tardive cela n'irait pas sans mal. Voyant que ma mère continuait de se soutenir la tête, j'acceptai.

– Payables d'avance, ajouta Mrs Malatratt.

Je plongeai ma main dans le réticule de ma mère, tâtonnai sous le carnet contenant la mystérieuse liasse de documents, et en retirai les quelques pièces qui nous restaient.

– Menez-les à la chambre bleue, Nancy, fit Mrs Malatratt, qui se retira après une brève inclinaison de la tête.

J'aidai ma mère à se remettre sur ses pieds et nous suivîmes dans l'escalier la servante, qui nous conduisit vers la chambre en question, laquelle était magnifiquement meublée d'un grand lit et décorée de courtines damassées.

Nancy me prit à part pour me demander à mi-voix si nous désirions manger quelque chose.

– Ce qu'elle vous a raconté, c'est pas vrai, me chuchota-t-elle.

– Que voulez-vous dire ?

– Et pis, c'est pas un endroit pour vous et votre maman. J' peux pas vous en dire plus.

Puis elle se glissa hors de la chambre. Quelques minutes plus tard, elle nous apporta un peu de pain et de lait mais, tout comme si elle regrettait l'indiscrétion qu'elle avait commise, elle évita mon regard et s'empressa de ressortir.

J'eus le plus grand mal à persuader ma mère de s'alimenter, si peu que ce fût, et ne pus l'empêcher de revenir à la trahison de Bissett.

– Nos meubles avaient suffisamment de valeur pour nous libérer de toutes nos dettes. Qu'a-t-elle bien pu faire de l'argent ?

– Nous en reparlerons demain, maman, je vous en prie, dis-je. À présent nous ferions mieux de dormir.

– Pourquoi a-t-elle fait cela, Johnnie ? dit-elle tout à coup. Jamais je ne lui pardonnerai. Jamais ! Après tout ce que j'ai fait pour elle !

Puis elle s'étendit sur le lit pour sombrer dans un sommeil agité. Pendant quelque temps, allongé près d'elle dans la blafarde clarté lunaire que laissait entrer l'écartement des rideaux, je la regardai dormir, envahi de sombres pressentiments. Quel lien unissait Bissett au sieur Espenshade ? Et si c'était elle qui avait révélé notre adresse – car il ne pouvait en avoir été autrement –, qui l'avait soudoyée ? Et pourquoi ? Ces questions que je me posais m'empêchèrent longtemps de m'endormir. Je fus réveillé à plusieurs reprises au cours de la nuit ; chaque fois un attelage s'arrêtait devant la maison et j'entendais claquer la porte d'entrée.

Le lendemain matin, ma mère semblait d'humeur plus allègre, mais je voyais bien qu'elle s'efforçait résolument de faire preuve de courage et d'optimisme, et j'en ressentis de l'irritation. Je me demandais comment elle prendrait la traîtrise de Bissett, que je comptais lui révéler dans toute son ampleur.

Nancy nous avait apporté notre maigre déjeuner, et je profitai de ce moment pour faire à ma mère une relation exacte de l'épisode de la veille, chez Mrs Philliber, lui confirmant que c'était bien à cause de Bissett que le bailli avait pu nous trouver.

– Ce que je pensais d'elle était donc bien la vérité, me dit-elle calmement.

– Oui, mais ce n'est pas tout. L'homme qui est venu avec le bailli et son adjoint... le sieur Espenshade, c'est ainsi qu'ils l'appelaient... je l'avais déjà vu auparavant.

Je lui appris que c'était ce même individu qui m'avait suivi un jour à Melthorpe, et que je l'avais vu s'entretenir avec Bissett.

Ma mère en fut épouvantée. Elle le fut davantage encore quand je lui parlai des soupçons que depuis longtemps je nourrissais à l'égard de notre ancienne servante. J'étais certain que Bissett, ajoutai-je, s'était faite la complice du sieur Barbellion le jour où pour la première fois celui-ci nous avait rendu visite. Puis je lui racontai qu'une fois j'avais surpris Bissett alors qu'elle se rendait au bureau de poste pour expédier un mystérieux courrier, lequel était vraisemblablement destiné audit sieur Barbellion.

– Ce sont là de bien fâcheuses nouvelles, Johnnie, fit ma mère, qui tendit la main pour prendre la mienne. Mais à présent il faut que je t'avoue quelque chose. C'est moi qui lui ai dit que nous partions pour Londres.

– Mais enfin, maman !

La nuit où nous avons quitté le village. Que je tienne notre destination secrète la blessait terriblement. J'ai fini par la mettre au courant, pendant que tu étais en train de ramasser tes affaires.

– Alors qu'à moi vous ne vouliez rien dire ! m'écriai-je. C'est donc pour cela que sa hargne était retombée, je m'en souviens, quand je suis redescendu de ma chambre ! Oh, maman ! Alors c'est elle qui aura renseigné cet homme, le sieur Espenshade, et il nous aura suivis jusqu'à Londres.

– Assurément pas ! protesta ma mère.

– Bon, je l'admets, dis-je. En effet, si notre ennemi et ses gens avaient su où nous étions, je ne vois pas pourquoi ils auraient attendu que vous eussiez fait part à Bissett de l'adresse de Mrs Philliber.

C'était là un mystère que nous étions incapables de résoudre.

– En tout cas, à présent nous ne pouvons plus espérer recevoir le moindre argent de Melthorpe, fis-je observer quelques minutes plus tard.

– Qu'allons-nous devenir, Johnnie ?

– Il faut vendre le médaillon, dis-je.

– Non ! Jamais je n'accepterai de m'en séparer !

– Voyons, soyez raisonnable. Ce n'est jamais qu'un morceau de métal.

– Tu ne peux pas comprendre, dit-elle d'une voix frémissante. C'est tout ce qu'il me reste de…

Elle s'interrompit.

– De quoi ? demandai-je.

Elle se refusa à m'en dire plus.

– Alors, je ne sais pas ce que nous allons devenir, déclarai-je avec colère.

– Johnnie, il existe un autre moyen, non ? Te souviens-tu du document que Sir Perceval et Mr Barbellion voulaient acheter ?

– Certes, dis-je. Vous parlez du codicille ?

– Oui. Nous pourrions considérer de nouveau la proposition de Sir Perceval.

– Je croyais que vous ne vouliez à aucun prix vous en séparer, lui dis-je d'un ton de reproche. J'y ai souvent repensé, et j'en suis venu à conclure que si tant de gens mettent tant d'obstination à se le procurer, c'est qu'il serait prudent de ne pas le céder si aisément.

– Ce sera pour moi un déchirement, car il est lié à une promesse que j'ai faite, me dit-elle d'une voix hésitante. Une promesse solennelle. À mon père. Juste avant sa mort. Mais je crois qu'il m'approuverait si je m'en séparais, maintenant que nous n'avons plus rien.

Je la suppliai de m'en dire davantage, mais en vain. Je lui fis valoir qu'il serait plus sage de vendre le médaillon, mais, comme elle s'entêtait, nous en vînmes à la décision de ne nous séparer ni de l'un ni de l'autre.

– Il me vient une idée, maman, déclarai-je. Vous souvenez-vous de Mrs Digweed et de son fils, qui sont venus chez nous le jour de l'avant-dernier Noël?

– Oui, bien sûr.

– Bon. Vous ne croyez pas que ce serait une bonne idée de les retrouver?

– Mais pour quoi faire?

– Nous sommes maintenant aussi démunis qu'eux. Et eux, au moins, ils savent ce qu'est de vivre dans la misère, alors que nous, il nous reste tout à en apprendre. Et au plus vite.

– Mais comment faire pour les retrouver?

– Si j'ai bonne mémoire, ils habitaient Cox's Square, à Spitalfields, et je crois que ce n'est pas très loin d'ici. Si nous allions là-bas pour essayer de les chercher?

– Si vous voulez. Après tout, quelle importance désormais? Qu'importe ce qu'il peut advenir de nous! Nous sommes perdus.

– Cessez de parler ainsi! proférai-je avec irritation.

À ces mots, la contenance qu'elle se donnait pour paraître indifférente s'effondra, et elle éclata en sanglots. Il me fallut un certain temps pour la réconforter et lui faire retrouver son empire sur elle-même. Tandis qu'elle s'apprêtait avant de quitter la chambre, je mis à exécution une idée qui m'était venue, et j'écrivis une brève missive à Miss Quilliam: j'y rappelai les circonstances de notre rencontre, ajoutant que ma mère et moi, maintenant à Londres, dépourvus d'amis et de moyens d'existence, lui serions reconnaissants de laisser ici une adresse où la joindre. Je passai la lettre à Nancy, qui se proposa de la remettre en main propre à sa destinataire quand elle reviendrait, et de garder pour nous une éventuelle réponse de sa part.

Dehors, nous commençâmes par nous enquérir du chemin menant à Cox's Square. À mesure que nous en approchions, les rues devenaient de plus en plus miséreuses, et notre accablement de plus en plus prononcé. Une odeur prenante, nauséabonde, provenant d'une brasserie proche, envahissait tout le quartier. À chaque coin de rue je voyais un cabaret, et, dans les caniveaux, des hordes d'enfants demi-nus tendaient la main pour nous demander l'aumône sitôt qu'ils voyaient nos atours, de humbles hardes à la vérité, qui dans ce canton pouilleux attiraient l'attention. Ce qui me frappait, ce n'étaient pas tant les guenilles sur le dos des passants que leurs visages livides, cireux, leur peau parfois horriblement grêlée, et leur regard, qui chez beaucoup semblait vide, comme si ces êtres étaient frappés de stupeur. Je voyais bon nombre de nez boursouflés, d'yeux caves, et souvent nous croisions des gens à la poitrine creuse, aux épaules affaissées, aux jambes arquées.

Notre route voyait défiler des maisons de plus en plus délabrées, dont les portes lépreuses se craquelaient, dont la maçonnerie mangée de visqueuses moisissures se ravinait sous le ruissellement des eaux souillées, et où les fenêtres exhibaient souvent des lambeaux de chiffons en guise de carreaux. Entre les murs débouchait un obscur boyau, puis un autre un peu plus loin; chacun avalant ou vomissant une foule serrée.

Quand enfin nous fûmes à Petticut Lane [1], l'endroit où l'on nous avait dirigés, il nous fallut ensuite parcourir une venelle d'une incroyable étroitesse pour atteindre notre but, une cour sombre au beau milieu de laquelle s'entassaient des ordures. Ma mère et moi, nous nous jetions des regards de stupéfaction.

1. Rue marchande où à l'époque se regroupaient plus particulièrement les boutiques de tripiers.

– C'était le numéro 6, n'est-ce pas ? me demanda-t-elle.

Je me contentai de hocher la tête, un tel méphitisme me contraignant à garder la bouche fermée. Aucune indication ne figurait sur les portes.

– Le 6, c'est où ? demandai-je à une fillette.

Elle m'indiqua du doigt l'une des entrées, dont les marches étaient brisées et la porte, en piteux état, à demi béante. Nous montâmes pour frapper.

– Cogne plus fort, ricana un gamin, l' valet de pied t'a sûrement pas entendu.

– Perdez pas votre temps, fit une femme qui passait près de nous. Vous avez qu'à rentrer et à chercher la pièce où que vous voulez aller.

Dans les ténèbres du couloir, nous ne savions trop à quoi nous attendre. Sur notre gauche une porte entrebâillée nous arrêta.

– Madame Digweed ? fit ma mère.

– Entrez, répondit une voix de femme.

Voilà qui nous sembla du plus réconfortant. Nous poussâmes la porte. Pourtant le visage qui nous accueillit quand nous passâmes le seuil, tout avenante et cordiale qu'était son expression, n'était point celui de Mrs Digweed, mais d'une femme d'environ quarante-cinq ans, proprement vêtue, et d'abord agréable. Derrière elle je vis une pièce, pimpante et proprette, et regorgeant de monde malgré ses dimensions. Dans un coin, un homme dormait sur une paillasse. Une jeune femme et deux petites filles préparaient le repas sur le feu, tandis que près de l'âtre deux enfants plus jeunes, assis sur le sol de carreaux fendillés, jouaient avec des morceaux de charbon. Tout ce petit monde écarquilla les yeux à notre arrivée, mais bientôt chacun se replongea dans ses occupations.

– Vous n'êtes pas la famille Digweed ? demandai-je, car je

voyais ma mère manifestement consternée par le spectacle qu'elle avait sous les yeux.

– Jamais entendu ce nom-là, fit la femme. Nous, notre nom, c'est Sackbutt.

Ma mère se tourna brusquement vers moi mais je ne voulais pas être le témoin de sa déception, et je fis mine de ne pas m'en apercevoir.

– Ce n'est donc pas ici qu'ils habitent? demandai-je.

– J'irais pas jusqu'à dire ça, déclara la femme en nous observant avec curiosité. Mais entrez. Assoyez-vous. Vous paraissez fourbus. Meg, débarrasse-moi le banc.

Ma mère, profitant de l'instant où l'autre nous montra son dos, plissa le nez pour me signifier son dégoût, mais d'un mouvement de tête je lui fis comprendre que nous ne pouvions pas décliner l'invitation. Nous nous installâmes donc, moi sur une chaise bancale, elle sur la seule pièce d'ameublement digne de ce nom: le banc en piètre condition et tout rafistolé.

– Voyons voir, fit Mrs Sackbutt, qui se mit à compter sur ses doigts. En bas il y a les Sneezum, les Glatt et les M'Tongue. Moi je connais pas tout le monde dans la maison. Si, il y a les...

Ma mère l'interrompit.

– Parce que... chaque famille dispose d'une chambre?

– Oui, déclara Mrs Sackbutt avec une fierté manifeste. En bas, c'est chacun chez soi, mais comme je dis, je sais pas si c'est pareil dans le reste de la maison.

Ma mère se tourna vers moi, le visage blême, mais Mrs Sackbutt ne s'en rendit pas compte.

– Au premier je vois encore les Clinkenbeard sur les deux du devant et les Meatyard sur celles de l'arrière, ce qui leur fait deux pièces chacun, mais forcément ils paient plus cher que nous.

– Parce que ces logis, on vous les fait payer ! s'exclama ma mère.

– Je pense bien ! fit Mrs Sackbutt, surprise par cette question. Vous êtes naïve ou quoi ? D'où que vous venez, de l'Irlande ?

– Non, de la province, expliquai-je.

– Quatre shillings la semaine. Pardi, c'est partout qu'il faut payer, sauf peut-être dans des endroits comme la Terre sainte, l'Arpent du Diable ou la Rocaille de Mitre Court, à Westminster[1], là où j'irais pour rien au monde tant que j'aurai la force de me traîner sur mes genoux.

L'homme émit un grognement dans son sommeil et se retourna sur sa paillasse.

– Mais ici, bon, l'encaisseur du propriétaire, Ashburner, qu'il s'appelle, passe toutes les semaines et si vous pouvez pas payer, ouste, dehors !

Ma mère frissonnait. Ce nom lui rappelait-il quelque chose ? Cette idée me parut absurde. Comment eût-elle bien pu l'entendre prononcer par le passé ?

– C'est lui qui ramasse presque tout l'argent ici, et aussi dans Bell Lane, reprit Mrs Sackbutt.

– Bell Lane ! répéta ma mère. Est-ce près d'ici ?

– La rue d'à côté, répondit l'aimable femme.

Ma mère eut un bref sursaut. Que pouvait-elle bien savoir d'un lieu pareil ?

– Vous ne vous sentez pas bien ? dit Mrs Sackbutt. Vous me semblez mal en point. Voulez-vous prendre quelque chose ? Un peu de gin ?

Elle accepta, à ma vive réprobation.

1. Appellations respectives et populaires du quartier Saint-Giles (où s'entassaient les immigrants catholiques venus d'Irlande) et de deux autres quartiers lépreux (situés l'un à Westminster, l'autre à Matten Garden) dont il sera question dans la suite du récit.

– Allons, maman, il est temps que nous partions, déclarai-je. Merci à vous, madame Sackbutt. Nous allons nous renseigner dans le reste de la maison.

– Pourquoi ne laissez-vous pas votre mère vous attendre ici pendant que vous iriez vous renseigner tout seul ? proposa Mrs Sackbutt. Elle m'a l'air à bout de forces.

– C'est vrai, Johnnie, je suis épuisée, fit ma mère.

Je me rangeai au conseil de Mrs Sackbutt, qui posa deux verres sur le buffet, dont elle ouvrit un tiroir. Un petit cri en jaillit alors, et quelle ne fut pas notre surprise de découvrir, à l'intérieur, un nourrisson étendu dans une corbeille à œufs garnie de paille. En guise de biberon, il tétait un petit sac de prunes.

– Mais voyons ! s'écria ma mère. Ce n'est pas bon pour sa santé !

Mrs Sackbutt eut un cordial sourire.

– Pensez-vous ! C'est pas le nôtre. On l'a en nourrice. Et ça peut pas lui faire de mal.

Ma mère retira l'enfant du tiroir pour le bercer sur ses genoux pendant que Mrs Sackbutt s'emparait d'un cruchon pour emplir deux gobelets. Je quittai la pièce et gravis l'escalier branlant pour aller frapper à toutes les portes, démarche parfaitement vaine car le nom de Digweed ne parlait à personne. Tandis que je m'apprêtais à toquer à une autre porte, je me dis que s'il en était ainsi, c'était parce que les occupants de la maison n'y effectuaient que de trop brefs séjours pour garder en mémoire les noms de leurs voisins. Et je me demandai si la brièveté de ces séjours ne tenait pas à ce que ces gens touchaient au fond de la déchéance, car je ne pouvais concevoir qu'il pût exister des bouges plus infâmes que ceux-là.

J'avais constaté en montant que la misère était de plus en plus criante. À l'étage au-dessus de celui qu'habitaient les

Sackbutt, je constatai que bien souvent deux familles occupaient une même chambre. (Cependant ces pièces étaient relativement vastes, car les maisons entourant la placette avaient été jadis bellement bâties à l'usage de négociants.) Au second, je fus assailli par une odeur fétide provenant de la colle dont usait toute une famille pour fabriquer des boîtes à cigares. Un vase fêlé maintenait la fenêtre entrouverte, mais la fumée que dégageaient les cheminées environnantes entrait par tourbillons dans le local, ajoutant encore aux miasmes de l'atmosphère. La pièce suivante n'était occupée pour le moment que par un petit garçon tenant dans ses bras un bambin qui me fit songer à un informe ballot de guenilles. Sur une table de bois blanc toute bancale était posé un baquet rempli de loques trempées, des cendres s'accumulaient dans le foyer, et une tasse à thé fêlée gisait sur le plancher.

La plupart des pièces étaient quasiment dépourvues de meubles : çà et là, un méchant châlit à une place en tout et pour tout, recouvert d'une poche de paille faisant office de couette et d'un mince couvre-lit ; plus d'une fenêtre avait perdu ses vitres, qu'on avait remplacées par des morceaux de linge enduits de suif et qui ne laissaient passer qu'une chiche lumière. Pourtant, bon nombre de locataires s'étaient efforcés de mettre une touche de décoration dans la pièce qu'ils occupaient en disposant des fleurs dans des pots, où parfois ne demeuraient plantées que des tiges de plantes mortes depuis bien longtemps.

Après avoir fait la tournée de toutes les portes, je résolus de renouveler ma tentative dans les autres maisons de la place, en cas d'erreur sur le numéro, ou dans l'espoir, si les Digweed avaient quitté les lieux, de tomber sur quelqu'un qui se souvînt d'eux et sût me dire où ils demeuraient à présent. Le premier logis devant lequel je me présentai, au rez-de-chaussée de la maison voisine, était celui d'un ramoneur, et, bien que la pièce du devant fût d'une grande propreté, je vis par-dessus l'épaule de sa femme une arrière-pièce ne contenant rien d'autre qu'un énorme tas de suie surmonté d'une cage à oiseaux vide. Ailleurs je trouvai porte de bois, et ailleurs encore une vieille femme, un poulet plumé mais visiblement putréfié dans les mains, et qui me cria des injures, en sorte que je me hâtai de refermer. Dans la pièce suivante, totalement nue à l'exception d'une table brisée et d'une pile de haillons, je n'aperçus qu'une petite fille d'environ cinq ans et un bambin très jeune, qui l'un et l'autre rampaient.

Il fallait cesser. Pour la plupart, les occupants étaient soit sidérés par la faim ou frappés d'incapacité par la boisson, soit inaptes à s'exprimer en un langage intelligible, mais de tous ceux qui pouvaient s'exprimer en anglais aucun, à tout le moins parmi ceux qui acceptèrent de me répondre, ne put m'être du moindre secours. J'étais au désespoir et sur le point d'abandonner mes recherches.

Pourtant, au dernier étage du n° 10, je frappai à la porte d'une mansarde et une femme vint m'ouvrir, en ayant soin de n'entrebâiller l'huis que d'un rien.

– Jamais j'ai entendu causer d'eux, me dit-elle.

Mais tout aussitôt une fluette voix d'homme s'éleva derrière elle dans la pièce :

– Digweed ? Si, moi je m' rappelle d'une famille qu' avait ce nom-là.

– Mais non, lança la femme sans se retourner, déjà prête à refermer.

– Et moi j' te dis que si, affirma la voix bougonnante. J' crois bien qu'ils restaient à quatre maisons d'ici.

La femme tenait toujours la porte juste entrouverte en me regardant sans aménité.

– Au 6 ? demandai-je. Oui, c'est bien cela.

Comme pour me préparer à ce que j'allais voir, elle eut un petit mouvement de tête et ouvrit la porte, me dévoilant le nourrisson qu'elle allaitait, et j'entrai dans la pièce.

La mansarde était de dimensions réduites, mais nette et bien ordonnée, et le plafond pentu fraîchement blanchi à la chaux. Assis devant le feu, un vieillard proprement vêtu, le menton grisonnant, nous regardait.

– Assoyes-toi là, mon gars, me dit-il.

Et il me fit un sourire qui me découvrit tout ce qui lui restait de denture : deux chicots jaunes et luisants.

Je pris place en face de lui, sur la vieille chaise qu'il me désignait du geste.

– Digweed, c'est ça que t'as dit ? Sûr que je m'en rappelle, pour la raison que lui, il me donnait du tabac, et elle, elle m'apportait des cataplasmes pour mes rhumatisses. Et le jeune, il me faisait mes commissions. Seulement, ils sont partis. C'était quand donc ? Attends, que je m'en rappelle. Ils avaient pris la maladie dans ce temps-là. Une rude époque, on a connue.

– C'est cela, dis-je, de plus en plus exalté. C'est eux !

– Ouais, maintenant je m'en rappelle. C'était l'hiver que je me suis cassé la jambe. Ça fait quatre ou cinq ans d' ça.

Grande fut ma déception, car si sa description me semblait bien convenir aux Digweed, il ne pouvait s'agir d'eux si tant d'années s'étaient écoulées depuis leur départ. Mais la femme le reprit avec impatience :

– Mais non, le père, ça fait seulement un an ou deux.

– Ah bon, fit-il. Ça se pourrait bien. Deux des gamins sont morts, c'est ça ?

– Oui, dis-je, me souvenant de la lettre que nous avions reçue et des nouvelles qu'à l'époque nous n'avions pas été en mesure d'interpréter. Mais où sont-ils allés lorsqu'ils sont partis d'ici ?

– Ça, mon gars, j'arrive pas à m'en rappeler. Pour dire vrai, j' crois pas l'avoir jamais su.

Je me sentis effondré, et après tout ce que je venais d'endurer, j'eus le plus grand mal à contenir mes larmes.

– Connaissez-vous quelqu'un qui pourrait le savoir?

– Bouge pas, fit-il. Je crois bien que oui. Ça, tout ce que j'en ai su, c'est par Barney. C'était son frère à lui, ou à elle, si ça se trouve. Tout cas, Barney (j'ai jamais entendu qu'on l'appelait autrement), c'était un bon gars qui travaillait avec des compagnons que moi aussi j'ai travaillé avec. Ça remonte à une dizaine d'années. Jerry Isbister et Pulvertaft, ils s'appelaient.

Il se tut pendant quelque temps, comme s'il se rappelait quelque chose, et tout à coup il me regarda bizarrement.

– Voulez savoir de quoi qu'ils vivaient?

Je hochai la tête.

– Bon, toujours est-il qu'ils travaillaient tous les deux depuis un bon bout de temps, et en bonne entente. Et avec d'autres aussi, par le fait. Y avait un dénommé Blueskin, et un nom comme ça, personne peut l'oublier. Je leur ai donné la main une couple de fois, mais ça me soulevait le cœur. Et c'est comme ça que j'en suis venu à connaître Barney.

Quelle que fût mon envie de lui poser des questions, car les propos qu'il venait de me tenir m'intriguaient, la crainte de lui faire perdre le fil ténu de ses souvenirs m'en retint.

– Bon, après que moi j'ai eu arrêté, je me suis laissé dire qu'il y avait eu de la bisbille. Barney et Pulvertaft contre Isbister. Alors lui et Pulvertaft ont passé l'eau.

Ne comprenant pas ce qu'il entendait par là, je regardai sa fille.

– Ils sont allés sur l'autre rive de la Tamise, traduisit-elle.

– Mais je crois que Jerry est resté en rapport avec Barney, continua le vieillard. Je me rappelle qu'il m'a parlé de lui, y a pas trois mois, un jour que je l'ai rencontré dans Field Lane avec son cheval et sa charrette.

– Ça fait plus longtemps que ça, le père, coupa la femme en me lançant un regard entendu. Ça fait plus d'un an qu'avec ta jambe tu peux plus marcher.

– Ah ! Samuel, ça fait plaisir de te revoir, qu'il me fait, poursuivit le vieillard sans tenir compte de l'interruption. T'as une mine resplendécente. C'est ça qu'il m'a dit, fit-il avec un petit rire. Une mine resplendécente.

– Avez-vous idée de l'endroit où je peux retrouver ces gens-là ?

– Ça non, pour la raison que j'ai plus jamais entendu parler de lui, sauf qu'il était rentré à l'Académie flottante de Gravesend.

Il fut pris d'un ricanement grinçant, et je regardai sa fille, qui hocha la tête, l'air perplexe.

– Et les autres ? Où habitent Isbister et Pulvertaft ?

– Isbister, il reste maintenant dans Parliament Street, à deux pas de Bethnal Green. Au numéro 8. Ou 9, je m'en rappelle plus.

– Et Pulvertaft ?

– J'ai ouï dire qu'il restait dans un galetas, là où qu'on trouve que des gredins. Old Manor House, ça s'appelle, dans le canton d'Old Mint.

– Tu parles de ça voilà dix ans, protesta sa fille.

Voyant que je n'obtiendrais rien de plus de lui, je lui exprimai ma gratitude et me levai pour me retirer.

– Reviens me voir, mon gars, me dit-il. Si ça se trouve, je me rappellerai encore d'autre chose.

Sa fille me raccompagna jusqu'au seuil et s'arrangea pour tenir la porte de telle sorte que son père ne puisse plus entendre.

– Maintenant qu'il est enfermé là toute la journée et que

personne ne s'intéresse plus à lui, me dit-elle, il est prêt à raconter n'importe quoi pour qu'on l'écoute.

Je la remerciai et retournai auprès de ma mère, qui, à en juger par les couleurs revenues sur ses joues, avait retrouvé quelque entrain ; lorsque je lui annonçai que ma démarche n'avait pas été tout à fait vaine, elle accueillit la nouvelle par un cri de joie et un battement de mains. Je tentai de lui expliquer combien était ténu le lien qui nous permettrait peut-être de renouer avec Mrs Digweed, mais c'est tout juste si elle prit le temps de m'écouter. Le peu d'intérêt qu'elle avait montré lorsque je lui avais proposé de nous mettre à la recherche de cette femme était soudain oublié, et elle voulut partir sur-le-champ. Mrs Sackbutt me confirma ce que je soupçonnais, à savoir que les deux adresses que je venais de mentionner étaient fort éloignées l'une de l'autre, car si Bethnal Green était relativement proche, le Mint était situé à l'autre extrémité de la capitale.

– Bethnal Green ! s'exclama ma mère. Mais je m'en souviens très bien. C'est là qu'oncle Martin avait une maison où nous allions pendant l'été. C'est si joli ! Allons-y de ce pas !

Le sort semblait avoir décidé qu'il en serait ainsi. En conséquence, ayant pris congé de notre aimable hôtesse, nous nous mîmes en route. Il tombait une petite pluie fine, mais ma mère ne semblait pas s'en soucier. Toute joyeuse, elle m'adressait des sourires tandis que nous longions Wentworth Street en attendant le carrefour de Brick Lane.

– Il me déplaît de vous voir dans cet état, dis-je.

Son sourire s'évanouit comme si elle avait reçu un mauvais coup.

– Tu n'aimes donc rien tant que me voir accablée ?

– Assurément non. Mais un peu de tenue, tout de même !

– Pourquoi ? Puisque maintenant tout s'arrange.

– Ne dites pas de sottises.

– Ne nous querellons pas ! se récria-t-elle en s'arrêtant pour me serrer dans ses bras. Tout ira bien, Johnnie. Je le sens. Nous allons trouver les Digweed et rester chez eux. Et aussi trouver du travail, peut-être. Ou bien, s'il le faut, nous irons voir Sir Perceval pour lui vendre le codicille. Tu verras. Tout va finir par s'arranger.

– Bien sûr, dis-je, me dégageant de son étreinte.

L'heure avancée de l'après-midi et l'approche du crépuscule n'empêchaient nullement charrettes et fourgons de circuler en grand nombre ; sur les trottoirs, fissurés et détériorés par places, se pressaient des piétons vêtus de hardes misérables.

Quand nous atteignîmes la rue conduisant à Bethnal Green, je voulus me servir de mon plan (que par chance j'avais en poche lorsque je m'étais échappé de chez Mrs Philliber), mais son tracé ne ressemblait guère à celui du canton que nous traversions, car là où sur le dessin figuraient des jardins, on avait ouvert des rues qui à présent étaient bordées de maisons d'un bout à l'autre. La capitale s'accroissait avec une telle rapidité que le plan était déjà trop ancien pour rendre compte de sa récente transformation, même s'il avait été publié quelques mois seulement après ma naissance.

– Cette route, je m'en souviens comme si c'était hier, dit ma mère en observant les alentours. L'été, c'est par là que nous passions quand j'avais à peu près ton âge. C'était si paisible ! Tu vas voir, la campagne commence juste ici. Nous louions un coche pour que la servante d'oncle Martin nous devance, en sorte que le repas était prêt lorsque nous arrivions à la maison.

Mais au bout de quelques minutes je compris que l'absence de campagne et de jardins la déconcertait.

– Ah, cela, je m'en souviens fort bien, fit-elle en apercevant une église sur notre droite. Et pourtant, tout semble avoir tellement changé…

Depuis un certain temps nous passions devant d'innombrables petites bâtisses de deux ou quatre pièces accolées les unes aux autres au long de rues tortueuses ou regroupées autour de courettes étouffantes, et elle ne cessait de me lancer des regards de plus en plus perplexes.

– Nous nous sommes égarés ? demandai-je.

– Je n'y comprends rien. À présent nous devrions être arrivés. Je ne me rappelle rien de tout cela.

– Pourtant, je crois que c'est ici, maman, dis-je. Regardez le nom de cette cour : Mulberry Gardens. On dirait des maisons neuves, même si elles sont déjà délabrées.

– Tu dois avoir raison, fit-elle d'une voix ténue, lointaine.

– Oh, regardez, les voilà, les pavillons d'été !

Sur des parcelles de terrain en friche, en bordure de la grand-route, on apercevait des bâtisses de bois que prolongeaient des vérandas où pointaient encore les armatures destinées à supporter les bannes que naguère avait fait onduler la brise estivale.

Mais à présent les bâtisses étaient vermoulues, pourries, une moisissure verte couvrait leurs murs, et elles menaçaient de s'effondrer car elles avaient quarante ou cinquante ans d'âge. Pourtant, chose surprenante, de faibles lueurs brillaient à l'intérieur, et nous voyions des gens entrer et sortir.

Au fur et à mesure que nous progressions, ma mère se troublait davantage et, quand elle me saisit le bras, je la sentis trembler.

– Où se trouvait la maison d'oncle Martin ? demandai-je. Vous en souvenez-vous ? Peut-être est-elle toujours là ?

– Je ne veux pas la voir ! Oh ! Johnnie, tout est devenu si horrible ! Cela m'est insupportable.

Nous pressâmes le pas pour parcourir en nous hâtant des rues qu'assombrissait la chute du jour, et débouchâmes enfin sur le Green. Là, il nous fallut demander notre chemin, et nous eûmes le plus grand mal à trouver Parliament Street, lieu qui se réduisait à un petit agglomérat de masures tassées les unes contre les autres, telle une assemblée de conspirateurs autour d'une minuscule place. Comme la plupart des lieux d'habitation surgis là depuis quelques années, ces masures étaient faites d'un muret très bas surmonté d'un toit qui le coiffait comme un haut chapeau, et leurs fenêtres, disproportionnées par rapport à la façade, faisaient songer à des yeux protubérants. Nous n'eûmes aucune difficulté à trouver celle que nous cherchions, car une charrette était arrêtée devant le n° 8, laquelle portait sur le flanc l'inscription : *Jeremy Isbister, Charroyeur.*

Un homme de la quarantaine, trapu, et qui avait négligé de se raser, vint répondre à nos coups frappés à la porte. Il avait de petits yeux piquetés de taches sanguines, un nez proéminent dont l'arête avait été brisée, et un foulard pouacre lui entourait le cou. Il nous observa avec animosité, fixant sur nous ses orbites creuses et noires, qui me firent songer aux yeux qui demeurent sur la chair livide des pommes de terre. Avec ses bosselures et ses entailles, son crâne évoquait lui aussi ce tubercule. Telle une tortue sur ses gardes, il rentrait sa grosse tête dans ses épaules, au point qu'elle semblait prête à se rétracter jusqu'entre ses omoplates.

– Vous êtes qui ? demanda-t-il.

– Des amis des Digweed, dis-je.

– Digweed ! s'exclama-t-il, visiblement désorienté. C'est lui qui vous envoie ?

– Non, répondis-je. C'est Mrs Digweed que nous connaissons.

Il nous examinait attentivement.

– Je connais pas de Mrs Digweed. Vous lui voulez quoi ? Et qui c'est qui vous a envoyés ici ?

– Si vous êtes monsieur Isbister, on nous a dit que vous

connaissiez un dénommé Barney, qui est apparenté à Mrs Digweed.

Ses petits yeux me parurent s'écarquiller, et il s'apprêta à refermer la porte.

– Je connais pas de Barney. C'est tout ce que je peux vous dire.

À ces mots, ma mère poussa un petit cri plaintif et chancela quand elle voulut s'appuyer contre moi, en sorte que je dus la soutenir.

L'homme la regarda avec étonnement.

– Elle a l'air vannée. C'est-ti que vous ne savez pas où aller ?

Je le lui confirmai d'un signe de tête.

– Pas lourd de fraîche, je suppose ?

De nouveau je secouai la tête.

– On espérait trouver asile chez Mrs Digweed.

Il m'observait comme pour jauger mes capacités.

– Tu m'as l'air d'un gars qu'a pas la tête dans sa poche, fit-il. Je parie que tu sais lire.

– Oui, dis-je.

– Tout lire, imprimé ou écrit à la main ?

– Oui.

– Et aussi écrire comme un vrai petit seigneur ?

– Oui, cela aussi.

Il me regardait avec une grande attention, la bouche entrouverte, mais il n'ajouta rien de plus et je me détournai, soutenant ma mère du mieux que je le pouvais. Quand nous eûmes fait quelques pas pour nous éloigner, il me rappela :

– Eh, attendez ! C'est un coin pour dormir cette nuit que vous cherchez ?

Je me retournai, hésitant.

– J'ai une chambre de libre, reprit-il. Tarif normal. La dernière famille qu'est venue ici, j'ai été obligé de la lourder avant-hier soir. Vous pouvez l'avoir ce soir pour dix pence.

– Nous ferions mieux de partir, maman, murmurai-je.

– Non, prenons-la pour la nuit, Johnnie, me dit-elle. Je suis si lasse.

Le sieur Isbister écoutait attentivement nos propos.

– On peut la voir ? demandai-je.

Il fit demi-tour pour marcher dans le couloir.

– Molly ! cria-t-il.

Au geste impatient de la tête qu'il nous fit, nous comprîmes qu'il fallait entrer. Comme nous franchissions le seuil pour nous engager dans le couloir obscur, une odeur étrange, mais dont je ne pus déceler l'origine, me prit à la gorge : non point ces relents de choux et de pommes de terre auxquels je m'étais habitué à force de côtoyer les miséreux, mais quelque chose de plus âcre, de plus terreux. Comme nous avancions dans l'étroit passage en nous cognant aux murs, une grosse souillon sortit de l'arrière-salle.

Elle venait de pétrir et essuyait à son devanteau ses mains pleines de farine, mais il me parut qu'il y avait en elle quelque chose de malpropre que je n'aurais su définir. Au milieu de son visage plat et blême où collaient des plaques de farine et des parcelles de pâte (j'appris plus tard qu'elle passait le plus clair de son temps à faire du pain et des gâteaux de piètre qualité) étaient enfouis deux yeux noirs. C'était chez elle une manie que de s'essuyer les mains à son tablier souillé, comme si, me sembla-t-il, elle s'apprêtait à faire usage de ses poings.

– Vous voulez quoi ? fit-elle d'un ton acide.

– Ils veulent avoir la chambre pour cette nuit, déclara l'homme, accompagnant son propos d'un brusque mouvement de la tête.

Elle nous lança un regard de mépris.

– Vous avez de quoi payer ?

– Nous aimerions d'abord la voir, dis-je.

– Là-haut, sur l'arrière, fit-elle. Pour deux personnes.

– Vous pouvez l'avoir pour une semaine. Deux shillings et six pence, annonça tout à coup l'homme.

– Si ça leur chante ! ajouta la femme d'une voix peu amène.

Tandis que son mari la prenait par le bras pour lui chuchoter quelque chose, ma mère et moi montâmes à l'étage. La chambre consistait en un sombre réduit pourvu d'une fenêtre donnant sur une arrière-cour crasseuse. Elle était meublée d'un antique châlit dépourvu de sommier et d'une paillasse posée à même le sol. Nous nous regardâmes avec consternation.

– C'est très coûteux pour une nuit, fis-je observer en plissant le nez, saisi par un mixte d'odeurs où le moisi voisinait avec ce parfum indéfinissable qui flottait par toute la maison. Ces gens-là ne me plaisent pas. Je n'ai pas envie que nous restions ici.

– Mais il se fait tard. Je n'en puis plus, Johnnie. Je n'en ai plus la force. Je ne veux plus continuer à marcher dans ces rues. Et pour aller où ?

– Bon, dis-je, restons ici. Mais seulement pour la nuit.

Quand nous redescendîmes, le sieur Isbister se tenait dans l'obscur couloir, souriant :

– Nous ferez-vous l'honneur, à ma femme et à moi, de prendre avec nous un verre d'excellent *neuf-pence*, m'dame ?

Ma mère accepta d'un signe de tête. Elle allait entrer dans ce qui devait être la salle commune, mais le sieur Isbister étendit le bras pour l'en empêcher et tenir la porte fermée.

– C'est que… pour le moment, cette pièce-là n'est pas en état de recevoir de la compagnie.

Il revint sur ses pas pour nous mener à la cuisine, où il nous versa à tous une généreuse rasade de gin, que chacun – moi excepté, car je m'abstins de toucher à mon verre – but à la santé des deux autres.

– Alors, braves gens, s'enquit Mrs Isbister avec un sourire

affecté qui me parut plus inquiétant que l'animosité qu'elle nous avait témoignée de prime abord, la chambre vous convient-elle ?

– Nous souhaiterions la louer pour une nuit, dis-je.

– Ah, s'écria Mrs Isbister, je vois lequel des deux décide ! Bigre, c'est lui qui commande, s'pas ?

– C'est vrai, dit ma mère. Quelquefois il me brusque sans prendre de gants.

Elle me lança un regard de reproche.

– Non, ce n'est pas vrai, protestai-je.

– J'adore les enfants, déclara Mrs Isbister, qui à ma plus grande répugnance tendit son gros poing où adhéraient des lambeaux de pâte pour me tapoter le sommet du crâne. On en a enterré trois, mon mari et moi, ajouta-t-elle d'un ton attristé.

Le sieur Isbister eut un profond soupir.

– Un autre, m'dame ? proposa-t-il à ma mère.

Il emplit à ras bord le verre qu'elle lui tendait, se servit ensuite, et de nouveau chacun but à la santé de l'autre.

– Désirez-vous que je vous règle tout de suite ? demanda ma mère en ouvrant son réticule.

– Rien ne presse, fit le sieur Isbister. Nous vous faisons confiance.

– Il faut bien faire confiance aux gens sur cette pauvre terre, non ? déclara Mrs Isbister. C'est ce qu'on dit toujours, mon mari et moi.

Ma mère l'approuva du chef et me sourit, comme pour m'inviter à partager la bonne opinion que lui inspiraient nos nouveaux logeurs.

– C'est une bonne chambre, fit Mrs Isbister. Vous allez dormir comme des marmottes.

Les Isbister nous remirent des draps et des couvertures en lambeaux, et je m'allongeai sur la paillasse. Ma mère s'endormit presque aussitôt ; quant à moi il me fallut une bonne heure, et mes craintes ne furent en rien dissipées lorsque j'entendis, fort tard dans la nuit, les Isbister, pris de boisson, monter l'escalier pour gagner l'autre chambre en s'injuriant.

III

Il me surprit d'être le premier de la maisonnée à m'éveiller le lendemain matin, car je pensais que les charroyeurs se mettaient au travail de fort bonne heure. À sept heures et demie les Isbister n'avaient toujours pas donné signe de vie, bien qu'il me semblât entendre du bruit à l'étage du dessous. Je me levai pour me vêtir, laissant ma mère sommeiller, bien qu'elle se tournât et se retournât sans cesse sur son châlit. Comme je descendais l'escalier, j'entendis des ronflements s'échapper de la chambre du couple. Du rez-de-chaussée provenait un bruit de foyer dont on tisonne la grille, et lorsque j'entrai dans la cuisine je vis là, agenouillée devant l'âtre, une jeune fille d'environ quatorze ans qui s'activait à le débarrasser de ses cendres.

– Bonjour, lui dis-je. Je m'appelle John. Et vous, qui êtes-vous ?

Contrairement à mon attente, elle ne se retourna même pas pour voir qui j'étais. Pareille attitude me sembla peu cordiale, voire impolie. À vrai dire, elle me fit l'impression d'une jeune personne des moins avenantes. Des pieds à la tête, elle était couverte de cendres, offrait un visage blafard, osseux, des mains rougeaudes et boursouflées. J'observai la pièce. Le long du mur s'alignaient de grands paniers, lesquels, bien que recouverts d'un morceau d'étoffe, me semblèrent remplis de linge.

Je quittai la maison dans le dessein de trouver un boulanger et un laitier chez qui acheter pour un penny de petits pains et un peu de lait en prévision du déjeuner. Cela fait, je regagnai notre chambre et consommai ma part sans attendre ma mère, qui ne s'éveilla que peu après huit heures. Je la pressai de se préparer le plus vite possible afin que nous quittions la maison sans tarder.

– Je m'en sens incapable, me dit-elle.

Je fus pris d'inquiétude en constatant qu'elle était fiévreuse et toute pâle.

– Ne pouvez-vous au moins faire un effort ? lui demandai-je.

– Non. Et puis, pour aller où ?

Elle était manifestement malade. Aussi lui dis-je que j'allais faire part de son état à nos logeurs lorsqu'ils se lèveraient, et je la laissai se rendormir.

Mon attente fut fort longue. Enfin, aux environs de midi, je les entendis se lever, puis descendre l'escalier. Peu après je gagnai le rez-de-chaussée. Entendant le bruit de mes pas sur les marches, le sieur Isbister m'appela de la cuisine :

– Viens par ici !

Je pénétrai dans la pièce, où je les trouvai attablés, déjeunant de pain et de fromage arrosé d'une bière brune que leur servait la jeune fille.

– Espèce d'empotée ! lui lança Mrs Isbister alors que j'entrais.

Mais quand elle me vit elle changea de physionomie pour me faire un sourire.

Je leur donnai des nouvelles de ma mère, et ils me témoignèrent de la compassion, ajoutant qu'il serait sage qu'elle reste ici jusqu'à son rétablissement.

Le sieur Isbister se gratta la tête.

– Bon, une supposition que pendant quelques jours j'aie

besoin d'un commis dégourdi pour porter mes messages et s'occuper du cheval. Une faveur que je vous ferais, quoi. Disons que pendant ce temps-là vous n'auriez pas de loyer à payer. Un prêté pour un rendu, quoi. Ça vous irait?

J'acceptai d'un signe de tête.

– Cet homme-là, c'est la bonté même, me dit sa femme. Je l'ai vu renoncer à une journée de travail pour donner un coup de main à son frère, et tout ça pour des prunes. Tu sais, je crois que moi aussi je pourrais te trouver quelque chose à faire. Tu pourrais aller me chercher mon ouvrage et me l'apporter ici. La gamine est trop empotée pour rien faire de bon de ses dix doigts.

Elle se retourna prestement vers la jeune fille:

– Alors, Polly, vociféra-t-elle, t'as pas encore trouvé le temps d'allumer le feu?

Elle voulut la souffleter, mais Polly s'écarta vivement pour éviter la gifle.

Quand j'eus révélé à ma mère le marché passé entre les Isbister et moi, je redescendis pour m'apprêter à partir avec la charrette. La jeune fille garnissait de charbon le foyer, les patrons achevaient leur déjeuner par quelques verres de gin, et moi je me tenais à la porte, attendant les ordres.

– Que voulez-vous que je fasse, monsieur Isbister? finis-je par demander.

– Rien pour le moment, fit-il en se renversant sur sa chaise pour desserrer sa ceinture de quelques crans. J'aurai besoin de toi bientôt. J'ai à charger à Limehouse un demi-muid de gin pour le livrer à Hackney. Mais demande-lui à elle.

D'un geste du doigt il me désignait par-dessus son épaule sa femme, qui à son tour me montra l'un des paniers.

– Tu vas me porter ça chez Mrs O'Herlihy, à Smart's Garden. Tu lui diras de me livrer tout l'ouvrage qu'elle a de prêt.

Soulevant à grand-peine le panier, lourd et encombrant,

quoique vide, je me mis en chemin. Enfin je travaillais! À proximité immédiate de la placette, je traversai une arrière-cour où s'amoncelaient ordures et immondices, et où quelques vieilles femmes, toutes munies d'une poche de cuir, me parurent fouiller dans des tas de cendre, du bout d'un bâton; c'est à l'une d'elles que je demandai le chemin de Smart's Garden. Par endroits, des flaques de liquide noirâtre stagnaient dans les ruelles, débordant souvent dans les cours, en sorte qu'il était impossible de ne pas y patauger. De gros amas de rebuts encombraient ces cours, et la seule pensée de ces lieux par temps chaud me soulevait le cœur.

Alentour, la plupart des rues avaient été ouvertes depuis peu, mais sans tracé bien défini, à travers d'anciens jardins d'agrément, s'étirant au petit bonheur au milieu de terrains vagues fangeux et graveleux. Elles étaient dépourvues d'éclairage, et la chaussée non pavée n'était le plus souvent qu'une sentine boueuse. Il était parfois malaisé de distinguer entre la voie publique et les jardinets, où semblaient ne plus pousser que des grilles rompues et de vieux tessons de faïence, quand ces enclos n'étaient pas simplement délimités par des palissades de bois pourri. Et partout s'amoncelaient des gravats, de vieilles caques de harengs affaissées, des vitres brisées, partout montaient des herbes folles, partout des gamins crasseux se roulaient dans la terre ou jouaient à pile ou face.

Je finis par aboutir à une ruelle malpropre, quelques rangées de masures bâties à la diable, et demandai où demeuraient les O'Herlihy. Leur maison était de même taille que celle des Isbister, à cette différence près que dans chacune des pièces vivait toute une famille. Aux gens que je cherchais on avait dévolu la cuisine, où je trouvai presque toute la famille – deux femmes, trois filles et même deux petits garçons – occupée à tirer l'aiguille. La touffeur de la pièce, son atmosphère confinée et nauséabonde étaient entretenues par les chandelles de suif qui lui donnaient sa lumière ; plusieurs fenêtres, au lieu des anciennes vitres, étaient garnies d'une feuille de papier que je vis s'élever et retomber lorsque je manipulai la porte. Les murs grouillaient de cloportes, et le dégoût fut cause que d'instinct je fis un pas de côté.

Mrs O'Herlihy, qui s'était levée pour m'accueillir, avait un visage tourmenté, raviné par les rides, et pourtant, ainsi que je pus le constater avec étonnement, elle ne portait que quelques années de plus que ma mère.

Me voyant muni du panier, elle sembla effrayée.

– J'espère qu'elle va pas rabattre le prix comme quoi l'ouvrage serait pas fait comme il faut, me dit-elle.

Elle émit un soupir de détresse.

– C'est pas la pire de celles qui vivent de notre sueur, mais elle est dure.

Mrs O'Herlihy emplit le panier d'habits et je l'aidai à le transporter. Ce ne fut pas une mince affaire que de revenir en empruntant un itinéraire qui le préservât de la gadoue.

– Pourquoi avez-vous mis si longtemps ? nous demanda brutalement Mrs Isbister quand nous entrâmes, mal assurés sur nos jambes, dans la cuisine surchauffée.

Elle avait le visage empourpré ; devant elle, sur la table, étaient posées une cruche de grès et une timbale. Plissant le front avec un air de sévère désapprobation, son mari était attablé en face d'elle, tenant dans sa grosse poigne un autre gobelet.

Mrs Isbister se mit à retirer un par un les vêtements du panier – rien que des gilets, ainsi que je pouvais le voir à présent – pour en examiner soigneusement les doublures, les boutons et les boutonnières.

– Regardez-moi ça ! claironna-t-elle, les bras tendus pour exhiber l'un des gilets. Je peux quand même pas vous payer pour me faire de l'ouvrage comme ça ! Voyez-moi la doublure !

C'est fichu comme l'as de pique. Je vous le déduirai de ce que je vous dois et je vais m'arrêter de vous donner de l'ouvrage, si ça continue.

– Oh non ! Par pitié ! supplia Mrs O'Herlihy. C'est rien qu'un petit défaut de rien du tout. Sûrement l'un des gamins qu'aura fait ça. Je vais le remporter pour le refaire.

– Bon, mais je vous le retiens quand même, vu que vous avez gâché l'étoffe.

– Oh non, m'dame, faites pas ça. Quatre mois que mon homme est sans travail.

– Tenez, voilà la fraîche, fit Mrs Isbister, qui lança une poignée de pièces sur la table, de sorte que l'une d'elle roula sur le plancher. À prendre ou à laisser. Si vous voulez pas faire l'ouvrage, je serai pas en peine d'en trouver des quantités d'autres qui sont prêtes à le prendre.

Mrs O'Herlihy ramassa l'argent et, après un bref salut de la tête destiné à Mrs Isbister et un coup d'œil inquiet à son mari, elle s'empressa de sortir de la pièce, serrant contre elle le gilet.

– Et toi, qu'est-ce que t'as à rester planté là ? me cria Mrs Isbister. Bouge-toi un peu ! Maintenant, tu vas filer chez les Parrack, dans Cooper Gardens, et tu vas leur dire de m'apporter leur ouvrage s'ils veulent que je leur en donne d'autre.

Comme je me retournais pour sortir, elle me saisit par l'épaule pour pousser vers moi le gros panier.

– Où c'est que t'as la tête ? Allez, emporte-moi ça. Et ce coup-ci, traîne pas en chemin.

Ce fut pour moi un soulagement que de quitter la maison et, filant en hâte, je ne pus m'empêcher, devant l'échoppe d'un préparateur de vessies, à quelques portes de chez nous, de me demander si ce n'était pas de chez lui que provenait cette odeur méphitique.

Il me fallut ensuite m'engager dans l'un de ces anciens jardins à l'abandon, aux palissades disloquées, ravinés de traîtresses rigoles. Çà et là se dressaient encore d'antiques pavillons d'été menaçant ruine, envahis par la végétation, parfois habités. Partout s'étendaient de vastes mares d'eau putride, s'entassaient d'énormes monticules de rebuts et d'immondices, mais au milieu de la fange et de la friche on avait érigé des cabanes de fortune en les tassant les unes contre les autres avant de les couvrir de toile goudronnée. C'est ainsi que je gagnai une bicoque de bois branlante, bâtie sans doute une soixantaine d'années auparavant pour servir de résidence d'été ; dans l'unique pièce habitée, à peine un réduit, toute une famille était à l'ouvrage.

Quand j'expliquai le but de ma visite, Mrs Parrack fondit presque en larmes.

– J'ai rien de prêt, fit-elle d'une voix pitoyable. On a tous eu les fièvres. Tout sera fait pour lundi, sur ma parole.

Je pris congé et m'en retournai à pas pressés ; le spectacle que j'avais sous les yeux – toits de chaume pourris, cheminées de guingois, trous dans l'appareillage grossier des murs bouchés à l'aide de bouts de clôtures et de paille, animaux de toutes espèces, des innombrables poules qui grattaient le sol jusqu'aux porcs grognant dans leurs soues, en passant par les ânes qui broutaient d'un air morne dans de minuscules arrière-cours, et par les canards barbotant dans les mares noires de purin –, ce spectacle me rappela soudain combien ces lieux ressemblaient à l'un des hameaux délabrés proche de Melthorpe. La différence était pourtant qu'ici les masures semblaient se succéder à n'en plus finir et que les odeurs n'étaient pas celles de basses-cours de fermes : des tas de cendres ruisselaient des eaux croupies, et ces sortes-là d'étables, infectes et sombres, poussant comme des champignons véreux parmi la broussaille des terrains vagues, abritaient des êtres humains ; enfin, ainsi que je ne devais pas tarder à le comprendre, ce n'étaient point de bêtes mais d'hommes que s'élevaient les cris, gémissements et jappements qui me parvenaient aux oreilles.

Au retour, quand j'annonçai à Mrs Isbister le résultat de ma course, elle se mit dans une vive colère :

– Imbécile ! T'aurais dû lui reprendre ce qu'elle a fait, me cria-t-elle, et puis filer ensuite chez les M'Quhae.

– Mais madame, vous ne me l'avez pas dit ! protestai-je.

– Ne me réponds pas sur ce ton-là ! vociféra-t-elle. Et file chez les M'Quhae, dans Crabtree Row. Et s'ils ont rien de prêt, va chez les Lamprill. Ils sont dans Whiskers Gardens.

C'est ainsi qu'à maintes reprises je fis des allers et retours sans perdre un seul instant, ne cessant de m'inquiéter de ma mère et nourrissant l'espoir qu'elle serait bientôt en état de quitter la maison de nos hôtes. Sur la fin de l'après-midi de ce même jour, alors que je m'étais rencogné, inaperçu de tous, dans un angle de la cuisine, épuisé, et que Mrs Isbister s'en prenait à Polly, Mr Isbister se leva péniblement de son siège, s'essuya la bouche d'un revers de manche, puis me dit de me tenir prêt à l'accompagner. J'eus tout juste le temps de grimper l'escalier en courant pour constater que ma mère dormait d'un sommeil agité, le visage rougi par la fièvre, avant de me rendre avec mon nouveau patron aux écuries de louage situées à proximité de la maison. Là, il détacha son cheval que nous ramenâmes à la porte afin de l'atteler à la charrette.

La bête me parut aussi paresseuse que son maître (encore qu'infiniment plus étique) et elle se refusait obstinément à obéir.

– Hue ! Gunpowder ! Avance, vieille carne, criait Mr Isbister en secouant les rênes. Sinon gare que je te vende pour faire de la colle, bongiou !

La charrette finit par s'ébranler, ce qui m'accorda un répit salutaire. Nous nous rendîmes à Limehouse pour y charger un énorme baril de genièvre que nous allâmes ensuite livrer dans un débit de boissons de Hackney, et tout ce que j'eus à faire, ce fut de tenir le cheval par la bride tandis que Mr Isbister dirigeait les opérations en donnant des ordres aux hommes de l'entrepôt, puis aux employés de l'auberge. Après quoi nous prîmes le chemin du retour et, lorsque mon patron m'eut montré comment m'y prendre pour dételer, je reconduisis l'animal à l'écurie. Bien que Mr Isbister ne fît rien d'autre pendant le restant de la journée, sa femme me tint occupé jusqu'à la nuit tombante.

Le soir, ma mère ne se sentait pas mieux, et quand j'eus mangé pour un demi-penny de tourte que j'étais allé acheter chez le pâtissier (et dont elle ne put avaler une seule bouchée), je me couchai, exténué. Le lendemain matin, elle était toujours dans le même état, et la journée s'écoula, pareille à la précédente : Mr Isbister s'attarda davantage encore dans son lit, puis se mit à boire sitôt debout, et je passai la matinée à faire des courses pour sa femme. Dans l'après-midi, on m'envoya chercher le cheval pour l'atteler, et nous allâmes charger des caisses à Aldgate pour les livrer à Poplar. Puis on me donna l'ordre de ramener le cheval à l'écurie, et Mr Isbister passa toute la fin de l'après-midi à boire dans la cuisine.

L'état de ma mère s'étant un peu amélioré dans la soirée, elle et moi étions en train de manger des pâtés froids lorsque nous entendîmes se présenter dans la maison, les uns après les autres, un certain nombre d'hommes. Le bruit de leur beuverie et de leurs rires nous monta aux oreilles jusqu'à une heure fort avancée, et il n'avait pas décru à l'heure de notre coucher. Aux alentours de minuit, je fus soudain éveillé par diverses rumeurs et, à écouter plus attentivement, il m'apparut que non seulement les gens réunis en bas s'en allaient, mais aussi qu'ils s'appliquaient à causer le moins de bruit possible. Puis, à mon étonnement, j'entendis la charrette se mettre en route, et je me dis que ces gens avaient dû prendre des dispositions particulières pour sortir Gunpowder de l'écurie de louage à une heure si tardive. Si notre chambre avait donné sur la rue, j'eusse volontiers jeté un œil par la fenêtre, car je me demandais à quelle activité Mr Isbister et ses compagnons pouvaient bien se livrer au beau milieu de la nuit. Je me rendormis avant d'avoir entendu revenir la charrette, et le lendemain mon patron ne se leva qu'à midi et ne sortit plus de toute la journée.

Quand nous eûmes passé trois jours chez les Isbister, ma mère se trouva remise ; ce soir-là – nous étions le 26 mars –, je lui demandai si elle se sentait en état de quitter la maison le lendemain.

– Oui, je crois, me répondit-elle. Mais tout se passe tellement bien ici, Johnnie ! Pourquoi ne pas rester encore un peu ?

– Non, dis-je fermement. Ce ne sont pas de braves gens.

Pourtant, qu'avais-je à leur reprocher, sinon leur manière de traiter Polly et les gens qu'ils faisaient travailler à façon... sans compter le pauvre vieux cheval ?

– Ne sois pas stupide, me dit-elle. Ils ont été fort aimables en nous laissant séjourner ici pour rien. Et où irions-nous ? Nous ne serions pas capables de retrouver Mrs Digweed, et cette idée était en soi des plus insensées. Quant à Miss Quilliam, elle ne nous serait d'aucun secours elle non plus. Non, il nous faut habiter quelque part pendant que je chercherai du travail pour être à même de t'inscrire dans une école.

– Une école ! m'exclamai-je. Comment songer à une chose

pareille ? Ne comprenez-vous pas à quel point nous sommes rendus ?

– Ne me parle pas sur ce ton, Johnnie ! se récria-t-elle, vexée.

Je n'en persistai pas moins à la persuader de quitter cette maison.

– Très bien, finit-elle par me lancer. Puisque tu le souhaites tant, partons d'ici pour aller mourir de faim dans les rues.

Nous descendîmes au rez-de-chaussée, où nous trouvâmes les Isbister buvant dans la cuisine comme à l'accoutumée, et nous leur fîmes part de notre décision. Ils en demeurèrent tout interdits.

– Ça nous fait ben de la peine d'apprendre ça, déclara Mrs Isbister. Mais restez encore un petit moment, le temps de nous dire adieu devant un bon verre de *Cream o'the Valley*, chère m'dame.

Évitant le regard de mise en garde que je lui jetai, ma mère accepta et s'assit.

– Sûr qu'un endroit comme ça n'est pas fait pour vous, reprit Mrs Isbister. Vous êtes une vraie dame, et moi, ça m'inspire le respect. Oh, je sais bien que vous me prenez pour une pas grand-chose, et c'est la vérité. Ouais, vraiment une pas grand-chose.

Elle eut un regard circulaire féroce, comme pour mettre au défi quiconque de la contredire.

– Seulement moi, reprit-elle, ça, je le sais, et c'est pour ça que je vaux quand même plus cher que ceux qui se rendent même pas compte qu'ils sont des moins que rien.

– Allons, allons, ma fille, du calme, chuchota Mr Isbister.

– Mais on m'empêchera pas de dire que je sais reconnaître une vraie dame. Pourquoi ? Pour la raison que pendant près de dix ans de ma vie j'ai fait servante. Oh, elle était très comme il faut… porcelaines de luxe, bijoux de famille et tout… Et chaque chose à sa place. C'était comme ça et pas autrement. À la fin j'ai rendu mon tablier, attendu que je pouvais pas supporter qu'elle soit toujours là sur mon dos pour un oui pour un non.

– Mais c'est affreux, fit ma mère. Quant à moi, je me suis toujours efforcée de témoigner de la bonté à mes servantes.

Pendant un bref instant, Mrs Isbister eut une expression renfrognée.

– Moi, c'est pareil. Vu que c'est le seul moyen de les faire travailler. Mais cette fille !

Elle secoua la tête.

– Lui donner de l'ouvrage à faire, c'est une gracieuseté, sinon elle reste là à se croiser les bras. Mais ma maîtresse à moi, ce que je vous en disais, c'est que c'était une femme impossible. Le jour que j'arrive chez elle, elle me dit comme ça : « Faites-moi ça, Meg. » Et moi je lui réponds : « Sauf votre respect, c'est pas comme ça que je m'appelle, m'dame. » Et vous savez ce qu'elle me dit ? Elle me dit : « Écoutez, Meg, c'est comme ça qu'on a toujours appelé nos servantes, pour la bonne raison que c'est plus facile à retenir. »

Après avoir rappelé ce souvenir, Mrs Isbister nous regarda tour à tour, puis elle vida son verre, la mine courroucée.

– Tu crois qu'elle a envie d'écouter tes histoires ? coupa Mr Isbister, qui se tourna vers nous. Mrs Isbister et moi, ajouta-t-il, ça nous fait ben de la peine de vous voir partir, vous et votre garçon.

– Il l'aime autant que si c'était le sien, fit Mrs Isbister, minaudant d'une voix pâteuse tandis que sa main, mal assurée, venait onduler en direction de mon crâne.

Je fis un petit écart de côté, en sorte que ses doigts se refermèrent sur le dossier de ma chaise.

– Sans compter qu'il a pas la tête dans sa poche et qu'il nous a été bien utile, poursuivit Mr Isbister.

– Certes, il est intelligent, reconnut ma mère en me gratifiant d'un sourire nerveux. Oui, je souhaiterais rester, mais Johnnie préfère partir.

Je la regardai.

– Mais alors, pourquoi vous en aller ? s'exclama Mrs Isbister. Simplement parce que le gamin l'a décidé ?

– Il faut que je trouve du travail.

– De quel genre ? demanda Mrs Isbister.

– Des travaux d'aiguille.

– Vous vous entendez à tirer l'aiguille ?

– Oui, répondit ma mère non sans une certaine fierté. Très bien, même.

– Mais alors, je peux vous donner de l'ouvrage autant que vous en voudrez. Vous n'auriez rien à faire de vil, poursuivit Mrs Isbister. On travaillerait ici, vous et moi, bien au chaud. D'avoir près de moi une vraie dame, ce serait tout à l'avantage de mon commerce.

Ma mère se tourna vers moi et son sourire fondit lorsqu'elle vit mon expression.

– Quel désavantage y aurait-il à faire cela pendant quelques semaines ? demanda-t-elle à mi-voix.

Mais les Isbister étaient trop proches de nous pour que je puisse lui dire ce que je soupçonnais. Aussi me contentai-je de la fixer sans aménité.

– Voilà ce que moi je vous propose, dit Mr Isbister. Vous ne payez pas de loyer pour la chambre et vous travaillez pour ma vieille, et on vous donne six shillings la semaine. Naturellement, reprit-il après un instant de réflexion, ça comprend le travail du garçon.

Sa femme l'approuva d'un signe de tête et sourit.

Il me parut étonnant qu'ils fussent disposés à nous rétribuer aussi grassement, par rapport aux prix couramment pratiqués, alors que dans le voisinage tant de femmes eussent souhaité travailler pour beaucoup moins. Avais-je tort de me méfier d'eux, de les prendre en grippe ?

– Six shillings, c'est tout ? Je m'attendais à davantage, dit ma mère.

Bien que ce propos m'indisposât, je me pris à espérer que tant d'ignorance de sa part empêcherait l'affaire de se conclure.

– Davantage ? s'écria Mrs Isbister, qui n'ajouta mot et vida son verre.

Mr Isbister se pencha promptement en avant :

– Je pense que tu pourrais proposer un peu plus que ça, Molly, non ?

Un moment sa femme le regarda fixement, et ce fut avec un rien de raideur qu'elle s'adressa à ma mère :

– Pour une vraie dame comme vous, j'irai jusqu'à sept shillings.

Bien que toujours déçue par la modicité de la somme proposée, ma mère accepta. Il convenait de fêter comme il se devait le contrat établi, et, tandis qu'il buvait, à plusieurs reprises mon nouveau maître s'adressa à moi.

– Ah ! ah ! dorénavant, tu vas vivre comme un coq en pâte, mon gars !

Quand enfin nous regagnâmes notre chambre, ma mère témoignait d'un entrain que je ne lui avais pas connu depuis que nous avions fui notre précédent logis. Elle me fit observer quelle bonne fortune avait été la nôtre d'avoir fait la connaissance de gens tels que ceux-là, et c'est presque avec gaieté qu'elle me déclara :

– Au début, je dois le confesser, je n'aimais pas beaucoup Mrs Isbister. Il faut bien dire que son apparence ne plaide guère en sa faveur. Mais je crois qu'au fond c'est une brave femme et qu'elle a du cœur.

– Vous m'aviez promis que nous partirions d'ici, dis-je sur un ton de reproche.

– Oh, ne revenons pas là-dessus ! se récria-t-elle.

Je n'insistai pas, mais quand elle éteignit la chandelle pour me souhaiter bonne nuit, je m'abstins de lui répondre.

Ma mère dormit tard le lendemain matin, et quand je descendis, je constatai que comme à l'ordinaire Polly et moi étions seuls debout dans la maison. Je tentai de nouveau de l'amener à me répondre, mais elle me parut totalement sourde et, si même je me tenais sur son passage, elle me contournait sans me jeter un regard. Il était près de neuf heures lorsque les Isbister sortirent de leur chambre, l'un comme l'autre de fort méchante humeur. Ma mère descendit en même temps qu'eux et Mrs Isbister, après lui avoir fait reproche de tant avoir tardé, la mit au travail, bien qu'elle se plaignît de ne pas avoir déjeuné, lui enjoignant de coudre des cols de chemise. Puis elle me donna des courses qui m'occupèrent toute la matinée.

L'après-midi, Mr Isbister et moi partîmes en carriole, et au retour je trouvai ma mère et Mrs Isbister dans la cuisine. Lorsqu'elle me vit entrer, ma mère était en train de coudre. Levant les yeux de son ouvrage, elle me fit un sourire épuisé. Assise à la table devant un cruchon de gin et un gobelet, notre bienfaitrice admit de mauvaise grâce qu'il était temps d'arrêter le travail, et elle nous remit un shilling. Une fois dans la chambre, à l'abri des indiscrétions, ma mère m'avoua que Mrs Isbister l'avait obligée à coudre comme une forcenée. Rengorgeant les mots qui me venaient aux lèvres, je me bornai à lui faire promettre de quitter la maison sitôt que nous aurions épargné quelques shillings. Nous étions l'un et l'autre trop fourbus pour porter la moindre nourriture à notre bouche, et bientôt le sommeil nous ravit.

Environ deux semaines s'écoulèrent de la sorte. De temps à autre Mrs Isbister traitait ma mère avec une rudesse et une malveillance extrêmes, et celle-ci s'en plaignait à moi, larmoyante, alors qu'en d'autres occasions notre maîtresse compensait ces excès par un déluge d'effusions et de cordialité. Il m'arrivait d'entrer dans la cuisine, chargé de mes paniers, et de surprendre ses propos melliflues et patelins alors qu'assise devant la bouteille de gin elle bavardait avec ma mère qui tirait l'aiguille.

– Cette fille, déclarait-elle souvent pour amorcer la conversation, je sais vraiment pas comment m'y prendre avec elle. Oui, servez-vous. Voilà. Mais les servantes, c'est toujours une plaie, des soucis d'enfer, comme vous savez, m'dame Offland.

Pour se confirmer dans cette opinion, elle tirait Polly par les cheveux, ou bien la pinçait, mais jamais celle-ci ne s'en plaignait ou n'opposait de résistance. Le lundi, une horrible vieille aux yeux rouges qui ne cessait de pleurnicher, Mrs Peppiett, venait donner la main à faire la lessive, et alors Polly, esclave et souffre-douleur de Mrs Isbister, était doublement harcelée, tandis que ma mère faisait elle aussi l'objet de propos malveillants. Il me sautait aux yeux que Mrs Isbister était ravie d'être en position de traiter de haut une « dame » et de l'humilier, et j'enrageais de voir ma mère accepter chaque jour des injures de plus en plus grossières. Je ne saurais dire ce qui, de la soumission de ma mère à sa maîtresse ou bien des plaintes qu'elle formulait devant moi après coup, m'indignait le plus, toujours est-il que, las de l'entendre se lamenter, je m'abstins d'abord de lui raconter les scènes dont j'étais le témoin lorsque je sortais. Mais quand enfin j'entrepris de les lui décrire, ou bien elle refusa de m'écouter, ou bien elle m'accusa de les forger de toutes pièces.

La fréquentation d'un grand nombre de débits de boissons était une obligation professionnelle chez mon maître, qui me laissait dehors à l'attendre avec cheval et voiture. Certes, Mr Isbister, s'il voulait faire prospérer son activité de charroyeur, devait fréquenter les tavernes, mais je ne tardai guère à comprendre que le gros de son activité consistait en un assidu carrousel de verres de gin entre le comptoir et ses lèvres.

Je m'interrogeais de plus en plus sur la conduite des Isbister, incapable que j'étais de me faire une religion en partant des faits : voilà que Mr Isbister, toutes les deux ou trois nuits, prenait régulièrement sa charrette, qu'un groupe d'hommes y montait et que tout ce monde ne s'en revenait que quatre ou cinq heures plus tard. Ensuite de quoi, méridienne tout le jour ou presque, immédiatement suivie d'une séance où il s'adonnait à la bouteille. Mais bientôt une autre énigme se présenta, qui ne laissa pas de me plonger dans une perplexité plus grande encore.

Un dimanche, une semaine après la dernière sortie nocturne, alors que l'après-dînée s'avançait, Mr et Mrs Isbister descendirent, la mine quelque peu gênée. Elle portait une belle robe de soie, une cape de velours et une magnifique coiffe. Lui avait revêtu un surtout vert pré, un pourpoint bleu pâle, un gilet jaune canari et des grègues à fines rayures. Ils envoyèrent Polly à Bethnal Green Road ; quelques minutes plus tard, elle était de retour dans une voiture de place où montèrent bientôt ses maîtres, et j'entendis Mr Isbister donner l'ordre au cocher de les mener à une guinguette de Bagnigge Wells. Ils s'en revinrent fort tard, maussades, mal assurés sur leurs jambes en montant l'escalier. Le dimanche suivant ils se vêtirent tout aussi somptueusement, mais cette fois (à ce que je crus comprendre), ils louèrent un coche à la journée pour les conduire à Richmond[1].

D'où tiraient-ils l'argent nécessaire à ces parties de plaisir ?

1. À l'époque, lieu de villégiature campagnard, situé sur la Tamise, à l'ouest de Londres, où se retrouvaient les gens de la bonne société.

me demandais-je. Car Mrs Isbister, me semblait-il, n'exploitait pas «la sueur des pauvres» sur une échelle assez vaste pour expliquer la relative opulence du ménage.

Mais quand vint le mois d'avril, il y eut encore du nouveau. Mr Isbister ne sortit nuitamment qu'une seule fois au cours de la première semaine, et plus du tout par la suite. En outre, fini les effets de toilette et les excursions en coche. Ils se querellaient désormais plus souvent, plus violemment, et passaient leur temps à boire. Mais au moins la belle saison était revenue. Nous avions de splendides journées, un temps sec et encore agréablement frais, même sous le soleil.

Ce fut vers cette époque qu'un incident survint, tout à fait propre apparemment à me renforcer dans la croyance en la bonne foi du ménage Isbister.

Nos vêtements d'hiver, procurés par les soins de Mrs Philliber, étaient à la fois trop pesants et de trop bonne qualité pour l'usage que nous en faisions ; aussi avions-nous résolu de nous en défaire et de les remplacer par des habits plus légers, le solde, du moins l'espérais-je, pouvant servir à monnayer notre départ. Estimant prudent de prendre l'avis de Mrs Isbister, ma mère lui demanda, juste à la fin de sa journée de travail :

– Avez-vous idée de ce que peuvent valoir le manteau de Johnnie, sa chemise de lin et mon caraco ?

– Non ! intervint tout à coup Mr Isbister. Faut pas les vendre. En tout cas, pas les belles choses de ce garçon-là... sa jaquette, sa cravate en soie...

Tout le monde, y compris sa femme, le regarda avec étonnement.

– C'est bon pour le commerce, ajouta-t-il, d'avoir sur la charrette un jeune gars bien habillé.

Stupéfait, je le vis tirer de sa poche de veston, luisant de graisse, un demi-souverain qu'il tendit cérémonieusement vers ma mère.

– Tenez, avec ça vous achèterez ce que vous avez besoin. Je veux qu'il ait l'air d'un petit môssieu.

– Holà, c'est ben trop de générosité ! se récria Mrs Isbister. Je retiendrai ça sur vos gages, Mary, ajouta-t-elle, l'œil sur ma mère.

Celle-ci tressaillit en s'entendant appeler ainsi par son prénom.

– Il n'en est pas question, trancha Mr Isbister. C'est moi qui paie ça de ma poche.

Nous nous empressâmes de regagner notre chambre sitôt qu'ils commencèrent à se prendre de querelle.

– Quittons cette maison, maman, il le faut, dis-je.

Elle me regarda, affolée.

– Qu'est-ce qui te pousse à dire cela ?

– Eux.

– Comment peux-tu dire une chose pareille ? Elle me fait travailler sans répit, c'est vrai, mais au moins elle me paie, si peu que ce soit. Sans cela, où irions-nous, et que pourrions-nous faire ?

– Il faut que nous trouvions ailleurs, déclarai-je. Nous ne pouvons pas rester ici éternellement, et c'est maintenant le moment le plus propice pour chercher : l'été approche et la saison va s'ouvrir.

– Non, me dit-elle. Je ne me sens pas le courage de partir.

– Pourtant vous m'aviez promis de le faire dès que nous aurions un peu d'argent.

– Mais un demi-souverain ne suffit pas, Johnnie, et tant de choses nous manquent. J'ai besoin de vêtements convenables, et il m'est insupportable de ne pas avoir de draps de lin. Insupportable.

Notre conversation dégénéra en un vif échange de propos, et ma mère finit par fondre en larmes. Me sentant fautif, je tentai alors de la réconforter.

– Puisque tu souhaites vraiment m'être agréable, me dit-elle, alors allons tout de suite acheter ce qui nous manque.

J'acceptai du bout des lèvres, car le demi-souverain représentait notre meilleure chance de reprendre notre liberté. Alors que nous sortions de la maison, nous entendîmes s'élever la voix de Mrs Isbister :

– Quand c'est-ti que tu vas te décider à te remettre à la barbaque ? demandait-elle à son mari.

– Recommence pas à me tarauder avec ça ! répliqua-t-il avec emportement comme nous refermions la porte de la rue.

Marchant d'un bon pas par les venelles boueuses du voisinage, nous nous hâtâmes de gagner l'artère principale, car c'était l'heure où l'activité commerciale battait son plein. Dans le flamboiement des becs de gaz, des visages aux traits souvent difformes, contrefaits, surgissaient de l'ombre devant nos yeux comme dans une représentation théâtrale : faces émaciées de gueux ou hilares de ceux qui étaient munis de quoi aller boire, quand ce n'était déjà fait ; mais toujours, sous une forme ou sous une autre, c'étaient l'indigence, la peur, la honte, le désespoir qu'on lisait sur ces êtres loqueteux ou parés d'atours criards. Et partout des enfants, une multitude d'enfants de tous âges, d'enfants déguenillés, sales, cheveux ébouriffés, le torse creux, les jambes arquées, le visage affligé de plaies suppurantes – les mêmes que l'on entrevoyait sous leurs haillons ; des enfants qui couraient, se battaient, chapardaient, grouillaient dans les caniveaux.

C'était la première fois que nous nous aventurions dans le marché à une heure si tardive et, stupéfaits, nous nous tenions serrés l'un contre l'autre.

Nous fîmes l'acquisition de divers vêtements pour ma mère (de seconde main, il va sans dire), de draps de lit et d'une paire de chaussures montantes pour chacun de nous, si bien qu'en un rien de temps il ne resta plus rien du demi-souverain. Mais ma mère, à présent vêtue d'une cape et d'une coiffe nouvelles, avait passablement repris de son allant.

À notre retour, les Isbister se querellaient âprement.

– Je suis forcée de trimer au point de plus pouvoir me traîner, criait la maîtresse de maison au moment où nous ouvrîmes la porte.

– C'est ce foutu temps, répondait son mari. C'est ma faute si le temps est moche ?

Nous montions l'escalier comme il tenait ce propos que ma mère, me sembla-t-il, n'entendit pas, mais qui m'étonna grandement, car depuis deux semaines nous jouissions d'un beau temps sec.

– Tu sais très bien qu'on peut rien faire quand c'est comme ça ! poursuivit Mr Isbister d'un ton courroucé.

Nous n'avions pas été suffisamment silencieux en grimpant les marches car, à l'instant où nous arrivions à la porte de notre chambre, Mrs Isbister fit irruption dans le couloir.

– Hé, Mary, mais c'est que vous avez joliment belle tournure ! fit-elle d'une voix grasseyante en levant les yeux vers ma mère.

Ma mère fit un pas de recul pour me prendre le bras.

– Merci, madame Isbister.

Celle-ci lui lança un regard mauvais et saisit derrière elle la poignée de la porte pour assurer son équilibre.

– Voilà. À partir de maintenant, c'est comme ça que vous allez m'appeler : ma'ame Isbister. Vous m'avez comprise ?

– Oui, madame, fit ma mère dans un murmure.

– Oui quoi ?

– Oui, madame.

– Oh ! Johnnie, me dit-elle quand nous eûmes refermé derrière nous la porte de notre chambre. Elle est abominable. Si seulement nous pouvions partir ! Nous n'aurions jamais dû dépenser cet argent.

– Tant pis, partons quand même, dis-je avec fermeté.

La terreur se peignit sur son visage.

– Non, je n'en ai pas le courage.

L'idée de quitter la maison semblait l'épouvanter si fort que je n'ajoutai rien.

Le beau temps, sec et ensoleillé, persista. Ce fut quelques jours plus tard, le 13 avril sur la fin de la matinée, que Mr Isbister me demanda de revêtir mes nouveaux habits et d'aller chercher Gunpowder à l'écurie pour l'atteler. Quand je revins avec l'animal, je constatai qu'un morceau de toile goudronnée pendait sur le flanc de la carriole, du côté du conducteur, masquant les lettres peintes qui désignaient le propriétaire.

Nous nous mîmes en chemin et, après avoir suivi Old Street, nous nous engageâmes dans City Road, traversant ainsi un canton qui m'était inconnu. Aussitôt que nous eûmes dépassé un vaste bâtiment sur le côté duquel un panonceau portait l'inscription « Saint-Luke », Mr Isbister tourna dans une rue latérale et agita les rênes pour faire presser l'allure à Gunpowder.

Puis, après un regard en arrière, il me déclara à mi-voix :

– Maintenant, écoute-moi, mon garçon. J'ai eu de la bonté pour toi et pour ta mère, pas vrai ?

Je le lui concédai d'un hochement de tête.

– À toi maintenant de t'en montrer reconnaissant. Tu comprends ?

– Oui.

– Alors, tu vas aller à l'infirmerie, et là, tu demanderas le sieur Pulsifer. C'est lui le chef. Quand tu le trouveras, dis-lui que tu viens chercher le sieur Leatherbarrow. C'est l'oncle d'un ami à moi, Bob Stringfellow. Bob a pas eu le temps de venir chercher le vieux, alors il m'a demandé de le faire à sa place.

– Mais le sieur Leatherbarrow ne me connaît pas. Et s'il ne veut pas venir avec moi ?

– T'occupe pas de ça, fit Mr Isbister, un sourire aux lèvres.

– Très bien.

– Magnifique. Je me disais bien que t'avais pas la tête dans ta poche.

– Où allons-nous le mettre ? demandai-je, car il n'y avait que deux places sur le siège.

– Sur la paille, là, déclara Mr Isbister en me désignant d'un mouvement de tête l'arrière de la charrette.

Je me dis qu'effectivement le sieur Leatherbarrow serait plus à son aise s'il pouvait s'allonger, puisqu'il sortait de maladie.

– Ah, j'allais oublier, reprit Mr Isbister, qui plongea sa main dans sa poche pour en retirer une pièce de monnaie. Tiens, voilà un shilling. Tu le feras voir au sieur Pulsifer et tu lui diras que c'est pour qu'on aide à ramener le vieux jusqu'à la charrette. Tu me suis ?

– Oui, répondis-je.

– S'il te demande, dis-lui qu'un ami à toi attend dehors avec la charrette, et que je peux pas donner la main vu que mon bras, je peux pas m'en servir. Tu me suis ?

Je le rassurai d'un signe de tête, tout en me disant que son mal de bras ne l'avait pas empêché, quelques jours auparavant, de soulever des ballots de linge, et j'avançai la main pour prendre la pièce qu'il me tendait.

– Si tout se passe bien, me dit-il encore comme si la chose allait de soi, y en aura aussi une pour toi.

Je descendis.

– Fais le tour par la porte du devant, reprit-il en me montrant la direction d'où nous venions. Et rappelle-toi : tu le trouveras dans la salle commune.

J'entrai par la grande porte et me rendis à la loge du gardien, où l'on m'indiqua le chemin à suivre. Quand je pénétrai dans la bâtisse, les bruits de la rue soudain s'assourdirent, et je suivis un long couloir dallé, privé de lumière, où je n'entendais rien que l'écho de mes propres pas et un lointain murmure de conversation.

Je passai près d'une cour ceinturée d'un haut mur ; par la porte je pouvais apercevoir des hommes, des femmes et des enfants – qui tous portaient les mêmes hardes et l'insigne de leur paroisse [1] – occupés à défaire de gros nœuds de cordages goudronnés [2]. Dans une autre cour j'entendis un fort et mystérieux grondement, mais je ne pus en savoir la cause.

Quand je gagnai l'infirmerie, l'un des employés me conduisit auprès du sieur Pulsifer. C'était un grand échalas au teint cireux, dont la bouche était toute petite, et qui m'observa curieusement lorsque je lui expliquai la raison de ma venue.

– Vous avez un coche ? me demanda-t-il.

– Non, mais on m'attend dehors avec une charrette. On m'a dit de remettre un shilling à vos employés pour qu'ils m'aident à soutenir jusque-là Mr Leatherbarrow.

– Suivez-moi, fit-il en m'observant d'un air dubitatif.

Comme nous sortions de la pièce, il se saisit d'une chandelle qu'il alluma en l'approchant d'un bec de gaz tandis qu'il appelait deux de ses subalternes.

– Hé, Jack ! Jem ! Par ici !

Deux individus solidement charpentés – je les avais vus nonchalamment adossés contre un mur à bavarder en tirant

1. Les miséreux internés dans les ouvroirs devaient porter une tenue sur laquelle était cousue une bande d'étoffe distinctive et bien visible indiquant qu'ils recevaient la charité de telle ou telle paroisse.

2. Défaire les nœuds des vieux cordages pour en récupérer les torons et calfater les coutures des navires était une punition couramment infligée aux pensionnaires des ouvroirs.

sur leur pipe – nous emboîtèrent le pas ; ensemble nous traversâmes une longue salle avant de nous engager dans un couloir sinistre.

– Personne n'est venu le voir quand il était malade, fit le sieur Pulsifer qui se tourna vers moi pour me regarder fixement. Ça m'étonne qu'à présent son neveu le réclame.

Nous descendîmes quelques marches pour pénétrer au sous-sol dans une pièce froide et sombre : comment pouvait-on, m'étonnai-je à part moi, placer un vieil homme convalescent dans un local pareil ? Le sieur Pulsifer nous mena vers un coin de la pièce où, sur un grand bâti de bois évoquant un buffet, se devinait, à la lueur de la chandelle, une forme allongée recouverte d'une pièce de tissu. Tandis que le sieur Pulsifer élevait la chandelle, Jack retira l'étoffe.

– Le voilà, fit le sieur Pulsifer.

Je m'approchai, m'efforçant d'y mieux voir dans la faible clarté. Soudain je fus pris d'horreur, et tout ce qui jusque-là m'avait rendu perplexe s'éclaircit sur l'instant : à en juger par l'aspect marbré des chairs et la fixité du regard, le vieil homme qui gisait là n'était plus en état d'être incommodé par le cahotement d'une charrette. Du fait de la quasi-obscurité qui régnait dans la pièce, nul ne s'avisa de mon expression. Les deux employés se saisirent de l'épouvantable chose, l'un soutenant les pieds et l'autre les épaules, tandis que le sieur Pulsifer les précédait en éclairant de sa chandelle la voie par laquelle nous étions venus. Ce dernier prit congé de moi (non sans m'avoir lancé un ultime regard soupçonneux) quand nous fûmes de retour dans l'infirmerie, et ses deux subalternes me suivirent jusque dans la rue en transportant leur fardeau.

Je les menai à la charrette – le sieur Isbister était descendu de son siège et se tenait debout, près de la tête du cheval ; ils y déposèrent le corps, que je recouvris d'un peu de paille avant de remettre le shilling à l'un des deux hommes. L'un et l'autre touchèrent poliment leur chapeau pour saluer mon maître – geste d'autant plus poli qu'il leur tournait le dos – et rentrèrent dans l'édifice. Quand ils se furent éloignés, le sieur Isbister remonta sur son siège, et nous nous remîmes en chemin. Puis il me fit un sourire et se mit à siffler faux.

– Monsieur Isbister, dis-je, pourquoi ne m'avez-vous pas dit que Mr Leatherbarrow…

Je m'interrompis et il rit avant de me répondre :

– J'avais peur de te flanquer la trouille. Mais maintenant tu vois bien qu'y a rien à craindre.

Quelques minutes plus tard il arrêta la charrette au carrefour de City Road et d'Old Street.

– Je te laisse ici, rentre à la maison, me dit-il en me remettant une pièce. Tiens, t'es un bon petit gars. Voilà un shilling pour ta récompense.

Je le pris, mais c'est avec un certain sentiment de malaise que je mis pied à terre avant de m'éloigner. Peu après, me retournant, je fus surpris de constater que le sieur Isbister n'était pas reparti, mais restait là à m'observer. Avant de tourner le coin de la rue, de nouveau je regardai en arrière. Il n'avait pas bougé, continuant à me suivre des yeux.

Je marchais, perdu dans mes pensées : le sieur Isbister s'était-il contenté d'aider un ami ? Point, sinon où était son intérêt ? Et puis, qu'allais-je raconter à ma mère ? Je résolus de lui dire tout bonnement que mon maître m'avait accordé une demi-journée de congé et donné un shilling pour que j'en dispose à mon gré.

Quand je retombai sur terre, j'étais dans le voisinage de Coleman Street : l'idée me prit de faire le détour. Nancy, la petite servante, vint m'ouvrir lorsque je sonnai à la porte de service (à présent, je n'osais plus agiter la cloche de l'entrée principale) et me dit que Miss Quilliam n'était pas revenue dans l'entretemps.

Une demi-heure plus tard j'arrivais chez les Isbister, juste comme sortaient de la maison ma mère et Mrs Isbister. Toutes deux riaient, enlacées comme pour se soutenir mutuellement, mais lorsque ma mère m'aperçut, debout à quelques pas d'elle et l'observant, le rouge lui vint aux joues.

– Ça alors, Johnnie, toi ici ?

Je lui servis mon histoire de demi-journée libre et de shilling.

– Quel heureux hasard ! s'exclama-t-elle. Justement nous allions chez le marchand. Tu pourrais aller là-bas à notre place acheter une autre bouteille de…

Elle s'interrompit, prise d'un petit rire nerveux et se couvrant la bouche de la main, pour regarder Mrs Isbister.

– De *Reg'lar Flare-up*, précisa celle-ci, qui semblait éprouver quelque difficulté à garder son équilibre.

– Non, déclarai-je. Nous avons besoin de cet argent pour bien d'autres choses.

– Quel gamin mal élevé ! fit Mrs Isbister. Aucune gratitude !

– Johnnie, tu dois respect et… respect et obéissance à ta mère. Tu vas faire ce que je t'ai dit.

– C'est mon argent ! proclamai-je. Je l'ai gagné.

Je vis Mrs Isbister prendre une inspiration, les dents serrées.

– Ce gamin-là, je l'ai dit et redit à Jerry, persifla-t-elle, ça vaut vraiment pas la peine qu'on se donne du mal pour lui.

Ravalant ma fureur, ma honte, je leur tournai le dos et m'enfuis en courant. Je déambulai pendant deux heures dans les rues, puis achetai un morceau de tourte que je mangeai près de l'église, assis sur un mur écroulé. Où pourrions-nous aller, et comment faire pour gagner notre pain ? Et pourtant il fallait que nous partions, car je commençais à m'expliquer les raisons de l'intérêt qu'on nous portait. Notre unique espoir résidait dans la vente du document que les Mompesson et le sieur Barbellion (agissant pour le compte de notre mystérieux ennemi) voulaient à tout prix obtenir. Mais faute de savoir pourquoi le document en question avait tant d'importance aux yeux de ces gens, j'hésitais à persuader ma mère de le leur céder.

Quand je regagnai la maison, Mrs Isbister et ma mère étaient toujours en train de bavarder dans la cuisine. Aussi allai-je directement me coucher.

Mais il me fut impossible de trouver le sommeil, et lorsque ma mère monta à son tour quelques heures plus tard je n'avais pas encore fermé l'œil.

– Tu ne dois pas me parler de cette façon en présence d'autres personnes, me dit-elle avec douceur.

– Je ne supporte pas de vous voir en sa compagnie, dis-je. C'est une horrible femme.

– Non, fit-elle. Elle est certes vulgaire et manque d'éducation, mais elle n'est pas malveillante.

– Vous vous trompez, déclarai-je. Êtes-vous donc aveugle à ce point ? Maman, il faut que nous partions d'ici. Je suis certain de pouvoir gagner plus qu'auprès de Mr Isbister.

– Toi ? dit-elle avec étonnement. Combien crois-tu que puisse gagner un garçon de ton âge ? Qu'espères-tu ? Johnnie, tu sais très bien que c'est l'argent que me donne Mrs Isbister qui te fait vivre. Celui des deux qui gagne notre vie, c'est moi, et non pas toi.

– C'est faux ! me récriai-je. C'est par charité qu'on vous garde. Je sais le peu que Mrs Isbister paie les autres femmes qui font le même ouvrage que vous.

– C'est à seule fin de me blesser que tu me dis cela, fit-elle. Pourquoi agis-tu ainsi ?

Chacun de nous rentra sa rancœur, et si ma mère s'endormit vite, je demeurai éveillé. Au bout d'une heure environ elle se mit à tousser, ce qui la tira de son sommeil. Puis nous restâmes étendus dans le noir pendant un bon bout de temps, écoutant la respiration de l'autre, qui feignait de dormir.

Près de trois semaines s'étaient écoulées et ma mère, qui pendant cette période avait passé de plus en plus de temps en compagnie de Mrs Isbister, éprouvait un ressentiment croissant, étant traitée de mal en pis. Le matin du 3 mai, alors que nous nous apprêtions à partir en carriole, Mr Isbister me demanda de revêtir mes plus beaux habits et de me parer avec élégance. Quand je vis la charrette, je ne fus pas autrement surpris de constater que la pièce de toile avait cette fois encore été rabattue contre le flanc du véhicule pour escamoter le nom de son propriétaire.

Pendant quelque temps nous roulâmes en silence mais, comme nous nous engagions dans Cheapside, Mr Isbister s'éclaircit soudain la voix et se fit disert. Il me conta une histoire extravagante, incohérente, où il était question de l'un de ses amis, un dénommé Ben («Tu l'as sûrement vu à la maison, il y vient souvent») dont la mère, récemment décédée, avait toujours souhaité qu'on la mît en terre auprès de son époux, dans le cimetière Saint-Giles, à proximité de Cripplegate. Mais la sœur de Ben, avec qui celui-ci n'était pas dans les meilleurs termes, avait convaincu (et cela, pour des raisons qui lui étaient propres et par pure méchanceté) la famille qui employait sa mère de faire inhumer ailleurs leur regrettée servante. Et comme c'étaient ces personnes qui l'avaient fait hospitaliser et avaient payé ses soins, «les gens de Bart[1] feraient ce qu'on leur demandait de faire». Mais si moi, je pouvais composer une lettre qui passerait pour avoir été signée de la main du sieur Poindexter, l'employeur de la

1. De l'hôpital Saint-Bartholomew.

vieille dame, sollicitant de la direction le corps qu'il convenait de remettre au fils de la défunte accompagné de son commis («À moi et à toi, tu me suis?»), alors le vœu de la mère de Ben pourrait s'accomplir et Ben, lui, aurait enfin l'esprit en paix.

M'ayant débité son histoire, Mr Isbister dut mesurer l'incrédulité qui se peignit sur mon visage, puisqu'il se passa la langue sur les lèvres avant d'ajouter:

– Et toi, tu ramasses deux shillings.

– Ce service-là, je ne crois pas pouvoir vous le rendre, monsieur Isbister, dis-je.

L'effet de cette déclaration fut spectaculaire. Ses traits dans l'instant s'assombrirent et ses petits yeux noirs semblèrent lui sortir des orbites. Il se pencha vers moi et c'est d'une voix basse, rapide, qu'il me rétorqua:

– Alors ce soir, ouste, dehors, toi et ta foutue petite maman! Pourquoi tu crois qu'on vous garde, hein? Je peux tirer un bon prix de votre chambre. Et des petits gars prêts à me donner un coup de main sur la charrette, j'en trouve à la pelle. En plus de ça que ma vieille arrête pas de dire que ta mère, elle est si empotée et si bête qu'elle lui coûte plus que son ouvrage n'en vaut, rien qu'en...

Tandis qu'il me tenait ces propos, je songeais aux conséquences qu'aurait pour ma mère une brutale éviction. Et pourtant le seul choix qu'il me restait à faire m'était intolérable.

Je m'aperçus que Mr Isbister ne me quittait pas du regard.

– Disons trois shillings, fit-il, ça te va?

C'était là se méprendre sur la nature de mes scrupules, mais il me parut préférable de les dissimuler.

– Cinq, dis-je.

– T'as les dents longues, mais c'est d'accord, déclara-t-il avec un soulagement qu'il avait peine à déguiser.

Il me procura ce qu'il fallait pour écrire, je rédigeai la lettre, et nous nous rendîmes à l'hôpital. Quand il eut arrêté la carriole dans Well Yard, j'entrai dans le bâtiment, où je jouai mon rôle avec succès, relevant là encore, lorsque deux hommes m'aidèrent à transporter ma prise, que Mr Isbister détournait la tête.

Nous repartîmes, et peu après il fit halte au même endroit qu'à la suite de la précédente expédition pour me remettre l'argent et me faire descendre en m'ordonnant de regagner la maison. À quelque distance de là, je me retournai et, négligeant ma sentinelle juchée sur son observatoire, je mis à exécution un plan déjà formé la première fois : j'enfilai la rue suivante, laissai passer quelques instants, puis revins précautionneusement sur mes pas, juste à temps pour voir la charrette s'ébranler. Elle s'engageait dans Old Street et moi, la suivant à bonne distance, je m'efforçais de ne pas la quitter des yeux.

Ainsi que je l'avais prévu, la difficulté ne consistait pas à la laisser prendre trop d'avance, car il m'était aisé de progresser aussi vite qu'elle du fait de l'encombrement de la chaussée. Ce qui compliquait les choses, c'était que, dans l'embarras causé par les autres véhicules, je ne pouvais distinguer celui que je suivais, sinon en me rapprochant beaucoup, au risque d'être aperçu par Mr Isbister s'il se retournait pour observer la rue. C'est ainsi que je le perdis de vue au croisement de Goswell Street, qu'il me fut malaisé de franchir avec célérité.

Tandis que je regagnais notre logis, je réfléchissais sur la conduite à tenir. Considérant qu'aucune preuve formelle ne me mettrait en mesure de me prononcer sur les agissements de Mr Isbister, devrais-je, en ne me fondant que sur de simples soupçons, plonger ma mère dans le dénuement le plus complet et la priver de foyer ?

De retour, j'entendis des éclats de voix dans la cuisine,

où j'entrai, curieux d'apprendre ce qui s'y passait. La pièce n'était éclairée que par la faible lueur du feu qui brûlait dans l'âtre, en sorte que ma mère et Mrs Isbister, assises toutes deux dans leurs fauteuils devant la table, ne me prêtèrent nulle attention.

– Ne m'appelez pas ainsi, je vous en prie, protestait ma mère.

– Je vous appelle comme ça me plaît de vous appeler. Pas la peine de vous donner des airs comme si vous seriez une vraie dame.

– Vous n'avez pas le droit de me dire cela.

– Pas le droit ? Voyez-vous ça ! Et ça ose me manquer de respect ! Écoutez-moi bien, Meg, si on vous avait pas pris en pitié, vous auriez crevé de faim, vous et votre fichu gamin. Si on vous garde ici, c'est par charité.

– Comment pouvez-vous dire une chose pareille, alors que je travaille si dur ?

– Vous travaillez ! Une gourde de votre espèce, ça gâche plus d'ouvrage que ça n'en fait ! Et je vous parle pas de ce que vous nous coûtez en…

Elle s'interrompit pour regarder dans ma direction.

– Qui c'est ça ?

Je traversai la pièce pour arracher quasiment ma mère de son fauteuil.

– Venez ! lui intimai-je.

Tout en protestant sans vigueur, elle me laissa la mener au premier étage, où elle entra dans notre chambre, titubante, pour se laisser choir pesamment sur le lit. Quand je lui fis reproche de permettre à Mrs Isbister de la traiter avec tant de grossièreté, elle fondit en larmes et implora mon pardon. Je le lui accordai de mauvaise grâce et elle s'assoupit. Je tentai à mon tour de dormir, mais elle se mit à tousser dans son sommeil. Cette toux inquiétante qui venait s'ajouter aux événements survenus dans la journée me trottait par l'esprit, m'empêchant de fermer l'œil. L'humidité qui régnait dans la maison était des plus insalubres pour les poumons de ma mère, et je craignais que les longues heures durant lesquelles elle devait travailler, entre autres choses, ne finissent par saper sa santé. Mais pouvais-je la priver de force de la relative sécurité de cette demeure ? Si seulement j'avais su en toute certitude la nature des activités de Mr Isbister ! C'est alors que me vint une soudaine résolution : la prochaine fois que Mr Isbister et sa troupe partiraient nuitamment en charrette, je les suivrais !

IV

L'occasion m'en fut fournie quelques jours plus tard quand, dans l'après-dînée, deux des compagnons de Mr Isbister arrivèrent à la maison plus tôt qu'à l'ordinaire. Tous trois se réunirent au salon, buvant verre sur verre, et de là-haut, ma mère et moi nous pouvions entendre leurs rires et leurs éclats de voix.

Tout à coup, un ordre résonna sur notre palier : c'était Mr Isbister qui, du couloir du bas, me lançait :

– Jack ! Descends voir ici !

J'obtempérai, et lorsque je le rejoignis près de la porte il me glissa dans la main deux shillings.

– File nous acheter trois pintes. Du *neuf-pence*, hein ! Demande-leur du *Jerry* normal, et ils te serviront du vrai de vrai, qui estourbit.

De retour de chez le débitant du coin, je trouvai pour m'ouvrir Mr Isbister en personne, mais qui, au lieu de me prendre les bouteilles des mains, comme à son ordinaire, m'invita à le suivre dans le salon.

– Entre, me dit-il, tu vas faire la connaissance des gars.

C'est ainsi que pour la première fois je pénétrai, sans véritable enthousiasme, dans la petite pièce torride, jusque-là condamnée pour moi et dont à présent force m'était de respirer l'odeur. Mon maître et ses deux compagnons avaient déjà vidé plusieurs cruchons, et s'ils n'étaient pas à proprement parler «estourbis», ils avaient assurément un sérieux coup derrière les oreilles. Je reconnus les hommes que j'avais aperçus à diverses reprises sans savoir leur nom. L'un d'eux était très corpulent ; l'autre, d'une maigreur extrême, se signalait par un visage allongé, mélancolique et des yeux glauques. Mr Isbister, m'ayant d'abord convié du geste à m'approcher, prit un siège, si bien qu'en face de ces trois-là j'avais tout de l'acteur s'adressant à son public.

– Vous n'avez encore pas vu mon nouveau commis, s'pas ? fit Mr Isbister.

– Il a pas l'air bien malin, déclara le plus gros des deux hommes.

Son embonpoint était tel que son torse et son ventre semblaient parfaitement sphériques, et on eût dit que son menton reposait directement sur le haut de sa poitrine, car je ne voyais chez lui pas trace de cou. Il avait de petits yeux noirs, deux boutons sur une étrange petite tête surmontée d'épais cheveux bruns et bouclés et qui semblaient ne jamais s'arrêter de scruter les alentours, comme surpris de se découvrir plantés au sommet d'un corps aussi monstrueux. Au mouvement qui se fit sur ses flancs, je m'aperçus qu'il transportait deux chiots dans ses vastes poches, de petits bouledogues.

– Il a peut-être pas l'air malin, mais écoute-le un peu causer, Ben. Dis quelque chose au monsieur, rien que pour lui montrer, me dit avec insistance Mr Isbister.

– Je suis peiné de ce qu'il est arrivé à votre mère, monsieur Ben, dis-je.

Il me dévisagea, manifestement déconcerté.

– C'est à moi que cette vieille carne elle complique l'existencc. Ouais, à moi. Je vois pas en quoi c'est tes oignons.

Surpris, je regardai Mr Isbister, qui se pencha vers mon interlocuteur.

– Voyons, Ben, ta mère, déclara-t-il comme pour éclairer sa lanterne. Ta pauvre maman qu'a passé l'autre jour. C'est Jack qu'a été la chercher à la morgue de Bart pour que tu l'enterres à côté de son vieux, comme elle le souhaitait si fort.

– Dire que ça m'était sorti de la tête ! fit Ben, qui se tourna vers moi : Grand merci, mon petit gars.

Puis, s'adressant à Mr Isbister :

– Comment que t'as réussi ce coup-là ? Parce que là-bas, c'est des finauds. Un vieux renard, Finesilver.

Mr Isbister sourit :

– Lui, là, il arrive habillé comme un vrai petit gentilhomme avec une lettre de son papa, bien écrite et scellée et tout, et...

Mr Isbister se composa soudain un visage contrit, et d'une voix de fausset, poursuivit :

– Faites escuse, môssieur Finesilver, navré de vous importuner... mais mon papa m'a demandé de vous remettre cette lettre pour que vous m'autorisiez à emporter la chose qu'il est question dedans et que lui il veut récupérer.

Ben et Mr Isbister hurlèrent de rire en se tapant sur les genoux tant l'anecdote leur semblait cocasse. Le maigriot sourit et engouffra une gorgée de gin.

– Ça fait que tu nous dois combien, Jerry ? demanda Ben.

– Pas un rond ! déclara Mr Isbister, dont l'hilarité cessa du même coup. Ça, c'était une affaire qui venait de moi.

– Des clous, oui ! Tu te fous de nous ou quoi ? Tu sais très bien ce qui a été convenu, dit Ben. Parts égales. Toutes les affaires qu'on entend causer, le temps qu'on passe à faire le boulot et tout ça, parts égales. On prend son pied sur tout, l'argent comme les risques. Pas vrai, Jem ?

– Exact, approuva l'autre homme, qui s'essuya ostensiblement le nez d'un revers de manche.

– Je vais te dire une bonne chose, Ben, tu peux te brosser ! répliqua Mr Isbister d'un ton claironnant.

– Et ta parole ? T'as pas d'honneur, fit Ben en soulevant avec peine son corps massif du fauteuil. La fraîche revient à la compagnie, pas à toi tout seul.

Mr Isbister regarda Ben qui, debout devant lui, lui masquait la lumière, puis il porta calmement son verre à ses lèvres avant de reprendre la parole :

– Rassieds-toi, Ben !

Et d'ajouter, sur le ton le plus naturel :

– Sinon je te réduis la bouille en purée.

Ben s'affaissa de nouveau dans son fauteuil, telle une baudruche crevée. Puis Mr Isbister se tourna vers moi pour me déclarer d'un ton affable :

– Prends un siège, Jack. Et toi, Jem, sers un gorgeon à ce garçon. Tu veux en reprendre un autre, toi aussi ?

– Je dis pas non, répondit Jem. Faut jamais pleurer d'un seul œil.

Il me versa un plein gobelet d'alcool.

– Tiens, mon gars, avale-moi ça en prenant tout ton temps, et ça te fera pas de mal.

Je trouvai une place près de la porte et fis semblant de boire le tord-boyaux qui, rien qu'à le sentir, me soulevait déjà le cœur.

– Quand j'ai débuté dans ce métier, voilà de ça pas mal d'années, on avait un commis, déclara Mr Isbister avec un sourire débonnaire. Et pour rendre des services, il en rendait. Seulement, il était pas distingué comme celui-là. Et le juif, il a pris un commis à présent, sauf que son commis à lui, il cause pas aussi proprement que le mien. Et Jack, il peut vous lire un imprimé ou des lettres écrites à la main plus vite qu'un cheval galope. Et aussi les écrire, par-dessus le marché.

Jem m'observa avec curiosité. Il n'y eut pas jusqu'à Ben, malgré son air absent, qui ne me gratifia d'un regard pensif.

– Comme ça, tu penses le faire travailler, fit Jem, vu que les affaires vont pas très fort depuis les dernières semaines…

Mr Isbister se hâta de l'interrompre.

– Comme tu dis.

Les trois hommes se turent. Même Ben, qui semblait toujours d'humeur maussade, me fixait des yeux tout en buvant, l'air méditatif.

– À mon avis, c'est le temps, fit Jem. Trop sec. Il nous faudrait un peu de mouillasse.

– De la chaleur et de la flotte, renchérit Mr Isbister. Ce temps sec vaut rien à personne. Pareil qu'en hiver. Le froid sec arrange pas nos affaires.

– Pas assez de marchandise, reprit Jem. Surtout avec la concurrence. Trop de monde. Bien trop. C'est bouché, dans la branche.

– Sûr qu'on est trop nombreux, et où ça nous mène ? fit Mr Isbister. Au bout, y a que les prix s'écroulent. C'est le marchand de mou pour les chats qui nous casse les prix à nous, les gens de métier.

– Il en demande combien ?

– Lampard et Morphew[1] paient douze livres pour un grand format, et deux pour un petit.

Les deux autres émirent une manière de chuintement, mâchoires serrées.

– Scandaleux ! proféra Ben, qui pour la première fois s'exprimait depuis l'altercation qui l'avait opposé à mon maître.

1. Noms de deux facultés de médecine.

– C'est se foutre du monde ! reprit Jem. Douze livres !

Tous secouèrent la tête pour exprimer leur indignation.

Jem se tourna vers Mr Isbister.

– Les affaires sont plus ce qu'elles étaient. T'obtenais combien quand tu t'es lancé dans la partie, Jerry ?

– Pas loin de vingt pour un grand format. C'était le cours, à l'époque. Je vous parle de ça juste avant la fin de la guerre. Dans le métier, y avait que nous et le juif.

– Blueskin et toi vous travailliez avec le marchand de mou et Barney, dans ce temps-là, non ? fit Jem.

En entendant prononcer ce dernier nom, je dressai l'oreille.

– Ouais, répondit Mr Isbister, qui s'empressa d'ajouter : Mais après on s'est fâchés avec eux et on s'est mis à notre compte. Si bien que lui et Barney sont passés sur l'autre rive et ont gardé pour eux Southwark, et on a arrêté de se faire concurrence.

– Mais pas longtemps après ça, lui et Barney ne se sont plus entendus, c'est bien ça ? demanda Jem.

– L'histoire, c'est que le marchand de mou l'a donné y a de ça sept ans ou à peu près. Il a réussi à se tirer à temps pour aller se mettre au vert, seulement, quand il est revenu à Londres, le marchand de mou l'a fait arquepincer. Il a tiré deux ans à l'Académie flottante de Gravesend avant de réussir à débarquer du ponton.

– Drôle de pistolet, le marchand de mou, fit Ben.

– Du temps qu'il était jeune, dit mon maître, personne en ville se serait frotté à lui… seulement, voilà, il forçait sur le gin.

– Pourquoi Blueskin et toi vous vous êtes brouillés avec lui ? demanda Ben à brûle-pourpoint.

Voyant que Mr Isbister ne répondait pas, il reprit :

– C'est-ti vrai que Blueskin a fait un coup fourré à son frangin ?

– Là, tu te mets le doigt dans l'œil, affirma Mr Isbister d'un ton catégorique. C'est pas Blueskin qu'a fait le coup.

– C'est pourtant ce que je me suis laissé dire, fit Jem. Qu'il l'avait suriné à cause d'une question de pognon.

– Raconte-nous ce qui s'est passé, dit Ben. C'est-ti que Blueskin te fout les foies blancs ?

– Non, Blueskin me fait pas peur. Ni lui ni personne, affirma Mr Isbister.

Au même instant la porte s'ouvrit et un homme entra tout tranquillement. Ce qui me frappa, c'est qu'il claudiquait. Je vis qu'il avait une jambe de bois. Totalement chauve, la bouche d'une extrême minceur, il avait le visage quasiment décharné, et des yeux gris-bleu si dépourvus d'éclat qu'ils semblaient disparaître lorsqu'on les regardait.

– Personne m'a entendu frapper, fit-il d'une voix douce. Vous m'avez l'air de vous amuser comme des petits fous, là-dedans.

C'était à toute la compagnie qu'il paraissait s'adresser, mais c'est à Mr Isbister qu'il souriait, autant qu'on puisse user de ce vocable pour qualifier un rictus qui évoquait la face grimaçante d'une tête de mort.

– Tiens, ce cher Blueskin ! bredouilla Mr Isbister. Entre et prends un siège.

– De quoi donc que vous parliez, vous tous, assis là bien au chaud ?

Il y eut un silence gêné. Puis ce fut Mr Isbister qui répondit :

– On disait justement que comme les affaires ça marche pas fort, ce garçon que voilà pourrait nous aider.

Blueskin décocha un sourire à chacun des trois hommes et déclara de sa même voix douce :

– Ah bon ?

Puis il me fixa de son regard glacé et je sentis un frisson

me parcourir l'échine tandis qu'il m'examinait de ses yeux dénués d'expression.

– Moi, je crois qu'on ferait mieux de pas le prendre avec nous, déclara Jem.

– Et pourquoi ça ? se récria Mr Isbister.

– Parce que ça me dit rien qui vaille.

– Peut-être qu'on peut se passer de lui, dit Ben. Rien de neuf, côté chercheuses[1] ?

– Non, répondit Mr Isbister. La vieille Nellie nous a bien mis sur une affaire à l'ouvroir Saint-Botolph, mais le tuyau ne valait pas tripette. La famille est venue le réclamer.

Tous poussèrent un soupir accompagné d'un hochement de tête découragé.

– Ah ! les familles, fit Ben sur le ton du mépris.

Les autres grommelèrent en signe d'approbation.

– Côté enterrements ? Entendu parler de rien aujourd'hui ? dit Mr Isbister. Aucun d'entre vous ?

Ben et Jem secouèrent la tête en signe de négation.

– Rien, déclara ce dernier. J'ai été voir partout, j'ai marché jusqu'à en avoir mal aux pieds.

– Moi j'en ai suivi un, annonça Blueskin. À partir de Great Tower Street. L'affaire se présentait bien.

Ces propos amenèrent un sourire sur les visages des autres, mais Blueskin ajouta de sa voix suave :

– Seulement, il allait à Southwark.

Les sourires s'envolèrent.

– Donc, rien pour nous, dit Jem. Celui-là, c'est les gars de l'autre bord qui vont le récupérer.

– Je vois pas pourquoi, déclara Blueskin. Le marchand

1. Chaque conseil de fabrique employait des femmes chargées de signaler les décès survenus dans la paroisse et d'examiner les corps des défunts pour y « chercher » les traces symptomatiques de maladies contagieuses.

de mou vient bien sur ce bord-ci. Je vois pas ce qui nous empêche d'aller à l'autre.

Les trois autres fuirent son regard tandis qu'il s'expliquait :

– En tout cas, c'est comme ça que moi je vois les choses. Et c'est pour ça que j'ai remis quinze shillings au gardien de Sleeth pour qu'il oublie de fermer la grille à clé, comme la dernière fois.

– On fera les comptes le prochain coup, dit Mr Isbister. Quand on aura fait une affaire.

– On fait les comptes tout de suite, rétorqua Blueskin de la voix la plus affable.

La mine renfrognée, mon maître mit la main à la poche et remit quinze shillings à Blueskin.

– Pendant que t'as le pognon sous la main, fit Ben, à qui Mr Isbister lança un regard mauvais, on pourrait peut-être aussi faire l'appoint pour l'affaire qu'on causait tout à l'heure.

Il se tourna vers Blueskin :

– Jerry a envoyé son commis sortir de la marchandise de Bart.

– Ah bon ? fit Blueskin. Bien joué, Jerry. Aboule la fraîche !

De fort mauvaise grâce, Mr Isbister remit deux souverains à chacun des trois hommes.

– Comment ça ? T'en as tiré que dix livres ? ironisa Blueskin. Ils t'ont fait marron. D'autant plus que la marchandise se fait rare, par les temps qui courent.

– C'était pas du premier choix, affirma Mr Isbister.

– Et la part de Harry ? demanda Jem.

Les trois autres échangèrent des regards.

– Harry n'en saura rien, dit Blueskin. Si personne lui vend la mèche.

– Ça nous fait donc chacun dix shillings de plus, fit Ben.

Alors que Mr Isbister leur comptait l'argent, Jem émit une vague protestation :

– On devrait pas. C'est pas honnête.

– T'as pas envie de toucher ta part ? lui demanda Mr Isbister avec un brin de hargne.

Jem empocha piteusement son argent.

– C'est pas tout ça, mais qui est partant pour cette nuit ? demanda Blueskin en dévisageant les autres à tour de rôle.

– On dirait que t'as oublié la rossée que nous ont refilée les gars de Southwark la dernière fois, se récria Mr Isbister d'une voix courroucée. Tiens, regarde.

Il retroussa sa manche et exhiba son avant-bras.

– J'ai encore la boutonnière depuis le coup de surin du marchand de mou.

– J'ai rien oublié, rien du tout, répondit calmement Blueskin. C'est pourquoi je dis qu'on peut pas les laisser récupérer la marchandise à leur convenance. Ou alors, où va-t-on ?

– C'est moi le chef, dit Mr Isbister. C'est moi qui décide.

– C'est le pain de la bouche qu'on nous retire, reprit Blueskin sur le même ton paisible. Et c'est à nous tous de décider.

– C'est vrai, ça, renchérit Ben, que Jem approuva d'un grognement.

– Alors, vous penchez pour quoi ? déclara Blueskin en se tournant vers eux.

– Ça fait des semaines qu'on n'a pas de chance, déclara Ben d'une voix hésitante.

– Vous tenez à vous faire casser la gueule, c'est ça ? ricana mon maître.

– Écoutez, la dernière fois ils nous sont tombés dessus sans qu'on s'y attende, déclara Blueskin aux deux autres, comme si Mr Isbister n'avait rien dit. Mais s'ils viennent cette nuit, on sera prêts à les recevoir.

– C'est vrai, ça, s'écria Ben en fixant Mr Isbister. Ou on décroche la timbale, ou on mord la poussière, c'est comme ça que je vois les choses.

– Et toi, Jem, qu'est-ce que tu en dis? demanda Blueskin.

– Je suis pas chaud, mais si vous y allez, je suis votre homme.

– Ça, c'est parler! proclama Ben, qui tourna son corps massif pour dévisager Isbister. Donc, on y va. Et si quelqu'un dit le contraire, c'est qu'il a rien dans le ventre!

– Alors, Jerry? demanda doucettement Blueskin.

– Alors j'y vais. Évidemment que j'y vais. Quelqu'un m'a entendu dire le contraire?

Blueskin abattit lourdement son poing sur la table et, dévisageant les autres, s'écria allègrement:

– Bon, alors on va faire un doigt de cour, hein?

Ce propos fit rire Ben et Jem, et Blueskin poursuivit d'une voix claironnante:

– Vas-y, Ben, pousse-la-nous.

Ben se mit à chanter sur l'air de *Wapping Old Stairs*, et la bouteille passa de main en main tandis que les autres reprenaient le refrain. Les couplets avaient pour particularité de s'interrompre avant la fin de leur dernière phrase, que les rimes précédentes permettaient de suppléer sans mal. Tous rythmaient la chanson en choquant le fond de leur verre contre l'objet rigide le plus proche. Pendant ce temps, et à mon grand désarroi, Mr Isbister, dont la voix grave détonnait lorsqu'il reprenait le refrain avec les autres, me regardait fixement tout en m'adressant un sourire qui me rendait plus confus que ne l'eût fait une grimace. On eût dit qu'il m'invitait ainsi à reconnaître que je goûtais la cocasserie de la chanson.

Jack courtisa une rombière
Qu'était toute froideur et roideur,
La pressant de sortir de terre
Mais Jack était pas un tombeur
Et all' voulait pas s' laisser…

Refrain :

T'as qu'à t'agenouiller sur son suaire
Pour lui demander sa main.
Raide elle est, Jack, faut pas t'en faire. (bis)

Jack alla se plaindre à son père :
La dame elle est compassée,
Orgueilleuse, elle fait des manières.
Elle a bien trop d' rigidité
Pour accepter de s' laisser…

Refrain :

T'as qu'à t'agenouiller… etc.

Son vieux a donné à Jacquot
Un conseil plein de sagesse :
Puisqu'elle est couchée su' l' dos
Fais-lui son affaire en vitesse
Ou laisse-la aux as…

Refrain :

T'as qu'à t'agenouiller sur… etc.

– Alors mon gars, me dit Mr Isbister alors que la chanson se concluait dans un grand fracas de gobelets, ça te chante de venir avec nous cette nuit ?

– Pas d'accord, Jerry, déclara tout à coup Ben. Qu'est-ce qui prouve qu'il va pas nous donner ?

– Pour ça, je crois qu'on peut se fier à lui, fit Mr Isbister en m'entourant les épaules de son bras pour m'attirer vers lui. Il sait très bien où est son intérêt et celui de sa mère.

– Je ne veux pas vous accompagner, monsieur Isbister, déclarai-je.

Il se leva d'un bond pour me regarder de toute sa hauteur, et je vis luire une lueur mauvaise dans ses petits yeux noirs.

– Tu ne veux pas ? répéta-t-il en se courbant au-dessus de moi.

Je me levai à mon tour pour m'écarter de lui.

– Je t'ai fait confiance, dit-il. Tu en sais assez pour nous mettre des bâtons dans les roues.

Sa grosse poigne me saisit, soulevant le devant de mon manteau, et brutalement il me repoussa contre le mur.

– Allons, Jerry, laisse-le, fit Jem d'une voix apaisante.

– Le demi-format, ça vaut dans les combien à présent ? demanda Blueskin, flegmatique.

La question amusa Ben, mais Mr Isbister me tenait toujours fermement. Nous étions nez à nez, à un ou deux pouces près.

– Tu penses quand même pas que je vous ai pris chez moi, toi et ta mère, par pure bonté d'âme, non ? T'es pas idiot à ce point-là ?

Pour donner plus de force à son propos, il me heurta violemment la tête contre le mur.

– La question, c'est plus de savoir si je vous fous à la porte, toi et ta mère. Ah ! mais non, parce que les choses sont allées bien trop loin pour que ça s'arrête là. Si je peux pas te faire confiance…

Il s'interrompit pendant un bref instant avant d'ajouter :

– Les gars comme toi, on en retire de la rivière ou du Fleet-ditch[1]… j' sais pas, moi… trois ou quatre par semaine. Alors, t'es toujours décidé à pas venir avec nous cette nuit ?

– Non, pas cette nuit, fit Jem. Pas si on descend à Southwark et qu'on risque d'avoir pas mal d'ennuis.

– Ça n'en sera que mieux, déclara Mr Isbister. On lui fera garder le cheval et surveiller la charrette.

1. Cours d'eau souterrain qui n'était en réalité qu'un vaste égout.

Pour ajouter du poids à ces paroles, il m'assena un tel coup sur la tête qu'il la projeta contre le mur.

– Alors, c'est quoi, ta réponse ?

Une remarque de Blueskin me tira d'affaire.

– Jem a raison. Cette nuit la voie sera libre. On l'emmènera quand on aura besoin de lui pour se faufiler par une grille verrouillée.

Mr Isbister me lança un regard de rancune.

– Très bien, pas cette nuit, fit-il. Mais la prochaine fois qu'on sort, on l'emmène. Maintenant, fous le camp.

Il s'écarta pour me laisser passer et je quittai la pièce. Sitôt sorti, dans le petit couloir sombre, je tentai, sans bouger, de reprendre mon souffle. J'entendais les voix de ma mère et de Mrs Isbister qui se chamaillaient dans la cuisine, et tout à coup il m'apparut que je ne pouvais plus supporter cette maison. Je me hâtai d'en sortir en courant pour me précipiter au hasard des rues, avec pour seule détermination de m'éloigner le plus possible et de ne plus jamais revenir.

Je marchai deux bonnes heures, ne cessant de réfléchir aux moyens de me tirer de cette situation. Si seulement mes efforts pour retrouver Miss Quilliam avaient abouti ! Cette pensée se mua soudain en constat : je n'étais pas bien loin de la maison de Mrs Malatratt. Je pressai le pas.

Nancy me sourit quand elle me vit m'encadrer dans la porte de la cuisine.

– Enfin j'ai quelque chose pour vous, m'annonça-t-elle. Elle est venue avec le monsieur qui a payé l'arriéré. Alors on l'a autorisée à reprendre ses coffres et elle a laissé cela.

Sur ces propos quelque peu énigmatiques, elle glissa la main derrière un plateau appuyé contre le mur et posé sur un buffet pour en ramener une lettre qu'elle me tendit. La seule suscription que j'y déchiffrai en la retournant était le mot « John ».

– Voilà tout ce que je peux vous dire, reprit la jeune servante avant de refermer, j'entends qu'on me sonne.

En remontant la rue j'ouvris la lettre – la première que je recevais de ma vie ! –, et c'est le cœur battant que j'en lus le texte élégamment calligraphié :

N° 49, Orchard Street
Westminster
Le 4 juin 18..

Mon cher John,

Certes, je me souviens fort bien de vous, encore que ce séjour à Hougham me paraisse aujourd'hui appartenir à un autre univers.

Je me désole d'apprendre quels malheurs vous ont accablés, vous et votre mère, et je souhaite de tout cœur pouvoir vous venir en aide. Mais sachez, car je me dois de vous le dire, que je me trouve dans une situation encore plus fâcheuse que la dernière fois que vous m'avez vue. Cependant, et bien que je n'aie guère le moyen de vous aider, je ferai pour cela tout ce qu'il est en mon pouvoir de faire, et vous m'en verrez ravie. Si votre mère et vous souhaitez venir me voir, vous me trouverez à l'adresse ci-dessus mentionnée.

En cette attente, veuillez croire en mon parfait dévouement ainsi qu'en mon amitié.

HELEN QUILLIAM.

J'étais un tantinet déçu, et tout en me hâtant de regagner la maison, je balançai : y avait-il lieu ou non de peser sur ma mère afin qu'elle accepte l'offre de Miss Quilliam, sachant les difficultés que nous aurions à affronter pour subsister si c'était le parti auquel nous devions nous rallier ? Avant de la pousser à se priver de la protection des Isbister, me disais-je, il m'était indispensable d'avoir la preuve que mon maître se livrait à des activités aussi infâmes que je le soupçonnais. C'est alors que, pour en avoir le cœur net, me vint l'idée de le suivre à la prochaine de ses équipées nocturnes.

Il était près de neuf heures lorsque je rentrai. Je montai sans bruit l'escalier, où me parvenaient à la fois les gros rires de la beuverie du salon et, de la cuisine, les éclats d'une querelle entre ma mère et Mrs Isbister ; arrivé à ma chambre, je restaurai mes forces à l'aide du cervelas et du petit pain que j'avais achetés sur le chemin du retour.

Deux heures plus tard, quand ma mère monta se coucher, je jugeai peu opportun de nous entretenir sérieusement sur notre avenir. Peu de temps après, Mrs Isbister gravit les marches, grommelant pour elle-même des propos de femme éméchée. Ma mère sombra bientôt dans un pesant sommeil. N'eût été la toux qui de temps à autre la secouait, sa respiration n'avait pas tardé à se faire profonde et régulière.

Le temps s'écoulait lentement, et chaque instant m'apportait d'en bas le tohu-bohu des cris et des rires, entrecoupés de chansons beuglées à pleine voix. Il me fallut attendre minuit passé pour percevoir des bruits de départ. Sur-le-champ je me glissai hors de mon lit pour me vêtir dans le noir, puis je quittai la chambre en refermant silencieusement la porte. Rassuré par le ronflement de Mrs Isbister, je m'esquivai par l'escalier pour gagner la cuisine ; là, ayant soulevé le panneau de la fenêtre, j'en enjambai l'appui et me retrouvai dehors où je pris la précaution d'en abaisser la guillotine.

Entourée d'un haut mur percé d'une porte, l'arrière-cour était vide, à la réserve d'un tonneau rempli d'eau, d'un tas de briques et d'ardoises brisées et d'un rat crevé. Au cours de la journée, je l'avais examinée attentivement, en sorte que je me hissai sans difficulté au-dessus de la porte, puis j'avançai précautionneusement dans la venelle obscure séparant les unes des autres les courettes du voisinage, afin de gagner la rue. Les trois acolytes de Mr Isbister se tenaient près de la charrette, et tandis que je les observais, tapi derrière le coin de la maison, je vis mon maître les rejoindre en tenant par la bride le cheval qu'il ramenait de l'écurie de louage. Faisant le moins de bruit possible, il attela, éclairé par Jem, et, quelques minutes plus tard, tout le monde était grimpé dans la carriole, qui s'ébranla. À son passage au coin de la maison, je me rencognai plus profondément dans l'ombre de la venelle pour ne sortir de ma cachette que lorsqu'elle eut atteint l'extrémité de la rue. Restait à savoir maintenant si je serais en mesure de la suivre et de soutenir son allure.

Cette nuit de pleine lune par bonheur était belle et une multitude d'étoiles scintillaient dans le ciel, en sorte que je pouvais me tenir loin derrière la charrette sans la perdre de vue. En revanche, et pour les mêmes raisons, je devais redoubler de vigilance si je voulais passer inaperçu. Probablement afin de ne point attirer l'attention, Mr Isbister mena son cheval au pas jusqu'à ce qu'il eût atteint l'artère principale. Jamais encore je n'étais sorti si tard, et, tout surpris que j'étais de l'importance de la circulation comme du grand nombre de piétons, une certaine angoisse m'étreignait à l'idée de m'aventurer dans quelque sombre impasse. Puis Mr Isbister fit sans forcer son allure prendre un trot léger à son cheval, ce dont je me félicitai eu égard à l'encombrement de la chaussée.

Tout d'abord je fus capable, au prix d'un effort modéré, de suivre la charrette, mais au bout d'un petit quart d'heure je sentis la fatigue me gagner. Le véhicule progressait vers l'ouest, suivant Bethnal Green Road à vitesse constante, puis il prit vers le sud en s'engageant dans Shoreditch. Comme le trot se faisait plus soutenu, dans Bishopsgate, je commençai à flancher et à céder du terrain. Le cœur battant à tout rompre, les poumons en feu, les pieds considérablement endoloris par le piètre état de mes bottes, c'est tout juste si le dépit et la colère ne me faisaient pas sangloter à l'idée d'avoir accompli tout ce trajet pour rien. Mais n'ayant plus ni forces ni souffle en réserve, j'étais réduit à l'impuissance. Quelques minutes plus tard, je cessai de voir le cul de la charrette. Je supposai qu'elle allait franchir le fleuve en passant le London Bridge, mais ensuite j'étais sûr de perdre toutes mes chances de la retrouver. Je n'en continuai pas moins à courir, ce qu'il m'était plus aisé de faire que de m'avouer vaincu.

Arrivé au pont, je me rendis compte tout à coup qu'à quelques toises de moi était arrêté sur le côté de la route un véhicule : et ce véhicule n'était autre que celui que je poursuivais. Il s'en était fallu d'un rien que, dans ma folle course, je ne le dépasse ! Je me précipitai dans Lower Thames Street, puis revins sur mes pas avec mille précautions afin d'ouvrir l'œil. C'était là un coup de chance providentiel, et qui me fournit l'occasion de reprendre mon souffle. Quelques instants plus tard, une silhouette s'approchait de la charrette ; après un bref échange de propos, le personnage grimpa et l'équipage se remit en chemin. Le nouveau venu ne pouvait être que Harry, dont les autres avaient prononcé le nom dans l'après-midi.

Je franchis la porte du péage, suivant la voie réservée aux attelages et me glissant sous la barrière, si bien que l'employé de l'octroi, occupé à compter l'argent que contenait la poche de son tablier de cuir, ne me prêta pas la moindre attention. Une fois sur le territoire de Southwark, la charrette ne parcourut qu'une courte distance, par de petites rues, avant de s'arrêter dans une allée non éclairée. Me tenant loin derrière elle, je vis les cinq hommes descendre et en retirer divers objets dont je ne pus définir la nature, enveloppés qu'ils étaient dans des pièces de toile. De plus, la bande prenait grand soin d'agir en silence, car je n'entendais pas le moindre bruit. Puis quatre d'entre eux s'engagèrent dans une impasse latérale : ils portaient des lanternes sourdes et des outils à long manche. Dans la direction qu'ils prenaient, j'aperçus une flèche d'église qui dominait les toits. Quand, toujours dans l'ombre et de l'autre côté de l'allée, je passai non loin du cinquième homme resté près de la carriole, je crus reconnaître Jem, et je constatai que le morceau de toile goudronnée avait été suspendu au flanc du véhicule.

Je n'osais m'avancer dans l'impasse de crainte d'être aperçu par les quatre autres s'ils se retournaient. Aussi coupai-je à travers d'autres ruelles, ce qui me conduisit à un muret surmonté d'une grille qui me permit d'observer la scène. Je ne pus discerner que des silhouettes sombres se mouvant au milieu de dalles claires, et c'est alors que je pus distinguer ce que les quatre hommes retiraient des enveloppes de toile. Point ne m'était besoin d'en voir davantage. Épuisé, épouvanté, ressentant la nécessité de m'accorder quelque répit avant de parcourir le long trajet du retour, je m'adossai au muret, m'efforçant de fermer mes oreilles au bruit assourdi du métal creusant la terre.

Soudain je perçus une rumeur derrière moi : des pas se rapprochaient dans l'impasse ! Je m'éloignai pour me plaquer contre une porte qui faisait face au muret, au moment précis où une demi-douzaine d'hommes débouchaient du passage. Un frisson me parcourut la nuque à les voir avancer sans bruit, de longs gourdins à la main.

Je fus frappé par l'aspect de celui qui marchait en tête et semblait commander aux autres, car le pâle demi-jour de la lune l'éclairait directement. Bien qu'il fût de petite taille, il avait une tête étrangement massive qui semblait saillir de son corps comme celle d'une tortue. Tandis que je l'observais, d'une main il fit signe aux autres de s'arrêter et tendit le cou, à l'écoute. Son teint était cireux, sa bouche réduite à une simple fente, mais il avait un énorme nez crochu, des yeux très renfoncés : toute cette félinité m'épouvanta.

Immédiatement derrière lui venait un jeune gaillard de haute stature et de belle prestance, dont les traits, ouverts et virils, contrastaient singulièrement avec ceux du nabot qui dirigeait la bande. Ce dernier fit à ses hommes un autre signe, et tous tirèrent de leur poche un mouchoir qu'ils se nouèrent derrière le cou pour masquer la partie inférieure de leur visage, ce qui leur donna l'apparence de malades atteints d'une fluxion et à la recherche d'un dentiste. Sur ce, après avoir échangé à mi-voix quelques mots, ils gagnèrent la porte qui avait livré passage aux autres.

À en juger par les bruits étouffés qui me parvinrent une minute plus tard, je compris que les derniers arrivants avaient attaqué la bande de Mr Isbister et qu'on se battait ferme. Mais l'échauffourée avait de quoi étonner, car les deux camps faisaient tous leurs efforts pour livrer une bataille aussi silencieuse que possible, et, malgré le choc sourd et fréquent des gourdins ou des pelles frappant tel ou tel combattant, je ne perçus aucun éclat de voix, à l'exception d'un cri de douleur ravalé sur-le-champ.

Tant qu'on ne m'avait pas remarqué, c'était l'occasion ou jamais de partir, et je consentis à m'arracher aux barreaux de la grille afin de revenir sur mes pas. Je regagnai l'allée où stationnait la charrette, faisant de mon mieux pour passer inaperçu, encore que nul ne me parût posté là pour faire le guet. Mais je vis quelque chose dans le fossé qui longeait la chaussée et, m'approchant, je m'aperçus, horrifié, qu'il s'agissait d'un homme. Il était inanimé : de près je reconnus Jem dont une blessure ensanglantait la tête. De tous ceux qui composaient la bande de Mr Isbister, c'était lui qui me répugnait le moins.

Pressant le pas, dans la rue suivante je tombai sur deux carrioles attelées que gardaient deux hommes munis de lanternes sourdes et de triques. Je pris par des ruelles détournées puis me mis à courir de toutes mes jambes, pour ne m'arrêter qu'à l'octroi du pont. De là, oubliant ma fatigue, je me contentai de marcher, m'interrompant parfois pour passer au pas de gymnastique, car j'avais pris une décision qu'il me fallait mettre à exécution dans les plus brefs délais.

Je ne rencontrai personne, à la réserve de quelques laitiers, de rares charretiers et de gamins qui se dirigeaient vers le marché de Bethnal Green, soucieux d'y arriver dès l'aube afin de louer leurs services pour la journée. Devant la maison, je trouvai une rue encore déserte, même s'il faisait déjà plein jour. Je franchis en toute hâte le mur, puis la fenêtre, rassuré par l'absolu silence qui régnait à l'intérieur. Je m'abstins de respirer en passant devant le salon pour éviter d'en sentir l'odeur – voilà donc pourquoi on m'avait si souvent empêché d'y entrer ! –, plus pressé que jamais de quitter cette demeure. La chambre de Mrs Isbister résonnait de ses ronflements, et, dans notre appartement, je constatai que ma mère, dont je devinais la forme sur son lit, dormait du même sommeil qu'à l'instant où je l'avais quittée.

J'allumai une chandelle de suif et m'approchai d'elle :

– Maman, réveillez-vous, lui dis-je tout doucement.

Je me penchai au-dessus d'elle et la vis toute recroquevillée, comme si elle souffrait. Elle me tournait le dos et gémissait. Craignant qu'elle ne fût malade, je lui touchai l'épaule. Elle murmurait des mots indistincts, s'agitant sans cesse, puis elle cligna des yeux à plusieurs reprises tandis que je la secouais, et dans un sursaut s'éveilla. Encore à demi assoupie, elle tourna vers moi son visage et à sa vue je ressentis un choc, tant elle me paraissait vieillie. Elle serrait les lèvres et sa bouche ressemblait à celle d'une vieille femme édentée ; elle me contemplait d'un œil vide, comme si elle ne savait pas qui j'étais.

Enfin elle parut me reconnaître, mais son regard étrange laissait croire que je lui faisais peur.

– C'est toi ? fit-elle d'une voix timide.

– Oui, c'est moi, Johnnie.

– Quel Johnnie ? demanda-t-elle en plissant le front.

Puis son visage s'éclaira et elle me fit un sourire. De nouveau elle redevint elle-même, mais pas tout à fait cependant, car à présent je voyais combien les derniers mois l'avaient abîmée, et j'appréhendais obscurément son avenir.

– Oh ! Johnnie, me dit-elle, je viens de faire un rêve horrible.

Elle se mordit la lèvre et observa un moment de silence, comme sur le point d'en dire davantage.

– Mais peu importe, reprit-elle. Il est déjà l'heure de se lever ?

– Il est quatre heures ou à peu près.

– De si bonne heure !

Elle me regarda, surprise.

– Mais pourquoi es-tu déjà vêtu ?

– Chut ! murmurai-je. Ne réveillons pas Mrs Isbister.

Elle semblait abasourdie. Je m'agenouillai à côté de son lit et pris sa main dans la mienne.

– Mère, dis-je, me croirez-vous si je vous affirme qu'il nous faut quitter ce logis sur l'heure ?

– Mais enfin... que veux-tu dire ?

– Cette nuit je suis sorti. J'en ai appris de belles sur Mr Isbister. Je ne veux pas vous dire de quoi il s'agit, mais je vous supplie de me croire.

Elle me regarda bizarrement.

– Ah ! tu es bien comme l'était ton père ! C'est justement de lui que je rêvais. Tu n'as pas confiance en moi, toi non plus, n'est-ce pas ?

– Maman, je vous demande de me croire.

– Mais où pourrions-nous aller ?

Je sortis la lettre de Miss Quilliam et lui révélai que j'étais passé par Coleman Street.

Elle lut, puis me regarda, incrédule.

– Mais Johnnie, me dit-elle, elle n'est pas mieux nantie que nous, à ce qu'il me semble.

– Certes, mais au moins elle nous procure un endroit où aller.

– Pense que j'ai ici de l'ouvrage. Cela nous assure le manger, le boire et aussi un abri où je garde tous mes biens, ajouta-t-elle en contemplant la chambre. Je ne peux pas les abandonner.

– Quels biens ? demandai-je en m'emportant. Cela n'est rien en comparaison de ce que vous avez laissé à Melthorpe. Et si vous y tenez, nous pouvons ne rien laisser.

– Mais ici tout se passe bien !

– Comment pouvez-vous dire une chose pareille ? Vous savez très bien comment vous traite Mrs Isbister ! Vous savez très bien que vous la haïssez.

– Elle est souvent bonne pour moi. Quand nous avons terminé l'ouvrage de la journée.

– Bonne ! m'exclamai-je. Il s'agit bien de bonté ! Ce qu'elle veut, c'est vous avoir sous sa coupe, oui !

Elle rougit, baissa la tête et ses mains jouaient sans cesse avec la bordure du drap.

– Non, je ne partirai pas. J'ai peur.

– Si vous ne venez pas, je m'en irai seul.

De prononcer ces mots m'avait donné un étrange sentiment d'exultation mais, en la regardant, j'éprouvai brusquement un vif pincement de cœur.

– Non, Johnnie, ne fais pas cela !

– C'est pourtant bien mon intention.

– Mais comment t'y prendras-tu ? Que vas-tu devenir ? Tu vas mourir de faim.

Je la vis frissonner.

– Non, Johnnie, reprit-elle, ne me dis pas une chose pareille.

Je me levai et me mis à rassembler de mon mieux mes affaires en réprimant mes larmes.

– Si, moi, je pars. Faites comme vous l'entendrez.

– Alors je partirai aussi, il le faut. Mais c'est très méchant de votre part.

– En ce cas, allons-nous-en tout de suite.

– Aujourd'hui même ?

– Non, sur l'instant. Mrs Isbister a le sommeil lourd, mais elle peut s'éveiller bientôt, et lui, revenir d'un instant à l'autre.

Il ne nous fallut guère de temps pour nous apprêter à quitter la maison, car nous ne possédions que bien peu de chose : une seule tenue de rechange chacun, des draps et couvertures, ainsi que quelques assiettes, tasses, couteaux et fourchettes. Cependant que ma mère s'habillait, je fis deux ballots de nos humbles richesses, enveloppant soigneusement la vaisselle dans les vêtements afin de ne pas faire le moindre bruit lorsque nous sortirions de la maison. Lorsque tout fut prêt et que nous eûmes laissé la chambre aussi vide qu'à notre arrivée, ma mère contempla avec tristesse les diverses pièces de linge qu'elle avait confectionnées pour Mrs Isbister.

– Johnnie, crois-tu qu'il serait affreusement malhonnête d'emporter quelques-uns de ces ouvrages ?

– Et pour quel usage ?

– Elle ne m'a pas encore payé. Si j'emporte quelques pièces, cela couvrira ce qu'elle me doit pour les derniers jours de mon travail. Et peut-être un peu plus, car je crois qu'elle ne me rétribue pas au juste prix.

– Mais ce serait du vol, maman ! me récriai-je.

Elle me regarda, comme si je venais de lui rappeler une vérité première.

– Oui, admit-elle. Tu as raison.

Tout à coup elle fondit en sanglots :

– Que m'arrive-t-il ? fit-elle. Comment ai-je pu songer un seul instant à une chose pareille ?

– Chut ! murmurai-je.

Elle me regardait, l'air égaré, et, sans prendre davantage garde à baisser le ton, elle ajouta :

– Tu sais, il m'arrive parfois de penser à des choses horribles. À des choses que je n'ose te confier.

– Vous allez réveiller Mrs Isbister ! déclarai-je, au désespoir.

Ce propos parut la faire se ressaisir, et elle retrouva son calme.

– Pressons-nous, dis-je. Il se fait tard.

Le jour entrait par les volets barrés (que nous devions fermer chaque soir, car la fenêtre était dépourvue de rideaux) et on entendait dans la rue marcher des passants. Chargés de nos ballots, nous descendîmes en silence.

Mrs Isbister ronflait toujours comme un hérisson (c'était là une expression dont naguère Sukey usait volontiers), et nous n'éprouvâmes aucun mal à refaire en sens inverse, dans la demeure malodorante, le chemin que j'avais pris quelques heures auparavant. J'ouvris la fenêtre de la cuisine et aidai ma mère à en franchir l'appui. Après quoi, je lui remis nos ballots.

Peu après, dans la fraîcheur aigrelette du petit matin, nous marchions sans encombre en direction de Bethnal Green Road lorsque j'entendis s'approcher une charrette, à deux rues de celle que nous venions de traverser. J'entraînai ma mère sous un porche, pour le cas où il se fût agi de Mr Isbister, et j'eus toutes les raisons de me féliciter d'avoir pris pareille précaution car, lorsque le véhicule passa devant nous, c'est lui que je vis perché sur son siège, tenant les rênes, les traits décomposés par la hargne. Son surtout était couvert de terre, ainsi que son visage. Il avait un œil tout gonflé, mi-clos, et sur la tempe gauche une grosse ecchymose violacée. Tandis que j'entendais s'éloigner le triquetrac de la charrette, je ressentis un profond soulagement à l'idée de ne plus être à la merci de cet homme.

Je regardai ma mère, m'attendant à la voir s'étonner du piètre état dans lequel nous venions de surprendre Mr Isbister, mais elle ne me demanda rien, et nous nous empressâmes de nous remettre en marche lorsque le véhicule eut contourné le coin de la rue.

Il nous restait maintenant à traverser d'est en ouest la métropole dans presque toute son étendue, et nous n'avions en tout et pour tout que huit pence pour subsister. Il nous était pénible de porter nos ballots, mais à tout le moins s'annonçait une belle journée d'été et point n'était besoin de nous hâter.

Nous progressions avec lassitude, mille après mille, faisant halte de temps à autre pour prendre un peu de repos, et une fois même pour acheter une petite miche de pain. Nous n'en mangeâmes que la moitié, car c'était l'heure de déjeuner, gardant l'autre pour notre repas de midi. À présent il ne nous restait plus que quatre pence, somme qui selon moi nous suffirait à gagner le logis de Miss Quilliam, mais il me déplaisait fort de songer que nous allions arriver chez elle comme d'abjects mendiants.

– Je connais cet endroit, fit ma mère, alors que sur le coup de midi nous approchions de Temple Bar. Mon père m'y amenait souvent lorsque j'étais petite et qu'il y venait voir son homme de loi.

Et d'ajouter amèrement, après un moment de silence :

– Comme cela est étrange de marcher dans cette rue telle une pauvresse, alors que c'est de l'intérieur d'un luxueux carrosse que je l'ai vue pour la dernière fois. À cette époque, j'ignorais l'existence de ces ruelles.

Elle se tourna vers moi :

– Johnnie, si tu savais quel affreux cauchemar j'étais en train de faire quand tu m'as éveillée ! Mon père me tendait les bras et j'ai cru que c'était pour m'accueillir, car il me semblait sourire mais, en m'approchant de lui, je le voyais couvert de sang, la bouche tordue comme s'il souffrait mille maux.

Elle frissonnait.

– Avez-vous froid, maman ? demandai-je. Pourtant la journée s'annonce si belle !

– Comme mon père serait chagrin s'il nous voyait en cet état ! soupira-t-elle. Lui qui nourrissait tant d'espoirs pour ses héritiers...

– Quels espoirs ? Et pour quelles raisons ?

Elle refusa de m'en apprendre davantage, mais ce qu'elle venait de dire, j'en eus la conviction, se rapportait au codicille.

Lorsque nous fûmes devant Northumberland House, à l'extrémité ouest du Strand, de nouveau elle parla de son père. Il habitait tout près de cet édifice, me dit-elle, et c'était pour cette raison-là qu'elle connaissait si bien ce canton. Mais négligeant mes supplications, elle ne voulut pas me montrer la rue où s'élevait autrefois la maison de son enfance.

– Mon grand-père m'a-t-il connu ? demandai-je.

– Non, tu n'étais pas encore né quand il... quand il est mort.

– Quand est-il mort ?

– Neuf ou dix mois avant que tu ne viennes au monde.

– Et de quoi est-il mort ?

Elle m'agrippa le bras, et c'est d'une voix bouleversée qu'elle me répondit :

– N'insiste pas, Johnnie. Un jour tu le sauras, je te le promets.

Pour lui changer les idées, j'arrêtai un employé de bureau jeune et bien mis pour lui demander notre chemin.

Il nous contempla avec une curiosité manifeste.

– Orchard Street? fit-il. Oui, je connais. Mais ça se trouve dans l'Arpent du Diable!

À ces mots ma mère m'observa avec stupeur, mais j'évitai son regard.

– Pourriez-vous nous dire comment nous y rendre? demandai-je.

– Continuez tout droit et fiez-vous à votre nez. Rien qu'à l'odeur vous pourriez trouver l'endroit les yeux fermés.

– Je me demande pourquoi il nous a dit cela, déclara-t-elle, accablée.

Je me dispensai de lui répondre: je croyais avoir compris que l'explication coulait de source. Et j'étais dans le vrai, car les ruelles que nous suivions se faisaient de plus en plus pitoyables, ignobles, tandis qu'une puanteur prenante, insidieuse, envahissait davantage nos narines à chacun de nos pas.

V

L'Arpent du Diable occupait alors les limites occidentales de Londres: par-delà s'étendait un canton inhabité, marécageux, glaiseux, que l'on désignait du nom de Neat Houses [1], et plus loin encore la terre désertique des Quatre-Champs. À l'est de ce canton se dressaient le palais de Westminster et l'ancienne Abbaye; son doyen et son chapitre, depuis fort longtemps, d'après les plus anciennes archives, étaient propriétaires de l'Arpent du Diable, de sorte qu'en vertu du droit d'asile les malfaiteurs y avaient jadis trouvé refuge.

Orchard Street, où nous nous trouvions à présent, était l'une des principales artères de cet infortuné canton, et bien que ses maisons eussent été fort belles du temps où on les

1. Littéralement: «les Étables».

avait bâties, depuis des années elles servaient d'abri aux plus misérables des gueux. Les fenêtres étaient brisées, couvertes de papier ou colmatées de paille, les portes d'entrée avaient disparu, des gouttières, des tuyaux d'évacuation destinés aux eaux usées pendaient au petit bonheur sur les façades des édifices, des touffes d'herbes poussaient sous les auvents, et les toits avaient perdu leur ardoise par pans entiers. Nous étions maintenant au cœur de l'après-midi, et la rue affichait cet air aussi maussade et grincheux des noceurs qui ont passé une nuit blanche à boire plus que de raison.

La maison portant le numéro 47 était un peu moins délabrée que ses voisines. Elle était ouverte et, désormais mieux instruits des façons des petites gens, nous enfilâmes le couloir pour frapper à la première porte sur notre gauche.

Au bout d'un certain temps se présenta un homme pauvrement vêtu, qui n'entrouvrit la porte que ce qu'il fallait pour risquer un œil et nous demander ce que nous voulions.

– Nous sommes à la recherche d'une jeune dame du nom de Miss Quilliam, dis-je.

On nous fit visage de bois, et nous entendîmes l'homme interpeller quelqu'un dans la pièce. Puis il ouvrit de nouveau, si brièvement que nous n'eûmes que le temps de l'entendre nous lancer :

– Deuxième sur cour.

Après avoir gravi l'antique escalier auquel il manquait plusieurs marches et dont la rampe branlait sous la main, nous frappâmes à la porte qu'on venait de nous indiquer et, à mon vif plaisir, j'entendis une voix connue lancer : « Entrez, je vous prie. »

Je poussai le battant : c'était une vaste pièce au plafond très élevé. Malgré l'ensoleillement et la présence de deux hautes fenêtres, le logis n'était que faiblement éclairé, comme il se devait si l'on songeait que l'une des deux était, sur l'emplacement de plusieurs vitres, bouchée par des haillons, et que l'autre avait ses volets fermés. Divers ornements témoignaient encore du passé de cette grande salle : sur ses murs s'appliquaient de sombres lambris, et d'élégantes moulures soulignaient les chambranles ou rehaussaient les angles du plafond. Mais son présent révélait l'indigence de qui l'habitait. Rien qui couvrît le parquet nu, presque rien en guise d'ameublement. Mais tout était propre et net.

Une femme vêtue de gris se tenait près de la fenêtre aux volets ouverts. Elle était assurément occupée à coudre lorsque nous avions frappé, car elle venait d'interrompre son ouvrage pour nous dévisager. M'approchant d'elle, j'eus grand-peine à reconnaître la personne jeune et jolie que j'avais rencontrée un peu moins de douze mois auparavant. Elle avait les traits tirés, pâlis, et ses yeux semblaient lui manger le visage. Nous nous observâmes pendant un court instant, comme si ma physionomie lui était aussi peu connue que ne me l'était la sienne. Elle restait debout sans bouger tandis que nous avancions vers elle.

– John ! s'écria-t-elle soudain. Vous et votre mère !

Sa voix, elle, n'avait pas changé et, en l'entendant, le souvenir de cette journée d'été à Hougham me revint brusquement en mémoire.

– Venez plus près, fit-elle.

Je m'approchai ; posant son ouvrage, elle prit mes mains dans les siennes, puis se pencha vers moi pour m'effleurer la joue de sa bouche.

– Vous n'êtes pas assez avancé en âge, j'espère, que je ne puisse vous donner un baiser, dit-elle. Et pourtant, comme vous avez mûri depuis ce jour où je vous ai rencontré ! Mais rassurez-moi vite : avez-vous des nouvelles de cette pauvre Henrietta ?

Je lui contai notre dernière rencontre et lui rapportai ce que Henrietta m'avait dit ce jour-là : qu'on allait l'envoyer à Bruxelles.

– Dans un couvent de religieuses ! s'exclama Miss Quilliam. Certes, au moins, elle sera au loin ! Mais je manque à tous mes devoirs ! reprit-elle. Où ai-je donc la tête ?

Elle se tourna alors vers ma mère pour lui tendre la main. Ma mère la lui prit, hésita un instant tout en dévisageant l'ancienne gouvernante, puis lui jeta ses bras autour du cou, éclatant en sanglots.

– Désormais vous êtes en sûreté, ma chère, totalement en sûreté, fit Miss Quilliam comme si c'était elle l'aînée des deux, tout en me regardant, inquiète, par-dessus l'épaule de ma mère.

Je me sentais partagé entre l'orgueil de bénéficier d'un pareil appui et la honte de voir ma mère se conduire comme elle le faisait.

– Enfin nous avons trouvé une amie, déclara celle-ci, toute en larmes.

– Oui, affirma Miss Quilliam en faisant s'asseoir ma mère auprès d'elle. Et que d'astuce il aura fallu à Johnnie pour me trouver ! Je ne saurais vous dire combien j'ai été surprise de recevoir votre lettre. Comment avez-vous bien pu vous y prendre ? ajouta-t-elle à mon intention.

– En interrogeant le clerc du Bureau général de placement, proclamai-je fièrement.

Elle me lança un regard étonné, comme sur le point de formuler quelque chose.

– Mais vous avez longuement marché et devez avoir grand-faim ! s'exclama-t-elle. Vous allez prendre quelque chose.

– Miss Quilliam, dis-je en observant la pièce et ne sachant trop comment m'exprimer sans l'offenser. Je vois que votre situation n'est pas des meilleures ; quant à nous, nous en sommes réduits à la mendicité. Nous n'avons que quatre pence en poche.

– En ce cas, je suis bien plus riche que vous. Plus de cent fois. J'ai trois souverains et quelques shillings. Suffisamment de fortune pour nous tous.

Je vis alors ma mère, lasse et affamée par les épreuves de la journée, ressentir un regain d'espoir en écoutant parler notre amie fraîchement révélée. Aussi cessai-je de protester.

Laissant ma mère assise sur le banc, près de la fenêtre, Miss Quilliam se leva pour traverser la pièce, et c'est alors que je remarquai sa maigreur, sa maigreur extrême. Inquiet, je la vis faire quelques pas, chancelant presque, puis rassembler son peu de force et regagner son siège.

Elle eut une espèce de tressaillement et, nous voyant déconcertés, fit de son mieux pour sourire.

– J'ai été malade, déclara-t-elle, mais je me sens bien plus solide, et j'en viens à oublier l'état de faiblesse qui a été le mien.

– Je vais faire le thé, proposai-je. Dites-moi où je trouverai le nécessaire.

Elle y consentit, et sur ses indications je disposai une bouilloire dans un coin du vaste foyer où étaient tassées quelques braises, puis je mis à griller des tartines tandis que le thé infusait. C'était là tout ce qu'il y avait comme provisions, à la réserve d'un petit pot de lait et d'un cruchon de grès.

Plus tard, tandis que nous nous restaurions, ma mère et moi entreprîmes, à l'invite de notre hôtesse, de lui résumer notre histoire, sans rien omettre des faits d'importance, à ceci près que ni l'un ni l'autre ne jugeâmes indispensable de lui dire que nous possédions un document que d'autres entendaient obtenir à tout prix. L'idée de ne pas tout dévoiler à notre amie me rendait un peu fautif, mais il me semblait que la prudence commandait de ne mentionner à personne l'existence du codicille.

Je voyais bien que Miss Quilliam s'alimentait fort peu; tandis que ma mère et moi nous appliquions à nous restaurer, elle se tourna vers moi :

– Auriez-vous l'obligeance de m'apporter cette cruche et le verre qui se trouve à côté, là, sur la cheminée ?

Je m'exécutai et elle se versa une mesure.

– Je trouve que cela me redonne un peu de mes forces, fit-elle.

Elle demanda à ma mère si elle en voulait elle aussi, mais ma mère me regarda, timide, et déclina l'invitation.

Après quoi Miss Quilliam nous posa diverses questions pertinentes mais nullement inquisitrices.

– Vous me dites être complètement démunis, déclara-t-elle. Cependant, je sais que vous possédez au moins quelque chose de prix.

Ma mère me lança un regard alarmé qui disparut lorsque Miss Quilliam poursuivit :

– Je parle de vos vêtements. Cela vous rapporterait plusieurs livres.

– S'il faut en venir là, nous avons quelque chose qui a encore bien davantage de valeur, reprit ma mère.

Craignant de la voir, de guerre lasse, mentionner l'existence du codicille, je l'interrompis promptement :

– Oui, certes, maman, montrez votre médaillon à Miss Quilliam.

– Non, Johnnie, pas cela, je vous en prie ! se récria-t-elle.

Je lisais le déchirement sur son visage tandis que Miss Quilliam, étonnée, nous regardait tous les deux tour à tour.

Pourtant, ma mère finit par porter la main vers son cou pour montrer le médaillon à notre hôtesse.

– En cas d'absolue nécessité, dit-elle, je pourrais en tirer de l'argent.

– Assurément, fit Miss Quilliam, qui examinait attentivement la pièce d'orfèvrerie. Assurément, cela vaut plusieurs livres.

Ma mère remit en place le bijou en me regardant d'un air de reproche:

– Pour ce qui est de l'avenir, déclara Miss Quilliam, je vous viendrai en aide dans toute la mesure de mes moyens. Mais comme je vous l'ai dit dans ma lettre, je crains fort d'être bien démunie moi aussi. Il va de soi que vous pourrez rester ici autant que vous le souhaiterez. D'ailleurs, cette pièce est beaucoup trop grande pour moi.

– C'est très aimable à vous, dit ma mère.

– Pas le moins du monde. Il était dans mes intentions de la sous-louer, et vous me voyez ravie de vous avoir pour locataires. Il y a un lit (elle désigna une paillasse dans un coin), et Johnnie pourra dormir à côté.

– Quelle sera la part de loyer que nous aurons à vous payer? demandai-je.

– Voyons, Johnnie, dit ma mère, Miss Quilliam ne songeait pas à cela.

– Bien sûr que si, affirmai-je.

– Je n'ai qu'un souhait: celui de mettre cette pièce à votre disposition pour rien. Mais que diriez-vous de deux shillings?

– C'est fort peu, déclarai-je. Mais c'est encore trop pour nous, car je ne sais comment nous allons nous y prendre pour gagner quelque argent.

– Vous me dites que vous travailliez toute la journée pour cette femme, dit Miss Quilliam à ma mère. De l'autre côté du palier, de braves gens me donnent à moi aussi de l'ouvrage à faire. Peut-être pourraient-ils vous en trouver pareillement? Mr Peachment est tailleur à façon. Sa femme et lui m'ont témoigné beaucoup de bonté. Depuis plusieurs mois je subsiste grâce à des travaux d'aiguille, en les aidant à confectionner des habits que leur commande le propriétaire d'une boutique ayant pignon sur rue. Je leur dois beaucoup. Ils m'ont sauvé la vie car, voyez-vous, peu de temps après mon arrivée ici je suis tombée malade et c'est Mrs Peachment qui m'a soignée. Demain je vous les ferai connaître. Peut-être auront-ils de l'ouvrage à vous donner... au moins pendant le temps que durera la saison.

– Vous êtes fort gracieuse. Mais avez-vous perdu tout espoir de retrouver un emploi de gouvernante ? demanda ma mère, surprise par les propos de Miss Quilliam.

Celle-ci ne sembla pas entendre, et ma mère ne répéta pas son interrogation, tant étaient nombreuses les autres questions et réponses qu'il nous restait à nous faire mutuellement.

Peu après cependant, ma mère et moi étions si exténués qu'il fut décidé que l'heure était venue de nous reposer. Il ne nous fallut guère de temps pour défaire les deux ballots contenant tout ce que nous possédions. Une fois nos biens disposés dans la pièce, c'est tout juste si celle-ci paraissait moins nue.

Je pris mes aises dans le réduit, guère plus qu'une petite alcôve, comme il s'en trouve dans les demeures datant de cette époque. Miss Quilliam me donna un matelas rembourré de paille, sur lequel j'étendis un drap. Puis je me glissai sous l'une de nos deux couvertures.

J'écoutai un moment le chuchotement des deux femmes, puis je m'endormis. Plus tard, en m'éveillant, ou à la faveur d'un demi-éveil, il me sembla entendre sangloter, tandis que le son d'une voix douce donnait l'impression de s'élever et de s'épuiser tour à tour. Je dormis mal, car durant toute la nuit des bruits divers me parvenaient de la rue, aussi bien que des escaliers et du reste de la maison, tapage où se mêlaient des rixes et des chants d'ivrognes. Quelqu'un avait même tambouriné du poing contre la porte pour tenter d'entrer.

TROISIÈME PARTIE

DES BIENFAITEURS DISCRETS

I

Le lendemain matin, conduits par Miss Quilliam, nous allions faire la connaissance des Peachment. Au premier coup d'œil, ce qui me frappa dans leur logis fut de le voir à ce point bourré de meubles, rapporté au vide de chez Miss Quilliam ; cependant je compris vite que la pièce n'était pas plus vaste, mais servait en même temps de cuisine, de chambre à coucher, de salle commune et d'atelier pour les parents Peachment et leurs enfants – sept, pas moins, le plus jeune n'étant encore qu'un bambin et l'aîné ayant quasiment atteint l'âge adulte. Tous, du reste, se trouvaient réunis au moment de notre visite. Un grand souci de l'ordre et d'absolue propreté régnait en ce lieu, que rétrécissaient encore de vieux tapis d'Orient râpés suspendus à des cordes tenant aux murs à l'aide de clous et qui servaient à isoler un coin de la salle : je songeai immédiatement à la caricature misérable d'une tente des *Mille et Une Nuits*.

Sept heures n'avaient pas sonné, et déjà tout ce monde était à l'ouvrage : garçonnets et fillettes tiraient des poupées de patrons de feutre qu'ils taillaient et cousaient, tandis que les plus âgés, surveillés par les parents, faufilaient des pièces d'étoffe et brodaient des boutonnières.

Mr et Mrs Peachment nous reçurent avec affabilité. La douceur de leur parler de l'Ouest tintait agréablement à mon oreille encore pleine des inflexions marquées du langage londonien, qui accentue si fort les mots, que l'accent monte ou descende.

– Je peux vous donner du travail à façon pour le tailleur, déclara à ma mère Mr Peachment quand il fut informé de notre situation. Comme je l'ai fait pour l'autre jeune dame. Parce que c'est le moment de l'année où les affaires vont le mieux. Mais pour combien de temps, ça, je peux pas prédire, ajouta-t-il lorsque ma mère l'eut remercié. Quand le parlement ferme, et que c'est la fin de la saison, on trouve presque plus d'ouvrage à faire.

– On veut pas vous enjôler avec de fausses promesses, fit sa femme avec un sourire aimable. Si y a pas beaucoup d'ouvrage, c'est pour nous qu'on le garde en premier.

– Ici, faut se démener pour gagner sa vie, expliqua son mari d'un air pensif. À Londres, ils sont prêts à tout. Toutes les ficelles, ils connaissent.

En parlant, il appliquait un doigt sur l'aile de son nez. Au cours de la conversation, il répéta à plusieurs reprises cette même phrase, toujours accompagnée du même geste, comme pour signifier que si les Londoniens savaient effectivement tous les expédients, lui-même avait suffisamment de bon sens pour se mesurer à eux sur un pied d'égalité.

La question de ma propre embauche fut elle aussi résolue, car il se trouvait que par bonheur, comme l'expliqua le père avec une certaine fierté, on venait de proposer à l'aîné des enfants, Dick – lequel, d'un ou deux ans mon aîné, tirait quelques shillings par semaine de la vente ambulante des poupées confectionnées par les plus jeunes –, un emploi de vendeur de rues. Aussi nous fut-il proposé, à ma mère et moi, de racheter l'éventaire et le stock de poupées, en sorte que je pourrais prendre la succession de Dick.

Quel âpre, quel long marchandage nous fallut-il néanmoins avant de trouver l'arrangement convenant aux intérêts des deux parties !

– Écoutez, ne cessait de répéter Mr Peachment, on ne veut pas exiger de vous plus qu'un juste prix.

– D'après toi, ça serait dans les combien? supputait sa femme.

Ce fut alors que Dick, qui ostensiblement nous boudait, s'approcha de son père pour chuchoter quelque chose. Celui-ci secoua la tête et le garçon, mécontent, se retira à l'autre bout de la pièce.

Finalement, la médiation de Miss Quilliam aidant, il fut arrêté que j'aurais l'usage de l'éventaire à raison de cinq pence la semaine et que la poupée que je devrais écouler à dix shillings pièce m'en coûterait quatre. Il était prévu en outre que Dick m'accompagnerait dans les rues le matin même afin de m'initier à son art mystérieux.

Dès que Miss Quilliam eut remis aux Peachment, en notre nom, la somme dite, je sortis avec Dick, portant sur mon dos le pesant éventaire.

– Le vieux et la vieille, i' s' font posséder, lança-t-il d'un ton maussade.

Il attendit que nous eussions gagné l'extrémité de la rue pour continuer :

– Ils auraient pu tirer de vous un paquet de rab.

Je relevai au passage que son parler sonnait déjà très londonien pour quelqu'un dont la famille venait du Dorsetshire.

– Un juste prix... grommela-t-il. Moi, je leur ai dit que le juste prix, c'était celui qu'ils vous feraient casquer. Seulement voilà, eux, c'est pas comme ça qu'ils le voyent.

D'un coup de pied il chassa un caillou.

Encouragé par tant de volubilité, je lui posai diverses questions à propos de mon nouveau métier, mais il ne me répondit pas. Nous allâmes ainsi sans rien dire (j'avais du mal à marcher du même pas que lui, qui n'avait rien à porter) jusqu'à l'angle de Fleet Street et de Chancery Lane, où se pressait encore une foule de travailleurs retardataires, car il était huit heures largement passées.

– Ton emplacement, le v'là, me dit-il alors. Seulement, si tu veux pas le paumer, t'as intérêt à arriver plus matin que ça.

– Qu'est-ce que je dois faire ? demandai-je.

À ma grande surprise, il se précipita sur un des articles et, le brandissant furieusement au-dessus de sa tête, se mit à clamer à pleine voix :

– Poupées à vendre ! Qui veut une jolie poupée ?

Puis il rejeta son spécimen sur le plateau de l'éventaire.

– Voilà. Tu fais comme ça. Et gaffe bien les indics qui viendront te réclamer leur ristourne !

– Qu'est-ce que cela veut dire ? demandai-je.

– Dieu de dieu ! Qui m'a fichu une cruche pareille ! s'exclama-t-il comme s'il s'adressait à un auditeur imaginaire. Je vais pas y passer la journée. Ou tu t'y mets ou tu t'y mets pas.

Sur ce, il s'éloigna sans se retourner.

À présent que j'étais mis en demeure de faire mes premiers pas sur la scène du négoce, il me parut horriblement difficile d'élever la voix pour crier ma marchandise, convaincu d'être ridicule si je m'y essayais. Enfin je réussis à m'y contraindre, étonné de constater que les passants, loin de s'arrêter pour railler mes pauvres couinements, continuaient de leur pas pressé sans même jeter l'œil sur moi. Alors je me mis à vociférer de plus belle, et même à interpeller le passant, mais au bout d'une longue matinée je ne m'étais débarrassé, en tout et pour tout, que d'une unique poupée.

J'étais installé depuis une heure environ quand survint un curieux incident : deux hommes, un grand maigre aux traits durs et un autre au gros visage rougeaud, m'abordèrent.

– Hé ! le môme, tire-toi ! m'intima le premier. Ici c'est notre secteur.

– Mais… comment cela ? demandai-je.

– Écoute, mon gars, c'est à nous qu'i' r'vient de s'occuper des rues de ce canton-là, poursuivit l'autre, le joufflu.

Et d'ajouter sur le ton de la confidence :

– Une supposition qu'y en ait un qui veuille travailler par ici, faut d'abord qu'il s'entende avec nous.

– Mais c'est injuste ! m'écriai-je. Les rues appartiennent à tout le monde !

L'homme se pencha pour approcher son visage du mien.

– Tire-toi, que j' te dis, ou sinon tu vas t'attirer du vilain.

Ils s'éloignèrent et, indigné par cette entrave à la liberté naturelle d'un Anglais de naissance, je persistai dans mon activité de débitant. D'ailleurs, je ne tardai pas à oublier l'incident : j'avais découvert quels graves ennuis me causaient en permanence les chenapans des rues qui parfois s'approchaient de moi pour s'emparer subrepticement d'une de mes poupées avant de détaler à toutes jambes, de sorte qu'il me fallut un certain temps pour apprendre à les tenir à l'œil et à tourner mon éventaire vers le mur tant que j'en voyais un à proximité.

Au début de l'après-midi, un policier vint me trouver pour me signifier de déguerpir. Je protestai, lui affirmant que j'avais acquis du précédent occupant le droit de me tenir sur cet emplacement. Il eut un sourire affable.

– Et vous vous imaginez que ce droit de place, il ne l'a pas acquitté ? me dit-il.

– Alors, je le paierai moi aussi, déclarai-je.

Il eut un hochement de tête entendu, puis s'éloigna.

Un peu plus tard ses deux compères se présentèrent de nouveau, et quand je leur affirmai n'avoir vendu qu'une seule poupée, ils acceptèrent de ne percevoir que deux pence, considérant que je n'étais qu'un débutant.

Ce jour-là je ne vendis rien d'autre, et c'est épuisé, le moral en miettes, que je regagnai notre logis, où je retrouvai ma mère et Miss Quilliam s'affairant à tirer l'aiguille.

– Il est l'heure de s'arrêter, non? demanda ma mère à Miss Quilliam une fois qu'elle m'eut accueilli.

– Grands dieux non! Pas encore.

– Mrs Isbister me faisait cesser mon ouvrage à sept ou huit heures, protesta-t-elle.

Elles continuèrent, cependant que j'apprêtais un maigre souper de harengs et de pommes de terre froides. Alors seulement Miss Quilliam décréta qu'il était temps de mettre un terme à la besogne.

Ma mère et moi bûmes de la petite bière pour accompagner notre repas. Quant à Miss Quilliam, elle se saisit d'un gobelet qu'elle emplit à la cruche de grès, puis elle y versa un peu d'un liquide sombre conservé dans une petite fiole.

Toutes deux se remirent à l'ouvrage; j'en profitai pour examiner la bibliothèque – trois volumes écornés –, et me plongeai dans un roman historique de Sir Walter Scott, dont je lus quelques pages.

Miss Quilliam, l'humeur réconfortée, m'annonça d'une voix vibrante:

– Je vous apprendrai, Johnnie. Ce sera comme dans le temps avec Henrietta. J'adore enseigner.

Nous la remerciâmes, et ma mère continua par une question:

– Comment supportez-vous de mener cette existence alors que vous pourriez de nouveau trouver un emploi de gouvernante?

Levant les yeux, Miss Quilliam, dont le visage avait quelque peu rougi, répondit :

– C'est hier, n'est-ce pas, que vous m'avez dit avoir appris d'un bureau d'enregistrement de Wigmore Street mon ancienne adresse, chez Mrs Malatratt ?

Nous acquiesçâmes silencieusement, et de nouveau elle nous regarda, mal à l'aise eût-on dit.

– Je ne sais quels mensonges on a pu vous raconter sur mon compte...

Elle s'interrompit. Ma mère et moi nous nous dévisagions, et nos mimiques traduisaient notre étonnement.

– On ne nous a parlé de rien, fit ma mère.

– Voilà qui me soulage, dit Miss Quilliam, laquelle ajouta un brin fiévreusement : En vérité, lorsque pour la première fois je suis venue à Londres, je me suis fait héberger chez Mrs Malatratt. Ensuite, entrant au service de Sir Perceval et de Lady Mompesson, j'ai quitté sa maison en y laissant quelques caisses, afin d'être certaine de les y retrouver. Mais quand je suis revenue ici l'été dernier après avoir quitté mon emploi, Mrs Malatratt a refusé de me restituer ce qui m'appartenait.

– Mais... pour quelle raison ? demanda ma mère.

– Oh ! elle a prétendu que... Elle a exigé de moi une indemnité pour avoir occupé de la place avec mes bagages, une somme exorbitante. Mais quand je suis retournée chez elle la semaine passée et que j'ai trouvé votre billet, Johnnie, elle m'a enfin laissé emporter mes affaires. Elles n'avaient pas grande valeur, et j'ai dû les vendre pour payer les dettes contractées durant ma maladie.

Nous n'avions point à en entendre autant, et la conversation tourna court, maintenant que Miss Quilliam offrait à ma mère de goûter au contenu de sa cruche, qu'elle regarda d'un œil morose. Elle s'empourpra en voyant que je l'observais et, d'une voix qui sonnait un peu comme une provocation alors qu'elle emplissait son verre :

– Cela me redonne des forces et m'aide à dormir, déclara-t-elle.

Le lendemain je fis dans les rues des affaires un rien plus prospères, et les jours et les semaines qui suivirent m'apportèrent une expérience propre à déjouer les mille embûches qui me guettaient. Je ne vendis cependant que fort peu de poupées, pour un profit hebdomadaire qui devait avoisiner les deux ou trois shillings.

Au début, Miss Quilliam tint parole et j'eus tout loisir de découvrir l'excellence de ses talents d'éducatrice : je rentrais, nous soupions, et alors elle sortait ses livres. Mais j'avais peine à puiser en moi la force de me consacrer à cet apprentissage après avoir passé toute la journée dans les rues, et de son côté elle était elle aussi exténuée par un travail qui l'avait occupée du lever du jour à la tombée de la nuit. Mais si d'ordinaire elle reprenait vie après souper (encore qu'elle mangeât fort peu), il lui arrivait fréquemment de tomber dans une vive agitation qui l'empêchait de fixer son esprit sur mes exercices et l'obligeait à faire les cent pas en parlant d'abondance. Ensuite, au bout d'une heure ou deux, elle manifestait des signes tout à fait contraires et s'assombrissait, pour finir par s'effondrer, prostrée. En sorte qu'après quelques semaines mes leçons ne furent plus que des épisodes intermittents.

Nous avions, certes, toutes les raisons du monde de témoigner de la gratitude à Miss Quilliam, mais notre situation n'en demeurait pas moins extrêmement précaire. Combien de fins de semaine nous trouvèrent totalement démunis, incapables de payer notre quote-part du loyer au gérant que le propriétaire envoyait en tournée d'encaissement, et vivant sur la maigre réserve en capital de Miss Quilliam ! Ce qui nous aidait aussi à subsister, c'était le crédit que nous consentait l'épicier du quartier, tenancier d'une minable boutique, qui chaque semaine recevait de nous une petite somme soulageant notre dette sans jamais l'éponger, de sorte que nous devions nous fournir très cher en très mauvaises denrées pour éviter, selon les avertissements de Miss Quilliam, d'avoir à acquitter d'un coup notre ardoise s'il nous prenait la fantaisie d'acheter ailleurs.

Je supportais de moins en moins les fréquents reproches de ma mère regrettant la vie que nous avions dans la maison Isbister, tellement plus douillette, à l'entendre, et d'être tenu pour responsable de ce changement. En outre, par nature portée à la dépense et à l'extravagance, elle s'était forgé une idée fixe, obtenir de l'argent, et elle répugnait à partager le peu qu'elle gagnait. Ce qui m'irritait au plus haut point, c'est qu'elle était persuadée que les Peachment, pourtant manifestement honnêtes et généreux, cherchaient à profiter d'elle en payant en dessous du marché l'ouvrage qu'elle leur rendait, et de temps à autre il lui arrivait même de se plaindre à moi de ce que Miss Quilliam la faisait travailler trop dur. Ses dispositions oscillaient de l'extrême accablement à l'insouciance, et souvent, lorsque le soir je rentrais de ma longue journée passée dans la rue, je me réjouissais de la trouver dans un étonnant entrain, qui bien entendu ne devait pas tarder à se dissiper. Sa santé ne pouvait que pâtir de ses usages, là-dessus j'étais pleinement lucide, même si la vérité devait mettre plusieurs mois à éclater, et me sauter aux yeux un beau soir où je compris combien cette existence l'avait minée.

Plus je découvrais notre voisinage, plus je mesurais la profondeur de la détresse où se débattaient les gens qui n'avaient pas, comme nous, la ressource d'être assez valides pour grapiller de quoi vivre. Derrière ces vieilles rues, pour la plupart dénuées de lumière, exemptes de guet comme de ramassage des détritus, se retranchait la misère la plus abjecte. La puanteur où baignait le canton se complétait des miasmes que dégageaient non seulement diverses brasseries, mais encore et surtout les réservoirs de la *Compagnie du gaz, de l'éclairage et des charbons*, usine située dans Great Peter Street, et que ma propre destinée, un jour encore lointain, était appelée à croiser par des chemins obliques. Le dédale des ruelles sordides était de surcroît un repaire de gredins, et les déshérités n'étant pas sans savoir que le risque diminue à proportion du rang de la victime, partout des vide-goussets infestaient les rues, et de vigoureux mendiants forçaient ouvertement la charité en plein jour. Miss Quilliam nous avait mis en garde contre les bandes d'hommes armés qui parfois obstruaient les passages à chaque bout afin de «prendre d'assaut» les boutiques, telle une armée de croisés, tandis que leurs compères dévalisaient les passants.

Ainsi s'écoula l'été. Nous nous éveillions peu après cinq heures et, tandis que ma mère et Miss Quilliam se mettaient à l'ouvrage, j'allais dans l'arrière-cour puiser de l'eau à la pompe, me lavais dans une auge de zinc près de la citerne, puis regagnais notre logis pour allumer du feu et faire chauffer la bouilloire. Nous déjeunions en toute hâte, et vers les sept heures je partais me poster dans l'une ou l'autre des rues de mon «emplacement», qui menaient des faubourgs à la City. Au début et à la fin de la journée, mes meilleurs clients étaient des employés ou des commis, mais un peu plus tard dans la matinée et le début de l'après-dînée, c'était en parcourant les rues du West End, là où se trouvaient les boutiques de bonne tenue, que je continuais ma «tournée».

Un matin, constatant que la City était quasi déserte, je décidai de fermer boutique et de rentrer. Dans le quartier de Westminster, la foule endimanchée paraissait se diriger vers un même but. Curieux de comprendre, je m'enquis auprès d'un badaud.

– Tu sais donc pas que c'est la fermeture du parlement, me répondit-il avec un petit rire sarcastique, comme si seul un simple d'esprit pouvait ignorer l'événement.

Voilà donc pourquoi la City était abandonnée ! Au long de la voie conduisant de Saint-James à Westminster, tout un concours de peuple assistait au passage du cortège royal, et un détachement de cavalerie veillait à protéger Sa Majesté, qui avait déjà eu à pâtir de l'émotion des masses. Tout près de notre rue je tombai sur un petit théâtre, simple caisse en bois toute bariolée, ornementée de banderoles et de rubans multicolores : dans les premiers rangs du public se tenaient des enfants accompagnés de leur bonne ou de leur gouvernante et, en retrait, un petit groupe de gamins des rues.

Sur la scène, le ménage des Punch continuait sa vieille querelle, le père et la mère tiraillant chacun par une extrémité leur bébé, qui courait grand danger, on pouvait le deviner, d'être défenestré par le papa.

– Tête en l'air ! Imprévoyante ! vociférait Mr Punch d'une voix nasillarde. Jamais t'aurais dû mettre ça au monde ! Tu penses à rien !

Sur ces mots, il jeta sa progéniture à sa femme, qui s'en saisit en l'attrapant par le cou.

– Affreux monstre, tu n'éprouves donc aucun amour pour ton propre enfant ? répliqua Mrs Punch d'une voix beaucoup plus grave que celle de son époux.

– Tu veux que j'aime quelque chose qui va contre mes intérêts ? fit ce dernier. J'ai pas les moyens de nourrir une bouche de plus.

– Qu'est-ce que ça peut te faire, ce que ça coûte ? rétorqua la dame. On dirait que tu touches pas les allocations de la paroisse !

– Écoute, femme, c'est justement cela qui met le pays sur la paille et qui va tous nous conduire à la ruine, riposta Mr Punch d'une voix plus basse et beaucoup mieux articulée.

– Tu dis des bêtises ! s'écria Joan. La richesse, c'est pas ça qui manque. Ça fait que les riches doivent secourir les pauvres. C'est normal. Tiens, tu prends Lady Decies, dix mille livres à l'année, elle a, je le sais, alors…

Le tour que prenait la représentation provoquait de plus en plus de remuement chez le jeune public, au point que certains spectateurs commençaient de quitter leur place.

– Je te vois venir avec ton Équité ! coupa Mr Punch. Je ne veux pas entendre parler de ça ! Une révolutionnaire, une terroriste, voilà ce que tu es !

Cet exorde fut interrompu par une voix provenant de l'arrière de la petite scène, et qui ressemblait étrangement à celle de Joan :

– Mais vas-y, frappe-moi, espèce d'idiot !

Sur l'instant Mr Punch leva son gourdin pour en donner un grand coup sur la tête de sa femme, ce qui déchaîna des hurlements de rire parmi les enfants qui étaient restés. À leur grand ravissement, Mrs Punch se servit de son rejeton comme d'une arme dont elle se mit à frapper à coups répétés la tête de son mari. Tandis que Punch et Joan continuaient de se battre, ni l'un ni l'autre ne disait rien, mais on entendait l'éclat d'une vive querelle derrière le petit théâtre. Trop étouffées, les voix ne pouvaient être perçues distinctement, sauf, par intermittence, quelques bribes de phrases : « droits à la propriété… irresponsabilité… population… », qui parvenaient aux oreilles.

Tout à coup, Mr Punch cessa de rosser sa femme à coups de trique pour s'adresser d'une voix glapissante à ce qu'il restait du public :

– Hé, les enfants ! Avez-vous jamais pensé à la relation qui unit les moyens de production et la croissance de la population ?

Je vis plusieurs bonnes et gouvernantes échanger des regards scandalisés, et en un rien de temps il ne resta plus sur les lieux qu'une poignée de garnements goguenards. L'épouse de Mr Punch continuait de se servir du nouveau-né comme d'une matraque, mais son époux se souciait comme d'une guigne des coups qu'il recevait.

– Alors réfléchissez bien à ce principe et à ses terribles conséquences, et vous comprendrez que si nous nous flattons de jouir d'un régime où nous sommes maîtres de nos destinées, en vérité nous sommes démunis de tout pouvoir, déclara-t-il d'une voix vibrante de passion : une voix indubitablement redevenue celle d'un homme ordinaire.

Pendant qu'il parlait, Joan s'éclipsa, emportant le nouveau-né et laissant seul son mari sur la scène.

– Alors, comment nous libérer ? Uniquement en nous harmonisant avec les hasards de l'existence par le libre jeu du marché.

Tandis que Punch tenait ce discours, sa femme se montra de nouveau. Maintenant arborant une casserole à la place du bébé, elle se glissa subrepticement derrière son mari.

Alors les quelques enfants qui étaient toujours là se mirent à crier :

– Attention, monsieur Punch, regardez derrière vous. Ouvrez l'œil, pauvre pantin !

– Pantin ! Voilà ce que nous sommes tous, des pantins ! repartit Mr Punch, qui semblait n'avoir retenu que ce mot.

– Tu ferais mieux de te taire, imbécile, glapit Joan en lui donnant un bon coup de casserole sur la tête.

Et c'est d'une voix plus basse, plus bourrue qu'elle ajouta :

– C'est des choses que les gens n'ont pas envie d'entendre.

Lorsque les marionnettistes finirent par se montrer pour faire la manche, je m'aperçus qu'il n'y avait plus là avec moi que quelques gamins guenilleux et hilares. Gêné, je m'empressai de m'éloigner à mon tour.

Dans la rue suivante la foule était massée sur les trottoirs, et, après avoir trouvé un bon emplacement à un carrefour, je ne pus résister à la tentation de me livrer à mon négoce.

Une heure ou deux me suffirent pour débiter plus de poupées qu'en n'importe quelle journée ; pourtant j'avais eu toutes les peines du monde à ne pas lâcher mon éventaire, et à plusieurs reprises des gamins avaient réussi à me voler non seulement ma marchandise, mais encore mon argent. Enfin le cortège royal s'en revint du parlement dans le plus somptueux défilé de carrosses qu'il m'eût jamais été donné de voir ou d'imaginer, chacun entouré d'un escadron de cavaliers chevauchant des montures de la même robe. À ce moment-là, un groupe de garçons et d'adolescents s'approcha ; l'un d'eux – un grand gaillard dégingandé, aux mâchoires proéminentes et aux yeux renfoncés – parut remarquer ma présence et me désigna à l'attention des autres. Ils se ruèrent vers moi et, tandis que la foule n'avait d'yeux que pour le cortège, renversèrent mon éventaire. C'était par facétie qu'ils semblaient avoir agi de la sorte, mais celui d'entre eux qui avait incité les autres à me bousculer s'était tenu derrière eux et, sitôt qu'ils m'eurent dépassé, il me jeta à terre d'une poussée si violente que j'en demeurai un bon moment estourbi. Me dominant de sa hauteur, il plongea la main dans mes poches pour en retirer tout l'argent que je venais de gagner. Je crois bien qu'il m'aurait frappé du pied, car déjà il avait levé une jambe pour ce faire, s'il n'avait pas été tiré en arrière de façon si inattendue qu'il perdit l'équilibre et chuta.

Le gentleman – mais s'agissait-il d'un homme de qualité ? –

regardait maintenant le garçon qu'il venait de plaquer au sol, et c'est avec bonhomie qu'il s'adressa à lui :

– Cher jeune homme, vous apprendrez comme il se doit, je l'espère, les vertus de la modération. Un coup de pied eût été une dépense d'énergie parfaitement superflue.

L'adolescent se releva en époussetant de la main la terre qui souillait sa culotte.

– J'ai qu'une chose à vous dire, répliqua-t-il d'un ton haineux : c'est que Squeezem Jack va pas vous avoir à la bonne, j'aime autant vous prévenir. Je vous le garantis. À votre place je changerais de coin, c'est moi qui vous le dis.

Puis il se releva d'un bond et se perdit dans la foule.

Ce n'est que lorsque mon sauveur me tendit la main pour m'aider à me remettre sur pied que j'eus le loisir de l'observer. Il était de haute taille, légèrement voûté, âgé de la cinquantaine environ ; je remarquai la rondeur de ses épaules et de toute sa personne. Sa mine indéfinissable évoquait, je ne puis mieux dire, la bonne humeur outragée. Sur ses pommettes rouges trônaient de petites lunettes semi-circulaires surplombées d'épais sourcils qui agrémentaient sa physionomie d'un air de surprise permanente. Son aspect, loin d'escamoter l'incongruité de sa vêture, ne faisait que la souligner : cravate nouée à la diable, bas dépareillés, barbe rasée en partie seulement. Son manteau maculé, rapiécé, était couvert d'une fine poussière et, quand je le connus mieux, je compris que l'inconvénient venait de sa façon de pétuner : lorsque, emporté par tel ou tel sujet, et Dieu sait s'il y en avait, il vibrait d'éloquence, il avait ce tic de se projeter à toute vitesse vers les narines de petites pincées d'une prise qui se répandait tout autour de lui en une poudre dorée. Il portait une vieille perruque qui lui tournait continuellement sur le crâne, en sorte que la queue lui en retombait tantôt sur une oreille tantôt sur l'autre, ce qui ne contribuait pas peu à compromettre davantage encore la fragile dignité de son apparence.

– Allons, allons, retenez-vous, Silverlight ! se mit tout à coup à crier le personnage.

Suivant son regard, je vis qu'un autre individu se tenait avec inquiétude à distance, qui portait ce que je pouvais prendre pour des planches, plus un balluchon, sans compter l'énorme caisse posée à ses pieds sur le pavé. Beaucoup plus petit et plus mince que son compagnon, il était aussi plus jeune d'une dizaine d'années. Chose surprenante pour un homme de cette taille, une tête énorme, carrée, couronnait ce corps : surtout, elle s'ornait du plus extraordinaire nez qu'il m'eût jamais été donné de voir sur une face humaine, un nez si extraordinaire que ce magnifique organe faisait de l'ombre, au propre comme au figuré, au reste de ses traits. Au contraire de son compagnon, le personnage était vêtu avec recherche, et je me dois de dire que par la suite, quelles que fussent les rigueurs de ses tribulations, pas une seule fois je ne vis sur lui autre chose que du linge impeccable et des habits d'une irréprochable propreté.

– Canaille ! Brute ! criait-il en brandissant le poing à l'adolescent qui battait en retraite. Attendez un peu que je l'attrape ! vociférait-il, tout prêt à se lancer aux trousses du fuyard.

– Du calme, noble ami, du calme ! s'écria l'homme qui m'avait aidé à me relever.

Et il me délaissa pour s'empresser d'agripper par les basques son ami ; mais celui-ci avait beau se débattre comme un diable, il ne parvenait pas pour autant à se dégager, car de toute évidence l'étoffe de son vêtement tenait bon.

– Que d'emportement ! clama celui qui était venu à ma rescousse. Vous mettez votre vie en péril alors que – souvenez-vous-en ! – le premier devoir d'un homme de raison est de la préserver.

– Foutaises ! Le premier devoir d'un Sujet de la Raison, c'est de défendre ses principes ! se récria le petit homme. Et le principe de la Justice distributive est sacré. Ce gredin doit être puni !

Il renonça à la fin à poursuivre mon agresseur, et j'en profitai pour exprimer ce que j'éprouvais.

– Vous avez été fort aimable, commençai-je.

Alors qu'à ma grande surprise le petit homme était ravi de mon propos, le plus âgé des deux personnages fit un pas en arrière, comme si je l'avais frappé.

– Aimable ? Absurde, oui ! répliqua-t-il d'une voix presque courroucée avant de se tourner vers son compagnon : Dites-moi, Silverlight ? Était-ce aimable ?

– Certes oui, répondit l'autre sur un ton qui ne me parut pas exempt de malveillance.

– Ce que vous dites est méchant.

– En tout cas, dis-je pour calmer le jeu, à la fois intrigué et mal à l'aise, cela m'a au moins valu une bonne fortune.

Mais ma remarque demeura sans effet.

– Truisme ! proclama le plus âgé des deux hommes. La fortune gouverne toute chose.

– C'est tout le contraire, répliqua l'autre. Tout ce qui existe obéit à un dessein que nous n'avons pas l'intelligence de soupçonner. Je crois qu'au principe, certain dessein a gouverné ce qui vient de se passer. Car je vous connais. Vous êtes le jeune homme qui loge chez Miss Quilliam, si je ne m'abuse ?

Je confirmai d'un signe de tête, me rappelant soudain les avoir croisés une ou deux fois dans l'escalier.

– Nous sommes vos voisins, car pour le moment nous logeons chez des gens simples du nom de Peachment, continua-t-il. Mais ce n'est qu'un arrangement temporaire, en attendant que notre situation s'améliore.

Oui, à présent je m'en souvenais : à plusieurs reprises, tard le soir, j'avais vu ces deux messieurs s'épauler mutuellement pour grimper les marches.

– Mais bien sûr ! m'exclamai-je, vous occupez la partie de leur chambre qui est…

– C'est cela, c'est cela, s'empressa de déclarer Mr Silverlight. Ne vous ai-je pas vu en la compagnie d'une personne qui doit être madame votre mère ?

Je hochai la tête et il me tendit la main.

– Mon nom est Silverlight, fit-il, et mon ami que voilà porte celui de Pentecost.

À son tour celui-ci me tendit la main.

– Rentrons, dit-il. Travailler jusqu'à la fin de la journée ne nous rapportera rien. Faisons le chemin ensemble, pour le cas où cet individu dévoyé tenterait d'appliquer à l'excès les règles que lui dicte son propre intérêt.

– Ce sera un plaisir, ajouta Mr Silverlight, que de vous restituer aux bras affectueux de votre charmante mère.

Ils se retournèrent pour ramasser les objets déposés près d'eux sur le trottoir et tout à coup je compris à qui j'avais affaire.

– Vous êtes les Merry Andrews [1] ! m'écriai-je.

– C'est cela même, me dit avec quelque pudique réserve l'aîné des deux. Avez-vous vu notre spectacle ?

– En partie, répondis-je, redoutant de les voir m'interroger davantage.

– Vous ne pensez pas que la politique y tient une trop grande place ? me demanda Mr Silverlight alors que nous nous mettions en route pour regagner notre logis.

1. Ancienne appellation des personnages guignolesques de Punch and Joan, dont le spectacle, plus récemment, a pris le nom de *Punch and Judy Show*.

– Un peu, sans doute, fis-je prudemment.

– Voyez-vous, Pentecost ! déclara Mr Silverlight. Je vous ai dit mille fois que Punch et Joan ne peuvent pas s'accorder tant de libertés. Cela déplaît aux enfants.

– Coquecigrues ! Ce sont vos idées infernales qu'ils n'aiment pas. Même un gamin y voit clair à travers elles. Et puisqu'on en parle, Silverlight, vous faites beaucoup trop d'allusions à la haute société dans vos répliques.

– Mais à des fins satiriques, cher monsieur, cela trouve assurément sa justification ! Ou alors, serait-ce que vous me jugez trop virulent ?

– Non, Silverlight, répliqua promptement Mr Pentecost. Quand vous traitez du *beau monde**, vous y mettez beaucoup de retenue, je vous rends cette justice.

Quand nous fûmes de retour, je les entraînai à ma suite pour les présenter à ma mère et à Miss Quilliam, qui toutes deux s'alarmèrent en voyant mes ecchymoses et le sang qui me maculait. Pendant qu'elles me plaignaient en se souciant de mon état, mes deux sauveteurs se tenaient sur le seuil.

– Ce sont ces messieurs qui m'ont secouru, m'obstinai-je à déclarer.

Mais il fallut un certain temps pour constater que je n'avais reçu aucune blessure grave et qu'il n'y avait somme toute que peu de chose à en dire. Enfin je pus faire les présentations, et ma mère exprimer aux deux hommes sa chaleureuse gratitude.

– Je suis enchanté, éminemment ravi, déclara Mr Silverlight en s'inclinant d'abord devant ma mère, puis devant Miss Quilliam, si j'ai pu être de quelque utilité. Pourtant, Mesdames, je n'ai rien fait, rien du tout. Quel mérite y avait-il à montrer à cinq ou six vauriens que je ne les craignais pas ? Ils n'ont guère tardé à s'enfuir lorsqu'ils ont vu quelle détermination leur était opposée.

Ma mère et Miss Quilliam tinrent à les faire entrer pour prendre un siège, après quoi, posant leur ouvrage, elles allumèrent une autre chandelle.

Pendant ce temps Mr Silverlight, se blottissant contre la fenêtre, écarta la feuille de papier qui obstruait le carreau cassé, puis, hissé sur la pointe des pieds pour contempler un toit qui nous bouchait l'horizon juste sous le soleil déclinant, il s'exclama :

– Vrai, comme je vous envie ! Vous avez une vue sur l'ouest. La meilleure des orientations, selon moi. La chambre de Pentecost et la mienne donnent sur l'est. Le soir, c'est lugubre !

– C'est exact, fit ma mère. C'est souvent d'une tristesse !

– Nous ferez-vous l'honneur de prendre un verre, Messieurs ? demanda Miss Quilliam, qui ajouta avec un sourire : du *neuf-pence*. C'est ce que nous avons de mieux à vous offrir.

– Tout l'honneur sera pour nous, déclara Mr Silverlight en s'inclinant. Ah, quelle merveille ! ajouta-t-il en apercevant la bouteille de *Out-and-Outer*. Pentecost a un faible pour le *Regular Flare-up* qui, je l'avoue, me semble un peu raide. Tandis que celui-ci a une finesse !

Il se tourna vers Miss Quilliam pour ajouter avec une autre inclinaison du buste :

– Je devine que vous êtes accoutumée aux raffinements de l'existence.

– Oui, je l'ai été, fit-elle, à une certaine époque de ma vie.

– Vraiment ? fit Mr Silverlight d'un ton interrogateur.

– Je veux parler du temps, continua-t-elle en s'empourprant un peu, où je résidais dans la demeure de Sir Perceval et Lady Mompesson. Encore que, pour autant que je m'en souvienne, on ne servît pas de gin dans leur salon.

Voyant quel étonnement se peignait sur les traits de Mr Sil verlight, elle ajouta :

– J'ai été la gouvernante de leur pupille.

– Gouvernante particulière ! s'exclama Mr Silverlight dans un souffle. Et dans une des plus… notoires familles du pays.

– Vous les connaissez ? demanda Miss Quilliam.

– De nom et de réputation, fit Mr Silverlight, qui poursuivit avec une certaine grandiloquence : Encore que je n'aie pas eu le plaisir d'être leur hôte. Nombre d'aristocrates comptent cependant parmi mes relations. Voyez-vous, j'ai logé… ou pour mieux dire, partagé un certain logement… avec le neveu de Sir Wycherley Fiennes Wycherley, à savoir Mr Fiennes Wycherley Fiennes. Nous étions à vrai dire on ne peut plus intimes. Quelle triste histoire ! Mais peut-être êtes-vous au courant ? Wycherley Fiennes a perdu en cinq ans quatre mille livres au jeu et fini misérablement. Tout cela dilapidé aux cartes et aux dés.

– Pendant que vous partagiez avec lui un logis ? demanda Miss Quilliam. Vous m'effrayez, cher monsieur. J'espère que vous n'étiez pas vous-même…

Mr Silverlight rougit avant de répondre d'une voix moins assurée :

– Non, il se trouve que c'est ensuite que j'ai fait sa connaissance. Pentecost l'a connu lui aussi.

Mr Pentecost confirma le fait d'un hochement de tête, mais sans regarder son compagnon.

– Ce qui m'a donné, poursuivit Mr Silverlight, d'innombrables occasions d'être un témoin de premier plan de la corruption des classes dirigeantes.

Miss Quilliam et ma mère le fixèrent avec étonnement.

– Mesdames, annonça gravement Mr Pentecost, je me dois de vous mettre en garde : mon ami Silverlight est un radical à tout crin. Furieusement démocrate, il ne lui manque que d'être un adepte de la terreur.

Je n'avais qu'une bien piètre idée de ce que signifiaient

ces mots-là mais, à la façon qu'il avait de les articuler – les sourcils belliqueux, la main gauche tendue, vindicative, comme pour dénoncer son compagnon, alors que de la droite il se projetait une prise dans le nez –, je les interprétai comme des notes d'infamie. Et ce qui ajoutait encore à leur mystère, c'est que Mr Silverlight semblait les prendre pour des compliments car, à les entendre prononcer, il se fendait d'un sourire pudique, comme si aucun de nous ne le quittait des yeux.

– Ce que dit mon ami n'a rien d'injuste, fit-il. Je suis l'ennemi déclaré de la *classe pourrie* ; il est arrivé à ces corrompus de trembler au seul bruit de mon nom.

– Dieu du ciel ! s'exclama ma mère.

– Ne vous alarmez pas, Mesdames, fit Mr Pentecost. Notre censeur, je vous l'affirme, est doux comme une colombe.

– Votre parfaite connaissance de la haute société ne vous empêche-t-elle pas de vous opposer à elle ? demanda Miss Quilliam, que ce langage ne semblait nullement mettre mal à l'aise.

– C'est précisément parce que j'ai vécu parmi les aristocrates et que je sais combien ils sont corrompus que je suis leur ennemi, proclama Mr Silverlight. Reste que j'en ai connu qui étaient altruistes et généreux. Et je crois que c'est parmi ces gens-là que les pauvres doivent choisir leurs chefs.

– Mais non, tous de la même farine : hypocrites et simulateurs ! bougonna Mr Pentecost. Vous êtes le seul homme de ma connaissance qui soit véritablement altruiste, Silverlight.

À ces mots, son compagnon eut un petit sourire flatté, qui s'effaça tout net lorsque son ami reprit :

– Et cela pour la seule et unique raison que vous êtes un satané hurluberlu.

Se désintéressant manifestement de Mr Pentecost, ma mère se tourna vers Mr Silverlight.

– À qui songiez-vous en tenant ces propos ? lui demanda-t-elle. Mon père était très lié à Sir Francis Burdett[1], bien qu'il ne partageât point toutes ses opinions.

Comment se faisait-il que ma mère ne m'eût jamais dit cela de mon grand-père, alors qu'elle était prête à le confier au premier venu ? me demandai-je, indigné.

– Par exemple ! s'écria Mr Silverlight avec ravissement. J'ai eu l'honneur de bien connaître Sir Francis. Vous saviez qu'il avait été élu à ce siège-ci ?

Ma mère le lui confirma d'un signe, et cela m'étonna fort, car jamais je ne m'étais douté que la politique eût le moindre intérêt pour elle.

– Nous sommes en effet dans la circonscription de Westminster et Saint-Giles, reprit-il, le plus radical de tous les sièges.

– Pardi, fit Mr Pentecost, puisque tout le monde a le droit de vote, même les pauvres et les gredins !

– Ce qui est absurde, déclara Miss Quilliam.

Mr Silverlight tourna sa grosse tête pour la fixer d'un œil désolé.

– Je suis navré de constater que vous désapprouvez le suffrage universel, dit-il.

– Je ne crois pas qu'on puisse confier le gouvernement de la nation à une populace qui n'est même pas capable de se gouverner elle-même, rétorqua-t-elle.

Cette façon de voir les choses amena Mr Silverlight à hocher tristement la tête, mais Mr Pentecost prit la parole :

– Il est sans importance d'avoir le droit de vote, déclara-t-il, puisque le pouvoir sera toujours entre les mains de ceux qui possèdent la richesse. Et par nécessité les intérêts de ces gens-là sont opposés à ceux de la masse.

1. Homme politique de tendance radicale dont l'influence s'exerça principalement entre 1805 et 1815.

– À supposer que cela soit vrai de nos jours, ce que pour ma part je nie formellement, cela ne l'était pas voilà dix ou douze ans, affirma Mr Silverlight. À l'époque où Burdett et moi nous nous battions pour emporter ce siège, les poètes et les aristocrates, Shelley et Byron, luttaient à nos côtés. C'était le bon temps ! L'élite des classes supérieures était unie à l'élite des indigents pour promouvoir la justice.

Tandis qu'il parlait, de la main il lissait ses maigres cheveux vers l'arrière de son crâne, qui luisait à la lueur des chandelles. Un si noble profil, un discours d'une telle élévation me remuaient, m'exaltaient même. Quant à ma mère, je le voyais bien, elle ne restait pas non plus indifférente.

Tout à coup notre hôte marqua une pause, après quoi il reprit :

– Mais je ne devrais pas tenir de tels propos, sans quoi je suis bon pour une empoignade avec Pentecost.

– Comme j'eusse aimé connaître ce malheureux Shelley ! fit ma mère à mi-voix.

– Je considère que les radicaux de l'aristocratie dont vous parlez manquent de jugement, dit Miss Quilliam à Mr Silverlight. Je vois en eux le dangereux symptôme d'une maladie qui corrompt leur ordre honorable à tous autres égards.

– Honorable ! m'exclamai-je. Alors que les Mompesson vous ont traitée comme ils l'ont fait !

Tous les regards se portèrent sur moi, et lorsque ma mère, sans mot dire, me fit un signe de désapprobation, nos visiteurs tournèrent des yeux surpris vers Miss Quilliam, qui semblait extrêmement gênée.

– C'est la classe sociale que je respecte, continua-t-elle, même si, comme personnes, les Mompesson m'ont manqué. En effet, leur appartenance leur donne des devoirs, et envers moi ils ont failli à ces obligations.

Les deux hommes hochaient la tête ; Miss Quilliam poursuivit :

– La possession d'une grande fortune vous oblige gravement envers qui dépend de vous. Les Mompesson ne vivent pas sur leurs domaines afin de restituer la richesse à ceux qui les ont aidés à la créer. Au contraire, c'est dans la capitale qu'ils dilapident les rentes versées par leurs tenanciers.

Tandis qu'elle parlait, je songeais aux terres abandonnées à la friche ainsi qu'aux misérables masures de la région de Melthorpe et de ses hameaux. Assurément, Miss Quilliam était dans le vrai. Je regardai ma mère qui approuvait du chef ces propos, mais les deux messieurs, comme s'ils ressentaient de la gêne, détournaient le regard.

Constatant cela, Miss Quilliam éleva imperceptiblement la voix :

– Une nation est à n'en pas douter une famille : comme toute famille elle comporte des membres plus faibles, d'autres plus forts, qui doivent servir ou gouverner, conformément à leurs faiblesses et à leurs forces, et par là même au bénéfice de tous.

– Bien sûr ! m'écriai-je, et elle me sourit.

Et bien que ma mère fît un geste du bras pour me calmer, elle murmura :

– Certes, c'est ainsi que les choses doivent se passer.

Mais Mr Pentecost émit un grognement tandis que Mr Silverlight secouait doucement la tête.

– Ma chère jeune Dame, fit le premier, votre opinion reflète la générosité de votre cœur plutôt que l'étendue de votre expérience. Les Mompesson ne sont que trop caractéristiques de leur rang, car à l'exemple de toute classe et de tout individu, ils ne sont mus que par leur propre intérêt.

Mr Silverlight souriait, et le lent mouvement de sa tête avait tout l'air d'une plaisante mise en garde.

– Notre intérêt est ce qui nous mène, affirma Mr Pentecost, mais nous ne manquons pas de moyens de nous dissimuler cette morne vérité, à nous-mêmes comme aux autres. De là naissent l'hypocrisie et l'illusion. C'est pour cette raison que vous ne devez rien croire de ce que disent les hommes, et ne les juger qu'à leurs actes.

Mr Silverlight, qui avait manifesté des signes d'impatience, rétorqua d'une voix vibrant de passion :

– Je ne puis me taire davantage. Ce qui compte, ce sont les motifs. Montrez-moi un homme que n'anime que le beau feu d'un noble altruisme, et celui-là, je le placerai au-dessus de tout.

– Vous êtes un enfant, Silverlight, fit Mr Pentecost, inclinant la tête. Il n'y a que les actions qui parlent, et pour ne dire qu'une chose : chacun pour soi. Et il est bien qu'il en soit ainsi, car dans un marché de libre-échange c'est la complexité des effets réciproques d'une multitude d'actions intéressées qui constitue ce que nous nommons société, et qui du même coup nous donne la liberté de choix qui est la nôtre.

– Vous avez tort, déclara Miss Quilliam. Car autrement il n'y aurait pas de charité.

C'était une remarque malheureuse, car Mr Pentecost réagit à ce mot par un grognement irrité :

– La charité est toujours égoïste, et par conséquent hypocrite.

Je vis sursauter ma mère, qui se détourna.

– La charité peut procéder de notre désir d'être tenus pour des êtres charitables, répondit calmement Miss Quilliam, mais nul assurément ne chercherait à nier que l'hypocrisie est une force qui agit pour le bien de la société.

– Moi, je le nie ! s'écria Mr Silverlight. Je suis un ennemi juré de l'hypocrisie et de toutes les formes du faux-semblant.

Et je me moque bien de ce qu'il pourrait m'en coûter de l'affirmer.

– Quelle noblesse ! déclara Mr Pentecost en hochant la tête. Mais vous n'êtes qu'un enfant en la matière.

Miss Quilliam eut pourtant un sourire avant de poursuivre :

– L'intérêt seul n'explique pas le désir de passer pour charitable aux yeux d'autrui, monsieur Pentecost. Reconnaissez que quelque mélange de conscience, d'instigation divine, d'instinct et de tradition, mélange dont nous ne nous avisons point, est ce qui règle nos actions. Chacun de nous, pour autant qu'il trouve jamais le bonheur, ne peut le faire qu'en harmonie avec la société, et c'est de là que provient ce qui nous pousse à être charitables.

– Ma chère jeune Dame, fit Mr Pentecost, manifestement très ému par ces paroles, je ne sais trop comment m'y prendre pour vous montrer les choses telles qu'elles sont. Toute vie sociale et économique est une lutte entre les individus et entre les classes, et cela est absolument inévitable. Parler de ce qui devrait être n'a aucun sens : c'est la Nécessité qui fait loi.

Mr Silverlight ne dit mot mais son front dégarni luisait dans la pénombre et il souriait, comme pour nous demander de juger avec indulgence les absurdités que proférait son ami, qui à présent expliquait que l'homme n'est qu'un loup pour l'homme, et que dans le meilleur des cas il ne peut subsister qu'aux dépens des autres, tel un parasite sur un chien. Et c'était à cela, proclamait-il, que nous donnions le nom de société.

Ma mère se cacha le visage dans ses mains, mais, sans y prendre garde, il continua sur sa lancée :

– Et il est bien, ou à tout le moins désirable, qu'il en soit ainsi, puisque ce système parasitaire puise en lui-même son propre équilibre.

Miss Quilliam soutenait à l'inverse que la société n'était pas parasitaire, mais organique. Les individus et les classes ne s'y faisaient pas la guerre, mais vivaient en état de dépendance mutuelle. La satisfaction d'être chacun à sa place était, selon elle, la finalité de cette union, finalité qui s'accomplirait dans l'avenir, comme cela s'était passé jadis, lorsque l'Angleterre avait connu des jours meilleurs.

Mr Pentecost s'inscrivit en faux contre cette conception, affirmant que, pour la majorité, la misère était inévitable puisque la société, fondée qu'elle était sur la concurrence, ne pouvait laisser place qu'à des gagnants et des perdants. Pour cette raison, le plus que l'on pouvait obtenir, c'était le bonheur du plus grand nombre, et un certain mode de calcul permettait de définir ce coefficient de félicité. Mais pour procéder à cette estimation de ses intérêts les mieux compris, la société devait toujours s'interroger sur l'usage de chaque chose, et le meilleur moyen – le seul à vrai dire – d'établir la valeur d'un objet quelconque, c'était de se conformer à la loi du marché. En sorte que seule la libre concurrence permettait d'attribuer à tout objet, à tout individu, un juste prix, lequel était toujours le plus bas qui pût justifier son existence ou sa fabrication. Et la raison pour laquelle l'Angleterre était dans une situation si fâcheuse, c'était qu'on ne laissait pas s'exercer librement ce subtil mécanisme.

La soirée s'avançant, les deux messieurs réagirent de manière diamétralement opposée à l'hospitalité qui leur était accordée. Agitant les bras tant il était exalté, Mr Pentecost faisait songer, tout en se saupoudrant de tabac à priser, à un canard s'apprêtant à prendre son envol, cependant que Mr Silverlight s'attardait à contempler mélancoliquement les deux dames, ponctuant de sourires lugubres les élans passionnés du brillant discours de son ami. Et quand quelque détail amusait Mr Pentecost (on ne pouvait jamais prévoir ce qui aurait sur lui cet effet), il rejetait la tête en arrière et riait en émettant de brefs jappements qui s'interrompaient aussi vite qu'ils avaient commencé.

Je n'arrivais pas à sourire, ni non plus ma mère, car je voyais combien ces propos l'avaient accablée. Ce que disait Mr Pentecost me paraissait si révoltant que je ne parvenais pas à le concilier avec sa bonhomie naturelle. Comment pouvait-il ajouter foi aux choses si terribles qu'il racontait ? Se conduisait-il lui-même conformément à tant d'immoralité ? Et pourtant, ce qu'il disait ne pouvait être nié formellement, car cela éclairait les raisons d'agir de Bissett et de gens tels que Mrs Marrables ou les Isbister.

– Tout doit-il donc faire l'objet d'une vente ou d'un achat ? lui demandai-je, suivant le fil de mes propres idées. N'y a-t-il donc rien qui soit sacré ?

– Rien, répliqua-t-il. Jusqu'à nos lois contre le cannibalisme, continua-t-il comme s'il avait lu dans mes pensées, sont simplement le produit d'une superstition. Et si les circonstances faisaient que la vie humaine dépendît de leur abolition, alors, inévitablement – ou à juste titre, si vous préférez cette expression –, ces lois seraient abolies.

– Oh non ! protesta ma mère en se couvrant des mains les oreilles. Je ne puis en entendre plus !

Mr Pentecost la regarda, soudainement inquiet, mais son compagnon se leva.

– Allons, Pentecost, fit-il d'un ton sévère. Il se fait tard et vous faites bon marché des civilités, mon ami.

Puis il se tourna vers ma mère :

– Je vous prie de bien vouloir nous excuser. L'occasion de nous trouver en bonne compagnie est à présent pour nous si rare…

Il s'inclina et tira presque de force son ami hors de la chambre.

– Dieu merci, le voilà parti, fit ma mère lorsque la porte

se fut refermée sur eux. Jamais plus je ne veux le revoir ici, Johnnie.

– Duquel des deux messieurs voulez-vous parler ? demanda Miss Quilliam.

– De cet horrible Pentecost, bien sûr.

– Oh, fit Miss Quilliam, je crois qu'il se montre pire qu'il n'est.

– En tout cas, ce qu'il laisse voir de lui est suffisamment détestable, déclara ma mère.

Et nous en restâmes là.

Mais j'étais moi aussi troublé par la vision que Mr Pentecost avait de la société, celle d'une sorte de toile d'araignée où l'homme, assouvissant une espèce d'anthropophagie irrationnelle, ne serait en quête que de son propre intérêt. Je me refusais à lui donner raison. D'un autre côté, ce qu'avait dit Miss Quilliam m'avait touché. Car qu'y avait-il de plus noble, pour un grand propriétaire terrien, que d'œuvrer avec bonté pour le bien-être de ses tenanciers ?

Miss Quilliam se saisit de la petite bouteille de grès que je voyais si souvent dans sa main, et elle la secoua. Elle parut étonnée, puis la secoua derechef. Alors elle se leva.

– Il faut que je m'absente quelques minutes, déclara-t-elle.

– Mais il est fort tard ! lui fis-je observer.

Quand elle fut dehors, j'examinai la bouteille, intrigué, et je pus en déchiffrer l'étiquette : *La Goutte Noire*. Je la portai à mon nez.

– Non, Johnnie ! s'écria ma mère.

L'odeur était douceâtre, un peu piquante, et elle me sembla familière.

Il n'avait fallu que dix minutes à Miss Quilliam. Elle se servit un gobelet de gin, où elle versa un trait du flacon neuf.

Voyant que je l'observais, elle rougit.

– « L'ami du pauvre », fit-elle, c'est ainsi qu'on dit : vous y trouverez douceur et réconfort lorsque le corps ou l'âme est en peine. Cela m'a sauvée maintes fois. Maintenant je n'en prends guère que trois ou quatre gouttes.

Ce fut presque avec soulagement que je vis ma mère se servir un gobelet de *Cream o'the Valley*.

Quelques jours plus tard, il se trouva que je me tenais sur le palier lorsque Mr Pentecost et son ami montaient les escaliers. Ils m'invitèrent courtoisement dans leur tente de potentat oriental, au fond de la pièce des Peachment, et je découvris qu'ils s'étaient ménagé là un logis tout à fait confortable.

– Asseyez-vous donc, fit Mr Pentecost.

– Depuis combien de temps vous connaissez-vous tous les deux ? demandai-je alors.

– Depuis bien plus d'années que je ne veux faire l'effort d'en compter, répondit Mr Pentecost. Dix ou douze, peut-être, n'est-ce pas, Silverlight ? Nous avons fait connaissance dans des circonstances moins heureuses que les présentes, dirons-nous.

– À l'époque, dit Mr Silverlight avec dignité, je plaidais près la Haute Cour, l'institution la plus noble que l'homme ait fondée en matière de justice sociale.

Mr Pentecost ne put réprimer un ricanement.

– Homme de loi, en somme, reprit Mr Silverlight sans en tenir compte.

– Et vous, monsieur ? demandai-je à Mr Pentecost.

– Oh, moi, j'ai fait à peu près tous les métiers, fit-il.

À quoi en effet n'avait-il pas touché ? J'appris entre autres qu'il avait spéculé sur les billets de loterie, rempli les fonctions de commis d'un agent de change et copié des manuscrits pour un théâtre.

– Mais, de même que mon ami, j'ai également acquis

quelque savoir dans cet imbroglio perfide auquel on donne étrangement l'appellation de Droit commun, continua Mr Pentecost. Étrangement, disais-je, car en ce domaine la stupidité et la déraison passent tout ce que peut imaginer le sens commun.

– Sur ce point, nous sommes totalement en accord, mon ami, dit Mr Silverlight.

– Mais... monsieur Silverlight, j'avais cru comprendre que vous en vantiez les mérites, déclarai-je.

– Mon jeune ami, répliqua sèchement Mr Silverlight, faites-moi la faveur de ne pas faire la vulgaire erreur de confondre Loi et Équité.

Il m'avait tancé avec tant d'emphase que je n'osai insister.

– À l'occasion, continua Mr Pentecost pour me tirer de la gêne où il m'avait mis, j'ai pu gagner mon pain en servant comme humble clerc aussi bien la Loi que l'Équité. Savoir rédiger des minutes, copier des grosses ou des ampliations, la chancellerie exige pour cela un irréprochable tour de plume. Cela m'est impossible à présent. Trop vieux, la vue qui baisse, la main qui commence à trembler...

Il tendit la main pour me montrer.

– Mais il m'arrive encore à l'occasion de grossoyer un acte ou un arrêt.

– J'ai fait moi aussi bien des choses, dit Mr Silverlight. Quand j'étais jeune, j'étais dans le commerce mais, malgré la bonne affaire dont j'ai hérité, j'ai connu une déconfiture dont je n'étais pourtant pas responsable. Tout est venu de ce que rien n'était plus facile que d'obtenir du crédit.

– Vous avez fait trop aisément confiance aux gens ? demandai-je.

– Non, tout le contraire. Hélas ! trop de gens m'ont fait confiance, déclara-t-il en hochant la tête. La cupidité est une chose terrible.

– Effectivement, dit son ami, qui se tourna vers moi pour poursuivre : Voyez-vous, nombre de négociants n'étaient que trop disposés à vendre à ce pauvre Silverlight et à escompter ses traites plutôt que de percevoir de l'argent comptant. C'est une pratique on ne peut plus courante.

Effectivement... me dis-je en moi-même, car j'avais d'excellentes raisons d'être d'accord avec lui sans qu'il le sût.

– Voilà pourquoi nous courons à la catastrophe, poursuivit Mr Pentecost, usant là d'une expression qui devait se révéler prophétique. Écoutez bien ce que je vous dis : cet édifice de papier va s'écrouler dans un an ou deux comme un château de cartes. Faire crédit, c'est faire confiance. Mais le crédit devient une parfaite absurdité dès lors qu'il prend le volume que nous lui connaissons aujourd'hui. Car le commerce repose sur une escroquerie généralisée. Il est donc par essence incompatible avec la notion de confiance. Seulement, cette pratique est stimulée par les avocaillons, qui tirent d'énormes fortunes des banqueroutes, de l'insolvabilité, des mises en liquidation et de l'emprisonnement pour dettes.

– Ils m'ont soutiré des fortunes, acquiesça Mr Silverlight.

– Certes, fit Mr Pentecost, qui ajouta d'une voix quelque peu timide : Mais vous savez bien que c'est aussi le jeu qui a attiré sur vous les foudres de la loi, Silverlight.

– Absurde ! Je ne joue jamais, affirma sèchement Mr Silverlight. Même si en passant il m'est arrivé de spéculer sur les jeux de probabilité.

Mr Pentecost se tourna vers moi :

– Voyez-vous, me dit-il, Silverlight a perdu de très grosses sommes au tapis vert en se fondant sur une théorie mathématique selon laquelle, aux dés, les numéros sortiraient en se conformant à certaines lois.

– Je ne prenais aucun risque, puisque cette loi existe, déclara Mr Silverlight.

Une veine commençait à battre sur son front proéminent.

– Balivernes, fit Mr Pentecost avec un rire affable. Et pourtant vous n'avez pas tout à fait tort, puisque toute l'existence n'est qu'un risque. On n'y rencontre rien qui soit conforme à l'ordre ou à la raison.

– C'est assurément vrai si l'on en juge par votre propre conduite, annonça Mr Silverlight d'un ton lourd de sous-entendus.

Mr Pentecost le regarda avec gravité :

– Si je vous ai blessé, mon ami, sachez que je n'en avais nullement l'intention.

Il plongea la main dans sa poche et en retira une grosse montre qu'il consulta.

– Mais vous venez de me rappeler que je dois vous quitter pour un moment.

– Où donc allez-vous ? demanda Mr Silverlight, qui, ne recevant pas de réponse, observa avec curiosité son ami, lequel se vêtit de son manteau et s'en alla.

– Il disparaît comme cela de temps à autre, déclara Mr Silverlight lorsque nous fûmes seuls. Et je ne puis m'empêcher de me demander ce qui l'y détermine. C'est un homme honorable, en dépit de toutes ses bizarreries. Mais sait-on jamais ? Le soir où nous avons fait votre connaissance, j'étais fort chagrin de constater qu'il offensait votre charmante mère et l'autre délicieuse jeune dame. (À propos, comment se portent-elles ? ... Excellent, excellent. Ne manquez pas, je vous prie, de leur transmettre mes meilleurs sentiments.) Mais, quant à mon ami... je l'ai surnommé le Vésuve, car soufre et scories ne cessent de jaillir de sa bouche. Je me dois aussi de corriger une ou deux choses qu'il a dites ce soir, car je supporte mal de voir les glorieux espoirs de la jeunesse ternis par le cynisme de l'âge. Vous savez, Pentecost a tort de soutenir que les idées sont déterminées par les circonstances économiques. C'est de principes abstraits – la Justice, l'Égalité – qu'il faut partir, et condamner la société quand elle ne se conforme pas à ces principes.

J'opinai du bonnet.

– Pentecost a tout à fait tort, reprit-il. Il y a un Dessein derrière chacune des parts de notre vie, et il nous suffit de le percevoir. Je suis déiste, et pour moi ce concept de providence administre la preuve qu'existe la Raison en tant qu'Esprit Suprême. La Raison seule, et non pas l'égoïsme bien compris, constitue le principe organisateur sur lequel repose la société. Il importe de changer tout l'ordre économique afin de l'accorder à une Justice procédant de la Raison.

Il voguait aux cimes de l'éloquence, et moi je l'écoutais, subjugué. Oui, Mr Pentecost avait tort. La société pouvait être meilleure, parfaite, pourquoi pas ? Et pourtant, en regagnant notre chambre, je me sentais rongé de perplexité : comment se pouvait-il qu'un homme comme lui, qui avait toute ma sympathie, adhérât sincèrement à ces théories qu'on l'entendait développer ?...

Je constatai en rentrant que ma mère avait perdu de son entrain, et un peu plus tard, elle plongeait dans un profond sommeil. C'était rare qu'il en allât ainsi, car d'ordinaire des quintes de toux la tenaient éveillée, et elle allumait alors une chandelle de suif pour se mettre à noircir son carnet pendant des heures.

Les semaines qui suivirent m'apportèrent plus d'intimité avec les deux personnages : mettant à profit ma visite quotidienne aux Peachment, qui me vendaient le soir mon lot de poupées pour le lendemain, je restais quelquefois à m'attarder pour bavarder avec eux. Ma mère persistait à refuser d'entretenir quelque relation que ce fût avec Mr Pentecost, en sorte que je lui taisais ces rencontres. Je me tenais dans leur tente, faisant semblant de siroter un petit verre de *Cream o'the Valley*, tandis que Mr Silverlight me contait des anecdotes à propos de Sir Wycherley Fiennes et de sa charmante mère, Lady Blennerhasset (autant que je m'en souvienne, elle s'était remariée après son veuvage), qui de temps en temps rendait visite à son fils. Certes, cette grande dame – ainsi que quelques autres membres de l'aristocratie – trouvait grâce à ses yeux, néanmoins il tenait fort à proclamer combien il abominait la « classe pourrie » et ceux que leur apanage conduisait à frustrer les jeunes gens talentueux des états auxquels les destinaient leurs mérites. Tout en m'éclairant sur les liens qui unissaient certains membres de la noblesse, il consultait son exemplaire du *Webster's Royal Red Book* et, la soirée s'échauffant, il en lisait souvent des passages à haute voix, qu'il ne cessait de mettre en regard d'extraits de son *Radical Black Book*, interminables et agressifs catalogues de sinécures et de rentes engraissant les personnages en place. Il chérissait un thème auquel, cependant qu'il se cherchait les poux, il appliquait toute son éloquence : la Raison, la Vertu et les rapports qu'elles entretiennent. C'était alors que d'ordinaire Mr Pentecost se projetait dans les narines prise sur prise et, le visage ruisselant de larmes, développait ses morceaux de bravoure sur la nécessité de souffrir.

Il m'arrivait d'assister à la répétition d'une nouvelle scène de *Punch et Joan*, et à chaque fois je ressentais une certaine frayeur à voir toute la hargne qui pour lors se peignait sur le visage habituellement si bénin de Mr Pentecost, alias Punch, lorsqu'il se mettait à guetter ses victimes : telle une araignée sinistre, il faisait fondre sur sa proie la marionnette, qui ensuite sautillait par tout le théâtre, en la serrant dans ses bras. Pareillement Mr Silverlight, qui, avec un naturel tout à fait convaincant, jouait tour à tour les différentes victimes – le fontainier, l'étranger, le bedeau –, devenait d'une totale malveillance lorsque, dans le rôle de Ketch, le bourreau, il lui revenait de pendre son ami. (Mr Pentecost m'avoua un jour que le rôle de Punch le transportait littéralement lorsqu'il manipulait sa marotte.) J'ajouterai bien entendu que dans ces occasions les deux protagonistes ne cessaient de se chamailler, et que les répétitions étaient ponctuées de cris tels : « Pas comme ça, imbécile ! » et « Plus vite, espèce d'empoté, plus vite ! »

Un soir, je les croisai dans la rue et nous cheminâmes côte à côte. Tout en marchant, Mr Silverlight s'en prit avec faconde à la liste civile et à tout le maquignonnage qui empêchait le mérite d'être récompensé.

– J'en tombe d'accord, fit Mr Pentecost. Pour que l'économie s'équilibre d'elle-même, il est indispensable que le système fonctionne librement. Mais je crains fort que les classes privilégiées n'aient la mainmise sur ce système, et plus encore la charité institutionnelle.

Mr Silverlight s'insurgea bien entendu contre cette conception des choses et se lança dans une apologie de la Justice sociale. Puis, soudainement, il s'interrompit en pleine envolée, comme pris de panique. Je tournai mon regard vers ce qu'il contemplait et vis ce qui l'avait tant déconcerté. Devant nous se tenait un vieillard au visage grêlé, couvert d'horribles cicatrices, et dont les yeux rouges semblaient fixer quelque chose dans le lointain, en sorte que cet homme semblait à peine humain. Vêtu de haillons, il portait une barbe d'un blanc grisâtre ; près de lui, attaché par un bout de corde noué à son collier, marchait un énorme chien galeux d'aspect féroce.

– Qui va là ? demanda-t-il, penchant un peu la tête vers nous.

– Ça alors ! Voilà un vieil ami ! s'exclama Mr Pentecost en rougissant légèrement.

Je les observais tous les trois. Mr Silverlight était silencieux, étonné, Mr Pentecost embarrassé, et le vieux mendiant tournait gauchement la face vers l'un puis vers l'autre.

– Eh, c'est bien vous, Mr Pentecost ? dit-il. J'avais cru que c'était, que c'était… Mais quelle importance, hein ? Je ne me serais pas permis, si j'avais su que c'était vous, monsieur.

– Je… Je… Eh bien je suis heureux que vous l'ayez fait, bégaya Mr Pentecost. Que je vous présente un très vieil ami à moi, Mr Tertius Silverlight.

Le mendiant tendit une main que Silverlight ne consentit à serrer qu'avec une répugnance manifeste.

– Je suis ravi de vous connaître, fit le vieillard.

Il leva son visage vers Mr Silverlight avec une vive curiosité, mais celui-ci se contenta de saluer sans mot dire, de sorte qu'au bout d'un moment le vieil homme baissa la tête, désappointé, me sembla-t-il.

Puis Mr Pentecost me poussa en avant.

– Quant à ce garçon, c'est un très jeune ami, maître John Mellamphy.

J'offris ma main, mais, en réponse, je vis celle du mendiant prendre une direction inattendue. Mr Pentecost me dévia le coude pour me permettre de la serrer, et c'est seulement alors que je compris que j'avais affaire à un aveugle.

– Maître Mellamphy, je vous présente Justice, dit Mr Pentecost.

– Et Wolf, ajouta le vieux mendiant.

Le chien découvrit les dents et gronda.

Un silence gêné s'ensuivit, que rompit Mr Pentecost.

– Mon cher ami, Silverlight et moi étions précisément en train de nous accorder sur l'iniquité du système des sinécures et des rentes.

– Oh que oui ! affirma le mendiant avec chaleur. Vous savez que j'en suis moi aussi l'ennemi juré. Seulement, Mr Pentecost, et sur cette question notre point de vue diffère, si j'en suis l'ennemi juré, c'est parce que ce système est contraire à la justice sociale.

– Voyez-vous, Silverlight, vous avez trouvé du renfort, dit Mr Pentecost.

Mais son ami ne fit que rougir légèrement, évitant son regard. Était-ce qu'un renfort venu de si bas le gênait ? me demandai-je.

Puis la conversation s'enlisa, comme si planait un malaise.

– Je regrette de vous avoir importuné, Mr Pentecost, dit le vieillard.

– En aucune façon, en aucune façon, mon cher ami, déclara Mr Pentecost. Mais il nous faut rentrer.

Le mendiant nous salua et nous poursuivîmes en silence notre chemin.

– Voilà un homme, dit Mr Pentecost après quelques pas, qui a donné sa vue pour ses principes, aussi peu judicieux soient-ils.

J'allais lui demander ce qu'il entendait par là, mais j'en fus empêché par l'arrivée de Miss Quilliam, qui nous rejoignait.

– J'ai vu ce pauvre homme vous accoster, fit-elle. Lui avez-vous fait quelque aumône ?

– Certainement pas, s'écria Mr Pentecost avec indignation. Ne venez pas me parler de charité.

– Tiens ? Et pourquoi cela ?

– Rien, chère madame, n'est davantage apte à causer l'effondrement de la société.

– Mais de quelle façon ? demanda Miss Quilliam avec un sourire las, alors que nous étions presque rendus chez nous.

– Miss Quilliam, vous savez bien que le paupérisme est indispensable à notre société. Hochez la tête tant que vous voudrez, on ne peut y échapper si l'on souhaite que s'équilibrent l'offre et la demande sur le marché du travail.

Mr Peachment descendait justement les marches de l'entrée : Mr Pentecost le prit pour arbitre du débat.

– Dites-moi, monsieur, si vous pouviez gagner douze shillings à ne rien faire, est-ce que vous travailleriez pour un salaire de treize ?

Le mettre au fait prit un certain temps. Puis un sourire se dessina sur ses traits fatigués.

– Non, je ne crois pas, monsieur Pentecost.

– Bien sûr que non ! clama triomphalement Mr Pentecost. Le prix du travail doit être déterminé par le prix le plus bas qu'un homme acceptera. Si ce prix est augmenté de façon anormale par des subsides charitables, alors tout s'en ira à vau-l'eau.

– En tout cas, dit Mr Peachment, je n'espère qu'une chose, c'est que la paroisse nous donnera ce coup de main-là, parce que si la situation ne s'arrange pas, moi et les miens, on n'aura plus qu'à se rapatrier dans le Dorset, vu qu'ici on n'a plus les moyens, et c'est l'ouvroir qui nous attend.

– Je suis désolé de l'apprendre, Mr Peachment, mais vous avez dû voir vous-même à quel point la charité paroissiale pervertit la paysannerie anglaise. Nierez-vous qu'on s'y marie sans avoir le sou, qu'on n'épargne rien alors qu'on pourrait mettre de côté, qu'on dépense son argent en boisson sitôt qu'on en a un peu ? Hélas, c'est vraiment la crainte de mourir de faim qui pousse les gens à travailler.

– Certes, mais la paroisse leur en fait voir de dures, monsieur Pentecost.

– C'est précisément ce que je voulais dire, s'écria ce dernier. C'est en persécutant ceux qui risquent de tomber à la charge de la paroisse que l'on fait de la vieille Angleterre une tyrannie. Ce n'est qu'en abolissant la charité, et par voie de conséquence le droit que détient la paroisse d'expulser les gens, qu'on portera remède à cette situation.

– Si la paroisse est si tyrannique, Mr Peachment, pourquoi voulez-vous repartir ? demanda Miss Quilliam.

– Pourquoi ? Parce qu'à Lond' je n'ai pas droit d'asile, autant dire aucune porte où frapper.

– Vous voyez ? s'écria Mr Pentecost. L'unique solution est un marché du travail qui soit libre.

– Ma foi... dit Mr Peachment. Mais c'est pas tout ça, il faut que j'y alle, avec vot' permission.

Il s'éloigna, et nous montâmes jusqu'à notre palier tout en causant.

– Je dois vous dire franchement, Mr Pentecost, que l'abolition de l'aide sociale est une idée répugnante, fit Miss Quilliam en souriant comme à un élève astucieux mais mal avisé. Ce qu'il nous faut, c'est davantage de mesures charitables et pas le contraire. Et si vous avez raison de dire – et là, j'en tombe d'accord avec vous – que la société est en train de s'effondrer, la faute en est aux classes possédantes qui ne remplissent pas leurs obligations en ne prenant pas les mesures qui empêcheraient le paupérisme.

Elle hésita avant de poursuivre :

– Dans le cas de ma propre famille, par exemple, un certain protecteur a failli à ses engagements envers mon père, et c'est ainsi qu'il nous a précipités dans une misère noire.

– Vous vous méprenez l'un et l'autre, se récria Mr Silverlight, qui semblait maintenant avoir retrouvé son sang-froid. Ce n'est que dans une société fondée sur la loi de Raison que Justice peut être égale pour tous.

– Bah ! s'exclama son ami. La loi de Raison ? chimère !... C'est Nécessité qui gouverne les hommes, et c'est pourquoi seule la perspective de mourir de faim leur enseignera ce que sont leurs intérêts bien compris.

– Mais, lui demandai-je, si les hommes agissent en ne se fondant que sur leurs intérêts bien compris, comme vous le dites souvent, monsieur Pentecost, pourquoi leur faut-il mourir de faim pour savoir ce qui est à leur avantage ?

– Joli coup ! Et qui fait mouche ! proclama Mr Silverlight.

– Illusions que tout cela ! s'exclama Mr Pentecost, qui, cependant, adoucit son propos d'un sourire. Les hommes ne savent pas ce que sont leurs intérêts véritables, et l'étroitesse de leurs vues ne demande qu'à être rectifiée par la réalité objective de la société.

– Ce jeune homme est astucieux, déclara mon protecteur. Cela, vous ne pouvez pas le lui enlever, Pentecost.

– Vous avez raison, monsieur Silverlight, et j'ai grand-peine à savoir son éducation si négligée, dit Miss Quilliam. J'aimerais être en mesure de l'instruire comme je le faisais au début, mais je crains de ne plus en avoir la force.

– Bien sûr que non, pardi ! fit Mr Silverlight. Mais il me vient une idée : moi, je pourrais peut-être !

– Assurément non ! s'écria son compagnon. Je ne vous laisserai pas lui farcir la tête de billevesées. L'instruire, moi, j'en fais mon affaire.

– Vous voilà donc pourvu d'une préceptrice et de deux précepteurs, maître John, déclara Miss Quilliam en souriant. Que désirez-vous apprendre ?

– Le droit, répondis-je.

– Vous voulez dire l'Équité, corrigea Mr Silverlight.

– Quelle est la différence ? demandai-je. Y en a-t-il une ?

Mr Silverlight eut un frisson.

– Oh, que oui ! s'exclama-t-il, cependant que dans le dos de son ami, Mr Pentecost m'adressait de la tête un vigoureux signe de dénégation.

À ce point de la conversation, la porte de notre chambre s'ouvrit, livrant passage à ma mère, la mine pâle et défaite.

– Qu'est-ce qui vous a retenue ? demanda-t-elle avec lassitude à Miss Quilliam, sans paraître remarquer le reste d'entre nous. En avez-vous trouvé ?

Miss Quilliam me regarda.

– Venez partager notre souper, John, proposa Mr Pentecost.

– C'est cela, reprit en écho Mr Silverlight. Et j'essaierai de bien vous traiter.

De la sorte, Miss Quilliam partit d'un côté et moi de l'autre, elle chez nous, moi suivant les deux messieurs dans leur logis. Nous nous installâmes à notre aise, une casserole emplie d'eau pour leur grog posée sur le trépied de l'âtre des Peachment, et alors ils se lancèrent dans le distinguo, c'est-à-dire que ni l'un ni l'autre ne pouvait aller au bout de sa phrase, chacun contestant le sens de presque chaque terme prononcé par l'autre.

Le Droit commun, affirmait Mr Silverlight, était un corps de savoir de bas étage, s'appliquant à des litiges grossiers, subalternes, indignes d'un honnête homme, et qui ne se proposait que la stricte application de la jurisprudence et de la coutume sans tenir aucun compte des particularités du cas examiné. Intenter un procès devant une juridiction de droit commun revenait donc à jouer une partie de dés, puisque tout ce qui était pris en compte, c'était la stricte application de règles complexes, arbitraires, gouvernant par exemple le déroulement de la procédure. Ce qui voulait dire qu'une affaire pouvait être renvoyée pour un vice de forme n'ayant rien à voir avec la justice ou l'injustice de la cause.

– Tandis que l'Équité, mon jeune ami, proclamait Mr Silverlight, s'en distingue du tout au tout. C'est d'elle que s'inspire la Haute Cour de la chancellerie, où l'on pèse le pour et le contre. On s'y préoccupe donc de principes, de ce qui devrait être, sans prendre en compte ce qui est. Le Droit capitule devant le caractère aléatoire de la vie et devant la puissance de l'accidentel. Alors que l'Équité tente d'accomplir quelque chose de parfaitement juste et qui s'inspire de la Raison.

Son ami parut s'étrangler de rire.

– Balivernes que tout cela ! Formules toutes faites ! Ces idées ne traduisent pas plus la réalité que les plans parfaits dessinés par Wren pour reconstruire Londres après le grand incendie ne peuvent représenter ce qu'est vraiment une métropole. Mon cher et jeune ami, ajouta-t-il en se tournant vers moi, par pitié ne laissez surtout pas l'enthousiasme de Silverlight vous fausser l'esprit. Il est notoire que la chancellerie est la juridiction la plus injuste de tout le royaume !

– Mais songez seulement, protesta son compagnon, aux nobles principes dont elle est le garant ! Alors qu'en droit commun il y a des arrêtés mais pas de justice, la justice prend à la chancellerie une importance suprême. Et alors que les droits réglant la propriété foncière peuvent se perdre au cours des années si on ne les défend pas, aux yeux de la Haute Cour, la légitimité de ces mêmes droits, elle, est inaliénable.

– La propriété foncière ? demandai-je, dépassé par ces questions.

– Oui, la terre, les maisons... me souffla Mr Pentecost alors que son ami était en pleine envolée, par opposition aux biens personnels... l'argent, les placements, titres et autres...

– Oui, ces droits-là sont inaliénables, proclama Mr Silverlight, puisqu'ils sont pour nous l'image de la justice de l'Être suprême !

– Qu'est-ce que cela veut dire ? demandai-je fiévreusement.

– Cela veut dire, expliqua Mr Pentecost à la place de son ami, lequel était maintenant plongé dans une sorte de rêve intérieur, que dans le cas où un testament est découvert, si tardivement soit-il, l'hoirie se trouvera restituée au légataire légitime ou à ses descendants, si lointains soient-ils, en cas de décès dudit. Voyez-vous, la Haute Cour se conforme au principe *ubi remedium, ibi jus*. C'est-à-dire que les droits procèdent des recours. En d'autres termes, prouvez que vous êtes propriétaire d'une terre, et vous l'êtes ; mais qu'un tiers excipe d'un meilleur titre, alors c'est lui. En matière de biens fonciers, aucun titre n'a de valeur absolue ni définitive.

– Et cela vaut-il aussi pour un codicille ? demandai-je, me souvenant des espoirs de fortune qu'avait fondés le père de ma mère sur celui qu'il détenait.

Il m'assura que tel était bien le cas, ce qui me donna fort à penser.

Cette séance marqua le début de ce que j'en vins à considérer comme mon initiation juridique, car, durant les quelques semaines qui suivirent, mes deux amis m'instruisirent avec libéralité dans les rudiments du Droit et de l'Équité. Mais quelle étonnante éducation ! Chaque fois, ou presque, que Mr Silverlight m'apprenait quelque chose en termes passionnés, Mr Pentecost le contredisait tout en lui opposant une érudition au moins égale à la sienne, étant capable de citer de mémoire, avec une incroyable facilité, des jugements ayant fait jurisprudence. Ce fut ainsi que j'en vins à comprendre ces distinctions quasi théologiques sur lesquelles se fonde l'Équité, et qui instaurent des nuances entre tenure et jouissance foncière, propriété et possession, saisine de plein droit et saisine de fait, opposition à un héritage et exhérédation, intérêts contingents et droits acquis, transport de biens immeubles et recouvrement de dommages, que sais-je…

Si Miss Quilliam connaissait et approuvait cet enseignement, je devais en revanche le taire à ma mère, que par ailleurs le crépuscule rendait plus distante et taciturne que jamais.

Un soir d'été, sur le tard, j'étais en compagnie de mes deux professeurs de droit, bien abrité sous leur tente, quand nous entendîmes un coup frappé à la porte, puis la voix de Mrs Peachment.

– Entrez !

Peu après, Miss Quilliam s'encadrait dans l'ouverture de notre tente.

– Votre mère, me dit-elle, est en train d'écrire en grand mystère dans son carnet. J'ai préféré la laisser seule et venir vous retrouver.

– Je vous en prie, entrez, chère jeune Dame, fit Mr Silverlight en cachant la bouteille à l'abri d'un manteau.

– Vous êtes bien bon, monsieur, mais la décence m'enjoint de ne pas pénétrer dans le logis de deux messieurs.

– Alors veuillez vous asseoir ici, près du feu, proposa Mrs Peachment, qui avait entendu l'échange. Ces messieurs n'auront qu'à nous rejoindre.

– C'est fort aimable à vous ! déclara Mr Pentecost en avançant dans la partie de la pièce que se réservaient les Peachment, aussi cérémonieusement que s'il pénétrait dans une demeure inconnue, tout en s'inclinant courtoisement devant ses hôtes.

– Quels progrès avez-vous faits dans vos études ? me demanda Miss Quilliam quand tout le monde se fut accommodé.

– J'ai beaucoup appris sur la justice, répondis-je précautionneusement.

– Fumisterie ! lança Mr Pentecost.

– La plus noble des créations de l'homme, affirma Mr Silverlight, comme en un soupir.

– Et sur le droit régissant la propriété foncière, ajoutai-je.

– Et sur la nécessité de limiter ce droit, poursuivit Mr Silverlight.

– Au contraire. C'est la fonction primordiale de la loi que de protéger la propriété.

– Tout à fait exact, fit Miss Quilliam. Car c'est le fondement de notre liberté.

– Quelle tristesse que de voir la jeune Beauté faire alliance avec le vieux Cynisme ! se récria Mr Silverlight. La propriété est un crime contre la société.

À ces mots, Miss Quilliam et Mr Pentecost se regardèrent, incrédules.

Mais avant que quiconque eût pu répondre, Dick Peachment prit la parole :

– Alors, j' vois pas où y aurait du crime si la société donne et qu'après elle retire. Et la société, j'en fais pas partie, moi ?

– Certes, déclara Mr Pentecost, cependant que son compagnon paraissait consterné par cette application pratique de la proposition qu'il venait d'énoncer.

– Soyez gentil, monsieur, de pas flatter le gamin, fit son père.

– Vous voyez où mènent vos doctrines, Messieurs ? dit Miss Quilliam d'un ton plein de reproche. Vous aurez sur la conscience la corruption de cet enfant que vos propos égarent.

– Et pourquoi que je me servirais pas ? demanda Dick. C'est pas une fois, c'est mille qu'ils l'ont dit devant moi, que les aristos y s'y prennent pas autrement.

– Il n'y a rien qui t'en empêche tant que tu acceptes le risque de te faire prendre.

– Mr Pentecost ! s'exclama Miss Quilliam.

– Chère jeune Dame, le droit n'est rien de plus qu'une construction artificielle destinée à protéger les riches.

– Ce que vous dites est pernicieux, monsieur Pentecost. Le droit dispense une force morale à chaque individu. Vivre en société, ce n'est pas avoir la liberté de choisir les lois qu'on veut bien respecter comme on choisirait un bonnet à porter.

– Tout au contraire, chère jeune Dame. C'est un simple calcul d'intérêt qui nous conduit soit à respecter soit à bafouer la loi. Fussiez-vous duc avec quinze mille livres de revenus annuels ou voleur à la tire, la même question se pose à vous : le moindre effort consiste-t-il à me plier à cette loi particulière, ou ai-je au contraire intérêt à la violer ? Dans presque tous les cas, le duc et le voleur donneront une réponse contraire, car le droit a été conçu par le premier au préjudice des intérêts du second. Quant au reste d'entre nous, il nous faut décider selon les cas d'espèce.

Je regardais les visages consternés qui m'entouraient – à l'exception de celui de Dick, empreint d'une expression pensive – et je sentis monter en moi un sentiment de profonde exaltation mêlé de désarroi, car si ce que je venais d'entendre était vrai, alors tout n'était qu'arbitraire et incertitude.

– Je ne puis continuer à entendre de pareilles horreurs, déclara Miss Quilliam.

– Chère madame, je vais vous accompagner, dit Mr Silverlight avec un regard plein de reproche à son ami. Il y a quelque chose dont je souhaiterais vous entretenir, vous et Mrs Mellamphy.

Quand ils furent sortis, Mr Pentecost et moi regagnâmes la tente.

– Mais si vous tenez que l'égoïsme bien compris est le principe qui régit les affaires humaines…

Je m'interrompis, ne sachant trop comment exprimer avec suffisamment de finesse ce qui me préoccupait.

– Pourquoi j'ai si mal mené mes propres affaires ? fit Mr Pentecost. C'est que, voyez-vous, les gens n'arrivent pas toujours à vivre conformément à leurs principes. À cet égard, j'ai grandement déçu les miens. Ma famille venait du négoce, et quand elle mesura mon peu d'aptitude à prétendre à la succession paternelle, il fut sagement décidé que je serais déshérité. Ô la bonne inspiration : je n'aurais pas manqué de dilapider mon fonds...

– Entendez-vous par là qu'à l'exemple de Mr Silverlight vous n'avez pas eu de chance ?

– Mon Dieu, ne vous ai-je donc rien appris ? La chance, ça n'existe pas ! Si je me suis attiré mes malheurs, c'est pour avoir follement agi à l'encontre de mes principes. En conséquence, mes créanciers me recherchent, bien que je n'aie rien à leur donner. Mais par bonheur ils ne savent pas où me trouver.

Il avait agi contre ses principes : ce qu'il entendait par là me faisait peur. Je le quittai quelques minutes plus tard, car il était l'heure de rentrer, et en regagnant notre chambre je fus saisi d'un sentiment de tristesse, comme il m'arrivait d'en éprouver chaque fois que j'y revenais en sortant de chez les Peachment, dont le logis était toujours plein de gens et de vie.

Mr Silverlight conversait avec ma mère et Miss Quilliam.

– Très chères, Mr Pentecost et moi avons des amis... Oh ! des gens fort simples, mais d'excellente nature... qui dans une semaine tiendront une petite réunion... donneront une petite fête, si vous préférez... appelons cela à votre guise. Ce serait nous faire un insigne honneur que de nous accepter comme cavaliers.

Je vis ma mère rougir de plaisir.

– Merci beaucoup, répliqua Miss Quilliam gravement. Ce serait avec joie, n'est-ce pas, Mary ?

– Certes, renchérit ma mère. Voilà une éternité que j'ai assisté à quelque chose de ce genre. Mais dites-moi, Helen, ajouta-t-elle en plissant le front, avez-vous songé que nous n'avons rien à nous mettre ?

Miss Quilliam observa Mr Silverlight.

– N'allez surtout pas vous soucier de cela, fit-il avec un

sourire des plus affables. Le chic sans apprêt où je vous vois sera totalement de mise.

Cette remarque ne produisit cependant pas l'effet voulu, car lorsque Mr Silverlight se fut retiré, ma mère ne se préoccupa plus que de la grave question de savoir quoi porter ce soir-là qui la mît pleinement à son avantage.

– Helen, fit-elle après un moment de réflexion, pensez-vous que nous pourrions rencontrer là-bas quelqu'un qui... voyez-vous, des personnes bien nées qui nous estimeraient à notre juste valeur, nous prendraient en pitié et nous aideraient à retrouver la position qui nous revient ?

– Pourrai-je y aller moi aussi, maman ? demandai-je en constatant que Miss Quilliam ne trouvait rien à répondre. Et quels habits porterai-je ?

– Voyons, Johnnie, je pense que tu es trop jeune pour aller à un bal. De plus, tu n'y as pas été invité, tu le sais très bien.

Vint enfin le grand jour annoncé par Mr Silverlight. Ma mère et Miss Quilliam cessèrent leur travail plus tôt qu'à l'accoutumée puis passèrent deux heures à leur toilette, l'une coiffant et habillant l'autre. Lorsque à neuf heures on frappa, tirées à quatre épingles comme elles l'étaient, elles pouvaient aisément passer pour des dames de la bonne société. En présence de Mr Silverlight et de son ami, toutes les deux prirent sur elles pour saluer Mr Pentecost avec bienveillance, même si chacune se ressentait encore de ses propos. Les deux messieurs s'étaient eux aussi mis en frais, tout particulièrement Mr Silverlight, qui s'était mieux que jamais appliqué à soigner son apparence.

– La nuit est si belle, fit ce dernier avec un sourire, que selon moi nous pourrions nous y rendre à pied, à condition toutefois que la promenade vous agrée.

– À vrai dire, déclara Mr Pentecost, souriant aux deux femmes, ce n'est pas loin du tout.

– Eh bien, dit ma mère, nous laisserons donc le carrosse à la maison, ce qui amusa Mr Silverlight comme s'il se fût agi d'un mot d'esprit d'une rare finesse.

Ainsi donc, nous voilà en chemin, les dames retenant le bord de leur robe pour l'empêcher de traîner sur la chaussée non pavée, et moi, qui avais fini par circonvenir ma mère. Nous éclairant de la lanterne de Mr Pentecost, nous suivîmes d'abord Orchard Street avant de prendre bientôt par une allée sombre en direction de New Square, le mal nommé : une place entourée de bâtiments bas, ateliers et entrepôts construits à la hâte quelques dizaines d'années auparavant, dans les jardins jouxtant sur l'arrière les anciennes et belles demeures d'Orchard Street. Du coin de la sombre cour dans laquelle nous entrâmes nous entendions le raclement des crincrins, la cadence des cornets et des fifres, le bourdon des cornemuses, le tout ponctué par le fracas des pieds qui dansaient. Nous nous dirigeâmes vers l'une des portes basses et, comme nous nous tenions sur le seuil, ma mère se retourna vers Miss Quilliam, consternée. Devant nous s'étendait une grande pièce – en réalité une sorte de cellule au sol couvert d'une paille pourrie – qu'illuminait la lueur des chandelles accrochées aux murs nus, crépis à la chaux là où le plâtre adhérait encore aux briques effritées. Une masse indistincte de corps et d'ombres tourbillonnait : les gens dansaient deux à deux ou en groupes sur la terre battue, tandis que d'autres chantaient à tue-tête, buvant à même de grandes cruches d'étain.

– Mais ce n'est pas… fit ma mère d'une voix chancelante.

Je voyais combien elle était déçue, et son attitude me courrouça.

– Venez, Mesdames, les convia Mr Silverlight en les précédant dans la bâtisse.

Après quelques pas, nous fûmes assaillis par une forte odeur de moisi et de bois pourri à laquelle se mêlaient l'âcre puanteur des chandelles, le relent des corps humains échauffés et entassés, joints aux effluves de tabac et de boisson.

– Je ne puis rester ! suffoqua ma mère. Pas avec ces gens.

– Ma chère Dame, je ne sais pas très bien ce que vous espériez, dit Mr Silverlight. Nos braves hôtes sont de pauvres malheureux que l'exil a chassés de l'Érin, notre île sœur infortunée, et pour rustauds et mal dégrossis qu'ils soient, ils sont, je vous l'affirme, parfaitement respectables à leur façon.

– Helen, partons, chuchota ma mère.

Juste à ce moment, un homme s'approcha de nous.

– Tiens, ça chauffe le cœur de vous voir venir danser la gigue ! Et à Thady donc ! Il a toujours apprécié qu'on s'amuse…

– Thady ? répéta Miss Quilliam. Est-ce cet ami à vous qui nous invite ce soir, Mr Silverlight ?

– Ami à nous, oui, mais c'est pas lui qui invite, reprit l'Irlandais. C'est plutôt en son honneur qu'on fait la fête. Pauvre Thady, on va aller là où il repose.

– Se reposer ! s'écria Miss Quilliam. Mais comment peut-il dormir avec un bruit pareil ?

L'homme rit.

– Dormir, que vous avez dit ? *Acushla machree !* Mais vous voulez le voir ?

Sans attendre notre réponse, il fit demi-tour et nous le suivîmes en chœur vers une paillasse étendue dans un coin de la baraque ; à la tête et au pied, on avait disposé une bougie dans un candélabre plaqué de mauvais argent ; au chevet, se tenait une vieille femme accroupie, vêtue de sombre, enveloppée dans ce qui avait autrefois été un manteau. En regardant mieux le corps, je reconnus en Thady l'un de nos voisins.

Après avoir dit quelques mots à la vieille dans leur langue

maternelle, l'homme se saisit d'une cruche, emplit un gobelet qu'il lui tendit, puis il fit de même pour ma mère et pour Miss Quilliam.

– Eh oui, ça finit toujours comme ça, dit-il. Alors, autant prendre un peu de bon temps.

Ma mère s'empara du gobelet, qu'elle vida d'un trait. Puis elle le jeta et se fondit dans la masse mouvante des danseurs, où Mr Silverlight s'empressa de la suivre. Et je les suivis des yeux tandis qu'ils se mettaient à valser, tourbillonnant et oscillant dans la foule.

J'écoutais la cadence endiablée des violons exécutant des danses campagnardes, le gémissement des cornemuses et le crissement des fifres, le tout sur un contrepoint de battement de pieds, et il me vint à l'esprit que nous pourrions aussi bien nous trouver dans une cabane au fin fond de l'Irlande.

Ma mère enchaînait danse sur danse avec Mr Silverlight ; à en juger par le sourire qu'elle lui adressait, je me dis, à leur passage, que c'était la première fois depuis bien longtemps que je la voyais heureuse. J'étais loin de me douter que ce serait la dernière. Mais voyant son partenaire lui rendre son sourire tout en l'enlaçant, je n'étais plus très sûr de nourrir des sentiments d'extrême sympathie pour Mr Silverlight.

Quant à Mr Pentecost, il tenait avec raideur Miss Quilliam par la taille, et ils se mouvaient sans heurts parmi les couples et les groupes d'hommes formant la ronde en se tenant par les coudes à la manière irlandaise. Appuyé au mur pour siroter ma bière, je me demandais si j'étais seul à penser que la gaieté qui s'affichait ici portait en elle un certain désespoir, si la peur de ce qui les attendait tous, maintenant qu'arrivait l'hiver, ne projetait pas son spectre sur ce divertissement qu'ils s'accordaient.

Les danseurs continuaient de tournoyer, et les ombres étirées que les chandelles projetaient sur les murs crasseux prenaient des formes étranges. Tout à coup j'entendis une voix m'interpeller :

– Allons, il est temps d'aller vous mettre au lit, jeune homme.

Puis Mr Pentecost me prit par le bras et m'entraîna promptement vers notre logis, me portant presque dans l'escalier pour me hisser jusqu'à notre chambre. Il me coucha délicatement sur mon lit et je m'endormis presque immédiatement, de sorte que je ne sus jamais quand ma mère et Miss Quilliam étaient rentrées. Je m'abstins de le leur demander le lendemain matin, car l'une comme l'autre montraient un visage pâli, tiré, et ma mère se plaignait d'avoir la migraine.

Mes craintes étaient justifiées, car cette soirée fut notre dernier moment de bonheur avant l'interminable descente dans la misère où devaient nous plonger l'hiver tout proche et son long cortège de difficultés économiques. En d'autres termes, Mr Peachment eut de plus en plus de mal à fournir en commandes ma mère et Miss Quilliam, qui durent tâter, mais sans grand succès, de mille expédients pour survivre du travail de leurs mains, en fabriquant des broches et des boutons ou en cousant des revers de veston. Elles se heurtaient à une concurrence effrénée qu'elles étaient incapables d'affronter, car nombreux étaient ceux qui, avec les mêmes compétences, ne demandaient qu'à travailler plus pour gagner encore moins. À telle enseigne qu'au début du mois d'octobre notre situation devint désespérée.

À nous trois, nous ne faisions rentrer que dans les cinq shillings par semaine au mieux, et encore ce revenu allait-il en diminuant. Trois étaient prélevés pour le loyer ; le gérant se montrait si intraitable sur le terme que toutes les semaines surgissait le spectre de l'expulsion pour la première heure du lundi matin qui suivrait notre éventuel impayé du vendredi. En vérité, nous ne pouvions subsister qu'en faisant appel aux maigres économies de Miss Quilliam, qui nous pressait d'y puiser, et tout indiquait que seule une vigoureuse reprise des affaires nous sauverait de l'absolu dénuement qui nous guettait. De plus, l'hiver qui arrivait menaçait de grever irrémédiablement nos dépenses, car si nous voulions prolonger de quelques heures notre journée de travail, il nous faudrait forcer sur le charbon et les chandelles. Et puis, ni ma mère ni moi n'avions de vêtements de saison. Bref, il n'y avait à mes yeux d'autre issue que de vendre le médaillon.

Aussi, un soir de la mi-octobre où Miss Quilliam était chez les Peachment, profitai-je du tête à tête pour aborder la question avec ma mère qui tentait à la fenêtre d'exploiter le jour finissant.

– Maman, nous ne pouvons pas continuer à vivre aux crochets de Miss Quilliam.

– C'est vrai, mais que faire ? demanda-t-elle en levant les yeux, effrayée.

– Vendre le médaillon.

Dans un sursaut, elle porta la main à sa chaînette.

– Je m'y attendais… Mais je ne pense pas avoir le courage de m'en séparer.

– C'est que nous n'avons pas le choix !

– C'est tout ce qui me reste comme témoin de mon bref bonheur !

Recru de froid et de faim comme je l'étais après une journée entière dans la rue, je me sentis envahi par une bouffée de ressentiment.

– Mais enfin, soyez raisonnable ! lançai-je avec emportement. Que voyez-vous d'autre ? Il faut manger, se chauffer !

– Johnnie, me répondit-elle en prenant sur elle, j'ai réfléchi. Écoute-moi et garde-toi de m'en vouloir. Pourquoi, tout compte fait, ne pas vendre le codicille à Sir Perceval?

Ce que j'avais appris de droit auprès de nos deux voisins me revint à la pensée : je commençais, à force de leçons, à asseoir dans mon esprit la parfaite légitimité de la revendication familiale sur l'héritage. Je refusai l'idée :

– Ce serait tout à fait stupide. Je suis sûr que cela vaut beaucoup plus qu'ils ne voudront jamais nous en donner.

– Nous n'aurions jamais dû quitter Bethnal Green !... soupira ma mère.

La seule évocation des Isbister me jeta dans un tel courroux que l'envie me prit de lui révéler l'horrible vérité.

– Ces gens n'étaient peut-être pas des plus charmants, continuait-elle, mais ils ont été très bons pour nous...

– Alors retournez-y ! criai-je.

Et, complètement exaspéré, je lui racontai ce que j'avais vu la fameuse nuit où j'avais suivi la carriole jusqu'au cimetière. Mais, à ma vive contrariété, ma mère refusa de me croire, alléguant que je ne faisais que me replonger dans l'histoire de Saïd Noumoun et de sa femme, ce conte qui m'avait tant marqué enfant. Cette réflexion m'enragea, et une âpre querelle s'ensuivit.

Après quoi je me reprochai vivement mon attitude et lui demandai son pardon, que finalement elle m'accorda sous la forme d'un baiser. Certes, son attitude était insensée, me dit-elle, mais l'idée même de se séparer de son médaillon était plus qu'elle n'en pouvait supporter.

– Accepteriez-vous au moins de le gager ? lui demandai-je. Il faudrait payer les intérêts pour ne pas le perdre, mais, si nous gagnions un peu d'argent, nous pourrions le récupérer.

Elle réfléchit.

– Oui, finit-elle par acquiescer. À cela je pourrais me

résigner, je crois. Nous demanderons le conseil de Helen quand elle rentrera.

Miss Quilliam approuva mon idée, qu'elle jugeait raisonnable. Déposer le bijou nous rapporterait moins que de le vendre, certes, mais en contrepartie c'était le meilleur moyen de nous garantir dans l'immédiat, tout en conservant l'espoir, pour peu que nous eussions bientôt de meilleures rentrées, de le dégager au printemps.

Le lendemain, donc, ma mère et moi explorions le quartier à la recherche des trois boules d'or qui signalent les prêteurs sur gages. Le premier qui se présenta était situé au coin d'Orchard Street et de Dean Street. Là, suivant le dessin d'une main à l'index pointé en direction d'une impasse, nous nous enfilâmes par une porte dérobée dans un couloir obscur qui menait à une série de cabinets alignés entre des cloisons de bois. Choisissant l'un d'eux, nous en poussâmes le verrou pour attendre au comptoir l'estimateur occupé dans un compartiment voisin. Au fond, sur des étagères, s'empilaient les gages : bijoux, montres, matelas, courtepointes, châles, lourds manteaux, médailles militaires, que sais-je...

Au bout de quelques instants, l'homme vint à nous.

– Combien me donneriez-vous de ceci ? s'enquit ma mère, défaisant le pendentif.

L'employé l'examina de très près.

– Une livre dix shillings, répondit-il en le lui rendant.

Elle hésita, mais, me souvenant de Mrs Philliber qui nous avait parlé de trois livres au bas mot, je tirai ma mère dehors et la dissuadai d'accepter. Plus loin, le prêteur de Princess Street nous offrit deux livres, et le suivant une livre six shillings.

Nous fîmes une quatrième tentative, à quelques pas de là, au coin de Bennet Street. L'homme du comptoir regarda le médaillon d'un œil morne. Bigle, il avait une épaule plus haute que l'autre, au point que son menton incliné semblait lui rentrer dans la clavicule.

– Une livre et cinq shillings, fit-il.

Ma mère secoua la tête en signe de refus. C'est alors que, ouvrant le médaillon, il me parut soudain fort intéressé : il examinait les initiales avec une attention particulière et scrutait les deux miniatures, comparant à maintes reprises, pour l'une d'elles, le portrait et son modèle.

– J'irai jusqu'à deux livres, proposa-t-il.

Ma mère s'entêta, déjà sur le pas de la porte.

– Attendez ! lança-t-il. Combien en voulez-vous ?

– Trois livres.

– Je ne peux pas monter si haut, mais, soit, je vous en donne deux livres quinze shillings.

Ma mère hésita.

– Deux livres dix-sept shillings, dit-il.

– Très bien, dit ma mère.

– Ne faites pas cela ! lui soufflai-je.

– Tu es vraiment stupide, fit-elle. Pourquoi repousser cette offre ?

Je ne trouvai rien à répondre, car je ne nourrissais que de vagues soupçons. Je restai donc près d'elle, me tenant coi.

– Quel nom dois-je écrire sur le double du reçu ? demanda l'homme.

Ma mère hésita.

– Halfmoon, dit-elle. Mrs Halfmoon.

Surpris, je la regardai. Pourquoi avait-elle choisi un nom si étrange ? Nous avions une fois longé une rue de ce nom, mais qu'est-ce qui avait bien pu le lui graver dans la mémoire ?

– Les intérêts sont payables mensuellement, dit l'homme en tendant le reçu.

Ma mère le prit, ainsi que l'argent, qu'elle fourra dans sa poche extérieure, et nous quittâmes l'officine. À peine rentrés, nous eûmes pour premier soin d'acquitter à Miss Quilliam une partie de la dette où nous avaient mis nos emprunts des derniers mois.

Plus tard, nous échangeâmes nos beaux habits pour des vêtements de moindre valeur, mais plus chauds. Une nouvelle étape fut franchie ce jour-là car, comme le fit remarquer Miss Quilliam, il serait définitivement impossible à ma mère de passer pour une dame dans les fripes de quatre sous et si mal ajustées qu'elle portait désormais.

Ce terrible hiver de sinistre mémoire approchait, et, comme les jours se faisaient plus sombres et plus froids, il nous devint de plus en plus malaisé de trouver de l'ouvrage. Lorsque je descendais dans la cour le matin, souvent je trouvais des gens sommeillant dans l'escalier, où ils étaient venus trouver refuge contre le gel. Avant de pouvoir rapporter de l'eau pour notre thé, je devais briser la glace dans la citerne et, pendant ce temps, ma mère et Miss Quilliam se mettaient à leur besogne en s'éclairant de mèches, si bien qu'une nauséabonde odeur de suif emplissait déjà la chambre. Si quelque chose nous réconfortait à voir Noël approcher, ce n'était point tant la perspective de festoyer que la prochaine ouverture de la saison vestimentaire, qui amènerait avec elle un retour de la demande en pièces de couture de toutes sortes.

La toux de ma mère empirait et il m'arrivait plus souvent qu'à mon tour de rester allongé dans le froid et l'obscurité, partagé entre l'aigreur d'être tenu éveillé et l'angoisse où me précipitait son état. Nous souffrions tous de la fièvre lente, laquelle s'accompagnait chez ma mère de suées nocturnes déclenchant de mauvais rêves qui la réveillaient soudain, en proie à une épouvante qui la faisait hurler.

Et pourtant, même à cette époque, il y avait des moments dont je me souviens avec émotion. Je me rappelle une après-midi brumeuse, sur la fin de novembre, où j'avais rencontré nos deux voisins : eux aussi avaient fini de bonne heure en raison du temps, et nous étions revenus ensemble. À l'instant d'atteindre l'abbaye, nous l'avions vue qui surgissait du brouillard, vaste, noire, comme si rien d'autre n'existait derrière elle. Mis à part une fenêtre, çà et là, qui jetait son scintillement jaune, les bâtisses nous apparaissaient comme d'indiscernables masses obscures dont nous distinguions seulement les cheminées et les pignons se détachant sur un ciel plus clair. Là-haut la voûte céleste, bleue, colorée par le soleil qui continuait de luire faiblement au-dessus de la brume.

Ce soir-là, Messrs Pentecost et Silverlight m'avaient invité à partager leur souper ; nous finissions, lorsque Miss Quilliam nous rejoignit.

– Ah ! vous voilà, Johnnie. Je pensais bien vous trouver ici.

Tous quatre – Miss Quilliam avait à la longue vaincu ses réticences à pénétrer chez deux messieurs, mais ma mère, depuis la soirée irlandaise, s'était remise à bouder Mr Pentecost, anathème qui bien entendu frappait aussi Mr Silverlight –, tous quatre, donc, avions accoutumé de nous réunir dans la tente dressée chez les Peachment, où ce soir-là nous faisions, bien au chaud, réchauffer des muffins devant la grille du feu.

– Votre mère, me dit-elle, est en train d'écrire comme une forcenée dans son carnet. Savez-vous de quoi il peut bien s'agir ?

– Je crois qu'elle raconte l'histoire de sa vie, dis-je. Il y a des points qu'elle refuse de m'éclaircir, mais elle veut qu'un jour je sois informé de toute la vérité.

Je me mordis la langue : il venait de m'échapper un de ces termes qui semaient la zizanie, et je le savais bien.

– La vérité ! s'écria Mr Pentecost sur le ton de l'indignation.

– Parfaitement, la vérité. Un noble idéal.

– Ne dites pas de sottises ! La vérité est mensonge, invention. Tenez, il y a davantage de vérité dans un roman à l'eau de rose que dans l'histoire la plus édifiante.

– C'est fort possible, concéda Mr Silverlight. J'ai moi-même commis plusieurs pièces de théâtre et récits épiques versifiés auxquels nul n'a jamais prêté attention, tout cela à cause de la jalousie mesquine des directeurs et des libraires. Pourtant, ces œuvres regorgeaient de vérités. Peut-être devrais-je m'essayer au genre romanesque, ce qui me rapporterait davantage. Je me sens tout à fait capable de brosser – sous l'angle satirique, il va de soi – quelques tableaux de la haute société, alors que j'aurais le plus grand mal à décrire la misère et à ourdir une intrigue.

– Cela, moi, je m'en charge ! fit Mr Pentecost.

– Seriez-vous homme à fomenter des machinations ? questionna Miss Quilliam avec un sourire. J'avoue que vous me faites peur.

– Je crois que je serais assez apte à inventer des intrigues, admit Mr Pentecost comme si la confidence lui coûtait. Mais je reconnais sans ambages que ce qu'on appelle les motifs de l'âme constituent pour moi autant de mystères.

– C'est assurément là un grave inconvénient pour qui aspire à écrire des romans, déclara Miss Quilliam en me souriant.

– Au contraire, puisque les motifs sont dénués de tout poids. Ce qui compte, ce sont les actes.

– Insensé, dit Mr Silverlight. Rien n'importe que les motifs, sinon l'élévation du style et le dessein de l'ensemble.

– Le dessein de l'ensemble ! se récria Mr Pentecost, dans un accès de bile qui lui valut de disperser alentour pour au moins six pence de prise. Comment peut-il exister un dessein ? Ridicule, mon ami. La vie n'est que hasard et arbitraire !

– Vous avez tort. C'est la Raison qui apporte à l'homme la révélation du Dessein qui régit l'univers.

Mr Pentecost, levant haut ses sourcils, poussa les hauts cris.

– Peuh ! La preuve téléologique ! Discréditée depuis des lustres !

– Le propre de l'œuvre d'art, continua Mr Silverlight, sautant à pieds joints sur l'objection, c'est pour son auteur de découvrir qu'à son insu tous les éléments qu'il invente s'inscrivent dans un grand dessein. Si j'écrivais un roman, tout serait partie intégrante du tout. Tout, jusqu'à la disposition des chapitres et à leur numérotation.

– Sottises ! Les auteurs de romans sont des menteurs. Leurs œuvres ne s'inscrivent dans nul dessein concerté et n'ont d'autre sens que celui qu'on décide de leur imposer.

– Il me paraît que vos opinions se complètent bien plutôt qu'elles ne s'opposent, déclara la conciliante Miss Quilliam. Aussi auriez-vous peut-être avantage à collaborer, poursuivit-elle en me lançant un coup d'œil espiègle. Ainsi, Mr Silverlight se chargerait de décrire les mobiles des personnages, surtout, s'entend, ceux des hautes sphères, cependant que vous, monsieur Pentecost, pourriez appliquer tout votre talent aux éléments de l'histoire et de l'intrigue.

La proposition me fit sourire, car je songeais qu'un tel plan aboutirait immanquablement aux mêmes imbroglios que déjà *Punch et Joan*...

– Excellente idée ! s'écria Mr Silverlight. C'est à moi qu'il appartiendrait de bâtir toute l'histoire.

– Comment cela ? Mais vous n'avez rien compris ! protesta son compagnon.

Miss Quilliam et moi laissâmes la question pendante au sein de l'hypothétique équipe littéraire pour regagner notre chambre où régnait l'obscurité. Des ténèbres s'éleva la voix lente et pâteuse de ma mère :

– Pourquoi avez-vous tant tardé ? fit-elle. Vous m'avez abandonnée, j'avais peur. Pourquoi êtes-vous restés avec ces horribles individus ?

À la lueur d'une chandelle allumée par Miss Quilliam, j'aperçus ma mère affalée dans son fauteuil, plume et carnet gisant à terre. Sur un signe de notre amie, je me glissai dans mon réduit. Comment se faisait-il que ma mère, désormais, se montrât si souvent désemparée et fît preuve de tant de puérilité ? Et pourquoi nourrissait-elle tout à coup tant d'animosité à l'encontre de Mr Silverlight ? Le murmure de leurs voix m'endormit.

Le brouillard fut encore plus épais le lendemain. Et dans les jours qui suivirent, la misère des pauvres gens s'accrut. Conséquence de la moisson désastreuse, le pain de quatre livres, dans le peu de mois écoulés depuis notre arrivée à Londres, avait grimpé de huit pence un farthing à onze pence.

À l'approche de Noël, le temps, jusque-là humide mais pas anormalement froid, se gâta. Un gel dur étreignit le pays et fit cesser le travail dans les manufactures de briques et les tenues maraîchères, alors si nombreuses aux pourtours de la métropole. Brochant sur le tout, un vent d'est s'établit, soufflant avec une telle constance que les navires ne pouvaient plus remonter le fleuve pour décharger. Et puis, une semaine avant Noël, la Tamise connut l'embâcle, phénomène inouï en quarante ans, de sorte que le chômage envahit toutes les branches dérivées de l'activité fluviale – débarquement du charbon, batellerie, ballastage, construction navale et autres.

Ce Noël-là, je dirais que nous le vîmes passer, mais sans le fêter, car nous n'osions pas nous offrir de pause. Le lendemain de la Nativité, une neige épaisse tomba sur la capitale, paralysant totalement le peu de commerces de plein air qui s'exerçaient encore. Des hommes en troupes sillonnaient la capitale et ses faubourgs, portant sur eux les outils de leur métier, hottes pour les poseurs de briques, râteaux pour les jardiniers, sollicitant l'aumône de leur bonnet tendu et lançant le même cri : « Le gel ! Pas de travail ! » La horde des mendiants grossissait à vue d'œil, tandis que dans les rues se multipliaient les petits métiers improvisés. Comme les passants se raréfiaient, au contraire, mes maigres profits fondés à proportion du déséquilibre entre offre et demande.

Cela pourtant n'était rien, comparé aux effets du climat sur la saison mondaine. Le mauvais état des routes confinait à Windsor le roi et sa famille, imités par la plupart de leurs sujets les plus éminents qui préférèrent prolonger leur séjour à la campagne après Noël. C'est ainsi que fut retardé le début de la saison, d'ordinaire ouverte à la mi-janvier. On ne convoqua pas le parlement, on annula les courses de chevaux. Les commandes d'habits firent cruellement défaut, à nous qui comptions dessus pour subsister comme à tant d'autres, tailleurs, savetiers, couturiers, ébénistes, bourreliers, selliers, laquais, cochers, palefreniers, qui durent en subir aussi les conséquences.

À la porte des ouvroirs se massaient les nécessiteux venus quémander assistance, mais presque tous étaient éconduits car il fallait, si l'on voulait s'y faire employer, bénéficier d'une décision autoritaire. Il m'arriva de voir quelques-uns de ces miséreux, à qui Sainte-Anne, près de Drury Lane, avait refusé toute aide, s'en prendre à des passants bien vêtus pour exiger d'eux l'aumône, menaces à l'appui. Selon les rumeurs qui circulaient, la populace avait attaqué des boulangeries et des auberges à Whitechapel.

Un matin de la fin janvier, Mr Peachment nous apprit que Dick n'était pas rentré la veille au soir. Au début, ses parents pensèrent avec effroi à quelque accident fâcheux, mais bien vite, à force de ruminer les propos que le garçon tenait depuis quelques mois, il leur apparut qu'il s'en était allé pour de bon. C'était un dur coup pour eux car, pour vivre, ils faisaient fond sur ses gains, et Mr Pentecost exprima aux parents ses profonds regrets d'avoir gavé l'adolescent de certaines idées.

Notre grande pièce dépourvue de vitres par endroits et si haute de plafond dissipait la chaleur qui nous coûtait tellement cher. Nous tentions de faire durer deux semaines un sac de charbon en nous contentant, le jour, de quelques braises et, la nuit, en nous serrant les uns contre les autres. Nous étions tous affligés d'engelures, de crevasses et aussi de ces rhumes accompagnés de toux qui accablent tout particulièrement les nouveaux venus à Londres.

Février, loin d'amener du redoux, vit l'hiver s'aggraver, car il tomba un brouillard givrant – lourd, nauséabond, jaune – qui des jours durant nous laissait à peine entrevoir le soleil dans les très rares embellies où il ne me fallait pas songer à promener dans les rues un éventaire parfaitement inutile. Le prix des vivres montait et, faute d'acquéreurs, celui des articles manufacturés chutait.

Il va sans dire que nos deux messieurs (dont les moyens de subsistance étaient aussi précaires que les nôtres) mettaient volontiers sur le tapis la conjoncture et ses effets. Pour Mr Pentecost, de la crise naîtrait tout naturellement la solution : les salaires baisseraient jusqu'au point où l'emploi retrouverait un regain d'activité. À l'inverse, Mr Silverlight proclamait une théorie selon laquelle le désastre était imminent, et il fallait voir avec quelle bonne humeur il affirmait que chaque jour lui apportait l'espoir d'un soulèvement populaire. À l'entendre, la nouvelle qu'une boulangerie avait été pillée le comblait d'aise.

En dépit de l'enjouement qu'il affichait, je voyais bien que Mr Silverlight endurait avec peine les privations qui lui étaient maintenant imposées. Le mobilier disparut petit à petit de la tente de calife, puis ce fut le tour de la montre de Mr Pentecost, enfin de leurs habits à tous deux. Car si jusque-là Mr Silverlight n'avait jamais cessé de soigner sa tenue, un jour que je regagnais notre logis, sur la fin de ce terrible mois de février, je le rencontrai dévalant l'escalier, grommelant tout seul, revêtu d'un méchant surtout que je ne lui avais jamais vu auparavant, et ne portant pas de cravate. C'était la première fois qu'il se montrait mis d'aussi piteuse façon. Ce fut aussi la dernière, comme je m'en vais l'expliquer.

Le lendemain, Mrs Peachment, deux de ses enfants et Mr Pentecost furent pris d'un accès de fièvre aiguë. Et quand ce soir-là je me rendis chez nos voisins, je trouvai ce dernier alité, le visage congestionné, en proie au délire.

– Où est Silverlight ? demandait-il constamment.

Surpris moi aussi de ne pas le trouver là, j'interrogeai Mr Peachment. Le brave homme me prit à part pour m'expliquer à voix basse que Silverlight avait dû s'enfuir pendant la nuit, car ils ne l'avaient point trouvé ce matin-là, ni lui ni ses affaires, et depuis lors ils ne l'avaient plus revu.

La nouvelle me rendit perplexe, mais je n'avais pas fini de m'étonner…

Miss Quilliam et moi fîmes ce soir-là ce que nous pûmes pour venir en aide à nos voisins. Dans l'après-midi du jour suivant, sur le tard, alors que je rentrais de tournée bredouille ou peu s'en faut, j'entendis ma mère s'en prendre bruyamment à quelqu'un au moment où je gagnais le palier.

– Allez-vous-en ! Je ne veux pas vous voir et je n'ai rien à vous dire !

Un homme se tenait devant notre porte, accompagné d'un molosse qui grondait en montrant les crocs cependant que Justice – à présent je reconnaissais le vieux mendiant – tentait de calmer le jeu et de rassurer ma mère. Au son de ma voix, il se tourna vers moi :

– Je cherche simplement Mr Pentecost…

J'apaisai ma mère et, la prenant par la douceur, la fis rentrer dans notre chambre. Puis j'expliquai au vieillard que notre ami était malade.

– Je suis bien peiné de l'apprendre, dit-il. Pentecost a été bien bon pour Wolf, ici présent. C'est grâce à lui si ce pauvre animal est encore en vie. Je peux pas vous dire combien de fois il lui a apporté un bout de saucisse ou de pâté quand moi j'avais rien à lui donner.

Puisque le vieux Justice voulait voir Mr Pentecost, je frappai en face et l'introduisis dans la pièce. À mon grand soulagement, mon vieil ami avait complètement recouvré ses esprits, mais quelle ne fut pas ma stupéfaction de surprendre le regard que, rougissant, il m'adressa quand il vit qui m'accompagnait !

– C'est tout à fait extraordinaire que vous n'ayez rien reçu, déclara-t-il lorsque Justice lui eut expliqué la raison de sa visite. Quand je me suis rendu compte que je tombais malade, cela m'a causé tellement de tracas que j'ai parlé de vous à Silverlight – ou, pour mieux dire, je lui ai parlé de Wolf – en le priant de vous porter de ma part un shilling, histoire d'acheter quelque chose au chien. Je n'arrive pas à comprendre ce qui a bien pu arriver.

En y mettant les formes, je révélai à Mr Pentecost que son ami l'avait quitté, mais cela ne fit que l'abasourdir davantage encore.

– Quitté ? répéta-t-il. Mais il ne peut pas se passer de moi, le pauvre ! La fidélité même ! Un vrai gamin.

Le vieux Justice écoutait, pensif.

– Mr Silverlight ? C'est bien lui qu'était avec vous l'autre jour, quand je vous ai rencontré avec ce jeune homme-là ?

– C'est bien ça.

Le vieil homme secoua la tête comme si la réponse de

Mr Pentecost évoquait pour lui quelque chose de précis, et il me sembla qu'il était sur le point de parler. Mais il se ravisa.

– Wolf m'a tout l'air d'avoir faim, et j'ai encore un shilling de reste, fit Mr Pentecost, qui à vrai dire regardait le maître et non pas l'animal.

Justice refusa tout d'abord l'offre, mais il finit par se laisser convaincre d'accepter l'argent pour le bien de la malheureuse bête.

Cependant, quelques minutes plus tard il était de retour, muni de pâtés de viande qu'il tint absolument à partager avec Mr Pentecost et le molosse. Je me retirai dans un coin de la tente pour les laisser banqueter sur la paillasse. Passablement déconcerté et, bien que tout me laissât penser qu'en l'occurrence Mr Pentecost avait quelque peu dérogé aux strictes règles qu'il énonçait en matière de charité, je me refusais à réviser le jugement que je portais sur lui.

Mais je ne tardai pas à avoir d'autres chats à fouetter : j'avais à peine regagné notre chambre que ma mère, se précipitant à ma rencontre, me demanda d'une voix où perçait l'angoisse :

– Combien rapportes-tu ?

Lui montrant les quelques pence que j'avais gagnés, elle s'en saisit et se coiffa de son bonnet.

– Nous n'avons donc rien à manger ? lui demandai-je.

Un signe de tête fut sa réponse, et elle s'empressa de sortir.

Quelques minutes plus tard elle était de retour, beaucoup plus calme. Elle se laissa tomber dans son fauteuil sans même se découvrir. Comme de toute évidence elle ne rapportait rien à nous mettre sous la dent, je m'avançai avec l'intention de la morigéner.

– Qu'avez-vous fait de l'argent ? lui demandai-je.

Elle me sourit.

Ce fut alors que les soupçons que je nourrissais depuis

longtemps refirent subitement surface. Ses mains reposaient sur son giron. Je les soulevai, révélant au grand jour ce que j'étais certain de trouver dessous. La fiole avait déjà été débouchée.

– Depuis combien de temps en prenez-vous ? questionnai-je.

– Cela ne me fait aucun mal, fit-elle avec un vague sourire. Helen en consomme elle aussi.

Au même instant Miss Quilliam entra dans la pièce.

– Est-ce vous qui l'avez habituée à en prendre, miss Quilliam ? demandai-je en soulevant la petite fiole vert foncé.

– Je n'ai jamais poussé votre mère à cela, dit-elle en rougissant légèrement. Jadis, j'en suis devenue esclave. Je ne me suis sauvée de sa tyrannie qu'en tenant un compte méticuleux du nombre de gouttes que je me versais, et en me forçant à en diminuer chaque jour le nombre. C'est vous dire, ajouta-t-elle en réprimant un petit frisson, que je ne souhaite pas à une amie d'en passer par où j'en suis passée.

– Cela m'aide à dormir, même quand je tousse, Johnnie, fit ma mère, et aussi à rêver. À faire de merveilleux rêves.

– Alors j'en veux moi aussi, criai-je avec emportement tout en ôtant le bouchon de la fiole. Moi aussi, je veux faire de beaux rêves.

– Non ! protesta Miss Quilliam, qui traversa la pièce pour m'arracher le flacon des mains. À petite dose, cela apporte le sommeil, et à plus forte dose d'étranges visions. Mais en quantité excessive c'est un poison mortel si on n'y est pas habitué, Johnnie. C'est pourquoi on appelle ça le meilleur ami du pauvre. Cela vous enlève la vie, mais sans apparaître en rien comme un moyen de se donner la mort.

Je jetai un coup d'œil à ma mère qui s'était assoupie d'un coup.

L'esprit préoccupé par trop de pensées, j'allai me mettre

au lit, mais je dormis fort mal. Avant l'aube, je fus éveillé par un grand bruit provenant de la pièce d'en face. Lorsque je sortis, curieux de savoir ce qui se passait, je trouvai Mr Pentecost – encore pâle et amaigri par sa maladie – debout entre deux hommes dont je connaissais bien le chapeau à corne et le bâton d'argent, symboles de leur autorité.

Il sourit en m'apercevant :

– Eh oui ! mon jeune ami, me dit-il. Me voilà encore bon pour la Flotte...

C'était m'avouer qu'il avait déjà été détenu sur un ponton !

– Pour quelle raison ? demandai-je.

Il parut perdre de son assurance.

– Je crois vous avoir appris que mes créanciers me recherchaient, fit-il. La vérité est un rien plus complexe. À vrai dire, voilà quelques années, je me suis porté garant d'un emprunt contracté par un ami.

Cet aveu, qui allait si fort à l'encontre de tous les principes d'égoïsme qu'il avait bien pu proclamer, me fit rougir rien qu'à l'entendre.

– Sans doute vous devez vous demander comment on a fait pour vous retrouver au bout de tant d'années, monsieur Pentecost, lui dit l'un des baillis sur un ton bonhomme.

– Pas un seul instant, je vous l'affirme, cher monsieur, rétorqua Mr Pentecost du tac au tac en m'adressant un clin d'œil entendu.

Il n'y avait rien à faire, et au grand dam de la famille Peachment – ainsi que de toute la cage d'escalier, il va sans dire –, on ne lui accorda que quelques minutes pour rassembler son balluchon avant de l'emmener dans une voiture de place qui attendait.

Dans les semaines qui suivirent, lorsque j'oubliais mes propres soucis, je songeais souvent à Mr Pentecost. Quelques jours après l'arrestation, le vieux mendiant revint, et il fut bouleversé d'apprendre ce qu'il était advenu de son protecteur.

– C'est que, dit-il en hochant du chef, le vieux Justice qui n'y voit goutte avait bien reconnu cette voix-là l'autre jour. Un léopard ne saurait effacer les taches de sa robe. C'est bien ce qu'on dit, n'est-ce pas, monsieur ?

Je le pressai d'expliquer ce qu'il entendait par là – et que j'avais peur d'entrevoir –, mais il se borna à secouer la tête en souriant tristement, et il descendit l'escalier en traînant les pieds.

Nous étions à la mi-mars ; nous voyions enfin l'hiver tirer sur sa fin et les affaires reprendre un peu. La première échéance des intérêts dus au prêteur chez qui nous avions gagé le médaillon approchait, et je savais ma mère prête à n'importe quoi pour l'honorer. Elle parvint, au prix d'un jeûne enragé qui fit naître entre nous une violente querelle, à mettre de côté la somme requise, et, au jour dit, elle s'en retourna à l'office, où lui fut renouvelé jusqu'au mois suivant son récépissé. Elle réitéra son exploit en avril et en mai. Cependant, notre situation se détériora tant par la suite qu'il apparut d'évidence que nous serions forcés de renoncer à tout jamais à recouvrer le médaillon.

J'en vins en effet à cette conclusion lorsque, à la fin du mois de mai, Mr Peachment nous annonça que la saison, qui avait si mal débuté, se terminerait probablement plus tôt qu'à l'accoutumée, ajoutant que pour cette raison le confectionneur qui sous-traitait auprès de lui était sur le point de faire faillite. De plus, je savais que les Peachment ne pouvaient plus désormais compter sur le complément de ressources que représentaient les gains de Dick, et que depuis le départ de Pentecost le marasme où s'enfonçait le marché les empêchait de trouver à qui sous-louer la moitié de leur logis.

Durant ces mois, il m'était plus d'une fois arrivé de penser à mon vieil ami et de longer la grille ménagée dans le mur de la geôle de Fleet Market : il y avait toujours là un prisonnier ou un autre pour tendre la main à travers les barreaux en criant : « Pitié, songez aux pauvres gens qu'on emprisonne pour dettes ! » et j'espérais qu'un jour viendrait le tour de Mr Pentecost. Mon attente fut déçue ; à la fin, rassemblant mon courage, j'interrogeai l'homme que j'avais en face de moi : le connaissait-il ? Oui, me répondit-il, de nom, et suffisamment pour savoir qu'il était atteint d'une maladie dont il ne se remettrait pas.

Il commençait à tomber une chaleur moite, et la touffeur qui envahissait les rues misérables était plus insupportable encore que les brouillards de janvier. À la fin du mois de juin, ma mère n'avait pas réussi à épargner de quoi régler les intérêts de juillet, et le souci qui la rongeait me laissa de glace.

Le soir du vingt-deux, alors que nous étions assis dans une quasi-obscurité (car lorsque nous n'avions pas de travail nous n'allumions pas même une mèche trempée dans le suif), on frappa à notre porte et Mr Peachment entra, la mine défaite.

– C'est fini, nous annonça-t-il. Le patron n'a plus d'ouvrage à me donner, et il dit qu'il n'en aura plus jamais.

Nous avions beau nous y attendre depuis longtemps, le coup n'en fut pas moins rude. Ma mère poussa un cri et Miss Quilliam se porta vers elle pour la soutenir par le bras.

– Qu'allez-vous devenir, vous et votre famille ? demanda-t-elle à notre voisin.

– On va vendre tout ce qu'on a, et après, on retournera d'où on vient.

Miss Quilliam remplit deux gobelets à la cruche de grès, l'un pour ma mère, l'autre pour elle.

– En prendrez-vous un peu avec nous ? demanda-t-elle à Mr Peachment.

Il réprima un petit frisson.

– Non, merci, sauf votre respect. C'est que… j'ai vu ce que ça a fait à mon père.

– Pourquoi êtes-vous obligés de repartir ? demanda ma mère.

– Vous devez bien le savoir ! Vous aurez pas dans une seule paroisse de Londres un commis aux bonnes œuvres qui vous placera dans un ouvroir si vous pouvez pas montrer votre droit de résidence. Ils vous renvoient dans votre paroisse à vous. Alors on va repartir au pays, à Dunsford d'où on est venu il y a trois ans au motif que là-bas on trouvait pas d'ouvrage.

Il ne s'attarda pas ; après son départ, nous restâmes assis en silence dans le noir. Puis la voix de ma mère s'éleva dans l'obscurité :

– Et nous, qu'allons-nous devenir ?

– Je n'en sais rien, fit Miss Quilliam, qui se versa, ainsi qu'à ma mère, une généreuse mesure de gin.

– N'avez-vous aucun ami vers qui vous tourner, ma chère Helen ? demanda ma mère.

– Aucun auprès de qui je pourrais me résoudre à solliciter du secours. Mais Johnnie et vous, n'avez-vous pas droit de résidence à Londres, par votre mari ? Il me semble que c'est ce que vous m'avez dit un jour.

À ces mots, littéralement abasourdi, je regardai ma mère.

– Jamais je n'oserais aller là-bas, dit-elle. Ce serait bien trop dangereux.

– Mais pourquoi ? demandai-je.

Ma mère se borna à hocher la tête.

– Ma chère, je crois que vous n'avez pas le choix, déclara Miss Quilliam avec douceur.

– Comment les choses se passent-elles ? fit ma mère dans un souffle.

– Vous seriez nourrie et vêtue. On vous donnerait à manger du gruau délayé – la touille, comme ils l'appellent – et fort probablement un peu de viande le dimanche. Et vous porteriez l'habit des indigents et l'insigne de la paroisse. On vous ferait faire de l'étoupe. C'est désagréable et pénible, mais pas harassant.

– Est-ce que nous serions séparés, Johnnie et moi ? demanda ma mère.

– Vous seriez dans la même bâtisse et on vous autoriserait à vous parler à travers une grille quelques minutes par semaine. Mais au bout d'un certain temps, ils chercheraient sûrement à placer Johnnie chez un maître artisan d'une autre paroisse pour le mettre en apprentissage, parce qu'alors c'est l'autre paroisse qui aurait votre fils à sa charge s'il lui arrivait quelque chose.

Tandis qu'elle parlait, je songeais à l'ouvroir dans lequel j'étais entré pour prendre livraison du « colis » de Mr Isbister, et aussi au grondement que j'avais entendu ce jour-là, grondement, j'en étais venu à le comprendre récemment, qui était celui d'une trépigneuse.

Au bout d'un certain temps ma mère laissa retomber ses mains, dans lesquelles elle avait enfoui son visage.

– Alors, je crois que nous ne pouvons faire autrement. Mais vous, allez-vous pareillement solliciter un secours paroissial ?

– Tout, sauf cela ! s'exclama-t-elle d'une voix affolée, avant de poursuivre plus calmement : Ma situation est différente. Je n'ai à me préoccuper que de moi-même. Et puis, reprit-elle après une brève hésitation, je suis déjà passée par là.

Elle porta son verre à ses lèvres et but comme pour effacer ce souvenir de sa mémoire.

– Vous avez été indigente ? Vous ? fit ma mère, suffoquée.

Miss Quilliam le lui confirma d'un signe de tête.

– Racontez-moi.

Miss Quilliam jeta un coup d'œil dans ma direction, puis vida son verre et s'en versa un autre.

– Non, Mary. Je préfère ne pas en parler.

Nous passâmes une heure ou deux à faire le tri du peu que nous possédions. Miss Quilliam garderait la plupart de nos affaires – et Dieu sait que ce n'était pas grand-chose –, manière de lui rendre une partie de ce que nous lui devions, et aussi parce que tous nos biens nous seraient enlevés lorsque nous entrerions à l'ouvroir.

Je me glissai dans mon lit et ne tardai guère à me plonger dans un léger sommeil, dont je fus soudainement tiré par la voix de Miss Quilliam.

– Est-il endormi ? demanda-t-elle.

Je demeurai immobile, gardant les yeux clos.

– Oui, répondit ma mère.

– Mary, dit Miss Quilliam, comme si brusquement elle sortait de sa réserve, le temps approche où nous devrons nous séparer. Alors, parlez-moi franchement : avez-vous entendu Mrs Malatratt, ou bien cet homme odieux du bureau de placement, répandre sur mon compte des malveillances ou des calomnies ?

– Non, absolument pas.

Toutes les deux se turent, et ce fut Miss Quilliam qui parla la première :

– Je voudrais que vous en sachiez davantage sur mon histoire.

Puis elle se mit à raconter et, incapable de dormir, je demeurai là à écouter sa voix claire, musicale, qui s'élevait dans le noir. Dehors, j'entendais la rumeur coutumière d'Orchard Street à la tombée de la nuit : frottements de pieds sur les marches de l'immeuble, coups frappés sur les portes, accompagnés de jurons sonores ; soudains éclats de voix et rires bruyants. Mais l'histoire que je n'étais pas censé connaître m'accaparait l'esprit, et bientôt je n'entendis plus rien de ces rumeurs qui risquaient de distraire mon attention.

II

Mes infortunes commencèrent avant ma naissance car mes parents s'étaient mariés par amour, contre le gré des deux familles, qui ni l'une ni l'autre ne voulut leur accorder sa bénédiction. Aucun des deux époux n'ayant de fortune, il en résulta toutes les fâcheuses conséquences dues à pareille imprudence. Le père de ma mère, mort lorsqu'elle était petite, n'avait pas laissé à sa veuve plus qu'on ne pouvait en attendre d'un lieutenant de vaisseau qui avait passé la majeure partie de sa vie en demi-solde et n'avait bénéficié d'aucune prise de mer, puisque cela se passait bien avant les guerres récentes. À la mort de son époux, ma grand-mère eut donc à faire face à un dénuement presque complet, alors qu'il lui restait à élever deux enfants en bas âge dans un méchant logis des chantiers navals de Portsmouth. Elle sacrifia tout – y compris l'éducation de ma mère – pour préparer son aîné à entrer dans la Flotte, espérant ainsi mettre un terme à l'impécuniosité de la famille. Hélas, ce garçon devait décéder à l'âge de seize ans, emporté par la fièvre jaune, alors qu'embarqué avec le grade d'aspirant il servait dans les Indes occidentales. Ma grand-mère n'eut alors plus d'autre choix que de loger chez elle des pensionnaires. L'un d'entre eux était un jeune vicaire frais émoulu de l'université et, bien entendu, lui et ma mère s'éprirent l'un de l'autre, les pauvres ! Il retirait en tout et pour tout de sa cure cinquante livres l'an. En revanche il espérait bien, comme je vais l'expliquer, se faire attribuer un jour un bénéfice qui le ferait vivre dans l'aisance.

Son propre père s'étant opposé à son ordination, il ne la devait qu'à l'appui d'un généreux bienfaiteur, Sir William Delamater. Ce baronnet fortuné avait non seulement pourvu aux études de mon père à Cambridge, mais c'était lui qui avait par la suite fait en sorte qu'il obtînt le vicariat de Portsmouth.

Pour ainsi dire renié par ses parents, mon père ne pouvait songer à se marier. C'est alors que Sir William lui témoigna de nouveau sa libéralité en s'engageant, promesse qui devait entraîner les plus fâcheuses conséquences, à le faire nommer à un bénéfice dont il était lui-même le collateur. Il ne s'agissait de rien de moins que le rectorat de la paroisse où se trouvait son domaine, Delamater Hall. En dîmes, émoluments et redevances, ce bénéfice se montait à douze cents livres par an, auxquelles venait s'ajouter la jouissance d'un joli presbytère. Le titulaire du moment était un homme d'âge avancé, et, quoiqu'il fût en excellente santé, l'attribution du bénéfice à mon père ne pouvait pas être indéfiniment remise.

Bien que mes parents eussent décidé de retarder leur mariage de deux ans, à l'expiration de cette période rien n'avait dénoué la situation : mon grand-père refusait toujours de donner son consentement, et le vieux recteur de la paroisse ne semblait guère pressé de cueillir la moisson des béatitudes célestes. Ce fut alors que mon père prit une décision fatale. Ne voulant ni imposer de nouveaux délais à son hymen ni abuser de la générosité de Sir William, il s'adressa à un prêteur sur gages de la City auquel il emprunta trois cents livres remboursables sous forme de douze annuités de cent livres, la première échéance tombant cinq ans après la date de l'emprunt. Mon père avait de bonnes raisons de penser que d'ici là le bénéfice lui aurait été attribué, et qu'il serait donc en mesure de payer sans difficulté sa dette. Ce fut ainsi qu'avec trois cents livres, somme modique s'il en est, mes parents, enfin mariés, s'installèrent dans un cottage de Portsmouth. Je naquis dans l'année qui suivit et demeurai, grâce à Dieu, le seul enfant à ne pas mourir en bas âge.

Le reste est facile à imaginer et je pense que vous en avez deviné le dénouement. Le vieux titulaire du bénéfice ne mourut point et, contrairement à toute attente, il survécut au baronnet, homme vigoureux, chaleureux, qui, lui, perdit la vie en pleine force de l'âge dans un accident de chasse alors que j'avais quatre ans. Ce triste accident eut lieu quelques mois avant l'échéance de la première annuité du remboursement de la dette. L'héritier du domaine et des propriétés – ainsi que du titre –, Sir Thomas Delamater, était le neveu de Sir William. Mon père ne savait que peu de chose de ce gentilhomme, et ce peu ne promettait rien qui vaille. Il lui écrivit immédiatement un compliment de condoléances et lui rappela la promesse faite par son oncle, ajoutant quels espoirs il avait lui-même fondés sur ladite promesse. Mais le nouveau baronnet lui répondit sur le ton le plus froid, le plus formel : non, Sir Thomas n'avait pas connaissance d'une promesse de cette nature faite par son oncle, lequel ne lui avait jamais parlé de rien de semblable de son vivant. Après sa mort, on n'avait pas trouvé non plus la moindre trace écrite, dans son testament ou quelque autre papier, qui accréditât cette promesse. Mon père comprendrait donc certainement, en sa qualité d'ecclésiastique ayant reçu les ordres, que dans ces circonstances, Sir Thomas, bien qu'il ne doutât pas un seul instant qu'un tel engagement eût été pris, ne saurait être lié en une matière où son devoir lui commandait de suivre sa conscience. (Étranges scrupules, de la part d'un homme qui n'avait cessé, par les infâmes dérèglements de sa vie privée, de montrer le peu de cas qu'il faisait des principes de la religion chrétienne.) De plus, ajoutait Sir Thomas, il avait déjà promis le bénéfice à un ami de collège qu'il savait en tout point digne de cette sinécure. Enfin, Sir Thomas regrettait profondément que mon père eût tant précipité les choses en une affaire où des tiers étaient en cause, et cela en se fondant sur un espoir si incertain. Aussi comprendrait-il que Sir Thomas ne pouvait laisser ses sentiments le détourner de son devoir.

La situation de mon père était dès lors désespérée. Le prêteur qui lui avait avancé l'argent eut vite fait d'apprendre son malheur – cela paraît vous surprendre, mais ces gens semblent avoir un réseau d'agents et d'informateurs dans tous les offices juridiques, financiers et ecclésiastiques – et il le menaça de le poursuivre pour dettes, ce qui à coup sûr le destinait à la prison.

Le fils fit un dernier appel au père, dont il ne reçut aucune réponse. Tant qu'il restait en Angleterre, il courait le risque d'être arrêté et incarcéré pour une durée indéterminée : aussi, miné par l'angoisse de ce qui nous attendait, ma mère et moi, il tenta un ultime recours. En ce temps-là – et, autant que je le sache, à cet égard les choses n'ont sans doute pas changé car l'époque dont je parle ne date pas de plus de quinze ans –, il était possible pour un jeune ecclésiastique de se faire nommer sans trop de difficulté aumônier dans un des comptoirs de la Compagnie des Indes orientales. La facilité relative avec laquelle s'obtenaient ces nominations n'était pas seulement due à la modicité des émoluments offerts – on ne pouvait guère espérer plus de soixante-dix livres –, mais principalement à l'extrême insalubrité de ces régions et à la mortalité fort élevée parmi les Européens qui y séjournaient. Sitôt nommé aumônier du poste de Cawnpore, dans la province d'Allâhâbâd, mon père consacra la plus grande part de ses trois premiers mois de salaire – le premier trimestre lui avait été alloué d'avance – à contracter une assurance sur la vie d'un capital de cinq cents livres : cette somme me serait versée à son décès, ma mère et ma grand-mère étant grevées de substitution, et je pense que, dans la mesure où cette initiative ne contrevenait pas aux enseignements éthiques de son Église, il était persuadé que sa mort, pour peu qu'elle fût imminente, annulerait sa dette en même temps qu'elle laisserait sa veuve et sa fille à l'abri du besoin. Son intention était de partir seul pour les Indes, mais ma mère tenait à l'y accompagner, et quand il vit qu'à s'obstiner dans son refus il risquait bien plus d'altérer sa santé qu'en la laissant le suivre, il consentit à l'emmener.

Et c'est ainsi qu'ils s'embarquèrent pour Calcutta en me confiant aux soins de ma grand-mère. Bien entendu, le climat œuvra comme il fallait s'y attendre, et quelques mois après leur arrivée ce que mon père avait eu pour dessein s'accomplit. La mort l'emporta. Tout comme hélas elle emporta aussi ma mère. Ce qui se produisit par la suite lui infligea un cruel démenti. Il faut dire qu'on l'avait très mal conseillé. Le croirez-vous ? je soupçonne fort l'avocat qu'il avait consulté de s'être fait le complice du prêteur et d'avoir délibérément induit mon père en erreur. Car sa mort ne libéra nullement sa succession des obligations contractées envers le bailleur de fonds qui, devant les tribunaux, obtint les cinq cents livres avant même que la compagnie d'assurances ne les eût payées à ma grand-mère. Or, seul l'avocat en question avait pu apprendre au prêteur l'existence de cette police.

J'avais alors sept ans, et je ne dépendais plus exclusivement que de ma grand-mère, dont les uniques ressources provenaient des pensionnaires à qui elle louait les deux étages supérieurs de la petite maison qu'elle avait prise à bail. Son âge d'abord, mais aussi sa santé chancelante et ses propres soucis en faisaient une femme acariâtre, peu qualifiée pour présider seule à l'éducation d'une jeune enfant. Mais elle s'acquitta de ses obligations en m'envoyant dans une école où je tirai tout le profit que je pus de l'enseignement qu'on y dispensait. Il faut croire que j'y excellai, puisqu'on finit par m'y confier le soin de donner des leçons à mes condisciples en qualité de répétitrice.

Ma grand-mère mourut quand j'eus quatorze ans, et, comme le bail qu'elle avait contracté sur la petite maison que nous occupions expirait avec elle, je me retrouvai subitement sans personne qui me protégeât, sans revenu et sans foyer. Une fois sa succession liquidée et ses dettes payées, mon héritage – puisque j'étais la seule héritière devant la loi – se bornait à quelques shillings.

Voilà pourquoi je n'eus d'autre issue que de suivre le chemin auquel j'ai déjà fait allusion et de quémander le secours des autorités paroissiales. Je ne dirai rien des insultes et humiliations qu'il me fallut subir. Qu'il me suffise de rappeler que le patron et la patronne de l'ouvroir, gens brutaux et ignares, se délectaient de l'occasion qui leur était offerte de prendre leur revanche sur une pensionnaire issue d'une classe sociale supérieure à la leur.

Désespérant de trouver quelque moyen d'échapper à mon sort, j'écrivis alors à mon seul parent, savoir mon grand-père. Ce fut un avoué qui répondit à ma lettre. C'était lui qui liquidait la succession car, m'expliquait-il, mon grand-père était mort en faisant don de tous ses biens à une institution charitable. L'avoué m'envoyait cependant dix livres, sans me cacher que c'était là tout ce que je pouvais espérer.

Bien loin de mettre fin à mes tourments, l'initiative que j'avais prise ne fit que les aggraver : souhaitant ne plus me savoir à la charge de la paroisse, le bureau d'aide aux indigents se déclara disposé à ajouter dix autres livres à mon legs, afin de constituer la prime nécessaire à un placement chez une couturière de Southampton à qui ils avaient déjà envoyé des apprenties. Quant à moi, tout autres étaicnt mes aspirations : je visais l'école où j'avais si bien réussi, et dont les dames qui la tenaient étaient très désireuses de me prendre en qualité d'enseignante d'appoint ; en contrepartie, elles se satisferaient de toucher une prime d'apprentissage réduite. Ce pacte n'était pas de pure charité : elles me savaient prête à travailler comme une esclave en échange du gîte et du couvert, entendez de la portion congrue et d'un coin à peine digne d'une souillon de cuisine. Cependant, même réduite, la prime d'apprentissage exigée se montait à quarante livres, et le conseil refusa de subvenir à la différence. J'avais le moral brisé en songeant au lendemain. Mais j'écrivis à... disons que de l'aide me vint d'une source inespérée. Et ce fut ainsi que je pus faire l'apprentissage qui me tenait à cœur.

Durant les deux années qui suivirent, je travaillai avec diligence afin de tirer tout le bénéfice de ce que l'école pouvait m'offrir. Je ne me fis nul ami, excepté quelques élèves, mais ce ne fut pourtant pas une époque malheureuse, car je découvris que j'étais une pédagogue née. Et le plaisir que je prenais à ce métier, sachant que ma plus haute ambition ne pouvait être que de trouver une bonne place de préceptrice ou de gouvernante, me confirmait dans l'idée que j'avais pris la bonne direction.

III

Lorsque mon apprentissage prit fin, ces dames m'offrirent un poste permanent, mais elles me refusèrent la rémunération à laquelle me permettaient de prétendre et mes aptitudes et mon zèle. Ce fut donc d'un commun accord que nous nous séparâmes. Pour ma part je n'en éprouvai guère d'amertume, car les deux sœurs qui possédaient et dirigeaient l'établissement étaient des femmes dures, d'esprit étroit, pour qui j'avais peu de sympathie.

Ce fut alors que je vins à Londres ; rapidement m'échut la chance – c'est du moins ce que je crus sur le moment – d'entrer au service des Mompesson. Je vécus d'abord quelque temps dans la ville, puis nous partîmes seules, mon élève et moi, pour leur domaine. J'en vins vite à m'attacher à Henrietta, cette étrange et malheureuse enfant, et à l'aimer de plus en plus au fur et à mesure que je découvrais comment elle était traitée par le reste de la famille, voire par les domestiques. J'aurais mauvaise grâce à parler avec une totale franchise de mes employeurs. Et cela d'autant plus, m'avez-vous dit, que vous aviez des liens de parenté avec eux. Je me bornerai donc à noter que moins je voyais Sir Perceval et Lady Mompesson, plus je m'en félicitais. Cependant rien ne m'empêche de dire qu'il serait difficile de trouver des exemples d'égoïsme sournois et de stupidité cruelle comparables à ceux que j'ai pu observer chez leurs fils, David et Tom. Mais j'anticipe…

Les premiers mois que je passai à Hougham avec Henrietta cet été-là – l'avant-dernier, mais il me semble que c'était il y a un siècle – me furent un paradis. À part l'intendante, Mrs Peppercorn, et quelques servantes, nous étions seules. C'était une enfant mélancolique, mais elle se refusait à livrer la cause de sa tristesse, qui ne me surprenait pas chez une enfant devenue orpheline en bas âge ; jamais elle ne se plaignait du traitement que lui infligeaient ses tuteurs. Consternée de la savoir contrainte au port d'une planche de force, je leur adressai une lettre, mais ma démarche demeura sans effet. Je fus également bouleversée de découvrir sur ses mains des meurtrissures profondes sur l'origine desquelles elle ne voulut rien me dire. À cette heureuse époque je ne soupçonnais pas la vérité.

Peu à peu je gagnai la confiance de Henrietta et je devins la première amie, ou quasiment, de cette timide enfant. Mais cet attachement réciproque ne pouvait durer car toute la famille, à la réserve de Mr Mompesson qu'on ne pouvait arracher aux plaisirs de la capitale, vint séjourner à la campagne sur le tard de l'année, comme vous savez, puisque ce fut peu de temps après leur arrivée que je fis la connaissance de Johnnie. J'avais désormais tout loisir de voir le peu de cas que mes employeurs faisaient de mon élève, combien ils la rabaissaient. Tout loisir de voir aussi qu'ils laissaient Tom la brutaliser et la tourmenter. Cette situation était déjà en soi fort pénible, mais quand après Noël il nous fallut tous, y compris Henrietta et moi, regagner Londres, un désagrément imprévu vint encore compliquer les choses. Dans toute la mesure du possible, je m'efforçais de ne pas croiser la famille – ce qui n'était pas difficile, puisque dans l'hôtel de Brook Street Henrietta et moi vivions à l'étage supérieur et que nous prenions nos repas ensemble dans la salle d'étude. Il m'arrivait cependant, et en diverses occasions, de rencontrer le jeune Mr Mompesson, et bientôt je ne pus me dissimuler que l'attention qu'il me portait était pleine d'arrière-pensées. Rien de tel ne s'était passé avec son rustaud de frère, homme auquel mon séjour à Hougham m'avait suffisamment frottée pour que son univers me parût borné à ses chiens et à ses chevaux. Naturellement, je tentai d'éviter le jeune insensé autant que faire se pouvait, mais il se mit à m'imposer sa présence, pis encore, à s'arranger pour se ménager avec moi des tête-à-tête. Je me fis une règle de ne jamais lui adresser la parole, sauf devant des tiers, mais les rares fois que je ne pus me soustraire à sa compagnie, il se montra de plus en plus importun et grossier.

Finalement, un jour il me trouva seule dans la bibliothèque où, me retenant prisonnière, il tenta de prendre avec moi des libertés intolérables. Enflammé de colère par mes résistances, il se permit une impardonnable insulte qui me scandalisa au point que, réussissant à m'échapper, je décidai de courir auprès de Sir Perceval et Lady Mompesson. Je me précipitai dans leur salon, affolée, presque en larmes, me plaignant de la conduite de leur fils en des termes que je croyais convaincants et propres à forcer le respect. La façon dont ils me reçurent me fit l'effet d'une gifle. Ils me traitèrent avec morgue, laissant à entendre que cette simple manifestation de fougue juvénile ne méritait pas de tels excès. Je me retirai avec autant de dignité que possible, mais de retour dans ma chambre j'en vins à la conclusion que cette fin de non-recevoir me mettait dans une position intenable. Une jeune femme dans ma situation ne pouvait en aucun cas se permettre d'obtempérer aux injonctions d'un Mr Mompesson, et il me sauta aux yeux que la solution la plus sage consistait à me mettre en quête d'un autre emploi. D'autre part, je le savais, que de jeunes gouvernantes avaient dû en passer par là, surtout si pour leur malheur elles étaient dotées de charmes propres à attirer la convoitise ! Tout bien pesé, il me sembla que mieux valait surmonter pareille difficulté que de la fuir. J'avais en outre une autre raison, plus puissante encore, de rester : le désir de ne pas abandonner Henrietta. Depuis que nous étions venues habiter leur hôtel de Londres, j'avais appris de sa grand-tante, qui avait ses appartements dans la maison, quelques-uns des motifs qui avaient conduit les tuteurs de la petite fille à la prendre sous leur protection.

Je me déterminai donc à rester tout en me tenant au fait d'autres emplois éventuels, dans l'hypothèse où ma situation à Brook Street deviendrait insupportable. C'est pour cette raison que j'allai m'inscrire au Bureau central de recrutement de Londres. Initiative bien opportune, puisque c'est par ce biais que John et vous avez découvert mon adresse.

IV

Un autre soir que j'étais à la bibliothèque, Mr Mompesson junior entra. J'évitais le plus possible de m'y trouver seule, mais je ne parvenais pas à me priver totalement du plaisir de lire. Cette fois, contrairement aux précédentes, il me demanda instamment de bien vouloir lui pardonner sa conduite passée. Heureuse de le voir prendre l'initiative d'une conciliation, j'acceptai ses excuses. Et c'est alors que de la manière la plus charmante – car il peut être exquis – il me demanda de lui faire l'honneur de l'accompagner, le lendemain soir, avec un groupe de ses amis, aux jardins de Vauxhall. Manière de faire amende honorable, me dit-il, et de se faire absoudre. Parmi ses amis serait présente une certaine Mrs Purviance, veuve éminemment respectable et vieille connaissance de sa mère.

Je me dis qu'il eût été mal venu de décliner une offre qui pouvait procéder d'un véritable esprit d'apaisement, et qu'à refuser je m'exposais à le renforcer dans ses vieilles dispositions. Et puis, pour être parfaitement honnête, la perspective d'une soirée de divertissement n'était pas pour me déplaire, dans l'existence monotone que je menais. Cependant, je ne pouvais me défendre de trouver quelque peu suspectes les raisons qu'il alléguait. Aussi lui répondis-je que je tenais à entendre ses parents exprimer, de la façon la plus formelle, non seulement leur accord avec cette invitation, mais encore le souhait de me voir l'accompagner, lui et ses amis. Je fis valoir que dans le cas contraire il serait déplacé, pour une simple gouvernante, de s'imposer parmi des personnages de cette qualité. Je pensais, j'espérais même un peu, qu'il refuserait de satisfaire à pareille exigence, mais non ! Il s'y soumit avec empressement, déclarant qu'il n'en attendait pas moins de moi; il n'eut de cesse qu'il ne sonnât un domestique qu'il envoya demander à ses parents de lui accorder audience. Edward, le valet de pied, transmit la requête, mais revint annoncer que Sir Perceval et Lady Mompesson – bien qu'il fût à peine dix heures – s'étaient retirés pour la nuit.

Cela parut contrarier le jeune homme, mais tout aussitôt il me proposa d'écrire moi-même une note destinée à ses parents. J'y consentis et rédigeai rapidement quelques lignes par lesquelles, me gardant bien de leur demander permission d'accompagner leur fils, je leur faisais connaître que celui-ci m'avait conviée à me joindre à lui, mais que je ne voulais pas y déférer sans une approbation pleine et entière de leur part. Et j'ajoutai, sur la demande expresse de Mr Mompesson, que Mrs Purviance compterait parmi les personnes présentes. Quelques minutes plus tard, Edward rapporta un billet plié en triangle, comme il est d'usage dans la bonne société, et rédigé de la main de Sir Perceval (son écriture, très reconnaissable, eût été taxée d'illisible si elle avait été celle d'une personne de moindre rang), d'où il ressortait que son épouse et lui étaient pleinement consentants. Mieux encore, ils me conseillaient vivement d'accepter l'invitation. Imaginez combien j'étais partagée dans mes émois. Il n'est pas rare que la vie suscite de ces moments où vous n'aimeriez rien tant qu'être forcé dans une voie qui séduit, quand votre jugement freine des quatre fers. Plus forte que mes appréhensions – tout exaltée que j'étais – me paraissait la promesse qui me liait à Mr Mompesson de me conformer à la décision de ses parents : je serais donc du groupe. Comme vous le pensez bien, je passai une nuit agitée. Je vous pardonnerai votre sourire quand je vous dirai que je me souciais fort de savoir comment je me vêtirais pour sortir, et le lendemain j'eus toutes les peines du monde, pendant le peu de temps libre que me laissaient mes obligations, à retoucher la toilette que je devais porter. Bien qu'elle eût moins de goût pour les chiffons que la plupart des petites filles de son âge, Henrietta m'aida dans mes préparatifs et me prêta son châle de cachemire. En outre, la femme de chambre qui s'occupait d'elle et de sa grand-tante me proposa affablement de me coiffer.

Le lendemain soir, vêtue d'une toilette modeste mais de circonstance, j'attendais dans ma chambre avec impatience. Comme Sir Perceval et Lady Mompesson soupaient dehors, Mr Mompesson avait pris des dispositions pour que le carrosse qui les avait conduits revînt nous chercher. Ainsi, quand à neuf heures je descendis, je trouvai dans le grand salon Mr Mompesson en compagnie de Mrs Purviance. C'était une dame de la cinquantaine, d'apparence très respectable et qui, à en juger par les propos qu'elle tenait, était dans les termes les plus intimes avec nombre de personnes de l'aristocratie. Elle exprima le regret de ne pas avoir la chance de voir Lady Mompesson ce soir-là.

C'est donc rassérénée que je montai dans la voiture qui nous mena aux jardins de Vauxhall, ce qui pour moi était déjà toute une aventure. À la grille, nous trouvâmes comme convenu le quatrième membre de notre groupe, un jeune homme dont je ne saisis pas le nom, mais que Mr Mompesson appelait Harry. Quoique piètrement vêtu, c'était un bel homme et, comme je devais bientôt le découvrir, doué de beaucoup d'intelligence et de charme.

Ce gentilhomme nous entraîna dans les jardins tandis que Mr Mompesson payait à l'entrée. Nous marchions dans le lent déclin d'un crépuscule d'été, et c'est tout naturellement que je mis à deviser, surtout avec Mrs Purviance, qui me fit l'impression d'être une femme en même temps à la page et de bon goût. Quant à ces messieurs, à en juger d'après les bribes qui me parvenaient de leurs propos, ils me semblaient essentiellement parler tapis vert et gazon, car revenaient à tout instant dans la conversation le nom d'Untel « qui avait laissé cinq cents livres dans l'établissement de jeu d'un nommé Fishmonger », ou encore la question de savoir « si la pouliche se laisserait monter ».

Puis, le cercle s'élargissant, il me parut que Mr Mompesson s'efforçait de s'adresser à moi avec le respect et la courtoisie qu'il eût témoignés à quelqu'un de son rang, et, pour la première fois, je me pris à penser qu'il avait des qualités que jusque-là il n'avait pas dévoilées.

C'était une belle soirée, et durant une heure ou deux nous nous promenâmes, regardant les lanternes colorées dissimulées dans les branchages, admirant les fontaines, le nouveau *cosmorama* et la tour mauresque, tandis que l'orchestre jouait sur une estrade au centre du jardin, sous une arche décorée. Nous étions entourés par les membres les plus distingués et les plus élégants de la haute société, et je n'étais pas peu flattée de me trouver mêlée à eux comme si je faisais partie de leurs pairs. Mais, la soirée avançant, les familles aristocratiques disparurent progressivement, relayées par une clientèle totalement différente : domestiques singeant leurs maîtres, apprentis ayant délaissé leur ouvrage sans y avoir été autorisés, servantes avec leurs amoureux. Ce que voyant, Mr Mompesson, à qui, je crois, ma gêne n'avait pas échappé, proposa de passer à table.

Mrs Purviance acquiesça tout de suite, mais non point Harry.

– Pour ma part, je n'ai guère faim, déclara-t-il. À vrai dire, je n'ai même pas faim du tout.

– Rassure-toi, Harry, c'est moi qui régale, fit Mr Mompesson, nous entraînant vers la salle du restaurant. Non, je t'en prie, Harry, ne proteste pas.

– Je m'en garderai bien, déclara Harry en souriant. Car te voilà en train d'augmenter ingénieusement ton crédit.

– Comment ça ? De le réduire, oui, tu veux dire.

– Au contraire. S'endetter, c'est comme creuser les fondations d'une maison : plus tu creuses profond, plus tu pourras construire en hauteur. Tu veux savoir qui a le plus de dettes ? Tout simple : celui qui mène le train de vie le plus fastueux.

– Voilà qui n'est pas dénué de vérité, fit Mrs Purviance alors que nous prenions place autour de l'une des tables surmontées d'un parasol décoré.

Sur la nôtre, un élégant surtout proposait des fruits rares et des confiseries ; un peu plus loin, un ensemble de cors d'harmonie et de clarinettes jouait des valses françaises.

– Cela me rappelle Lord Quantock, reprit Mrs Purviance : peu de temps avant d'être obligé de fuir ses créanciers, il avait fait adjoindre une salle de bal à son château.

– À t'entendre raisonner de la sorte, mon cher ami, déclara Mr Mompesson à l'autre jeune homme, je t'aurais pris pour un millionnaire.

– Et te voilà, toi, Mompesson, fit en souriant Harry pour éluder la réplique de son interlocuteur, en train de creuser avec l'acharnement d'un manœuvre irlandais. Vous êtes-vous jamais demandé, miss Quilliam, à quel point un homme de la bonne société qui s'est endetté doit travailler ardemment ? Et cela par pur désintéressement ! Uniquement par pitié pour ses créanciers, car s'il fait la culbute il entraînera avec lui dans sa chute des familles entières d'honnêtes prêteurs. Savez-vous bien, miss Quilliam, que de notre ami Mompesson ici présent dépend totalement le bonheur de toute une famille juive ?

– Il y a du vrai dans tes divagations, Harry.

– Toujours, affirma celui-ci. Comme on l'a dit de Virgile, je me complais dans mes sottises avec un air de majesté.

– À vrai dire, reprit Mr Mompesson, ce sont mes créanciers qui m'ont supplié de leur emprunter de l'argent.

– Précisément ! C'est toi qui les tiens et non pas l'inverse, comme on le croit généralement. Et cela te pèse, je le sais bien… le souci de mettre à l'abri du besoin tous ces petits Abraham et toutes ces petites Rébecca. Pas étonnant si tu m'envies. La véritable paix de l'esprit ne vient que lorsqu'on ne possède rien.

– S'il en est ainsi, fit Mr Mompesson, alors ma famille planera bientôt au septième ciel.

– Fi ! monsieur Mompesson, déclara Mrs Purviance. Trouvez-vous là matière à plaisanter ?

– N'aie crainte, Mompesson, tu trouveras toujours des imbéciles assez rapaces pour continuer à te prêter. N'est-ce pas ce que voulait dire Horace, ou je ne sais quel Romain de la même farine, quand il a proféré que le crédit est long mais la vie courte ?

– Qu'est-ce que j'en sais, moi ? On m'a bien fait rentrer un soupçon de latin dans le crâne, à force, mais je n'ai eu aucun mal à m'en défaire sur les bancs de la fac. Les bouquins, et tout ce qu'on potasse dans le genre, c'est bon pour toi.

– Je travaille dur, c'est vrai, acquiesça Harry, que ces remarques n'étaient pas sans déconcerter quelque peu. Mais, pour jouir de ton état, il a bien fallu que tu fasses toi aussi l'effort d'apprendre. Mener une vie d'oisif n'est pas une mince tâche. Tiens, il m'est arrivé de voir mon ami Pamplin passer une heure à se choisir une cravate.

– Un arbitre des élégances, me chuchota Mrs Purviance avec un sourire.

– Toi à qui ce genre de travail est épargné, tu ne connais pas ton bonheur, ironisa Mr Mompesson. Tu as la chance de n'en avoir que deux, de cravates : une, pour la mettre, l'autre pour rien…

– Tous les attributs du vrai gentleman, fit Harry d'un ton badin. Car si j'en crois une définition que j'ai lue je ne sais où, n'est authentiquement gentleman que celui qui est dépourvu de moyens d'existence visibles. Ce qui est assurément mon cas.

– Cela n'exclut pas l'existence de moyens cachés, Harry, fit Mr Mompesson. Sinon ta définition reviendrait à dire que des centaines de gentlemen sont reclus à Newgate, et que des dizaines par an se balancent au bout d'une corde.

– En bonne justice, il devrait en être ainsi, déclara Harry avec un sourire comique. Mais la plupart des gentilshommes dont tu parles ont des moyens d'existence occultes, de telle sorte que ta restriction n'a pas lieu d'être. Mais j'ai entendu un jour une définition qui me semble meilleure, à savoir qu'on n'interdira jamais l'entrée d'un club de bonne tenue à un homme qui sait nouer élégamment sa cravate, qui ne garde pas les mains dans ses poches de culotte et sait se taire.

– À ce compte-là, même mon frère Tom serait tenu pour acceptable, fit Mr Mompesson.

– N'avez-vous pas honte de parler ainsi de votre frère ? protesta mollement Mrs Purviance, en faisant de son mieux pour ne pas sourire avec les deux jeunes gens.

Je sentais que je devais dire mon mot, sous peine de passer définitivement pour sotte ou de faire taxer ma réserve de condescendance.

– Pour moi, déclarai-je, un gentleman est nécessairement un être dont la naissance et le savoir-vivre s'accordent à ses manières et à sa conduite, quelle que puisse être sa fortune personnelle.

– Vous exprimez fort bien les choses, ma chère, fit remarquer Mrs Purviance.

– Et faites preuve d'excellents sentiments, ajouta Harry, avant de poursuivre avec un sourire qui ne dissimulait pas sa colère. Et pourtant, un homme dont les manières sont celles d'un rustre et dont la conduite est d'une immoralité infamante est reçu en gentilhomme là où on ne l'engagerait pas même en qualité de vil domestique. Tu sais à qui je pense, Mompesson ?

– Il n'y a pas un homme au monde qui puisse être un vrai rustre quand il dispose de quatre mille livres de rentes annuelles, rétorqua Mr Mompesson.

– Dans ces conditions, fit Harry, il s'en faut d'un ou deux milliers de livres que tu ne sois accepté dans la bonne société.

– Je ne vois décidément pas ce que tu pourrais bien savoir de la bonne société en dehors de ce que je t'en ai appris, répliqua Mr Mompesson avec froideur.

Harry rougit et, toujours souriant, se tourna vers moi.

– N'allez surtout pas imaginer, miss Quilliam, que Mompesson me traite de haut. À vrai dire, c'est l'inverse : en l'insultant publiquement, je l'incite à l'humilité et à la magnanimité. Je suis un peu comme ce vieux mendiant du Cumberland que campe l'abominable Wordsworth dans un de ses poèmes, et qui va son chemin pour le bien des autres, puisqu'il offre l'occasion à ses frères humains de faire acte charitable.

– Alors, tu es le plus grand bienfaiteur que je connaisse, s'empressa de rétorquer Mr Mompesson avant de se tourner vers moi pour ajouter : Il a même essayé de faire le bien de mon père de la façon qu'il vient précisément de décrire.

Il me sembla que ces mots firent tressaillir Harry, mais c'est sur un ton enjoué qu'il déclara :

– En effet. Malheureusement, le vieux gentilhomme n'a pas voulu saisir l'occasion que je lui offrais.

– Et pourtant, Sir Perceval a un sens aigu de la famille, fit observer Mrs Purviance. Songez seulement à la bonté qu'il témoigne à cette pauvre petite Henrietta.

– C'est précisément parce que mon père a ce sens-là qu'il s'est refusé à tirer profit de la mansuétude de Harry, fit Mr Mompesson.

Si les propos de Mrs Purviance m'avaient déconcertée, je l'étais davantage encore par ceux que je venais d'entendre. Se pouvait-il que Harry fût apparenté à Sir Perceval ? En tout état de cause, il s'empressa de changer de sujet :

– Comment va...

Mais il n'acheva pas sa phrase, car Mr Mompesson lui coupa la parole.

– J'en ai entendu une bien bonne l'autre jour, fit-il. J'étais en train de parler à Berkeley Tessymond au White's Club et...

Mais à son tour il fut interrompu par Mrs Purviance.

– Ne s'agit-il pas, demanda-t-elle, du fils reconnu de feu le comte de Huntingdonshire, autrement dit le demi-frère aîné du comte actuel ?

– C'est cela même. Donc, il s'est mis à me parler de sa paternité en me mentionnant quelque chose que lui avait dit une jeune Française qu'il avait rencontrée chez Mrs Maulever, dans Hill Street. Peut-être connaissez-vous la maison, Mrs Purviance ?

Sur un bref signe de tête de Mrs Purviance, il continua :

– Bref, la conversation roulait sur ses origines à elle, et elle lui avait dit que si on ne savait pas toujours qui était son père, ce qui était bien dommage, on était pour le moins certain d'en avoir un, ce qui était une consolation.

Personne ne rit et je tournai la tête pour cacher ma rougeur. À ce moment, le garçon se mit à servir.

– Qu'y a-t-il là-dedans ? lui demanda Harry avec une amusante grimace.

– Du veau, monsieur.

Harry piqua la viande de la pointe de son couteau.

– Un veau qui veut se faire aussi vieux que le bœuf, alors, fit-il.

Tout le monde rit, et la gêne se dissipa. Les autres, qui buvaient sans retenue d'un vin blanc du nom de tokay, m'exhortaient à en prendre, m'affirmant qu'il était à peine plus fort que la petite bière. Je les crus sans mal, à en juger par le nombre de verres qu'ils vidaient à grands traits sans en ressentir nul inconvénient visible, tant et si bien que, me refusant à jouer les prudes ou à affecter une farouche réserve, je consentis à y goûter. Je compris plus tard que le breuvage devait être plus fort que je ne l'avais d'abord pensé, mais ce fut sans doute grâce à lui si, retrouvant soudain ma langue, je me mis à parler, espérant seulement ne pas montrer de façon excessive quel plaisir je prenais à partager pour la première fois de ma vie la compagnie de gens bien nés et pleins d'esprit.

Plus tard, nous gagnâmes en flânant le lieu où devaient être tirés les feux d'artifice. Jamais encore je n'avais assisté à si beau spectacle : des feux de Bengale flamboyaient au-dessus de nos têtes, projetant sur nous des myriades d'étincelles, des serpents se lovaient en crachant des flammes, et de magnifiques fusées éclataient au ciel en gerbes d'étoiles multicolores et tourbillonnantes.

Le temps passait si agréablement que lorsque Mr Mompesson lança tout à coup à Harry : « Sois bon garçon, va voir si Phumphred a ramené la voiture », je fus très alarmée de découvrir qu'il n'était pas loin de minuit.

Le ton sur lequel s'était exprimé Mr Mompesson fit rougir Harry, mais celui-ci s'exécuta et, lorsqu'il revint nous dire que l'équipage attendait à la grille du parc, je crus la soirée finie. Cependant Mr Mompesson ne semblait pas pressé de regagner la demeure familiale.

– Venez, nous dit-il, l'air frais m'a donné faim, et à vous aussi, je présume. Je vous fais une proposition : allons manger un morceau avant de rentrer.

Ces mots furent salués par des exclamations de plaisir qui rendirent mes réticences assez difficiles à formuler :

– Vous êtes fort aimable, dis-je, mais je ne puis y songer, monsieur Mompesson. Sir Perceval et Lady Mompesson ne m'ont pas donné permission de prolonger si avant cette soirée.

Mr Mompesson tenta bien de me représenter que ses parents, en m'autorisant à sortir, m'avaient implicitement laissé toute liberté de rentrer quand je voudrais, mais je n'en démordis pas, cependant que les autres exprimaient leur déception, n'éprouvant nulle envie d'écourter une soirée si pleine d'agrément.

– Monsieur Mompesson, dis-je, ayez la bonté d'ordonner au cocher de me reconduire. Quelle raison y aurait-il pour que vous, cette dame et ce monsieur, vous vous priviez d'aller ailleurs si je n'y vais pas ?

– Il ne saurait en être question, s'exclama Mrs Purviance. Et il serait monstrueux, impensable, de mettre un terme de cette façon-là à une partie de plaisir.

Je rougis, car je m'en voulais de n'avoir pas su me conduire *comme il faut** entre gens de bonne compagnie – hé oui, je craignais d'avoir contrevenu aux usages du monde.

– Je comprends vos scrupules et les respecte, me déclara Mr Mompesson tandis que nous nous dirigions vers la grille, mais vous n'avez nulle crainte à avoir : Mrs Purviance sera là, et vous savez fort bien, j'en ai la conviction, qu'elle ne prêterait la main à aucun acte qui serait tant soit peu inconvenant.

Pareils propos me coupaient presque la retraite, sans compter que je balançais ; mais fort subtilement, Mrs Purviance sut me décider.

– Il est cruel de notre part, dit-elle, de chercher à convaincre Miss Quilliam d'agir à l'encontre de ses scrupules.

Elle s'était exprimée avec tant de bonté que mes soupçons s'évanouirent, et c'est sans plus réfléchir que je m'exclamai :

– Je serais au regret d'abréger les réjouissances par pur égoïsme, monsieur Mompesson. J'accepte donc votre invitation, et avec gratitude.

J'avais tort, et aujourd'hui j'en conviens aisément. Mais pesez les choses : de ma vie je n'avais connu soirée si exaltante ; j'avais bu un verre ou deux de vin, et c'était la première fois ; enfin, j'éprouvais la crainte ridicule de passer pour une provinciale qui ne sait pas se tenir dans le monde. Que de fois nous prenons des décisions, quand ce ne sont pas les autres qui les prennent pour nous, poussés par des motifs de ce genre, lesquels, à notre balance, l'emportent sur d'autres, infiniment plus lourds !

La voiture nous conduisit dans une rue proche de Leicester Square où, à minuit passé, je fus surprise de voir les trottoirs envahis par des gens des deux sexes qui me semblaient appartenir au meilleur monde. Tout me tournait la tête, me submergeait : le flamboiement des becs de gaz, les vitrines de verre, les voitures et les livrées somptueuses, la luxuriance d'un univers où se mêlaient les lumières, les riches parfums, les fumets des plats exotiques. Mais j'avais beau être bouche bée d'admiration, mon émerveillement ne m'empêchait pas de voir sur le masque resplendissant de ceux qui hantaient ces rues s'afficher l'expression de la ruse, de l'égoïsme, du désespoir et de mille autres semblables affections.

En descendant de la voiture, nous entrâmes dans un élégant établissement de nuit de Panton Street où Mr Mompesson était manifestement connu, car on l'y salua respectueusement de son nom. On nous fit conduire à l'étage et entrer dans un salon particulier en nous escortant d'égards qui semblaient indiquer – mais que pouvais-je savoir de ces choses ? – qu'on nous l'avait réservé. Puis, en moins de temps qu'il n'en faut pour le dire, on disposa devant nous un repas d'une magnificence et d'une finesse surpassant tout ce que j'avais connu jusque-là. Je pris grand soin de ne rien boire que de l'eau de Seltz, car je me tenais sur mes gardes. Pas un mot, cependant, ne fut prononcé durant tout le repas qui pût me donner la moindre raison de me méfier.

Soudain, alors que nous en étions aux glaces et aux fruits de serre, la porte s'ouvrit, livrant passage à Thomas Mompesson. J'étais consternée. Il portait un uniforme militaire, car tout récemment il avait été promu sous-lieutenant. Et visiblement il avait passé la soirée à boire.

– C'est encore temps de se taper la cloche, j'espère ? demanda-t-il tandis que nous le dévisagions.

– Il y a des dames ici, Tom, fit son frère pour le ramener à la bienséance.

– Tiens donc, Tom, quelle surprise ! dit Harry avec une répugnance qu'il ne parvenait pas à dissimuler.

– Des dames ! fit Mr Mompesson le puîné, clignant des yeux et nous lorgnant, Mrs Purviance et moi. Ma foi, c'est bien vrai, crédieu ! Bien joué, mon vieux ! Mais toi, reprit-il en se tournant vers Harry, qu'est-ce que tu avais dans le ciboulot en criant « quelle surprise ! »

– Tom, lança son frère, ne reste pas planté là.

Tom Mompesson, après quelques pas en avant, vint s'asseoir ou plutôt s'échouer contre la table.

– Voyons, Tom, un peu de maintien ! de souplesse dans le mouvement ! Tout au rythme du menuet !

– Le menuet ! Puis quoi encore ? Nous autres les militaires, on ne connaît qu'un rythme : le pas cadencé.

– Félicitations pour vos galons tout neufs, monsieur Thomas, déclara Mrs Purviance.

– Mon cher ami, dit Harry en jetant un regard autour de la table, peut-on caresser l'espoir qu'on va t'envoyer assainir la situation à Constantinople ?

– Const... Consentine... que ça peut me foutre ? C'est où,

ça, en Birmanie? fit le nouveau venu, qui vida d'un trait un verre de champagne.

La réplique avait amusé nos deux compagnons de table.

– Je crois que vous pourriez apprendre à mon frère à lire un globe terrestre, miss Quilliam, fit Mr Mompesson. D'abord dans son propre intérêt, et peut-être aussi pour le bénéfice de nos affaires étrangères. Combler les lacunes de son éducation serait un treizième travail d'Hercule. Son dernier précepteur, excellent fusil par ailleurs, était, ce me semble, complètement illettré.

– N'écoutez rien de ce qu'ils racontent, monsieur Thomas, déclara Mrs Purviance. La vérité, c'est qu'ils vous envient votre magnifique uniforme.

– Il est assurément superbe, fit Harry, avant d'ajouter, perfide: Ne pourrions-nous pas effrayer l'Ottoman en expédiant ça là-bas?

– Excellente idée! s'exclama Mr Mompesson. Toute une armée d'uniformes. Bourrés de paille, avec des têtes en bois sous les casques. Je vous le jure, pas un Turc ne s'en rendrait compte.

– Quand j'imagine l'Angleterre défendue par une armée de Toms, fit Harry avec une fausse solennité, je me dis: Dieu merci, on a la Marine royale.

– Qu'est-ce que t'es encore en train de raconter? lança Thomas Mompesson avec colère tout en se versant une autre coupe de champagne. Fous-moi la paix avec tes astuces! Je n'ai peut-être pas ton esprit, mais j'en suis bien content.

– Voilà un sentiment que je partage de tout cœur. Si, si, je te l'affirme.

– Et pourtant, fit le frère aîné du pauvre sous-officier, le diable m'emporte si je ne me sens pas abêti, rien que par l'aimable sympathie que je te porte, Tom.

– Hé! si c'est des blagues que vous voulez, dit Thomas

Mompesson en me souriant, je vais vous en dire une bien bonne que Masterson a racontée hier soir au mess. C'est arrivé à l'un de nos hommes de troupe. Au 25e hussards, m'expliqua-t-il.

– J'espère que ton histoire est faite pour toutes les oreilles, fit Harry.

– Bah, c'est une histoire de bonne femme, et alors ? Bon, lui, le simple soldat, il avait belle allure. Du bataillon Saunderson, il était. Ça, je l'ai déjà dit, non ? Ils ont fait Barakpur pendant la mutinerie, vous vous rappelez ? Qu'est-ce que j'étais en train de dire ? Ah oui, tout à fait du genre à ton ami Pamplin, Harry. Et alors, il paraît que... ah, ah, ah !

Il s'étouffa de rire au point de ne plus être en état de continuer.

– Bon, et alors, imbécile ? fit son frère.

– Alors y a une dame qui s'entiche de lui. Une dame de la ville. Veuve, et riche avec ça.

– Je t'ai prévenu, Tom, dit son frère avec courroux. Maintenant, tu te tais.

– Et alors elle l'invite à un rendez-vous galant, poursuivit le sous-lieutenant.

J'observai Mrs Purviance et vis à ma grande déconvenue qu'elle souriait avec complaisance. Quant à Mr Mompesson, il éleva le ton pour tenter de faire taire son frère, mais celui-ci ne voulut rien entendre.

– Et alors, continua-t-il, Masterson lui a demandé combien l'affaire lui avait rapporté, et vous me croirez si vous voulez, mais la bonne femme lui avait donné un billet de vingt livres.

Tom fut alors pris d'un rire irrépressible, qu'il interrompit brusquement. Je baissai les yeux, mais il reprit la parole pour déclarer d'un ton agacé :

– Crédieu, j'oublie pas quelque chose ? C'était plus marrant que ça quand Masterson l'a raconté.

– La prochaine fois, Tom, dit Harry en se levant pour aller ouvrir la porte, amène ton ordonnance. Comme ça, elle restera derrière ta chaise pour rire pendant que tu racontes. Raconter et rire en même temps, c'est trop pour un seul homme.

– Dehors, Tom ! intima son frère, en le forçant à se lever de sa chaise. Tu es incapable de te tenir en société.

Protestant et jurant, Tom fut expulsé sans ménagement et la porte se referma sur lui.

Tout ce que je souhaitais à présent, c'était sortir de là, et c'est tout juste si je remarquai qu'à cet instant un garçon apportait un billet à Mr Mompesson. Il le lut, puis nous annonça qu'un groupe de ses amis, que connaissaient également Mrs Purviance et Harry, dînait dans le même établissement et avait reconnu sur la voiture stationnée dehors les armoiries des Mompesson. Avant de me rendre compte de quoi que ce fût, je vis les deux messieurs sortir de la pièce, nous expliquant qu'ils allaient dire un mot à leurs amis. Un peu plus tard, Mrs Purviance s'excusa elle aussi et se retira.

J'étais soulagée de me trouver seule. Mais bientôt la porte se rouvrait et Thomas Mompesson rentrait brutalement dans la pièce.

– J'arrive pas à me rappeler comment Masterson la racontait. Enfin, toujours est-il qu'il dit au bougre que l'honneur du régiment était en jeu et qu'il devait rapporter la preuve que...

Puis il s'interrompit tout net pour observer la pièce.

– Alors, la miss, ils se sont tous tirés en vous plaquant ? Alors, et si on se donnait un peu de bon temps, tous les deux, hein ? Allez, viens me faire un bécot.

Comme il s'avançait, je me levai pour tenter de m'échapper, mais il se tenait entre moi et la porte, en sorte que je ne pouvais fuir.

– Un pas de plus, monsieur Mompesson, et je me mets à hurler, déclarai-je.

Il demeurait là, immobile, clignant des yeux, mal assuré sur ses jambes.

– Voyez-moi cette petite sournoise. C'est pas ce que David m'a dit que tu dirais.

– Comment osez-vous ?... criai-je.

– Ah ! tu veux faire des manières, la miss ! fit-il en s'avançant vers moi.

Mais quelqu'un entra : vous pouvez imaginer combien je me félicitai de reconnaître l'aîné des Mompesson. Il parut saisir la situation d'un seul coup d'œil, car il empoigna son frère par la peau du cou et le jeta promptement dehors. Puis il ferma la porte à clé derrière lui.

Me pâmant presque de soulagement, je me retrouvai, sans velléité de résistance, enveloppée dans les bras de Mr Mompesson. Mais je ne tardai pas à constater que j'étais de nouveau en péril, car à présent mon sauveur me couvrait de baisers ; je compris que je n'avais fait que tomber de Charybde en Scylla. Il me disait qu'il était éperdument amoureux de moi, qu'il ne pourrait connaître un instant de repos que je ne fusse sienne, et bien d'autres choses encore de la même mouture. Mes protestations ne servirent qu'à me faire taxer de coquetterie : j'avais tout fait, clamait-il, pour susciter chez lui une folle passion, j'étais arrivée à mes fins, et à présent je devais en subir les conséquences. Bref, il me fit une proposition d'une nature telle qu'il n'était seulement pas question de l'entendre : il m'implorait de lui accorder un rendez-vous. Voyant que je me refusais à envisager pareille éventualité, il m'accusa de vénalité, et enfin m'insulta grossièrement en me proposant une certaine somme en contrepartie de mes faveurs.

Plus je faisais obstacle à ses désirs, plus il s'enflammait. Seule dans une pièce fermée à clé face à un homme riche, sensuel, dépourvu de retenue, et dans un établissement où l'on ne répondrait probablement pas aux cris d'une femme appelant au secours, je conclus que pour me défendre il ne me fallait compter que sur moi.

Je ne saurais dire si ce qui s'ensuivit est pour moi motif de fierté ou de honte. Toujours est-il que, tendant le bras derrière le dos de mon persécuteur, je me saisis sur la table d'un couteau à peler dont je le menaçai. Il se rit de moi et tendit la main pour s'en emparer. Je ne saurais dire non plus comment se produisit la chose, ni quelle était mon intention, mais au moment où il m'attrapa la main, la pointe du couteau lui entailla le visage, y laissant une blessure qui s'étendait de l'arcade sourcilière à la pommette. Instantanément aveuglé par un flot de sang, il fut forcé de me lâcher. En un instant j'avais ouvert la porte, fui par le couloir, dévalé l'escalier et gagné, enfin libre, la rue.

Je ne vous dirai rien des insultes qu'il me fallut affronter tandis que je me frayais un passage dans ce quartier infâme. Je voyais sous un éclairage tout à fait différent telle scène qui m'avait semblé magnifique de la fenêtre de la voiture à présent que je me retrouvais seule et les épaules nues sur le pavé, car dans mon évasion précipitée j'avais dû abandonner le châle de Henrietta. En pareille circonstance, il m'était impossible de demander mon chemin sans m'exposer à des quolibets et plus d'une heure je tournai en rond, constamment ramenée vers ce tourbillon du vice qui a pour centre Leicester Square. Comment avais-je pu voir en ces lieux autre chose que le repaire de la vilenie et de la misère ? À présent la vérité éclatait devant mes yeux comme vous illumine un rêve atroce : ces visages désespérés ou indifférents de femmes vêtues de robes criardes, ces voitures avançant au pas le long du trottoir, ces douteuses fumeries de cigares et ces bouges ouverts toute la nuit, devant lesquels brûlaient des flambeaux pour attirer les débauchés ou les êtres en perdition...

Cependant, je finis par regagner la demeure de Brook Street, songeant à cette situation paradoxale qui m'obligeait à chercher refuge dans la maison de mon ennemi, et me demandant avec terreur si, dans l'hypothèse où je l'avais blessé gravement, la police n'était pas déjà là pour m'appréhender. Puis je m'avisai d'une difficulté que je n'avais pas prévue : la bâtisse était plongée dans le noir et, malgré mes coups timides – je n'osais frapper plus fort, de peur de réveiller toute la maisonnée –, le gardien de nuit ne se manifestait pas. Maintenant la voiture devait être revenue, qu'elle eût ou non ramené Mr Mompesson, et Jakeman, après avoir fermé à clé, conformément à une habitude à laquelle il ne dérogeait jamais, devait dormir d'un sommeil d'ivrogne à l'autre bout de la maison. Une quinzaine de minutes plus tard, renonçant à ma tentative, je contournai la maison par la ruelle. Tout était éteint dans le logis du cocher et aucune lumière ne brillait aux fenêtres des palefreniers, au-dessus des écuries. Surmontant ma répugnance à l'idée de réveiller ces domestiques et de m'exposer aux cancans de tout le personnel, je m'avisai que le cocher en chef, Mr Phumphred, était un brave homme et que je pouvais compter sur sa discrétion.

Je tambourinai à sa porte jusqu'à ce qu'il descendît me répondre, en chemise de nuit. Il n'en revenait pas de me voir : lorsque le reste du groupe avait quitté l'établissement de nuit, m'apprit-il, Mr Mompesson lui avait déclaré que j'étais revenue par mes propres moyens dans une voiture de place. Mais il avait deviné qu'il s'était passé quelque chose, surtout en constatant la présence d'une coupure – tout à fait superficielle, précisa-t-il – sur le visage de Mr Mompesson. Phumphred avait ramené Mrs Purviance chez elle, puis laissé les deux jeunes messieurs dans les environs de Covent Garden où, pensait-il, Mr Mompesson avait l'intention de prendre une chambre à l'hôtel *Hummum*. Après quoi il avait ramené la voiture à la maison de Brook Street et, avant d'aller se coucher, avait assuré au gardien de nuit que tous ceux de la bande qui voulaient revenir cette nuit-là étaient bien rentrés.

Sans lui révéler le détail de l'aventure, je lui laissai entendre qu'on m'avait maltraitée, et je l'implorai de ne rien dire des circonstances de mon retour. Il me fit comprendre qu'il en savait assez sur le compte du jeune maître pour deviner à quoi je faisais allusion, et me donna l'assurance de ne souffler mot à personne. (Et autant que je le sache, ajouterai-je, il tint parole.) Il me fit gagner la cour par la porte de derrière, près de la buanderie, et de là je pus m'introduire dans la maison par la cuisine, que fort heureusement (et bien à tort) on laisse ouverte la nuit pour que les blanchisseuses puissent se mettre à l'ouvrage le matin sans réveiller Jakeman.

Comme bien vous pensez, je passai une seconde nuit blanche, car plus je me remémorais cette soirée, plus il m'apparaissait que j'avais été la victime de ce que je ne puis qualifier autrement que de coup monté. Les vils desseins de Mr Mompesson ne laissaient pas place au moindre doute : son frère, pour brutal et dépravé qu'il fût, avait peut-être été dupé tout autant que moi ; quant aux deux autres, je ne pouvais que m'interroger sur le rôle qu'ils avaient joué.

V

Acculée dans la maison des Mompesson à une posture désormais intenable, je n'en voyais pas moins arriver avec terreur le moment où je devrais me séparer de Henrietta, que j'en étais venue à aimer comme une petite sœur. Je pris ma décision : à la première heure, j'écrivis un billet à mes employeurs, les priant de m'accorder dès que possible la faveur d'un entretien.

On avait déjà débarrassé le plateau de ma collation du matin que je n'avais pas encore reçu de réponse. Toute la leçon que je donnai ensuite à Henrietta se passa pour moi à tenter désespérément de retenir mes larmes. J'avais une furieuse envie de lui raconter ma mésaventure dans le détail, ne détestant rien plus au monde que les cachotteries; mais imposer à une enfant innocente un tel récit, où de surcroît était après tout compromis un cousin, fût-il tenu en médiocre estime et peu affectionné, cela, jamais!

Finalement, vers midi, un valet me manda d'avoir à me rendre dans la salle du déjeuner. Encore à table avec son épouse, Sir Perceval se souleva juste le temps qui lui fut nécessaire pour m'enjoindre de prendre place sur une chaise, à distance respectueuse.

– Vos fils m'ont grossièrement insultée, déclarai-je spontanément. Et je ne puis demeurer plus longtemps sous ce toit s'ils ne me présentent pas leurs excuses.

– Crédié! ma petite, fit Sir Perceval, qu'est-ce que vous venez nous chanter là?

– Mr Mompesson a ourdi contre ma personne et mon honneur une indigne machination dans laquelle Mr Thomas a joué un rôle honteux. J'exige de l'un comme de l'autre des excuses en votre présence et l'engagement de ne plus jamais m'adresser la parole.

– Voyez-vous ça! fit Sir Perceval. Voilà que mademoiselle monte sur ses grands chevaux et que...

Mais son épouse l'interrompit.

– Je ne puis croire que mon fils aîné se soit sali dans l'affaire que vous dites.

– Ni Tom! s'exclama le baronnet. C'est un garçon un peu brut de coulée, mais franc comme nos ancêtres.

Feignant de n'avoir rien entendu, Lady Mompesson reprit la parole d'une voix glaciale:

– Miss Quilliam, je souhaiterais avoir votre version exacte quant aux faits que vous alléguez.

Quoique son ton ne fût pas moins blessant que son propos, je me ressaisis et rapportai les circonstances de l'histoire : comment, de Mr Mompesson qui m'avait offert de l'accompagner aux jardins de Vauxhall, j'avais obtenu, pour vaincre les réticences qui avaient été les miennes et que je ne manquai pas de souligner, de subordonner mon assentiment à une permission en bonne et due forme, donnée par Sir Perceval et elle-même, de me joindre au groupe. Mon calme revenait progressivement à mesure que je me représentais de mieux en mieux combien je n'avais rien à me reprocher. Mais quand j'en vins à parler de l'échange de billets, Lady Mompesson m'interrompit d'un ton cassant et m'enjoignit de m'expliquer.

– Quel échange de billets ? fit-elle.

À ces mots, quelque chose en moi tout à coup s'alarma ; n'importe, puisque j'étais encore en possession, comme cela me revint à l'esprit, de la réponse de Sir Perceval ! Je la lui tendis.

– Un faux ! déclara-t-il après un bref coup d'œil. Très bien imité, je vous l'accorde, mais falsifié quand même.

Il en fit une boule qu'il jeta au feu.

À présent mon calme commençait à se dissiper.

– Qu'entendez-vous par là ? m'exclamai-je. C'est la réponse que le valet de pied m'a rapportée de votre part.

Il m'apparaissait clairement que j'avais été la victime d'une imposture, mais qui y avait trempé, je n'aurais su le dire avec certitude. Que Sir Perceval eût si prestement détruit ma seule pièce à conviction était à tout le moins regrettable.

– Admettons même… fit Lady Mompesson. Néanmoins, une chose me consterne, c'est que vous ayez pu être assez, disons naïve, pour aller vous imaginer un seul instant que nous approuvions une partie de plein air, le soir, entre notre fils et vous. Au mieux, vous avez manqué de discernement, au pis…

Elle n'acheva pas sa phrase. Je compris alors que si je ne gardais pas mon sang-froid, j'étais perdue.

– Je ne suis pas si naïve, lady Mompesson, rétorquai-je avant de me tourner vers son mari. Dans ce billet il était bien question d'une certaine Mrs Purviance, n'est-ce pas ?

– C'est exact, accorda-t-il.

– Votre fils m'a assuré que cette dame, qui serait des nôtres pour la soirée, était de vos vieilles amies, lady Mompesson.

– Balivernes ! protesta-t-elle. Jamais encore je n'ai entendu prononcer ce nom, affirma-t-elle.

– Alors, faites venir votre fils ! m'écriai-je. Que je puisse, en bonne justice, le mettre au défi de dénier les faits, que je vous rapporte avec sincérité.

– Plaît-il ? s'exclama-t-elle. La parole de notre fils contre celle d'une gouvernante ! Vous n'êtes qu'une impertinente, miss Quilliam.

– Alors, au moins, faites venir Edward, implorai-je.

Lady Mompesson et Sir Perceval se consultèrent du regard. Sur un signe d'elle, il tira le cordon qui pendait derrière son fauteuil.

– Mis à part cette affaire de billet, continua Lady Mompesson, qu'avez-vous encore à alléguer ?

Ravalant ma colère à grand-peine, je racontai la scène du restaurant. Ils m'écoutèrent sans mot dire, se bornant à échanger des regards où se lisait tantôt l'incrédulité, tantôt le mépris. Le valet de pied entra à l'instant même où je finissais de narrer ma fuite.

– Edward, demanda Sir Perceval, nous avez-vous apporté avant-hier, à Lady Mompesson et à moi-même, une lettre de Miss Quilliam, à qui vous auriez ensuite fait tenir ma réponse ?

Le valet nous dévisagea l'un après l'autre, comme surpris de la question.

– Non, monsieur, déclara-t-il. Je ne vous ai point apporté de lettre de Miss Quilliam. La gouvernante, c'est point moi, et depuis toujours, qui la sers. Elle, c'est le troisième valet.

– Ce sera tout, fit Sir Perceval.

En sortant, l'homme m'observa à la dérobée, et à son regard je sus que Mr Mompesson l'avait soudoyé. J'avais dû, à l'occasion, le reprendre pour le peu d'empressement qu'il mettait à exécuter mes ordres, et je devinai qu'il m'en gardait rancune. Je venais de me rendre compte que mes patrons n'avaient pas été moins mystifiés que moi par leur fils. Un instant, j'admirai l'ingéniosité du stratagème, tout à fait consciente de mon incapacité à rien prouver. Que gagnerais-je à une confrontation, bien hypothétique, avec Mr Mompesson ? Il affirmerait que c'était de grand cœur que j'avais accepté et que, cette correspondance, je l'avais forgée de toutes pièces pour me couvrir après coup ! Mrs Purviance, une amie de sa mère ? Pure invention ! Bref, tout plaidait contre moi : je ne pouvais pas faire triompher la vérité, on me le fit vite comprendre, et le billet lui-même avait été détruit.

– Il y a au moins une part de votre histoire que je suis disposée à croire, me dit Lady Mompesson : c'est un fait que mon fils vous a invitée aux jardins de Vauxhall et vous avez accepté son invitation ; ensuite vous l'avez accompagné dans un cabaret des bas-fonds de la capitale dont, je me refuse à le croire, aucune oie blanche de la campagne n'ignore le véritable caractère. Votre conduite témoigne d'une impudence extrême – pour ne pas dire plus – chez une personne de votre état, ce qui explique, je suppose, pourquoi vous avez échafaudé cette histoire de lettre de Sir Perceval et fabriqué un faux pour l'étayer. Si cette invitation expose mon fils à un reproche, c'est d'avoir obéi à un espoir de bonne fortune qui n'a rien de blâmable chez un jeune homme. Qu'il vous ait ou non infligé l'affront que vous dites me semble un débat hors de saison, car en acceptant de l'accompagner, ainsi que deux autres personnes totalement inconnues de vous, dans un tel lieu à une telle heure, vous renonciez du même coup au respect que toute femme honorable et de qualité est en droit d'attendre d'un gentleman.

Je l'écoutais avec un étrange détachement. Je ne pouvais rien invoquer pour ma défense qui ne se fût retourné contre moi. Mais je me demandais si Lady Mompesson croyait ma conduite coupable ou si au contraire elle connaissait trop bien son fils.

– Le seul point qui me préoccupe encore, poursuivit-elle, c'est de savoir vos mobiles, derrière toutes ces allégations. Est-ce de l'argent que vous voulez ? Pour vous dissuader de provoquer un scandale ? Si tel est le cas, je puis vous assurer que l'on ne nous intimide pas si aisément.

– Oh, que non ! fit Sir Perceval. Avisez-vous de sortir vos griffes, ma petite, et on verra ce qu'on verra !

Mes yeux étaient voilés de larmes et je craignais d'être trahie par ma voix tremblante.

– Lady Mompesson, sir Perceval, dis-je, je vous supplie de ne pas mettre ma parole en doute. Si vous ne me croyez pas, vous œuvrez, tout comme votre fils, à la ruine d'une créature sans défense dont la bonne réputation est la seule fortune.

– Sir Perceval, fit Lady Mompesson, auriez-vous la bonté de sonner encore une fois ? Vous vous trompez lourdement, reprit-elle, s'adressant à moi, si vous croyez m'empêcher de publier dans tous les bureaux d'emplois du West End mon refus de vous délivrer des certificats. Cela vous montrera le peu de cas que je fais de vos menaces.

Au même moment entra le valet qu'on avait sonné.

– Robert, lui dit Lady Mompesson, allez demander à Mr Assinder de venir immédiatement.

– Je n'ai pas exigé d'argent, je n'ai exprimé aucune menace, lady Mompesson, dis-je lorsque le domestique fut sorti. Et en agissant comme vous voulez le faire, vous m'empêcherez de gagner ma vie en usant du seul moyen dont je dispose et qui s'accorde tant à l'éducation que j'ai reçue qu'à mon rang social.

– Quand on se trouve dans une position telle que la mienne, laissa-t-elle tomber, c'est un devoir à remplir envers la société que de protéger les autres contre l'intrusion dans leur famille d'aventurières effrontées.

À ces monstruosités me montèrent aux yeux de brûlantes larmes. Mais avant même que je ne fusse en état de répondre, on frappa à la porte : c'était le régisseur.

– Monsieur Assinder, demanda Lady Mompesson, les gages de cette personne ont-ils été payés ce trimestre ?

– Ils l'ont été, lady Mompesson, répondit-il en me regardant avec une surprise insolente.

– Elle quitte la maison aujourd'hui même. Avant la fin de la matinée.

– Très bien, madame.

– Je ne puis accepter, m'exclamai-je, d'être ainsi traitée devant des tiers sans protester. Je tiens à dire catégoriquement que je récuse les calomnies dont je suis l'objet.

À compter de cet instant, Lady Mompesson ne m'adressa plus ni un mot ni un regard.

– Vous veillerez à couper toute communication entre elle et Miss Henrietta jusqu'à son départ, enjoignit-elle au régisseur.

– C'est de la pure cruauté ! m'écriai-je. Ne puis-je au moins lui donner les raisons d'une séparation si soudaine ?

Lady Mompesson ne daigna toujours pas me répondre.

– Ne la laissez pas seule un instant d'ici à ce qu'elle ait quitté la maison. Ensuite, venez m'aviser de son départ.

La stupéfaction d'être traitée de la sorte me paralysait. Il fallut que Mr Assinder vînt me prendre par le bras pour me faire quitter les lieux. Dans la grande salle il envoya un laquais appeler l'intendante, et c'est sous leur escorte vigilante que je dus regagner mes appartements, où je pliai bagage. L'idée de laisser derrière moi Henrietta sans un mot d'adieu ni d'explication était ce qui me torturait le plus : je ne me faisais pas d'illusion sur la nature du rapport qu'on lui ferait des événements et je tremblais d'avance de savoir à quel point j'en sortirais noircie. J'espérais lui transmettre un message par Fanny, la femme de chambre qui les servait, elle et sa grand-tante, mais jamais l'occasion ne m'en fut fournie.

À l'instar d'une femme de chambre prise en flagrant délit de détournement de linge, Mr Assinder et l'intendante me fourrèrent dans une voiture de place avec mes affaires. La domesticité unanime devait m'imputer quelque grave délit, et je m'efforçais de chasser de mon esprit tous les cancans auxquels ne manquerait pas de donner lieu la scène qui s'était déroulée en présence du régisseur entre mes ci-devant employeurs et moi. Ma détermination seule m'avait retenue de pleurer devant mes ennemis mais plus rien, maintenant que j'étais enfermée sans témoin, ne faisait obstacle à mes larmes. Après avoir replié le marchepied, le cocher me lança par la vitre un regard interrogateur, attendant de savoir ma destination. Pour la première fois je me sentis accablée par mon infortune, car tout à coup je comprenais que je n'avais nul endroit où aller, et nul ami pour m'aider. Je jetai l'adresse de mon précédent logis, dans Coleman Street, où je savais pourtant ne pas pouvoir passer plus d'une ou deux nuits. Je n'avais travaillé que deux semaines dans le trimestre en cours, et en s'additionnant au peu qui me restait du précédent, elles ne me laisseraient devant moi, mon transport une fois payé, que trois livres environ.

Je demandai asile pour cette nuit-là et la suivante à Mrs Malatratt, et j'entrepris de rechercher un toit qui me revînt moins cher en même temps que du travail. Lorsque je donnai mon nom à deux ou trois agences d'emplois pour gouvernantes, le commis refusa même de m'inscrire dans le registre. À la troisième tentative, quand je vis qu'on faisait semblant, par pure courtoisie, d'y porter mon nom, je compris que Lady Mompesson avait bel et bien tenu parole ; la précaution pourtant était superflue : il m'était pour ainsi dire impossible de rien obtenir de décent, ainsi que me l'apprirent les annonces des journaux, les offres auxquelles je répondais comme les demandes que j'y insérais. En effet, faute de pouvoir produire mes certificats, je n'étais pas en mesure de rendre compte de mes activités depuis que j'avais quitté l'école à Portsmouth, et aucune famille respectable n'était disposée à prendre en considération ma candidature.

Je trouvai de quoi me loger à moindres frais, et c'est alors que j'eus avec Mrs Malatratt les démêlés que vous savez à propos des malles laissées chez elle l'année précédente et dont je voulais maintenant vendre le contenu, qui avait une certaine valeur. En effet, Mrs Malatratt avait soudainement exigé de moi un loyer exorbitant pour l'espace que mes bagages avaient occupé.

La suite de mon histoire se résume à peu de chose. Constamment forcée de déménager pour payer un loyer toujours plus bas, ma petite épargne fondant, j'en fus bientôt rendue, pour gagner mon pain, à me louer pour de petits travaux à domicile. Mais il en fallait davantage pour subsister, et à peine installée entre ces murs ou presque, je tombai malade, en proie à la fièvre lente et déjà amaigrie par la faim. Je crois bien que je ne serais plus de ce monde sans les soins que me prodigua Mrs Peachment.

Quelques semaines avant que vous ne m'ayez rejointe ici,

j'avais reçu la visite d'une femme qui affichait les manières d'une vieille amie et avait dû se mettre en quatre pour retrouver ma trace depuis que j'avais quitté la maison de Mrs Malatratt. Cette personne n'était autre que Mrs Purviance, venue m'offrir de l'argent et du secours. Je n'acceptai ni l'un ni l'autre, ayant eu tout loisir de réfléchir à cette nuit cruelle où Mrs Purviance, j'en suis persuadée, n'avait pas joué le rôle le plus net dans l'odieuse farce qu'on avait montée à mes dépens.

QUATRIÈME PARTIE

VISAGES DU PASSÉ

I

Laissez-moi vous convier une nouvelle fois à me suivre dans le cabinet particulier de cette honorable maison de commerce, près l'appontement délabré, afin de retrouver le sieur Sancious – pour l'heure en vive altercation avec le sieur Clothier, rouge de colère.

– Et alors, où diable est-elle ?

– Je ne le sais pas exactement, mais…

– Trouvez-la ! Vous m'avez trompé. Vous n'avez pas agi avec droiture, Sancious. Vous vous étiez engagé à me l'amener. Vous m'avez soutiré frauduleusement de l'argent et cela, je ne puis le supporter. Tout le monde croit pouvoir abuser de ma bonne foi ! De nos jours, il n'y a plus de justice en Angleterre ! J'étais encore au berceau que déjà on me grugeait !

– Considérez, je vous prie, ce que j'ai risqué pour vous, monsieur Clothier. Barbellion sait que je l'ai trahi, depuis la tentative d'enlèvement. C'est un personnage que nous redoutons, nous autres hommes de loi. Il peut me réduire à néant. Mais je la trouverai, cher monsieur, n'ayez crainte. Et alors, rappelez-vous que j'ai sa reconnaissance de dettes.

– Mais si Barbellion la retrouve avant vous ? Savez-vous

depuis combien de temps je m'emploie à déjouer les menées de ces maudits Mompesson ?

– C'est moi qui mettrai d'abord la main sur elle, je vous le promets. J'ai dans ma manche une personne qui a sa confiance.

Le vieux monsieur le regarde fixement :

– De qui parlez-vous ? Qui est-ce ? demande-t-il en scrutant le visage de l'homme de loi.

– Ne me posez pas de question.

– Et pourquoi diable ?

– Je me suis engagé à ne pas dévoiler son nom.

Au même instant on entend claquer la porte d'entrée, puis un bruit de pas précipités résonne dans le premier bureau, et c'est sans autre forme de procès que fait irruption le sieur Vulliamy, dont le visage congestionné parle de lui-même :

– Je l'ai trouvée ! Je l'ai trouvée !

Se retournant, il invite d'un signe quelqu'un à s'approcher : entre alors en traînant des pieds un homme courtaud, bossu, couvert d'un surtout graisseux et qui tient à la main une toque de fourrure. À l'œil quelque peu oblique qu'il jette sur le vieux monsieur en tortillant une mèche de ses cheveux, on jurerait qu'il craint d'affronter son regard.

– Viens çà, Acehand, l'encourage le sieur Vulliamy. Viens raconter ton histoire à Mr Clothier.

Le nouveau venu se dandine d'un pied sur l'autre.

– Eh ben, voilà… Mr Vulliamy, il vient voir les bouquins et moi, pendant que je fais voir les bouquins à Mr Vulliamy, je cause de la jeune dame, comme j'avais promis. Une jeune dame avec son fils.

Sans s'interrompre, il extrait de sa poche un objet qu'il exhibe sur sa main ouverte. Curieux, le sieur Sancious s'incline, cependant que le sieur Clothier ne s'intéresse qu'aux traits du prêteur.

– Bon, alors je regarde ça et je me dis : Bon, cette tête-là, ça me dit quelque chose. Mais pas moyen de me rappeler qui. Ça doit bien faire sept ou huit mois de ça. Depuis ce temps-là, elle vient tous les mois payer les intérêts. Halfmoon, qu'elle s'appelle. Et chaque fois je me dis : Je connais que ça, je connais que ça ! Rien à faire, ça me revient pas. Et d'un seul coup, voilà que ça y est ! Parce que Mr Clothier, monsieur, je l'avais vu rien qu'une seule fois, le jour où je vous ai rencontrés tous deux ensemble. Vous pouvez pas vous en rappeler, c'était un dimanche que j'étais de sortie sur le Bow Common avec ma moitié. Il était pas bien vieux à l'époque. Encore tout jeunot, parce que ça doit bien faire vingt ans de ça. Et je savais que... enfin... Alors je me suis dit : Sûr que ça intéressera Mr Clothier. Bon, j'en ai touché deux mots à Mr Vulliamy et lui, sans faire ni une ni deux, il m'a amené ici. En me faisant courir tout du long, ajouta-t-il avec un soupçon de timide ressentiment.

Le vieillard prend le médaillon et l'expose un moment à la lumière de la fenêtre. Quand il se retourne, il est tout pâle.

– Eh bien, vous avez tout à fait raison. Je suis diantrement content de voir cela. Quand les prochains intérêts sont-ils dus ?

– Ben, dans une semaine.

– Je vous remercie, Acehand. Votre sagacité sera récompensée. Tu veilleras à cela, Vulliamy. Donne-lui une guinée, ajoute-t-il à voix basse.

– C'est un honneur, monsieur, de rendre service à votre famille, dit le prêteur, qui sort en traînant les pieds.

Le vieux monsieur fixe l'homme de loi avec une expression de triomphe.

– Votre aide ! Parlons-en, de votre aide ! Et de votre fichu allié !

Il ne se sert pas du mot *fichu*, à vrai dire. Il baisse la voix :

– Bien, je sais ce qu'il me reste à faire.

– Mon assistance vous est acquise quand vous le voudrez, déclare le sieur Sancious.

– Je sais, je sais… marmonne le vieux monsieur d'un ton agacé.

L'homme de loi, avec une inclinaison du buste, prend sèchement congé. En sortant il croise Mr Vulliamy, qui du seuil annonce à son patron :

– Je lui ai donné sa gratification ; il vous en est très reconnaissant.

– Bon, bon, dit le vieillard.

– Et la mienne, monsieur, vous y songez ?

– Mais bien entendu. À quoi m'étais-je engagé, déjà ? Vingt guinées ?

– À annuler une des obligations. Vous ne vous en souvenez pas ?

– Ai-je dit cela ? Juste ciel ! s'exclama-t-il en fixant son clerc du regard. Parfait ! Chose promise, chose due. Qu'il ne soit jamais dit que je ne tiens pas parole.

Il détache une clé qu'il porte en pendentif et du coffre-fort installé dans un recoin sombre retire un document, qu'il tend au sieur Vulliamy : celui-ci le déploie, acquiesce d'un signe de tête et le lui rend. Le visage tordu par la contrariété, le vieux monsieur enroule de nouveau le papier, le présente à la flamme d'une chandelle, attend qu'il ait pris feu et s'en débarrasse dans la cheminée.

Voyant la satisfaction se peindre sur le visage de Mr Vulliamy tandis que la flambée le transforme en une cendre luisante, le vieillard referme le coffre-fort.

– N'oublie pas que j'ai toujours l'autre.

Puis il fait signe à son clerc de s'approcher, et c'est d'une voix douce qu'il lui déclare :

– Tu vas faire suivre Sancious. Jour et nuit. Je veux connaître tous ses faits et gestes, savoir le nom de tous ceux qu'il voit.

– Vous ne faites donc confiance à personne, monsieur Clothier ?

– À personne, répondit le vieillard avec calme. Sauf à toi, ajoute-t-il, le regard perdu sur le coffre-fort.

II

Quand Miss Quilliam eut achevé son récit, l'aube dissipait déjà la brève nuit d'été et la flamme jaune de la chandelle brillait dans la pâle clarté.

– Quelle horrible histoire ! soupira ma mère. Et comme vous avez dû souffrir, Helen !

J'entendis encore murmurer les deux femmes tandis qu'elles s'apprêtaient à prendre un peu de repos. J'allais bientôt glisser dans le sommeil, mais l'histoire que je venais d'entendre me hantait, et j'aurais voulu interroger plus avant Miss Quilliam : comment, par exemple, lorsqu'elle avait quitté sa ville de province pour Londres, où elle ne connaissait personne, avait-elle réussi à entrer au service des Mompesson ? Je m'endormis en songeant à d'autres détails qui m'avaient troublé.

Une ou deux heures plus tard, quand je m'éveillai, la lumière du petit matin filtrait au travers des vitres crasseuses, et tout promettait encore une chaude journée d'été. Si ma mère dormait toujours, Miss Quilliam n'était plus là. Notre amie, m'expliqua ma mère quelques minutes plus tard, était sortie pour des courses.

– Qu'est-elle allée chercher ? demandai-je, irrité. Je parie qu'il s'agit de…

– Ne sois pas si sévère avec elle, Johnnie. Elle a eu une vie si dure, tu sais ! À son âge, l'existence ne m'avait apporté que bonté et bien-être.

– Cela lui a peut-être facilité les choses, dis-je.

– Je pense que rien ne lui a été facile. Pendant que tu dormais, elle m'a raconté son histoire.

– Vous a-t-elle vraiment tout raconté, maman ?

– Non. Je suis sûre qu'elle a omis certains points et qu'elle en a modifié d'autres.

Intrigué, je me demandai si nous avions relevé tous les deux les mêmes incertitudes, mais la suite me fit comprendre qu'elle et moi prêtions à Miss Quilliam des mobiles fort différents :

– À mon avis, c'est pour ménager ma sensibilité qu'elle n'a pas tout dit.

Un instant songeuse, elle reprit :

– Pourtant j'ai peine à imaginer que la réalité ait pu être plus pénible.

Mais on frappait à la porte.

– Entrez ! fit ma mère.

Aussitôt nous vîmes pénétrer une dame d'une cinquantaine d'années, en grande toilette. Belle et svelte, elle portait à ravir un chapeau en castor gris enjolivé d'une plume d'autruche, une robe de soie bleue, un châle de velours rouge bordé d'hermine, et tenait à la main un magnifique réticule à mailles d'acier. Elle ne semblait pas le moins du monde gênée de devoir affronter si humble décor. Son attitude directe frôlait l'audace, et rien ne la décontenançait : son étonnement de nous trouver là ne l'empêchait nullement de nous sourire avec infiniment de grâce.

– Ne vous dérangez pas, braves gens. Je m'étais mise en quête d'une jeune dame du nom de Miss Quilliam, mais je suppose qu'elle ne vit plus ici.

– Si fait, répondit ma mère. Seulement, elle vient de s'absenter pour quelques instants.

La façon dont s'exprimait ma mère surprit l'étrange et

distinguée visiteuse, qui réprima un tressaillement et se mit, avec un sourire, à l'examiner plus attentivement.

– Je suis bien aise de l'apprendre, car c'est tout spécialement pour la voir que je suis venue dans ce canton.

Tout en parlant, elle jetait un regard circulaire sur les lieux : l'air qu'elle affichait pour recenser nos maigres biens, où elle lisait pourtant comme dans un livre l'histoire de la pauvreté et de la détresse, la laissait totalement dénuée d'agressivité. Ma mère se leva et, lui indiquant un siège :

– Remettez-vous, je vous prie, fit-elle.

La dame s'installa dans celui des fauteuils qui était le moins délabré, sans tout à fait réussir à dissimuler sa répugnance.

– Il me serait agréable de vous offrir quelque chose, dit ma mère, toujours debout, mais nous n'avons absolument rien. Je pourrais envoyer mon fils emprunter un peu de thé à un voisin.

– N'en faites rien, dit l'inconnue, qui posa la main sur le bras de ma mère avant de continuer : Ma chère, je devine aisément que votre éducation ne vous destinait pas à pareilles conditions de vie et que la misère n'a pas toujours pesé sur vos épaules.

– Vous dites vrai, acquiesça ma mère d'une voix tremblante. La malchance s'est acharnée.

– Ne voulez-vous pas me dire comment vous en êtes arrivée là ?

Ma mère hésitait. La dame me désigna du regard.

– Trahie, n'est-ce pas ? suggéra-t-elle d'un ton qui témoignait d'une profonde compassion.

– Oui, répondit ma mère qui, pour moi, pensait à Bissett.

– Pauvres de nous ! fit l'inconnue en hochant la tête. Nous autres femmes, c'est notre lot de souffrir, d'y croire et d'être trahies. Il y a longtemps ?

– Oui, répondit ma mère. Il y a encore un an, nous étions si heureux tous les trois et maintenant…

Elle s'interrompit et la dame la regarda avec commisération.

– Ma chère, si cela ne vous causait pas tant de douleur, j'aimerais beaucoup entendre votre histoire. Mais où ai-je la tête pour négliger à ce point les convenances ! Car je n'ai même pas eu la courtoisie de vous dire mon nom. Je suis une vieille relation de Miss Quilliam. Je me nomme Mrs Purviance.

– Naturellement ! dit ma mère. Helen m'a parlé de vous.

– Vraiment ?

– Pas plus tard que la nuit dernière, elle me disait à quel point ses anciens employeurs l'avaient maltraitée.

– Assurément, acquiesça Mrs Purviance d'un ton assez vague. Elle n'est pas assez robuste pour gagner son pain en faisant le genre de travail auquel elle s'adonne. Je lui ai représenté que, douée comme elle l'est, elle pourrait exercer quelque métier mieux approprié à son état, et j'ai plaidé pour qu'elle vînt trouver refuge sous mon toit.

– Vous êtes bonne. Très bonne, assurément. Sa santé m'a beaucoup inquiétée ces derniers temps.

– Voyez-vous ma chère, j'ai la chance d'être veuve et d'avoir assez de fortune pour ne dépendre de personne. J'ai une demeure dans Gough Square, au numéro 5, adresse des plus honorables. (Le docteur Samuel Johnson lui-même a habité ce square.) Et j'y reçois beaucoup de gens de bonne compagnie, que dis-je, de la meilleure compagnie. À l'exclusion de toute autre, comprenez-vous ?

– Oui, bien sûr.

– Je suis toujours à la recherche de jeunes femmes ayant bénéficié d'une excellente éducation et que le malheur a frappées. De jeunes femmes douées d'un certain *savoir-faire**. Quant à vous, ma chère, vous êtes tout à fait charmante, ajouta-t-elle en tendant la main pour toucher les tresses de ma mère. Vous me faites songer à une fleur de souci, avec vos cheveux blonds et vos yeux de myosotis.

Ma mère sourit de plaisir.

– Vous êtes très bonne, fit-elle.

– Rien ne me fait plus plaisir que de trouver une sœur dans la détresse. Mais Miss Quilliam – Helen – est trop fière. J'espère que vous ne l'êtes pas trop vous-même.

Ma mère secouait la tête.

– Car je serais très heureuse, poursuivit Mrs Purviance, de vous offrir l'hospitalité à n'importe quel moment.

– Vraiment ?

– Absolument, affirma-t-elle en tournant les yeux vers moi. Cependant, je ne serais pas en état d'accepter un enfant.

La déception de ma mère me fit l'effet d'un coup de poignard.

– Nous ne pourrions supporter d'être séparés ! se récria-t-elle.

– Mais des accommodements ne sont pas exclus, n'est-ce pas ? Que diriez-vous de la pension ?

– Nous en souffririons l'un comme l'autre. Et puis, je n'en ai pas les moyens.

– Ma chère, s'exclama Mrs Purviance avec un sourire rassurant, je crains de m'être mal fait comprendre ! En tout cas, nous avons beaucoup à nous dire. Mais… ce jeune monsieur ne pourrait-il pas nous rapporter six pence de gâteaux d'une pâtisserie du quartier ?

Elle mettait la main à son réticule, à la recherche de son porte-monnaie, lorsque la porte s'ouvrit, livrant passage à Miss Quilliam.

À peine eut-elle aperçu la visiteuse que ses traits prirent une expression que je ne lui connaissais pas : un visage vide de sang et des yeux qui se resserraient, jetant de féroces éclairs.

– La surprise n'est pas mince de vous rencontrer en ces lieux, madame Purviance, fit-elle.

– Ma chère, vous ne pouvez vous figurer combien je suis heureuse de vous voir en meilleure santé qu'à ma dernière visite.

– Que me voulez-vous ? demanda Miss Quilliam, glaciale.

– Ma chère Helen – vous permettez, n'est-ce pas ? –, j'étais venue prendre de vos nouvelles et vous réitérer mon offre, mais vous n'étiez pas là, et j'en ai profité pour lier connaissance avec cette ravissante jeune personne, Miss… ? ajouta-t-elle, hésitante, en se tournant vers ma mère.

– Madame Mellamphy, dit ma mère. Johnnie est mon fils.

– Mais bien sûr ! fit Mrs Purviance. Suis-je donc sotte ! Vous veniez de me le dire !

Elle entreprit, avec force gestes démonstratifs, de nous faire savoir combien elle était charmée.

– Je vous réitère ma réponse, déclara Miss Quilliam. Non, je ne désire pas votre aide.

– Eh bien, ma chère, dit Mrs Purviance en se levant et en brossant de la main sa magnifique robe de soie comme pour débarrasser l'étoffe d'une souillure dont l'eût contaminée le fauteuil, un jour viendra où vous me jugerez avec davantage de bienveillance.

Elle sourit avec beaucoup de douceur à ma mère.

– Je crains d'être dans l'obligation de partir sans avoir pu aller au bout de votre histoire. Mais rendez-moi visite un matin. Je serais très heureuse de vous écouter. Faites bien en sorte de venir avant midi.

– Merci, madame Purviance, dit ma mère, je n'y manquerai pas.

– Vous vous rappellerez l'adresse ? C'est…

Miss Quilliam l'interrompit :

– Je vous assure, madame Purviance, dit-elle, que

Mrs Mellamphy, elle non plus, n'a que faire du genre d'aide que vous proposez.

Le regard perplexe de ma mère allait de l'une à l'autre.

– Très chère miss Quilliam, laissez donc cette dame prendre ses décisions elle-même.

Elle s'avança vers la porte, mais fit volte-face pour fouiller dans son réticule.

– Au risque de vous faire offense à toutes les deux, fit-elle, il m'est impossible de quitter la conscience tranquille ce lieu de misère avec une bourse remplie comme elle l'est.

Elle en retira une pièce, mais ne tenta pas de la donner à Miss Quilliam. Elle se borna à la déposer sur la petite table qui nous servait pour le travail et les repas.

– Je ne la reprendrai pas, dit-elle. Vous en ferez ce qu'il vous plaira. Je vous prie d'en user, ne serait-ce que pour l'enfant. Je ne vous importunerai plus, miss Quilliam, ajouta-t-elle lorsqu'elle fut à la porte. Adieu.

Ma mère et moi lui rendîmes son salut, mais Miss Quilliam, inclinant à peine la tête, continua de la regarder en face, attendant pour se défaire de cette hostile froideur que la porte se fût refermée derrière elle.

– Combien a-t-elle laissé ? Va voir, Johnnie, fit timidement ma mère.

La pièce d'or brillait, mais je n'y touchai pas.

– Un souverain !

Avec pareille somme, nous pourrions vivre à l'aise tous les trois pendant trois semaines. Nous n'avions plus qu'un ou deux shillings, et aucun espoir d'en gagner un de plus.

– Prendre l'argent de cette femme ne peut que nous attirer du malheur, déclara Miss Quilliam.

– Mais enfin, pour quelle raison ? demanda ma mère.

– Le rôle qu'elle a joué dans les événements que je vous ai rapportés est pour le moins équivoque, dit Miss Quilliam.

Mais depuis lors j'en ai appris de belles sur son compte ; je vous en informerais volontiers, mais par bonheur, elle ne remettra plus les pieds ici, et d'autre part je l'ai empêchée de vous donner son adresse.

Ma mère me jeta bien le regard d'une coupable, mais se garda de détromper son amie.

– Mais alors, conclut-elle, s'il est vrai que nous n'avons plus rien à craindre d'elle, en quoi son argent peut-il nous porter préjudice ?

– Moi, je n'y toucherai pas, dit Miss Quilliam. Faites-en ce que vous voudrez, à la condition expresse de ne me faire profiter en rien de ce qu'il vous aurait aidés à vous procurer.

Elle souleva la cruche de grès et se versa un verre du peu qu'il en restait.

Ma mère ramassa la pièce.

– Johnnie, me dit-elle à voix basse, allons acheter du pain ; nous passerons aussi chez le pâtissier.

– Prenons aussi des chandelles, proposai-je.

Miss Quilliam avait dû entendre.

– Non, pas de chandelles ! s'insurgea-t-elle. À la seule idée de bénéficier de leur lumière, une peur superstitieuse me saisit.

– Alors, Johnnie, dit ma mère du ton dont elle usait quand elle s'attendait à se voir désapprouvée, nous allons prélever une partie de cet argent pour faire face à l'échéance du gage. Elle tombe aujourd'hui même. Si je suis défaillante, le médaillon est perdu. Et il me suffit d'un shilling six pence.

– Ce n'est pas raisonnable ! m'écriai-je. Nous ne pouvons nous permettre de gaspiller ainsi de l'argent !

– Mais Johnnie, c'est un placement, car le bijou vaut beaucoup plus que ce qu'on nous en a donné en gage.

– Mais tu sais bien que nous n'aurons jamais les moyens de le retirer.

– Ne dis pas cela ! s'écria-t-elle. Un jour nous le retirerons. Et tout ira bien, exactement comme avant. Tu verras.

Je la regardai, surpris.

– Le codicille, fit-elle. Nous le vendrons pour beaucoup d'argent.

Je jetai un coup d'œil vers Miss Quilliam, mais elle semblait ne pas avoir entendu.

– Gardons-nous de toute précipitation, chuchotai-je.

Ma science juridique acquise auprès de nos deux voisins avait assis en moi l'idée que le codicille valait bien plus que la somme que l'on ne nous en proposerait jamais. Mais je voyais le chagrin de ma mère à la perspective de perdre son médaillon, et consentis sans enthousiasme à me ranger à son avis. Quand nous eûmes terminé ce que nous avions rapporté de chez le pâtissier (non sans malaise, Miss Quilliam s'étant retirée à l'autre bout de la pièce), l'après-midi s'achevait. Le prêteur sur gages ne fermait pas boutique avant dix heures, ce qui nous laissait tout le temps, même en comptant avec la chaleur qui accablait encore les rues, d'arriver une bonne heure avant la dernière minute.

Je crus bien que l'employé qui nous reçut nous reconnaissait : il ne se contenta pas de lever les yeux sur nous mais nous adressa un large sourire, et à ma mère qui lui présentait le récépissé et l'argent demanda « si elle voulait bien patienter une minute », avant de filer dans l'arrière-boutique.

Il s'absenta un moment, pendant lequel il me sembla entendre des chuchotis. Après quoi, revenant s'acquitter des formalités, il endossa notre reçu pour un autre mois.

Une fois dehors, un regard en arrière m'apprit que deux hommes, dont un de taille gigantesque, nous avaient emboîté le pas. Pourtant, j'avais bien l'impression que nous étions les seuls clients dans la boutique. Alerté, je jetais tout en marchant d'intermittents coups d'œil par-dessus mon épaule et, à chaque fois, j'aurais juré que les deux silhouettes se blottissaient dans l'ombre. La nuit était tombée, et si je me sentais en sécurité dans les rues fréquentées, à l'éclairage intense, lorsque nous nous engageâmes dans Bennet Street, en revanche je me dis que nous approchions de Spread Eagle Yard et de la longue avenue sombre menant à Tothill Street : n'y avait-il pas lieu de conseiller à ma mère d'opérer un détour, quitte à rallonger notre route ? Mais n'était-ce pas, à l'inverse, courir le risque de l'effrayer inutilement en lui faisant part de soupçons peut-être vains ?

Nous étions au milieu de l'avenue quand j'entendis un bruit de pas précipités. Je me retournai mais, avant même d'avoir pu distinguer nos assaillants, je me sentis étreint par des bras puissants. Je me mis à hurler, mais une main se plaqua sur ma bouche. J'entendis ma mère pousser un cri vite étranglé, car un deuxième homme, d'au moins six pieds et demi de haut, la maîtrisait déjà.

– Tu sais ce qu'on cherche, lança-t-il à ma mère. Je vais pas te le demander deux fois. Vu ?

J'entendis la claque qu'il lui appliquait de toutes ses forces.

– Voilà, j'enlève ma main, reprit-il, et tu me dis où tu l'as mis. Et t'avise pas de gueuler sans quoi ton gamin, mon collègue, il lui arrache le bras.

– Laissez-le tranquille ! gémit ma mère. Je vais vous le dire.

Je voulus crier de n'en rien faire, mais je ne pus pas même ouvrir la bouche. Il y avait juste assez de lumière pour me permettre de mieux voir l'agresseur de ma mère : l'homme n'était pas seulement un géant, il était affligé d'une maigreur cadavérique, et tout cela me rappelait vaguement quelqu'un. Tout à coup, je me souvins : *c'était l'homme qui avait sauté dans la voiture le jour où la jeune dame avait essayé de m'enlever, à Melthorpe !* Mais comment cela se pouvait-il ?

Comment cet homme avait-il pu nous retrouver si longtemps après ?

– Alors, plus vite que ça ! la pressa celui qui me tenait.

– Laissez-moi un peu de temps, protesta ma mère. Il est dans une poche intérieure, sous mes jupons.

– Fais-lui voir qu'on n'est pas décidés à y passer la journée ! fit l'échalas.

Et, pour lui obéir, celui qui me tenait me cogna la tête contre le mur. Une onde me mit le cœur aux lèvres ; un puits sans fond m'aspirait.

Puis, venant de l'abîme, s'éleva la voix de ma mère.

– Je vous en supplie, ne lui faites pas de mal ! Je vais le trouver.

– Alors, fais vinaigre ! lui ordonna celui qui la tenait.

Au même instant, des voix et des rires me parvinrent aux oreilles, que j'imputai tout d'abord au coup porté à ma tête. Mais non, c'étaient des clameurs bel et bien réelles, poussées par un groupe qui remontait l'avenue derrière nous ! Bientôt ces noctambules seraient à notre hauteur…

– Nom de Dieu, Jack, t'entends ça ! s'exclama l'homme qui m'agrippait. Je te l'avais pas dit, qu'il fallait les embarquer dans une voiture et faire le boulot peinards ?

– T'occupe ! Contente-toi de pas le lâcher ! cria Jack. Et ferme-la, comme je t'ai déjà dit cent fois.

À quelques pas de nous s'étaient avancées une bonne demi-douzaine de personnes, hommes et femmes, juste à point pour relâcher un brin l'attention de mon bourreau : il m'offrit ainsi l'occasion d'écarter suffisamment les dents et de les refermer d'un coup sur le gras de sa main.

L'homme poussa un juron et sa prise se détendit. J'en profitai pour hurler :

– Au secours, pour l'amour de Dieu ! On nous dévalise !

– C'est ma femme, se récria l'assaillant de ma mère.

– C'est faux ! s'exclama ma mère. Ce sont des gredins !

– Vous êtes quand même pas jobelins au point de croire des craques pareilles !

– Qui c'est que tu traites de jobelin ? dit une voix pâteuse d'Irlandais.

– Toi, le Murphy, occupe-toi de ce qui te regarde ! lança Jack.

L'Irlandais pris de boisson riposta d'un coup bien appliqué ; l'autre laissa s'échapper ma mère, qui aussitôt s'élança vers mon agresseur. Jack tenta de la rattraper, mais plusieurs Irlandais lui barrèrent le chemin. Ce que voyant, l'homme qui me tenait me lâcha pour tenter de secourir son acolyte, et j'eus le temps d'apercevoir son visage : un faciès plat, rougeaud, surmonté de sourcils broussailleux.

– Courez, maman ! criai-je.

Nous nous précipitâmes vers le bout de l'avenue. En un rien de temps nous étions à Tothill Street, que nous traversâmes pour nous élancer, juste en face, vers l'ancienne Aumônerie[1], d'où nous regagnâmes Orchard Street en passant par les arrière-cours. Une fois hors de poursuite, nous nous remîmes à marcher.

– T'ont-ils fait du mal ? me demanda ma mère, qui sanglotait, hors d'haleine.

– Non, lui dis-je.

– Qui était-ce ? Comment pouvaient-ils savoir que j'avais le codicille ?

– Ils nous suivaient depuis la boutique du prêteur, répondis-je, haletant.

– Tu saignes ! s'écria-t-elle en apercevant mon visage à la lueur d'un réverbère.

1. Attenante au monastère, depuis longtemps démoli, qui a donné son nom à Westminster, cette ancienne aumônerie était devenue, à l'époque où se déroule ce récit, un lieu de prostitution.

– Rien de bien grave, dis-je. Venez, il faut rentrer.

– Serons-nous en sûreté chez nous ? demanda-t-elle en s'arrêtant tout net.

– Oui, dis-je. Ils ne savent pas où nous logeons. C'est pour cela qu'ils nous attendaient chez le prêteur.

Et pourtant, me demandai-je, comment avaient-ils bien pu apprendre qu'ils nous trouveraient là ? J'hésitai à questionner ma mère à ce propos.

Quelques minutes plus tard, nous faisions irruption chez Miss Quilliam : sur ses traits se lisait, comme à travers une lentille grossissante, l'effroi qu'inspirait notre mine. Ma mère avait un côté du visage contusionné, boursouflé par une balafre livide, et sa lèvre, fendue, avait enflé. Quant à moi, le sang me ruisselait du haut du crâne, m'arrosant les joues et le cou, ce qui faisait paraître mes blessures plus graves qu'elles ne l'étaient. Nous nous regardâmes l'un l'autre à la lumière de la chandelle que Miss Quilliam avait allumée, et ma mère, secouée de sanglots, m'entoura le cou de ses bras.

Un certain temps s'écoula avant que la pauvre Miss Quilliam pût tirer de nous un récit intelligible : elle dut attendre de bassiner nos blessures pour avoir un récit fidèle de l'aventure. Mais quelle ne fut pas notre déconvenue : excepté quelques shillings, la majeure partie de l'argent de Mrs Purviance avait disparu ! Ma mère l'aurait perdu en tentant de sortir le codicille de dessous ses jupons. Cependant, le document était toujours en sa possession. Miss Quilliam, qui bien sûr ne savait rien du codicille, nous entendait avec curiosité mentionner son existence, et se demandait sans doute pourquoi cette pièce avait été la cause de l'assaut dirigé contre nous.

– Maintenant, je ne pourrai jamais plus retirer le médaillon, répétait ma mère qui ne cessait de pleurer.

La voyant à ce point surmenée et épuisée, Miss Quilliam

la força à s'aliter après lui avoir donné, à mon grand dam, une sérieuse dose de sa potion pour la faire dormir.

Lorsque ma mère se fut assoupie, Miss Quilliam m'entraîna vers la fenêtre pour me questionner à voix basse. Tandis que nous devisions, nous jetions de temps à autre un coup d'œil vers le lit, de l'autre côté de la chambre. Étendue dans la blafarde clarté lunaire, ma mère semblait très jeune : et même, on aurait songé à une enfant ensommeillée dont les parents s'entretiennent avec inquiétude.

– Ce n'était pas un simple vol, n'est-ce pas ? me demanda Miss Quilliam.

Je secouai la tête.

– Et ce qu'ils cherchaient, c'était un document en possession de votre mère ?

J'acquiesçai, sans songer aux dangers d'une telle confidence.

– Puis-je vous demander de quoi il s'agit ?

J'hésitai, me rappelant la trahison de Bissett. Mais à Miss Quilliam, n'avais-je pas toutes les raisons de faire confiance ?

– J'en sais très peu, dis-je, excepté que c'est un codicille ajouté à un testament.

– Vous êtes très jeune pour porter un tel fardeau, me dit-elle d'une voix grave, mais je me dois de vous avertir : je ne pense pas que votre mère ait la force de tenir encore longtemps… ni la forcc corporelle, ni la force morale.

J'acquiesçai d'un signe de tête.

– Voyez-vous un moyen d'obtenir de l'argent ?

Me voyant hésiter, elle me poussa dans mes retranchements.

– Pour que quelqu'un tienne tant à s'approprier ce codicille, c'est qu'il a une certaine valeur, non ?

Je me rappelai combien la même hypothèse, dans la bouche

du sieur Sancious, m'avait mis sur mes gardes. Mais, à coup sûr, Miss Quilliam ne pourrait pas aller au-delà du point où la mèneraient ses conjectures.

– Un jour, on nous a fait une offre, dis-je. Mais ma mère a refusé, toute respectable qu'était la somme proposée.

– Je constate que vous vous gardez bien de citer le nom de l'offrant. Dites-moi seulement si, selon vous, c'est de ce côté que se situe l'origine de votre dernière mésaventure ?

Il me semblait d'autant plus malaisé de ne pas nommer les Mompesson que Miss Quilliam les connaissait, mais c'était là un secret qu'il ne m'appartenait pas de révéler.

– Je ne pense pas qu'ils iraient jusque-là, dis-je. Pourtant, à en juger par des choses que ma mère a laissé échapper, il semble qu'il y ait quelqu'un d'autre qui veuille l'obtenir à tout prix. Quelqu'un qui en tirerait tant de profit, et qui est à ce point dénué de scrupules, qu'il emploierait tous les moyens pour en venir à ses fins.

Je lui racontai la tentative d'enlèvement dont j'avais été l'objet lorsque nous habitions Melthorpe, ajoutant qu'à mon avis c'était le même individu, monstrueusement grand, qui avait agi dans un cas comme dans l'autre.

– Ma mère affirme que si cet ennemi s'appropriait le codicille, poursuivis-je, nos vies seraient en danger, car il ne pourrait en tirer profit que si nous étions morts l'un et l'autre.

– C'est vraiment très étrange. Je ne connais pas assez la loi pour savoir comment cela peut se faire. Quel dommage que nos amis les juristes ne soient plus ici !

Cette remarque me fit monter le rouge au front, gêné comme je l'étais de continuer à lui cacher ce que j'avais appris sur nos deux anciens voisins.

– Et quelles seraient les conséquences, si ceux qui ont essayé ouvertement d'acheter le codicille finissaient par se le procurer ?

– Ma mère m'a dit qu'ils le détruiraient, répondis-je, car son existence menace gravement leurs intérêts, mais je ne sais pas en quoi.

– De plus en plus étrange, dit-elle. Mais alors, pourquoi votre mère a-t-elle refusé une proposition qui aurait le double avantage de mettre un terme à vos difficultés financières et assurerait votre sécurité ?

– Je ne sais pas, dis-je assez piteusement.

Je me sentais incapable d'avouer que c'était moi qui avais dissuadé ma mère d'accepter cette proposition, précisément à cause de ce que j'avais appris des lois sur l'héritage des biens fonciers.

– Et... vous ne croyez pas que nous devrions obtenir d'elle qu'elle consente à le vendre ?

Que savait-elle au juste ? me demandai-je en plongeant le regard dans ses yeux gris, si clairs qu'il semblait impossible qu'elle pût être mue par des motifs cachés. De multiples raisons, plus encore peut-être que mon entendement n'était en mesure d'en concevoir, plaidaient pour le silence : non, décidément, mieux valait lui cacher les perspectives ouvertes par Messrs Pentecost et Silverlight. Mais elle était assurément dans le vrai en affirmant que la seule attitude sensée, à présent que nous étions démunis de tout et en péril, consistait à vendre le codicille aux Mompesson.

– Vous avez sans doute raison, dis-je.

Il se faisait maintenant fort tard et nous nous retirâmes pour prendre du repos. Mais je ne pouvais trouver le sommeil et, allongé dans l'obscurité, je m'interrogeais sur le crédit que je pouvais accorder à Miss Quilliam, dont l'histoire abondait en énigmes : comment avait-elle pu entrer au service des Mompesson ? d'où lui étaient venus, à son arrivée à Londres, les moyens de se loger au tarif que proposait Mrs Malatratt ? Et surtout, il y avait ces fameuses malles :

elle avait prétendu, le premier jour, qu'elles ne contenaient rien qui eût de la valeur, et voilà que plus tard, dans son récit à ma mère, elle allait affirmer le contraire.

Le lendemain matin, le temps, quoique encore beau et sec, menaçait de tourner à la pluie dans les heures à venir. Nous nous levâmes tard, et Miss Quilliam et moi mîmes à profit l'heure du déjeuner pour évoquer la vente du codicille.

Je commençai : ma mère pensait-elle que les personnes qui lui avaient fait naguère une offre seraient dans des dispositions identiques ?

– Certes, répondit-elle. Je les crois même plus intéressées que jamais.

Mais lorsque j'en déduisis qu'elle aurait avantage à vendre, ma conclusion sembla l'affoler.

– Non Johnnie, je ne le peux.

– Et pourquoi cela ? m'écriai-je.

– Parce que je l'ai promis à mon père. Il a passé tant de temps à essayer de l'obtenir ! Et cela lui a coûté... cela lui a coûté la vie.

– Que voulez-vous dire par là, maman ?

– Ne me le demande pas ! s'écria-t-elle. J'ai trop parlé !

– Dites-moi au moins ce que vous lui avez promis.

– De le garder comme fidéicommis pour le transmettre à mon héritier.

– Si je comprends bien, il est donc à moi ?

– Oui, enfin... seulement quand tu auras vingt et un ans.

– Mais pourquoi votre père attachait-il cette importance à m'en voir hériter, moi ?

Elle me regarda d'un air de reproche avant de me répondre :

– Oh ! Johnnie, tu as tort de m'obliger à te le dire. Mais puisque tu es déterminé à le savoir, c'est parce que, grâce au codicille, nous pourrions entrer en possession d'une grande fortune dont notre famille a été spoliée il y a longtemps.

– Je l'avais deviné ! m'écriai-je.

Donc, Messrs Pentecost et Silverlight avaient vu juste !

– Racontez-moi comment cela s'est passé, la suppliai-je.

Elle secoua la tête.

– Je n'en ferai rien. Et, quoi qu'il en soit, je ne comprends rien à la valeur de ce document. C'est une affaire trop difficile. Tout cela est expliqué dans une lettre.

Cela aussi je le savais, car je me rappelais fort bien celle que j'avais vue dans le coffret, tant d'années auparavant, et qui avait pour la première fois attiré mon attention sur le nom de Huffam.

Voyant que je fléchissais, Miss Quilliam prit la parole :

– Johnnie et moi sommes persuadés que vous devriez le vendre, dit-elle.

À mon corps défendant, je m'en tins à ma résolution de me rallier à Miss Quilliam : si, en obtenant de sa fille cette promesse, plaidai-je, il agissait dans leur intérêt, à elle et à ses enfants, ces mêmes intérêts commandaient aujourd'hui de se séparer du codicille et non de le conserver. De plus, si j'étais le bénéficiaire de cette substitution, c'était, en un sens, à moi d'en disposer à ma guise.

Elle commençait à faiblir, et je poussai mon offensive.

– Le garder en notre possession nous met en danger. On cherchera encore à nous attaquer.

Cette prévision l'effraya, et elle finit par approuver la vente du codicille. Miss Quilliam et moi échangeâmes à la dérobée un regard de triomphe.

– Maman, dis-je, voulez-vous bien dire maintenant à Miss Quilliam qui sont les gens qui veulent l'acheter ?

– Vous les connaissez, Helen, fit ma mère. Ce sont Sir Perceval et Lady Mompesson.

– Je m'en doutais un peu, déclara Miss Quilliam, à ma grande surprise.

De nouveau mes soupçons m'envahirent, mais ce qu'elle nous dit ensuite apaisa quelque peu mes craintes.

– Parce que je savais qu'ils étaient de vos cousins, et vous ne m'avez jamais dit ce que vous veniez faire dans le domaine des Mompesson le jour où j'ai fait la connaissance de Johnnie.

Le problème qui se posait maintenant était de savoir comment faire pour prendre langue avec les Mompesson. Ma mère était terrorisée à la seule idée que l'un ou l'autre de nous deux s'aventurât dans les rues, persuadée qu'elle était de la présence d'espions disséminés par notre ennemi à travers tout le canton. Cette appréhension rendait déjà la tâche délicate, mais venait s'y ajouter la crainte d'approcher la demeure des Mompesson, elle aussi surveillée de près dans l'attente de notre venue. Pareille élucubration procédait du délire, mais je savais que rien ne ferait entendre raison à ma mère.

– Pourquoi ne pas leur envoyer tout simplement une lettre ? demanda Miss Quilliam.

– Oh non ! s'exclama-t-elle. Cela ne servirait à rien. On l'intercepterait. Je suis sûre qu'il s'est infiltré dans la maison des Mompesson. Non, toute lettre de ma main doit être remise personnellement à son destinataire par quelqu'un en qui je puisse avoir une confiance absolue.

Il y eut un court silence, que Miss Quilliam rompit en déclarant d'un air songeur :

– Je suppose que moi, je pourrais me charger d'un message.

Ma mère lui saisit la main.

– Vous le feriez, Helen ? Mais alors il faudrait que ce billet soit remis en main propre, à Sir Perceval ou à Lady Mompesson.

Miss Quilliam acquiesça d'un mouvement de la tête. Mais de nouveau mes soupçons se ravivèrent.

– Mais maman, m'écriai-je, c'est trop demander à Miss Quilliam. Vous oubliez l'humiliation et les vilenies qu'ils lui ont fait subir.

Elles me regardèrent avec surprise, et je m'empourprai, conscient d'avoir été à deux doigts de révéler que j'avais surpris l'histoire de Miss Quilliam le soir où j'avais fait semblant de dormir.

– Oublions cela, Johnnie, dit Miss Quilliam. Oui, il me sera pénible de paraître devant eux, mais je le ferai, puisque c'est le seul moyen.

Ma mère se confondit en remerciements, et le regard que nous échangeâmes, Miss Quilliam et moi, ne m'empêcha pas de ruminer toujours la même question : quelles raisons avait-elle d'agir ainsi ?

Afin d'être sûre qu'on laisserait la messagère franchir la porte, ma mère, prenant notre conseil à tous deux, rédigea ces quelques lignes destinées au baronnet :

Le 16 juillet 18...

Sir Perceval Mompesson,

Je suis maintenant disposée à vendre le codicille pour la somme précédemment débattue entre nous. La porteuse de la présente vous dira comment me joindre. Je ne saurais trop vous demander de ne pas atermoyer, car l'autre partie intéressée ne cesse de me talonner.

M.C.

Les initiales dont avait usé ma mère ne laissaient pas de m'intriguer. Quel était donc notre vrai nom ?

Miss Quilliam regarda par la fenêtre et, voyant que le ciel se couvrait, prit notre seul parapluie, usé jusqu'à la corde, et ce fut dans un flot de gratitude et de vœux de réussite qu'elle quitta la pièce. Nous étions au milieu de la matinée, et comme nous savions qu'elle ne serait pas de retour avant plusieurs heures, nous nous mîmes à tuer l'attente dans mille petits riens inquiets.

– Maman, demandai-je, les Mompesson vont-ils vraiment détruire le codicille ?

– Oui.

– Pourquoi ?

– Je ne sais pas si je devrais te le révéler, répondit-elle, les doigts noués par l'anxiété. Mais quel mal cela pourrait-il faire maintenant ? Alors, je vais te dire. Pour autant que je puisse le comprendre – et comme tu sais, je ne suis pas portée sur les questions juridiques –, ce document rend douteux leur droit de propriété sur le domaine de Hougham.

– Est-ce à nous deux qu'il confère ces droits de propriété ?

La question lui fit visiblement de la peine.

– Pas au fond, mais dans certaine circonstance, cela pourrait être le cas. Mais tout cela remonte à si longtemps ! Je t'en prie, Johnnie, ne me force pas à t'en dire plus. En le vendant, je trahis la confiance que mon père avait mise en moi pour ton bien. Ne me rappelle pas combien je suis fautive.

– C'est moi qui vous ai poussée à le vendre, dis-je. Je n'ai rien à vous reprocher. Je voudrais savoir, c'est tout. Serai-je autorisé à le lire avant qu'on ne le perde à tout jamais ?

Elle se tordait les mains, au désespoir.

– Ah, je ne sais que faire !

Ce que j'allais dire était cruel, je le savais, mais cela ne m'était pas dicté par la simple curiosité.

– Je crois que vous devriez me permettre d'en prendre copie, maman.

– Très bien, finit-elle par m'accorder en retirant de l'étui de cuir souple le morceau de parchemin tout plissé.

Elle me le tendit, et, quand je tentai de le lire, je vis qu'il était rédigé en un style juridique tout à fait nouveau pour moi et qu'une langue étrange en rendait la compréhension extrêmement malaisée.

Bien qu'il fût beaucoup trop tôt, ma mère se posta à la fenêtre pour guetter Miss Quilliam escortée, qui sait, d'un représentant des Mompesson. Pendant ce temps, je m'installai à table pour recopier le codicille. Malgré son ancienneté, il était dans un si bon état, à part les pliures, qu'il aurait pu avoir été écrit le matin même. La tâche fut une affaire laborieuse, car au début, incapable de lire les lettres, je me bornai à les transcrire fidèlement sans les comprendre. Puis, au fur et à mesure que l'écriture me devenait plus familière, et je fus en mesure d'en lire les mots, sinon d'en saisir le sens :

> Moi, Jeoffrey Huffam, joins ce jour à ce document mes dernières volontés et mon testament, en foi de quoi j'y appose ma signature et mon sceau. C'est assavoir que par le présent codicille je substitue aux descendants de mon fils James toutes les terres et biens-fonds, tenures, bâtisses, fermes et propriétés dont il est le légataire. À défaut de descendants, ladite substitution sera faite au bénéfice de mon seul petit-fils, Silas Clothier, sous condition qu'il soit vivant à la mort du dernier descendant de mon fils James. Si cette condition n'était pas remplie, l'héritage reviendrait alors à mon neveu, George Maliphant, et à ses descendants.
>
> Fait en la présence de :
>
> (NOM ILLISIBLE)
>
> (NOM ILLISIBLE)
>
> Signé et scellé ce troisième jour de septembre de l'année 1768 de Notre Seigneur de la main de Jeoffrey Huffam.

– Jeoffrey Huffam était votre grand-père, n'est-ce pas ? demandai-je.

– Non, mon arrière-grand-père, dit ma mère comme à contrecœur. Ce qui fait que James était mon grand-père, et que John, mon père, était ton grand-père.

– Pouvez-vous m'expliquer pourquoi Jeoffrey a ajouté cela à son testament ?

– Il voulait être certain de léguer ses biens à ses descendants, car il craignait que son fils ne les vende après sa mort. Et c'est pourquoi il a voulu introduire cette substitution d'héritage dans son testament.

– Et vous et moi, nous sommes ses héritiers, n'est-ce pas ?

Elle ne dit rien.

– N'est-ce pas, maman ?

Elle acquiesça de la tête.

– Et alors, qu'est-il arrivé au codicille ?

– Quelqu'un l'a dérobé à la mort de Jeoffrey Huffam, et c'est pourquoi James a pu vendre le domaine.

Je me souvins alors des leçons de Messrs Pentecost et Silverlight.

– Ce qui veut dire que James n'a pas annulé la substitution, puisque le legs était inaliénable. Il n'a pas pu céder les droits de pleine propriété. Il n'a pu en céder que la jouissance.

Ma mère eut un petit frisson.

– C'est ce que papa avait coutume de dire, bien que je n'aie jamais compris ce qu'il entendait par là.

– Il entendait par là que les Mompesson n'ont sur le domaine qu'un titre de propriété assorti de servitudes, ce qui ne leur donne que le droit à la jouissance. C'est tout ce que James leur a vendu lorsqu'ils ont acheté le domaine. Le droit de pleine propriété, c'est vous et moi qui l'avons hérité, bien que cela ne nous procure aucun avantage. Voyez-vous, les Mompesson ne peuvent conserver le domaine que tant qu'il existe un héritier de plein droit. Si sa lignée s'éteint, l'héritage revient au testataire, s'il vit encore, ou à un autre légataire par lui désigné. Je vois là quelqu'un du nom de Silas Clothier. Qui est-ce ? demandai-je en regardant le codicille.

Elle détourna le regard.

– C'est lui qui hériterait si vous et moi devions mourir ? insistai-je. Est-il toujours vivant ? Il doit être très vieux.

Elle continuait à ne rien dire. Je me souvins de l'avoir un jour entendue prononcer ce nom avec effroi.

– C'est notre ennemi, n'est-ce pas ? dis-je. C'est lui qui a envoyé Mr Barbellion nous voir pour tenter d'acheter le codicille, et qui a essayé de me faire enlever quand il a su que vous ne vouliez pas le vendre ? Lui qui a ensuite soudoyé Bissett pour qu'elle nous trahisse ? Lui encore qui nous a fait suivre et attaquer hier, n'est-ce pas ?

Elle refusait de rien me dire et, voyant que mes questions l'effrayaient, je cessai de l'interroger.

Vers le milieu de l'après-midi, toujours assis à ma table à comparer l'original et ma copie, j'entendis ma mère pousser un cri suffoqué. Levant la tête, je vis qu'elle avait blêmi et qu'elle contemplait fixement la rue. Je bondis à la fenêtre : Miss Quilliam revenait en compagnie d'un inconnu. J'aurais juré que je l'avais déjà rencontré : sa solide carrure, ses lourdes bajoues et la fixité de son regard sous les épais sourcils me disaient quelque chose… La mémoire me revint à l'instant même où ils sortaient de mon champ de vision, arrivant juste à la maison : le sieur Barbellion !

– Trahis ! s'exclama ma mère. Nous avons été livrés à notre ennemi !

– Venez, lui dis-je en la prenant par le bras pour la tirer vers la porte.

En passant à côté de la table, je me saisis du codicille et de la copie que j'en avais faite.

Mais parvenue sur le seuil, ma mère refusa de le franchir.

– C'est trop tard, fit-elle. Nous ne pourrons pas leur échapper. Nous allons les croiser dans l'escalier.

– Non, car nous allons monter, lui dis-je.

Elle ne fit pas un mouvement et je dus la tirer au-dehors pour l'entraîner vers le palier du dessus. En gravissant l'étage, nous entendions les autres faire craquer les marches en dessous de nous, mais nous réussîmes à rester cachés à leur vue. (Que de fois par la suite me suis-je demandé quel tour auraient pris nos existences si ce jour-là nous avions été moins prompts !) Nous arrivions, quand notre porte retentit d'un coup sec, suivi du bruit que firent Miss Quilliam et le sieur Barbellion en pénétrant dans la pièce.

– Vite ! chuchotai-je. Et restons calmes.

Je forçai ma mère à descendre et nous dévalâmes, passant devant notre porte que les nouveaux arrivants avaient refermée derrière eux. Une fois dehors, courant jusqu'au bout de la rue, nous prîmes le premier carrefour et enfilâmes d'autres rues, au petit bonheur, jusqu'à être épuisés, incapables de nous situer.

Ce canton de la métropole nous était totalement inconnu. Poussant une barrière, nous nous glissâmes dans la cour paisible d'une grande et vieille église qui nous séparait du tumulte de la grand-rue. Le ciel s'était couvert, et il bruinait par intermittence. Le souffle court, nous nous assîmes sur une murette.

Ma mère enfouit son visage dans ses mains.

– Je n'arrive pas à comprendre, sanglota-t-elle. Je n'arrive pas à comprendre comment elle a pu nous faire ce mauvais coup !

Je ne le comprenais pas davantage, mais ce qui m'échappait encore plus, c'était la facilité avec laquelle Miss Quilliam avait trouvé notre ennemi. Car si je n'avais pas réussi, moi, à extorquer de ma mère l'identité de ceux qui nous voulaient du mal, comment était-elle parvenue à l'apprendre, elle ? Se pouvait-il qu'il existât des ramifications bien plus développées que je ne l'avais cru ? Et que les liens qu'elle avait eus avec les Mompesson eussent conduit vers elle – sans qu'elle y fût pour rien – des complices de notre ennemi ? Était-ce par hasard qu'elle s'était mêlée à ces gens-là ? Pourtant, je me refusais à croire à de telles coïncidences. La dernière hypothèse, et la plus horrible, était qu'elle faisait partie de la machination depuis le début. Pourtant, tout incapable que j'étais d'expliquer son retour aux côtés du sieur Barbellion, je ne pouvais me résoudre à me ranger à l'idée d'une trahison. J'étais sur le point de soulever la question et d'en débattre avec ma mère pour tenter de défaire ce nœud d'événements fortuits et de faits graves, mais je vis que pour sa part elle était totalement hors d'état de raisonner sereinement.

– D'abord Bissett, et maintenant Helen ! s'écria-t-elle. En qui puis-je avoir confiance ? Nous avoir connus pendant si longtemps, avoir partagé avec nous tant d'épreuves, pour nous livrer aux mains de notre ennemi !

– Nous n'avons aucune certitude qu'elle nous ait trahis, protestai-je. Les choses s'expliquent peut-être autrement.

Mais elle ne m'écoutait pas, car soudain elle s'affola.

– Où est le codicille ?

– Je l'ai, dis-je. Dois-je le garder ?

– Non ! s'écria-t-elle. Donne-le-moi !

Elle parlait avec une violence farouche, soupçonneuse, comme si elle ne me faisait plus confiance à moi non plus. Je tirai le document de ma poche et elle me l'arracha des mains, l'œil hagard, pour le replier dans son étui et le serrer soigneusement dans sa cachette.

Je devais réfléchir à notre situation. Nous étions sans toit, ventre creux, nus et crus : le peu que nous avions de reste, nous l'avions utilisé à défrayer Miss Quilliam de sa mission. Il commençait à pleuvoir plus dru et la nuit n'allait pas tarder à tomber. Nous n'étions pas équipés pour affronter la pluie et, voyant la fièvre monter chez ma mère, je me rongeais de souci : qu'allions-nous devenir si nous ne trouvions bientôt un abri, de quoi manger et de la chaleur ? Je me souvins de ces endroits dont nous avait parlé Mrs Sackbutt, où contre un penny ou deux l'on vous offrait le refuge et rien d'autre.

– Écoutez, dis-je avec impatience, car il me semblait qu'il n'y avait plus qu'une conduite à adopter. Il faut que nous allions voir Mrs Fortisquince.

Ma mère secoua la tête. Ses lèvres remuèrent mais, incapable de saisir ce qu'elle marmonnait, je dus me pencher vers elle.

– Mrs Purviance nous aidera…

– Non, dis-je, elle n'a aucune raison de nous aider. Mrs Fortisquince, elle, en a. C'est la veuve du plus vieil ami de mon grand-père, et de plus, c'est une cousine. Elle se doit de faire un geste d'assistance.

Ses lèvres bougèrent à nouveau.

– Je n'ai pas confiance en elle.

– Il n'est pas nécessaire que nous lui fassions confiance, dis-je. Mais nous n'avons pas le choix. C'est elle, ou bien l'ouvroir.

Elle frissonna.

– Ils me renverraient, murmura-t-elle.

– Ils vous renverraient où ? demandai-je aussitôt.

– À Christchurch, dit-elle. Ce serait trop dangereux.

Christchurch. Voilà donc quelle était, me dis-je, la paroisse de résidence de ma mère ! Précisément la paroisse où se trouvaient Cox Square et Bell Lane, rues qu'elle semblait connaître d'après les propos qu'elle avait tenus le jour où nous étions allés chez Mrs Sackbutt ! J'aurais tout loisir d'y réfléchir plus tard.

– Il faut que nous allions chez Mrs Fortisquince !

Elle ne dit rien.

Soudain, la cloche de notre tour, là-haut, se mit à sonner l'heure : un son bien innocent, mais ma mère leva les yeux avec une expression d'épouvante et regarda aux alentours, l'air éperdu.

– Saint-Sépulcre ! s'écria-t-elle, et d'un bond elle fut sur ses pieds.

Poussant la barrière, elle se précipita à l'autre extrémité du jardin et, abasourdi, je la suivis dans Giltspur Street. Presque devant nous se dressait le sinistre bâtiment de Newgate, mais, comme si elle ne l'avait pas remarqué, elle se hâta vers Holborn, par-delà l'église à l'ombre de laquelle nous nous étions reposés.

Quelques toises plus loin, elle s'arrêtait brusquement. Je la rattrapai : visage en l'air, elle fixait une enseigne d'auberge – la tête d'un Maure féroce, assortie d'un redoutable cimeterre –, et cette « tête de Sarrasin » donnait son nom à l'établissement.

Elle se détourna, et sans paraître me voir, se mit à grommeler pour elle-même :

– Le sabre et le croissant. Et le sang.

On eût dit qu'elle se remémorait un conte des *Mille et Une Nuits*. Mais je n'eus pas même le temps de creuser sa remarque, car aussitôt elle s'enfonça à la course dans le dédale de ruelles et de passages nauséabonds de Smithfield. Je m'élançai sur ses talons, mais nous étions loin quand elle songea à ralentir le pas, puis à s'arrêter.

Elle me regarda, comme hébétée.

Je lui pris la main.

– Venez. Il faut que nous allions chez Mrs Fortisquince.

Elle hocha la tête avec lassitude et nous nous mîmes en route.

Notre marche, sous un ciel qui s'assombrissait de plus en plus, semblait ne jamais devoir cesser. Au bout de quelques minutes la pluie se mit à tomber à verse, nous trempant jusqu'aux os. Ma mère avait du mal à avancer, et il me fallait l'encourager de la voix. Ni l'un ni l'autre ne connaissions cette partie de la capitale – nous étions à Clerkenwell – et, malgré l'obscurité envahissante, nous hésitions à demander notre chemin, en sorte qu'à plusieurs reprises nous nous égarâmes, obligés plus d'une fois de revenir sur nos pas quand nous découvrions, au bout de la mauvaise rue remontée à grand-peine, qu'il aurait fallu la descendre. Ce fut alors que pour la première fois je fus tenté de mendier, mais je savais que c'était là m'exposer à être arrêté par un sergent de ville, plus particulièrement dans les rues de bonne apparence dont nous approchions maintenant. Néanmoins, réduit à cet expédient non point pour moi-même, mais pour ma mère, je regardais en face les quelques passants bien habillés que nous croisions, prenant l'air de quelqu'un – à tout le moins l'espérai-je – de trop orgueilleux pour s'abaisser à quémander. Et j'en fus récompensé, car il arriva qu'une femme pauvrement habillée me fit don d'un penny, avec lequel j'achetai un petit morceau de pain, que nous partageâmes lors des fréquents arrêts où nous contraignait l'état d'épuisement de ma mère.

III

Plus nous nous rapprochions de la maison de Mrs Fortisquince, plus je m'inquiétais de l'accueil qu'elle nous réserverait. Si elle s'était montrée aussi peu compréhensive à une époque où nous étions loin d'être totalement démunis, qu'allait-il en être à présent que nous étions sans le sou et quasiment en haillons ? Ce qu'il y avait de sûr, c'est qu'elle ne pourrait pas refuser de nous aider.

Il était minuit passé lorsque nous arrivâmes à Golden Square, devant sa maison plongée dans l'obscurité. Je me demandais s'il ne serait pas préférable de passer la nuit à marcher dans les rues et de ne nous présenter que le lendemain matin de bonne heure, mais le spectacle de ma mère qui claquait des dents, les cheveux et les vêtements trempés, me redonna courage. Quand j'agitai la cloche, et que je l'entendis tinter de l'autre côté du battant, j'eus l'affreux sentiment de violer le silence de la nuit.

Les lumières ne tardèrent pas à s'allumer à l'étage et nous entendîmes des pas dans l'escalier. Puis, de l'intérieur nous parvint la voix inquiète de Mrs Fortisquince.

– Qui est là ?

J'hésitai avant de répondre.

– John Mellamphy et sa mère.

Un moment de silence succéda à cette réponse, après quoi on tira les verrous et l'huis, encore retenu par la chaîne, s'entrouvrit de quelques pouces. On nous dévisagea à la lueur de la chandelle, puis, la chaîne détachée, nous pûmes contempler Mrs Fortisquince accompagnée de sa femme de chambre en tenue de nuit ; toutes deux nous détaillaient avec une surprise manifeste.

– Oh, mais c'est vous ! s'exclama la maîtresse, à mon grand soulagement, en nous souriant de la manière la plus accueillante. Entrez, entrez vite.

Tandis que la servante refermait la porte sur nous, Mrs Fortisquince nous menait dans le salon, qu'elle entreprit avec diligence d'éclairer.

– Comme je suis heureuse de vous voir ! Je n'ai pas cessé

de penser à vous ; je me suis demandé pourquoi vous ne reveniez plus.

À ces mots, ma mère se jeta dans ses bras.

– Ma pauvre Mary, dit Mrs Fortisquince en lui caressant l'épaule, vous n'avez pas idée du nombre de fois où je me suis interrogée sur vous. Où habitiez-vous ? que deveniez-vous ? Je suis allée jusqu'à m'enquérir de vous à la *Croix d'Or*, mais ils n'avaient personne de ce nom qui ait séjourné chez eux. Quel mystère !

Ma mère rougit et me jeta un regard plein de reproche.

– Et vous avez eu la bonté de m'apporter un présent pour Noël, poursuivit Mrs Fortisquince, mais cette sotte de Dorcas, la servante que j'avais alors, n'a même pas pensé à s'informer de votre adresse. Il faut tout me raconter. Mais pourquoi n'êtes-vous pas revenue me voir ?

– C'est Johnnie qui ne le voulait pas ! s'écria ma mère.

– Vraiment ? Et pour quelle raison ?

– Il ne vous faisait pas confiance, dit-elle. Il est devenu tellement méfiant, tellement dur, qu'il me fait peur.

Mrs Fortisquince me fixa avec une expression des plus étranges.

– Voyez-vous cela ! dit-elle.

Elle parut soudain prendre conscience de notre état d'épuisement et de notre mise.

– Mais vous êtes tous les deux complètement trempés ! Où avais-je la tête ? Checkland va préparer vos lits et vous allumer du feu là-haut pendant que je vous fais chauffer un peu de bouillon. Nous attendrons demain pour écouter votre histoire.

Ma mère dormait presque debout, mais elle rassembla suffisamment de forces pour se restaurer un brin avant que l'on ne nous installât à l'étage, dans une chambre chauffée d'un bon feu et aux deux lits bassinés. En aidant ma mère à se défaire de sa robe mouillée, Mrs Fortisquince observa qu'elle gardait la main serrée sur le paquet enfoui dans une poche, à l'intérieur de son premier jupon.

– Laissez, je vais vous en débarrasser, fit-elle en tendant la main vers l'étui.

– Non, fit ma mère avec brusquerie.

– Voyons, ma chère, ne soyez pas nigaude.

Mais ma mère recula, et je vis sur son visage se dessiner la peur.

– Je vous en prie, madame Fortisquince, n'insistez pas, dis-je. Elle le garde toujours sur elle, même pour dormir.

– Bien sûr, bien sûr... dit-elle avant de s'éclipser.

Quel plaisir je ressentais à retrouver des draps de lin parfumés, un lit dépourvu de vermine ! Ma mère ne tarda pas à s'endormir, mais, quelque temps éveillé, je me reprochai mes soupçons à l'encontre de Mrs Fortisquince : que de souffrances nous eussions pu éviter durant ces deux dernières années si ma mère n'avait pas suivi mon conseil !

Lorsque, fort avant dans la matinée, nous descendîmes déjeuner, notre hôtesse nous témoigna derechef tant de bonté et de sollicitude que j'aurais tenu pour certain de l'avoir méjugée, sans ce vague sentiment de malaise où me mettait malgré tout sa présence. Je voyais bien que ma mère lui vouait désormais une totale confiance car, à sa demande pressante, elle n'hésita pas à lui raconter dans le détail tout ce qu'il était advenu de nous depuis notre dernière rencontre : comment elle avait cherché un emploi de gouvernante ; comment nous avions plongé dans l'abîme de la pauvreté puisque, au lieu de tirer de l'argent de la vente de notre mobilier, nous avions été grugés et trahis par notre vieille servante, et du coup poursuivis par le bailli et ses hommes.

– Le bailli ! se récria Mrs Fortisquince. Mais alors, vous risquez la prison ?

Ma mère approuva ; je regardai quant à moi Mrs Fortisquince avec inquiétude, songeant que nous lui mettions en main une arme redoutable pour peu qu'elle ne fût pas bien disposée à notre égard.

– À combien se monte la somme en question ? demanda-t-elle.

– À cent quinze livres.

– Mais, ma chère, vous n'allez pas vous ronger les sangs pour une somme si modique ! Je me porterai garante pour vous et je paierai cette dette afin de lever les poursuites.

Pendant que ma mère remerciait Mrs Fortisquince, je me disais que si celle-ci tenait parole, je l'avais à coup sûr mal jugée. Sans doute sa situation financière s'était-elle améliorée depuis la dernière fois, pensai-je aussi.

– C'est que je n'ai aucun moyen de vous rembourser... dit ma mère. Quant à la perspective de gagner de l'argent, je ne peux pas dire que ce soit une certitude.

– Vraiment ? dit Mrs Fortisquince. Et il s'agit de quoi ?

C'est ainsi que ma mère lui parla de Miss Quilliam, qui pendant si longtemps nous avait montré tant de bienveillance.

– Pour finir par nous trahir, déclara ma mère.

– Maman, nous n'en avons pas la conviction, fis-je observer.

– Mais c'est affreux ! s'exclama Mrs Fortisquince. Que vous est-il arrivé ?

– Eh bien, dit ma mère, me jetant des regards qui traduisaient sa nervosité cependant que je plissais le front pour l'inciter à plus de réserve, j'ai un document qui... qui pourrait valoir une grosse somme.

– Vraiment ? Il doit s'agir de cet objet dont vous ne vouliez absolument pas vous départir hier soir. Mais, ma chère, quelle conduite bizarre !

– J'ai grand-peur de le perdre et de nous mettre ainsi en péril, Johnnie et moi. Ce qui s'est produit, c'est que je me suis décidée à le vendre…

– À le vendre ? la coupa Mrs Fortisquince. Et à qui ?

– À Sir Perceval Mompesson, répondit ma mère sans me laisser le temps d'intervenir.

– Vraiment ? fit Mrs Fortisquince avec brusquerie. Et quel rôle jouait cette Miss Quilliam dans l'affaire ? reprit-elle après un silence.

– Je l'avais mandée auprès de Sir Perceval avec une lettre. Au lieu de cela, elle s'est rendue chez… les agents de la partie qui ne cherche qu'à nous nuire, à Johnnie et à moi. Voilà pourquoi nous avons dû fuir notre logis sans avoir d'autre but qu'ici même.

– Je vois, dit lentement Mrs Fortisquince, baissant les yeux.

Puis, relevant un visage où s'épanouissait un sourire, elle ajouta d'un ton décidé :

– Mais le ciel a voulu que vous veniez ici. Ce qui presse le plus pour l'instant est de payer ces horribles baillis. Où peut-on les trouver ?

Je lui indiquai le cabinet du magistrat qui avait délivré le mandat ; elle y envoya sur-le-champ sa femme de chambre dans une voiture de place. La dénommée Checkland fut de retour dans l'heure même, nous apprenant que la dette, frais compris, se montait à ce jour à cent trente livres. Mrs Fortisquince lui signa un effet, qu'elle devait porter tout de suite chez le magistrat, de sorte qu'en fin de journée, après un dîner tardif, ma mère détenait par-devers elle une quittance en bonne et due forme la libérant de sa dette en totalité. Elle embrassa Mrs Fortisquince et toutes deux pleurèrent d'abondance, étroitement enlacées.

Lorsque les larmes furent séchées et les robes rajustées, on en vint aux affaires sérieuses.

– Maintenant, il faut que je vende le codicille, dit ma mère. Mais comment m'y prendre pour approcher Sir Perceval ?

Elle se tut, comme dans l'attente d'une proposition, mais Mrs Fortisquince ne dit rien. J'en conclus que les soupçons que je nourrissais contre elle – l'intérêt que selon moi elle portait au codicille – étaient sans nul doute mal fondés.

– Il semble injuste d'abuser davantage de votre bonté, mais je me demande si vous ne pourriez pas vous charger de cette affaire, reprit ma mère.

Mrs Fortisquince hésita.

– Je ne vois pas de raison qui s'y oppose, fit-elle.

– Je vous en remercie, fit ma mère. Et comme je voudrais vous restituer ce que je vous dois, cela pourrait-il se faire le plus rapidement possible ?

– Je peux m'y rendre cette après-midi, si vous le désirez.

C'était merveilleux ! Aussi ma mère écrivit-elle à Sir Perceval une nouvelle lettre, rédigée dans les mêmes termes que la première. Une voiture de place emmena Mrs Fortisquince, dont nous attendîmes le retour en échafaudant des plans. Lorsque nous l'aurions remboursée, calculai-je, nous aurions assez, même si nous faisions un placement sans risques – des rentes d'État à trois pour cent, par exemple – pour vivre à l'aise.

– Nous irons à Salisbury, déclara ma mère. C'est si beau, Johnnie. Nous achèterons une petite maison dans le Close, et tu iras à l'école tous les jours. Nous pourrons même engager une domestique.

C'est une Mrs Fortisquince radieuse qui nous revint deux heures plus tard.

– C'est gagné ! s'écria-t-elle du plus loin qu'elle nous vit.

– Comment Sir Perceval vous a-t-il reçue ? demanda ma

mère, impatiente d'en savoir davantage. Lady Mompesson était-elle présente ?

– Je vais tout vous raconter, mais laissez-moi retrouver mon souffle. Vous avez déjà rencontré Sir Perceval, bien entendu ?

– Oui, j'en ai eu l'occasion, répondit ma mère.

– Mais vous ne connaissez pas la maison ?

– Non, je n'y suis allée qu'une fois, tout enfant, et je n'en ai gardé aucun souvenir.

– Que je vous raconte, alors ! Sir Perceval m'a reçue très chaleureusement.

– Lady Mompesson n'était donc pas là ? demandai-je avec surprise.

Mrs Fortisquince se tourna vers moi avec un grand sourire.

– Non, effectivement, elle n'était pas là. Comme je le disais, Sir Perceval m'a reçue très chaleureusement... : l'effet de votre petit billet, ma chère. Il se félicitait des dispositions où vous êtes, et ne trouvait rien à redire à ce que vous proposiez, à ceci près, je puis vous l'affirmer, qu'il n'a jamais été question à proprement parler de la somme que vous exigez. Le contraire eût été pur manque de tact. Mais, par curiosité, puis-je m'enquérir de l'offre que vous avez précédemment repoussée ?

– Il s'agissait de dix-sept cents livres, répondit ma mère.

Mrs Fortisquince écarquilla les yeux d'étonnement.

– C'est dire combien il tient à s'approprier ce document. Ensuite, Sir Perceval m'a garanti que son homme d'affaires, un certain Mr Steplight, viendrait vous voir demain pour mener à bien la transaction.

Certes, je me demandais dans quelle mesure Sir Perceval avait pouvoir de traiter une affaire de cette importance en l'absence de son épouse, néanmoins il semblait qu'enfin le flot de nos infortunes s'était inversé. Après avoir passé la plus heureuse soirée que nous eussions connue depuis fort longtemps, nous allâmes au lit tout à notre hâte – pour une fois – d'être au lendemain.

Après le déjeuner du matin nous attendions, assis à la fenêtre, l'arrivée du fondé de pouvoir de Sir Perceval. L'heure était très avancée quand enfin s'arrêta devant la maison une magnifique voiture sur la portière de laquelle, à notre grand ravissement, nous reconnûmes les armes peintes : le crabe et les roses que j'avais vus, je me le rappelai, le jour où Sir Perceval sortait du domaine, sur les hauts du Gibet. Vêtus de la livrée marron et rouge dont je me souvenais si bien, deux valets de pied sautèrent à terre pour abaisser le marchepied et ouvrir la portière.

Mrs Fortisquince nous rejoignit à l'instant même où une silhouette sortait de la voiture.

– Quel étrange petit bonhomme ! remarqua ma mère. Ce doit être Mr Steplight.

– C'est l'impression qu'il vous fait ? dit Mrs Fortisquince. Moi, je le trouve assez distingué. Je suppose que c'est lui.

Mr Steplight avait une tête disproportionnée à son petit corps, un front bombé, des traits accusés et des yeux un peu protubérants. On lui donnait entre quarante et quarante-cinq ans ; sa toilette et sa vêture, sans être ostentatoires, étaient extrêmement élégantes.

Tandis que la sonnette de la porte d'entrée carillonnait, Mrs Fortisquince se mit à défroisser sa robe, s'apprêtant avec autant de nervosité que nous, semblait-il, à recevoir son hôte. Lorsque la domestique l'eut annoncé, il regarda tout autour de lui avec un sourire généreux, comme si, ne sachant pas encore mettre de nom sur les visages, il entendait bien ne priver personne de son affabilité. Lorsque Mrs Fortisquince se nomma, puis nous présenta à lui, ma mère et moi, il s'inclina courtoisement devant chacun de nous, se déclara enchanté de faire notre connaissance et nous serra la main. Je remarquai que, lorsqu'il cessait de parler, on eût dit que son regard s'abîmait. Il abaissait les paupières, puis les relevait lentement, révélant ainsi des cils clairsemés. Mrs Fortisquince le pria de s'asseoir et fit signe à la servante de servir des biscuits et du vin.

Tant que Checkland demeura dans la pièce, Mr Steplight, quelque peu aidé par Mrs Fortisquince, alimenta la conversation d'un flot lénifiant de courtoises vétilles : le temps et sa « délicieuse instabilité », cette partie de la ville, « tellement commode », les embarras de voitures venant de May Fair, « affreusement ennuyeux », et ainsi de suite. Aussitôt que la servante se fut retirée, il sut conserver le charme de son discours pour l'infléchir et en venir au fait.

– J'arrive en cet équipage de chez Sir Perceval, déclara-t-il, duquel j'ai reçu des instructions, et voici la lettre que ce gentilhomme m'a prié de vous remettre, madame Mellamphy.

Il la tendit à ma mère, qui en brisa le sceau, et je lus par-dessus son épaule :

N° 48, Brook Street
Le 19 juillet

Madame,

Agissant en mon nom, le porteur de ce billet, Mr Steplight, qui n'ignore rien de mes affaires et jouit de toute ma confiance. Je lui ai donné pouvoir de vous remettre deux cents livres en échange du codicille. Lorsque l'authenticité de ce document aura été vérifiée, le solde, à savoir quinze cents livres, vous sera payé.

PERCEVAL MOMPESSON, BARONNET

La lettre avait dû être dictée, car l'écriture était très différente du gribouillis illisible que nous avions reçu à Melthorpe, et dont je me souvenais fort bien. Nous nous dévisagions, ma mère et moi, et nos traits disaient trop quelle amère déception accompagnait la nouvelle ; et pourtant nous aurions dû nous attendre que la vente, dans un premier temps, ne fût réglée que partiellement, car je me souvenais très bien de l'insistance avec laquelle Sir Perceval et son épouse, lors de notre visite à leur domaine, avaient affirmé que le codicille n'était peut-être qu'un faux.

– Qu'est-ce que cela signifie ? demanda ma mère.

– Simple formalité, croyez-moi, madame Mellamphy, expliqua Mr Steplight. Le solde vous sera payé dans un jour ou deux.

– Nous ne nous séparerons du codicille que contre la totalité, déclarai-je.

Mr Steplight me sourit.

– Voilà un jeune homme fort précoce ! rétorqua-t-il. C'est tout à fait charmant…

– Silence, Johnnie, jeta ma mère. Cependant je suis consternée, monsieur Steplight, de ne pas rentrer dans la totalité des fonds dès à présent.

– Si vous avez remarqué que le montant de la somme qui reste due est spécifié, dit Mr Steplight, vous en déduirez que la lettre a la valeur d'un billet à ordre. Pas un instant il ne vous viendrait à l'esprit, j'en ai l'assurance, qu'un homme de qualité tel que Sir Perceval pourrait faillir à la parole qu'il a donnée.

Ma mère hésitait.

– Cette suspicion serait en effet ridicule, dit Mrs Fortisquince.

Ma mère nous dévisageait tour à tour, perplexe.

– Ne le cédez pas, maman ! m'écriai-je.

Mr Steplight et Mrs Fortisquince me regardèrent tous deux en souriant, l'un avec une bienveillance manifeste, l'autre en s'efforçant de se donner plus ou moins bonne contenance.

– Quelle fougue ! murmura l'homme d'affaires. Ah ! comme la jeunesse tombe dans de sympathiques travers !

– Ne sois pas stupide, Johnnie, dit ma mère, qui prit le codicille dans sa poche et le sortit de son étui.

Mr Steplight retira de son portefeuille une liasse de billets de vingt livres, pourpre et blanc, émis par la Banque d'Angleterre, et il les compta avec soin. Puis il les tendit à ma mère, qui lui remit le document. Mr Steplight y jeta un bref coup d'œil, comme s'il s'agissait d'une chose de peu d'intérêt, et il le serra dans son portefeuille.

Il se leva pour prendre congé de nous avec force salutations, nous assurant que nous le reverrions dans un jour ou deux. Par la fenêtre, je le regardai monter dans la voiture, qui tout aussitôt s'ébranla.

Ma mère préleva le montant de sa dette à Mrs Fortisquince et mit le reste de l'argent dans un réticule, cadeau de notre bonne hôtesse. Plus tard dans l'après-midi, pour fêter l'événement et marquer le début de notre nouvelle vie, Mrs Fortisquince nous régala d'un repas composé de volailles rôties, de selle d'agneau et de tarte aux coings. Mais le plein verre de champagne chaud aromatisé aux épices qu'on m'avait autorisé ne suffit pas à me chasser de l'esprit les craintes que m'inspirait cette transaction.

Le lendemain ne devant pas nous apporter de nouvelles de Mr Steplight, nous trouvâmes normal de ne pas le voir. En revanche, nous passâmes la journée du surlendemain dans le salon qui donnait sur la rue, très préoccupés de voir l'après-midi s'avancer sans qu'il y eût de Mr Steplight, ni de message. Je finis par me mettre au lit, incapable de trouver le sommeil, tant il m'apparaissait que notre situation était fragile depuis que nous avions cédé le codicille. Et pourtant, la seule clause de résiliation n'était à coup sûr pas satisfaite : le document ne pouvait pas être un faux. D'autre part, j'éprouvais quelque soulagement à l'idée que nous étions en possession de la lettre de Sir Perceval ; je m'endormis donc sur cette pensée, malgré la toux de ma mère qui me dérangeait un peu.

Ce furent de grands coups frappés à la porte de la rue qui me réveillèrent en sursaut.

– Qu'est-ce que cela peut bien être ? s'écria ma mère.

Toute la maisonnée se retrouva en un instant sur le palier, notre hôtesse, sa servante et nous deux, à nous dévisager les uns les autres avec inquiétude, avant de gagner le rez-de-chaussée, où Mrs Fortisquince, à travers la porte, demanda qui était là.

– Officiers de justice, lui répondit-on.

Ma mère et moi nous nous regardâmes consternés, cependant que Mrs Fortisquince entrebâillait d'abord la porte retenue par sa chaîne, pour se rassurer, puis ne l'ouvrait en grand que quand elle se fut aperçue que les visiteurs étaient bien ce qu'ils disaient. Trois inconnus portant le tricorne que je connaissais bien et munis de bâtons d'argent envahirent l'entrée. Je revivais comme en un cauchemar la même scène qui s'était déroulée quand le bailli et son escorte avaient fait irruption chez Mrs Philliber.

– Laquelle d'entre vous est une certaine Mrs Mellamphy ? demanda l'un d'eux, qui avait le visage plat comme un penny usé.

– Que voulez-vous ? demanda Mrs Fortisquince.

– Nous agissons conformément à un mandat d'arrêt pour non-paiement de dettes, répliqua l'homme.

– Mais l'argent a été versé ! s'écria ma mère.

– C'est donc vous la susdite, n'est-ce pas ? fit-il en se tournant vers elle.

Épouvanté, je vis qu'il lui posait la main sur le bras.

– J'ai la quittance ! s'écria-t-elle.

– C'est exact, dit Mrs Fortisquince. J'ai payé la dette moi-même.

L'officier parut décontenancé.

– Va chercher mon réticule, Johnnie, fit ma mère.

Je me rendis dans le salon obscur, muni d'une chandelle, et vis le réticule posé sur une table, près de la fenêtre. J'en retirai le reçu, et au même instant une subite intuition m'incita à prendre aussi la liasse des billets qui nous restaient pour la cacher sous ma chemise de nuit. Puis je regagnai l'entrée, où tout le monde se tenait, pour remettre le réticule à ma mère, qui en sortit la feuille de papier et la montra au bailli.

Celui-ci regarda le document et se mit à rire.

– Vous vous trompez de quittance ! Celle-là, ce n'est pas la bonne !

Il consulta ses papiers.

– Le mandat conformément auquel j'instrumente est afférent à un non-recouvrement de dettes consécutif à la banqueroute de l'*Union métropolitaine de bâtiment*.

Je me tournai vers ma mère : son visage avait pris une pâleur mortelle.

– Mr Sancious… marmonna-t-elle.

Elle avait raison, car tel était bien le nom de la compagnie que nous avait tant recommandée l'avocat pour inciter ma mère à faire fructifier son argent en spéculant dans la branche immobilière, placement qui avait provoqué notre ruine. Je me souvenais à présent de ce qu'il nous avait écrit : en tant qu'actionnaire, ma mère était tenue, au prorata de ses parts, à couvrir les dettes de la compagnie, une fois établi de combien son passif excédait son actif.

Une question me traversa soudain l'esprit :

– Comment nous avez-vous retrouvés ? demandai-je au bailli.

Il se tourna vers moi, l'air amusé :

– Cela, c'est pas votre affaire, jeune homme. Ce qui compte, c'est de savoir si vous avez la fraîche.

– Combien ? demanda ma mère d'une voix blanche.

– Huit cents livres, répondit-il après avoir regardé ses documents.

– Oh ! ma pauvre, cette fois je ne puis vous aider ! s'exclama Mrs Fortisquince.

Ma mère chancela, et elle serait tombée si le bailli et moi ne l'eussions soutenue.

– Venez au salon, dit Mrs Fortisquince.

Aidée du bailli, qui laissa ses hommes dans l'entrée, elle entraîna ma mère, qu'elle fit asseoir sur le sofa. Puis le bailli vint se placer près du feu tandis que la servante allumait des chandelles.

Il examina la pièce.

– Si l'argent n'est pas versé en totalité, je suis requis de saisir tous les biens personnels de la susnommée jusqu'à concurrence approximative de la dette.

– Mais je n'ai rien, murmura ma mère.

– Cela, je puis le confirmer, dit Mrs Fortisquince. Cette dame et son fils sont mes hôtes. Ils sont venus chez moi il y a quelques jours, et ils ne possédaient rien.

– Je suis dans l'obligation de fouiller votre réticule, dit le bailli.

Ma mère le lui remit humblement. Il l'ouvrit et compta l'argent qu'il contenait.

– Trois livres et quelques shillings, annonça-t-il.

Ma mère le regarda avec étonnement, mais je réussis à attirer son attention par un petit signe de tête.

– Pourtant, continua le bailli, j'ai des raisons de croire que vous avez en votre possession une somme se montant à plus de soixante-dix livres. Où l'avez-vous mise ?

Comment pouvait-il le savoir ? me demandai-je.

– Je ne sais pas, fit ma mère.

– Vous vous attirerez de graves ennuis en essayant de dissimuler cet argent, madame Mellamphy, déclara le bailli.

Mrs Fortisquince se tourna vers moi :

– Est-ce vous qui l'avez pris, Johnnie ?

J'acquiesçai d'un mouvement de tête.

– Vous ne faites qu'aggraver la situation de votre mère, dit-elle.

À regret, je sortis les billets.

– Voilà qui est sage, jeune homme, déclara le bailli.

Il se mit à compter avec soin l'argent, qu'il rangea, non sans avoir rédigé un reçu qu'il remit à ma mère.

– Et maintenant, madame, apprêtez-vous à nous suivre.

– Où cela ? s'écria ma mère.

– Chez moi.

– Chez vous ? Mais je ne comprends pas. De quoi s'agit-il ?

– D'une préventive, dit-il brutalement.

– Mais que va-t-il m'arriver ?

– On vous détiendra jusqu'à votre comparution devant le tribunal.

Cette perspective accabla ma mère.

– Je veux y aller moi aussi, dis-je.

– Non, Johnnie, protesta-t-elle.

– J'ai le droit, n'est-ce pas ? demandai-je au bailli.

– Oui, dit-il. La seule chose, c'est qu'il faudra payer pour deux personnes.

Ainsi en fut-il décidé. On nous donna quelques minutes pour nous habiller et nous apprêter, puis on nous fit monter dans une voiture de place qui attendait dans la rue.

– Je vous en supplie, aidez-nous, dit ma mère à Mrs Fortisquince par la portière.

– Ma chère, répondit celle-ci du seuil de sa porte, je vous promets de continuer ce que j'ai commencé. Vous verrez.

La voiture se mit en route et nous fûmes conduits, par des rues noires et silencieuses, dans un canton de la capitale qui m'était totalement étranger. Chaque fois que la lumière d'un lampadaire éclairait pour quelques instants ma mère, je voyais combien, après ces quelques jours de répit, elle était anéantie par le choc qui la frappait : elle avait l'air hébété, le regard terne. Nous atteignîmes enfin le logis du bailli, dans Great Earle Street, à Soho ; là, c'est à peine si elle sembla remarquer ce qui lui arrivait. Quand la femme du bailli nous eut conduits dans une petite chambre nue dont la fenêtre était pourvue de barreaux et qu'elle eut refermé la porte à clé, ma mère, effondrée, éclata en sanglots. Elle s'accrochait à moi, le visage ruisselant de larmes, et, tandis que je lui murmurais machinalement des mots de consolation, j'essayais de comprendre. Comment le bailli avait-il su tout à coup où nous trouver après tant de temps ? Les soupçons que j'avais nourris à l'égard de Mrs Fortisquince retrouvaient toute leur vigueur.

Le reste de la nuit nous apporta son lot d'insomnies, de sorte qu'au réveil nous nous sentions las, oppressés. Ma mère apprit du bailli qu'elle ne comparaîtrait pas devant un magistrat avant le lendemain, car nous étions un dimanche. La femme de notre geôlier nous expliqua que le montant de notre pension viendrait grossir notre dette, nouvelle peu faite, on l'imagine aisément, pour nous aiguiser l'appétit devant la misérable collation apportée par la servante. Une heure plus tard, on nous annonça une visite et l'on nous escorta vers un affreux petit parloir. Nous nous attendions à y trouver Mrs Fortisquince, mais, à notre grande surprise, ce fut Mr Steplight qui pénétra dans la pièce.

Son calme n'était en rien affecté par les lieux, et il nous salua avec le même raffinement de politesse que la fois précédente.

– Chère madame, déclara-t-il, je suis profondément navré de vous voir dans des circonstances aussi déplorables. Je viens de la part de notre connaissance commune, l'inestimable Mrs Fortisquince, qui m'a mis au fait du triste événement survenu la nuit dernière.

– Avez-vous apporté le reste de l'argent ? demanda ma mère d'une voix angoissée.

– À mon profond regret, certaines formalités restent à accomplir.

– Mais le codicille a bien été reconnu authentique ? demandai-je.

– Absolument, dit-il.

Rassurés, nous échangeâmes un brave sourire, ma mère et moi.

– Reste à traiter divers préliminaires, continua Mr Steplight. D'abord, la sauvegarde de votre fils inquiète fort Sir Perceval.

Cette sollicitude, au premier abord stupéfiante, n'exigea pas de moi une longue réflexion pour être éclaircie.

– Il ne pense pas que votre fils soit en sécurité à Londres, reprit Mr Steplight. Il souhaite par conséquent qu'il soit envoyé dans une école à la campagne.

– C'était à moi aussi mon projet, mais le dernier mandat m'empêchera sans doute de réunir l'argent nécessaire.

– Madame Mellamphy, rétorqua Mr Steplight avec un sourire, ne vous souciez pas de cet aspect de la question. Sir Perceval est disposé, outre ce qu'il vous doit, à pourvoir aux frais d'éducation de votre fils.

– C'est très généreux de sa part, s'exclama ma mère. Tu

vois, Johnnie, je savais bien que tout finirait par s'arranger. Songes-y : désormais toi et moi vivrons ensemble sans plus avoir à craindre.

– Voyons les choses un peu différemment, chère madame, fit Mr Steplight d'une voix suave. Sir Perceval est persuadé que votre fils devrait aller en pension, fréquenter une école située dans une région éloignée. Il pense que c'est la seule manière d'assurer pleinement sa sécurité.

– En pension ? s'écria ma mère, consternée. Mais où ?

– Nous avons débattu de cette question, Sir Perceval et moi, et son choix s'est porté sur une école qui présente toutes les garanties nécessaires.

Il nous donna le nom d'un comté fort éloigné, dans le nord du pays.

– Si loin ! s'exclama ma mère.

– Peut-être, mais surtout, loin de ceux qui lui veulent du mal, objecta Mr Steplight.

– Non, dit ma mère d'un ton catégorique. Je ne me séparerai pas de lui. Il peut aller à l'école sans pour autant me quitter.

Mr Steplight hocha tristement la tête.

– J'en suis tout à fait contrit, mais dans cette hypothèse je ne serai pas en mesure de vous remettre le solde des fonds.

– Mais cela m'appartient ! protesta ma mère. Sir Perceval a promis de me payer.

– Et il est tout prêt à le faire, une fois que ces conditions somme toute contingentes seront remplies.

Ma mère nous regardait à tour de rôle, l'air perplexe.

– Maman, dis-je, pourquoi n'irais-je pas à cette école ? Vous pourriez trouver une petite maison dans les environs, et moi, je viendrais vous voir à la fin de la semaine et pendant les vacances. Pensez à ce qui vous attend si vous refusez : vous irez en prison.

Voyant que l'angoisse lui ôtait de sa détermination, l'homme de confiance de Sir Perceval poussa son pion :

– Votre fils a raison, fit-il. Et si vous étiez en prison, qu'adviendrait-il de lui, exposé comme il le serait alors à vos ennemis ?

– C'est vrai, murmura-t-elle.

– Vous pouvez faire toute confiance à Sir Perceval. Il agira au mieux des intérêts de votre fils. Vous le savez fort bien.

Ma mère secoua la tête, hagarde.

– Oui, je le suppose. C'est ce qu'on m'a dit.

– Vous ne me paraissez pas précisément convaincue, chère madame. Ne comprenez-vous donc pas que d'après le codicille, Sir Perceval et sa famille ne posséderont le domaine qu'aussi longtemps qu'il y aura un descendant dans la lignée des Huffam ?

– C'est vrai, maman ! m'écriai-je. Messrs Pentecost et Silverlight m'ont expliqué la loi. Le codicille n'a de sens que parce que nous sommes les derniers de la lignée ayant droit de pleine propriété sur le domaine, alors que le droit de propriété des Mompesson est relatif. Si nous venions à mourir sans laisser d'héritier, alors la propriété reviendrait à un autre légataire, en l'occurrence Silas Clothier.

Ma mère réprima un frisson, mais l'homme de loi me regarda avec stupéfaction. Puis il sourit.

– Tout à fait remarquable. Ce que vous dites est l'absolue vérité, jeune homme, fit-il en se tournant vers ma mère pour ajouter : Vous voyez donc pourquoi il est indispensable, pour que Sir Perceval garde l'esprit en paix, que votre fils demeure bien vivant, et qu'en temps voulu il se marie et procrée. Faute de quoi l'héritage reviendrait à l'autre légataire que désigne la clause de substitution.

– Oui, dit elle. Je comprends.

Je me tournai vers Mr Steplight.

– Mais vous devez payer à ma mère l'argent qui lui reste dû.

– Vous menez vos affaires avec beaucoup de finesse, jeune homme, déclara-t-il en me souriant avec bienveillance.

Puis, se tournant vers ma mère :

– Certainement. Je vais vous remettre huit cents livres sur-le-champ pour payer cette dette. Quant au solde, vous l'aurez lorsque votre fils montera dans la diligence. Si vous acceptez ces termes, j'ai l'argent sur moi.

Ces faux-fuyants supplémentaires nous causèrent un certain dépit, mais les conditions posées semblaient raisonnables et nous donnâmes notre accord. Il sortit alors une liasse de billets de banque, les compta et les remit à ma mère.

– Maintenant, ce que je vous propose, c'est d'appeler le bailli, dit-il.

Ce que nous fîmes, et lorsque ma mère lui montra qu'elle avait de quoi payer sa dette, il afficha un air de surprise déçue qui me réchauffa le cœur.

– Combien de temps vous faut-il, lui demanda Mr Steplight, pour élargir Mrs Mellamphy et obtenir une mainlevée ?

– Si nous n'étions pas dimanche, je pourrais le faire dès cet après-midi. Disons au plus tôt demain en fin de matinée.

– Très bien, dit Mr Steplight. Prenez l'argent et donnez à cette dame un reçu. Comptez la pension ainsi que vos frais et honoraires jusqu'à demain midi. Et n'essayez pas, tout bailli que vous êtes, de me jouer un tour à votre façon, mon ami. Je suis trop vieux renard pour ça.

– Ça saute aux yeux, monsieur, répondit le bailli avec désinvolture. Bien fou qui s'y risquerait.

L'affaire fut rapidement conclue et Mr Steplight attendit que son interlocuteur se fût retiré pour nous annoncer :

– Demain midi me convient parfaitement. Je serai de retour

avec des places réservées pour maître Mellamphy et moi sur la diligence de trois heures.

– Déjà ! s'exclama ma mère.

– Plus vite il aura quitté Londres, plus tôt il sera en sécurité, répliqua Mr Steplight.

– Mais il n'a rien, ni linge ni habits de rechange, pas de livres, pas même un coffre.

– Il trouvera là-bas tout ce dont il aura besoin. Je vous le certifie, madame Mellamphy.

– Vous voyagerez avec moi ? lui demandai-je.

– Oui. Sir Perceval m'a fait l'honneur de me déclarer qu'étant la seule personne à qui il donne carte blanche, je serais le seul aussi à assumer cette responsabilité. Ce sont ses propres termes. C'est vous dire combien il prend à cœur le bien-être de votre fils, madame Mellamphy.

– J'irai avec vous moi aussi ! s'écria-t-elle.

Il me sembla surprendre une brève lueur de colère dans le regard de l'homme de confiance du baronnet.

– Ce serait un réel plaisir que de profiter de votre compagnie, chère madame, dit-il onctueusement, mais c'est un long et pénible voyage. Et fort coûteux. Sir Perceval défraie votre fils, mais il ne s'est pas offert à payer votre billet.

– Ne venez pas, maman, dis-je. Vous n'êtes pas encore en très bonne santé et vous aurez besoin de chaque sou qui vous reste.

– Je suis résolue à y aller, dit-elle.

– Très bien, fit Mr Steplight, qui tout à coup sourit. C'est d'accord. Je vais réserver trois places au bureau de la poste.

Quelques instants plus tard, il prenait congé et l'on nous ramenait dans notre chambre pour nous y enfermer de nouveau. Mais nous avions le cœur infiniment plus léger que lorsqu'on était venu nous y chercher une heure plus tôt ! Pourtant, ces brusques revirements dans le cours des choses n'arrangeaient pas la santé de ma mère, me semblait-il, et pendant le reste de la soirée je l'observai avec inquiétude. Et tandis que nous parlions de l'avenir, je remarquais chez elle une sorte d'insouciance, de fébrilité, que je ne lui connaissais pas auparavant.

Tôt levés, nous voyions passer trop lentement les heures de la matinée du lendemain, où le bailli devait nous signifier la mainlevée. Sa femme accepta d'envoyer l'une des servantes acheter quelques articles de nécessité pour le voyage et diverses fournitures dont, ma mère y tenait beaucoup, je me servirais à l'école, et elle attacha le tout en ballot. Lorsqu'on nous apporta au parloir notre maigre pitance, à l'heure où Mr Steplight était censé arriver d'un instant à l'autre, le bailli n'était pas encore revenu. Nous finissions un repas consommé sans le moindre appétit quand nous l'entendîmes frapper. Il m'apparut d'emblée qu'il nous apportait de mauvaises nouvelles.

– L'avez-vous ? demanda ma mère.

– Non, madame, répondit-il. Car lorsqu'on s'est renseigné pour savoir si on pouvait vous blanchir – autrement dit délivrer à votre nom une pièce attestant que vous aviez payé toutes vos dettes –, on a découvert qu'un autre mandat avait été délivré contre vous.

– Un autre ? fit-elle, haletante.

La voyant chanceler, je crus qu'elle allait tomber à la renverse.

Il jeta un coup d'œil sur le morceau de papier qu'il tenait à la main.

– Il s'agit de cinq cents livres pour lesquelles vous avez vous-même écrit une reconnaissance de dettes il y a quelques années. Ces cinq cents livres n'ont jamais été payées.

Cette pièce, c'était celle que le sieur Sancious l'avait

convaincue de signer à l'effet d'augmenter son placement dans la compagnie !

– Ah, ce document ! se récria ma mère. Mais comment se fait-il qu'il réapparaisse maintenant ? Qui le détient ?

Le bailli fit une grimace et lorgna le papier.

– Quelqu'un l'a acheté, mais je n'arrive pas à lire son nom, dit-il. Et il tendit le papier à ma mère.

Elle s'en saisit, poussa un faible cri, et je crois bien qu'elle serait tombée si je ne l'avais rattrapée et aidée à se rasseoir.

Reprenant le document, le bailli se retira de la pièce.

Pour ranimer ma mère, je lui frottai les mains.

– Quel nom était écrit dessus ? demandai-je.

Elle ne répondit pas, se bornant à secouer la tête.

– Je suis perdue, perdue.

Ce fut là tout ce que je pus tirer d'elle. J'eus beau la supplier, elle refusa de me dire le nom qu'elle venait de lire.

Bien qu'elle fût résolue maintenant à retarder mon départ vers le nord, je me doutais bien que Mr Steplight exigerait qu'on s'en tînt à ce qui avait été convenu. Je ne me trompais pas : lorsque quelques minutes plus tard il se présenta, pour apprendre l'existence d'un autre mandat, il demeura inflexible à la requête de ma mère.

– Hors de question ! madame Mellamphy. Je dois être de retour à Londres jeudi matin, ce qui nous oblige à partir dès le début de l'après-midi. Je n'ai que pouvoir de vous verser le solde au moment où votre fils montera dans le coche sous ma protection.

Ma mère tenta de l'ébranler, mais il demeura sur ses positions et elle dut bien céder.

– Je vous prie de donner à ma mère l'adresse de l'école, afin qu'elle puisse m'y écrire, dis-je.

Il l'inscrivit sur un morceau de papier, que ma mère mit soigneusement de côté.

Puis Mr Steplight sortit sa montre à sonnerie.

– Nous devons partir d'ici dans dix minutes si nous ne voulons pas manquer la diligence, fit-il.

Poliment, il nous quitta pour aller m'attendre dans la voiture de place.

Je pris le ballot qui rassemblait mes quelques affaires. Il ne nous restait plus maintenant qu'à nous embrasser en nous apprêtant à la séparation.

– J'irai te voir là-bas dès que je le pourrai, fit ma mère.

– Non, maman, ne dites pas de sottises. Quand vous aurez payé votre dette, vous n'aurez plus d'argent du tout.

– Non, mon cher enfant, dit-elle en me caressant la joue.

– Écoutez-vous ce que je vous dis, maman ? On va prendre soin de moi maintenant, mais vous, qu'allez-vous faire ?

– Je n'en sais rien.

Elle semblait abattue par ces allées et venues de la fortune et elle se contentait de me regarder, les yeux brillant d'un éclat anormal.

– Tout ce qui compte, c'est de te savoir désormais en sûreté.

– Non, écoutez-moi, il le faut, dis-je. Trouvez un logis qui ne soit pas hors de prix, ou bien restez chez Mrs Fortisquince, si elle vous le propose. Je pense que nous l'avions mal jugée. Quoique… En tout cas, soyez très prudente. M'écoutez-vous, maman ?

– Oui, mon chéri, dit-elle.

– Essayez de trouver du travail, tant que ce qui vous restera de l'argent versé par Sir Perceval – il y en aura tout de même – vous permettra de vivre.

Je lui donnai le plan de Londres, qu'elle serra dans son carnet.

– Prenez-en grand soin, lui dis-je. J'aimerais bien le retrouver quand je reviendrai.

Je me disais que la carte, utile dans cette grande ville, serait pour elle une sorte de talisman.

Nous nous embrassâmes, je ramassai mon ballot et nous allâmes dans l'entrée avertir le bailli de mon départ. Il autorisa ma mère à me faire de la main des signes d'adieu, debout sur le seuil, mais à condition de la tenir par le bras. Mr Steplight, quand j'eus pris place auprès de lui dans la voiture, tendit à ma mère, par la fenêtre, son dû. La voiture s'éloignait, et je me penchai à la portière. Mais le visage de ma mère exprimait tant de chagrin que je détournai la tête et, quand je la regardai de nouveau, je compris la peine que lui avait causée ce mouvement de recul. Qu'allait-elle devenir ? me demandai-je. Et quand la reverrais-je ?

IV

Le véhicule prenant de la distance, Mr Steplight cessa de sourire et se tut, regardant au-dehors. Lorsque nous arrivâmes à l'auberge de la *Croix d'Or*, il me tint fermement par le bras jusqu'à ce que nous fussions montés dans le coche qui allait partir pour le nord. Surpris de constater qu'il était complet, je supposai que quelqu'un venait tout juste d'occuper la place qu'il avait prétendument retenue pour ma mère et qu'en raison de la tournure prise par les événements elle avait dû laisser. Aussi me dispensai-je d'en parler.

Tandis que le coche cahotait par les rues, je songeais sans répit, enfoncé dans mon siège sans manifester le moindre intérêt pour le paysage, à ce que pouvait bien signifier ce retard de dernière minute apporté à l'élargissement de ma mère. Était-il le signe que m'avait échappé quelque chose de grave ? La fine équipe de compagnons de voyage que nous formions, Mr Steplight et moi ! Il ne m'adressait pas la parole ; même, il ne daigna pas jeter un seul regard sur moi jusqu'au premier relais. J'aurais aussi bien pu être un colis déposé sur le siège à côté de lui.

Au nord de Londres, le coche pénétra dans un brouillard moite et frisquet qui enveloppait les vallées d'un tulle de gaze troué d'un soleil livide, aussi blafard qu'une énorme lune, et de ce froid – nous étions pourtant en juillet – ma veste ne me protégeait pas. Notre voyage se poursuivit ainsi toute l'après-midi et toute la soirée, puis nous fîmes une brève halte, le temps de prendre un souper tardif avant de monter dans le coche de nuit.

Nous roulâmes toute la journée du lendemain ; tard dans la soirée, de soudains embrasements déchirèrent l'obscurité, accompagnés d'étranges bruits. Je m'enquis auprès de mon compagnon de quoi il retournait, mais je n'obtins qu'un haussement d'épaules, et pendant trois ou quatre heures je regardai, ahuri, scintiller tout autour de nous ces lumières d'outre-tombe. Puis je perçus une horrible puanteur que je connaissais pour l'avoir respirée à proximité des usines à gaz de Westminster, mais beaucoup plus piquante, et lorsque nous nous arrêtâmes pour changer de chevaux dans une cour d'auberge, je me penchai par la fenêtre pour appeler l'un des valets d'écurie.

– S'il vous plaît, pouvez-vous me dire quelle est cette odeur ?

Ma question sembla l'étonner, mais je finis par déchiffrer derrière son accent bizarre quelque chose comme :

– Ce seraient ben rapport aux mines, jeune maître.

Je n'étais guère avancé, mais quand nous reprîmes la route je m'assoupis, m'éveillai, puis m'assoupis de nouveau, et l'aube nous rattrapa peu à peu sur notre droite. Nous laissâmes derrière nous l'odeur entêtante et les éclats de lumière, et un halo laiteux révéla un onduleux paysage de collines flanquées de villages.

Puis nous fîmes étape dans une grande ville où vers les cinq heures du matin nous prîmes un déjeuner avant de changer de coche pour nous engager sur des routes secondaires. Nous nous acheminions toujours vers le nord, et la campagne devenait de plus en plus morne au fur et à mesure que nous pénétrions les hautes terres au relief marqué de brefs escarpements et d'affleurements rocheux. De plus en plus déconcerté par l'attitude qu'avait adoptée Mr Steplight à mon égard, et fort étonné qu'une école se trouvât dans un paysage aussi désolé, je tentai de l'amener à me parler du pensionnat où il m'emmenait. Alors, pour la première et la dernière fois durant le voyage, il se tourna vers moi, souriant, pour me dire :

– *Crastinus enim dies sollicitus erit sibi ipsi. Sufficit diei malitia sua.*

« À chaque jour suffit sa peine. »

Ces mots éveillèrent quelque chose dans ma mémoire, mais ce n'est que longtemps plus tard que je devais me rappeler où je les avais entendus pour la première fois.

Nous gagnâmes une sinistre auberge, à la croisée de deux chemins déserts au milieu d'une vaste plaine. Nous y abandonnâmes le coche pour une chaise louée par Mr Steplight et, repartant en direction de l'ouest, nous filâmes droit à travers une lande ondoyante où l'on n'apercevait que de rares fermes, toutes présentant du côté est un mur aveugle. Lorsque je me retournais, je croyais les voir nous suivre du regard en plissant, comme des yeux, leurs petites fenêtres basses orientées vers le couchant.

J'avais eu beau tourner dans tous les sens l'affaire du codicille dans ma tête pour vaincre ce sentiment de n'avoir pas été en mesure d'y déceler quelque singularité, je n'avais abouti à rien. Mais en cet instant, précisément, où je tentais de considérer toute l'affaire du point de vue de chacune des parties en présence, ce qu'elle comportait d'insolite me vint tout à coup à l'esprit.

– Monsieur Steplight, dis-je, s'il est vrai que Sir Perceval avait l'intention de détruire le codicille lorsqu'il vous a envoyé nous l'acheter, comment expliquer que ses intérêts exigeaient également que je reste en vie ?

Il se tourna vers moi pour me fixer d'un air bizarre, les lèvres serrées, comme s'il ressentait un certain plaisir à m'observer. Puis son regard se perdit de nouveau dans le lointain, à croire qu'il lisait son sort dans un paysage sinistre.

Finalement, le cocher quitta la route et engagea précautionneusement le coche dans un chemin rocailleux. À ma surprise, il semblait que nous nous dirigions vers une ferme. Nous traversions des champs délimités par des murs de pierre sèche tranchant à peine sur la friche environnante ; dans l'un de ces champs j'aperçus au travail trois jeunes garçons efflanqués vêtus de pauvres hardes. Nous entrâmes dans une cour : au portail, deux molosses enchaînés aboyèrent furieusement à notre passage ; au centre, nous faisant face, se dressait le corps de logis, bas et allongé, bâti en pierre ; partout s'amoncelaient des tas de paille moisie et d'ordures, et contre les murs on pouvait voir deux meules de foin éboulées, un tas de fumier, plusieurs dépendances délabrées et une aire de séchage sur laquelle d'autres garçons étaient en train de battre au fléau. Tout comme ceux que j'avais déjà aperçus, ils avaient les traits creusés, les yeux caves et cernés, et ils portaient des culottes et des chemises déguenillées. Un garçon de forte carrure, convenablement vêtu, se tenait près d'eux, un fouet à la main, manifestement pour les surveiller.

La chaise s'arrêta à la porte de la ferme et nous mîmes pied à terre. Aux coups frappés par Mr Steplight, une petite domestique répondit en risquant craintivement un œil par l'entrebâillement de la porte.

– Je suis Mr Steplight, annonça mon compagnon de voyage. Je crois que Mr Quigg m'attend.

– Oui monsieur, entrez, dit-elle en faisant une révérence et en ouvrant en grand.

Je constatai que la porte donnait directement sur la « place », une vaste cuisine pavée de dalles de pierre qui faisait aussi office de grande salle.

– Mr Quigg est dans la bibliothèque. Voulez-vous me suivre par ici, monsieur ?

Elle heurta à une porte et nous introduisit dans une petite pièce qui, si l'on se rappelait l'appellation qu'on venait de lui donner, se distinguait principalement par une totale absence de livres. Un gros homme au visage rougeaud, pourvu d'un nez qu'aujourd'hui je dirais teinté à la gnôle, y était assis à une table ; il se leva à moitié, poussant quelque chose dans un tiroir et s'essuyant la bouche du revers de sa manche. Il pouvait avoir la cinquantaine et, avec son large foulard, sa veste vert bouteille, ses chaussures montantes et ses guêtres crottées de boue, il m'évoquait en plein les paysans que j'avais pu rencontrer du temps où je vivais à Melthorpe. Les deux hommes se saluèrent comme s'ils se connaissaient de nom, sans s'être jamais vus.

– Ainsi ma lettre m'a précédé, monsieur Quigg ? dit mon compagnon.

– Ça, je n'en sais ren, répondit-il dans l'épais patois du pays. Je l'avions reçue hier matin. J'espère que vous avez fait bon voyage. Mais assoyez-vous donc pour boire un verre de vin.

Cette cérémonie accomplie et les verres de ces messieurs vidés, après les vœux réciproques de bonne santé, Quigg me regarda.

– C'est le petit gars, s'pas ?

– Oui, c'est lui.

Mr Quigg se retourna pour m'attirer brutalement vers lui.

– Baille-moi ton sac.

Je le regardai, décontenancé. Il eut un rire déplaisant et m'appliqua une calotte sur le côté de la tête.

– C'est-ti que tu serais sourd ? C'est pas pour rien que tu t'appelles Cloth-Ear[1] ! Baille-moi ton sac.

Il se saisit de mon ballot, le défit et en répandit le contenu sur le sol : quelques chemises et autres articles soigneusement empaquetés par ma mère.

– Vide tes poches, Cloth-Ear.

Je lui tendis les quelques pièces que j'avais et il les empocha sans les compter.

– Va te pouiller avec ça, dit-il en me tendant un paquet qui me parut contenir des haillons.

– Vous voulez voir l'autre petit gars ? demanda-t-il d'un ton allègre à son visiteur, cependant que j'ôtais ma culotte et ma chemise pour revêtir les hardes qu'on venait de me donner.

– Oui, naturellement.

Mr Quigg alla ouvrir la porte et, passant la tête par l'embrasure, hurla :

– Envoie-mi Mealy-Plant[2], beugla-t-il.

Il revint, se frottant les mains, la mine pateline.

– Je crois que vous serez ben aise de voir ce qu'on a fait de lui, monsieur Steplight, et j'espère que vous le direz à la partie concernée.

Mr Steplight lui adressa un coup d'œil d'intelligence tout en me désignant du geste.

1. Littéralement, « oreilles bouchées ». Quigg, dans sa plaisanterie, exploite la similitude, pour l'oreille, de cette expression avec le vrai patronyme de John, *Clothier*.

2. Littéralement, « plante pourrie ». Là encore, on découvrira plus tard qu'il s'agit d'une altération phonétique du patronyme de Maliphant.

– Je peux compter sur vous, j'en suis sûr, déclara-t-il.

– Certain, répondit Mr Quigg, qui me regarda vêtu de mes loques. Et à présent, parlons affaires, Mr Steplight, fit-il brusquement.

Puis il m'attrapa le bras, me serrant à me faire mal, et m'entraîna vers la porte pour me faire sortir de la pièce.

– Bouge pas de là.

La porte se referma bruyamment derrière moi.

J'attendis dans la grande salle, pas mécontent de mettre à profit ces quelques instants de répit pour essayer de comprendre. Non, jamais je n'avais entendu dire qu'il existait des écoles ressemblant à ça.

Au bout de quelques minutes entra un garçon au teint livide, dépenaillé, plus jeune que moi d'un an ou deux. Il me regarda timidement avant de me demander, d'une voix où je décelai la douceur de l'accent du Sud :

– Dois-je frapper ou bien attendre ? Qu'en pensez-vous ?

– Je n'en sais rien.

– Quoi que je fasse, on me battra, dit-il.

Et il frappa doucement. Le battant s'ouvrit d'un coup. Mr Quigg le saisit brutalement par le bras, lui donna quelques tapes sur la tête pour le faire aller plus vite et l'attira dans la pièce avant de claquer la porte.

Je songeais que nul ne pouvait se réjouir de ce qu'on avait fait de ce garçon. Quelques minutes plus tard on le jeta hors de la pièce, et de nouveau la porte claqua derrière lui.

– Allez-vous rester ici ? me demanda-t-il d'une voix timide.

– Oui.

– Alors, je vous plains beaucoup.

La porte s'ouvrit ; Mr Quigg, debout dans l'encadrement, nous regardait d'un air furieux.

– Qu'est-ce que tu fais ici, toi ! Retourne-t'en au travail.

Comme le garçon s'apprêtait à décamper à toutes jambes,

Mr Quigg le frappa sur la tête et sur les épaules avec tant de force qu'il lui fit faire un écart.

– Malins comme le diable, monsieur Steplight, fit-il comme ce dernier sortait derrière lui. Ce qui leur fait besoin, c'est une bonne poigne.

Il me saisit l'épaule, la serrant tellement fort que je manquai crier, puis il me poussa devant lui en direction de la chaise. Mr Steplight monta dans la voiture, et les deux hommes se serrèrent la main.

– Au revoir, monsieur Steplight, dis-je.

Il me jeta un bref coup d'œil sans me répondre, et la chaise s'éloigna.

Mr Quigg resserra sa prise sur mon épaule, me secouant pour donner plus de force à son propos.

– À présent, tu vas commencer ton après-dînée d'école.

– S'il vous plaît, monsieur, protestai-je, je n'ai rien mangé depuis ce matin aux premières heures et j'ai grand-faim.

Mr Quigg me lâcha afin de pouvoir me gifler.

– Tu causeras quand on te le dira.

Me saisissant de plus belle par l'épaule, il me ramena – à ma grande surprise – non pas vers la maison, mais dans la cour, vers les aires que j'avais vues de la chaise et où les garçons battaient le grain.

– Hal, en voilà un nouveau : Cloth-Ear, annonça-t-il à l'adolescent muni d'un fouet.

Ce dernier était solidement charpenté et avait un nez en bec de perroquet.

– Bon. Alors au travail, Cloth-Ear.

Je pris le fléau qu'on me tendait, mais comme je ne savais absolument pas m'en servir il convenait d'abord de me montrer comment le manier, ce qui fournit prétexte à force coups et jurons.

Pendant quelque temps Mr Quigg observa avec affabilité

le début de mes études, puis il regagna sans se presser la maison.

J'avais faim, soif, mais il me fallut cependant battre le grain pendant les trois heures qui suivirent. Un seul arrêt de quelques minutes interrompit ce travail épuisant. Le fléau, avec son manche de prunellier, me donnait des ampoules. Quand nous eûmes détaché le grain de l'épi en le battant, nous dûmes ensuite le séparer de la balle en le vannant. L'étouffante poussière soulevée par le tarare nous suffoquait.

Nous travaillions sous le regard alerte de Hal qui, assis sur une botte de foin, fumait la pipe. Mais sitôt qu'un des garçons ralentissait, il criait à la manière des cochers et le « touchait » de son fouet. Enfin notre surveillant nous permit de nous arrêter et nous conduisit vers la grange délabrée, devant laquelle se tenait un autre groupe de garçons de différents âges, eux aussi placés sous la vigilance d'un gars et de son fouet. D'une maigreur cadavérique, celui-ci avait le visage vilainement grêlé, au point de ressembler à une feuille mouchetée par le gel de l'automne.

Nos deux gardiens nous comptèrent.

– Onze. Avec le nouveau, fait douze, cria Hal. Toi, y t'en manque un, Roger.

– Mealy-Plant, fit le maigre. Il arrive.

Quelques minutes plus tard, le garçon avec qui j'avais échangé quelques mots à la porte de la bibliothèque de Mr Quigg entra dans la cour. Chancelant de fatigue, il revenait d'un champ.

– Tous là-dedans ! cria Roger en faisant claquer son redoutable instrument au-dessus de nos têtes.

Tous les garçons se précipitèrent dans la grange et je les suivis. Elle était vide, à l'exception de bottes de foin en train de pourrir, et le sol boueux était recouvert de paille. Il régnait à l'intérieur une forte odeur de fermentation qui se fit plus âpre encore lorsqu'on referma la porte derrière nous. La seule lumière provenait des interstices entre les planches et, dans l'obscurité presque totale, personne ne parlait. Nous nous couchâmes sur la paille, trop épuisés pour dire le moindre mot. Au bout de quelques minutes, nous entendîmes glisser les barres de bois, et Mr Quigg entra, suivi des deux gaillards, chacun portant un baquet. Les garçons se levèrent avec lassitude, demeurant à l'écart pendant que Roger et Hal déversaient le contenu des baquets dans une grande auge en bois, où je ne vis dégringoler que des pommes de terre. Nul d'entre nous ne bougeait, et tous les yeux étaient fixés sur Mr Quigg, qui s'avança en levant les mains comme pour apaiser une discorde lorsque les deux adolescents eurent fini.

– Jeunes gens, m'est avis que vous avez grand-faim après vos besognes dans les champs du savoir. Et comment je le sais ? Ben, pour la raison que je connais les gars. Pourquoi je connais les gars ? Parce que j'en ai été un, moi aussi. Mais faudrait pas croire que j'ai eu l'avantage de recevoir une éducation pareille que celle qu'on vous donne ici. Point du tout. J'avais encore pas sept ans quand mon vieux i' m'a mis dehors histoire que je gagne ma vie. Alors, vous, les gars, vous êtes chanceux, et vous devez avoir de la reconnaissance.

Ce discours, il le tenait régulièrement. Plus tard, j'appris qu'il avait été portier dans une école de Wakefield, et que c'était là qu'il avait approché « les champs du savoir ».

Il nous contempla du regard avec un sourire cruel, comme s'il savourait cet instant d'incertitude.

– Et on y va ! finit-il par vociférer.

Tous les garçons se précipitèrent vers l'auge et, à mon grand effroi, ils se mirent à se battre. Trois d'entre eux étaient plus grands et plus lourds que les autres – deux, même, semblaient presque dodus en comparaison de leurs camarades – et ils écartèrent brutalement les plus petits pour s'emparer de la plus grande quantité possible de pommes de terre, qu'ils mettaient dans leur chemise tendue devant eux avant de les emporter dans un coin. Mr Quigg et ses fils (car j'appris que les deux adolescents étaient ses rejetons) exhortaient, par des cris, voire des coups de fouet, les autres garçons à la bagarre. Lorsque les grands eurent mangé leurs pommes de terre, ils revinrent en chercher d'autres. Malgré la faim qui me tenaillait, je ne pus me résoudre à me jeter dans la mêlée.

– Braves gars ! s'écria Mr Quigg en donnant à chacun des plus forts un morceau de pain d'orge.

Puis il s'en prit à moi, et c'est d'un ton railleur qu'il me demanda :

– Ben quoi donc, c'est-ti que t'as plus faim à présent, Cloth-Ear ?

Je hochai la tête, et il me frappa de son fouet. En rampant, je m'éloignai vers un coin d'ombre pour observer la scène. Un garçon – de petite taille, il était bossu et avait les jambes torses – se battait contre quelques-uns des plus frêles pour se saisir des rares pommes de terre qui restaient dans l'auge. Je remarquai que le garçon avec qui j'avais échangé quelques mots – celui que Mr Quigg appelait Mealy-Plant – n'essayait pas plus que moi de s'emparer de sa pitance, bien qu'il fût l'un des plus grands.

L'auge vidée, Mr Quigg et ses fils sortirent, et j'entendis le bruit des barres qu'ils remettaient en place. Une ou deux minutes plus tard, le tintement de chaînes qu'on détachait préluda aux aboiements frénétiques des chiens de garde qui jusque-là s'étaient contentés d'un gémissement monotone. Ils s'approchèrent, et je pus voir leurs museaux tenter de s'introduire sous la porte tandis que de leurs pattes ils grattaient le bois en poussant de féroces jappements. Mes nouveaux compagnons ne leur prêtaient aucune attention. L'un des plus grands, le plus mince des trois, s'aida alors de silex et d'amadou pour allumer une mèche trempée dans du suif, dont la lueur dissipa quelque peu les ténèbres.

Le jeune garçon difforme donnait une pomme de terre à un grand gaillard au visage dépourvu d'expression ; celui-ci la porta toute ronde à sa bouche sans un regard pour l'autre, qui déjà se dirigeait vers un camarade allongé sur la paille, fourbu – je reconnus en lui le garçon qui m'avait adressé la parole devant la bibliothèque de Mr Quigg –, pour lui donner à lui aussi une pomme de terre.

– Tiens, Stephen, dit-il.

– Merci, Richard.

L'autre la prit et ajouta en me désignant :

– Lui non plus n'en a pas eu.

Stephen rompit la pomme de terre en deux, et il m'en tendit une moitié.

– Elle est à toi, dis-je, appuyant mon refus d'un mouvement de la tête, alors que j'avais l'estomac tenaillé.

– Je n'ai pas faim, dit-il.

– J'aurais bien voulu en attraper une autre, dit le garçon difforme.

– Celle-là, je la gardais pour plus tard, déclara alors celui qui avait allumé la mèche.

Il vint m'apporter sa pomme de terre, que cette fois j'acceptai. Elle était à demi crue à l'intérieur et calcinée au-dehors, mais je la mangeai avec autant de plaisir que si ç'avait été la friandise la plus exquise.

Les garçons étaient maintenant rassemblés autour de moi et, dans la faible lueur de la chandelle crachotante, je vis un cercle de visages émaciés, blêmes, aux yeux renfoncés et aux joues creuses. Les trois plus grands semblaient un peu plus solides que les autres, qui tous étaient hâves, vêtus de guenilles, crasseux et rongés par la vermine. Ils ne cessaient de gratter leurs têtes hirsutes.

– Qui est-ce qui t'a envoyé ici, Cloth-Ear ? me demanda le plus grand et le plus âgé.

Il avait un faciès assez brutal, le nez cassé. Tout en parlant il bourrait une pipe, qu'il alluma ensuite en se penchant vers la flamme de la chandelle.

– Ne m'appelle pas comme ça. Mon nom, c'est John.

Il échangea un coup d'œil rapide, comme secrètement amusé, avec celui des deux plus grands qui avait la plus forte carrure, puis il me prit à la gorge et me renversa la tête.

– Je t'appellerai comme ça me plaît. Ici, c'est moi le chef. Maintenant tu vas me répondre : qui t'a envoyé ici ?

– Ma… ma mère, dis-je, hoquetant.

– Ton père, c'est qui ?

– Je n'en sais rien.

Il dit quelque chose d'une brutale crudité et son compagnon se mit à rire bruyamment, exhibant les quelques chicots noirs qui lui tenaient lieu de dents. Puis il me cogna la tête contre le mur et me lâcha, en sorte que je tombai par terre. Après quoi ils s'en allèrent, le grand costaud et lui.

Richard m'aida à me relever.

– Pourquoi ta mère veut-elle se débarrasser de toi ? me demanda-t-il d'une voix neutre.

– Se débarrasser de moi ?

Pour toute réponse il se passa la main sur le cou et me fit un sourire sinistre.

– Je ne sais pas ce que tu veux dire, déclarai-je. On m'a envoyé ici parce que des amis de ma mère veulent me savoir en sécurité.

Ma réponse provoqua autour de moi un rire sans joie.

– Oh ! pour être en sécurité, ici tu le seras ! fit celui qui m'avait donné sa pomme de terre.

– Ma mère ne veut pas qu'il m'arrive de mal, protestai-je.

– T'es sûr ? demanda-t-il. On a tous été envoyés ici par

nos parents. Nous sommes pour la plupart des enfants de l'amour, comme moi. Je m'appelle Paul, fit-il avant de me désigner le bossu. Ça, c'est Richard. Lui, c'est pas un enfant de l'amour. Ses parents voulaient s'en débarrasser à cause de son dos. Mais lui, là, c'en est un, reprit-il en me montrant le garçon au regard vide. On l'appelle Big Thom, parce que Little Thom, c'est lui.

Il me désigna un garçon plus petit, aux traits anguleux et aux yeux pâles.

– Je ne sais pas qui je suis, dit Big Thom. Je me rappelle rien de ce qui s'est passé avant, sauf les rossées.

– On l'a envoyé ici parce qu'il n'obéissait pas, dit Paul. Un vrai sauvage quand il est arrivé.

Paul me montra du doigt les autres garçons, les plus petits, en me les nommant rapidement, comme si cela n'avait que peu d'importance. Ils étaient couchés sur la paille, où ils se blottissaient tant bien que mal. Plusieurs étaient déjà plongés dans un lourd sommeil. L'un d'eux pleurait en dormant, et dans le noir, celui qui s'était proclamé chef éleva la voix :

– Toi, le chouchou à sa maman, tu fermes ta gueule, ou alors c'est moi qui vais te la fermer ! Toi, Paul, rapproche la chandelle.

Paul en alluma rapidement une autre et il la tendit à Richard.

– Qui sont ces deux-là ? demandai-je à Richard en baissant la voix tandis que Paul retournait docilement vers son capitaine.

– Ça, c'est Ned, répondit-il. Et l'autre, c'est Bart, son lieutenant. Les favoris de Quigg. Paul aussi, mais c'est parce qu'il est plus vieux, chuchota-t-il.

Ned retira un jeu de cartes de dessous la paille, et ils se mirent à jouer bruyamment au vingt et un.

– Qu'est-ce qu'on a demain matin à l'école ? demanda

Little Thom d'une voix endormie, en se couchant dans la paille.

– Battage et labourage, répondit Richard.

– Les vraies leçons, on les commence quand ? demandai-je.

Ils rirent, mais sans entrain.

– Que veux-tu qu'ils nous apprennent ? dit Richard. Aucun ne sait même lire ou écrire. Ils ont besoin de leur servante ou de l'un d'entre nous pour s'occuper de leur courrier.

– Est-ce que c'est seulement pendant l'été qu'on travaille à la ferme ? demandai-je.

– Merci bien ! Le plus dur, c'est l'automne, dit Stephen.

– Arracher les pommes de terre, on commence quand ? demanda Little Thom.

– Dans un mois, au moins, dit Richard. Mais ça nous avance à rien. Les patates, ça se mange pas cru.

– C'est vrai, acquiesça Stephen. Le mieux, pour ça, c'est quand on arrache les carottes et les navets.

– J'ai trouvé des champignons cette après-midi, annonça Little Thom.

– Tu les as mangés ?

– Non, je n'ai pas osé. J'en avais encore jamais vu de comme ça.

Il tira précautionneusement quelque chose de sa poche et ouvrit la main. Richard éleva la chandelle et tout le monde se pencha pour regarder.

– Tu les as trouvés où ? demanda Richard.

– Près de la barrière de la cour, dans le Quinze-Arpents. Tout près de l'endroit où Davy est enterré. Est-ce que quelqu'un s'y connaît ? Je peux les manger ?

Je les reconnus, car j'en avais vu souvent du temps où j'allais faire cueillette avec Sukey.

– Non, dis-je, certainement pas. Ce sont des amanites phalloïdes, du poison.

– Tu es sûr ? dit Little Thom, déçu.

– Oui. Donne-les-moi, je vais les jeter.

– Tu sais, dit-il, je connais le coup.

Il me fallut un moment pour comprendre ce qu'il voulait dire.

– Non, je ne vais pas les manger, dis-je. Pose-les par terre.

Méfiant, il s'exécuta, et j'écrasai du pied les champignons dans la terre et la paille.

– Chut, murmura soudain Richard, et tout le monde se tut pour tendre l'oreille.

Nous entendîmes des bruits qui ressemblaient à des pas sur le côté de la grange, puis un grondement sourd. Les garçons se détendirent.

– Ce n'est qu'un des chiens, déclara Richard.

– On a eu peur que ce soit Roger, m'expliqua Stephen. Souvent il vient nous espionner.

Il se coucha, tira de la paille sur lui, et en un rien de temps s'endormit.

Richard le regarda.

– C'est lui qu'ils font travailler le plus dur, dit-il.

– Oui, reprit Little Thom, ils le traitent comme ils traitaient le pauvre Davy. Il n'avait encore jamais labouré aussi longtemps qu'aujourd'hui.

Il se détourna pour s'apprêter à dormir.

– Labourer ! m'exclamai-je en m'adressant à Richard. Mais il n'est pas assez fort pour mener un attelage !

– Un attelage ? fit-il avec un sourire amer. Tu verras.

– Et ils le punissent plus souvent que les autres. Que n'importe qui d'autre, chuchota Little Thom.

– Oui, acquiesça Richard, qui ajouta tout doucement : Ça recommence exactement comme avec Davy.

– On ne peut rien faire ? demandai-je.

– Faire quoi ? dit Richard.

– Vous ne pouvez pas le dire à vos amis quand vous leur écrivez ?

– Écrire ? s'écria Richard. Tu es naïf ou quoi ? On n'a pas le droit d'envoyer de lettres.

– Mais vous n'allez jamais chez vous ?

– Jamais. Le prix de la pension inclut aussi les vacances.

– Et vos amis ne viennent jamais vous voir ?

– Nos amis ! s'exclama Richard. Tu crois vraiment qu'on serait ici si quelqu'un se souciait de nous ?

– Mais alors, vous ne pouvez pas vous échapper ?

– Pour aller où ? demanda Richard. Si on savait où aller ou si quelqu'un voulait de nous, on ne serait pas ici.

– Mais est-ce que n'importe quoi ne vaudrait pas mieux que de rester ici ?

– Impossible de s'évader, dit Richard. Personne n'a jamais réussi.

Comme pour souligner ses propos, la chandelle crépita et s'éteignit. Alors les autres se couchèrent, se disposant à dormir, et je fis comme eux, me recouvrant de paille. Cela me piquait fort douloureusement, et je crachotai la poussière qui m'empêchait de respirer. Mis à part la pomme de terre que Paul m'avait donnée, je n'avais rien mangé depuis la collation prise au petit jour dans le relais de poste, et la faim me donnait des crampes d'estomac.

Pourquoi Mr Steplight m'avait-il amené dans ces lieux, lui qui avait affirmé qu'il était fortement de l'intérêt de Sir Perceval qu'on prît grand soin de moi ? Se pouvait-il que Mr Steplight ne se fût pas rendu compte du genre d'établissement que c'était ? Bien évidemment non, puisqu'il avait fait la connaissance de Mr Quigg et vu Stephen et les autres garçons. Alors, dupait-il Sir Perceval ? Ou encore – et cette pensée m'épouvanta bien davantage –, se pouvait-il que le baronnet se conduisît d'une manière infamante envers ma mère et moi ? Était-ce, selon la question que j'avais moi-même posée à Mr Steplight durant le voyage, parce que Sir Perceval n'avait plus besoin de moi maintenant qu'il était entré en possession du codicille et qu'il allait le détruire ?

Préoccupé de savoir s'il existait un moyen de faire parvenir une lettre à ma mère, j'en abandonnai vite l'idée : ce serait la tourmenter, et inutilement, car elle serait impuissante à agir. À supposer qu'elle eût le pouvoir de m'arracher à Quigg, le prix du voyage la détournerait de venir jusqu'ici pour m'en faire sortir.

Une chose m'apparaissait avec netteté : il fallait absolument que je m'évade. Et le plus vite possible, car je voyais fort bien que j'étais plus robuste que tous les autres, mis à part les trois grands, et je comprenais d'évidence que le travail et la faim conjugués ne feraient désormais que m'affaiblir de jour en jour. Épuisé par les épreuves de la journée, je finis par m'endormir.

Le lendemain matin nous fûmes éveillés de bonne heure par Hal et Roger, qui entrèrent dans la grange en distribuant des coups de fouet à la ronde. Ils apportaient une pile d'écuelles de bois qu'ils jetèrent sur le sol. Tout le monde se précipita. Ensuite, ils puisèrent à la louche dans un seau pour nous servir à chacun une ration de bouillie d'avoine froide, laquelle, je le compris plus tard, était toujours cuite – ou, plutôt, archicuite – la veille avec les pommes de terre et laissée à refroidir pendant la nuit. Tout de suite après, on nous fit sortir sans ménagement dans la cour pour nous répartir en deux équipes de travail. Avec trois ou quatre autres garçons je fus placé dans celle de Hal, qui nous mena hors de la cour. Comme nous franchissions la barrière d'un grand champ, je remarquai un certain nombre d'amanites dans les herbes folles, à proximité de monticules couverts de végétation et d'un tas de terre fraîchement remuée. Hal nous fit marcher bon train jusqu'à un terrain éloigné, où il nous mit au ramassage de pierres destinées à édifier un mur de clôture. Stephen, lui, était parti avec l'équipe de Roger.

Le travail n'était pas aussi pénible que, la veille, le battage du grain, et la surveillance moins serrée. De sorte que ma besogne me laissait tout loisir de remâcher le mode de partage du souper dont j'avais été le témoin la veille, et qui se répétait chaque soir, m'avait-on dit. De cette façon de procéder il résultait que les grands obtenaient bien plus que leur juste part, les petits beaucoup moins… et qu'à Stephen il ne restait quasiment rien. Outre cela, mes compagnons se vidaient de leurs forces en vaines batailles. Il me vint à l'esprit que Mr Silverlight aurait certainement affirmé, immédiatement contredit par Mr Pentecost, qu'il existait une meilleure façon de s'y prendre, et que très certainement Mr Silverlight aurait été dans le vrai.

Hal nous accorda une demi-heure de repos quand nous eûmes mangé notre « morceau », puis nous travaillâmes jusqu'à une heure avancée de l'après-midi avant de rentrer souper. Tout comme la veille, les deux frères déversèrent leurs baquets de pommes de terre dans l'auge, et tout le monde dut attendre que Mr Quigg eût fait son discours habituel puis, d'un claquement de mains, donné le signal, pour se précipiter vers l'auge et tenter brutalement de passer devant les autres. Cette fois encore je restai en arrière et constatai que Stephen aussi. Comme la veille, les grands se retirèrent, le pan de leur chemise plein, Richard et Big Thom réussirent à arracher une part de butin aux cadets, l'emportant sur eux en taille et en force, cependant que Little Thom se tirait assez bien d'affaire en ramassant toutes celles qui tombaient durant la mêlée. Mais de nouveau les plus petits sortaient perdants de l'empoignade, réduits qu'ils étaient à ne se battre que pour les rares morceaux qui restaient.

Tandis que je contemplais la scène, Quigg père surgit soudainement derrière moi et, me saisissant aux cheveux, il me souleva pour me contraindre à me tenir sur la pointe des pieds.

– Tu cherches quoi, à me rouler ? demanda-t-il.

– Que voulez-vous dire, monsieur ? articulai-je, le souffle coupé.

– Tu crois que si tu manges pas, je pourrais pas te faire travailler ? gronda-t-il. Ben, tu vas voir. De l'ouvrage, je m'en vais t'en donner ton lot.

Il me gifla avec une force telle, me lâchant au même instant, que je tombai à terre. Tandis que je me relevais, il me vint à l'esprit qu'il n'attachait aucune importance au fait que Stephen, lui non plus, ne tentait pas de se battre pour accaparer un peu de nourriture.

Puis les Quigg se retirèrent, verrouillant la porte derrière eux et lâchant ensuite les chiens.

– Pourquoi vous laissez-vous traiter de cette façon ? dis-je à ceux qui m'entouraient et dont je me sentais proche.

– Que faire d'autre ? demanda Richard, qui donna une pomme de terre à Stephen, puis m'en procura une.

– Non, dis-je, je ne la prendrai pas. Parce que tu t'es battu pour l'avoir.

Je vis Stephen rougir, comme si je lui faisais reproche d'avoir accepté la sienne.

– Comment nous y prendre autrement ? fit Richard.

– On pourrait faire des parts égales. Chacun devrait en avoir deux, trois ou quatre, selon sa taille, et le reste on le partagerait. C'est le principe de l'équité.

J'avais parlé assez fort pour être entendu des autres.

– C'est de la bêtise, ironisa Ned. Le plus juste, c'est comme on fait. Ceux qui ont le plus besoin de manger sont les plus forts. Alors ils se servent d'après leurs besoins.

– Ouais, dit Bart. Qu'est-ce qu'il y a de plus juste que ça ?

– Il y a que vous, vous en prenez plus que vous n'en avez besoin, dis-je. Pendant ce temps-là les autres n'en ont pas assez, ou pas du tout.

– Et alors ? ricana Ned, qui se remit à jouer aux cartes.

– Vous ne comprenez donc pas ? dis-je aux autres à mi-voix. Les choses ne doivent pas se passer comme ça. Nous sommes plus nombreux qu'eux. Ils ne sont que trois. Nous pourrions accaparer toute la nourriture et la partager ensuite équitablement.

Pareille perspective les emplissait de frayeur, et pourtant je voyais bien qu'elle leur exaltait l'imagination. Ils opposaient bien une certaine résistance, mais leur seule objection consistait à dire que si l'on avait toujours procédé de cette manière-là, c'était qu'il n'y en avait pas d'autre. Cependant, quand je m'allongeai pour dormir, il me sembla avoir gagné la partie.

Le lendemain je fus de nouveau versé dans l'équipe de Hal et, comme la veille, je passai la journée à entasser des pierres. Je profitai du repos qui nous était accordé après le « morceau » pour expliquer aux autres ce que nous avions décidé la nuit précédente et, surmontant la crainte, la plupart acceptèrent de me soutenir. Richard avait agi de même dans l'équipe de Roger, si bien que ce soir-là, quand Quigg nous donna le signal de la ruée vers l'auge, nul ne bougea. Un peu surpris, Ned et Bart avancèrent en plastronnant pour remplir chacun sa chemise de pommes de terre, mais Paul, que j'avais prévenu, resta immobile. Quand le chef et son lieutenant s'éloignèrent de l'auge, je m'avançai pour prendre à mon tour quelques pommes de terre. C'était là le signal convenu et, à mon grand soulagement, les autres furent alors suffisamment nombreux pour me soutenir et faire obstacle à Ned et Bart. Je lançai à chacun quatre pommes de terre, puis distribuai les autres en parts égales.

Stupéfaits du tour qu'avaient pris les choses, les Quigg m'accusèrent d'avoir semé le désordre et ourdi toute l'affaire pour m'attribuer une part plus grande. Mais manifestement ils ne savaient trop quelle attitude adopter. Aussi se contentèrent-ils de nous repousser brutalement dans la grange à coups de fouets. Après leur départ, j'annonçai à Ned et Bart que dorénavant, ce serait le mode de distribution. Maussades, ils ne dirent quasiment rien, mais Paul accepta de respecter les nouvelles règles.

Le lendemain, Quigg prit lui-même la direction d'une équipe, à laquelle je fus affecté, et je passai une journée épuisante à battre du grain. Lorsque le signal du souper fut donné, personne ne broncha et je distribuai la nourriture comme je l'avais fait la veille. Furieux, les Quigg tentèrent de pousser Ned et Bart à se gendarmer contre nous mais, voyant combien nous étions unis, ils renoncèrent.

La victoire avait rendu euphoriques le reste des garçons, et j'étais particulièrement heureux de penser que Stephen recevrait désormais sa juste part, car il me paraissait visiblement plus affaibli encore qu'au moment de mon arrivée.

Le lendemain je fus placé dans l'équipe de Roger, et pour la première fois je passai la journée avec Stephen. À mon étonnement, lorsque nous fûmes sur le point de partir, Roger lui lança une sorte de harnais attaché à de grandes pièces de cuir, et il lui fit porter – avec mon aide et celle de Little Thom – un pesant outil à deux poignées consistant en une pièce de bois d'environ six pieds de long, pourvue à son extrémité d'une lame de fer triangulaire.

Ce mystère ne fut résolu que lorsque nous arrivâmes dans le champ où nous devions travailler. Interdit, je regardai

Stephen sangler le harnais autour de sa taille et s'attacher les morceaux de cuir autour des cuisses. Puis il tint l'outil devant lui et je compris tout à coup qu'il s'agissait d'une déchaumeuse. Le champ avait été moissonné, et notre tâche consistait à couper le chaume pour le brûler. En sorte que Stephen devait pousser le lourd soc devant lui, les cuisses protégées par les pièces de cuir. Quant à moi, je devais marcher par-devant, poussant le manche et la lame tout en les maintenant à bonne hauteur. Je découvris bientôt que c'était un travail extrêmement dur, sans parler du danger, mais l'effort exigé de Stephen pour produire la force active devait être bien plus pénible encore.

– Tu peux la laisser remonter ? me dit-il en haletant tandis que Roger restait à l'écart pour surveiller les autres, qui dépierraient, creusaient des fosses de drainage et réparaient les murets.

Je compris que plus haute était la lame, plus il était facile de couper le chaume. Aussi laissai-je remonter le manche. Mais lorsque Roger revint, il fut prompt à se rendre compte du stratagème, lequel me rapporta un coup de fouet. Si bien qu'ensuite je n'osai plus m'aventurer à alléger l'effort de Stephen, qui réclamait pourtant de moi une aide soutenue, me contentant de la lui apporter pour de brefs instants, lorsque Roger s'éloignait un peu.

Car Roger restait tout près de nous, flânant et tirant sur sa pipe, et se précipitait de temps à autre, le fouet levé, pour frapper ceux des autres qu'il soupçonnait de ralentir. Il nous accordait des pauses plus brèves et plus espacées encore que ne faisait son frère, mais je me rendais fort bien compte qu'il était résolu à nous imposer à tous deux, Stephen et moi, des besognes plus dures qu'aux autres.

Au bout d'une heure ou deux, Stephen était tellement harassé qu'il pouvait à peine tenir debout. Ce que voyant,

Roger fut après lui sans cesse, lui donnant de son fouet sur les épaules à tout propos.

À la fin, je n'y tins plus :

– Laissez-moi le faire ! m'écriai-je. Vous allez le tuer.

Roger me regarda avec un étrange sourire.

– T'es ben pressé, fit-il. Attends un peu, ton tour va venir.

Au moins, me dis-je tandis qu'avec Little Thom j'aidais Stephen, la journée finie, à regagner la grange, titubant de fatigue, ce soir il aurait sa ration de pommes de terre. Cependant, je trouvais les Quigg particulièrement contents d'eux, et je compris pourquoi quand vint l'heure de la distribution.

Une fois les pommes de terre déversées dans l'auge, Roger et Hal nous barrèrent le chemin de la nourriture ; c'est alors que Quigg fit signe à Ned, Bart et Paul d'approcher, les invitant à se servir tout leur soûl.

– Non, Paul, ne fais pas ça ! me récriai-je, m'attirant ainsi un coup de fouet de Roger.

– Arrête, mon garçon, dit Quigg à son fils.

Et, à mon étonnement, il m'adressa un grand sourire.

– Laisse-le se rendre compte qu'il a perdu, reprit-il.

Ned, Bart et Paul se mirent à manger, et quand il ne resta presque plus rien, Quigg désigna à peu près la moitié d'entre nous – les deux Thomas étaient du nombre, mais pas Richard, ni Stephen ni moi –, les invitant du geste à avancer. Puis il leur ordonna de manger, s'ils le pouvaient, tout ce qui restait. Les trois garçons nous regardèrent, mal à l'aise, puis ils s'exécutèrent.

– Arrêtez ! leur criai-je. Partagez-les avec nous, ou alors tout ira de mal en pis.

D'autres voix se joignirent à la mienne, mais sans succès.

– Vous en voulez ? Alors, venez vous battre, lança Quigg.

Malgré mes objurgations, les garçons qui avaient été laissés pour compte en même temps que Richard, Stephen et moi s'élancèrent pour s'empoigner avec leurs camarades pendant que les Quigg rugissaient de rire. Richard et moi continuâmes de les exhorter à ne pas se battre, mais finalement Richard lui-même – après nous avoir regardés avec une expression de honte, Stephen et moi – se lança dans la mêlée.

Je compris que la cause de l'équité était perdue. Voilà comment, dès le souper du lendemain, les garçons reprirent leur vieille guerre, que mon initiative avait un instant suspendue ; en outre, j'étais moi-même forcé, à l'immense satisfaction des Quigg, de me conduire comme les autres : Richard et moi, affrontant les plus petits, parvenions malgré tout à mettre la main sur ce qu'il nous fallait pour nous alimenter, Stephen et nous deux.

Juillet tirait à sa fin, et le temps cependant resta de longs jours couvert, quand il n'était pas à la bruine. Ce n'était pas sans appréhension que je voyais s'annoncer un long cortège de journées identiques, se succédant jusqu'à me ravaler au rang d'un animal réduit en servitude par la faim. Non, il n'y avait d'autre issue que l'évasion ! Et pourtant je ne pouvais imaginer comment Richard et Stephen – l'un difforme, l'autre débilité par la maladie et la sous-alimentation – pourraient bien tenter de m'accompagner dans cette voie.

Une ou deux semaines s'écoulèrent, où je ne cessai ni de déchaumer ni de ramasser des pierres, tâche épuisante qui consistait, une fois le sol ratissé, à charger les tas dans une caisse que nous devions porter à dos d'homme jusqu'au muret en construction. Pour mieux profiter de la longue journée de travail que permettait la saison, on nous faisait emporter aux champs le casse-croûte du matin. J'étais incapable de m'habituer à ce régime : pois cassés tout juste bons à nourrir les cochons, gruau, babeurre, fanes de rutabaga, galettes d'avoine disparaissant souvent sous une épaisse couche de moisi et, agrément épisodique, un lard parcimonieux.

Accompagnant le tout, le même pain de seigle, noir, jour après jour. Je savais qu'au prix d'une telle diète je ne pouvais que dépérir à vue d'œil, et pourtant mes compagnons m'avertirent que nous étions loin d'avoir vu le pire : quand l'année s'avancerait, à l'approche de l'hiver, c'est sous une température glaciale qu'on nous ferait battre le grain au fléau et que nous aurions à murer notre grange.

Si les équipes de travail étaient tous les jours différentes, Roger gardait constamment Stephen dans la sienne. Je découvris bien vite que Hal était le moins brutal des trois Quigg, au point de me féliciter de tomber sous sa coupe. Ainsi, quand notre travail nous éloignait et que la petite servante, ployant sous le faix du seau de pommes de terre ou du panier de pain, nous portait de la ferme notre «morceau» du midi, Hal distribuait la nourriture lui-même, en toute équité, tandis que son père ou son frère nous forçaient, pour avoir de quoi manger, à l'empoignade préalable.

C'est à cette époque que je fis un cauchemar qui revint avec insistance me hanter : une forme noire et bossue s'approchait, et plus je cherchais à la fuir, plus elle me pressait sans répit, me dominant de sa hauteur. Au moment précis où je m'apercevais, épouvanté, qu'il s'agissait d'une araignée géante, la créature me parlait d'une voix douce, empreinte de frayeur, que je reconnaissais : «Aide-moi, Johnnie ! » D'un bond en arrière, je m'apprêtais à courir, mais mes jambes refusaient de se mouvoir. Tremblant, je regardais ces pattes et ces tentacules ondulants, me refusant à reconnaître le visage que je redoutais de voir au milieu d'eux. Puis, d'une voix qui me déchirait le cœur, elle me disait : «Je ne veux pas être comme ça.»

La première fois que ce cauchemar me visita, je m'éveillai en sursaut, moite de sueur. Autour de moi mes compagnons dormaient, paisibles. Mes doutes, mes peurs avaient ressurgi en bloc, m'amenant dès le lendemain soir à revenir à la charge à propos de l'évasion.

– Impossible, m'objecta Richard. Tu n'as pas vu en arrivant que la ferme est entourée de landes désertes, sur des milles et des milles à la ronde ? Il n'y a pas un seul village, seulement quelques rares bergeries.

– Et à supposer que tu t'évades de la ferme, continua Little Thom, tu ne pourrais trouver refuge nulle part dans les alentours, parce que tout le monde sait que Quigg donnerait une récompense à qui lui ramènerait l'un de nous. Et si tu ne peux te réfugier nulle part, il faudrait que tu quittes la lande au plus tôt, sinon les Quigg t'auraient. Parce que, vois-tu, il n'y a qu'une seule route. Ils te feraient pister par leurs chiens, qui retrouveraient tout de suite tes traces. Et eux, ils n'auraient qu'à te rattraper à cheval.

– En ce cas, dis-je, ne pourrais-je pas simplement couper à travers la lande, sans prendre la route ? Ainsi, les Quigg et leurs chevaux perdraient l'avantage…

– Si, déclara Richard, mais tu serais ralenti, et tu aurais du mal à marcher en ligne droite. De sorte que les chiens seraient vite sur toi.

– Sauf s'il pleut, remarquai-je, auquel cas ils ne pourraient pas flairer mes traces.

– Trop dangereux d'essayer autrement que par beau temps, fit observer Stephen.

– Tout ça, c'est de la folie pure, protesta Richard. D'abord il est exclu de sortir de la ferme. Pendant la journée, les Quigg nous tiennent à l'œil, et la nuit on nous enferme ici en lâchant les chiens.

– Alors, demandai-je, personne ne s'est jamais échappé ?

Aucun ne semblait vouloir répondre.

Finalement, ce fut Little Thom qui me confia à voix basse :

– Si, deux ont essayé. L'un est mort sur la lande et il est

enterré à côté de Davy. Thom, lui, a bien failli réussir. Mais ça s'est mal terminé, ajouta-t-il en voyant ma surprise. Ils l'ont battu, et il en est resté idiot.

– Comment s'est-il fait prendre ? demandai-je.

Il y eut un silence, et il me sembla que chacun des trois évitait le regard des autres.

– Quelqu'un l'a dénoncé, finit par dire Little Thom. On n'a jamais su qui.

– Donc, celui-là, peu importe qui, pourrait recommencer si moi j'essayais, dis-je.

Tous trois baissaient les yeux.

– Et si je tentais le coup, lequel d'entre vous viendrait avec moi ?

Little Thom secoua la tête.

– Regarde ce qui est arrivé à Thom.

– Comment voudrais-tu que je m'y prenne ? fit Richard en montrant sa jambe.

– Et toi, Stephen ?

Il me regarda avec tristesse.

– Je n'ai nulle part où aller.

Nous savions tous des bribes de nos histoires respectives, mais son ton lugubre me poussa, dès le soir même, au moment de nous installer pour la nuit, à l'interroger plus avant sur la sienne.

– Je suis orphelin, fit-il. Papa est mort quand j'étais tout petit, et maman quelques années plus tard. Je n'ai que deux parents au monde. L'un est mon demi-frère, Henry. Oui, ma mère s'était déjà mariée avant d'épouser mon père. Et le père de Henry est mort. Il est bien plus vieux que moi et je ne le connais pas très bien. Il fait son droit à Londres. Je sais qu'il a très peu d'argent, car son père et ma mère étaient pauvres. Moi, mon papa m'a laissé un peu d'argent. En fidéicommis.

– De l'argent ? répétai-je. Alors, tu peux t'en sortir !

Il hocha la tête.

– L'argent est administré par ma tante, ma seule autre parente. C'est ma tutrice, mais depuis la mort de maman elle ne s'est jamais occupée de moi, si bien que je suis resté pensionnaire à Canterbury. J'aurais bien voulu qu'elle m'y laisse. Je m'y sentais bien. Mais l'année dernière, à Noël, elle est venue me voir sans crier gare. Pour savoir si je voulais aller dans une autre école. Je n'en avais pas envie, alors je lui ai dit que non. Mais elle a été très gentille. Elle m'a apporté un soldat de plomb. (Un Prussien, avec un vrai sabre, t'aurais vu ça, Johnnie !) Elle m'a dit de ne rien faire qui aille contre mon gré, et qu'elle me laissait y réfléchir. Une ou deux semaines après, Henry est venu me voir. Il a été très gentil, lui aussi, et m'a conseillé de faire ce que voulait ma tante. Alors j'ai accepté qu'on m'envoie ici.

– Pourquoi ta tante te voudrait-elle du mal ?

– Je ne sais pas. C'est vrai que si je mourais elle hériterait l'argent qu'elle tient en fidéicommis pour moi. Mais ce n'est pas grand-chose pour elle, quelques centaines de livres, et elle a de la fortune, de son mari.

– C'est bizarre, dis-je. Elle ne sait peut-être pas comment tu es traité.

– Non, sans doute. Mais elle ne m'a ni écrit ni rendu visite. Et je n'ai pas le droit de lui écrire, moi.

– Mr Steplight n'est pas venu te voir de sa part ?

– Non, quand il m'a amené, c'était la première fois que je le voyais et que j'entendais parler de lui.

– Et ton demi-frère ?

– Henry serait désespéré s'il savait ce qu'on me fait. Mais il n'y pourrait rien.

Nous nous allongeâmes dans le noir, sans nous parler, et peu après je l'entendis respirer calmement. Peut-être ne serait-il pas possible de l'aider à se sauver, me dis-je, et, dans ce cas, il me faudrait ne penser qu'à moi.

Le lendemain était le dernier jour de juillet mais il pleuvait si fort que même avec nos toiles de sac sur les épaules il nous fut impossible d'aller travailler aux champs. Je fus mis dans l'équipe de Roger, ainsi que Stephen et trois autres garçons, et on nous emmena dans l'une des granges pour nous faire couper les fanes de rutabaga. En serre-file, Roger, le fouet sous le bras, ne perdait pas une seule occasion de s'en servir. Le travail était éreintant car il fallait se courber pour tenir la rave droite et la décapiter d'un grand coup de tranchoir, au risque de se couper un doigt au moindre faux mouvement. Je m'aiguillonnais l'esprit en imaginant que chaque rutabaga était la tête de l'un des Quigg, et je me surpris à exécuter Roger bien plus souvent que son père ou son frère.

Stephen me faisait face, et je pouvais le surveiller, inquiet de le savoir encore plus faible que moi après tout ce qu'il avait enduré. Roger était sur mon dos quand je vis Stephen jeter un coup d'œil circulaire et s'introduire quelque chose dans la bouche.

Au même instant, Roger cria derrière moi :

– Je t'ai vu, Mealy-Plant.

Il bondit sur mon camarade, qui tenta de déglutir, mais ne réussit qu'à s'étrangler, le morceau étant trop gros. Quand Roger fut sur lui, il le força à ouvrir la bouche et à recracher, puis il brandit le morceau de rutabaga.

– Maintenant, déclara-t-il, jubilant, tu vas en prendre une que tu n'es pas près d'oublier ! C'est moi qui te le dis.

Sans aucunement lever son fouet sur Stephen, il nous ordonna de nous remettre au travail et se pavana de long en large, un large sourire aux lèvres.

– Que va-t-il se passer ? demandai-je à l'un des garçons.

– Une *escourgée*, me répondit-il.

Quand, une ou deux heures plus tard, on nous fit regagner notre grange pour souper, je m'aperçus que Roger conférait avec son père et que, tout en parlant, il nous regardait. Avant la distribution de pommes de terre, Quigg se mit à brailler :

– Rien pour ti, Mealy-Plant, t'as déjà eu de quoi.

Puis il frappa dans ses mains pour attirer notre attention.

– Écoutez bien, jeunes gens. Après le souper, rassemblement dans l'étude.

Les garçons frémirent, leurs regards convergeant sur Stephen.

Pendant que je mangeais, je m'enquis à voix basse auprès de Paul :

– Une escourgée, c'est quoi ?

– Quigg va le taper jusqu'à ce qu'il tourne de l'œil, me dit-il.

– On ne peut rien faire pour l'en empêcher ?

– Tu vois quoi ?

– Mais ce n'était pas un crime…

– Ils sautent sur le premier prétexte pour le brutaliser, me répondit-il. Ils n'ont pas besoin d'une bonne raison.

Après le souper, Roger et Hal nous rassemblèrent pour nous mener dans la grande pièce de la ferme, l'« étude » selon le mot de Quigg, laquelle avait pour seule et unique fonction pédagogique, à ma connaissance, d'abriter les réunions de ce genre. On nous parqua dans un coin de la pièce. À l'autre bout se tenait le groupe des trois Quigg. Mrs Quigg, cessant pour un temps de persécuter la petite servante, sortit de sa cuisine. Sa large face aux yeux qui lançaient des flammes en faisait le pendant exact de son mari. À présent je comprenais combien toute velléité de résistance eût été absurde : nous étions onze garçons à demi morts de faim, mal en point, contre trois adultes munis de fouets et de gourdins, et alliés à une solide maritorne.

Stephen fut empoigné par Hal, qui le maintint courbé au-dessus de la table pendant que Roger lui remontait sa chemise. Je vis que son dos, misérablement maigre, était déjà strié de marques de coups. Armé d'une épaisse lanière de cuir, Quigg s'avança pour prononcer une allocution :

– Un gars de l'académie Quigg, ça se peut qu'il soit pas aussi instruit que d'autres. Peut-être ben qu'il parle pas assez comme il faut le grec ancien pour faire la conversation avec un Grec de ce temps-là. Pareil pour le latin et le vieux latin. Ça, c'est pas pour nous faire honte. Mais y a une chose, c'est qu'un gars de Quigg, il est honnête. Un gars, tu peux lui donner n'importe quoi à manger, il a toujours faim, ça, je le sais ben. Et si on le surveille pas, il prendra tout ce qu'il peut, je le sais ben aussi. Mais y a une chose que je souffrirai point dans mon académie, c'est qu'on vole. Dès qu'on attrape un voleur, faut faire un exemple.

Comme il prononçait ces derniers mots, il ôta son veston puis défit le bouton du haut et le bouton du bas de son gilet. Il prit deux pas de recul et leva le bras. Je vis la ceinture cingler, mais je fermai les yeux juste avant d'entendre le claquement sec du cuir et le cri de Stephen.

Une rumeur d'effroi s'éleva du groupe des garçons.

– Silence ! Ou alors le premier qui recommence à s'ébrailler sera puni tout pareil, gronda Roger.

Comme dans un cauchemar, je vis le bras se relever, je vis la courroie s'abattre en se ployant, et j'entendis le deuxième cri de Stephen. Une fois encore, le bras s'éleva et la courroie redescendit. Il y eut un nouveau claquement, mais cette fois Stephen n'émit aucun son. Quand j'ouvris les yeux, je vis Quigg, tout essoufflé, qui défaisait un autre bouton. Je me forçai à regarder : une flaque de sang s'étalait sur la peau blanche du dos de Stephen, maintenant totalement inerte.

De nouveau Quigg éleva son bras. Le seul souvenir que je

garde des quelques secondes qui suivirent, c'est celui d'un brouillard rouge devant mes yeux, car je ne me rappelle pas avoir traversé l'espace qui nous séparait de la table. Je revois ensuite le visage de Quigg, les yeux fixés sur moi.

– Frappez-le encore et je vous tuerai ! hurlai-je.

Je me rappelle l'expression de surprise, pour ne pas dire d'indignation blessée, qui se peignit alors sur sa face rubiconde et brutale. Je me rappelle Roger et Hal me saisissant par-derrière et j'entends encore les paroles de Quigg :

– Faut pas te presser comme ça, Cloth-Ear. Ton tour viendra.

Je vois Quigg brandissant le poing pour s'apprêter à me frapper. Je sens encore le premier coup qu'il me porta en pleine poitrine, et aussi le second, à la tête. Mais après cela, je n'ai plus souvenance de rien, sinon de lambeaux de brouillard flottant autour de moi et de voix lointaines qui m'appellent.

Lorsque je repris conscience, j'avais la tête endolorie et du mal à ouvrir les yeux. Je constatai que j'étais étendu sur la paille et que près de moi crépitait une chandelle. Je ne savais plus qui j'étais, ni où je me trouvais. Puis je reconnus les traits de Richard penché au-dessus de moi. Et tout me revint en mémoire.

– Comment va-t-il ? demandai-je.

Pour toute réponse, Richard porta les yeux vers le sol, à peu de distance de là et, suivant son regard, j'aperçus Stephen, couché sur le ventre, à un ou deux pieds de moi, comme endormi, le dos couvert de charpie rougie de sang. Soulever la tête m'avait causé une douleur violente, et je dus la reposer sur la paille. On n'entendait aucun bruit dans la grange. Je fermai les yeux.

Je ne sais combien de temps je dormis. Lorsque je rouvris les yeux, Stephen et Richard n'avaient pas bougé d'un pouce.

– Il va aller mieux ? demandai-je.

Richard se tut.

– On est le même jour?

Il inclina la tête.

– Il est tard?

– À peu près minuit.

Je m'assoupis de nouveau, puis m'éveillai et me rendormis à plusieurs reprises. Chaque fois que je cessais de sommeiller, je constatais que Richard était en train de nous veiller, Stephen et moi, et une fois je le vis aider Stephen à avaler un peu d'eau. Stephen grommelait des bribes de phrases incompréhensibles. Un peu rassuré, de nouveau je glissai dans l'inconscience.

Lorsque je me réveillai, je sus, à entendre les oiseaux chanter, que proche était l'aube, bien qu'il fît encore noir et que tout le monde dormît encore, et je me sentis grandement rassuré par le regard de Stephen posé sur moi. Il était désormais couché sur le dos, les épaules appuyées contre une vieille balle de paille. Quoiqu'il eût le visage tout pâle, il semblait se sentir bien car il me sourit. Soulagé, je lui rendis son sourire et regardai Richard, qui détourna les yeux.

– J'attendais que… tu te réveilles, chuchota Stephen.

– Comment te sens-tu? lui demandai-je en me penchant vers lui pour saisir ses paroles.

– N'essaie pas de parler, Stephen, fit Richard, qui me regarda d'un air réprobateur.

– Beaucoup moins… douloureux, fit Stephen.

– J'ai dû le retourner, expliqua Richard. Mais il m'a dit que son dos ne lui faisait plus mal.

Je vis que sous lui la paille avait rougi.

– C'est bien vrai, Stephen? demandai-je.

– Oui. Moins mal. Mais plus le temps, balbutia-t-il.

Il s'interrompit, peinant pour respirer, mais sans cesser de fixer sur moi ses yeux que je voyais briller.

– Ne parle pas, protesta Richard.

Stephen se remit à respirer plus régulièrement, mais à présent il n'avait plus qu'un filet de voix.

– John. T'évader. Vite. Après moi... ton tour... Quigg.

Je hochai la tête.

– Comment réussir ? Comment veux-tu que j'arrive à sortir de la lande ?

– Argent... Ma chaussure. Caché. Avant d'arriver.

Me regardant avec surprise, Richard se déplaça pour aller chercher les chaussures de Stephen, qui tenait maintenant les paupières mi-closes. Je dus me pencher davantage encore au-dessus de lui pour saisir ce qu'il voulait me dire.

– Demi-frère. Va lui dire.

– Mais je ne pourrai pas m'évader sans que les autres sachent. Et l'un d'eux me donnera. Celui qui a donné Big Thom.

– Non, haleta-t-il. Personne te donnera. Certain.

Je le regardai avec surprise. Comment pouvait-il être certain qu'on ne me dénoncerait pas ? Il n'y avait à cela qu'une seule explication. Stephen se débattait pour parler de nouveau. Je redoutais d'en entendre davantage, mais je ne pus le faire taire.

Pendant ce temps, Richard avait arraché l'intérieur de l'une de ses chaussures.

– J'ai trouvé quelque chose, fit-il. C'est enveloppé dans un bout de papier.

– Donne... à John, parvint à dire Stephen dans un souffle.

Puis il ferma les yeux.

Richard me remit le bout de papier plié, et lorsque je le défis je trouvai à l'intérieur un demi-souverain étincelant. Je lissai le papier et regardai ce qui était écrit dessus : Henry Bellringer, Esq., deuxième sonnette sur le chambranle droit, n° 6, Fig-Tree Court, Barnards Inn. Demi-frère de Stephen Maliphant.

Ce patronyme, je le connaissais. Je l'avais lu récemment. Évidemment ! puisque moi-même je l'avais écrit. Et alors tout me revint : c'était le nom d'un des légataires, mentionné dans le codicille que j'avais copié quelques semaines auparavant, quand nous habitions Orchard Street.

– C'est ton nom ? demandai-je. Maliphant ? C'est pourquoi Quigg t'affuble de cet affreux nom de Mealy-Plant ?

– Ne lui parle pas ! se récria Richard, qui examina attentivement le visage du garçon, puis posa sa main sur sa poitrine.

Les yeux de Stephen demeurèrent clos, et il ne répondit pas.

– Stephen, murmurai-je.

Je tendis la main pour lui toucher l'épaule, mais Richard me la prit doucement pour la retenir entre les siennes ; nous restâmes là jusqu'au moment où, la lumière du jour commençant à filtrer par les interstices des parois de bois, les autres se réveillèrent pour apprendre qu'une horrible visiteuse était venue parmi nous pendant leur sommeil.

V

Dorénavant, je ne devais plus consacrer mes soins qu'à mon évasion, qui me semblait la seule façon de venger Stephen : je sentais qu'il était de mon devoir de conter son histoire à son demi-frère, dans l'espoir qu'il serait en mesure d'agir contre les Quigg. Je cachai dans ma chaussure le demi-souverain, toujours enveloppé dans son mystérieux morceau de papier. Le peu d'ardeur que me laissait la besogne de la journée, le peu de disponibilité qui me restait quand je ne préparais pas ma fuite, je les occupais à réfléchir sur les raisons de ma relégation en ces lieux ; et, par contrecoup, me travaillait l'énigme d'un nom aussi peu commun que celui que portait Stephen au demeurant, qui se trouvait précisément désigner l'un des bénéficiaires du codicille rédigé par mon arrière-arrière-grand-père quarante ans avant notre naissance à tous deux. Une chose me renforçait dans l'idée que lui et moi étions liés par une relation quelconque : c'était Mr Steplight qui dans les deux cas avait opéré. Mes constatations se bornaient là, mais je ne pouvais me résoudre à ne voir dans ces liens qui nous unissaient que le résultat d'une pure coïncidence.

Le lendemain matin, les Quigg avaient chargé sur l'épaule le corps de Stephen, tel un sac de malt, pour le transporter hors de la grange. (Par la suite, je devais remarquer un autre monticule de terre fraîche venu s'ajouter à ceux que je connaissais déjà, près de la barrière des Quinze-Arpents, là où poussaient les champignons vénéneux.) C'est ce qui me valut d'être affecté à l'équipe de Roger, qui me jeta le harnais de cuir, et astreint à pousser la charrue, jour après jour et par n'importe quel temps. Ce labeur me mettait le cœur et les poumons à rude épreuve, car la sangle, appliquée contre mes côtes, me rendait la respiration fort pénible, sans compter la peau de mes épaules et de mon torse, bientôt transformés en une seule meurtrissure sanglante. Je me sentais réduit à bout de forces par un tel effort et je savais qu'il me fallait m'échapper coûte que coûte, sous peine de ne même plus pouvoir trouver l'énergie nécessaire pour le tenter.

Le soir, Richard et moi examinions longuement les modalités de mon évasion, et nous débattions ensemble des différents aspects de la question.

D'abord, les Quigg pouvaient fort bien avoir placé un espion parmi nous, et il en résultait que je ne pouvais prendre le risque de me fier à quiconque. (Je m'efforçais d'oublier ce que m'avait dit Stephen, et j'espérai l'avoir mal compris.)

Ensuite, comment sortir de l'enclos de la ferme ? Cela

semblait impossible pendant la journée, puisque nous étions constamment surveillés par l'un ou l'autre des Quigg. Il me fallait donc opérer de nuit, afin de prendre de l'avance sur mes poursuivants. Mais voilà... Quigg lâchait les chiens sitôt le souper terminé et la grange verrouillée : et les bêtes, qu'on affamait, étaient rendues si féroces que Roger et Hal devaient trouver refuge dans la maison avant que leur père ne détachât la chaîne de ses molosses ; lui-même d'ailleurs ne se risquait pas à les approcher, au petit matin, qu'il ne leur jetât de gros quartiers de viande à l'instant de les enchaîner.

Enfin, dans l'hypothèse où je réussirais à quitter la ferme, il me faudrait sortir de la lande, et dans les plus brefs délais. Ainsi que Little Thom l'avait fait observer, je ne pouvais m'aventurer à quérir de l'aide dans l'une des rares fermes du voisinage, sauf à m'exposer à une dénonciation. Dès qu'ils auraient découvert ma fuite, les Quigg mettraient leurs chiens sur mes traces, et à tout coup me rattraperaient à cheval, sauf si je disposais de la plus grande partie de la nuit pour mettre de la distance entre eux et moi. Il me faudrait aussi décider entre deux voies : devais-je couper droit à travers la lande, où les chiens me pisteraient aisément, mais où les chevaux seraient retardés par un terrain qui les désavantageait, ou suivre la route ? Dans ce dernier cas, j'aurais vite les chiens et les chevaux sur mes talons, à moins que je ne réussisse à me faire prendre par un véhicule de passage, à ceci près qu'il y en avait fort peu dans la région, et moins encore durant la nuit. Quant à savoir comment je m'y prendrais ensuite pour parcourir les centaines de milles qui me séparaient de Londres avec seulement un demi-souverain en poche, et ce que je ferais une fois arrivé là-bas, je n'osais même pas y songer. Le plus urgent était de sortir de la grange fermée à double tour et de tromper les chiens. Mais je n'en voyais pas le moyen, et je savais que ce serait un quitte ou double : si je me faisais cueillir, c'en était fait de toute tentative ultérieure.

Les semaines s'écoulaient lentement et, quand vint la fin de l'été, je sus que j'étais en train de laisser filer l'occasion la plus propice à ma fuite. L'automne, déjà, rendrait fort dangereuse la traversée de la lande dans le noir et l'hiver l'exclurait pour de bon. En revanche, la surveillance des Quigg se relâchant et les nuits allongeant, on mettrait davantage de temps avant de s'apercevoir de mon évasion le matin.

Pendant toute cette période, mon sommeil fut troublé par de terribles rêves, et au réveil je me sentais plus las encore que je ne l'avais été à mon coucher. J'errais dans de grandes villes que dévoraient les flammes tourbillonnantes d'immenses brasiers dont la fumée obscurcissait le ciel, ou bien j'étais suspendu au bord d'abîmes si profonds que les nuages s'étirant en lambeaux à mille pieds au-dessous de moi m'en cachaient le fond. Mais le songe qui m'effrayait le plus, et ne cessait de me visiter, me représentait cheminant dans un interminable boyau, où soudain surgissait ma mère. Au lieu de me faire bonne figure, elle repartait à reculons, comme consternée de me voir, puis après une volte-face s'enfonçait dans les ténèbres, hâtant le pas, tandis que je tentais en vain de la rattraper, pour finir par la perdre de vue.

Un soir, à l'approche de la mi-octobre, les Quigg nous donnèrent nos manteaux d'hiver : de vieilles hardes immondes taillées pour des adultes et empesées de graisse. Elles devaient remplacer nos couvertures de sac et nous servir de protection aussi bien la nuit que pour travailler aux champs.

Les Quigg repartis, Big Thom leva son manteau avec une expression de profonde répugnance.

– Celui-là, j'en veux pas. C'était celui de Harry.

Richard lui tendit celui qu'on venait de lui remettre.

– Alors, prends celui-là, proposa-t-il.

– Qui était Harry ? lui demandai-je tandis que Big Thom essayait le manteau.

– Il a attrapé la fièvre l'hiver dernier.

– Et qu'est-ce qu'on lui a fait ? demandai-je au moment où nous nous couchions sur la paille en tirant sur nous nos manteaux.

– Rien, dit-il. On l'a mis dans une petite cabane, derrière la meule de foin. Les Quigg nous l'ont fait porter là-bas parce qu'ils avaient grand-peur d'attraper sa maladie. Ils pensaient qu'il avait la fièvre irlandaise. Tous les jours ils venaient lui jeter de quoi boire et manger. Au bout de quelques jours, ils l'ont fait mettre par Ned et Paul dans l'endroit où on nous enterre, de l'autre côté du mur, près de la maison, pour que les chiens ne puissent pas nous déterrer. Mais si, tu sais bien : là où est Stephen.

Une pensée prit alors forme dans mon esprit.

– Il y a une chose que je voudrais bien savoir, dis-je : est-ce Stephen qui a donné Thom ? Parce que, tant que je n'en serai pas sûr, je n'oserai me fier à personne.

Puis, prenant conscience de ce que je venais de dire, je regardai Richard. Il avait rougi et il fuyait mon regard, et je craignis de l'avoir blessé en portant pareille accusation contre son ami.

Je demeurai éveillé un certain temps, remuant l'idée qu'avaient fait naître en moi ses propos. Je le croyais endormi, mais la faible clarté lunaire qui entrait par les fentes de la paroi me révéla brièvement l'éclat de ses yeux.

Le lendemain, au cours de ma marche vers les champs avec l'équipe de Roger, je m'arrangeai pour jeter un coup d'œil sur la cabane, l'appentis pour mieux dire, dont m'avait parlé Richard. À ma grande satisfaction, je constatai qu'elle était faite de planches ; mieux encore, ces planches étaient pourries au-dehors.

Ce soir-là, Richard et moi nous nous entretînmes à voix basse après le souper.

– Je vais tomber malade, lui dis-je, et je veux qu'ils croient que c'est contagieux.

– Ils vont se méfier, dit-il, ils penseront que tu fais semblant.

– Je sais, mais je ne ferai pas semblant. Tu vas voir.

Il parut étonné.

– Sois prudent, me conseilla-t-il.

– Je voudrais que tu m'aides à leur faire peur, dis-je.

– Ils se méfient de moi, objecta-t-il. Et ils savent que nous nous entendons bien, toi et moi. Demande à Paul. Lui, ils le croiront.

– Je n'ose pas. C'est peut-être lui qui a donné Thom. Si ce n'était pas Stephen, c'est n'importe lequel d'entre eux.

Richard me regarda d'un air étrange.

– Pourquoi penses-tu que ça pouvait être Stephen ?

Je lui répétai les dernières paroles de Stephen. Il resta un bon moment silencieux.

– Ce n'est pas Stephen qui avait donné Big Thom, finit-il par dire.

– Comment le sais-tu ? demandai-je.

Mais à peine avais-je prononcé ces mots que je lus la réponse sur son visage ; un frisson glacé me parcourut.

– Je ne pouvais pas te laisser continuer à croire que c'était Stephen, dit-il sans me regarder.

– Alors… Mais pourquoi ? demandai-je.

Il gardait le silence.

– Ils t'ont forcé ?

Il secoua la tête.

– Tu l'as fait pour protéger quelqu'un ? Pour protéger Stephen ? Ou Davy ?

Richard secoua de nouveau la tête.

– Contre la promesse qu'ils me laisseraient envoyer une lettre chez moi, fit-il. Et ça n'a servi à rien. Je ne sais même pas si elle a été envoyée.

Je me détournai de lui, pris de dégoût. Pour une lettre !

– Alors, demande à Paul ! reprit-il. Les Quigg n'ont plus confiance en moi. Mais Stephen avait deviné…

Je me levai et m'éloignai de lui.

– Stephen ne m'en a pas voulu, dit-il encore, en parlant plus fort cette fois.

Je tirai mon grabat dans une autre partie de la grange et m'allongeai à côté de Paul, attendant que tout le monde fût endormi. Puis je le réveillai sans bruit et lui dis dans un murmure ce que j'attendais de lui. Il accepta et me fit un sourire envieux.

Il me restait maintenant à exécuter mon plan, mais pour cela il me fallut prendre mon mal en patience et attendre plusieurs jours, durant lesquels j'évitai Richard. Je craignais de croiser son regard afin de ne pas lui montrer la honte que j'éprouvais pour lui. Trahir un compagnon de misère me semblait aller à l'encontre de tous les principes auxquels on a le devoir de se conformer dans la vie. Non, c'était impardonnable. Totalement impardonnable. Et Richard semblait comprendre ce que je ressentais, car il se gardait de m'approcher.

Le temps demeura propice à l'accomplissement de mes desseins : il faisait sec, et pas trop froid. Finalement, vers la mi-octobre, l'occasion que j'attendais se présenta. Roger avait fait travailler son équipe dans un champ, au nord de la ferme, et nous revenions le soir par les Quinze-Arpents. Je traînais à l'arrière du groupe, et, à l'instant d'entrer dans la cour, je trébuchai, comme pris de faiblesse, pour m'affaler de tout mon long parmi les hautes herbes, près de la barrière. Ce qui me valut un coup de fouet de Roger au moment où je me relevais, mais en cette seconde décisive je commençai d'accomplir mon dessein.

– J'ai eu comme un vertige, lui déclarai-je.

Il me poussa vers la grange et je marchais, mal assuré sur mes jambes, tel un malade. Pendant le souper, je glissai dans ma bouche quelques fragments des deux amanites que j'avais réussi à cueillir. Je ne savais pas quelle quantité exacte il me fallait ingérer, mais je ne pouvais faire autrement que me confier à ma bonne étoile.

Les effets ne se firent pas attendre. Quelques minutes plus tard je fus pris de sueurs, des crampes me nouèrent l'estomac et ma tête se mit à résonner comme une vaste caverne pleine d'échos. Et tout à coup je perdis connaissance. Mais je revins à moi très vite. Roger me tenait tout en me secouant. Il semblait me parler, mais je n'entendais rien car un bruit de torrent m'emplissait les oreilles. Je voulus dire quelque chose, mais, quand je cherchai à remuer la langue, j'avais une énorme pierre dans la bouche. Roger fit venir son père, plus expert en matière médicale. Quigg se saisit de moi et m'appliqua une paire de gifles. Je vis la rage figer ses traits lorsqu'il constata l'inefficacité de son traitement. Comme au travers d'un brouillard rouge, j'aperçus le visage de Paul. Dans ma tête, le torrent parut s'apaiser un peu et j'entendis sa voix, étrangement déformée.

– Sauf votre respect, monsieur, je crois que c'est la fièvre irlandaise. Une de nos servantes en est morte, et sa maladie a commencé exactement comme ça.

Du coup, Quigg me lâcha et je tombai à terre.

– Portez-le à l'infirmerie, vous autres, fit-il, haletant. Toi, là. Et toi aussi.

Je sentis qu'on me soulevait, me portait, puis je sombrai dans l'inconscience et cessai de plus rien percevoir. De ce qui s'ensuivit, je ne garde que des réminiscences confuses d'angoisses terribles, de douleurs violentes et aussi, par instants, de joie étrange. Je ne saurais dire pendant combien de temps je délirai, mais je crois que cela dura la nuit, la journée du lendemain et encore la nuit suivante. Mais il se peut que cet état se soit prolongé un jour ou deux de plus.

La seule chose dont je sois certain, c'est de m'être éveillé un beau matin aux petites aurores, parfaitement remis, mais pris d'une grande faiblesse et dévoré de faim. Je reposais sur une paillasse, et dans la pénombre je distinguai, toutes proches, une grande cruche d'eau et cinq ou six pommes de terre. On avait étendu sur moi une couverture déchirée, crasseuse, et je portais toujours mon manteau, mais j'avais beau me pelotonner dans l'étoffe et me glisser sous la paille, j'étais transi. Au bout d'une heure environ j'entendis qu'on enchaînait les chiens, et quand un peu plus tard des pas s'approchèrent, je me mis à me tordre en gémissant. Les yeux mi-clos, j'aperçus une forme au-dessus de la porte, qui me regardait avec inquiétude et qui, s'étant acquittée de sa consultation, se retira après m'avoir jeté deux pommes de terre. Je bus à longs traits, mais, en dépit de ma faim, je n'osai manger que peu de pommes de terre, craignant de me trahir en les consommant. Lorsque tout fut de nouveau calme, j'entrepris de chercher la plus branlante des planches formant le côté aveugle de la cabane, celui qu'on ne pouvait voir de la grange et de la ferme. Quand j'en eus trouvé une, je me mis à l'œuvre, mais, faute d'outils, et forcé de m'interrompre fréquemment pour guetter d'éventuels bruits de pas, je n'avançais pas vite. Et mieux valait qu'il en fût ainsi.

Vers midi, j'avais presque réussi à dégager la planche lorsque j'entendis soudain traverser la cour en tapinois. Je me jetai instantanément sur ma paillasse pour contrefaire le malade. Les paupières mi-closes, je vis Roger qui me regardait par-dessus la porte. Il m'observa un instant, puis s'éloigna sans plus chercher, cette fois, à assourdir le bruit de sa marche.

Sur la fin de l'après-midi, j'avais suffisamment donné de jeu à la planche pour être sûr de pouvoir l'arracher en un rien de temps. Sachant que, lorsque l'occasion se présenterait, je ne disposerais que de quelques secondes pour agir, je tentai de prévoir tout ce qui pourrait bien se produire. Les Quigg effectueraient probablement leur visite à la tombée de la nuit, avant ou après la distribution du souper et la fermeture de la grange. Ensuite seulement ils lâcheraient les chiens. Je ne pourrais donc m'évader – et ce serait ma seule chance d'y réussir – qu'entre le moment où ils viendraient me voir et celui où ils libéreraient leurs bêtes. Celles-ci me mettraient en pièces si elles me trouvaient encore dans la cour.

Dès que j'en aurais l'occasion, je devrais donc rassembler les pommes de terre et enlever la planche, pour la rajuster une fois sorti si je voulais empêcher les chiens d'entrer dans la cabane et d'alerter les Quigg par leurs aboiements, car alors je n'aurais pas le temps de parcourir un demi-mille avant d'être rattrapé. Une fois la planche en place, je devrais courir de telle sorte que la cabane reste toujours entre les Quigg et moi, puis franchir le mur avant que les chiens ne fussent lâchés.

Après quoi il me faudrait soit gagner la route, soit cheminer à travers champs. Ayant médité des heures sur cette alternative, j'avais fini par me décider en faveur de la seconde solution, car je pouvais espérer que mon escapade ne serait pas découverte avant huit ou dix heures, ce qui me laisserait le temps de sortir de la lande et de gagner les villages et les fermes des basses terres, où je serais relativement en sécurité. Ce qui me poussait à prendre ce parti, c'était de savoir que mes poursuivants, même à cheval, ne seraient pas en mesure d'aller beaucoup plus vite que moi à travers le terrain accidenté alors que, sur la route, ils l'emporteraient de loin. Le temps promettait de rester ce qu'il était – froid et sec – durant toute la nuit, ce qui, certes, aiderait grandement les chiens à flairer mes traces, mais aussi jouerait en ma faveur, car le ciel bien dégagé, même sans lune, me permettrait d'y voir suffisamment clair sous la seule lumière des étoiles. Je n'avais pas trop à me soucier de l'orientation, me faisant fort de me guider sur les corps célestes et de reconnaître à coup sûr l'étoile polaire. J'avais dessein de me diriger droit vers le sud, même si les Quigg supposaient tout naturellement que c'était dans cette direction que je fuyais. Les chiens n'auraient aucun mal à me suivre, en sorte que je n'avais nullement besoin d'essayer de déjouer leur flair en décrivant un cercle. Et puis surtout, vers le nord, la lande était des plus inhospitalières, alors qu'au sud je n'aurais pas besoin d'aller bien loin pour trouver des hameaux et des bourgades.

Tout le reste de la journée, j'avais repassé dans ma tête cette suite d'événements et de décisions afin d'être à même, le moment venu, d'agir comme par réflexe. Je disposai ma chemise et ma veste de façon à pouvoir y tenir les pommes de terre, que je m'exerçai à ramasser le plus rapidement possible. Enfin, comme la nuit approchait, j'entendis les garçons revenir des champs. Par les jours de la paroi, je les vis qui entraient dans la grange, bientôt suivis des Quigg qui apportaient leur souper. Un bon moment plus tard, les Quigg ressortaient, la lanterne à la main car il faisait maintenant presque noir, et tiraient les bâcles. Allaient-ils lâcher tout de suite les chiens, sans se soucier de venir de mon côté, aux nouvelles ? Ils conversaient ensemble et, malgré les décisions prises, je fus tenté de m'enfuir tout de suite, dans l'espoir qu'ils m'oublieraient. Mais au même instant une des lanternes se sépara des autres pour se diriger vers moi. Je me jetai promptement à terre, aux aguets, les yeux à peine entrouverts. Je vis la lanterne s'élever au-dessus de la porte, et deux pommes de terre chutèrent à côté de moi. Sitôt la lumière disparue je les ramassai, les enfouis dans ma chemise et, avec le moins de bruit possible, je retirai la planche qui ne tenait presque plus, prêt à m'élancer à travers la cour. J'entendis les aboiements des chiens redoubler, signe qu'on allait bientôt les lâcher. Mon cœur battait à tout rompre et mon instinct me pressait de fuir en courant. Je me forçai à remettre la planche en place en la coinçant fortement. Puis je me hâtai vers le mur, que j'entrepris d'escalader. Comme tous ceux de la région, il était bâti en grosses pierres qui offraient de multiples prises aux mains et aux pieds, mais j'eus plus de peine à le franchir que je ne l'aurais cru, car j'étais passablement affaibli, et en outre gêné par les pommes de terre coincées dans mon pan de chemise. Au sommet du mur, trois ou quatre m'échappèrent, que je n'osai pas redescendre chercher, car à présent, il suffisait aux Quigg de tourner le coin de la grange pour distinguer ma silhouette se découpant sur le ciel étoilé.

Alors que je risquais le pied sur l'autre face du mur, je ressentis tout à coup un étourdissement, et plutôt que de résister, au risque de me blesser contre les pierres, je me laissai aller. L'effroi me saisit, car la chute m'amenait bien plus bas que prévu : le mur plongeait dans un fossé que je n'avais pas soupçonné et je me reçus à terre de façon lourde et malhabile.

Un genou couronné, les tibias éraflés, une cheville meurtrie, il m'en fallait davantage pour me croire gravement blessé. Mais bientôt j'eus une autre raison de m'inquiéter, car j'entendis accourir les chiens, qui avaient certainement perçu le bruit de ma chute même si celui-ci avait échappé à l'ouïe moins fine de leurs maîtres. Aux grondements qui montaient de l'autre côté du mur, je compris que les bêtes avaient découvert les pommes de terre et qu'elles les dévoraient. Dieu merci, elles faisaient disparaître les indices de ma fuite au lieu de les rapporter à Quigg. Je m'efforçai de respirer le plus calmement possible, et après quelques aboiements épisodiques les chiens s'élancèrent vers une autre partie de la cour.

Comme je me remettais debout, je ressentis un élancement en pesant sur ma jambe droite. Voilà qui de toute évidence me commandait de renoncer à mon projet de traverser la lande, car j'étais désormais incapable d'escalader les lignes de faîte et de sauter par-dessus les ravines. Je m'éloignai en boitant, le plus vite possible, vers le chemin qui menait à la route, et je me mis en devoir de le suivre. J'épiais sans cesse autour de moi ; comme j'allais atteindre le sommet de la côte, je jetai un dernier regard à la ferme, et formai le vœu de ne plus jamais la revoir. Des deux fenêtres du haut qui étaient encore éclairées, il n'en resta soudain plus qu'une. J'entendis encore un aboiement ou deux, mais le lieu semblait parfaitement calme à la lueur des étoiles, et je pressai le pas. La route à présent s'étendait devant moi, luisant dans la pâle clarté de la nuit. Je pris le temps de me pousser une pomme de terre dans la bouche, puis je tournai à gauche, en direction du sud, marchant du plus vite que me le permettait ma jambe blessée.

S'il ne m'avait été aussi inhospitalier, le paysage que je traversais m'eût semblé très beau. Ma jambe me ralentissait considérablement, et, ce qui m'inquiétait davantage, la douleur grandissait à chaque pas. Une canne eût été la bienvenue, mais dans ce pays dépourvu d'arbres il ne fallait pas songer à trouver le moindre bout de bois.

Pendant plus d'une heure j'avançai ainsi en boitant, le pas faiblissant à mesure de ma souffrance, sans rien croiser, sinon trois chemins allant vers des fermes dont j'apercevais au loin les bâtiments. Cela mis à part, le paysage dépouillé ne montrait nulle maison, nul carrefour, nul accident. Au bout de ce laps de temps je vis, à deux milles à peu près, une lumière s'avancer. J'avais décidé de me cacher de tout véhicule cheminant en sens inverse, pour le cas où son conducteur serait ensuite arrêté et questionné par mes poursuivants. Aussi perdis-je de précieuses minutes à me coucher dans les hautes herbes et les fougères alors que la voiture était encore à un bon mille de distance. Il n'y avait en effet ni mur ni même de fossé pour me dissimuler, et je dus attendre que le véhicule, une simple carriole, fût passé en grondant pour me remettre en route.

Au bout d'environ une autre heure, durant laquelle je m'étais mille fois retourné pour regarder en arrière, je m'aperçus qu'une voiture suivait ma route à grande vitesse. Je savais que les Quigg n'en possédaient pas, mais, anxieux à l'idée que celle-ci pouvait néanmoins être lancée à ma poursuite, de nouveau je me cachai pour la regarder passer. Comme elle approchait, je reconnus une malle-poste et songeai aussitôt, puisque j'avais en poche le demi-souverain que m'avait légué Stephen, que je pouvais me faire transporter jusqu'à deux ou trois relais de là. Sans attendre, je me postai au beau milieu de la route en agitant les bras au-dessus de ma tête. Pour toute réponse, le garde souffla longuement dans sa corne et je dus me jeter de côté lorsque la voiture passa près de moi dans un bruit d'enfer, tandis que le cocher brandissait son fouet dans ma direction. J'étais furieux, mais je comprenais qu'un endroit aussi désolé n'invitait guère à un arrêt en pleine nuit. Je me consolai en pensant que j'avais cédé à une impulsion dangereuse, car l'un des Quigg aurait très bien pu monter dans la malle, considérant que c'était là le moyen le plus rapide de me prendre de vitesse.

Pendant deux ou trois heures je continuai à avancer en

trébuchant, fermement résolu à me cacher de tout véhicule qui arriverait de l'une ou l'autre direction. Mais je n'en eus point l'occasion. Nulle part je ne voyais de carrefour. Seulement quelques bâtisses isolées, à un mille ou deux de la route. Je supposai qu'il devait être une heure du matin, deux peut-être, et ne cessais de penser à tout ce qui risquait de se passer à la ferme : je les imaginais là-bas découvrant ma fuite, mettant en laisse les chiens, sellant les chevaux et se lançant à ma poursuite. Si la situation n'était pas encore celle-là, elle ne tarderait guère à l'être. Une fois que les chiens leur auraient indiqué le chemin que j'avais pris, deux des Quigg galoperaient sur la route à une allure trois ou quatre fois plus rapide que la mienne, laissant le troisième suivre à pied avec les chiens. Je me livrai à un calcul peu encourageant : à supposer qu'ils ne découvrent pas mon absence avant le jour, lequel ne se lèverait pas avant quatre ou cinq heures, il ne leur faudrait pas plus d'une heure et demie pour me rejoindre où j'étais, et environ une demi-heure de plus là où je serais. Ma blessure avait réduit mes chances de sortir de la lande et d'arriver à un quelconque croisement.

Un peu plus tard, alors que je scrutais l'horizon, je crus discerner quelque chose de sombre sur la route argentée. Oui, assurément, une voiture me précédait, dont maintenant j'entrevoyais les deux lanternes. Je pressai le pas du plus que je le pouvais, car ma jambe me faisait plus que jamais souffrir, et au bout d'un autre mille ou deux je pus voir qu'il s'agissait d'un lourd fourgon de charroi à huit roues. Il me fallut encore marcher presque une heure pour le rattraper, et je m'aperçus alors qu'il transportait d'énormes balles de laine vaguement recouvertes de toile goudronnée. Lorsque je constatai que l'homme d'escorte chevauchait à hauteur du conducteur et entretenait avec lui une conversation animée, une idée me vint qui me plongea dans un abîme d'indécision. Ou bien je continuais à marcher aussi longtemps et aussi vite que possible, au risque d'être rattrapé fatalement par les Quigg (sans compter que ma vulnérabilité à la fatigue allait croissant) si la route ne changeait pas de nature et si je ne trouvais pas de véhicule pour m'accueillir ; ou alors je tentais de grimper dans ce fourgon, lequel allait au moins aussi vite que moi pour le moment et irait probablement beaucoup plus vite dans quelque temps : avec un peu de chance, les chiens perdraient ma trace, nous passerions à un moment ou à un autre une croisée ou une patte d'oie, et mes poursuivants, forcés de prendre une direction plutôt qu'une autre, pourraient s'engager dans la mauvaise. D'autre part, s'ils rattrapaient le fourgon, je serais alors en grand péril car ils entreprendraient certainement de le fouiller et de m'y découvrir.

Je me résolus pourtant à prendre le parti le plus hasardeux et m'approchai précautionneusement, espérant que ni le conducteur ni l'homme d'escorte ne regarderaient derrière eux et ne m'apercevraient dans la pâle clarté projetée par les lanternes fixées sur les flancs du véhicule ; au-dessus de moi, les énormes roues concaves se dressaient, comme déformées, roulant avec fracas sur la surface inégale de la route. Sur le hayon, à quelques pieds de moi, étaient peints les mots « Thomas Cavender et Fils, Rouliers » ; juste à côté, le bois offrait une prise dont je pourrais tirer avantage pour poser le pied. Prenant mon élan, je bondis et réussis à passer un genou par-dessus la ridelle puis à me hisser à force de bras pour retomber à l'intérieur, au milieu des ballots de laine. Je me glissai sous la toile goudronnée, que je disposai de manière à pouvoir surveiller la route sans être vu par l'homme d'escorte si celui-ci se retournait ou venait chevaucher sur l'arrière. Je tombais de sommeil, mais les secousses du charroi, l'odeur d'huile dégagée par les lampes, celle du goudron et, par-dessus tout, la forte senteur de suint émanant de la laine vierge, m'empêchaient de dormir. De toute façon, me disais-je, mieux valait rester éveillé si je voulais voir à quel endroit la route bifurquait ou en croisait une autre.

Nous cheminâmes ainsi une heure ou davantage sans voir quiconque. Deux autres heures s'écoulèrent ; quand je me risquai à observer les alentours, la pâle clarté de l'aube commençait à percer au levant et j'aperçus de la neige sur le sommet des monts. Un soleil pâle se levait derrière une épaisse couche de nuages, et je vis que nous traversions une région triste, bosselée par quelques affleurements de basalte et où seul poussait l'ajonc.

Enfin le fourgon, cahotant de plus belle, franchit de profondes ornières, et je vis d'abord un poteau indicateur, puis sur ma droite une autre route qui s'écartait de plus en plus de la nôtre. Si ma fuite n'avait pas déjà été découverte, elle n'allait pas tarder à l'être, et j'estimais qu'il ne faudrait pas plus de deux heures de cheval à mes poursuivants pour atteindre la fourche que nous venions de passer. Là, ils pourraient se séparer. À supposer que le troisième fût resté en arrière avec les chiens, me disais-je, tant que nous n'aurions pas pour le moins gagné une autre bifurcation j'étais encore bien loin d'être tiré d'affaire.

CINQUIÈME PARTIE

LE TEMPS DES RÉVÉLATIONS

I

Une fois de plus, nous pénétrons dans la vieille maison de commerce installée sur le quai de Blackfriars. Un portemanteau de cuir à la main, le sieur Sancious entre dans l'arrière-bureau, un petit sourire satisfait sur les lèvres. De son fauteuil, le vieux monsieur lève les yeux vers lui, par-dessus sa table, tout à sa hâte d'avoir des nouvelles.

– J'ai quelque chose pour vous, dit l'avocat.

Il retire de son portemanteau un papier plié en quatre, qu'il déploie de façon que le vieillard puisse le voir de l'autre côté de la table. Le sieur Clothier a mis quelques secondes à le parcourir des yeux, puis, d'un bond qu'il accompagne d'un cri animal, il cherche à s'en saisir. Mais l'avocat recule d'un pas, et cache le document derrière son dos.

– Cinquante ans que j'attends ce moment ! gémit le vieux monsieur. Au nom du ciel, dites-moi comment vous l'avez trouvé !

Mr Sancious sourit :

– C'est un secret qu'il ne m'appartient pas de révéler. Permettez-moi simplement de souligner que j'ai usé de méthodes plus subtiles que les vôtres. Mais passons. Vous le voulez toujours ?

– Si je le veux !

– Alors, que m'en proposez-vous ?

– Je vous donnerai ce dont nous étions convenus.

– Quelle générosité ! déclare l'avocat.

Il regarde le sieur Clothier ouvrir le coffre-fort dissimulé dans un coin sombre et plonger la main à l'intérieur pour en retirer une liasse de papiers qu'il fixe avec insistance.

– Et… pour ce qui est de la femme et du jeune homme ? demande-t-il.

– À cet égard, vous n'avez rien à craindre.

– Que voulez-vous dire ? fait le vieillard presque dans un murmure. Sont-ils… ?

L'avocat se borne à sourire.

– Vous savez bien que la chose n'a aucune valeur pour moi tant qu'ils sont vivants, ajoute le sieur Clothier sans quitter du regard le papier que l'avocat tient toujours à la main. Est-elle toujours en vie ?

– Oui, mais soyez assuré que ce papier va bientôt valoir beaucoup plus que ce que vous m'en donnez.

Le vieux monsieur soupire.

– Et le jeune homme ? dit-il brusquement.

– Chaque chose en son temps. Les gens qui s'occupent de lui attendent mes instructions.

– Le plus tôt sera le mieux, déclare le vieux monsieur.

– Mais cela, vous le voulez, n'est-ce pas ? demande le sieur Sancious, brandissant le document et déjà prêt à le remettre dans son portemanteau, cependant que le vieillard le suit des yeux avec désespoir.

– Mais oui, mais oui ! Tenez, voilà votre argent, sacredieu ! se récrie le sieur Clothier en posant sur la table l'un des papiers qu'il tient en main.

– Le prix a monté, dit l'avocat. Pour toute la peine que nous nous sommes donnée, mon aide et moi, j'en veux encore autant.

Le vieillard, debout, presse la liasse de papiers contre son cœur tout en suivant du regard le document qu'agite l'avocat, et le spectacle qu'il offre est pour le moins pitoyable.

– Vous voulez me gruger ! finit-il par déclarer. C'est une vilenie. Je vous paierai la somme convenue, et je veux bien la multiplier par deux lorsque vous m'apporterez la preuve que vous les avez réduits au silence tous les deux.

– Par quatre, deux fois deux, dit Mr Sancious d'un ton sans réplique.

Le sieur Clothier réfléchit. Puis il s'incline.

– Fort bien.

Là-dessus il retire deux documents de la liasse qu'il tient toujours contre lui.

– Tenez, ce sont des effets à trois mois tirés par la maison *Pomeroy*. Ils arrivent à terme dans six semaines et sont tous les deux garantis par *Shelmerdine et Tiptoft*.

L'avocat incline la tête, et cependant que le vieux monsieur dépose les effets sur la table – tout en continuant à les tenir par un coin – le sieur Sancious étale le codicille à côté d'eux, gardant lui aussi la main fermement appuyée dessus. Pendant que le sieur Clothier scrute le document, l'avocat examine les effets. Puis, se faisant mutuellement un signe d'approbation, tous deux relâchent leur prise pour que l'échange puisse s'accomplir.

Lorsque le vieillard a refermé le coffre après y avoir placé le codicille, il offre à son hôte un verre de vin « pour célébrer l'heureuse conclusion de leur affaire ».

Lorsqu'ils ont bu à leurs santés mutuelles, le vieux monsieur change de sujet :

– Dites-moi, Sancious, que devrait faire maintenant la *Compagnie foncière de Pimlico et Westminster* ?

– Vendre le bien-fonds et dégager tout le capital.

– Vendre le bien-fonds ? Au train où monte le prix du terrain dans la capitale, nous devrions au contraire…

– Comme il vous plaira, monsieur Clothier. La spéculation foncière est assurément de fort bon rapport ces temps-ci.

– Et que devrions-nous faire du capital ?

– J'avais pensé le placer dans des bons d'État, fait l'avocat.

– À deux ou trois pour cent ? réplique le vieillard d'un ton méprisant.

– Ou alors des hypothèques.

– Bah, un ou deux pour cent de plus ! J'ai une meilleure proposition à vous faire. Pourquoi ne pas acheter des effets déjà escomptés ? De cette façon, si la tendance actuelle se maintient, nous pourrions doubler notre capital en six mois. Car, à la vitesse où monte le cours des actions, où en serons-nous à Noël ?

– Peut-être qu'à ce moment-là les cours se seront effondrés. Je n'ai jamais vu une pareille fièvre spéculative. Plus de six cents compagnies, m'a-t-on dit, ont mis en vente des actions durant ces douze derniers mois.

– Sottises ! Même si le marché devait s'effondrer et quelques-uns des tireurs de traites faire faillite, les banques seraient tenues de payer. N'achetons que du papier endossé par des banques.

– Si la chute est générale, les banques seront-elles en mesure de payer tout le monde ?

– Mais enfin ! s'exclama le vieux monsieur, ne voulez-vous donc pas faire fortune ? Certes, toute transaction commerciale comporte un risque, puisqu'elle se fonde sur le crédit. Vous-même venez de prendre un risque en acceptant de moi ce papier de *Pomeroy*. Mais même si le pire advenait et qu'une ou deux banques mettent la clé sous la porte, n'oubliez pas que tous les effets qu'elles ont acceptés sont garantis par la Banque d'Angleterre.

– Ceci n'est qu'une disposition *de facto*, et non point *de jure*. N'avez-vous jamais été frappé de constater que le marché des valeurs ressemble à une maison de jeu où les joueurs reçoivent les jetons d'ivoire comme s'il s'agissait de billets de cent livres ? Et que se passerait-il si un nombre suffisant de joueurs refusaient de se prêter à ce simulacre ? Les jetons d'ivoire redeviendraient des jetons d'ivoire.

– Rien de tel n'arrivera. J'ai presque le double de votre âge, voyez-vous, et autant que je m'en souvienne je n'ai vu qu'une seule fois la Banque d'Angleterre suspendre ses paiements en or. En 97. Nous étions en pleine guerre, en plein blocus, et à la place de l'or on a émis du papier-monnaie. Mais dites-vous bien que même si quelque chose allait de travers, ni vous ni moi ne serions inquiétés. Rappelez-vous qui est le propriétaire en titre de la *Compagnie foncière de Pimlico et Westminster*.

Le vieillard désigne d'un mouvement de tête le bureau du devant. À ces mots, le sieur Sancious répond par un sourire et les deux messieurs lèvent leur verre.

II

Avant que le jour ne fût complètement levé, le fourgon, à mon grand soulagement, avait atteint un deuxième carrefour et tourné à gauche. Si je ne me sentais pas encore en complète sécurité, je réussis pourtant à faire de petits sommes, la tête appuyée contre un ballot, partagé entre l'assoupissement et la veille, tandis que le grand chariot avançait cahin-caha sur le plateau balayé par la bise du petit matin. Environ deux ou trois heures plus tard le fourgon s'arrêta, et je m'éveillai pour entendre le conducteur et son compagnon serrer les sabots de freinage de chacune des roues. L'instant d'après, le véhicule redémarrait lentement et s'engageait sur une descente abrupte; je risquai un coup d'œil hors de la bâche, je vis que nous passions une auberge aux murs chaulés, puis un alignement de maisons basses construites en pierre. Peu après nous roulions sur une chaussée pavée et, comprenant que nous approchions d'une ville, j'attendis l'occasion propice; un peu plus tard, le chariot prit un train plus lent encore que le pas afin d'aborder une courbe difficile, je sautai à terre, bien attentif à faire porter mon poids sur ma jambe valide, sans être vu de quiconque.

J'étais dans la grand-rue d'un bourg, laquelle descendait en pente raide vers un pont. Il n'y avait que peu de passants à cette heure, mais en me laissant guider par une bonne odeur de pain frais, je trouvai une boulangerie où j'achetai, sur mon demi-souverain, une boule et un demi-penny de lait. Avisant une grande auberge près du pont, et soucieux de mettre le plus possible de distance entre les Quigg et moi, je conçus un aventureux dessein: j'attendis dans la cour qu'un valet sortît de l'écurie, et je lui demandai si bientôt une voiture de poste partirait pour le sud à destination de la ville suivante.

Il me scruta un moment avant de répondre:

– Ouais, pour ceux qu'ont la fraîche.

– Il faut que je sois à York aujourd'hui, déclarai-je. J'ai appris que mon père était très malade.

– Sept shillings, en extérieur, fit-il.

Je lui montrai l'argent qu'il me restait de mon demi-souverain et il m'observa avec curiosité.

– T'as une malle qui part dans une heure. Le billet, tu l' prends là-bas.

Un employé encore ensommeillé me vendit le billet, et

le valet me laissa me laver à la pompe de la cour. Désireux de continuer à passer le plus possible inaperçu, je m'abstins d'entrer dans la salle d'attente des voyageurs et m'attardai dans la cour à regarder les préparatifs de départ. Me voyant faire les cent pas en me battant les flancs, l'une des servantes m'apporta en cachette une tasse de café brûlant.

Quand vint le moment de monter dans la voiture, les autres voyageurs sortirent de l'auberge, pestant contre ce départ aux aurores, alors qu'au contraire je considérais que nous prenions la route à une heure bien tardive, voire périlleusement tardive, et cela d'autant qu'à mon grand dam je devais constater que j'étais le seul et unique passager à voyager sur le toit, ce qui contribuait à m'exposer. Mais je retrouvai meilleur moral lorsque le coche s'ébranla, puis quitta la cour de l'auberge pour passer le pont et gagner les hauteurs de l'autre rive. Sur le plateau, le froid me mordit. Ce que voyant, le garde m'invita à m'abriter sous sa grande cape, et je lui en fus doublement reconnaissant : je ne grelotterais plus, mais aussi nous pourrions croiser qui nous voulions, j'étais dissimulé. À la vérité, la route était déserte ou peu s'en fallait : quelques charrettes, puis une longue file de chevaux de somme chargés de toisons destinées aux manufactures des villes lainières, et enfin la malle qui faisait le voyage en sens inverse, et dont notre conducteur salua le postillon d'un mouvement désinvolte du coude, voilà tout ce que nous rencontrâmes.

Même lorsque une bonne heure plus tard le coche quitta le bord du plateau pour descendre vers les basses terres, le trafic continua d'être nul, ce qui n'était pas pour me rassurer, persuadé que j'étais que le meilleur moyen d'échapper aux recherches en toute sécurité consiste à se perdre dans une cohue. Pourtant, appuyé contre le garde, je m'endormis et je n'ai plus aucun souvenir, jusqu'au moment où, fouillant dans sa cape, le bonhomme en sortit sa corne pour une sonnerie prolongée.

En toute autre circonstance, cette entrée fracassante dans la bonne ville d'York m'eût grandement réjoui, mais pour lors j'aurais préféré quitter la voiture dès le premier faubourg. Force me fut cependant d'attendre notre arrivée dans la cour de la principale auberge. Et là se produisit ce que je redoutais le plus : au moment où un valet d'écurie prenait le cheval de flèche par la bride, j'aperçus deux hommes devant le seuil du débit de boissons, et en l'un d'eux, à ma grande épouvante, je reconnus Quigg.

Il était en grande conversation avec un inconnu en tenue de roulier : guêtres, haut-de-chausses de velours, chapeau de feutre et veste épaisse, et il ne fit que jeter un coup d'œil distrait à la voiture lorsqu'elle s'arrêta près de lui. Me croyant totalement démuni d'argent, pas un instant il n'avait dû songer que je pouvais voyager par ce moyen.

Le garde sauta à terre et s'entretint avec le valet d'écurie. Sans la corpulence du conducteur toujours à sa place, lui, et qui par bonheur s'interposait entre nous, j'aurais été en plein dans le champ de vision de Quigg.

J'étais contraint de ne pas bouger d'un pouce, et si près de Quigg que je pouvais entendre ce qu'il disait.

– Je suis après un p'tit voleur, affirmait-il. Il s'est ensauvé la nuit dernière et mi et mes deux gars, on s'est mis à ses trousses sur la route. Seulement, quelqu'un a dû le prendre dans sa charrette, vu que les chiens ont perdu sa trace. Alors j'ai renvoyé mon aîné avec les chiens et j'ai continué à cheval avec le puîné. Lui a passé par Holmby et mi par Spentbridge, vu qu'on ne savait point quel octroi il avait franchi. Mon gars doit me retrouver ici. S'il ramène pas le jeune gredin, alors ce matin on le cherchera par ici, et dans l'après-dînée on poussera jusqu'à Selby.

Il venait de nommer la prochaine ville située sur la grand-route qui menait au sud.

– C'est par là qu'il passera s'il va vers le midi. Parce que m'est avis que c'est par là-bas qu'il s'en va.

Le roulier lui répondit quelque chose, mais dans un tel patois que je ne pus saisir un mot de ce qu'il racontait.

J'entendis ensuite Quigg lui donner mon signalement.

– Alors, ouvre l'œil, si tu peux. Un fieffé gredin ! Et dis aux autres gars et aux gardes-barrières des octrois de faire la même chose. Et si tu le trouves, tu lui mets la main dessus et tu m'avertis.

Le roulier parut donner son assentiment, puis il posa une autre question.

– Ce qu'il a volé ? Un manteau, répondit Quigg. Le pire, c'est qu'il était apprenti et qu'en prenant la tire il vole sa parenté, qu'a payé pour son apprentissage. Et en plus de ça il me vole, mi, qu'a passé des mois à lui faire apprendre son métier.

J'admirai l'habileté de Quigg, parce qu'en affirmant que j'étais un apprenti en fuite il me privait de la protection de la loi tout en se donnant les moyens de requérir l'aide de la force publique.

Terrorisé, je vis alors Quigg appeler le garde de la malle-poste et je songeai qu'en un rien de temps je serais découvert. Mais au même moment le conducteur, qui avait fini de rassembler ses affaires, se leva pour descendre. Caché par son ample carrure, je me laissai glisser à terre de l'autre côté du véhicule, avec le moins de bruit possible et en résistant à la tentation de me retourner ou de courir. Puis je me dirigeai vers l'entrée voûtée et je sortis de la cour.

Une fois dans la rue, je pressai le pas et, aussi vite que me le permettaient mes jambes, je me précipitai dans une ruelle latérale, puis dans une autre, puis dans une autre encore. Ce que je venais d'entendre était éloquent : je compris que je ne pourrais tenter de quitter la ville qu'après la chute du jour, qu'il me faudrait voyager à la faveur de la nuit et trouver le moyen d'éviter les barrières de péage. En attendant, il serait pour moi risqué d'errer dans les rues. J'avais faim, et ne pus résister à la tentation d'acheter une petite miche, après quoi il ne me resta plus que deux shillings et neuf pence sur le demi-souverain que m'avait légué Stephen. Puis je m'enfonçai dans les bas-fonds, près de la rivière.

Je finis par découvrir ce que je cherchais : une cour déserte donnant sur une ruelle tranquille, bordée de remises abandonnées qui naguère avaient fait partie de vastes écuries de louage. Toutes les portes étaient cadenassées, mais j'en trouvai une qui était si vermoulue que je pus l'enlever et la replacer. Malgré la pénombre, je pus distinguer les trois stalles, sous le fenil auquel conduisait une échelle assez solide, en apparence, pour supporter mon poids. Je m'assis sur une auge d'âge vénérable pour manger mon pain, me réjouissant d'être au sec, relativement au chaud et, pour la première fois, à peu près en sécurité. L'odeur même de cette écurie, celle des sacs de chanvre dont le sol était jonché, et à quoi se mêlaient le malt, le bois pourri et la vieille paille, était étrangement rassurante, car elle disait à l'évidence à quand remontait l'abandon des lieux. Je grimpai précautionneusement l'échelle, qui aurait assurément dissuadé un homme adulte et, rampant dans la paille qui sentait le moisi, je gagnai le fond du grenier plongé dans l'obscurité où je me fis une litière avant de glisser dans le sommeil.

Lorsque je me réveillai, il faisait presque noir. Je descendis, dévorai encore un peu de mon pain, puis j'attendis la nuit noire pour m'aventurer dans les ruelles dénuées de tout éclairage. C'est ainsi que je me frayai un chemin hors de la ville, vers le nord, de crainte que les autres sorties vers le sud ne fussent surveillées. Après un mille ou deux je quittai la grand-route et, toujours à bonne distance des rares lumières de la cité, je la contournai pour gagner le sud, attentif à ne la rejoindre qu'au-delà de l'octroi, pour le cas où le gardien eût été alerté. Cette manœuvre de diversion m'avait fait gaspiller de longues heures, mais le repos avait été si bénéfique à ma jambe meurtrie qu'au moins je pouvais marcher d'un pas vif et soutenu. Je n'avais plus besoin de me précipiter hors de la route pour me cacher à la vue des gens, sauf s'il s'agissait de cavaliers : il pouvait se faire que ce fût Quigg et Roger revenant de Selby. J'atteignis ainsi les faubourgs de cette ville avant l'aube et, tombant sur une grange écartée, j'y fis halte et passai là la fin de la journée sans rien d'autre à manger que mon reste de pain.

Lorsque tomba la nuit, je contournai la ville et poussai vers le sud. Tandis que je marchais, la pleine lune d'automne monta au-dessus de l'horizon, et sa clarté faisait miroiter les fenêtres à meneaux des chaumières ombreuses que je longeais. À l'approche du jour, j'achetai du pain à un boulanger poudré de farine, tout surpris d'avoir un client si matinal. Je trouvai une grange isolée pour y dormir quelques heures, mais, ayant désormais l'impression d'avoir échappé à mes poursuivants, je jugeai que dorénavant je pouvais voyager pendant la journée et dormir la nuit. Je me remis donc en marche dès le milieu de la matinée.

C'est ainsi que je progressai vers le sud. De temps à autre un charretier me prenait avec lui, mais la plupart du temps j'allais à pied, dormant la nuit dans des granges. Souvent je m'éveillais en sursaut, dans la paille d'une étable ou sur une charrette bringuebalante, croyant que ma mère m'avait appelé. Sa voix ne me semblait trahir ni la peur ni l'angoisse, mais dénotait un étrange calme, au contraire. Lorsque l'argent vint à me manquer j'appris à mendier, tout en gardant constamment un œil sur la maréchaussée et, quand j'étais bredouille, je me nourrissais de navets crus volés dans les champs, de cosses de petits pois ou de ce que me fournissaient les haies – feuilles de sureau, baies, prunelles et pommes-crabes –, denrées qui allaient se raréfiant au fur et à mesure qu'avançait l'automne.

Je n'ai pas loisir de conter ici toutes les aventures que je vécus, ni les étranges et multiples rencontres que je fis sur la grand-route : colporteurs et mendiants, besace à l'épaule, honnêtes travailleurs itinérants, soldats regagnant leurs foyers, marins mutilés, marchands forains en marche vers la foire annuelle de quelque grosse bourgade. Toute une demi-journée, je cheminai en compagnie d'un montreur d'ours. Je fis la connaissance de rémouleurs qui annonçaient leur venue aux cris de : « Rasoirs, ciseaux à repasser ? Vaisselle à étamer ? On répare pots et bouilloires ! » Il m'arrivait de prendre par des chemins de transhumance, et alors je me mêlais aux toucheurs qui venaient d'Écosse pour aller mettre à l'engrais leurs troupeaux dans le Norfolk. Et souvent, de loin, je voyais passer, taciturnes, des gitans aux yeux noirs dans leurs chariots bariolés. Si parfois je fus maltraité, plus souvent on me fut charitable. Malgré tout, depuis que j'étais dépourvu, j'avais bien du mal à me nourrir. Il m'arriva, une fois au moins, de marcher toute la journée avec pour seule pitance un malheureux quignon de pain, et ce jour, le sixième après ma fuite de chez les Quigg, m'a marqué pour toute ma vie.

Je traversais une région où hameaux et fermes avaient été remplacés par un paysage de manufactures, de canaux et de grands terrils, strié de minces lignes brisées : des alignements de méchantes masures de brique bâties à la diable. La plupart étaient récentes, et pourtant tombaient déjà en ruine. Souvent la chaussée s'enfonçait de plusieurs pieds comme si au-dessous d'elle le sol s'était effondré. La route, les bâtiments, les haies, les arbres, et jusqu'aux visages de ceux que je rencontrais étaient couverts d'un mince dépôt de cendre noire, et il régnait dans l'air une odeur entêtante qui rappelait celle du camphre. De derrière les hauts murs longeant un côté de la route parvenait le bruit sourd et monotone d'une machine à vapeur, noyé dans un concert qui m'évoquait le grondement d'une mer hargneuse. Je me serrais dans mon manteau pour me préserver de la bise, mais je ne pouvais rien contre la poussière fuligineuse que chaque rafale me projetait dans la bouche et les yeux.

Jusque-là, je m'étais heurté en chemin à des trognes de paysans fermés, méfiants, bien moins avenants que mes amis vagabonds. Mais les gens que je rencontrais désormais respiraient la sauvagerie, qu'elle vînt de la misère ou de l'ostentation. Les habitants de la contrée ne connaissaient, semblait-il, que ces deux extrêmes, les uns touchant le fond du dénuement tandis que les autres se pavanaient dans tous leurs atours. Pas plus ceux-ci que ceux-là ne me faisaient la charité lorsque je leur tendais la main, et comme nulle part il n'y avait de haies ou de champs où glaner quelque chose qui m'aidât à subsister la faim me tenaillait mieux que jamais. À la nuit tombante, encerclé par de vastes gouffres crachant les flammes, je poursuivais ma route entre les fumées émanant de feux souterrains qui empourpraient çà et là le sol alentour et l'ombre terrifiante des hauts-fourneaux dont les ombres m'effrayaient avec leurs molles sarabandes. Ce spectacle me rappelait les fournaises et les fracas du Nord, dont le voyage avec Mr Steplight m'avait donné un avant-goût.

Plus loin, je longeai des crassiers de fours à chaux, et peu après un petit garçon, vêtu de maigres loques malgré le froid des nuits d'octobre, m'arrêta pour tendre vers moi une main crasseuse.

– Je n'ai rien à te donner, dis-je.

– Ma sœur elle est malade, me dit-il.

– Et ta maman ? demandai-je.

– Partie.

– Tu habites où ?

Il me fit un signe de la tête.

– Je ne comprends pas. Explique-moi.

Il refit le même mouvement de la tête en direction de l'énorme amoncellement de scories qui se dressait à quelques pas. On avait creusé dans le flanc de la butte une excavation, calfeutrée de toile goudronnée maintenue en place par quelques méchants piquets de bois. En regardant de plus près dans l'ombre, je discernai plusieurs autres abris du même genre. Je pressai le pas.

La nuit tombait, mais je n'en continuai pas moins à marcher, dans mon désir de sortir au plus vite de ce séjour de désolation qui semblait ne jamais devoir finir. La faim me donnait des vertiges et j'avais parfois du mal à savoir si les bruits et les éclats de lumière autour de moi étaient bien réels ou s'ils n'existaient que dans mon imagination. La nuit s'épaississait et l'odeur de soufre devenait de plus en plus âcre. J'avais l'impression d'avoir marché pendant des heures et ne pouvais comprendre pourquoi le jour tardait tant à poindre. D'étranges idées m'assaillaient. Si jamais plus ne venait l'aube, n'était-ce point parce que ces lieux dont je foulais le sol n'appartenaient pas à ce monde ?

Finalement, je m'allongeai un peu à l'écart de la route et m'endormis. À mon réveil, il me sembla qu'il faisait toujours nuit, car le même linceul opaque de fumée recouvrait la terre. Je me remis en route, et une chiche lueur finit par percer – tout au plus, une éclaircie dans l'épaisseur de la mofette. Après quoi je suivis une route qui bordait les confins d'une ville, ou peut-être passait entre deux villes, car j'aurais été incapable de dire où commençait l'une et où finissait l'autre. Puis la route franchit un canal sur un pont de fer. En contrebas se dressait une haute manufacture sans fenêtres et bâtie en brique rose couleur de homard bouilli, flanquée d'une rangée de sinistres cottages rouges, en brique eux aussi, et entourée de monceaux de rebuts. Un chaland lourdement chargé naviguait. Aucun cheval ne le halait, mais il laissait échapper de la fumée par une cheminée de métal, et la pipe sur laquelle tirait l'homme à la barre me fit l'effet de la reproduire à échelle réduite. Un autre bâtiment devant moi, immense, crachait aussi des panaches par ses deux hautes cheminées ; sur sa façade s'alignaient de longues rangées de fenêtres cintrées ; au centre, un fronton dominait une vaste voûte, par laquelle je voyais des centaines d'hommes – noirs et demi-nus – qui s'activaient à pousser sur des rails de métal vers l'énorme gueule d'un fourneau gigantesque des wagonnets pleins de charbon, cependant que d'autres ouvriers pelletaient le noir combustible afin d'entretenir le brasier.

Et soudain, la terreur me paralysa. Que faisais-je là, dans ce désert anonyme dont je ne savais rien, où je ne connaissais personne et où, si je me couchais par terre pour mourir, on ignorerait jusqu'à mon nom dans le registre des décès ? Il fallait me hâter. Mais où allais-je ? Et même à Londres, qui connaissais-je, à part ma mère ? Ma main reposait sur le métal froid du parapet, et tandis que je contemplais la surface rouillée du tablier, il me sembla que le dessin formé par les taches et les éraflures, tout contingent et tout fortuit qu'il apparaissait, était la seule chose au monde qui eût de l'importance.

Je passai mon chemin, et ce dont je me souviens, c'est qu'ensuite l'un des côtés de la route était bordé d'une haute muraille, et que toute ma vie, me semblait-il, j'avais marché sur cette route sans fin. Désespérant d'en voir le bout, je me couchai par terre et m'endormis. J'eus l'impression de me relever pour me remettre en marche : l'aurore la plus somptueuse que j'eusse jamais connue se déployait à l'orient, le paysage changeait encore et mes pas me portaient vers une délicieuse vallée ; je suivais une rivière coulant paisiblement entre des saules, qui arrosait un paysage de coquettes maisons et de champs bien entretenus, un vrai parc d'agrément complanté de bosquets ; le cours d'eau me conduisait à un village, où je pénétrai par un sentier qui passait sur l'arrière de vieilles et imposantes demeures ; devant chacune, un jardin enclos de murs descendait vers le courant, et sur la berge pleuraient de grands saules ; des enfants se baignaient en s'éclaboussant, et leurs parents, qui les surveillaient du haut du vieux pont, m'accostaient avec des sourires et me serraient cordialement la main en me pressant de rester là. Mais je passais mon chemin. Et plus tard je dus me coucher pour dormir, car je m'éveillai sans savoir où je me trouvais.

Il me fallait continuer de plus belle à travers le paysage souillé en pensant à la douceur de ce village qui me rappelait Melthorpe.

Petit à petit les monticules de scories, les canaux et les cheminées cédèrent la place à la campagne. Dans l'air flottait une senteur d'hiver, et le sentiment que la nature se refermait sur elle-même, se rétractait, me fit hâter le pas. Puis un beau matin, le lendemain ou le surlendemain, je vis un poteau indicateur sur lequel était écrit *Sutton Valancy, 12 milles*. Ce nom, je le connaissais bien. Melthorpe n'était donc plus qu'à quelques milles de là ! De découvrir que j'allais y passer me rendit courage, car Sukey me viendrait en aide.

Neuf ou dix jours après mon évasion, j'atteignis le chemin que je me rappelais si bien, celui qui descendait de la grand-route au village en passant par le Gibet. C'était sur le tard d'une belle après-midi d'automne ; octobre tirait à sa fin, et les maisons et les champs qui m'étaient si familiers baignaient dans le soleil. Peu de temps s'était écoulé depuis la dernière fois que j'avais vu le village, mais que de choses s'étaient passées ! Je descendis à flanc de colline et traversai le Green. Devant moi je voyais les pauvres masures qui s'élevaient au-dessus du sol fangeux de Silver Street. La porte de chez Sukey était ouverte. J'y frappai et fis quelques pas à l'intérieur. Tout semblait paisible : le feu brûlait joyeusement dans l'âtre ; le métier à tricoter des bas était disposé dans un coin ; quelques enfants – deux filles et un garçon –, assis sur le sol de terre battue, tressaient de la paille ; et une femme s'affairait devant une marmite accrochée au-dessus du foyer. Elle se retourna lorsqu'elle m'entendit entrer : Sukey !

Elle me dévisagea un bon moment, puis une expression de surprise se peignit sur son visage.

– Oui, Sukey, c'est moi, dis-je.

Poussant un cri, elle se précipita vers moi.

– Maître Johnnie !

Elle me pressa dans ses bras, et le passé me submergea. Après tout ce qui m'était arrivé, l'accueil qu'elle me faisait rompit en moi une digue qui avait tenu bon jusque-là, et je me mis à sangloter.

– Pendant un instant je ne vous avais point remis ! s'écria-t-elle en me tenant par les épaules, les bras tendus. C'est que vous avez tellement grandi ! Et si maigre, avec ça !

Elle me serra de nouveau dans ses bras.

– Qu'est-ce donc qui vous est arrivé ? fit-elle. Et votre mère, si bonne ? Elle est en belle santé ?

Mais lorsque je tentai de lui répondre, elle me fit taire en affirmant que les explications pouvaient attendre. Puis, m'installant devant le feu, elle me servit dans un bol une pleine louche de l'épaisse soupe qui mijotait dans la marmite et déposa devant moi une tranche de ce gros pain d'orge que l'on cuit partout dans les cantons du Nord. Pendant que je mangeais, elle mit sur le feu une poêle graissée de saindoux pour y frire quelques pommes de terre, que j'avalai de bon appétit après le potage.

C'était le premier repas chaud que je prenais depuis des mois.

– Comment va votre mère ? me demanda-t-elle quand je me fus restauré.

– Quand je l'ai quittée, elle se portait bien, répondis-je.

Ce que je voulais dire, elle le lut sur mon visage.

– Attendez, je vas coucher les péquiots, dit-elle.

Lorsqu'elle eut surveillé la toilette et le coucher des enfants – les petites filles pouvaient avoir entre six et dix ans, et le garçon huit –, elle revint vers la cheminée et s'assit à mon côté d'un mouvement las.

– Et vous tous ? demandai-je.

Sukey baissa les yeux.

– Maman est morte l'hiver dernier. Et Sally a été emportée par la fièvre le jour de la foire.

– Cela m'attriste beaucoup. Et les autres ?

– Les filles m'aident dans la maison. Amos fait dans la journée toutes les besognes qui se présentent. Et maintenant, c'est plus Harry qui va effuanter les freux sur les terres du père Lubbenham. C'est Jem.

– Et Harry, alors ?

Elle baissa de nouveau les yeux.

– Il s'était engagé comme valet de ferme du côté de Mere Bassett, mais il a perdu sa place, à cause qu'il est toujours à se battre ou à boire un coup. Maintenant il fait ce que font la plupart des hommes du village, il se loue à la journée. Aujourd'hui il travaille à Ougham, dans le domaine, de l'autre côté de Stoke Mompesson. Sûrement qu'il va pas s'en revenir de bonne heure.

Elle m'expliqua que l'intendant des pauvres louait chaque jour les nécessiteux de la paroisse aux fermiers les plus offrants.

En dépit de l'intérêt que je portais à tout ce qu'elle me disait, je ne pus m'empêcher de réprimer un bâillement, et Sukey voulut à tout prix que je me couche tout de suite : je n'avais qu'à attendre mon réveil pour lui conter mon histoire. Malgré mes protestations, elle étendit dans un coin du logis une vieille paillasse dont la vue suffit à me donner une immense envie de dormir. Je m'allongeai, et une fois que je me fus blotti sous une ou deux vieilles couvertures rapetassées, nul n'aurait pu soupçonner ma présence parmi les araignées dans ce recoin obscur.

Tard dans la soirée une voix d'homme coléreuse me tira de mon sommeil. Il me fallut un certain temps pour me souvenir de l'endroit où je me trouvais, et je me demandai, encore assoupi, si cet homme n'était pas le père de Sukey. Puis je me rappelai que celui-ci était mort. J'ouvris un œil sous la paille et les couvertures, et je reconnus dans la haute silhouette aux larges épaules et aux cheveux couleur d'éteule le Harry d'autrefois. Il n'avait guère que trois ou quatre ans de plus que moi, mais c'était déjà un homme. Je le vis jeter quelques pièces de monnaie sur le sol.

– C'est tout, alors viens pas te plaindre.

– Mais c'est déjà bien bon de ta part, Harry, dit timidement Sukey, qui se baissa pour ramasser l'argent. Bien des gars de ton âge ne rapporteraient rien du tout. Mais je voudrais bien que tu…

– Si elle était pas là, j'aurais pas à le faire. Faut qu'elle parte. J' peux pas la nourrir, elle et ses petits, sur les secours de la paroisse.

– Je sais, je sais, dit Sukey d'un ton conciliant.

Je me demandais ce que Harry pouvait bien manigancer. Mais je crus le deviner. Je restai caché pendant que Sukey l'apaisait, lui retirait ses bottes et lui réchauffait de quoi manger. Enfin il grimpa à l'échelle, se jeta sur la paille près de son frère et de ses sœurs endormis, et peu après il ronflait, livré à un profond sommeil.

Je sortis de dessous mes couvertures et Sukey, dans un murmure, m'invita à venir m'asseoir à côté d'elle au coin du feu qui se mourait mais nous prodiguait toute la lumière qu'il fallait. Et alors, à sa prière, je lui racontai ce qui nous était arrivé depuis que nous avions quitté le village, ma mère et moi.

Sukey se tut jusqu'à ce que j'en eusse terminé puis, après s'être indignée de l'attitude des Quigg, elle reprit la parole :

– En tout cas, moi, je peux vous dire exactement ce qu'il est advenu icitte depuis votre départ. Et tout ça du fait de Mrs Bissett. Ce qu'elle a fait, c'est qu'elle a vendu les affaires de votre mère à un marchand de Sutton Valancy. Il s'en est venu et il a tout acheté. Et le lendemain il a envoyé deux charrettes pour charger le lot. Par chez nous, il s'en trouve plus d'un pour dire qu'ils auraient payé ben plus si seulement ils avaient eu l'occasion, parce que votre mère, c'est pas les belles choses qui lui manquaient. Et les gens disent que ces choses-là ont été revendues pour de jolies sommes à Sutton Valancy. Et aussi que Mrs Bisset en a gardé une partie pour elle, mais ça, c'est des on-dit.

– Je vois, dis-je. Donc, il n'y a pas eu assez d'argent pour payer les créanciers ?

– C'est ça. Mrs Bissett est allée les voir un par un pour leur proposer de les dédommager.

– Mais alors, pourquoi ont-ils porté plainte ?

– Ah, vous pensez à ce monsieur Barbellion ?

J'acquiesçai d'un signe de tête.

– Moi, je crois que tous deux s'étaient entendus. Mrs Bissett, elle cachait bien son jeu. Elle recevait des lettres et rencontrait des inconnus que votre mère elle n'en a seulement jamais rien su. Et voilà le sieur Barbellion qui arrive quelques jours après la vente pour persuader tous ceux qui tenaient boutique de se mettre ensemble et d'aller voir le magistrat pour faire un procès contre elle. Pourquoi a-t-il fait ça, maître Johnnie ?

– Parce qu'il œuvre pour des gens qui sont nos ennemis, à ma mère et à moi, Sukey.

– Ça, pour être vos ennemis, ils le sont, répondit-elle. Mais pourquoi ont-ils voulu vous faire tort, alors qu'ils sont si riches, et apparentés à vous, qui plus est, d'après ce qui se dit partout ? Ça, j'arrive point à le comprendre.

Je fus abasourdi par ce qu'elle venait de me dire. Elle semblait tout connaître de ces gens dont elle parlait alors que je ne savais moi-même que très vaguement qui ils étaient.

– D'où tenez-vous tout cela ? lui demandai-je.

– Mais, par icitte, tout le monde sait ben que le sieur Barbellion travaille pour les Mumpsey.

Je souris parce que je voyais bien que ces racontars étaient fondés sur une méprise.

– Non, Sukey. Vous vous trompez. Il n'y a aucun lien entre eux.

– Je ne me trompe pas, maître Johnnie. Pour la raison que tante Twelvetrees l'a vu plus souvent qu'à son tour venir au domaine. Vous vous souvenez d'elle, non ? Là-bas, c'était son homme qui faisait portier.

– Alors, c'est elle qui se trompe. Elle a peut-être vu l'homme de loi des Mompesson à Hougham, oui, mais je ne vois pas comment elle peut affirmer que le monsieur qui est venu voir ma mère en deux occasions, c'est le même.

– Alors, vous le lui demanderez quand elle rentrera pour son souper.

– Elle vit chez vous, maintenant ?

– Oui. Pour le moment elle est partie veiller une voisine qu'est sur le point de passer. Sans ça vous l'auriez vue. Elle a été obligée de quitter son logis à Ougham, vu qu'elle ne reçoit pas de secours de la paroisse.

– Pourtant elle devait sûrement avoir là-bas droit de résidence, non ?

– Ça lui sert pas à grand-chose, à Ougham, pour la raison qu'elle a perdu son droit de résidence ici quand elle s'est mariée. Ce qui fait qu'elle est pas secourue par la paroisse. Et c'est grand-pitié. Mais icitte, au moins, elle a un toit sur la tête.

Un toit en bien piteux état… pensai-je en levant les yeux.

– La veillée, ça lui rapportera un ou deux shillings, fit-elle avant d'ajouter en baissant la voix davantage encore : Avec son rhumatisme et ses mains gourdes, comment voulez-vous qu'elle gagne son pain ?

– Si je me souviens bien, elle avait la dentelle… dis-je.

– C'est fini ça, vu que maintenant ils ont des machines pour la faire. Ça nous a pris notre ouvrage. Alors je tricote des bas et je porte ça chez le marchand. Tatie m'aide comme elle peut.

– Mais alors, comment vivez-vous, tous ?

– Oh ! pas si mal. Harry a son secours de la paroisse – quatre shillings la semaine, enfin presque –, qu'il ait trouvé du travail ou pas. Moi, je gagne quelques pence en allant chez les autres faire du ménage et de la lessive. Et puis, je file, ajouta-t-elle en me montrant son rouet. C'est pas d'un gros rapport quand on compte les heures. Mais les petits travaillent à cueillir les pois et à tresser la paille, et on va tous glaner à la fin des moissons, et après on ramasse le chaume pour se chauffer. Seulement, on n'a plus le droit de ramasser du bois mort et des branches dans les communaux, ni de prendre de la tourbe à présent qu'ils ont enclos. Si bien qu'on peut plus paître une vache non plus.

– Alors, depuis qu'on clôture les communaux, ça vous fait du tort ?

– Non, je dirais pas ça. Point du tout. En compensation on nous a donné une parcelle de terre qu'on a vendue pour trois livres. Seulement, tant qu'on ne les a pas eu dépensées, la paroisse a retiré son secours à Harry.

– Tout est allé de mal en pis, me récriai-je. Pourquoi ?

– Non, maître Johnnie, croyez pas ça ! Les choses vont pas de mal en pis, fit-elle avec étonnement tout en me faisant signe de parler moins fort. Je crois que les marguilliers font de leur mieux, mais les temps sont durs pour tout le monde, et il y a un nombre énorme de familles à la charge de la paroisse. C'est le mauvais temps qui veut ça. Et puis, y a les Irlandais qui viennent travailler icitte pour presque rien. Les hivers ont été rudes. On a connu des moments où on n'avait rien d'autre à manger que des orties. Mais au moins on n'est pas propriétaire du bien-fonds. C'est ceux-là que je plains.

J'allais lui demander ce qu'elle entendait par là, mais au même instant – il était minuit à peine passé – la tante de Sukey entrait.

– Que le ciel soit loué ! fit-elle en exhalant un soupir sonore. Le Seigneur a bien voulu la soulager de son fardeau et elle est morte en état de grâce.

Puis elle m'aperçut, assis près du feu, et il lui fallut un certain temps pour reconnaître en moi le petit garçon bien vêtu qu'elle n'avait pas vu depuis des années.

Lorsqu'elle eut ôté son bonnet, elle vint s'asseoir près de nous pour manger la soupe qui l'attendait.

– Tatie, fit Sukey, dis à maître Johnnie le nom de l'homme de loi de Sir Perceval, celui que tu voyais si souvent en visite à Ougham.

La tante de Sukey nous regarda tous deux, surprise par la question.

– Oh ! tu veux dire Mr Barbellion ?

Sukey me jeta un regard de triomphe.

J'en demeurai tout interdit, mais je pensai que la vieille dame avait dû entendre Sukey prononcer ce nom-là, puis l'attribuer ensuite à l'homme de loi de Sir Perceval.

– M'est avis que vous devez vous méprendre, madame Twelvetrees, lui dis-je avec douceur.

– Me méprendre ? Point du tout, sauf votre respect, protesta-t-elle. Et je m'en vas vous dire une chose. Avez-vous souvenance du jour... oh ! ça remonte à loin, et dans ce temps-là vous étiez encore tout péquiot, sauf votre respect... où un monsieur sévère, tout en noir, vous a rencontrés, Susan et vous, dans le cimetière, et qu'il vous a fait grand-peur à tous les deux, comme elle me l'a raconté par après ?

J'acquiesçai d'un mouvement de tête.

– N'est-ce pas, fit-elle, que c'était Mr Barbellion ?

Un frisson glacé me parcourut le corps, car la vieille femme semblait sûre de son fait.

– Oui, dis-je. Mais l'avez-vous vu ?

– Attendez. Écoutez-moi d'abord, sauf votre respect, dit-elle d'un ton acide. Parce que, un peu plus tôt dans la journée, en venant icitte avec Harry, qu'était tout jeune lui aussi, j'ai passé devant *La Rose et le Crabe*, et là, ce même monsieur s'était arrêté dans un cabriolet, et il a demandé à Harry de tenir les rênes en lui promettant un penny. Et après qu'il a descendu de son cabriolet, il m'a demandé à moi de lui indiquer où habitait le secrétaire de la paroisse. Alors je lui ai montré le logis de Mr Advowson et je l'ai laissé là. Et c'est pas bien longtemps après qu'il vous a tellement fait peur, comme Susan me l'a dit plus tard. Et je peux même vous dire ce qu'il voulait de Mr Advowson... et Mr Advowson vous dira lui-même que ce que je dis c'est la vérité vraie. Ce qu'il voulait, c'est...

J'avais cessé d'écouter tandis que j'essayais de tirer toutes les conséquences de cette révélation. Devant l'effet que produisaient sur moi ces propos, Sukey posa la main sur le bras de sa tante pour la faire taire. Mon univers venait d'être bouleversé par ce que je venais d'apprendre. D'abord je me demandais pourquoi les Mompesson voulaient nous nuire, à ma mère et à moi. Pourquoi avaient-ils soudoyé Bissett et ensuite incité les créanciers de ma mère à la poursuivre en justice ? Sans doute voulaient-ils la réduire aux abois pour la forcer à leur vendre le codicille. Et à cet égard ils en étaient venus à leurs fins. Mais alors, me demandai-je, en quoi cette révélation éclaircissait-elle la question de savoir pourquoi ils m'avaient envoyé à l'école de Quigg, puisqu'il était indispensable, pour la sauvegarde de leurs intérêts, que je reste vivant ? Je repassai dans mon esprit la suite des événements qui m'avaient conduit chez les Quigg : Mr Steplight était venu nous voir chez Mrs Fortisquince, et nous étions allés chez elle parce que Miss Quilliam avait amené le sieur Barbellion à notre logis d'Orchard Street. Mr Barbellion ! Soudain, il m'apparut d'évidence que nous nous étions trompés du tout au tout en supposant une traîtrise de Miss Quilliam qui aurait tenté de nous livrer à notre ennemi ce jour-là. Au contraire, c'était bien Sir Perceval qu'elle était allée voir, et celui-ci nous avait envoyé son homme de loi, Barbellion !

À présent la pièce tournoyait autour de moi tandis qu'une question s'imposait d'elle-même à mon esprit : qui donc était allée voir Mrs Fortisquince quand, à la requête de ma mère, elle s'était prétendument rendue chez Sir Perceval? Si elle était véritablement allée chez les Mompesson, alors l'équivoque entourant la personne de Mr Barbellion se fût assurément dissipée.

Par conséquent, elle n'était probablement pas allée voir les Mompesson, et Mr Steplight n'était pas leur agent, même s'il était venu dans leur voiture et accompagné de leurs domestiques en livrée. Et puis, je me souvins de cette étrange réflexion qu'il avait faite dans la voiture, lorsqu'il m'avait conduit chez les Quigg.

Je commençais, d'un coup, à entrevoir la vérité. Ce n'était pas aux Mompesson, mais à notre ennemi que Mrs Fortisquince avait porté le billet de ma mère! Les soupçons que j'avais tout d'abord nourris à l'égard de cette femme étaient donc fondés! Sa froideur lorsque nous étions allés la voir la première fois, et la chaleur avec laquelle elle nous avait reçus la seconde, s'expliquaient en quelque sorte à la lumière de ce que je venais d'apprendre. Et, dans ce cas, Mr Steplight était l'agent de notre ennemi. Anéanti par cette évidence, j'en tirai tout à coup les conséquences: c'était notre ennemi qui avait le codicille, puisque ma mère l'avait remis à Mr Steplight! Plus encore, puisque notre ennemi – quelle que fût son identité – nous voulait morts tous les deux!

Je comprenais enfin pourquoi Mr Steplight m'avait conduit à l'école des Quigg: pour me tuer. Certes, je m'étais échappé, mais je comprenais, avec un sentiment croissant de terreur, que j'avais laissé ma mère au pouvoir de cette Mrs Fortisquince et de ce Mr Steplight auxquels elle se fiait totalement. Qui était donc Mr Steplight? C'est ici que la phrase latine qu'il m'avait citée lorsque nous roulions vers le nord me revint en mémoire – et, cette fois, je me souvins d'où elle était tirée: dans une lettre que Mr Sancious avait envoyée à ma mère, c'était de cette même citation qu'il avait usé pour apaiser ses inquiétudes et lui conseiller un placement mirifique. Mr Sancious et Mr Steplight ne faisaient qu'un ! Et cet homme avait pour alliée Mrs Fortisquince ! Il fallait à tout prix que je sauve ma mère de leurs griffes. Je partirais pour Londres dès le lendemain.

Levant les yeux, je vis que Sukey et sa tante me regardaient bizarrement.

– Je suis désolé, madame Twelvetrees, dis-je d'un ton contrit, je n'ai pas entendu ce que vous disiez.

– Ce que je disais, c'est qu'il voulait que Mr Advowson lui montre certains vieux registres paroissiaux.

Elle n'en savait pas plus, mais cela donnait naissance à une autre énigme. Pourquoi l'homme de loi des Mompesson s'intéressait-il tant à cette paroisse ? Que de mystères ! Plus je réfléchissais à ce que je venais d'apprendre, plus cela me paraissait étrange. On pouvait supposer que c'était Mr Sancious qui avait tenté de me faire enlever du temps où nous habitions le village. Mais si tel était le cas, comment avait-il découvert l'endroit où nous vivions, ma mère et moi ?

Peu après, la tante de Sukey alla se mettre au lit à l'autre bout du logis et, me voyant silencieux et inattentif, Sukey, ma vieille amie Sukey, me conseilla d'en faire autant.

Lorsque je fus confortablement installé, en chuchotant j'interrogeai Sukey, qui était en train de couvrir le feu avec de la tourbe.

– Vous souvenez-vous de ce jour-là, quand le sieur Barbellion nous a tant effrayés dans le cimetière ?

– Je m'en souviendrai jusqu'à la fin de mes jours, dit-elle avec un frisson. Il était tout comme un grand goubelin.

– Oui, mais que faisait-il là ? N'était-il pas en train d'examiner une des vieilles tombes ?

– Je crois bien que oui. Oui, c'était le caveau, près du grand if.

– C'est bien ce qu'il me semblait.

Nous nous souhaitâmes bonne nuit et j'essayai de dormir. Une grosse pluie s'était mise à tomber, et l'eau gouttait à travers le chaume, mais ce que je venais d'apprendre eût suffi à me tenir éveillé durant plusieurs heures. Comment Mr Steplight s'y était-il pris pour venir chez Mrs Fortisquince dans le carrosse des Mompesson ? Était-il lié à eux d'une manière ou d'une autre, bien que leurs intérêts et ceux de notre ennemi fussent radicalement opposés ? Que pouvait bien examiner ce jour-là le sieur Barbellion dans le cimetière ?

III

Le lendemain matin je m'éveillai vers quatre heures, avant le point du jour. J'entendis Sukey servir le déjeuner à Harry, qui partit peu après. Puis, Mrs Twelvetrees s'étant levée, je quittai moi aussi ma couche et m'aperçus que le sol était recouvert d'un pouce d'eau boueuse qui s'écoulait par la gouttière de brique pratiquée au milieu de la pièce.

– Ma foi ! s'écria Sukey, constatant mon étonnement. Ça arrive presque à chaque pluie que le bon Dieu fait.

Tandis que je déjeunais d'un porridge au babeurre, la tante de Sukey s'en fut aider une voisine à sa lessive. Elle serait nourrie pour la peine, m'expliqua sa nièce.

– Sukey, j'ai l'intention de rejoindre Londres aujourd'hui, annonçai-je.

– La belle sottise ! s'écria-t-elle. Je vous demande excuse, maître Johnnie, mais je vous vois en nécessité de vous reposer et de refaire vos forces.

– Non. Je vous ai pourtant expliqué ce qu'il en était de ma mère, non ?

Me voyant fermement décidé, elle concéda :

– Très bien. Mais je peux me montrer aussi entêtée que vous.

Elle se dirigea vers un coin sombre de la salle, tendit le bras vers le chaume pour fouiller parmi les poutres pleines de toiles d'araignée et en ramena une poche de cuir souple repliée.

– Tendez vos mains, fit-elle.

Je m'exécutai, et elle y versa le contenu de son petit paquet : un tas de pièces d'un penny, d'un demi-penny et d'un farthing, mais aussi quelques six pence et même un ancien shilling bistourné et dont la déformation accentuait l'air porcin du royal George, second du nom, qui avait tout d'un cochon de lait sidéré de se trouver couronné de lauriers.

– Dix-sept shillings, quatre pence et trois farthings, déclara-t-elle.

– Je ne peux accepter cet argent, protestai-je. C'est tout ce que vous possédez, n'est-ce pas ?

– Je sais ben que vous me le rendrez un jour.

– Je ne peux pas vous laisser complètement démunie.

– Et comment vous arriverez à Londres avec juste en poche quèques pence ? s'exclama-t-elle, car je n'avais pu lui cacher mon dénuement.

– Je vous le baille, pour l'amour de votre pauvre chère maman. C'est autant pour l'aider, elle, que vous.

L'argument était de poids mais je continuai à résister, malgré tout, jusqu'à ce que nous eussions coupé la poire en deux : je pris trois shillings – ce qu'il fallait pour atteindre la capitale, pensai-je. Il me restait une tâche à accomplir avant de partir. Prévenant Sukey que je ne tarderais pas, je marchai jusqu'à l'église. Le cimetière était désert, à part la longue silhouette d'un homme en train de faucher l'herbe qu'on apercevait à l'autre bout de l'enclos. Me frayant un chemin à travers les hautes herbes qui me montaient jusqu'à la taille, je retrouvai l'if auprès duquel j'avais aperçu Mr Barbellion pour la première fois, ce fameux soir d'hiver, scrutant, la lanterne à la main. Je découvris la tombe qui l'avait intéressé : c'était un caveau vieux de près de trois cents ans, ceint d'une haute grille.

Le monument disparaissait presque sous le lierre et la pierre était verte de mousse. Écartant la végétation envahissante, je constatai que les inscriptions étaient en fort mauvais état. Je pus cependant lire le nom de Huffam qui revenait plusieurs fois : il y avait un James Huffam, un Christopher Huffam, plusieurs John Huffam (mais pas trace d'un Jeoffrey Huffam), ainsi que quantité de Laetitia, Maria, Elizabeth et autres, mentionnées au titre d'épouse ou de fille de tel ou tel tenant du patronyme. Je discernai aussi d'autres noms : Ledgerwood, Feverfew, Limbrick et Cantalupe. Il y avait beaucoup de dates inscrites en chiffres romains, la plupart se situant entre 1500 et 1600, la plus récente remontant à 1614.

J'entrai dans l'église, sombre et vide, et la traversai jusqu'à la porte de la sacristie. J'y frappai et, n'obtenant pas de réponse, je l'ouvris.

À la chiche lumière d'une bougie posée sur un bureau au fond de la pièce, j'aperçus une forme humaine au crâne dégarni, penchée sur un gros livre. L'homme leva les yeux et s'écria, indigné :

– Mais que fais-tu ici, mon garçon ?

– Vous ne me reconnaissez pas, monsieur Advowson ?

Il fixa sur moi un regard ébahi :

– Maître Mellamphy, s'exclama-t-il en se hâtant d'attraper la perruque posée à ses côtés et de la remettre sur sa tête. Ça gratte terriblement, vous savez, ça vous chatouille le crâne au-delà de ce qu'il est possible d'endurer.

Puis il déclara gravement :

– Je suis navré, quant aux affaires de votre mère. C'est une sale histoire, une bien sale histoire !

Toisant mes hardes d'un œil furtif, comme pour s'excuser de me regarder il ajouta :

– Ça me fait de la peine de vous voir dans un tel… je veux dire si différent d'avant.

Une fois qu'il se fut enquis de nous deux, ma mère et moi, et que je lui eus répondu sans trop d'entorses à la vérité, je lui demandai à mon tour :

– Monsieur Advowson, je sais que ma question risque de vous paraître bizarre, mais votre réponse peut s'avérer d'une grande importance pour moi. Vous souvient-il d'un monsieur qui est venu ici juste avant la Noël, il y a près de six ans ?

J'eus l'impression qu'il rougissait.

– Je crois que oui, avoua-t-il.

– C'était un certain Mr Barbellion, n'est-ce pas ?

Il hocha la tête avec gravité, en signe d'acquiescement.

– Si je vous pose cette question, c'est que j'ai une raison bien précise : voulez-vous me dire ce qu'il cherchait ?

– J'ai toujours su qu'il n'en sortirait que des ennuis, soupira-t-il. Pourtant, je n'ai rien fait de mal en l'aidant, pour sûr !

– Puis-je demander ce qu'il voulait ?

– D'abord, il a voulu voir tous les actes de mariage remontant à des années – à plus de cinquante ans, je crois bien ! Il a fallu consulter tous les registres paroissiaux conservés dans le coffre de la sacristie. Et un par un, sapristi !

Il se retourna pour désigner du geste l'énorme coffre en chêne aux fermoirs rouillés qui se trouvait dans le coin, flanqué de deux autres, plus vieux, plus rouillés, plus poussiéreux encore.

– Tenez, nous sommes même remontés jusqu'à l'époque d'avant l'ancien roi, il y a belle lurette !

– Mais que cherchait-il donc ?

– Cela, je ne saurais le dire, parce qu'il ne l'a pas trouvé. De fait, il a eu l'air bien déçu, oui, très déçu, ma foi !

Moi aussi je l'étais. J'avais également l'impression que Mr Advowson me cachait quelque chose – il évitait soigneusement mon regard. Examinant les coffres, je remarquai que le plus ancien des trois était gravé sur le couvercle d'un blason rouge à demi effacé. Je reconnus, en y regardant de plus près, la rose à quatre pétales qui m'était si familière.

– Avez-vous aussi fouillé celui-là ?

– Non, bien sûr que non, mon jeune ami, se récria-t-il d'un ton impatient. Cela n'a rien à voir avec la paroisse.

Il ajusta sa perruque avant de poursuivre :

– Car, voyez-vous, maître Mellamphy, celui-là vient du vieux château de Hougham, et il concerne uniquement la famille du même nom.

Voilà qui expliquait la présence de la rose !

– Mr Barbellion ne s'y est pas intéressé ?

– En tout cas, il n'a pas mentionné ce nom-là. Cela ne vous dirait rien, monsieur Mellamphy, car il y a des années que ces gens-là habitaient ici. C'étaient les anciens propriétaires du domaine qui appartient à présent aux Mompesson. Je me rappelle que mon grand-père a travaillé chez eux comme cocher. Ils ont tout perdu, il y a des années, à la suite de stupides spéculations, et ils ont vendu au père de Sir Perceval.

– À vrai dire, il se trouve que je connais ce nom-là. J'ai du reste remarqué leur tombe, dans le cimetière. Mais si la vente du domaine ne remonte qu'à une ou deux générations, pourquoi ont-ils cessé d'être enterrés ici vers 1614 ?

– Parce que c'est à peu près à partir de cette époque-là qu'ils ont eu leur propre chapelle, au château – en dehors des limites de la paroisse, qui plus est. Les registres qui se trouvent ici doivent donc être très anciens, parce qu'il y a beau temps que la chapelle même a été abandonnée – à la suite d'un assassinat, à ce qu'on raconte.

– Un assassinat? m'exclamai-je, me souvenant de l'histoire de parricide, de fuite et de duel que m'avait racontée Mrs Belflower, et m'étonnant de la part de vérité que son récit paraissait contenir.

– Qui était la victime? questionnai-je.

– Ça, je ne m'en souviens pas, fit-il d'un ton si naturel que je n'y vis pas de faux-fuyant. À en croire les gens d'ici, depuis le drame la chapelle serait profane, mais ce ne sont que des racontars. Quoi qu'il en soit, c'est à la suite de cela que les papiers et les archives de la famille ont été transférés ici, pour y être mis en lieu sûr. La chapelle est en ruine à présent, car les Mompesson ne s'en servent pas.

– Parce qu'ils n'habitent pas le domaine, n'est-ce pas?

Il frotta sa perruque sur son crâne, où elle accomplit un certain nombre de va-et-vient:

– En effet, et c'est d'autant plus dommage que l'argent des fermages s'en va directement à Londres – déjà qu'il n'y en a guère qui circule par ici! Cependant – et bien que beaucoup ne partagent pas mon avis, je le sais –, je respecte la manière dont Sir Perceval Mompesson gère ses terres. Stoke Mompesson, le hameau qui dépend du domaine, est un excellent petit village, bien prospère. C'est un canton fermé, dont l'administration était dominée par un individu ou une famille influente qui contrôlait l'élection au parlement, bien entendu, et c'est là toute la différence. Peut-être parviendront-ils un jour à en faire de même à Melthorpe, et je le souhaite, parce que je ne vois guère d'espoir autrement. Voyez-vous, les contributions pour les pauvres sont si élevées qu'elles font fuir tout le négoce.

Il n'y avait plus moyen de l'arrêter. J'avais la nette impression que ce flot de paroles lui servait à éluder le vrai sujet.

– Moi, je dis que c'est la faute des fermiers et de leur

cupidité. Dans le temps, quand j'étais jeune, les valets de ferme étaient embauchés à l'année et ils logeaient chez les maîtres. Mais depuis que les guerres ont fait grimper le prix des denrées, les fermiers se sont mis à louer des gens à la journée, pour ne pas avoir à leur donner le manger. Ça veut dire que les hommes ne peuvent plus nourrir les leurs, surtout depuis qu'on a clos les communaux. Les paroisses ont bien institué le système d'aide aux pauvres « de l'extérieur » – ceux qui ne vivent pas à l'hospice –, avec pour conséquence que les fermiers trouvent de la main-d'œuvre à bon marché puisque tous les ouvriers de ferme ou presque sont à la charge de la paroisse qui les fait travailler comme journaliers. Ce sont donc les boutiquiers qui financent l'ouvrage des fermiers avec la contribution pour les pauvres ! C'est pour cela – et parce qu'il y a si peu d'argent qui circule par ici – qu'il y a tant de commerçants qui ont fait banqueroute. (Tenez, par exemple, Mr Kittermaster a été forcé de tout vendre et de partir.) Voilà pourquoi ils étaient si pressés d'engager des poursuites contre votre mère. Toutefois, la situation peut encore s'arranger, parce que les petits propriétaires cherchent à tout prix à vendre leur bien. Mais après, ils risquent d'être à la charge de la paroisse et de faire encore augmenter la contribution pour les pauvres. Il semblerait pourtant que l'intendant des Mompesson ait trouvé un moyen de racheter les petits biens, tout en garantissant que leurs anciens propriétaires n'iraient pas grossir la masse des pauvres qui vivent de la charité de la paroisse.

– Cela paraît juste et généreux de leur part, concédai-je à regret.

– Ma foi, espérons que ça marchera, sinon, je désespère du sort de ce village. Néanmoins, les commerçants n'étaient guère fondés à agir comme ils l'ont fait avec votre mère. Une bien sale affaire, à la vérité...

– Ainsi, c'est tout ce que vous pouvez m'apprendre ?

Il me regarda bizarrement, sans mot dire. J'allais prendre congé quand il lança soudain, très vite :

– Il y a bien encore une chose. Mr Barbellion voulait aussi consulter les registres de baptêmes.

– Ceux des cinquante ou soixante dernières années ?

– Non, pas du tout. De bien plus récents que cela, qui ne remontaient qu'à quelques années.

Son teint avait viré à l'écarlate. Les allers et retours de sa perruque sur son crâne se firent si rapides que je m'attendais presque à voir le postiche prendre feu.

– Eh bien, je n'irai pas par quatre chemins, maître Mellamphy : c'était votre acte de baptême qu'il cherchait. Voilà, maintenant je vous ai tout dit !

Je fus d'abord stupéfié par cette révélation, mais la pensée du codicille me revint aussitôt : le document nous désignait, ma mère et moi, comme bénéficiaires du legs inaliénable.

– J'ai souvent eu envie d'en parler à votre mère, continua Mr Advowson, mais Mr Barbellion m'avait demandé de me taire. Et puis, il m'avait remercié de si aimable façon, comme seuls savent le faire les hommes de qualité ! Comme un vrai gentilhomme. J'ai malgré tout le sentiment que je peux vous le dire, après ce qui vous est arrivé, à vous et à votre pauvre mère. Car je sais qu'il a contribué à la faire poursuivre pour dettes.

– Pourrais-je voir cet acte ?

Il parut à nouveau gêné, ce qui m'étonna puisque je croyais qu'il n'avait plus rien à cacher maintenant qu'il avait avoué.

– Mais certainement, si vous le souhaitez. Voyons, voyons, où est donc ce fameux registre ? Rappelez-moi donc l'année…

Je la lui indiquai.

– Le mois et le jour de votre naissance ?

– Le 7 février, répondis-je.

– Ça alors ! C'est la première année où nous avons dû

tenir des registres séparés pour les baptêmes, les mariages et les décès, en application de la loi de Sir Rose. Eh bien, je parierais que votre acte doit se trouver dans les premiers.

Il ouvrit le moins ancien des coffres et en tira un gros in-folio à reliure de veau moucheté qu'il déposa à grand bruit sur la table, soulevant un nuage de poussière. Regardant par-dessus son épaule, je vis que mon acte de baptême figurait bel et bien en première page. On y distinguait clairement trois mains différentes : il y avait l'anglaise appliquée de Mr Advowson, une calligraphie bien nette que je ne reconnus pas et qui avait écrit « et père », et l'écriture plus brouillonne de ma mère. Le texte disait : *« 10 février : un beau jour de gel. Excellente nouvelle de la capture de Ciudad Roderique par Sir A. Wellesley. Baptisé John Mellamphy, fils de Mary Mellamphy, résidente de la paroisse, en privé pour vie de l'enfant menacée. Mr Fortisquince, parrain, et père : Peter Clothier, de Londres. »*

Je ne pouvais détacher mes yeux du registre. Mr Advowson, gêné, se mit à expliquer :

– Voilà ce qui s'est passé : j'ai écrit « parrain », et quand j'ai fait remarquer à votre mère qu'il fallait que j'enregistre le nom du père et sa paroisse de résidence, c'est Mr Fortisquince qui a ajouté les mots « et père », et ils ont échangé un regard. Leur attitude m'a frappé. Et puis votre mère lui a pris la plume des mains et c'est elle qui a ajouté « Peter Clothier, de Londres ». Mais elle n'a pas voulu préciser sa paroisse.

Clothier ! Voilà le nom qui correspondait aux initiales « P. C. » gravées sur le médaillon de ma mère ! Et qui expliquait le « M. C. » dont elle avait signé le mot qu'elle avait envoyé à Sir Perceval. Deuxième surprise : le nom de ma mère n'était pas le même que celui de mon père. (Peut-être cela expliquait-il la remarque du pasteur le jour où j'avais découvert la tombe de Geoffroi de Hougham, et le fait que nous nous fussions toujours tenus à l'écart de la société du village ?) Je ne pouvais me résoudre à accepter les conséquences de cette révélation : à savoir que, si elle était exacte, je n'avais aucun droit légal à revendiquer l'héritage. Je regardai Mr Advowson, qui détourna les yeux et émit une petite toux gênée comme pour confirmer ainsi la conclusion à laquelle je venais d'aboutir. Un autre détail me revint : Clothier, c'était le nom auquel Quigg avait dû faire allusion en me surnommant « Cloth-Ear ».

Mais comment Mr Steplight (alias Sancious) savait-il que Clothier était mon vrai nom ? D'ailleurs, l'était-il vraiment ? Pourquoi ma mère avait-elle apparemment tout fait pour cacher ce patronyme ? Et pourquoi sa réticence à révéler la paroisse de résidence de mon père dont elle m'avait confié, à regret, qu'il s'agissait de Christchurch, à Spitalfields ? Quant au rôle d'oncle Martin dans tout cela, je ne pouvais que m'interroger…

Quoi qu'il en fût, étant donné l'intérêt que Mr Barbellion avait porté à cette inscription au registre, il fallait absolument que je m'en procure moi-même une copie. (Je dois expliquer ici qu'il n'existait pas encore d'état civil et d'enregistrement des naissances à l'époque, hormis dans les paroisses.) Ce serait une sage précaution, au cas où ma vie serait réellement menacée.

– Monsieur Advowson, pourriez-vous m'en délivrer une copie conforme, si je trouvais assez d'argent pour vous payer ?

– Mais bien sûr. Quant au coût de la chose, eh bien, le document doit être couché sur vélin – ou au moins sur parchemin –, puis scellé, et visé par un témoin. Normalement, l'acte revient à cinq shillings. Mais je pourrai bien trouver quelque vieux morceau de parchemin, et vu que c'est pour vous, maître Mellamphy… Eh bien, puisque c'est pour vous, comme je disais, je pourrais le faire pour trois shillings. Je voudrais bien pouvoir encore baisser, mais je ne peux quand même pas ôter le pain de la bouche de mes propres enfants !

Lui ayant exprimé mes remerciements et mon espoir d'être très vite de retour, je repartis chez Sukey. Je la trouvai au travail devant son métier à tricoter, tandis que sa tante s'activait dans la salle. J'étais déçu de voir que la vieille femme était déjà rentrée, car j'avais à parler à Sukey en confidence.

– Elle m'a raconté comme quoi on avait offert vingt livres à notre voisine Feverfew pour y acheter son bien, rapporta la vieille qui débitait à sa nièce les potins glanés pendant sa matinée d'ouvrage.

– C'est dommage que vous ne soyez pas propriétaire, Sukey.

– Ah ! pour ça, non ! s'exclama-t-elle. Pasque les propriétaires, i' reçoivent rien de la paroisse, même s'i' sont vieux ou mal en point. C'est pourquoi i' préfèrent vendre pour pouvoir être à la charge commune. Mais faut encore qu'y ait quelqu'un pour acquérir.

– Je comprends, dis-je. Mais, dans ces conditions-là, qui voudrait se porter acheteur ?

– Personne ! C'est-à-dire, jusqu'à ces dernières années, fit Mrs Twelvetrees. Mais présentement, l'intendant des Mumpsey il achète tout, et il démolit les chaumines.

– Pourquoi donc ?

– Il veut que le village, ça devienne un canton fermé, à ce qu'on dit, comme Stoke Mompesson, expliqua Sukey.

– Ma foi, déclara la tante en se levant pour ressortir. Je me souviens quand ils ont démoli le vieux village, là-haut. J'étions guère plus qu'une gamine, alors. Ils ont fait le parc là où qu'y avait le village, qu'ils ont mis où qu'il est présentement. Ils ont renvoyé les journaliers de d'là, et ceux-là, ils ont toujours pas le droit de louer des chaumines là-haut.

Comme ça, Sir Perceval, il paie point la taxe des pauvres, et les autres paroisses, elles paient pour les pauvres qui travaillent chez lui.

– Et c'est justement ce qu'ils veulent faire icitte, conclut Sukey.

– Je vois, commentai-je.

Voilà ce que Mr Advowson avait voulu dire à propos du régisseur qui avait trouvé un moyen de racheter leur bien aux petits propriétaires sans alourdir la contribution pour les pauvres à la charge de la paroisse !

– Mais où logent les ouvriers de ferme, alors ? demandai-je.

– Y en a beaucoup qui restent à deux bonnes heures de marche de leur travail, comme voilà notre Harry, présentement, répondit la vieille en nouant les cordons de son bonnet. Ou ben, si des fois ils peuvent trouver une chaumine, ils restent dans des cantons ouverts comme Ougham, où qu'y a que des petits propriétaires. Mais ils tirent le diable par la queue, pasqu'y a pas d'aide aux pauvres, du fait qu'on y lève point de taxes. Voilà pourquoi j'avions point pu y demeurer quand mon pauvre mari a trépassé.

– Les Mompesson auraient dû vous permettre de rester, me récriai-je.

Elle se tourna vers moi, l'air grave :

– Faut point parler contre eux, maître Johnnie. Mon pauvre mari qui les a servis toute sa vie durant, il a jamais eu que du respect pour eux.

La vieille femme sortie, je clamai mon indignation à Sukey :

– Vraiment, ils ne méritent pas de posséder le domaine ! C'est une grande responsabilité que d'être propriétaire, vous savez, Sukey. Si c'était que de moi, mes fermiers seraient contents et satisfaits de leur sort, j'aurais un intendant juste et honnête, je ferais reconstruire les chaumières et drainer les terres, j'améliorerais le bétail, et ainsi de suite.

– Ah ! que c'est beau à ouïr, maître Johnnie ! Si seulement ça pouvait être pour de bon !

– Sukey, et si je vous confiais qu'il se pourrait bien que je le possède un jour, le domaine ? Qu'est-ce que vous en diriez ?

Elle crut d'abord à une plaisanterie, mais quand je lui eus un peu parlé du codicille et de ma parenté avec les Mompesson, elle comprit que c'était sérieux.

– Mais, voyez-vous, je crois que pour garder toutes mes chances de posséder un jour mon bien, il faut que je fasse faire une copie de mon acte de baptême.

Elle prit aussitôt la somme dans son pochon de peau, m'assurant que l'argent était bien à elle et non à Harry. Ayant promis de lui rendre la somme au centuple, je repartis à toutes jambes pour la sacristie.

Surpris de me voir, Mr Advowson leva le nez et attrapa sur-le-champ sa perruque :

– Ah çà, jeune homme, pour être franc, je ne pensais pas vous revoir de sitôt. Attendez, je vais me mettre en quête d'un morceau de parchemin.

Ayant fouillé en vain dans l'un des deux plus anciens coffres – le plus proche –, il tira à lui le plus antique et en ressortit des piles de documents et de registres. Il finit par dénicher un parchemin vierge dans sa partie inférieure, qu'il découpa.

Il entreprit de tailler sa plume et déclara :

– Il nous faut un témoin. Pendant que je me prépare, maître Mellamphy, auriez-vous la bonté de faire un saut dehors et de ramener l'aide-bedeau ? Il doit être à sa besogne au cimetière. Il ne sait écrire que son nom, mais cela suffira ; le bedeau est malade, sinon c'est lui que je ferais quérir.

Je le laissai à sa laborieuse copie, la maudite perruque posée sur la table à côté de lui, sa tête grattant presque le papier en même temps que la plume, la langue à moitié sortie de la bouche comme pour guider son trait à distance. Ayant regagné le cimetière, j'aperçus de loin la silhouette de l'homme à la tâche, grand mais voûté, et je m'approchai de lui. Il se retourna et je me rendis compte qu'il ne m'était pas inconnu : c'était bien Mr Pimlott, malgré son dos devenu rond et son visage plus ridé qu'avant. Mes soupçons revinrent en force : ne lui laissant pas voir que je l'avais reconnu, je formulai ma demande comme si je m'adressais à un étranger. Il posait sur moi un regard attentif et appuyé. Je ne sais s'il se remit mon visage. Quand il eut compris ce que j'attendais de lui, il planta sa bêche dans le sol d'un geste décidé. Elle me parut identique à la fameuse houe à fouir avec laquelle il délogeait jadis les taupes.

Je tournai les talons, il m'emboîta le pas et se décida tout d'un coup :

– Je vous avions ben remarqué tantôt, voilà près d'une heure d'horloge. Vous étiez à regarder c'te tombe-là.

Je me retournai et il me lança avec une manière de sourire :

– Mais je vous avions remis de suite, maître Mellamphy.

Je me dispensai de répondre et il se tint coi. Mais à la sacristie, après avoir signé le document que le clerc lui tendait, il avisa soudain le vieux coffre, sorti de son coin habituel.

– Ah çà, v'là une ben étrange chose, monsieur Advowson ! C'te rose qu'est là sur le coffre, j'en avions jamais vu de telle que deux fois.

Il précisa, se tournant vers moi :

– Une fois, c'était sur la tombe.

– De quelle tombe voulez-vous parler, monsieur Pimlott? interrogea Mr Advowson, impatient.

– La grande, qu'est sous l'if.

Mr Advowson ne prêta guère attention à la réponse, tout occupé qu'il était à saupoudrer minutieusement de sable le parchemin pour éviter les coulées d'encre.

– Et la seconde fois ? m'enquis-je.

– Eh ben, là, c'est ça le plus bizarre. C'était sur une boîte en argent à votre propre maman, maître Mellamphy.

Il y avait une étrange note de triomphe dans sa voix, et j'eus l'impression qu'il voulait me signifier sa participation au cambriolage qui, seule, expliquait qu'il ait vu la cassette en argent de ma mère, puisque Mr Pimlott n'avait jamais eu la moindre raison de pénétrer dans la pièce où était serré l'objet.

Le sous-sacristain ressortit et je pris la copie de Mr Advowson, qui me regardait d'un air songeur. Je lui payai son dû et lui demandai s'il accepterait de remettre à Sukey quelque argent que je tâcherais de lui envoyer prochainement. Il y consentit.

– Monsieur Advowson, ajoutai-je, je crois pouvoir vous rendre un service en retour. J'estime de mon devoir de vous prévenir qu'à l'époque où Mr Pimlott travaillait pour ma mère, il y a quelques années, nous avons été cambriolés, et il y a de bonnes raisons de penser qu'il avait trempé dans l'affaire.

– Ah bon, vraiment ? s'écria le clerc, déconcerté. Merci beaucoup, maître Mellamphy, je m'en souviendrai.

Ayant pris congé, je repassai par le cimetière où il n'y avait plus trace de Mr Pimlott, à présent. Naturellement, je me dirigeai droit sur l'ancien caveau que j'entrepris de dégager, en arrachant le lierre et en grattant la pierre moussue avec un silex ramassé là. Comme je m'y attendais, le dessin familier ne tarda pas à émerger de sa prison végétale, gravé au centre de la dalle. Mais au lieu des quatre pétales que je connaissais bien, il y en avait cinq, disposés comme sur la face d'un dé.

De retour à la chaumière, je donnai la copie de mon acte de baptême à Sukey, qui l'enveloppa soigneusement dans la pièce de cuir souple où elle avait jusque-là serré ses économies, et qui la cela à nouveau sous le chaume. J'allais lui rapporter la rencontre avec Mr Pimlott et ce qu'il m'avait laissé entendre à propos du cambriolage, quand je me souvins des conséquences malheureuses que l'incident avait eu pour Job, et je ne voulus pas chagriner la jeune fille en réveillant de tristes souvenirs.

Ce soir-là, Sukey et moi étions tranquillement en train de souper autour de l'âtre avec les enfants – la tante veillait une voisine malade – quand Harry rentra.

– Tu remets maître Johnnie, n'est-ce pas, Harry ? fit Sukey, légèrement mal à l'aise.

Il me lança un regard acrimonieux :

– Ah ! çà, pour sûr que je le remets !

Il s'assit au coin du feu et se mit à engloutir son repas avec les gestes brusques de la colère, s'enfournant la semoule dans la bouche à grandes cuillerées rageuses.

Tout le monde se taisait. Harry rompit le silence en annonçant sur un ton de défi :

– Je sors ce soir.

– Oh ! Harry, j'aimerais autant point ! se plaignit Sukey.

– Quand c'est que je pourrai venir avec toi, Harry ? demanda Jem en léchant le dos de sa cuiller en bois.

Sukey frémit.

– Quand tu seras poussé et à même de te rendre utile, répliqua sèchement Harry.

Il se leva en déclarant :

– Je m'en vas, pour l'heure : je vas rejoindre les autres aux *Bull and Mouth*. Baille-moi donc un ou deux six pence, Sukey.

Avisant l'air coupable de sa sœur, il ne fit qu'un bond et se précipita sur le coin du chaume où ils cachaient l'argent. Trouvant le morceau de parchemin en lieu et place des pièces, il exigea une explication, mais quand sa sœur lui eut avoué qu'elle m'avait prêté l'argent et dit pourquoi j'en avais besoin, Harry explosa :

– Tu n'avais point le droit ! C't argent-là, il est à moi autant qu'à toi.

– C'est point vrai, protesta-t-elle sans conviction.

– Tous ces sous pour un vulgaire bout de papier ! cria-t-il avec une grimace à mon intention.

– Mais, Harry, c'est rin de plus qu'un bout de papier qui nous a pris les communaux, comme je t'ai entendu le répéter assez de fois !

– Ah ! ça, pour être vrai, c'est vrai ! glapit-il, apparemment encore plus furieux contre elle. Raison de plus pour ne pas se mêler de ces affaires-là !

Il me décochait des regards noirs, comme si c'était ma faute :

– Elle vous a raconté comment que les Mumpsey se sont payé un projet de loi qui les a autorisés à nommer eux-mêmes les commissaires chargés de veiller à un « règlement équitable » ? Équitable ! Tout ce qu'on a eu en échange de nos droits, c'est un p'tit lopin minable, à plus d'un mille d'ici, qu' est bon pour personne et qu'on a dû revendre aux Mumpsey pour trois fois rin.

Il bondit et se mit à danser la gigue en chantant un couplet, sans me quitter des yeux un seul instant :

La loi enferme derrière les barreaux
Qui vole des oies sur les communaux,
Mais elle laisse courir l'homme sans foi ni loi
Qui vole les communaux aux pauvres oies !

Les enfants sautèrent sur leurs pieds et se mirent à danser autour de lui, reprenant des bribes du quatrain et les scandant au rythme de leurs battements de mains tandis que Sukey s'efforçait en vain de les faire taire.

Haletant, Harry vint se planter près de moi, me dominant de toute sa hauteur :

– Mais le pis, encore, c'est qu'i' travaillent même pas la terre qu'ils ont volée, ils y mettent des bêtes à paître. À cause de quoi la plupart des hommes d'icitte se sont retrouvés à charge de la paroisse, et le prix du travail a baissé partout. J'ai perdu ma place de valet de ferme, là-bas, du côté de Mere Bassett, vu que maître Treadgold, le fermier, i' pouvait louer un journalier de la paroisse pour bien moins cher que ce qu'i' me payait. Et présentement, j' suis journalier, moi aussi. J' suis vendu aux enchères pour la journée, pour le prix que le contremaître peut empocher, comme si j'étais pas plus qu'un esclave nègre. Et tout ça pour les quatre ou cinq shillings que la paroisse elle me donne par semaine.

– Mais c'est terrible ! m'indignai-je. Les fermiers ne devraient pas se montrer si cupides !

Il ricana, furieux :

– Et pourquoi qu'y s'arrangeraient point pour que les autres payeurs de taxe i' paient les salaires de leurs gens à leur place ! Moi, si j'étais que d'eux, j'en ferais autant ! Prends ce que tu peux, et au diable les autres, v'là ce que j'en dis !

Il marqua une pause et esquissa un sourire narquois :

– Et je fais pas que le dire, je le fais, poursuivit-il. Quoique ce soye un peu plus dangereux de nos jours : suffit de braconner un lapin au collet sur les communaux pour être déporté à vie.

– Non, ce n'est pas possible ! me récriai-je.

Le sourire de Harry s'effaça et il me demanda, d'une voix où grondait la colère :

– Alors, vous ne savez point, pour notre père ?

– Non.

– Il s'a fait prendre dans un piège à homme, sur les terres des Mumpsey. L'est resté là une nuit et le plus clair du jour suivant, la jambe à moitié broyée par la mâchoire de fer.

Pareil qu'un renard ou une taupe. L'a perdu sa jambe et, par-dessus le marché, i' s'est fait jeter en prison et déporter à Norfolk Island où qu'il est mort de la fièvre des geôles.

Voilà qui éclaircissait un certain nombre de mystères ! Je me tournai vers Sukey, consterné :

– Je comprends ! C'est donc pour cela que cette fameuse lettre a mis si longtemps à vous parvenir !

Elle fit oui de la tête.

– Tout cela est vraiment trop injuste ! protestai-je.

– Maître Johnnie me disait tout à l'heure comme quoi on pourrait ordonner les choses pour le bien de tous, expliqua Sukey.

Harry eut un ricanement dédaigneux :

– Taratata ! Voyons, les riches, i' prennent ce qu'i' peuvent, et les pauvres aussi. Les Mumpsey, i' m' volent ce qu'i' peuvent, et j' leur vole ce que je peux. Sauf qu'eux, i' peuvent acheter la loi pour les aider – mais c'est la seule différence.

– Maître Johnnie dit qu' chacun pourrait aider les autres, et que comme ça, tout le monde s'en trouverait mieux.

– Il causerait pas comme ça, s'il était riche !

– Eh ben, justement, s'écria Sukey avant que je puisse l'en empêcher, ça se pourrait ben que maître Johnnie il possède les terres des Mumpsey, un jour ! C'est rapport à ça qu'il voulait copie du document.

– Quoi ! s'exclama Harry, se retournant vers moi pour scruter mon visage. Et comment que ça se pourrait ?

Je marquai un temps d'hésitation avant de répondre :

– Il semble que le père de ma mère ait eu droit de propriété du domaine et qu'on l'en ait spolié.

Harry me regarda longuement et siffla doucement entre ses dents :

– Eh ben, eh ben, dites donc !

Il prit le parchemin tout en parlant :

– Si ce document est bel et ben à même de vous rapporter toute la propriété, j' suis d'avis qu' vous nous en devez une part, à Sukey et moi.

– J'ai du reste promis de vous rendre au centuple l'argent que vous m'avez prêté, confirmai-je.

– Au centuple ! s'exclama-t-il. C'est une part du domaine qu'i' faudrait nous donner. Disons... un quart.

– Mais c'est point juste, Harry ! protesta Sukey.

– Ben sûr que si. On lui a ben donné plus du quart de tout ce qu'on avait au monde, alors c'est justice qu'il nous rende un quart de ce qu'il possédera.

Puis, s'adressant à moi avec un petit sourire rusé :

– C'est de la spéculation, et les spéculateurs, i' touchent des gains en proportion de l'argent qu'ils ont déboursé, pas vrai ?

– Mais vous imposez vos conditions après la conclusion du marché ! objectai-je.

– Z'auriez quand même pris l'argent si j'avais été là pour le dire ! s'obstina-t-il, incapable d'en démordre.

Finalement j'y consentis, réfléchissant que cette condition aurait au moins le mérite d'inciter Harry à conserver un parchemin qu'autrement il pourrait être tenté de détruire.

– Inscrivez-le au dos du document, insista Harry.

Comme je lui faisais remarquer que je n'avais ni encre ni plume, il racla le mur et en tira du noir de fumée qu'il délaya avec un peu d'eau, puis dénicha une brindille pointue. C'est avec ce matériel de fortune que j'écrivis sous la calligraphie soignée de Mr Advowson :

> Je soussigné, John Mellamphy, promets à Harry Podger et Sukey Podger de leur donner un quart de la succession Huffam si jamais je la recouvre, Dieu m'en est témoin.

Enfin, je signai le parchemin que Sukey enveloppa et replaça dans sa cachette. Harry sortit peu après.

Il n'était pas encore rentré, le lendemain matin, quand je pris congé de Sukey. J'empruntai le même itinéraire que l'autre fois, mais je voyageai plus rapidement car j'étais reposé et poussé par un sentiment d'urgence.

Je fis une découverte – du moins le croyais-je – en marchant dans les rues de Hertford quelques jours plus tard. Sur la fin d'une soirée, passant devant l'auberge du *Dragon Bleu* où le coche avait fait halte, deux ans auparavant, quand nous avions quitté Melthorpe ma mère et moi, j'avisai un nom sur la pancarte d'un magasin, de l'autre côté de la rue : « Henry Mellamphy, Épicier. » Je me rappelai que ma mère m'avait raconté qu'elle avait choisi ce patronyme au hasard et, tout en partant à la recherche d'un hangar tranquille pour la nuit, je me souvins du trouble qu'elle avait manifesté en s'apercevant que nous arrivions à Hertford. Notre nom d'emprunt venait-il d'ici ?

En me levant à l'aube le lendemain, j'aperçus comme une traînée de nuages qui obscurcissait le firmament en direction du sud. Pourtant il faisait beau. Pendant ma longue journée de marche, je gardai les yeux fixés sur le lointain d'où s'élevait cette fumée, telle une énorme montagne couleur de poussière, sombre à la base et au centre mais grise et bleutée sur les bords, où elle s'estompait insensiblement pour se fondre dans le ciel limpide et infini. Avec le crépuscule, le contour des collines s'illumina de lueurs surnaturelles tandis que la grande Babylone, scintillant de tous les feux de ses becs de gaz, embrasait l'horizon de part en part. Après une autre nuit dans une grange, je repris la route d'un pas dénué d'entrain. Le temps se faisait de plus en plus maussade à mesure que j'avançai. Tard dans l'après midi, j'atteignis le sommet de

Highgate Hill d'où je contemplai un océan de brume sale, percé çà et là de petites taches de lumière. Quelque part dans cette immensité se trouvait ma mère. Mais comment la retrouver au milieu de ce grand désert surpeuplé ?

Le lendemain 11 novembre, une heure après avoir franchi la voûte d'Archway, je passai le péage de New Road juste avant midi, avec un peu plus de onze pence et demi en poche.

Je décidai de me rendre en premier chez Mrs Fortisquince, dans l'espoir que ma mère pouvait y être encore. Mais j'irais sans me faire connaître d'elle, pour ne pas risquer de perdre l'avantage que j'avais sur Mr Steplight (alias Sancious) et elle, à savoir qu'ils ignoraient où je me trouvais, et plus encore que j'étais à Londres. Je rentrai chez un papetier où je me séparai d'un penny en échange d'une feuille de papier, d'une plume et d'un peu d'encre. Ayant eu le temps de longuement mûrir ma lettre en pensée, j'écrivis avec célérité :

> À Mrs Mellamphy :
>
> Je suis à Londres. Si vous le pouvez, rendez-vous aussi vite que possible au cimetière où nous nous sommes reposés en quittant Orchard Street, ou envoyez-y quelqu'un. Sukey vous présente ses salutations respectueuses.

Omettant la signature à dessein, je pliai la lettre et me rendis à Golden Square, où je glissai ma missive sous la porte de Mrs Fortisquince. Puis je m'en fus attendre dans le petit cimetière, sous la pluie froide. J'y passai toute la soirée et la nuit, ainsi que la journée suivante, jusqu'à avoir la certitude que ma mère n'avait pu recevoir mon message. Et puis, avec force précautions pour le cas où quelqu'un aurait guetté mon arrivée, je retournai visiter le meublé que nous avions habité au tout début de notre séjour à Londres. Mrs Marrables et les autres gens de la maison n'avaient pas de nouvelles de ma mère, et Mrs Philliber me répondit la même chose à Maddox Street, où nous avions également séjourné. De plus en plus inquiet, je retournai à Westminster, où la chambre que nous avions partagée avec Miss Quilliam à Orchard Street était désormais occupée par des inconnus ignorant tout de nous. En désespoir de cause, je traversai le cœur de la métropole en courant presque tout du long, pour venir frapper à la porte de la cuisine de Mrs Malatratt. La petite bonne qui vint m'ouvrir esquissa un mouvement de recul en me reconnaissant et, comme je lui demandai des nouvelles de Miss Quilliam, elle m'apprit que celle-ci n'était pas revenue depuis le jour où elle lui avait transmis ma lettre.

– Non, ajouta-t-elle, je l'ai plus revue depuis le jour où ses robes sont arrivées.

– C'était donc cela qu'il y avait dans ces malles ?

– Oui, soupira-t-elle. Des belles, en soie, comme vous en avez jamais vu de pareilles.

Mais comment se les était-elle procurées, me demandai-je en partant.

J'avais fait le tour de tous les endroits auxquels je pouvais songer – sauf un, où je répugnais à me rendre. Je finis malgré tout par aller à Gough Square, au numéro 5. Par bonheur, je me souvenais de l'adresse.

Je sonnai à la porte de service qui fut ouverte par une jeune bonne.

– Je suis à la recherche d'une dame, déclarai-je.

– Qu'est-ce que vous lui voulez ?

– C'est ma mère. J'arrive juste de la campagne, mon retour n'était pas prévu et elle ne sait pas que je suis là.

La fille me dévisagea, curieuse :

– C'est une des pensionnaires en robe ?

Ne comprenant pas ce qu'elle voulait dire, je répondis :

– Je crois qu'elle loge ici. Elle s'appelle Mrs Mellamphy.

– Les noms veulent pas dire grand-chose, ici, répliqua-t-elle. Et il n'y a que des «Miss» ici. Mais il n'y a personne de ce nom-là chez nous. Vous feriez mieux de la décrire.

Je m'exécutai, mais la fille hocha la tête:

– Ça ne ressemble à aucune des dames qui seraient en âge d'être votre maman. Ce serait peut-être un peu du genre de Miss Quilliam, mais elle est bien trop jeune.

– Miss Quilliam! m'exclamai-je. Elle est là?

La fille me dévisagea, l'air dubitatif:

– Vous la connaissez vraiment? Parce que… j'aurais des ennuis terribles si que vous mentiez.

– Oui, je la connais. Et il se peut qu'elle sache où se trouve ma mère. Laissez-moi la voir, s'il vous plaît!

– Qu'est-ce qui me prouve que vous la connaissez vraiment?

– Elle se prénomme bien Helen, n'est-ce pas?

La petite bonne eut un hochement de tête:

– J'en sais rien, mais je vous crois. Cela dit, je peux pas vous laisser monter.

– Alors, s'il vous plaît, demandez-lui de descendre. Je suis sûre qu'elle voudra bien, si vous lui dites que John Mellamphy a désespérément besoin de lui parler.

– Mrs Purviance n'aime guère que ces dames viennent ici, je perdrais ma place si elle venait à l'apprendre. Tant pis, je vais risquer le coup. Promettez-moi que vous prendrez rien pendant que j' suis pas là?

Je lui donnai ma parole et, me lançant un dernier regard par-dessus son épaule, elle s'engagea dans l'escalier, prouvant un courage et une générosité que nombre de soldats eussent pu lui envier.

Elle redescendit un bon moment plus tard, suivie de Miss Quilliam, qui s'immobilisa au pied des marches en m'apercevant et s'adressa à la bonne sans détacher ses yeux de moi :

– Betsy, tu as été très bonne. Serais-tu assez gentille pour nous laisser un instant ?

Betsy partit dans l'arrière-cuisine où on l'entendit s'affairer à ses casseroles.

Malgré la pénombre qui régnait dans la cuisine, je n'eus pas de mal à voir que Miss Quilliam semblait jouir d'un tout autre train de vie que lors de notre dernière rencontre. Soudain, tout s'expliqua quand elle m'apparut dans cette somptueuse robe de soie à parements de dentelle : je comprenais enfin l'horrible vérité. Une vérité que je subodorais déjà depuis un certain temps, à vrai dire, et que je ne pouvais plus me dissimuler à moi-même.

La demi-obscurité m'empêcha de me rendre compte si la rougeur de ses joues était le fait du fard ou de la honte.

Nous n'arrivions à parler ni l'un ni l'autre.

Ce fut elle qui finit par déclarer d'un ton digne :

– J'espère que vous n'allez pas me reprocher de vous avoir trahis, votre mère et vous, le jour où je suis allée trouver Sir Perceval à votre demande. C'est au moins là une faute dont je suis innocente.

– Je le sais.

Elle me regarda, l'air étonné.

– J'ai récemment appris un détail qui fait apparaître l'incident sous un tout autre jour. Je vous en toucherai mot dans un instant, mais dites-moi d'abord, je vous prie, si vous avez des nouvelles de ma mère. J'ai perdu sa trace.

Elle me considéra un long instant :

– Je crains que ce ne soient pas de très bonnes nouvelles.

– Vous ne voulez pas dire… ?

– Ah non ! Elle est en vie et en bonne santé – enfin, assez bonne. Laissez-moi vous raconter ce qui s'est passé. Je suis allée chez Sir Perceval et je lui ai parlé, ainsi qu'à Lady Mompesson. Ils ont réagi comme votre mère l'avait prévu. Ils ont fait mander leur homme d'affaires, Mr Barbellion, pour m'accompagner chez nous en apportant une forte somme d'argent en billets de banque, destinée à vous acheter le document. J'ai alors constaté que vous aviez fui tous les deux – j'ignorais tout de vos raisons, souvenez-vous –, et Mr Barbellion s'est mis en rage, m'accusant de l'avoir fait venir pour rien. Je me dois de vous préciser qu'il ne m'a pas donné un penny. J'étais dans le besoin... J'ai vendu les rares objets qui restaient dans la chambre ; il y en avait qui appartenaient à votre mère et je vous dois votre part là-dessus, mais je suis incapable de vous rembourser actuellement car je n'ai pas le sou, malgré les splendides atours où vous me voyez. C'est ainsi que j'ai décidé de venir ici et d'accepter l'hospitalité de Mrs Purviance.

J'eus l'impression qu'un frémissement la parcourait.

– C'est préférable au sort qui m'attendait. Au moins, je suis en sûreté.

– Et qu'en est-il de ma mère ?

– Je l'ai aperçue brièvement, il y a deux semaines.

– Où donc ?

Elle me fixa d'un regard grave :

– Ici même.

Je me détournai pour cacher ma peine.

– Ne la jugez pas durement ! poursuivit Miss Quilliam. Elle est venue voir Mrs Purviance pour lui demander son aide. C'est là qu'elle m'a rencontrée dans le hall et m'a reproché de l'avoir trahie. J'étais étonnée de l'entendre parler ainsi, mais j'ai compris que mieux valait ne pas insister en essayant de me défendre. Je crois qu'elle est venue ici en toute innocence, persuadée que Mrs Purviance agissait par pure charité en lui offrant le gîte et le couvert. Mrs Purviance m'a raconté que votre mère s'était retrouvée sans rien après avoir été trompée et abusée par des personnes qu'elle prenait pour ses amis.

– Où se trouve-t-elle à présent ?

– Mrs Purviance a une autre maison, pas loin. Votre mère y serait toujours, d'après ce que je sais.

– Donnez-moi l'adresse, je vous prie.

– N° 12, East Harding Street.

Voyant que j'étais pressé de partir, elle ajouta en guise d'adieu :

– Je suis contente de savoir que votre mère apprendra que je ne l'ai pas trahie. Si seulement j'avais de l'argent à vous donner ! Mais je suis démunie ; je ne meurs pas de faim, c'est tout. Si j'avais de quoi, je partirais sans délai – Mrs Purviance le sait bien !

– Vous reverrai-je ici ? demandai-je.

– Je ferai mon possible pour vous aider, votre mère et vous, mais je crains que je ne puisse bientôt plus rien. Mrs Purviance veut m'envoyer à Paris et je suis entièrement à sa merci, à présent.

Nous nous serrâmes la main et je repartis. Je fis diligence pour trouver East Harding Street où je me postai en face du numéro 12. Au bout d'un moment, une jeune femme bien habillée et qui avait l'air d'une dame sortit de la maison, accompagné d'une bonne. Elles remontèrent la rue, mais la domestique resta à la traîne, de sorte que les deux femmes n'avaient plus du tout l'air d'être ensemble quand la dame tourna le coin. Une demi-heure plus tard, une autre jeune femme arriva à la maison en compagnie d'un monsieur. Ils sonnèrent et furent rapidement introduits. La porte resta ouverte un instant, et un homme aux airs de domestique sans livrée, qui semblait les avoir suivis, s'y glissa prestement.

La nuit tombait. Pendant que je continuais à attendre et à guetter, l'allumeur de réverbères avait commencé sa besogne à l'autre bout de la rue. Il se rapprochait lentement, transportant à grand-peine son échelle d'un bec de gaz à l'autre. Une troisième jeune femme arriva alors, elle aussi en compagnie d'un monsieur, et également suivie à distance, par une vieille femme cette fois-ci. Sur ces entrefaites, le compagnon de la deuxième jeune femme ressortit de la maison, et peu après cette dernière repartait elle aussi avec le valet sur ses talons. J'en avais assez vu !

C'est alors qu'un autre couple descendit la rue et s'apprêta à gravir les marches du perron. Gêné par le manque de lumière et la distance, je crus cependant reconnaître la silhouette de la femme, malgré des vêtements que je ne lui avais jamais vus. Traversant la rue en toute hâte, je m'avançai jusqu'au pied du perron tandis que le monsieur sonnait. En robe de soie sous son manteau, et coiffée d'un bonnet seyant, la femme avait à la main une élégante ombrelle et un réticule en résille d'acier. Ils me tournaient le dos, attendant qu'on leur ouvrît. Le monsieur se pencha tout près de la dame et lui murmura quelques mots qui la firent glousser comme une coquette. Quel sinistre rire, dans sa fausse gaieté ! Sinistre, surtout, parce qu'il résonnait à mes oreilles.

– Maman, dis-je seulement.

Ah ! le terrible visage que celui qui se retourna vers moi, avec ses yeux d'une brillance anormale, ses sourcils peints, ses pommettes maladroitement passées au rouge ! Je discernai les joues creuses et les yeux fiévreux sous le fard et la poudre.

Elle recula de quelques pas, se couvrant à demi la figure :

– Johnnie ! s'exclama-t-elle.

À la lumière du réverbère, je la vis tout à la fois comme une parfaite inconnue, cette femme vêtue et maquillée de si tapageuse manière, et comme si je la découvrais enfin vraiment pour la première fois.

– Mais que fais-tu à Londres ? s'écria-t-elle.

Je crois que la seule chose qui la frappa, ce fut ma présence : moi ici même, alors que j'aurais dû me trouver à des centaines de milles de la capitale ! Elle resta aveugle à la pauvreté de ma mise.

– Laisse-moi donc, fit-elle. Repars en lieu sûr.

Je fis non de la tête, incapable d'articuler une parole.

– Mais laisse-moi, gémit-elle. Je ne suis pas ta mère, à présent.

– Que se passe-t-il donc ? interrogea le monsieur. Qui est ce garçon ?

La porte s'ouvrit, laissant entrevoir une bonne d'un certain âge à l'air revêche.

– Entrez donc, lança-t-elle, plus sur le ton d'un ordre que d'une invitation.

Le monsieur hésita et s'apprêta à lui obéir.

– Retourne à l'école, fit ma mère, tournant les talons pour le suivre.

Je m'avançai et lui pris le bras.

– Venez avec moi, vous n'avez pas besoin d'aller là-dedans ! l'exhortai-je.

– Mais, à la fin, que signifie toute cette comédie ? fulmina le monsieur, hors de lui.

– Allez, rentrez, miss Marigold, ordonna la bonne.

Ma mère hésita, me regardant d'un air timide et honteux.

– Tu vois ce que je suis devenue ?

Elle avait du mal à respirer.

– Maman chérie ! ... adorée, partons très loin d'ici !

– Vous allez rentrer, à la fin ! s'énervait la bonne.

– Non, trancha ma mère.

– Je ne comprends pas, protesta le monsieur, haussant le ton avec colère, si c'est une ruse pour me...

Il fut interrompu par Mrs Purviance qui apparut tout à coup derrière la bonne :

– Que se passe-t-il donc ici, Annie ? Je ne tolérerai pas de scène dans la rue !

– Elle n' veut pas rentrer ! déclara la bonne.

– Je vois... fit Mrs Purviance.

Son regard s'arrêta sur moi et je crois qu'elle saisit aussitôt le sens de la scène qui se jouait devant elle. Surpris, je la vis alors diriger son attention de l'autre côté de la rue, et elle appela doucement :

– Edward !

Aussitôt accourut un homme de haute taille, sans doute tapi à quelques coudées de là. Il grimpa vivement les marches du perron derrière nous.

Le voyant arriver, le monsieur tourna les talons et reprit le perron dans l'autre sens :

– Il est largement temps que je m'en aille ! grommela-t-il.

– Attendez ! Je vous en prie, cher monsieur !...

Mrs Purviance eut beau appeler, l'homme pressa le pas et disparut aussi vite qu'il le put.

– Edward, fais-la rentrer et renvoie le gamin, souffla-t-elle à mi-voix.

– Non ! Je ne veux plus jamais remettre les pieds ici ! protesta ma mère. Viens, Johnnie !

– Courez, maman ! lui criai-je.

Elle s'y apprêtait, quand Edward lui barra le chemin du perron en ouvrant les bras.

– Pas avec ces vêtements-là ! s'emporta Mrs Purviance.

Là-dessus, la bonne et elle se saisirent de ma mère. Je me précipitai pour la défendre mais Edward m'attrapa rudement par-derrière et me fit très mal aux bras.

– Amenez le gamin à l'intérieur ! enjoignit Mrs Purviance. Il va alerter tout le quartier. Déjà que nous avons perdu un visiteur !

– Au secours ! cria ma mère.

– Fais-la donc taire ! lâcha Mrs Purviance entre ses dents.

La bonne tenta de plaquer la main sur la bouche de ma mère.

– Ne vous débattez pas, maman ! Ils n'en veulent qu'à vos habits.

À vrai dire je ne savais pas ce qu'ils voulaient, mais je redoutais surtout que, acharnés à lui imposer silence, ils ne lui fissent du mal. On nous traîna dans l'entrée, et la porte claqua dans notre dos. Ma mère gémissait et sanglotait, toujours maintenue de force par les deux femmes. Mrs Purviance la gifla alors violemment, sous mes yeux horrifiés. Je me débattais sans pouvoir me libérer de la poigne d'Edward, empressé à me bloquer la mâchoire de la main pour m'empêcher de crier.

– Là-dedans, et vite !

Mrs Purviance indiquait à son monde une pièce qui donnait sur l'entrée ; on nous y poussa, tandis qu'elle allumait une lampe à gaz et refermait la porte.

– Relâchez-les tous les deux !

Les autres s'exécutèrent.

– Voyons, miss Marigold, reprit-elle, je n'arrive pas à croire que vous veuillez vraiment quitter la sécurité de cette maison. Vous savez ce qui vous attend, non ? Vous vous rappelez quelle était votre situation quand nous nous sommes rencontrées ?

Ma mère sanglotait.

– Eh bien, vous en souvenez-vous ?

Miss Marigold fit oui de la tête.

– Vous savez ce qui va vous arriver si vous quittez les Rules[1] et ma protection, non ? continua la maîtresse des lieux. Qui

1. Quartier des prisons londoniennes de la Fleet et de King's Bench, où les détenus pouvaient être autorisés à habiter sous certaines conditions.

plus est, je me suis portée garante que vous ne tenteriez pas de fuir, et j'ai payé le pourcentage de vos dettes requis par la loi. L'avez-vous donc oublié ? Soixante-dix livres en tout, avec les frais d'avocat et la somme due au gouverneur de la prison. Comment proposez-vous de me rembourser ? Vous ne vous imaginez tout de même pas que le peu que vous avez gagné suffira à couvrir les dépenses que vous m'avez occasionnées, non ? Rien que pour le gîte et le couvert, il y en a déjà pour vingt livres de plus ! Cela dit, je suis de nature généreuse : vous êtes libre de vous en aller, si c'est ainsi que vous entendez me remercier des bontés que j'ai eues pour vous quand vous étiez au plus profond de la détresse et du désespoir. Mais si vous partez, ce sera nue et crue, dans l'état où vous êtes arrivée. Est-ce bien clair ?

– Oui, acquiesça ma mère dans un murmure. Je ne veux rien garder qui vienne de cette maison. Si seulement je n'y étais jamais entrée ! Vous m'avez abusée, Mrs Purviance !

– Vous seriez morte, répliqua celle-ci avec dédain. Edward, reste ici avec le gamin. Annie, monte avec elle et assure-toi qu'elle n'emporte rien. S'il y a de l'argent, prends-le ; c'est moi qui le lui ai donné. Bon, il faut que j'aille rassurer les autres visiteurs, au cas où ils auraient entendu quelque chose.

Les trois femmes sortirent, me laissant avec Edward qui m'observait attentivement. S'asseyant près de la porte, il tira un journal de sa poche et l'approcha de la lumière.

Levant les yeux au bout d'un moment, il déclara, souriant d'un air narquois :

– Surtout, va pas t'imaginer qu'on lui a fait passer des vessies pour des lanternes ! C'était pas une novice, crois-moi !

Le regard fixe, je sentais mon cœur qui battait la chamade.

L'homme se passa la langue sur les lèvres et ajouta avec un large sourire :

– Et j' suis pas né d'hier !

Je me jetai sur lui avec l'intention de le frapper mais il m'attrapa le poignet et me tordit méchamment le bras derrière le dos. Il accentua sa torsion et ne lâcha prise que quand la douleur devint insupportable. Je l'invectivais encore en battant en retraite. Fou de rage et malheureux, je finis par me jeter par terre, bourrant de coups de poings le tapis.

Ma mère ne tarda pas à revenir avec Annie. Elle portait maintenant les oripeaux d'une misérable bonne, et ces hardes contrastaient de manière grotesque avec le rouge et la poudre qu'elle avait encore sur le visage.

Mrs Purviance nous rejoignait :

– Elle a bien tout laissé ? demanda-t-elle à Annie.

– Oui, m'dame.

– Elle n'a plus rien, maintenant ?

– Juste un carnet qu'est à elle. Mais y a point d'argent dedans.

Mrs Purviance se tourna vers ma mère :

– Montrez-moi ça !

– Non ! C'est à moi, se gendarma-t-elle.

Mrs Purviance, en guise de semonce, jeta un regard en direction d'Edward et répéta :

– Montrez-le-moi !

Ma mère sortit de sa robe le carnet qui m'était si familier, elle en défit le fermoir et laissa les pages s'ouvrir pour montrer qu'il n'y avait rien de caché. Mais elle semblait retenir quelque chose en place avec son pouce.

– Qu'est-ce que c'est que ça ? l'interrogea Mrs Purviance.

– Rien qu'une lettre et une carte.

Mrs Purviance les examina soigneusement.

– Fort bien, conclut-elle.

– Pouvons-nous partir, à présent ? demandai-je, voyant qu'Annie et Edward gardaient toujours la porte.

– Dans un instant, répondit Mrs Purviance d'un ton d'impatience.

Elle s'adressa alors à ma mère :

– Je croyais ne plus avoir grand-chose à apprendre sur la bassesse du cœur humain, mais vous m'avez donné une belle leçon d'ingratitude, miss Marigold. Je vous ai nourrie et habillée lorsque vous êtes venue me trouver dans un état de misère noire. Plus encore, je vous ai consacré du temps et des attentions. Je vous ai présentée à de la compagnie et donné le moyen d'améliorer votre sort. Et voilà comment vous me remerciez !

Ma mère, debout, pâle et les yeux écarquillés, subit sans broncher ce réquisitoire.

– Venez ! fis-je en la prenant par la main.

– Quittez ce canton, et vous tombez sous le coup de la loi ! avertit Mrs Purviance.

Sur un signe de leur maîtresse, les domestiques ouvrirent la porte de la chambre, nous firent traverser le hall et nous laissèrent regagner la rue.

IV

Il faisait désormais nuit noire. En dépit de la persistance du crachin, le vent paraissait forcir. Au pied des marches, ma mère tourna vers moi un pauvre petit visage craintif. Je la pris dans mes bras et la serrai très fort, me barbouillant la bouche de son fard à joues en l'embrassant. Puis nous nous regardâmes. Malgré sa pâleur et la maigreur de son corps, le teint vif de ses joues, qui perçait sous le maquillage, la faisait paraître en bonne santé.

L'avoir ainsi sous ma protection me fit alors éprouver une étrange sensation de puissance.

– Je savais qu'au moins tu étais en sûreté, me dit-elle. Je n'ai pas eu le courage de me laisser dépérir. Je dois maintenant tout te dire...

– Plus tard, l'interrompis-je. Pour le moment, il nous faut trouver un abri.

– Je n'ai pas d'argent, me répondit-elle.

– Il m'en reste un tout petit peu, dis-je.

En fait, il ne s'agissait que d'une pièce de cinq pence à laquelle s'ajoutait un demi-penny.

Nous nous mîmes en route, remontant la rue sans but bien précis. Au bout de quelques toises, elle s'arrêta de marcher pour me dévisager avec attention.

– Pourquoi es-tu vêtu de la sorte ? Mon Dieu, mais tu es en haillons ! Que t'est-il arrivé ? demanda-t-elle, d'une voix affolée.

Insistant, elle répéta :

– Mais que t'est-il arrivé ? Et pourquoi es-tu ici, à Londres ?

Je sus alors qu'il me faudrait bien, tôt ou tard, entrer dans des détails qui lui meurtriraient le cœur.

– La première chose à faire est de trouver un abri, coupai-je, la nuit ne va pas tarder.

– Non, Johnnie ! s'écria-t-elle. Je veux savoir ce qu'il t'est arrivé ! Regarde-toi. Tu es d'une maigreur !

– Nous en parlerons plus tard, répondis-je.

J'avais eu le temps de réfléchir à notre situation, et je m'empressai d'ajouter :

– Je sais, nous allons rendre visite à Sir Perceval. Rappelez-vous qu'il est de son intérêt que nous restions sains et saufs.

C'était en effet la stricte vérité puisque notre ennemi s'était procuré le codicille. Toutefois il importait qu'elle ne l'apprît point. Elle me fixait avec une expression affreuse à voir. C'est alors que je remarquai l'assemblage hétérogène de couleurs qui recouvrait ses joues et que j'avais tout d'abord pris pour du maquillage.

– Sir Perceval... répéta-t-elle.

– Pourquoi pas, maman ? demandai-je.

– Aller chez Sir Perceval ? Ah ça, non ! Jamais ! s'écria-t-elle avec véhémence. C'est une maison dont on m'a chassée !

– Très bien, dis-je, sans parvenir à dissimuler l'étonnement où me plongeait cette nouvelle.

Tous mes soupçons sur les Mompesson, et sur le fait que Mr Steplight (ou plutôt Sancious) était arrivé chez Mrs Fortisquince dans leur voiture, revinrent à mon esprit avec force. Cependant il m'était impossible d'assembler tous ces éléments avec cohérence, car il était bien évident que les Mompesson ne pouvaient que souhaiter nous savoir vivants. Il était possible qu'elle fît erreur.

– Mais il nous faut bien loger quelque part, repris-je.

– Où ? demanda-t-elle.

– Où on le pourra, dis-je. À l'ouvroir, si on veut bien nous y accepter.

– Oh non ! s'écria-t-elle, s'arrêtant soudain. Pas ça, Johnnie, ils nous sépareraient.

– Mais nous n'avons pas le choix ! m'écriai-je.

– Il reste la rivière, conclut-elle avec douceur.

J'avais en effet entendu parler des arches situées sous l'Adelphi comme d'un ultime recours pour des gens dans notre extrémité.

– Mais maman, l'ouvroir est quand même mille fois préférable aux Arches. Christchurch se trouve à Spitalfields, et ce n'est pas bien loin d'ici.

Un jour elle m'avait avoué – je m'en souvenais – qu'il s'agissait là de la paroisse dans laquelle elle s'était mariée.

Elle me regarda avec une expression de terreur.

– Non ! s'écria-t-elle, ce serait trop périlleux.

– Et pourquoi ? demandai-je.

Je me rappelai cependant combien elle avait eu l'air effrayé à la perspective de se rendre à l'ouvroir lorsque Miss Quilliam l'avait évoquée.

– Ne me demande pas une chose pareille ! se récria-t-elle.

Elle s'éloigna à grands pas, droit devant elle, puis trébucha et faillit presque tomber.

– Mais vous êtes souffrante ! m'exclamai-je. Voilà une raison de plus pour que nous allions chercher de l'aide immédiatement.

– À une condition, fit-elle. C'est que tu me racontes ce qui t'est arrivé car, dès que nous serons là-bas, on nous séparera.

Je n'eus pas le courage de lui opposer un refus. Et, tout en continuant de marcher, je lui relatai mon séjour à l'école et comment je m'en étais évadé. Ensuite, je passai à une révélation que je regretterai toute ma vie, mais j'étais alors trop las pour en mesurer pleinement les conséquences et je ne pensais en cet instant qu'à la détromper sur Miss Quilliam, qui n'était pas allée chez notre ennemi : j'avais appris à Melthorpe que Mr Barbellion était l'homme de loi de Sir Perceval.

– Voyez-vous, dis-je, elle s'est bel et bien rendue chez Sir Perceval comme elle en avait pris l'engagement. Et Mr Barbellion est revenu en sa compagnie pour nous acheter le codicille.

L'esprit de ma mère, dont les facultés étaient décuplées par quelque excitation fiévreuse, s'emporta.

– Ce qui signifie, s'écria-t-elle à mon grand effroi, que Mr Steplight œuvre pour le compte de notre ennemi ! Et cela explique aussi pourquoi on m'a traitée de la sorte ! C'est Mr Pentecost qui avait raison.

– Qu'entendez-vous par là ? demandai-je. Qui a fait quoi et de quelle manière avez-vous été traitée ? Et qu'est-ce que Mr Pentecost a bien pu vous dire ? Je croyais que vous ne lui adressiez jamais la parole ?

Mais elle ne parut pas entendre ma remarque, car une nouvelle pensée horrible venait de lui traverser l'esprit.

– C'est Silas qui a le codicille, dit-elle en se tournant vers moi, les yeux brillant d'un éclat particulier. Voilà ce que voulait dire Mr Assinder.

– Parlez-moi de ce Silas. Qui est-ce ? Et qui est Mr Assinder ? demandai-je, tout en ayant le sentiment d'avoir entendu prononcer ce nom peu de temps auparavant.

Elle ne m'écoutait plus.

– Nous sommes en grand danger. Il nous tuera. Ce que craignait mon père prend corps. Et c'est moi qui l'ai armé contre nous.

– Vous voulez parler de Silas Clothier ? lui demandai-je, me souvenant que cet individu était l'un des bénéficiaires du codicille.

Elle ne tint aucun compte de mes questions. Cependant je brûlais du désir de l'interroger plus avant sur Peter Clothier, ce père que je pensais avoir découvert sur le registre des baptêmes.

– Quelle sotte j'ai été ! s'exclama-t-elle.

Et soudain elle se mit à jeter des coups d'œil par-dessus son épaule, scrutant la rue que nous venions de parcourir.

– On nous suit ! s'écria-t-elle.

Elle accéléra le pas et, si faible qu'elle fût, j'eus toutes les peines du monde à marcher du même train.

– Personne ne nous suit, affirmai-je.

– Mais si, mais si. Ils savent bien que j'étais là. Silas et ses agents. Et Mrs Purviance est du nombre.

– Maman, dis-je, Mrs Purviance n'est acoquinée à personne. Et certes pas à nos ennemis. Souvenez-vous comment nous avons été amenés à faire sa connaissance : par l'entremise de Miss Quilliam.

À l'évocation de ce nom, ma mère se mit à frissonner.

– C'est elle qui nous a trahis !

– Non, certainement pas, protestai-je. Tout cela est très clair.

– Quelle erreur de jugement tu commets ! s'emporta-t-elle. Je l'ai revue chez Mrs Purviance. Elle était alors somptueusement vêtue. Avec l'argent de notre ennemi.

Je me rendis compte que ses dispositions rendaient vaine toute tentative destinée à la raisonner. Et cependant j'en venais à me demander qui de nous deux avait raison. Mrs Purviance et Miss Quilliam faisaient-elles ou non partie de ce qui apparaissait comme un vaste complot ourdi pour notre malheur ? Après tout, Bissett, Mr Sancious – ou Steplight –, Mrs Fortisquince et, bien que tout à fait à son insu, même Stephen Maliphant, tous finissaient, d'une manière ou d'une autre, impliqués dans une sorte de manœuvre dont l'origine et le but m'étaient encore inconnus.

– Nous devons leur échapper ! s'écria ma mère, qui se mit à courir.

Incapable de rien faire d'autre, à mon tour je courus à son côté, et elle me saisit la main. Comme si elle savait où elle allait, elle quitta brusquement la rue et s'engagea dans une venelle obscure. L'absence de pavage et l'humidité qui recouvrait les cailloux rendaient notre course plus difficile encore.

– Soyons prudents, dis-je, ces lieux présentent d'autres dangers.

Elle me pressait la main à me faire mal.

– Rien ni personne n'est plus dangereux que notre ennemi, eut-elle pour seule réponse.

Nous avions presque atteint l'issue de la sombre venelle. Était-ce la fatigue ou une simple inadvertance, toujours est-il que ma mère, trébuchant, alla tomber sur les cailloux humides et perdit le soutien de ma main.

Je l'aidai à se remettre debout et la tins tout contre moi.

C'est alors que je remarquai que j'étais presque aussi grand qu'elle.

– Maman, dis-je, aucun danger ne nous guette plus pour l'heure, que la faim et la fatigue. Il nous faut trouver de quoi manger et un abri pour la nuit. Nous avons besoin de nous protéger du froid et de la pluie. Nous devons nous enquérir du chemin à suivre pour gagner l'ouvroir de Spitalfields.

Elle me regarda d'un air affolé.

– Mais ne peux-tu donc pas comprendre que Silas a des espions partout ? Et si nous nous y rendons, il aura tôt fait de nous y retrouver.

Je commençais à comprendre pourquoi elle avait une telle peur de se rendre à l'ouvroir. Ou même, ainsi que Mr Advowson me l'avait dit, de révéler le nom de la paroisse dont elle dépendait légalement. Tout cela ne pouvait que permettre à son ennemi de la retrouver.

– Mais il nous faut bien aller quelque part, dis-je.

– Johnnie, tout ce qui compte pour moi, c'est de te mettre en lieu sûr. Ma vie n'a aucune importance. Désormais, je me déteste.

– Non, non, ne dites pas une chose pareille, répliquai-je vivement.

– Vite, s'écria-t-elle, ou ils vont nous rattraper !

Elle se remit à courir et je m'empressai de la suivre.

Je ne saurais dire combien de temps dura notre course, à monter et descendre les rues les unes après les autres. Ma mère se retournait constamment pour repérer une éventuelle filature et ne semblait prêter à ma présence qu'une attention distraite. J'avais perdu tout sens de l'orientation dans ce labyrinthe de venelles dépourvues de pavage et d'éclairage, de ruelles obscures d'où montait l'odeur fétide des cendres de rebut, et même d'avenues crûment éclairées au gaz et où l'heure tardive n'empêchait pas la foule des badauds de se presser autour des étalages. Nous nous retrouvâmes même à un certain moment au fond d'une impasse et ce n'est qu'en souffrant mille morts que ma mère refit le chemin en sens inverse, craignant à chaque pas de se retrouver prise à un piège.

Finalement elle s'écroula, mais victime cette fois de l'épuisement. Éprouvant un quasi-soulagement, je la remis sur pied pour me rendre compte qu'il m'incombait désormais de la maintenir debout. Au profond changement qui l'avait transformée, je sentis mon estomac se contracter. Comment avais-je pu penser un seul instant qu'elle était en bonne santé ? Seul son excessif amaigrissement, plus marqué encore que lors de notre séparation, m'avait conduit à la trouver rajeunie.

Sa fébrile excitation des deux dernières heures avait cédé la place à une morne stupeur, et il semblait que ses yeux ne parvenaient plus à accommoder correctement. À la lueur d'un réverbère, elle me regardait, bizarre, comme si elle ne parvenait pas franchement à me donner un nom. Soudain, son visage s'éclaira et la joie l'anima.

– Peter, dit-elle, est-ce toi ?

– Non, maman, c'est Johnnie.

Mais elle ne parut pas m'entendre.

– Oh ! Peter, tu as été si longtemps absent ! Tu n'aurais pas dû me laisser seule. C'était cruel de ta part. J'ai été si effrayée, je me suis fait tant de souci…

De sa manche elle s'essuya la bouche, et je vis alors qu'une tache sombre venait de maculer l'étoffe.

– Tu viens de cracher du sang, dis-je.

– Du sang ! s'écria-t-elle avec un mouvement de recul et un regard horrifié. Mais qui a saigné ?

– Cela t'est-il déjà arrivé ? lui demandai-je aussitôt.

Et dans un murmure où perçait un sentiment d'horreur, elle me répondit :

– Est-ce son sang à lui ?

Le vent avait cessé de souffler et la pluie s'était calmée. Il m'apparaissait cependant que les éléments n'avaient observé cette pause que pour mieux se ressaisir avant de livrer un assaut d'une violence redoublée. Il me fallait absolument trouver à ma mère un abri pour son repos. Balayant la rue du regard, j'avisai un ouvrier qui se dirigeait vers nous.

– Pourriez-vous nous dire où nous sommes, s'il vous plaît ? demandai-je en arrivant à sa hauteur.

– Field Lane.

Ce canton de Londres ne m'était pas totalement inconnu…

– N'est-ce pas tout près de Hatton Garden ?

Il acquiesça d'un mouvement de tête.

– Et près de Mitre Court également ? demandai-je.

Car je me rappelai que Mrs Sackbutt, cette aimable femme que nous avions rencontrée lorsque nous étions à la recherche des Digweed, avait mentionné cet endroit comme l'un de ceux qui permettaient d'obtenir un gîte des plus abordables.

L'homme nous regarda d'un air étonné.

– Ouais, si c'est vraiment votre idée d'aller là.

– Nous n'avons pas vraiment le choix, dis-je.

– Peter, fit soudain ma mère, j'ai perdu ton médaillon. Ce n'est pas ma faute.

– Oubliez cela pour le moment, répondis-je.

– Oh ! mais c'est que ça me tracasse. Beaucoup même. Mais je n'ai pas eu le courage d'y retourner.

– Cette dame a l'air fourbue. C'est votre mère ? fit l'inconnu en se tournant vers moi.

Je lui fis oui de la tête.

– Allez jusqu'au bout de cette rue et tournez à droite, vers Holborn, me conseilla-t-il, m'indiquant la direction d'où il venait. À quelques pas de là, vous prendrez Ely Place, et vous verrez ensuite un boyau entre deux maisons sur votre gauche. Mais, bon sang, que pensez-vous trouver là-bas ?

– Un abri contre la pluie, où ma mère pourra s'étendre et se reposer ce soir, pour un penny ou deux. Croyez-vous, monsieur, que ce sera le cas ?

– Ça se peut bien, répondit-il. Personne ne sait vraiment à qui ça appartient, ces maisons-là. Mais ce qui est sûr, c'est qu'on vous fera payer un droit de place.

– J'ai eu peur de ton père, continuait ma mère.

– Pas l'air d'être un commode, le patron, hein ? N'avez pas d'amis ? Pas un ? demanda l'homme en fronçant les sourcils avec compassion.

– Pas un seul, dis-je. Et seulement quelques pence en poche.

– M'est avis qu'une tempête se prépare. Votre mère me paraît suffisamment mal en point pour être admise à l'infirmerie de l'ouvroir pendant quelques jours, si toutefois vous n'êtes pas sans domicile fixe. Vous ne voulez pas l'emmener là-bas ?

– Oh non ! Elle a trop peur.

– Dans ce cas-là, Mitre Court, c'est votre dernier espoir. Mais c'est l'enfer, là-bas. Ne faites confiance à personne. J'ai perdu mon travail et j'ai une famille à faire vivre, mais je vois bien que votre situation est pire que la mienne, ajouta-t-il en plongeant la main dans sa poche.

Il sortit un penny, le regarda un instant. Rapidement il en sortit un autre et me posa les deux pièces dans la main. Puis il s'éloigna à grandes enjambées.

Toute la scène avait échappé à ma mère, qui de la main ne cessait de caresser le col en loques de mon vêtement tout en me regardant avec une intensité déconcertante.

– Peter, pourquoi ton col est-il déchiré ? Et d'où ce sang vient-il ?

Certes, mon vêtement était déchiré, mais il ne portait aucune trace de sang. Avec douceur, je retirai sa main.

– Venez, maman, lui dis-je. C'est par ici.

– Tu ne me quitteras plus jamais, n'est-ce pas, Peter ? fit-elle d'un ton câlin alors que nous nous mettions en route.

– Non, répondis-je. Plus jamais.

– Tu m'emmènes chez toi, maintenant ? Père ne va pas se mettre en colère ? Ta dispute avec lui, c'était juste pour rire, n'est-ce pas ?

– C'est cela, nous allons à la maison, dis-je, persuadé qu'il était préférable de ne point la contredire.

Je repris la marche en suivant les indications qui m'avaient été fournies, sous le vent qui recommençait à souffler. Quittant Ely Place, nous nous engageâmes dans une étroite et bruyante venelle partiellement obstruée par des étais de bois qui, en dépit de leur aspect pourri, semblaient employés à soutenir les maisons contiguës.

– Es-tu certain, Peter, que c'est le bon chemin ? Je ne reconnais rien, fit ma mère d'une voix timide.

– Mais oui, répondis-je. Continuons.

La Rookerie se composait de trois ou quatre bâtiments en ruine qui autrefois avaient fait partie du palais de l'évêque d'Ely. Le reste, à l'exception de l'ancienne chapelle attenante, à l'extrémité nord, avait été démoli pour construire Ely Place. Mais, sur le faîte de l'arche qui y menait, à l'extrémité du passage, on pouvait encore voir la mitre et la clé des armoiries de l'évêque, quelque peu effacées par le temps.

– Ne sommes-nous pas dans l'impasse qui borde Northumberland House ? demanda ma mère, levant les yeux et esquissant un sourire.

Je fis un signe de tête en me rappelant comment elle avait reconnu les rues du canton de Charing Cross où était sise la grande bâtisse. La maison de son père avait dû se situer non loin d'ici.

L'eau débordait les gouttières, dégoulinant le long des

murs, et venait former, au bas-fond de l'impasse, une énorme mare qu'il nous fallut traverser.

Contournant les tas d'immondices qui obstruaient presque totalement le passage, nous pénétrâmes dans l'un des bâtiments. Après un corridor dont la porte était brisée à hauteur des gonds, nous débouchâmes dans une entrée plongée dans l'obscurité. J'essayai la première porte. Un gaillard au visage patibulaire ouvrit presque aussitôt pour nous incendier d'un regard furibond. Par-dessus son épaule, j'aperçus un groupe d'hommes assis autour d'un feu et qui nous fixaient d'un air inquiet.

– Nous sommes en quête d'un abri, lançai-je.

D'un geste brusque de la tête, il nous fit signe de monter à l'étage supérieur et nous claqua la porte au nez.

Je pris la main de ma mère et nous commençâmes à grimper l'escalier, dont les marches étaient dans un état de pourriture et de délabrement si avancé que l'obscurité en rendait l'ascension périlleuse. À l'étage, je heurtai à chaque porte, pour ne recueillir partout que des bordées d'injures. Enfin, au-dessus, un homme mal rasé et qui puait le mauvais gin s'encadra dans l'embrasure :

– Il reste un petit coin pour vous. À côté de la Grosse Lizzie. Un penny par tête et par nuit, déclara-t-il.

Je lui remis les pièces et il s'occupa de nous. L'effrayante puanteur des lieux fut ce qui me frappa en premier. Nous étions dans un grand dortoir au plafond bas soutenu par de grosses poutres rehaussées d'imposantes moulures d'un stuc ébréché. Partout le maculaient de jaune les infiltrations d'eau, si importantes que dans un coin il était complètement effondré. La seule lumière provenait d'une chandelle brûlant à côté de la cheminée et dont la lueur parcimonieuse me découvrait une bonne douzaine de personnes, allongées à même le sol en trois ou quatre groupes, ce qui ne laissait que peu d'espace disponible. Près de l'âtre, dans lequel se consumait une maigre flambée, se trouvait une grappe de trois femmes, ainsi qu'un homme et quelques enfants endormis. Au milieu de la pièce, un couple était étendu sur la paille. Une vieille femme se blottissait dans un coin, sous les fenêtres dont l'une était fermée par des volets tout disjoints et l'autre calfeutrée de guenilles et de papier aux endroits, nombreux, où les vitres manquaient. L'homme que le propriétaire préposait à la surveillance de la salle et à la perception de la recette, celui-là même qui nous avait laissés entrer, repartit à l'autre bout de la salle, où il rejoignit trois individus portés sur la bouteille.

J'aidai ma mère à franchir les quelques pieds qui nous séparaient de l'emplacement assigné par le surveillant, à deux pas de la fuite du plafond.

– Comme je suis contente de me retrouver chez moi, dans ma chambre que j'aime tant ! fit ma mère en parcourant la pièce des yeux.

Il va sans dire que nous n'avions rien : ni matelas, ni édredon, ni couvre-lit, ni quoi que ce fût de sec pour nous changer. Néanmoins j'invitai ma mère à se coucher, tant pis, à même le plancher, d'une saleté repoussante certes, mais il avait l'avantage de ne pas être mouillé. Elle resta sourde à mes demandes, étant trop engagée dans une conversation animée avec des interlocuteurs imaginaires.

La vieille, qui avait remarqué notre arrivée, se dirigea vers nous en boitillant, une chandelle à la main. Elle empestait à la fois l'alcool bon marché et la crasse. Il était impossible de lui donner un âge. Son nez semblait vouloir rejoindre son menton pointu, et, horreur, de petites touffes de pilosité garnissaient les diverses bosselures de sa face. Sa vêture, enfin, évoquait surtout le ballot de linge sale.

Elle se mit à dévisager ma mère, qui pour lors caressait ma veste en me gratifiant de rires et de sourires.

– Mon cher Peter, je viens de faire un rêve bien sot. Vous en rirez quand je vous l'aurai raconté. Et pourtant, c'était trop horrible pour qu'on puisse en rire.

– Comment va le petit couple ? demanda la vieille.

Ma mère lui répondit par un sourire.

– La vieille Lizzie va bien vous recevoir. Vous venez vous réfugier ici pour fuir qui ? Le père ? Le mari ?

– Le père, le mari... répéta ma mère, l'air hagard. Mon très cher père, je vois que vous avez décoré cette pièce comme elle l'était autrefois, ajouta-t-elle.

– Vous êtes en voyage de noces ? demanda la vieille, qui s'obstinait à nous questionner. C'est ça ? C'est votre voyage de noces ?

– Eh oui, je me suis mariée aujourd'hui ! s'écria ma mère.

– Et ça, c'est le joli petit marié ! fit la vieille avec un rictus, rapprochant la chandelle de mon visage.

Elle recula pour ajouter dans une manière de ricanement :

– Mais c'est encore un tout jeunot ! Vous voulez vous moquer de la vieille Lizzie. Quelle honte !

Et d'ajouter en minaudant comme une jeune coquette :

– En voilà une mauvaise femme ! Se moquer ainsi de la vieille Lizzie !

Puis elle avança son visage sous le nez de ma mère, exhibant un sourire édenté :

– Mais oui ! Pour sûr ! Faut-il être oie blanche pour pas avoir compris plus tôt ! On se donne un peu de bon temps, pas vrai, ma cocotte ? fit-elle en prenant une longue inspiration.

Ma mère la contemplait d'un air stupéfait.

– Je parie que la dame s'est fait payer un verre par le beau petit jeune homme, reprit la vieille. Vous en reste pas un peu pour la vieille Lizzie ?

J'avançai la main pour repousser la vieille femme.

– Laissez-la, dis-je, elle ne se sent pas bien.

– C'est votre mère ? me demanda-t-elle, cessant de sourire.

J'opinai.

– La pauvre femme, elle a un teint de sépulcre, mais Lizzie va s'occuper de ça.

Elle repartit en claudiquant et revint peu après avec deux couvertures en fort mauvais état et une pile de guenilles. Je pliai l'une des couvertures sur le sol pour éviter à ma mère d'avoir la tête en contact avec le plancher, puis je mis l'autre sur ses épaules. Mais tous les efforts que je déployai pour la persuader de s'asseoir ou de s'allonger demeurèrent vains. Elle persistait dans sa conversation animée avec ses partenaires fantômes.

– Il faudrait qu'elle mange quelque chose, dis-je dans un murmure.

– Lizzie a rien du tout, fit la vieille avec un haussement d'épaules, mais Lizzie est encore capable de mendier, ajouta-t-elle en jetant un coup d'œil sur le groupe de gens tassé près de la cheminée.

Elle traversa la pièce pour aller vers eux et je la vis gesticuler vigoureusement. Soudain, d'un geste de la main, elle me pria de la rejoindre. Ces gens, expliqua-t-elle, étaient des Irlandais qui ne parlaient pas un mot d'anglais. Parmi eux, une très vieille femme assise avec gravité au milieu du groupe, une pipe en maïs éteinte au coin de la bouche, semblait se croire encore dans sa masure de tourbe. Deux autres devisaient en irlandais. Tout à coup, la plus âgée des deux m'offrit un morceau de pain dans un petit bol de lait et se refusa à accepter le penny que je lui offrais en échange.

J'arrivai à persuader ma mère d'ingurgiter une bouchée ou deux, bien qu'elle continuât à soliloquer tout en me regardant comme si j'étais quelqu'un d'autre.

– Mon cher père, est-ce bien toi ? J'ai eu une belle peur !

Permets-moi de passer la nuit ici, implora-t-elle en me regardant intensément.

Depuis quelques minutes le vent augmentait de violence, et soudain une averse s'abattit contre les fenêtres avec le bruit d'une volée de cailloux. Je me rappelai les nuits d'hiver dans ma petite chambre de Melthorpe, lorsque le vent soufflait en tempête et que ma mère venait parfois me rassurer.

– Le faut-il vraiment ? s'écria-t-elle avec les accents d'un désespoir puéril. Mais je ne le veux pas. Qu'ai-je besoin d'un mari ? Je ne veux rien changer à notre situation actuelle.

Soudain elle sembla faire un effort considérable d'attention, se tourna vers moi, comme si la mémoire lui revenait :

– Peter ! s'écria-t-elle.

Au même instant le premier éclair illumina brièvement la pièce, suivi quelques secondes plus tard d'un roulement de tonnerre.

– Essayez de dormir, dis-je.

– Oui, dormir. Le voyage a été tellement long pour aller là-bas et en revenir. Mais où est ce cher Mr Escreet ? J'aimerais lui dire combien vous m'avez fait peur, vous tous. Maintenant que je sais qu'il ne s'agissait que d'une plaisanterie, je crois que je vais pouvoir enfin dormir.

– C'est ça, ma jolie ! déclara la vieille Lizzie. Dors tout de suite, et demain tu seras toute fringante.

À ces mots, j'eus l'impression que ma mère commençait pour la première fois à s'apercevoir de la présence de la vieille femme.

– Qui êtes-vous ? demanda-t-elle d'un ton inquiet. Vous me surveillez ? Vous avez peur que je ne me sauve avec les habits ?

– Alors, toi aussi, t'as fait le métier ? dit la vieille en ricanant. Eh ben, non, ma belle, je te surveille pas. Et pourtant je connais le métier, moi aussi. J'ai même été patronne, figure-toi... avant d'être sous-maîtresse. On finit toutes comme ça.

– Je n'arrive pas à dormir avec cette tempête, soupira ma mère d'une voix enfantine.

En effet, la tourmente s'abattait maintenant sur nous de toutes ses forces. Le vent cognait aux fenêtres et le tonnerre faisait un bruit de canonnade pire qu'en plein champ de bataille.

– Helen, donnez-moi de quoi dormir, supplia-t-elle en s'adressant à la vieille femme. Je vous promets de n'en rien dire à Johnnie.

– Lizzie voit bien que tu viens d'une famille comme il faut, répondit la vieille gueuse. Vous voyez, mes très chers, quand Lizzie était jeune, ses clients n'étaient pas les premiers venus. De la haute, ils étaient. Pour Mrs Kelly, dans Arlington Street, elle travaillait, Lizzie. À cette époque-là, chez Mrs Kelly, c'était le dessus du panier. Et en plus de ça, elle était entretenue par le fils d'un baronnet, Lizzie, ajouta-t-elle avec un petit mouvement précieux de la tête qui donna à cette coquetterie un tour grotesque. Elle avait un appartement sur Bond Street et roulait carrosse dans Piccadilly en robe de soie. Ah, c'est qu'on n'avait d'yeux que pour la belle Lizzie à cette époque-là !

Puis tristement elle ajouta :

– Seulement, il est mort. Le sceau de la vérole. Le seul signe extérieur de noblesse qu'il ait jamais porté. Le pauvre diable ! Sinon, j'aurais pu être une lady.

La vieille continua ses litanies ; cependant, sourde à ses discours comme à la violence de la tempête, ma mère, à mon grand soulagement, s'était étendue, la tête reposant sur le tas de hardes, les yeux fermés. Elle les rouvrit un court instant pour murmurer quelque chose à l'oreille de la vieille femme.

– J'en ai pas, ma chère, lui répondit celle-ci. Et pas de fraîche pour en acheter.

Enfin elle sombra dans un sommeil fiévreux, ponctué

de temps à autre par des râles. Parfois elle rouvrait les yeux pour s'adresser à ses fantômes.

Lizzie avait interrompu son monologue pour me regarder fixement.

– T'as pas de la fraîche, rien ?

Je hochai la tête négativement.

– Dans tes connaissances, t'as personne de plein aux as ?

Je ne savais trop comment répondre sans travestir la vérité.

– Moi, non, mais ma mère, oui. Dès qu'elle ira mieux, nous irons leur en demander.

Elle me fixa puis, d'un seul coup, fit demi-tour et s'éloigna en claudiquant, sans un mot. Quelques instants plus tard, je la vis quitter la pièce. Je m'allongeai à côté de ma mère, à même le plancher, résolu à résister au sommeil afin de veiller.

Quoi qu'il en fût, je savais que la tempête m'empêcherait de m'assoupir car le vent martelait la maison avec l'opiniâtreté de lames brisant sur une falaise. Je l'entendais arracher les tuiles, à peu de distance au-dessus de ma tête, les dispersant dans les airs comme une poignée de cartes avant de les laisser retomber. À ma grande inquiétude, la pluie s'infiltrait maintenant à travers la toiture délabrée et gouttait presque au-dessus de nos têtes. D'abord insignifiante, la fuite se transforma vite en un filet d'eau, et bientôt le plancher fut inondé.

La vieille revint quelque temps plus tard. Elle avait dû réussir à trouver de l'argent quelque part car elle rapportait une cruche de grès, qu'elle porta à ses lèvres avant de se mettre à brailler à tue-tête des chansons d'autrefois. Puis elle essaya d'amener les autres occupants de la pièce à danser. Tandis que les éclairs déchiraient l'obscurité et que grondait le tonnerre, elle fit le tour des dormeurs entassés pêle-mêle sur le plancher et se mit à chanter un menuet d'une voix sonore tout en faisant de grotesques révérences à un invisible cavalier, avec toute la coquetterie qui avait été sienne quelque cinquante ou soixante ans auparavant.

– Ferme-la, vieille sorcière ! lui cria l'un des hommes qui buvait en compagnie du surveillant.

Mais les autres, par des applaudissements nourris et des propos obscènes, l'exhortaient à poursuivre sa bacchanale.

Elle continua de se trémousser, enjambant les dormeurs et finissant sa course effrénée par une chute près de l'âtre. L'un des Irlandais, un homme jeune, hurla dans sa langue en montrant la moins âgée des deux femmes, une grosse personne, si grosse même qu'on pouvait la croire sur le point d'accoucher. La vieille sorcière lui répondit par un ricanement et se remit à se démener de plus belle en sillonnant la salle, faisant tournoyer sa cruche autour d'elle.

Lorsqu'elle heurta l'un des enfants, l'Irlandais se leva et la gifla violemment. Elle se jeta alors sur lui, essayant de l'atteindre de sa cruche, mais l'homme la lui arracha des mains et la fit voltiger à l'autre bout de la pièce. Alors la vieille se rebiffa et se mit à l'agonir d'injures ; elle grondait et sifflait, tel un chat de gouttière aux prises avec un chien. C'est à cet instant que ma mère ouvrit les yeux et murmura quelques mots, sans toutefois se réveiller.

Tout en continuant à proférer des chapelets de jurons, la vieille s'allongea enfin sur un tas de nippes dans un coin de la pièce, et bientôt elle tomba dans un sommeil profond ponctué de ronflements sonores.

Passant outre au vacarme de la tempête, je laissai les fatigues accumulées avoir raison de ma volonté : je ne tardai pas, moi non plus, à m'endormir.

V

Au matin, il me fut impossible de me rappeler où je me trouvais. Redressant la tête, je jetai un coup d'œil autour de moi. Il était encore de bonne heure et seul un petit rai de lumière arrivait à s'infiltrer par les fenêtres qui, toutes dépourvues de volets qu'elles étaient, n'en étaient pas moins aveuglées d'une épaisse couche de crasse. Dans l'âtre, les cendres rougeoyaient, et à leur faible lueur j'aperçus des silhouettes endormies pelotonnées les unes contre les autres. C'est alors que la mémoire me revint. Le vent et la pluie faisaient toujours rage, mais le gros de la tempête était passé. Je me retournai et, à ma grande joie, découvris les yeux de ma mère fixés très calmement sur moi comme si elle avait recouvré tous ses esprits. Elle était à moitié assise contre le mur, le tas de hardes en guise de coussin.

L'expression de son visage restait étrange. Pendant la nuit un changement s'était produit, sans que je fusse en mesure de déterminer si c'était en bien ou en mal. Son équilibre mental semblait rétabli, mais ses yeux paraissaient s'être renfoncés, elle avait les pommettes saillantes, les lèvres plus minces et d'une pâleur inquiétante. Elle murmura quelques mots que je n'entendis pas. En l'observant de plus près, je m'avisai de sa faiblesse et des efforts qu'elle devait fournir pour articuler.

– Ne dites rien, fis-je en me relevant pour m'approcher d'elle. Ménagez-vous.

Elle tenta de lever le bras pour m'attirer vers elle, mais n'en eut pas la force. Je m'assis et lui pris la main.

– Il y a quelque chose que je dois absolument faire, parvint-elle à murmurer.

– Plus tard, dis-je. Vous aurez tout le temps d'y songer demain.

Au prix d'un gros effort, elle hocha la tête et continua d'une voix si faible que je dus me pencher pour tenter de saisir ses paroles :

– Promets-moi, murmura-t-elle, de ne jamais aller à la maison.

– Quelle maison ? demandai-je, sans obtenir de réponse. Vous voulez parler de la vieille maison de votre père ? Vous savez bien que j'ignore où elle se trouve. Où est-ce ?

Elle se taisait.

– Pourquoi ne faut-il pas que j'y aille ?

Elle continua à dodeliner faiblement de la tête.

– Dites-le-moi, insistai-je.

– Il pourrait te faire du mal.

– Mais qui ? De qui voulez-vous parler ? demandai-je.

– Promets-le-moi ! parvint-elle à murmurer.

– Comment puis-je vous le promettre si je ne sais pas à quoi je m'engage ? demandai-je. Et pourquoi tenez-vous à tout prix à ce que je vous le promette maintenant ?

Comme je formulais cette question, une idée me traversa soudain l'esprit.

– Mais non, maman, tout se passera bien.

Sa tête retomba en arrière, mais quelques instants plus tard elle voulut de nouveau parler.

– Mon carnet ! finit-elle par me dire dans un souffle.

Malgré la faiblesse de son état, sa main agrippait sa poche et tentait d'en retirer quelque chose avec l'obstination désespérée d'un animal dont la patte est prise dans un piège.

Je plongeai ma main dans sa poche et en sortis le petit carnet de cuir que j'avais si souvent vu. Le fragment de carte que je lui avais donné s'en échappa, mais je m'aperçus alors que le réticule contenait autre chose. Un morceau de papier plié ou une lettre. J'étais en proie à des sentiments contradictoires. Étais-je enfin sur le point de découvrir le secret qu'on m'avait caché pendant si longtemps ? Je lui montrai le petit carnet de cuir, elle acquiesça d'un imperceptible signe de tête et se retourna vers l'âtre.

– Fais-le brûler, me dit-elle.

Ma poitrine se serra et je dus faire effort sur moi-même pour retrouver mon souffle.

– Non ! m'écriai-je.

– Si, Johnnie, je t'en supplie.

D'un signe de tête je lui réitérai mon refus. Je la dévisageais, bouleversé. Étais-je donc destiné à ne jamais savoir la vérité sur mes origines ?

– Alors, donne-le-moi, fit-elle.

Je le lui tendis, et elle s'appliqua à en parcourir le contenu jusqu'au moment où manifestement elle trouva ce qu'elle y cherchait. Alors elle rassembla toutes ses forces pour tenter d'arracher du carnet une poignée de feuilles. Elle était si harassée qu'y parvenant enfin elle dut de nouveau s'allonger.

Puis elle me tendit les pages déchirées.

– Brûle au moins celles-ci.

Je me dirigeai vers l'âtre et poussai les feuilles vers les quelques braises qui rougeoyaient encore. Me retournant, je vis qu'elle ne me quittait pas des yeux. Les feuilles s'embrasèrent très vite. Une fois que l'écriture eut pris une coloration argentée sur le papier noirci, je revins vers elle et m'agenouillai à ses côtés.

– Mon cher enfant, murmura-t-elle d'une voix à peine audible, je ne veux pas te quitter ainsi.

– Mais rien ne vous y oblige ! me récriai-je avec emportement. De quoi parlez-vous ?

Puis je retrouvai mon calme.

– Essayez de dormir maintenant, il est encore tôt. Quand il fera jour, je sortirai nous acheter de quoi manger. Il me reste encore un peu d'argent.

À dire vrai, il ne me restait qu'une pièce de cinq pence et un demi-penny. Quand je les aurais dépensés, me disais-je, il nous faudrait mendier dans les rues, à moins de prendre le parti qui me semblait le plus sûr.

– Maman, je sais que vous vous êtes refusée à demander du secours à Sir Perceval, dis-je. Mais n'était-ce pas à un moment où la peur vous obnubilait au point de vous troubler l'esprit ? Vous savez fort bien, n'est-ce pas, qu'il est indispensable à ses intérêts que nous demeurions sains et saufs ? Il est certain qu'il se proposera de nous mettre à l'abri de nos ennemis, dans une cache sûre et secrète. Comprenez-vous bien cela, maman ? répétai-je.

Elle me chuchota une syllabe que je ne pus saisir qu'en me penchant vers elle.

– Non !

– Mais si, insistai-je. Je comprends ces choses bien mieux que vous. Mr Steplight ne mentait pas. Sur ce point-là en tout cas, car je suis bien certain que Sir Perceval a besoin que nous restions en vie, tout spécialement depuis que le codicille est entre les mains de notre ennemi. Écoutez bien ce que je vais vous dire : nous irons bientôt lui rendre visite et nous ferons appel à son aide. Nous ne lui demanderons pas beaucoup d'argent, seulement une centaine de livres par an. Ce qui n'est rien pour un gentilhomme de sa fortune.

Le jour s'était presque levé, et l'on s'agitait çà et là dans la pièce. Je remarquai que la vieille Lizzie nous observait dans son coin.

Soudain, ma mère se dressa sur son séant et me fixa intensément.

– Quelle absurdité ! Pourquoi dis-tu des choses pareilles ? Mr Assinder me l'a dit : Sir Perceval et sa femme ne se soucient plus de nous désormais. Ils n'ont plus besoin de nous savoir en vie.

Elle fut alors prise d'une effroyable quinte de toux qui lui monta du fond de la poitrine.

– Me prends-tu pour une sotte ? Toi aussi ? parvint-elle à articuler entre deux hoquets. Pourquoi faut-il que tout le monde me mente !

– Maman, je ne vous comprends pas. C'est moi, Johnnie, je ne vous ai pas menti.

– Je sais bien qui tu es, reprit-elle tout en continuant à me dévisager. Tu m'as toujours prise pour une folle.

– Non, protestai-je.

Elle se mit alors à tousser si fort que je crus qu'elle allait vomir, et à ma grande épouvante, alors qu'elle portait ses mains devant sa bouche, je vis celles-ci se consteller de petites taches de sang.

Je lui pris le bras. Il était si maigre que ma main en faisait presque le tour.

– Laisse-moi en paix ! s'écria-t-elle, cherchant à se débarrasser de ma main.

L'air hébété, elle jeta des regards autour d'elle. Et, soudain, alors que je les fixais, les pupilles de ses yeux bleus se dépouillèrent de tout éclat. Il me revint à l'esprit une image terrible. Celle de jeunes garçons, à Melthorpe, lapidant un chat qu'ils avaient capturé. Le sang dégoulinait maintenant le long du menton de ma mère. Ses lèvres avaient viré au bleu.

– J'ai tellement peur ! fit-elle dans un souffle. Aide-moi.

Puis vint un cri qui me glaça les sangs :

– Maman !

Comme pour y faire écho, la vieille femme se rapprocha de nous et regarda le sang avec une sorte de satisfaction empressée.

– Hé là ! s'écria-t-elle, c'est bien ce que je craignais. La peste blanche.

Et, voyant mon expression :

– La consomption.

– Qu'on aille chercher un médecin ! m'écriai-je.

– Pourquoi, grand Dieu ? fit la vieille avec un sourire sardonique. Y en a pas un qui acceptera de venir par ici. En plus, son état est trop avancé.

Ma mère luttait de toutes ses forces pour retrouver son souffle. La vieille femme se pencha soudain sur elle, attira sa tête vers l'avant et se mit à lui donner de grandes bourrades dans le dos.

– Arrêtez ! hurlai-je.

Elle n'en continua pas moins et, pour qu'elle consentît à s'interrompre, il me fallut la saisir et la tirer violemment en arrière. Alors elle s'éloigna, grommelant de sombres imprécations.

Ma mère s'allongea de nouveau et retrouva son calme.

– Tout va bien, maman, lui dis-je quelques instants plus tard, espérant ainsi l'apaiser. Vous verrez, nous obtiendrons bien un peu d'argent de Sir Perceval, ce qui nous permettra de louer une petite maison à Salisbury. Comme vous l'avez toujours désiré.

Sa tête s'était un petit peu éloignée de moi et je n'étais pas sûr qu'elle m'eût entendu. Je continuai cependant à lui parler, mais doucement, pour le cas où elle se fût endormie.

– J'irai à l'école, et dans quelques années viendra le temps où je pourrai entrer en apprentissage. Et alors je serai en mesure de subvenir à nos besoins.

Tandis que je parlais, ma voix se brisait.

– Vous verrez, tout redeviendra comme avant.

Je me penchai de nouveau sur ma mère, dont le visage s'était détourné. Elle avait les yeux grands ouverts, et je me demandai si, malgré tout, elle ne s'était pas endormie.

– Maman, murmurai-je.

Je sentis une présence tout près de moi et levai les yeux.

L'Irlandaise qui m'avait donné du pain se tenait à mon côté et me regardait avec une expression que je n'arrivais pas à déchiffrer. Avançant la main entre ma mère et moi, elle commença à remonter le haut de la couverture déguenillée. Elle la remontait de plus en plus, et lorsque je compris pourquoi je voulus briser net son geste.

– Non ! m'écriai-je.

Elle me regarda un court instant, et quand j'eus laissé ma main retomber elle continua, jusqu'à ce que le visage de ma mère fût complètement recouvert.

À suivre…

LES MOMPESSON

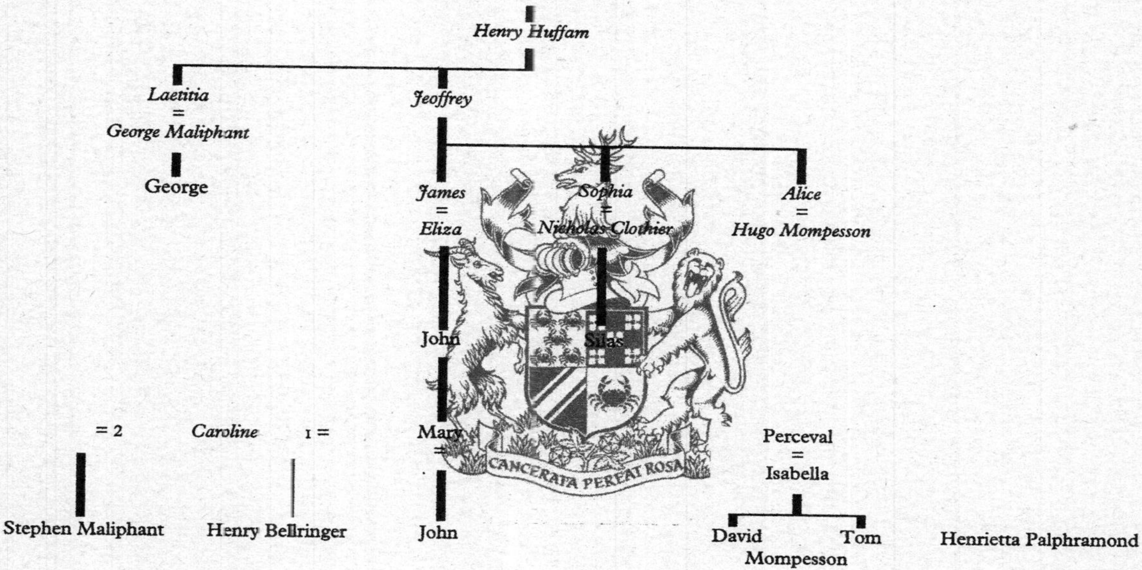

Les personnages n'apparaissant pas en personne dans le récit ont leur nom en italiques, et en gras, ceux qui pourraient entrer en possession du domaine si le codicille occulte de Jeoffrey Huffam était en vigueur.

TABLE

DU MÊME AUTEUR

Trahisons, Phébus, 1996.

Les morts reviennent toujours, Phébus, 1999.

Le Quinconce, Phébus, 1993; Libretto 2003.

Épisode I: L'Héritage de John Huffam

Épisode III: Le Destin de Mary

Épisode IV: La Clé introuvable

Épisode V: Le Secret des Cinq Roses

Cet ouvrage
a été mis en pages par In Folio,
et achevé d'imprimer en octobre 2023
dans les ateliers de
Normandie Roto Impression s.a.s.
61250 Lonrai
N° d'imprimeur : 2304304

Imprimé en France

Dépôt légal : octobre 2023